本书系国家社科基金重大课题
"中国上古知识、观念与文献体系的生成与发展研究"
（11&ZD103）成果

国家出版基金项目
NATIONAL PUBLICATION FOUNDATION

"十四五"
国家重点出版物
出版规划项目

04

秦汉卷

过常宝　主编

早期中国知识观念与文献的生成

张朋兵　田胜利　过常宝　曲利丽　著

北京师范大学出版集团
BEIJING NORMAL UNIVERSITY PUBLISHING GROUP
北京师范大学出版社

总　序

过常宝

　　从西周初期的"制礼作乐"到西汉中期的"独尊儒术"，中国传统文化的基本形态得以建立，文献在这其中起着关键性的作用，意识形态话语体系主要基于文献得以建立。战国以前，文献形成于特定的职事，话语也主要是职事行为；春秋时期，职事文献被经典化，成为一个可以依据的传统，为社会性话语提供合法性，话语则面向当下的文化建设，使得经典具有合理性。职事以及与职事关联的某种方式是制度性因素，它们与文献、话语方式一起大体能勾勒出中国早期文化构成方式和发展路径。就历史文化而言，最为突出的还是知识形态和思想观念体系。知识观念是时代理性和精神的显现，受多方面因素的影响，在中国上古时期，它与文献活动的关系更为紧密。所以，在制度、文献、话语基础上将研究扩展到知识观念的维度，也就是从结构分析、功能分析扩展到内容和意义分析，可以使上古文献文化研究的内涵更加丰富。基于以上构想，笔者于 2011 年申请了国家社科基金重大项目"中国上古知识、观念与文献体系的生成与发展研究"，并组织了学术团队，在诸多师友的鼓励和学生们的努力下顺利结项。本书即是在项目成果的基础上修改、补充完成的，下面简单介绍本书的研究思路和大致内容。

一

　　先秦文献和文化关系研究的制度之维，是说春秋之前的文献文体的形成并不是文学史意义上的"继承和创新"，而取决于文献背后的职制度、职事权利和职事行为方式。战国诸子文献虽然不是职事文献，但起始于对职事文化传统的认同和对职事文献的模拟，并以此获得话语权，形成特定的价值导向和形式特征。也就是说，在上古时代，以职事传承为基础的包括价值、权利、表达方式等在内的文化传统，是影响文献"意义和方式"的制度性因素。

比如《春秋》这种"断烂朝报"式的叙事体例，刘知几认为是出于对文章风格的追求，所谓"叙事之工者，以简要为主"（《史通·叙事》），但这显然不能服人。从职事文献这一理念出发，《左传·隐公十一年》所谓"凡诸侯有命，告则书，不然则否"这一记载有着特别重要的意义。所谓"告"就是西周到春秋时期普遍行之的告庙仪式。诸侯国何事需要告庙？为何要到鲁国告庙？来告的诸侯国史官和鲁国史官在告庙中的权利和义务是什么？这一仪式的著录规则是怎样的？这些问题，对告庙文献的形成、形态和意义都有着重要的影响。鲁国宗庙周期性的集中呈告制度，导致了这些告庙文献的季节性排序。这就是《春秋》的原始状态，但事情并不如此简单，春秋时期的礼崩乐坏同样也会影响告庙制度。史官们借告庙载录宣示自己对一些人物或事件的价值判断，这就形成了独特的"春秋笔法"。"春秋笔法"借助巫史传统和仪式所赋予的神圣权利表达符合时代发展的思想，从而使得《春秋》成为一部过渡性的文献，其神圣性保证了它的合法有效，因此它才能成为意识形态的经典。史书的这种神圣性质和书法原则的制度基础，正是史职的宗教性质、史家传承方式和告庙载录制度。

再比如《老子》，被认为是一部个人创作的哲理类文献。通过对《老子》各章结构的大致分析可以看出，《老子》在"章"的结构上是由三个层次的文本构成的：格言类的"语"文本、阐释性文本、指导"圣人"（或"侯王"）的应用型文本。因此，可以判断《老子》是一种职事文献，或由职事文献演化而来。能够训诫、指导"侯王"的职事，在春秋之前应该是太祝。现存《逸周书·周祝解》在文本结构和训诫功能上与《老子》相同，则《老子》是祝官文献。从禽簋铭文可推知，周代最早的太祝应该是周公。周公摄政称王，对成王和所分封诸侯都有训诫之辞，见诸《尚书》诸诰。《大戴礼记·公符》记载了周公命祝雍祝王，祝雍之辞为"使王近于民，远于佞，啬于时，惠于财，亲贤使能"，这是一则典型的训诚之辞。成王在周公死后一再申述"周公之训，惟民其乂"，并要求能"弘周公丕训"(《尚书·君陈》)，即认同训诫制度是一种值得继承的职事权利。《周礼·大祝》记大祝掌"事鬼神示，祈福祥，求永贞"的"六祝之辞"，此为祭祀鬼神所用；又掌"通上下亲疏远近"的"六辞"，其中的"命""诰""会"等则是"以生人通辞为文"(孙诒让《周礼正义》)，实际上是在宗教背景下的训诫之辞。春秋时期，祝史地位下降，加上"立言不朽"文化的浸染，祝官采用汇集"语"的形式延续自己的训诫使命，这才有了《周祝解》《老子》这样的文献。

战国诸子文献虽然是个人或集体的创作，但其合法性和文本形式在相当程度上仍然依赖过去的职事文献或者受其影响。如《孟子》主要为问对体，其内容和体制都与上古咨议—谏诫的政治传统相关。《尚书·虞夏书》中的《尧典》《皋陶谟》等，都有君臣问对的记载，以大臣为主体，往往有对君王的训诫之辞。周代的此类文献，则见于《逸周书》中的《酆保解》《大开武解》《小开武解》《寤儆解》《大聚解》《大戒解》《本典解》《官人解》《祭公解》等，除了最后一篇为祭公对周穆王之问外，其余皆为周公对周文王、周武王、周成王之问，也都包含有训诫意味。以上文献不尽是实录，可能出自后人的整理、增饰，但关于周公训政的史实应该有其根据，对于孟子来说则是一个切实可据的传统。孟子也正是依据这个传统，以周公为榜样开展自己的游说—劝诫活动，并形成了包括"问、答、谢"三个部分的问对体文本。

可以说，中国最初的文献是职事的产物，文献的内容、风格、形态受到职事方式的制约，紧接着职事文献之后出现了模拟职事文献。因此，对职事制度的研究是我们理解中国早期文献生成及其形态的关键所在。

二

先秦文献和文化关系研究的话语之维，是我们理解文献文化功能、文化价值的关键所在。职事文献所体现的是该种职事的性质和功能，而我们更关心的是它谋划或反映现实的权利和方法。《春秋》是春秋史官的告祭载录，但却能体现春秋史官以其职事为依据裁决社会的权利和方法。也就是说，职事文献往往包含着纯粹的职事行为，以及以此为根据的溢出职事之外的社会话语权。这种现象普遍存在于各种专业性职事之中，甚至工匠、优人也有权利以自己的方式发表政见。由宗教向世俗化发展的过程中，士大夫必将取代神职人群的文化地位，但新的话语权必须假借早先的职事传统才能被社会接受。首先是对观念和内容的假借，这当然是有选择的，或者是经过了重新阐释的；其次是对文献形态或话语形式的假借，包括征引、模仿等，这就形成了不同的话语方式，形成了多种形态的文本。

宗教时代的话语权来自神灵信仰。商王盘庚可能是因为自然灾害而计划迁殷，但遭到普遍的反对。于是他召集臣民，云："兹予大享于先王，尔祖其从与享之。作福作灾，予亦不敢动用非德。"又云："古我先后，既劳乃祖乃父，汝共作我畜民。汝有戕，则在乃心。我先后绥乃祖乃父，乃祖乃父乃断弃汝，不救乃死。"（《尚书·盘庚》）从这段话中可以看出，盘庚作为王并不能直接惩罚臣民，但他却可以在祭祀自己的祖先时同时祭祀臣民们的祖先，并在祭祀过程中汇报他们的子孙的作为，从而通过他们的祖先对他们施加严厉的惩罚。宗教盛行的殷商时代，最为直接的关系是天人关系，君臣之间的政治关系是以神灵为中介的。彼时，诸侯或归附方国将自己祖先的祭祀权交给商王，陪祀商人先祖，而商王亦凭此祭祀权来控制诸侯或方国，由此标志着现实政治关系的成立。所以，作为商王的盘庚对臣民的惩罚也是假借祖先神灵来实现的。祭祀权意味着话语权，假借神灵则是宗教文化最为典型的话语方式。

这一话语方式在西周礼乐文化中得到延续和变革。周初，周公在改革殷商宗教礼仪、创建周代礼乐制度的同时提出了一系列新的宗教思想、政治思想，使得中华文明走出蒙昧，理性内涵大大增强。周公的思想观点主要见于《尚书》诸诰。"诰"由"告"衍变而来。"告"即告祭或告庙礼，它是一种单独的仪式，但也存在于各种祭祀仪式之中，从殷商一直延续到周朝。周公之"诰"乃是假借神的权威来训诫君臣子弟。诰辞的一个标志性的用语是"王若曰"，白川静认为甲骨文"若"像一个长发者仰天而跪，双手举起作舞蹈状，那么"诰"就是在仪式状态中假借神灵的名义进行的，它是周公制礼作乐而形成的新的礼仪或仪节。所以，周公的话语权仍来自仪式，是一种职事行为。到了春秋时期，巫史祝官地位下降，也就丧失了诰教王臣的权利，转而采取"微言大义"的方式，在职事载录规范下隐晦地表达自己的观点，这就是《春秋》。在周公礼乐思想的影响下，周代形成的多种宗教或仪式文献，《诗》《书》《易》以及礼乐文献等都具有相当程度的理性精神，这为理性文化和世俗话语的发展奠定了基础。

　　春秋时期礼崩乐坏，宗教职事及人员的话语能力大多丧失，世俗士大夫成为文化主角，他们对话语权有着迫切的需求，于是提出了"三不朽"的理论，其目的在于为"立言"张本。那么，世俗阶层如何取得话语权呢？春秋士大夫提出了"信而有征"的话语方式，也就是通过征引《诗》《书》《易》以及礼乐将自己的言论与传统职事关联在一起，从而获得话语的合法性，取信于社会。这在春秋战国时期是一种通用的方式，它也解决了意识形态话语权由神圣职事向世俗士大夫过渡的问题。春秋时期的"立言"主要见于《左传》《国语》以及出土文献《春秋事语》等，"立言"风气导致了记言文体的繁荣，"信而有征"的话语方式将神圣职事文献转变为世俗经典文献，于是另外一种话语方式——经典阐释也就应运而生。《史记·孔子世家》说孔子晚年"序彖、系、象、说卦、文言"，此外，孔子的教学活动还涉及《诗经》《春秋》《尚书》等，都会形成一些阐释性文献。"征引"和"传释"实际都是将自己的话语权追溯到职事文献。"征引"是"立言"者自立己意，"传释"则强调一切思想来自经典，虽各有偏重，但都有着意识形态创新功能，因此成为中国传统文化中两种重要的话语方式。

　　从"立言不朽"到"百家争鸣"，世俗理性全面取代了宗教信仰，士人成为话语的主体。孔子立于这一文化转折的关键点上，他所开创的课徒、游说君王、著述等方式成为战国诸子的新职事。诸子为了适应和缔造新的政治关系和文化形态，创建了不同的思想体系，历史进入到一个新的"立言"时代。但诸子仍必须要解决话语权和话语方式问题，按照中国上古文化思维的逻辑，它们的合法性和权威性仍然需要从传统中获取。儒家和墨家是最早出现的两个学派，都受宗教祭祀传统的影响。儒家着眼于宗庙祭祀，从这一职事中汲取了"亲亲""里仁""孝""崇礼"等明显具有宗法特征的价值观念；而墨家则着眼于郊祀仪式，讲"天鬼""大同""朴素"等。儒家和墨家因踵武两种不同类型的祭礼，而形成了两套差异极大的价值观和思想体系。《庄子》一直被认为是个性化的思想创造，但《逍遥游》开宗明义地列举《齐谐》和其中的鲲鹏故事，又在《寓言》中说"卮言日出，和以天倪，因以曼衍，所以穷年。不言则齐，齐与言不齐，言与齐不齐也，故曰无言。言无言，终身言，未尝言；终身不言，未尝不言"，则《庄子》依古优传统立言，所谓"卮言"（酒边之语）即优语。《庄子》文章排列汗漫无稽之故事，立论常在有无虚实之间，重启发而非说服，由此形成了独特的话语方式，皆与优语传统有关。诸子文献显示了逐渐远离传统而自铸伟辞的发展过程，后期的《荀子》《韩非子》等可能较多地依赖学术或著述传统，而非职事传统。

早期职事文献的合法性及其文化功能，都源于宗教和礼仪；诸子及其他世俗文献以职事文献为经典，通过征引、模仿、阐释等方式间接获得合法性。不同职事的文献形态实际上也就是其话语方式的体现，文献的合法性、结构性特征也就是话语权和话语方式。

三

以上研究方法，形成一个"职事—话语—文献"的研究模式。在我们过去的研究中，曾以这一模式对先秦各种文献形态诸如彝器铭文、诅盟辞及《周易》《尚书》《春秋》《左传》《国语》《老子》《论语》《墨子》《庄子》《荀子》《战国策》《山海经》《史记》等作出了新的阐释，揭示了这些文献赖以形成的文化动力、传统以及文体形态、文化功能等，并重新阐释了与职事、话语、文献相关的一些历史或文献现象诸如周公称王、经典化、乐教与诗教、实录与虚饰、春秋赋诗等。由于比较关注文献在意识形态建设中的功用，所以也涉及一些学术史、思想史等问题。如春秋中晚期，以贵族大夫为主体的"君子"成为文化舞台的主角，他们以"信而有征"的话语方式借原史经典为现世立法；孔子承前启后，通过删述《春秋》假借史官的话语权来评判历史、垂法后世，以师道、学统的构建替代了史官的职事传统。这种自觉的传道意识，在孟子那里发展出"五百年必有王者兴"的道统谱系，并在后世引发了司马迁"本诗书礼乐之际"而当仁不让的著述姿态。显然，道统观念以及上古各流派思想都与某种文献、话语方式、文化实践有关。所以，深入探讨上古知识体系和思想观念的形成也是丰富"职事—话语—文献"模式的题中应有之义。

　　比起当代从学科范畴着眼的研究，从"职事—话语—文献"模式出发的观念研究更贴近历史事实。比如，"诗言志"一向被认为是古人对诗歌本质或功能的表述，但这个观念在其早期只是一个话语命题。由"诗言志"衍变而成的"赋诗言志""信而有征""诗亡隐志""以意逆志""知人论世""在心为志，发言为诗"等系列观念，是早期儒家话语体系建构的产物。"诗言志"的原初含义就是在宗教仪式中通过"诗"沟通天人，传达特定的宗教意愿，并由此形成了一个独特而有魅力的表意传统，启发了春秋时期的"赋诗言志"和"引诗言志"，使得"诗"由礼乐文献变成世俗话语的经典，士大夫借"诗"以言己"志"。在以上观念中，"诗"和"志"不具有直接对应关系。《孔子诗论》所谓"诗亡隐志，乐亡隐情，文亡隐言"立足于教诗实践，将"诗"从礼仪乐舞中独立出来，将"志"从情志合一的宗教意愿中分离出来，并将"志"完全赋予"诗"。"诗亡隐志"确定了教"诗"、论"诗"的合法性和可行性，使得"诗"阐释成为意识形态建设的重要方式。孟子认为，完全依靠"诗"来构建整套价值观念体系有其自身的局限性。所谓"不以文害辞，不以辞害志"，就是希望破除对"诗"文本的迷信，更好地发挥"说诗者"的主观能动性。"以意逆志"即"意"在"志"先，以"意"会"志"。"以意逆志"表明"说诗者"之"意"与古诗人之"志"地位相当，因此此处的"说诗者"只能是今之圣人。孟子自认为是仅次于"王者"的"名世者"（《孟子·公孙丑下》），所以他说"圣人先得我心之所同然耳"（《孟子·告子上》）。孟子的"诗言志"，就是先圣后圣凭借"诗"而相互印证。"以意逆志"赋予"说诗者"更大的话语权。汉代《毛诗序》借鉴了荀子的"乐教"理论，认为"诗"发自古圣人的情志，能向下感染民众的情志，这就是教化；诗人的情志亦可能由现实触动，"伤人伦之废，哀刑政之苛"，由此而形成了向上的感染，这就是谏戒。由于《毛诗序》从创作论角度论述"诗言志"，认可以诗抒情作为一种政治方式，因此也就鼓舞了后人"作诗言志"，开启了中国政治抒情诗的门径。以上系列观念都源自"诗言志"，它们是大夫君子意识形态创新和话语自觉的体现。

如福柯所言，知识、观念是由话语所构建的(《知识考古学》)。所以，在"职事—话语—文献"模式中加入"知识观念"这一环节有其逻辑的必然。不过，要在理论层面明确"知识观念"所扮演的角色，还需要对其总量、类型、功能等有更全面的分析，然后才能搭建一个"知识观念—制度—文献"的三维文化模型。在这个文化模型中，"知识观念"是"文献"生成和发展的基础，"文献"产生于"知识观念"生成、发展、传播的过程之中。随着"文献"的阐释和经典化，它又为新兴"知识观念"的发展提供了资源和合法性依据。当然，"知识观念"并不直接凝结为"文献"，知识主体在相应"制度"(包括宗教信仰、职事传统、接受传统等)规约下发出的寄寓其理想要求的"话语"是将两者绾合起来的关键因素。

四

基于以上的设想，本书由三个层次构成：一是对特定时代知识、观念和文献三方面整体状况的描述；二是在制度性背景下对特定时代知识、观念和文献之间的影响关系进行研究，从而探讨上古文献生成、内外结构形态及文化功能，并进而构建出"知识观念—制度—文献"三维结构的文化模型；三是描述这一文化形态从商周到西汉时期的历史演变过程。本书分四个历史阶段对以上内容进行了论述。

殷商行巫政，关于宗教和祭祀的知识观念是这一文化的主要内容，甲骨卜辞则是这一文化的典型文献。对甲骨上的"记事刻辞"以及卜辞各部分的行款、性质、功能和互文关系作出更加深入的探讨，揭示了中古早期文献在其形成阶段的意义和方式。西周建立后，周公制礼作乐，开展了一场文化革新运动，引导宗教文化向理性文化转变。"神道设教"是其最重要的话语方式，新的知识和观念体系由此得以建立，知识类型和观念形态也都发生了变化。具体来说，彝器铭文因器物、宗庙和宗法的制度性变革而有所创新；天学知识、星占和物候占知识被赋予新的内涵，其中的时序意识对史官文献和阴阳家月令文献有着重要的影响；礼教文献开始出现，通过对"命""诰"以及《颂》《雅》中的知识观念和文本形态进行分析，可以考求"书"和"诗"的仪式性来源，探索它们"神道设教"的具体模式和独特的话语功能，并对它们的演变机制作出细致的描述；两周之际占卜礼俗和观念的改易，使得筮法文献、"梦书"以及祝告辞等都有了新的形态和意义，它们与诗、书、铭文等有了更多的互动。可以说，西周文化在革新殷商文化的基础上开启了中国文献文化的新传统，"神道设教"作为一种新型的话语方式，为这一新文化的知识类型、观念体系和文献形态奠定了基础。

春秋时期，天学知识的发展导致"天命"观念发生变化，地球"暖期"的到来和生产工具的进步使得关于土地的知识和意义更加丰富，咨询制度、讽谏制度、议政制度离仪式越来越远。《春秋》和《左传》是史职的两种形态：前者保持了仪式用辞的规范，却发展出微言大义的讽谏方式；后者以因果关系构建政治伦理，却离不开对礼仪背后的宗教精神的依赖。春秋史官将载录由宗教行为改造为见证和褒贬现实社会的方式，使文献成为引导社会、介入政治的一种有效手段。"君子"开始从巫史手里接过话语权，但话语资源仍然来自前代文献，这就是"君子立言"中的"信而有征"。他们从古事、古训、古制和古礼中寻求话语资源，通过歌唱、赋诵、解说、征引等方式将《诗》《书》等经典化。"君子"的"立言"兴趣使得"语"作为一种文献样式在春秋晚期得到较快的发展，产生了如《老子》《国语》等经典文献。此外，兵法和法典类实用性文体的出现显示春秋时期经验性知识开始独自发展。春秋是史官和君子的时代，也是传统巫史文献第一次经典化的时代。

战国时期，礼乐文化在社会制度层面彻底崩坏，缺乏主流意识形态和制度制约的各类知识和观念系统都失去了确定性。宗教、礼乐、历史知识仍然是思想的起点，但经过儒、墨、道等不同学派的解释，被改造成新的不同的知识类型。在此基础上又创建了形态各异的观念体系，新的文献大量产生，文献传播空前活跃。《左传》《国语》《系年》《春秋事语》等文献的书写或编订，显示了史官文献已经在社会上广泛传播，并出现了私家著述，历史叙事由此走向新变。在礼乐秩序的重建中，早期儒家学者通过阐释既有宗庙祭祀制度凝练"仁"的价值。与热心于礼乐价值的儒家相比，道家学者更强调对超越之"道"的追寻。他们致力于将自然与社会融为一体，把"道"提升为宇宙的本体。阴阳五行的知识体系逐渐由封闭走向开放，被不断引申、阐释、丰富，形成了新的知识体系，并对其他学派产生或多或少的影响。战国时期的"百家之学"在文化的不同方面或不同层次上有所分工，形成事实上的协作关系，并构成文献体系。战国时期出现了跨学派、跨体系的知识、观念反思和总结性著述，如《庄子·天下》《荀子·非十二子》《韩非子·显学》等。反思和总结再次促使着具有近似知识形态和趋同价值观念的文献的汇集、整合，以至形成其后秦汉社会认同的文献体系分类。战国诸子在话语方式上作出了多种尝试，大大开拓了文化发展的路径和方式。

秦汉时期，大一统政治引导着文化建构的方向。秦汉士人一方面延续了战国士人的文化理想，另一方面又积极整理、融汇着各种知识观念，使得知识观念和文献再经典化，形成大一统的知识和观念模式。这一特点体现在《吕氏春秋》《淮南子》中。汉初士人以"过秦论"为中介，开展了道术与帝制的初步互动，最终使得儒家经学成为国家话语形态；董仲舒的《春秋》阐释学以"大一统"为旨归，通过"辞指论"等特殊方法形成了新的知识和观念体系；"春秋决狱"这一个案突出地显示了公羊学家的理想和局限，也充分展示了儒家经学阐释学的方法和特征；谶纬是公羊学发展的另一个极端，它以天人相感为逻辑始点，通过灾异和祥瑞彰显天人相感的各种具象以及阴阳五行观念的转接和深化，五德终始与帝王谱系的构拟和神性化共同构成了一个神秘主义知识体系。司马迁以一己之力熔铸史官传统和诸子传统，并以世系、谱系、统系的建构回应了"五百年必有王者兴"的道统和"大一统"政治的诉求，唤醒了一个遥远而有力的话语传统。对画像石的研究提示了与文字文献相并的另一个表意传统，在汉代，它更能体现民间社会文化的内涵和形态。大一统的政治背景、先秦文献的经典化，使汉儒有条件创造出新的意识形态和知识类型，体系更为精密、宏大，充满了理想色彩。

五

清理各历史阶段知识观念和文献状况，在此基础上进一步研究上古时代的知识结构、思维方式、文献经典化、表述方式、影响和接受等，并通过类型和个案研究方法分析知识观念、制度、文献三者的影响关系，构建出不同时代的"知识观念—制度—文献"三维结构的文化模型，揭示出不同文化因素在一个相对完整的文化结构中的作用，以及它们发生作用的条件和方式，这是一种新型的文献研究方法。虽然本书并不着重讨论话语，但话语一直是一种结构性的力量，也只有付诸话语，才能理解知识观念、文献的生成机制和文化功能。

在这个文化模型中，文献的经典性有着举足轻重的作用，文献经典化有赖于其所蕴含的知识和观念的原创性、有效性、开放性。殷商到西汉中期是中国文化由宗教文化向理性文化转型的时期，新的知识和观念不断涌现。但大多数新知识、新观念都是对传统的继承和改造，体现出延续性特征。西周初期，在"神道设教"的口号下，前代宗教信仰和祭祀、占卜仪式等都得到一定程度的传承，但其内容和功用却发生了重大的变化。战国诸子也都有前代的知识和观念的依据，即使是标榜自然的道家和实用主义的法家也不例外。西汉公羊学也是利用前代知识、观念和文献完成了新的政治和伦理体系的构建，此即儒家强调"君子立言"需"信而有征"的意义。文献的传承性特征除了表现在知识和观念上，也表现在话语方式、文体、风格等方面。这些文献特征不能仅仅被解释为创作论意义上的影响，它体现了话语的内在合法性的要求，是一种文化建构意义上的特质。

以往的文化研究往往以"事实—思想—价值（规律）"的模式来进行，虽然能够指出传统文化的价值内涵，但在文化功能、成长模式及合理性方面则有所不足。"知识观念—制度—文献"这一理论方式包括了自直观反映到理论反思、自社会大众到文化精英、自职事行为到学术方式、自历史存在到合法性存在等多个层面，能够典型地体现上古文化的发展，尤其是意识形态的建构过程。这一模型是一个动态的结构，它既有共时性关系的描述，也有历时性发展的展示。本书关注这一模型中各文化因素的独特功能，意在揭示上古文化的成长机制和调整机制。文化现象是复杂的，有相当一部分文化因素如民间习俗、审美观念、物质发明与形态、政治体制等，由于研究者的学识、研究框架不够完备、著述体例等制约，都还难以完全纳入这个体系中。此外，本书所涉及的文献文化现象众多，又是假众手完成的，在具体个案方面的研究用心较多，而在体系化、整体结构等方面还不够均衡、严整，有时甚至显得有些琐碎，颇有不足之处。要更加全面而生动地展示中国传统文化的早期形态，还需要在今后的研究中不断深化和修正，使其逐渐完善。

本课题从立项至今，已经超过十个年头，学术界关于上古文献文化的研究已经有了很大的改观，学者们的理论视角远较过去开阔，尤其是一些借助各类出土文献的研究，使得先秦文化、文献研究呈现出更加丰富、更加细致、更加凿实的面貌，这是值得我们学习和借鉴的。但由于本书完成较早，而没能下决心作较大的增改，甚至未能包含作者们自己的最新成果。这是一大缺憾，也只能寄希望于将来了。

目　录

绪　言

从战国末期到秦朝统一，再经楚汉之争而至西汉帝国，国家政权更迭与政治统治模式都在变动之中寻找着有效而合法的表现和路径：分封与郡县的交替糅合、安定与动乱的间歇交错，警醒也规范着世人的行为与知识观念。秦汉统一王朝的确立，为后世的帝国树立了典范和模式，同时也为早期中国各种知识观念与文献的生成与发展提供了空间和平台。

秦汉时期是早期中国知识观念融合汇通的阶段，由此建构的文献体系也倾向于严整与综合，《吕氏春秋》《淮南子》等著作以及陆贾、贾谊、董仲舒等人的知识建构足以说明这一点。以战国时期的知识观念与文献状况来看，秦汉时期无疑是前代知识积累、观念创新、文献定型的总结期；而就后世知识观念与文献传承和影响而言，秦汉时期的知识观念和文献体系，又成为后世知识观念和文献著述得以衍生的脊骨和原点。因此，秦汉时期可谓是"中国古典传统"的定型期。

在早期中国知识观念与文献体系的生成与发展序列中，秦汉时期知识观念由偏执走向兼容、由多样走向统一、由繁杂走向严整与规范。《吕氏春秋》整齐结构的设置、董仲舒的政治意识形态诉求、司马迁的撰史意识与书写方式，甚至秦始皇汉武帝的统治策略、卫青霍去病的军事攻击、司马相如等人润色鸿业的赋作等，均体现了这一知识观念衍生与发展的趋势。这一知识观念的融汇与严整，在思想史的描述中成为哲理的综合、国家意识形态的确立以及谶纬之学的互动和系统化。[①]　随着

---

① 参见葛兆光：《中国思想史》第一卷《七世纪前中国的知识、思想与信仰世界》，217～295 页，上海，复旦大学出版社，2001。

知识观念的合流与兼容，各种文献也趋于定型，并最终完成体系化的建构，如战国时代的"六经"在西汉之世备受推崇，无论是国家层面还是民间社会，都在积极整理、注解、阐释经书的内容及意义，以至于传之后世的经书，无论是从文本内容上还是义理脊骨上，都打上了汉代知识界的烙印。

尽管秦始皇对相关经典进行了人为的破坏，但一时的低落和压抑又迎来了较为持久的兴起和高涨：从秦朝焚书到西汉废除《挟书律》，从征求群书到大兴经学，从崇尚黄老到独尊儒术，"中国古典传统"不但得到反思和总结，而且进一步被定型和系统化，以至于形成以儒家为主而又兼顾各家的国家意识形态。在这一过程中，秦汉士人、经学家、史学家乃至民间社会都起着非常重要的作用。司马迁《史记》对西汉社会的描述，刘向、刘歆乃至班固对相关经典文献的整理与归类，以及民间社会对传自久远图像的珍视与创新，均可纳入这一知识观念与文献定型及体系化的序列之中。

结合以上思考，本卷重点探讨秦汉士人、经学家、史学家乃至民间社会对前代知识、观念、文献的接受，新知识类型和观念形态的生成方式和过程，以及这一过程对于"中国古典传统"最终确立、定型的意义。

总体而言，这一时期知识观念所具有的包容性和适应性，经过多方尝试后，终于找到了自己的表现内容和表达方式，代表中华传统文化原点和脊骨的"中国古典传统"也便在这一历史时空之内得以定型和系统化。为了比较合理、便捷地呈现各类"知识—观念—文献"生成与发展的轨迹，本卷将采用时间脉络与专题研究相结合的方式描述"中国古典传统"定型与系统化的基本过程。

第一章　秦汉时期知识观念的衍生与定型

战国到秦汉，是大一统模式逐渐定型、稳固的阶段。对于秦汉士人而言，他们一方面延续并发展了战国士人的文化理想，另一方面又积极整理、融汇着各种知识观念，更有一部分士人借助儒家的知识体系吸纳、整合其他知识观念，进而在国家政治权力的帮助下使得这一新的知识观念与文献体系得以经典化、政治化，并向民间社会扩散，由此"中国古典传统"也得以最终定型、稳固。

第一节　秦汉时期知识观念衍生的基本过程

春秋战国时期礼崩乐坏的现实，不但瓦解了宗法礼教文化，而且同样削弱了刚刚发展起来的道德理性，使得功利主义有了生长的土壤。徐复观说："自商鞅变法以后，法家思想逐渐成为秦国的立国精神。"[①]变法使得秦国国富兵强，人民勇于公战而怯于私斗，又经过数代国君的左冲右突，终于成就了秦始皇"振长策而御宇内"，"履至尊而制六合"的大业。

秦朝统一天下，各种游士的思想和秦法治文化的冲突在所难免。秦朝统一前夕，秦相吕不韦"招致士，厚遇之，至食客三千人"（《史记·吕不韦列传》）[②]，由这些"士"所编著的《吕氏春秋》兼有儒、道、

---

① 徐复观：《两汉思想史》第一卷，69页，上海，华东师范大学出版社，2001。

② （汉）司马迁撰，（南朝宋）裴骃集解，（唐）司马贞索隐，（唐）张守节正义：《史记》，2510页，北京，中华书局，1982。按，本书所引《史记》均出自此版，为避重复，之后仅标注篇名，不再出页下注释。

墨、名、阴阳等诸家思想，尤以儒、道思想为多，而很少有法家思想。有学者因此认定吕不韦是反对秦以法家治国的。①徐复观据《吕氏春秋》载有六国灭亡之事，推断说："是吕不韦死后，其书仍在继续修补之中，则吕氏门客，在秦仍继续发生影响。"②这就意味着，秦朝统一后仍有各种游士从事议政、著述等活动。史载秦始皇为了"兴太平"，曾"悉召文学方术士甚众"（《史记·秦始皇本纪》），而朝廷设有博士一职，共七十人。这些博士中既包括如淳于越那样的儒者，也包括各类方士。他们曾参与议定朝仪、制定礼制等活动。但统一后的秦朝仍然继续着战时的治国方略，以苛酷的刑律统治人民。《盐铁论·刑德》云："昔秦法繁于秋荼，而网密于凝脂。然而上下相遁，奸伪萌生，有司治之，若救烂扑焦，而不能禁；非网疏而罪漏，礼义废而刑罚任也。"③在这种政治文化背景下，礼仪教化失去了存在的土壤，必然和秦的统治发生激烈的冲突。《史记·秦始皇本纪》记载秦朝统一后，以淳于越为代表的朝中博士曾希望能恢复周代分封制度，并说："事不师古而能长久者，非所闻也。"丞相李斯却坚决表示反对，他说：

> 五帝不相复，三代不相袭，各以治，非其相反，时变异也。今陛下创大业，建万世之功，固非愚儒所知。且越言乃三代之事，何足法也？异时诸侯并争，厚招游学。今天下已定，法令出一，百姓当家则力农工，士则学习法令辟禁。今诸生不师今而学古，以非当世，惑乱黔首。丞相臣斯昧死言：古者天下散乱，莫之能一，是以诸侯并作，语皆道古以害今，饰虚言以乱实，人善其所私学，以非上之所建立。今皇帝并有天下，别黑白而定一尊。私学而相与非法教，人闻令下，则各以其学议之，入则心非，出则巷议，夸主以为名，异取以为高，率群下以造谤。如此弗禁，则主势降乎上，党与成乎下。禁之便。臣请史官非秦记皆烧之。非

---

① 参见杨宽：《秦始皇》，22～24页，上海，上海人民出版社，1956。
② 徐复观：《两汉思想史》第一卷，75页，上海，华东师范大学出版社，2001。
③ （汉）桓宽撰，王利器校注：《盐铁论校注》，565～566页，北京，中华书局，1992。按，本书所引《盐铁论》均出自此版，为避重复，之后仅标注页名，不再出页下注释。

博士官所职，天下敢有藏《诗》、《书》、百家语者，悉诣守、尉杂烧之。有敢偶语《诗》《书》者弃市。以古非今者族。吏见知不举者与同罪。令下三十日不烧，黥为城旦。所不去者，医药卜筮种树之书。若欲有学法令，以吏为师。(《史记·秦始皇本纪》)

李斯的这一段话并非专为驳分封制而发，它实际上反映了秦对礼仪文化传统的否定，且希望将整个国家完全置于法令的统治之下。李斯的话得到了秦始皇的赞同，自此以后，秦"专任狱吏，狱吏得亲幸。博士虽七十人，特备员弗用"(《史记·秦始皇本纪》)。当有博士因不能容忍而逃去时，就引发了"坑儒"的惩罚。

焚书坑儒，不仅仅是法、儒两个学派斗争的问题，它是极端功利主义对文化传统的压制，是集权政治对所有非官方意识形态话语权力的压制，它从根本上切断了古典传统文化的脉络。由职守，而君子，而士人，这一路发展而来的知识阶级，他们对文化、道义所承担的责任，也就被完全剥夺了。从李斯的话中可以看出，秦国可以保持《秦记》，博士官也可以保存《诗》、《书》和"百家语"。顾颉刚说："《诗》、《书》和百家之言凡是博士官所执掌的都不烧：为什么还要留上这一点'是古非今'的根苗？大约这和官制有关系，除非把博士官取消，就得让他们去读点古书；只要他们不敢乱发不合时宜的议论，安心做个皇帝的装饰品，也就罢了。"[①]而那些游离在朝廷之外的士人，无传习、议论的自由，那么，上千年来中国古典传统所形成的附着于文献的理性精神和以"道"行世的理想，也就烟消云散了。士人在秦的唯一的出路就是"以吏为师"，学习法令，成为一个称职的官吏。"中国古典传统"由此而陷入无比黑暗的深渊，只能在暗地里积聚着自己的"愤怒"。

刘邦入关为王，萧何开始依据秦律制定九章，此后又有叔孙通加以增益，形成了一整套颇为繁苛的汉律。秦钳制文化的《挟书律》和《妖言令》，在汉初也一直被沿用，直到汉惠帝和汉文帝时才最终被废除。20世纪80年代，记载有汉高祖时期十六条案例的《奏谳书》出土，其

---

① 顾颉刚：《秦汉的方士与儒生》，60页，上海，上海人民出版社，1957。

中载录的汉法在"刑名""审判程序""量刑标准""刑徒"的刑期等方面，与秦律有"诸多相同或相似之处"。① 这些文本再次证明了传世文献所记"汉承秦制"的可靠性。"汉承秦制"一直到汉武帝时，也没有多大改变。《汉书·刑法志》云：

> 及至孝武即位，外事四夷之功，内盛耳目之好，征发烦数，百姓贫耗，穷民犯法，酷吏击断，奸轨不胜。于是招进张汤、赵禹之属，条定法令，作见知故纵、监临部主之法，缓深故之罪，急纵出之诛。其后奸猾巧法，转相比况，禁罔浸密。律令凡三百五十九章，大辟四百九条，千八百八十二事，死罪决事比万三千四百七十二事。文书盈于几阁，典者不能遍睹。②

其繁杂和苛刻程度并不在秦朝之下，若就此而论，说"汉律之峻峭，比秦更甚"③，亦不为过。在秦汉战争的缝隙中生存的游士，随着新的大一统王国的建立，又重新陷入尴尬的处境中。

但刘汉政权毕竟是在"天下苦秦久矣"的口号中建立起来的，因此，刘汉统治者对秦政的苛暴有着清醒的认识。反秦战争中，刘邦入关后曾布告关中曰："父老苦秦苛法久矣，诽谤者族，偶语者弃市。吾与诸侯约，先入关者王之，吾当王关中。与父老约，法三章耳：杀人者死，伤人及盗抵罪。余悉除去秦法。诸吏人皆案堵如故。"（《史记·高祖本纪》）这段话透露出刘邦有改革政治生态的意愿。所以，汉开国后，虽然在政体和法律上多承秦制，但在统治思想上，却颇为不同。刘邦称帝时，"悉去秦苛仪法，为简易"，致使朝纲混乱。叔孙通建议创立朝仪，刘邦说："可试为之，令易知，度吾所能行为之。"（《史记·刘敬叔孙通列传》）桓谭对此解释说："宪度内疏，政合于时，故民臣乐悦，为世所思。此知大体者也。"（《新论·言体》）这里虽然不无美誉的成分，但也说出了刘邦在政治上"简易"的倾向。而真正将这一思想落实到政

---

① 参见卜宪群：《秦制、楚制与汉制》，载《中国史研究》，1995（1）。
② （汉）班固撰，（唐）颜师古注：《汉书》，1101页，北京，中华书局，1962。按：本书所引《汉书》均出此版，为避重复，之后仅标注篇名，不再出页下注释。
③ 侯外庐等：《中国思想通史》第二卷，62页，北京，人民出版社，1957。

治实践上的是曹参，"其治要用黄老术，故相齐九年，齐国安集，大称贤相"（《史记·曹相国世家》）。及至参为汉相国，"举事无所变更，一遵萧何约束。择郡国吏木讷于文辞，重厚长者，即召除为丞相史。吏之言文刻深，欲务声名者，辄斥去之。日夜饮醇酒。卿大夫已下吏及宾客见参不事事，来者皆欲有言。至者，参辄饮以醇酒，间之，欲有所言，复饮之，醉而后去，终莫得开说，以为常。"（《史记·曹相国世家》）曹参斥去"言文刻深"之吏，醉不治事，固然不能更改汉初法律的弊端，但其主观上是希望少生事，以一种貌似消极的姿态来减轻苛繁的法律对百姓的骚扰。方孝孺论曰："参可谓知治乱之方矣。秦之亡，不在乎无制，而患乎多制。不患乎法疏，而患乎过密。使参而相汉，复苛推而详禁之，是续亡秦之焰而炽之也。"①当时的百姓也以"载其清净，民以宁一"（《史记·曹相国世家》）来称颂曹参的政治策略。所谓"清净"，是相对于秦朝的苛刻政治而言，也是相对于汉初的法律制度而言，是对承秦而来的汉制的一种纠偏行为。刘邦之所以看重曹参，正是由于他清净无为的政治态度。刘邦在回答吕后谁可代曹参为相时，说："王陵可。然陵少戆，陈平可以助之。陈平智有余，然难以独任。周勃重厚少文，然安刘氏者必勃也，可令为太尉。"（《史记·高祖本纪》）其所说的"戆""重厚少文"，都有清净无为的特点，即使是以"智"闻名的陈平，史称其自少"治黄帝、老子之术"（《汉书·张陈王周传》），自然也不会行严苛之政。可见，刘邦已经有意识地要纠正秦的统治策略，希望能从执政者的人品和行政风格上，尽量减少繁苛的刑律对社会的负面作用。正是由于这些大臣的相继为政，使得汉初形成了无为而治的政治局面。司马迁说："孝惠皇帝、高后之时，黎民得离战国之苦，君臣俱欲休息乎无为，故惠帝垂拱，高后女主称制，政不出房户，天下晏然。刑罚罕用，罪人是希。民务稼穑，衣食滋殖。"（《史记·吕太后本纪》）

清净无为的统治政策，并不意味着以"《诗》、《书》、百家语"为标志的百家争鸣时代的来临，也不意味着春秋时的礼乐政治立刻可以在

---

① （明）方孝孺：《逊志斋集》，131～132 页，宁波，宁波出版社，1996。

汉朝得以恢复。清净的政策，在最基本的层次上是要适应"黎民得离战国之苦，君臣俱欲休息乎无为"的现实，而在思想上则和黄老道家之学相呼应。道家学术有着较为复杂的价值取向，既有在统治策略上的无为而无不为，也有在人生现实中的蛰伏避祸而全身保性，还有在政治斗争中的阴谋权衡、以柔克刚，等等。秦朝法家政治在很大程度上促成了道家风气的形成。因秦法家政治极刚极猛，士人或赖阴谋以迎合之，或赖虚己以躲避之，皆与老子明哲保身的思想有所关联。司马谈论"六家要指"时说："道家使人精神专一，动合无形，赡足万物。其为术也，因阴阳之大顺，采儒墨之善，撮名法之要，与时迁移，应物变化，立俗施事，无所不宜，指约而易操，事少而功多。"（《史记·太史公自序》）可见，道家之学，可以帮助人适应形势，因时而动，尤其在形势酷烈之时，更有奇效。焚书坑儒之后尚存留于世的士人儒者，也只能在黄老之学中寻一方寸之地。故有学者论曰："秦末士人在秦之暴政的威逼下，大多对自我个性进行了一番洗割，以蛰伏保身、顺时而动的人生策略应对时势。正因秦政暴戾冷峭，秦末士人已变战国士风之张扬为秦末士风之深敛，在这种勇、'怯'之变中诞育出了以黄老之术为处世策略的时代氛围。"①这样，黄老学术在秦末到汉初成为一种思想潜流，史称陈平"多阴谋"，却自少"好读书，治黄帝、老子之术"，这就不难理解了。

"道家无为，又曰无不为，其实易行，其辞难知。其术以虚无为本，以因循为用。无成执，无常形，故能究万物之情。不为物先，不为物后，故能为万物主。有法无法，因时为业；有度无度，因物与合，故曰'圣人不朽，时变是守。虚者道之常也；因者君之纲'也。"（《史记·太史公自序》）黄老之学本是南面君人之术，所以能延伸到政治层面，成为一种政治理想。而这一政治思潮之所以能形成，则有赖于三个方面的原因：第一，在以酷法为治的秦朝灭亡之后，汉统治者采取与民休息的政治策略，实是"时变"之必然。第二，汉初统治者皆武臣出身，以简易为便。《汉书·刑法志》云："及孝文即位，躬修玄默……

① 程世和：《汉初士风与汉初文学》，37 页，北京，中国社会科学出版社，2004。

而将相皆旧功臣，少文多质，惩恶亡秦之政，论议务在宽厚，耻言人之过失。""少文多质"使将相们远离了法家苛密的律令和儒家繁杂的礼仪，表现出"长者"的风度。刘邦在秦末战争时期就有"长者"之称，《史记·高祖本纪》记载郦食其的观察云："诸将过此者多，吾视沛公大人长者。"又怀王诸老将议论遣兵入关时说："秦父兄苦其主久矣，今诚得长者往，毋侵暴，宜可下。今项羽僄悍，今不可遣。独沛公素宽大长者，可遣。"又《史记·齐悼惠王世家》记载大臣平乱后推代王为帝时，理由也是"君子长者"。至于大臣被人许为"长者"，曹参举引"重厚长者"为吏，更多见载籍。由上可知，秦末汉初的"长者"，其实就是"少文多质"、简易清净的代名词，这些品质也是道家所推崇的。而这些"大人长者"自然也会亲近黄老之术。第三，一些大臣和皇族有意识地提倡黄老之学。史载曹参任齐相时，"尽召长老诸生，问所以安集百姓，如齐故诸儒以百数，言人人殊，参未知所定。闻胶西有盖公，善治黄老言，使人厚币请之。既见盖公，盖公为言治道贵清静而民自定，推此类具言之。参于是避正堂，舍盖公焉。其治要用黄老术，故相齐九年，齐国安集，大称贤相。"（《史记·曹相国世家》）这是汉初政治家主动地选择黄老之术的开端，与汉高祖"悉去秦苛仪法，为简易"的自然反应颇有不同。曹参以外，汉文帝和窦太后亦信奉黄老，《史记·礼书》载："孝文即位，有司议欲定仪礼，孝文好道家之学，以为繁礼饰貌，无益于治，躬化谓何耳。故罢去之。"《史记·外戚世家》载："窦太后好黄帝、老子言，帝（景帝）及太子（武帝）诸窦不得不读《黄帝》《老子》，尊其术。"此外，以黄老之学立世的大臣，尚有陈平、田叔、直不疑、汲黯等。《史记·汲郑列传》说郑当时"好黄老之言，其慕长者如恐不见"，"每朝，候上之间，说未尝不言天下之长者"。《后汉书·樊准传》云："昔孝文窦后性好黄老，而清静之化流景武之间。"可见，在汉武帝之前，由拨正秦乱而导致政治上的休养生息，相应地也导致了黄老之学在统治阶层的蔓延。

黄老之术虽然也是前代知识观念的一部分，但在秦末汉初，它主要是作为一种行为方式和政治态度出现的，有着很强的实践性，已经逐渐远离了战国时期百家争鸣的社会氛围。而真正能代表秦汉士人担负起融汇各种知识观念的还是儒家。最初儒家并没有因秦的灭亡而理所当然地重新兴起,但汉代毕竟不同于秦代,已经看到了希望的儒士开始了艰难的破冰之旅,并最终使儒家思想成为朝廷的意识形态,使"中国古典传统"得以定型和稳固。

第二节　社会形势与儒家士人的知识创新

与其他各家的知识观念相比,儒家的知识观念更适合在政治稳定的时期展现自身的魅力,因为它的主要用力点在于教化万民。因此,儒家虽然起于战国的乱世之中,又屡屡受到知识界乃至各国君主的质疑、非议甚至批评,但却可以在政治趋于稳定、和平的时期发扬光大。

秦一统天下,对于儒士来说是一个很好的机会。当秦始皇置酒咸阳宫时,有博士七十人前为寿。仆射周青臣进颂曰:"他时秦地不过千里,赖陛下神灵明圣,平定海内,放逐蛮夷,日月所照,莫不宾服。以诸侯为郡县,人人自安乐,无战争之患,传之万世。自上古不及陛下威德。"(《史记·秦始皇本纪》)这番话虽然被淳于越指责为"面谀",但确实代表了不少儒士欢欣鼓舞、欲有所为的心态。由于秦朝厉行法治,秦始皇只能接受儒士的颂扬,而不能容忍儒士对现行政策的批评。儒士根深蒂固的价值观、传统观又不可能不和法家思想产生冲突。所以,当淳于越以"三代"封建制度来批评秦始皇的郡县制时,就被李斯责骂为"愚儒",并将儒士指为"主势降乎上,党与成乎下"的罪魁祸首,间接导致了"焚书坑儒"的惨剧。从此,除少数的儒士尚能在"备员弗用"的博士一职下蛰伏之外,其他或受死,或星散,儒家文献也一并被禁。儒学一蹶不振。

及陈涉起义,"鲁诸儒持孔氏之礼器往归陈王。于是孔甲为陈涉博士,卒与涉俱死"(《史记·儒林列传》),这一件事情极不合理,只能看作是儒家不甘暴秦迫害,而做出的挣扎。司马迁在评论这一事件时说:"陈涉起匹夫,驱瓦合适戍,旬月以王楚,不满半岁竟灭亡,其事至微浅,然而缙绅先生之徒负孔子礼器往委质为臣者,何也?以秦焚其业,积怨而发愤于陈王也。"(《史记·儒林列传》)楚汉战争时，儒生们又将希望寄托在刘邦身上。当时刘邦方以"长者"自居，与"暴秦"争天下，所以对拘拘儒者并不措意。《史记·郦生陆贾列传》记载："沛公不好儒，诸客冠儒冠来者，沛公辄解其冠，溲溺其中。与人言，常大骂。未可以儒生说也。"虽然如此，儒家也不愿意放弃尝试的机会。曾为秦待诏博士的叔孙通就主动降汉："汉二年，汉王从五诸侯入彭城，叔孙通降汉王。汉王败而西，因竟从汉。叔孙通儒服，汉王憎之；乃变其服，服短衣，楚制，汉王喜。叔孙通之降汉，从儒生弟子百余人，然通无所言进，专言诸故群盗壮士进之。"(《史记·刘敬叔孙通列传》)郦食其"好读书"，长期隐为监门吏，在反复比较中，他认为刘邦与众不同，在别人"未可以儒生说也"的劝说下，改以"狂生"身份见刘邦："郦生至，入谒，沛公方倨床使两女子洗足，而见郦生。郦生入，则长揖不拜，曰：'足下欲助秦攻诸侯乎？且欲率诸侯破秦也？'沛公骂曰：'竖儒！夫天下同苦秦久矣，故诸侯相率而攻秦，何谓助秦攻诸侯乎？'郦生曰：'必聚徒合义兵诛无道秦，不宜倨见长者。'"(《史记·郦生陆贾列传》)叔孙通和郦食其都是带着儒家理想来见刘邦的，这从他们儒服、责之以礼上可以看出，其中叔孙通还携百余弟子一同前来，说明他的行为具有群体性质。他们认识到刘邦虽然可能收留他们，却不可能立刻给他们实现儒家理想的机会，于是只能继续隐忍。所以，郦食其自称"狂生"，为刘邦做些游说之事；叔孙通"变其服"，为迎合刘邦专进"群盗壮士"。叔孙通在回答弟子的责问时说："汉王方蒙矢石争天下，诸生宁能斗乎？故先言斩将搴旗之士。"(《史记·刘敬叔孙通列传》)他们理解这是在战争时期，儒家的理想只能放在一边，暂以策士的身份为刘邦所接纳。当然，儒家在经历了战国末世以至酷秦一代之后，已经不复是孔孟之时的儒者了。于迎春认为："孔孟干君虽栖惶，其为仁行义的理想却始终未坠，并不断培植超越性的精神体验。而此际之儒，尤其是集中于刘邦周围的得意者，则往往混迹乘势，知时权变，以邀取世功爵禄。他们不是身份单纯的儒家学士，同时还是折冲樽俎的辩士、说客。"①这样看当时的儒者有一定的道理。也有人将他

---

① 于迎春：《秦汉士史》，43 页，北京，北京大学出版社，2000。

们视为"通儒"。正是这些通儒审时度势，在千方百计得到了刘邦的容留后，保存了自己，也为儒家以后的复兴，预埋了种子。

汉定天下，刘邦军功集团一方面由于自身粗疏少文，另一方面为改变秦酷烈之气，以简易行事。简易之风与黄老相应，却与儒家不合，但儒家士人却努力从中挤出自己的空间，使统治者逐渐认可儒家。《史记·刘敬叔孙通列传》载：

> 汉五年，已并天下，诸侯共尊汉王为皇帝于定陶，叔孙通就其仪号。高帝悉去秦苛仪法，为简易。群臣饮酒争功，醉或妄呼，拔剑击柱，高帝患之。叔孙通知上益厌之也，说上曰："夫儒者难与进取，可与守成。臣愿征鲁诸生，与臣弟子共起朝仪。"高帝曰："得无难乎？"叔孙通曰："五帝异乐，三王不同礼。礼者，因时世人情为之节文者也。故夏、殷、周之礼所因损益可知者，谓不相复也。臣愿颇采古礼与秦仪杂就之。"上曰："可试为之，令易知，度吾所能行为之。"

针对粗疏简易政治的弊病，叔孙通能抓住机会，通过为汉朝制定朝仪一事，一方面让刘邦看到了儒家礼仪的社会功用，使得其从"守成"实务着眼接受儒家；另一方面又使得那些虽湮没在民间，仍孜孜讲习礼仪的山东诸儒有了进用的机会，也为全国读书守礼的儒家士人开辟了一条道路。从这一角度来说，弟子们称叔孙通为"圣人""知当世之要务"，也不为过分。叔孙通这次制定朝仪，虽还只是一种功利行为，难以说得上是儒学复兴，但毕竟是儒家在经过一个漫长的蛰伏期后，第一次得到官方的正式认可，因此其意义不可小觑。

与叔孙通相比，更具有儒家自觉意识，能从积极方面倡导儒家思想的是陆贾。据《汉书·郦陆朱刘叔孙传》记载：

> （陆）贾时时前说称《诗》《书》。高帝骂之曰："乃公居马上得之，安事《诗》《书》！"贾曰："马上得之，宁可以马上治乎？且汤武逆取而以顺守之，文武并用，长久之术也。昔者吴王夫差、智伯极武而亡；秦任刑法不变，卒灭赵氏。乡使秦以并天下，行仁义，

法先圣,陛下安得而有之?"高帝不怿,有惭色,谓贾曰:"试为我
著秦所以失天下,吾所以得之者,及古成败之国。"贾凡著十二篇,
每奏一篇,高帝未尝不称善,左右呼万岁,称其书曰《新语》。

陆贾这次虽然也是从"守成"的意义上对刘邦说《诗》《书》,但却高调阐
释了以仁义王天下的儒家理想,相比较叔孙通来说,陆贾的儒家立场
更为清晰。刘邦以长者身份行简易之政,本身就包含着对秦朝政治的
反拨。而陆贾启发他从仁义的角度重新考虑成败的原因,实际上是指
出了一条更深入、更有意义的反思之路。这虽与刘邦性情不合,致其
"不怿",却是当下立国要务,所以被刘邦勉强接受。陆贾不失时机,
凭着十二篇文章,开启了儒家在新政权中的话语空间。

叔孙通定礼仪,陆贾言《诗》《书》,儒家的两大学术思想资源就在
以黄老和律法编织而成的汉初政坛上艰难地露出头角,现出希望。此
后,民间私相授受儒学经典者往往有之,读书而为官者,汉文帝时则
有贾谊。《史记·屈原贾生列传》说他"年十八,以能诵《诗》属《书》闻于
郡中",因被招为官员,受汉文帝赏识,任太中大夫。"贾生以为汉兴
至孝文二十余年,天下和洽,而固当改正朔,易服色,法制度,定官
名,兴礼乐,乃悉草具其事仪法,色尚黄,数用五,为官名,悉更秦
之法。"贾谊意在全面复兴儒家,在汉推行礼仪政治。这一建议在一定
程度上得到汉文帝的支持。贾谊的政治主张及其所作《新书》,可以看
作儒家学术全面复兴的一个预兆。此后儒生往往得以登用,汉文帝也
在公孙臣、新垣平等的帮助下,尝试过改历和服色,"使博士诸生刺六
经中作《王制》,谋议巡狩封禅事"(《史记·封禅书》),并且为《诗》《书》
《春秋》等儒家经典设立博士职。至此,儒学的生存状况已经大为改观,
并逐渐在朝廷中获得立足之地。

但是,此时儒家思想仍受到来自各种势力的抑制。如贾谊虽然得
到汉文帝的信任,并拟任为公卿,但"绛、灌、东阳侯、冯敬之属尽害
之"(《史记·屈原贾生列传》),此皆朝廷重臣,汉文帝只能将其任为长
沙王太傅,远离政治中心了事。《史记·儒林列传》载:"孝惠、吕后
时,公卿皆武力有功之臣。孝文时颇征用,然孝文帝本好刑名之言。

及至孝景，不任儒者，而窦太后又好黄老之术，故诸博士具官待问，未有进者。"儒家学问在文景之世还难以和黄老、刑名之术相抗衡，辕固生的遭遇颇能说明这一问题。《史记·儒林列传》又载："窦太后好《老子》书，召辕固生问《老子》书。固曰：'此是家人言耳。'太后怒曰：'安得司空城旦书乎？'乃使固入圈刺豕。景帝知太后怒而固直言无罪，乃假固利兵，下圈刺豕，正中其心，一刺，豕应手而倒。太后默然，无以复罪，罢之。"辕固生是传习《诗》的博士，他对黄老经典的不敬，让他差点送了性命，可见黄老之学在景帝时地位还是非常牢固的。

叔孙通等定朝仪，陆贾为刘邦言得失，走的虽也是儒家的路子，但终究还是即时的、个人的行为，有功利色彩，并没有在制度上为儒家学术争取一个稳定的位置。儒家复兴实起始于文献的公开传习。

秦始皇焚书坑儒后，儒家文献多随着儒生流传至齐鲁一带，然没有公开传习者。儒生习礼乐大约始于秦乱之后。史载，刘项之争时，"举兵围鲁，鲁中诸儒尚讲诵习礼乐，弦歌之音不绝"（《史记·儒林列传》）。汉惠帝时废除《挟书律》和《妖言令》，儒家文献才能公开传授。汉文帝时，任用以《诗》《书》起家的贾谊，此时，民间儒家文献传授活动已相当活跃了。《史记·儒林列传》云：

> 伏生者，济南人也。故为秦博士。孝文帝时，欲求能治《尚书》者，天下无有，乃闻伏生能治，欲召之。是时伏生年九十余，老，不能行，于是乃诏太常使掌故朝错往受之。秦时焚书，伏生壁藏之。其后兵大起，流亡，汉定，伏生求其书，亡数十篇，独得二十九篇，即以教于齐鲁之间。学者由是颇能言《尚书》，诸山东大师无不涉《尚书》以教矣。

文帝求《尚书》，并非纯为复兴儒家学脉，但却显示了统治者对儒家文献的重视，为儒家学术的合法化开启了门径。《尚书》的问世，显示了儒家文献由民间走向朝廷的趋势。

受朝廷影响，诸侯王亦多求文献典籍。楚元王曾与申公一起从齐人浮丘伯学《诗》，元王死后，申公又受新王之命为太子傅。由于太子不好学，申公"归鲁，退居家教……弟子自远方至受业者百余人"（《史记·儒林列传》)。景帝时，河间献王刘德亦以搜求文献为乐事：

> （献王）修学好古，实事求是。从民得善书，必为好写与之，留其真，加金帛赐以招之。繇是四方道术之人不远千里，或有先祖旧书，多奉以奏献王者，故得书多，与汉朝等。是时，淮南王安亦好书，所招致率多浮辩。献王所得书皆古文先秦旧书，《周官》《尚书》《礼》《礼记》《孟子》《老子》之属，皆经传说记，七十子之徒所论。其学举六艺，立《毛氏诗》、《左氏春秋》博士。修礼乐，被服儒术，造次必于儒者。山东诸儒多从而游。（《汉书·景十三王传》）

河间献王所收藏的主要是儒家典籍，而"修礼乐，被服儒术"就明显具有复兴儒学的意思了。其时由于窦太后好道家之学，儒家就只能在各诸侯王和民间流传了。至武帝时，各种先秦著作纷纷再现，班固《汉书·艺文志》载："武帝末，鲁共王坏孔子宅，欲以广其宫，而得《古文尚书》及《礼记》、《论语》、《孝经》凡数十篇，皆古字也。"《尚书》序疏引刘向《别录》亦云："武帝末，民有得《泰誓》书于壁内者，献之与博士。"这些被壁藏的先秦儒书的出现，大大推进了儒家学术的传播。

从制度上恢复儒家的学术地位，并为儒家的复兴奠定基础的是汉博士制度。博士制度大约出现于战国晚期。[①]《汉书·贾山传》云贾山的祖父贾祛"故魏王时博士弟子也"。秦王嬴政统一六国时，有博士七十人。[②] 此后，博士制成了设官常例。陈涉揭竿而起时，孔鲋被任为博士。楚汉战争中，刘邦拜叔孙通为博士，号稷嗣君。刘邦之后，孔鲋弟子襄为孝惠皇帝博士。到汉文帝时，就有博士七十余人了。[③] 但秦博士只是因"通古今"而备皇帝顾问，不具有传播学术的职责，也不

---

① 有学者认为博士制度起源于齐稷下学宫制度，如钟肇鹏：《秦汉博士制度源出稷下考》，载《管子学刊》，2003(3)。

② 《史记·封禅书》云："（始皇帝）即帝位三年，东巡郡县，祠驺峄山，颂秦功业。于是征从齐、鲁之儒生博士七十人，至乎泰山下。"大约秦的博士官制始于此。

③ 参见(汉)卫宏：《汉官旧仪》，23页，北京，中华书局，1985。

限定于儒家。① 这一状态一直到汉武帝立五经博士，黜百家之言后，才有了改变。由于儒家看重文献的传承，又执着于师承，因此能在战乱年代薪火相传，使得学术得以保存。汉代博士制度虽不专为儒家而设，但儒家仍具有非常重要的地位。有学者统计："从高祖到惠帝，博士今可考者仅叔孙通、随何、孔襄三人，全是儒家。到汉文帝时，博士员数又达到 70 余人。此时，依旧不问学派师承，凡博学之士，皆可为之。儒家学派依旧占据优势，在今可考的 5 人中，晁错、申培、韩婴 3 人都是儒家人物。入景帝朝，儒家的优势更为明显……自'罢黜百家，独尊儒术'以后，博士被儒家垄断，其他学派再也不能染指。"②

专经博士出现，意味着博士一职的设立开始着眼于学术本身的传承，为学派的发展提供了条件。最早有意识地提拔专书学者的是汉文帝。据《汉书·楚元王传》记载，文帝"闻申公为《诗》最精，以为博士"。其他以一经闻名而得征召为博士者，如伏生、晁错以长于《书》而为博士，辕固生、韩婴以长于《诗》而为博士，贾谊以长于《礼》和《左传》而为博士，至景帝时胡毋生、董仲舒以长于《春秋》而为博士。③ 此时虽然还不是以专书的名义征召博士，但博士由"博学于文"而转为"专于一经"，意味着博士的职事由"备顾问"而向传播经典一途转化。这对以文献为主的儒家来说，是一个极其有利的发展机会。事实上，河间献王刘德在景帝时就曾为《毛氏诗》和《左氏春秋》立博士，这应该是汉武帝立五经博士的先声。

---

① 葛志毅云："秦博士可以有弟子跟随，但因秦未立太学，故博士虽可于博士官署兼传弟子之职，其性质乃与以吏为师无异，博士尚未具备汉代学官的性质。"参见葛志毅：《汉代的博士与议郎》，载《史学集刊》，1998(3)。

② 安作璋、刘德增：《齐鲁博士与两汉儒学》，载《史学月刊》，2000(1)。

③ 后人往往据赵岐《孟子章句题辞》"孝文皇帝欲广文学之路，《论语》《孝经》《孟子》《尔雅》皆置博士"，以及刘歆《让太常博士书》"至孝文皇帝……天下众书往往颇出，皆诸子传说，犹广立于学官，为置博士"，认为以上诸书在汉文帝时皆已立博士。徐复观辩驳说："实则孝文时，有的是以治'诸子传说'出名，有的是以治'《论语》《孝经》《孟子》《尔雅》'出名，因而得为博士，但并非为'诸子传说'、'《论语》、《孝经》、《孟子》、《尔雅》'立博士。"但他认为申公因《诗》而列为博士，是唯一的为专书立博士的实例。（参见徐复观：《中国经学史的基础》，见《徐复观论经学史二种》，59 页，上海，上海书店出版社，2002）实际上，据《汉书》原文来看，汉文帝立申公为博士依然是对人而不是对书。

武帝时，儒学的社会地位日见高隆，当时的丞相窦婴、太尉田蚡俱好儒术，而御史大夫赵绾和郎中令王臧也都是儒家学者。赵绾向武帝建议诸事不必奏请窦太后，引发了以窦太后为代表的黄老学派与儒家学派的激烈冲突，其结果是赵绾和王臧自杀，窦婴和田蚡被免职。但这一事件显示出儒家势力已成，武帝的态度也趋向于儒家。此后武帝立儒家"五经"博士，这是正式依专书立博士职的开端。建元六年（前135），窦太后去世之后，田蚡再次执政，就开始"绌黄老、刑名百家之言，延文学儒者数百人"（《史记·儒林列传》）。

著名的儒者董仲舒、公孙弘由此开始崭露头角，儒家的全面复兴亦由此拉开了大幕。董仲舒的《贤良对策》三云：

> 《春秋》大一统者，天地之常经，古今之通谊也。今师异道，人异论，百家殊方，指意不同，是以上亡以持一统；法制数变，下不知所守。臣愚以为诸不在六艺之科孔子之术者，皆绝其道，勿使并进。邪辟之说灭息，然后统纪可一而法度可明，民知所从矣。（《汉书·董仲舒传》）

这一奏议为汉武帝所采纳，儒家成了官方学术，儒家思想成为官方意识形态。"今上即位，赵绾、王臧之属明儒学，而上亦乡之，于是招方正贤良文学之士。自是之后，言《诗》于鲁则申培公，于齐则辕固生，于燕则韩太傅。言《尚书》自济南伏生。言《礼》自鲁高堂生。言《易》自菑川田生。言《春秋》于齐鲁自胡毋生，于赵自董仲舒。"（《史记·儒林列传》）"五经"博士基本确立。此后，公孙弘为确保儒学的流传和推广，向汉武帝建议：

> 为博士官置弟子五十人，复其身。太常择民年十八已上，仪状端正者，补博士弟子。郡国县道邑有好文学，敬长上，肃政教，顺乡里，出入不悖所闻者，令相长丞上属所二千石，二千石谨察可者，当与计偕，诣太常，得受业如弟子。一岁皆辄试，能通一艺以上，补文学掌故缺；其高弟可以为郎中者，太常籍奏。即有秀才异等，辄以名闻。其不事学若下材及不能通一艺，辄罢之，

而请诸不称者罚。(《史记·儒林列传》)

博士弟子古已有之，但可能不具有官方身份。公孙弘所论，实际上是从制度上确认了博士以传播儒家学术为第一要务，而博士子弟同时也成为政府官员的候补者。公孙弘的建议既满足了儒家文献作为学术传承的条件，又为儒家学术获得政治上的支撑找到了坚实的基点，从而保证了儒家文献的不可动摇的地位。在汉武帝立五经博士，设置博士弟子制度后，儒家学术和文献有了充分的发展条件，但同时也使得儒家文献与政治更为贴近。

第三节　礼制与经学：汉代儒学的政治化方式

儒学在先秦虽为显学，但其在政治领域始终较为落寞。这当然与先秦"兼并者高诈力"的政治形势有关，也与儒家学术过于理想化不无关系。但是到了汉代，儒学逐渐在国家意识形态中占据了令人吃惊的独尊地位，而且拥有了在大一统帝国中发展和传播的制度保障。儒学地位的变化，得益于汉儒对儒家知识观念与文献典籍的政治化和现实化的转化。汉代儒学的这种转化，主要表现在制礼与经学两个方面。

一、汉儒的制礼

在西汉社会，儒家学者成了古典文化最杰出的传承者。儒有"君子儒"和"小人儒"之分，两者的区分在原则上等同于"礼"和"仪"的区分。孔、孟、荀这样的儒者在传播礼乐的同时，致力于自礼乐中开发新的意识形态和社会伦理精神，自然是"君子儒"；而以烦琐的礼乐规仪服务于世，则显然继承了古典传统文化中的物质性内容，应该属于"小人儒"。君子儒更看重对文献的阐发，而小人儒则精通于礼仪规则。学者论秦汉之际，认为儒者的品格不逮前贤，缺乏仁义的理想和超越的精神体验，丧失了以道自任的人格力量，而实际上，秦始皇以"文学"名义征召的儒博士，大多是一些"小人儒"。"小人儒"主要以传播礼乐知识为目的，并不在人格精神上下功夫，其聪明者，往往随时而动，操权变之术，染策士之习气，其代表者为叔孙通。至于秉持儒家道德理性的，也自有人在，如当着秦始皇面骂周青臣面谀的淳于越，与陈涉俱死的孔甲，指责叔孙通面谀主上以得亲贵的"鲁两生"等。他们皆是所谓"君子儒"，只是他们不为世用，难以事功、声名显世而已。

恰是小人儒凭着变通的胆识和礼乐知识，顽强而直接地介入政治生活中，展示了儒家文化的切实功用，从而也为汉儒开辟了一条济世之路。叔孙通为刘邦制定朝仪，是儒家和汉代政治的第一次合作。刘邦由此深感"吾乃今日知为皇帝之贵也"（《史记·刘敬叔孙通列传》），从而也就将礼仪和儒家容留在汉政治体系之中。叔孙通是汉代礼仪制度的开创者。除朝仪外，叔孙通还"因秦乐人制宗庙乐"："大祝迎神于庙门，奏《嘉至》，犹古降神之乐也。皇帝入庙门，奏《永至》，以为行步之节，犹古《采荠》《肆夏》也。干豆上，奏《登歌》，独上歌，不以管弦乱人声，欲在位者遍闻之，犹古《清庙》之歌也。《登歌》再终，下奏《休成》之乐，美神明既飨也。皇帝就酒东厢，坐定，奏《永安》之乐，美礼已成也。"（《汉书·礼乐志》）又与萧何、周昌、王陵等共议天子服饰制度，认为"春夏秋冬天子所服，当法天地之数，中得人和。故自天子王侯有土之君，下及兆民，能法天地，顺四时，以治国家，身亡祸殃，年寿永究，是奉宗庙安天下之大礼也。"（《汉书·魏相丙吉传》）惠帝时，他还更定了宗庙礼仪，"谓从高帝陵寝出衣冠游于高庙，每月一为之"[①]；又建议惠帝取樱桃献宗庙，仿古"春尝果"之礼。由此看来，叔孙通实为儒家中精通礼乐者。汉初的有关礼仪制度，大多与叔孙通有关，因此班固说汉仪法"皆通所论著也"。《后汉书·曹褒传》提到叔孙通有《汉仪》十二篇，《晋书·刑法志》提到叔孙通有《傍章》十八篇。又郑玄注《周礼·天官·凌人》时引《汉礼器制度》，贾公彦疏云"叔孙通前汉时作《汉礼器制度》"。《汉仪》《傍章》《汉礼器制度》等，都为礼仪文献，虽未必皆为叔孙通原著，或可能是出于后人的辑录，甚至是托

---

① （宋）叶廷珪撰，李之亮校点：《海录碎事》上册，552页，北京，中华书局，2002。

名。① 但由此可以看出，叔孙通确实是汉礼仪制度的第一人，他在实用的层次上，将古代礼仪文化在汉发扬光大。

汉初对礼仪有所发明的是贾谊。据《汉书·贾谊传》，贾谊初以《诗》《书》闻名郡中，"河南守吴公闻其秀材，召置门下，甚幸爱"。吴公为李斯学生，而李斯以荀子为师，所以贾谊亦有荀子的学统。贾谊《新书》中有《礼》篇，不过，他更注重对礼仪精神的阐发，强调"节义""恤下"以及"守尊卑之经"等，与荀子的礼仪思想一脉相承，是君子儒的层次。冯友兰说，贾谊注重"习"，注重"礼"。在这些方面，贾谊是接着荀况讲的。② 金春峰亦云："贾谊希望在汉代以荀子《礼论》思想为蓝图，建立起地主阶级的礼治的等级秩序井然不紊的社会。荀子的'礼论'思想成为贾谊建设社会秩序的基本指导思想。"③贾谊对汉文帝抱有极大的期望，《新书·数宁》说：

> 臣闻之：自禹以下五百岁而汤起，自汤已下五百余年而武王起。故圣王之起，大以五百为纪。自武王已下过五百岁矣，圣王不起，何怪矣。及秦始皇帝似是而卒非也，终于无状。及今，天下集于陛下，臣观宽大知通，窃曰足以操乱业，握危势，若今之贤也。明通以足，天纪又当，天宜请陛下为之矣。然又未也者，又将谁须也？④

贾谊抱有五百年必有王者出的信念，认为汉文帝也足以承担起圣王的责任，自己生逢其时，所以应该帮助汉文帝成就这一伟大的事业，而他的《新书》基本都是围绕着这一理想所设计的蓝图。贾谊认为圣王之业，应当以礼仪制度的改革作为标志。《史记·屈原贾生列传》曰："贾生以为汉兴至孝文二十余年，天下和洽，而固当改正朔，易服色，法制度，定官名，兴礼乐，乃悉草具其事仪法，色尚黄，数用五，为官名，悉更秦之法。"但贾谊的设想在文帝初年遭到了来自朝廷老臣的阻

---

① 参见（清）沈家本：《历代刑法考》，1376～1377 页，北京，中华书局，1985。
② 参见冯友兰：《中国哲学史新编》第三册，26 页，北京，人民出版社，1985。
③ 金春峰：《汉代思想史》，95 页，北京，中国社会科学出版社，1987。
④ （汉）贾谊撰，阎振益、钟夏校注：《新书校注》，30 页，北京，中华书局，2000。

挠，不但不可能实现，甚至于自己的政治前途也就此告终。

汉初儒家学者中，荀子一派实广有影响，其代表人物是荀子的再传弟子申公。据《史记·儒林列传》记载，申公在高祖、吕后朝皆很活跃，与楚王刘郢客同师，后为楚太子戊的老师，因太子戊不好学，"申公耻之，归鲁，退居家教，终身不出门，复谢绝宾客，独王命召之乃往。弟子自远方至受业者百余人。"《汉书·儒林传》则云受业者"千余人"。王臧、赵绾、孔安国、周霸、夏宽等都是申公的弟子，这些人都位居高官。其弟子中还有"为博士十余人"（《汉书·儒林传》）。申公一派对古礼相当重视，所传《穀梁传》被认为集中发挥了荀子礼仪之学。汪中《荀卿子通论》云："《礼论》《大略》二篇，《穀梁》意俱在。"[①]所以，文景之际出现的《周礼》一书，极有可能是申公及其弟子们最终完成的。郭沫若《周官质疑》通过将《周礼》与金文做对比研究，认为《周官》一书，盖赵人荀卿子之弟子所为，袭其师"爵名从周"之意，纂集遗闻佚志，参以己见而成一家之言。其书盖为未竣之业，故书与作者均不传于世。[②]彭林通过对《周礼》一书的思想和制度做精细的考察，也认为《周礼》"是以荀子'礼本刑用'的思想为蓝本的"，"《周礼》不仅阴阳与五行相结合，儒与法相结合，而且儒法与阴阳五行相结合，浑然一体，几乎看不出糅合的痕迹，其整体性、条理性、成熟性……是战国末期任何一位学者或著作都未能企及的。"因此，他认为《周礼》是"汉初荀子后学所为"，其年代在文景之间。[③]其实，朱熹也认为《周礼》是汉儒所为，他曾引程子的话曰："孟子之时，去先王未远，载籍未经秦火，然而班爵禄之制已不闻其详。今之礼书，皆掇拾于煨烬之余，而多出于汉儒一时之傅会，奈何欲尽信而句为之解乎？"[④]可见，《周礼》本之于周代的巫政合一的官制形态，由战国后期的荀子后学编著。至文景之

　①　（清）汪中著，田汉云点校：《新编汪中集》，412页，扬州，广陵书社，2005。
　②　郭沫若：《周官质疑》，见《中国现代学术经典·郭沫若卷》，464页，石家庄，河北教育出版社，1996。
　③　参见彭林：《〈周礼〉主体思想与成书年代研究》，254～255页，北京，中国社会科学出版社，1991。
　④　（宋）朱熹：《四书章句集注》，317页，北京，中华书局，1983。

际，礼学思潮的兴起，荀子后学踵迹前贤，最终完成。《周礼》的完成，表达了儒家学者的文化信仰，也显示了积极参与新朝改革的强烈愿望。

文帝时，朝廷礼仪活动越来越频繁，诸生也开始将朝廷的礼仪制度和统系问题联系起来考虑，强调通过礼制来表征汉代政权的合法性。这其中最重要的就是正朔服色问题。汉初沿用秦的正朔，以十月为岁首，色尚赤，后张苍依秦改为色尚黑。但伏胜持"三统说"，以为夏商周三代循环，至汉当承接夏而以正月为岁首。贾谊则据五行观点认为应当"色尚黄，数用五"。十余年后，公孙臣再提五德更始，以汉受土德，建议色尚黄。由于黄龙现于成纪，文帝始关注服色问题，乃召公孙臣"与诸生申明土德，草改历服色事"（《汉书·郊祀志上》）。同年，汉文帝又"使博士诸生刺"六经"中作《王制》，谋议巡狩封禅事"（《史记·封禅书》），这实际上是一次大规模的礼制建设活动。现在看来，《王制》除巡狩、祭祀、朝聘等礼仪性内容外，还涉及选举、官爵、采邑、养老、听讼、决狱等社会制度问题，显示了儒家以礼治国的思想。《王制》之前，故秦博士伏生所作《尚书大传》就有很多古代礼仪的内容，包括天子礼制、祭祀、养老、贡士、刑法等，天子礼制又包括巡狩、朝见、辅佐、居室、车舆、衣服等。因此，有学者认为《王制》受伏生《尚书大传》的影响。① 但文景之际，黄老思想居于很高的地位，儒家学者的制礼理想往往未能实现。改正朔、易服色、行封禅大仪，这些儒家理想直到武帝时才得以实现。

汉武帝时另一个重要的礼仪事件，就是建立明堂制度。《礼记·明堂位》云："明堂也者，明诸侯之尊卑也。……武王崩，成王幼弱，周公践天子之位，以治天下。六年，朝诸侯于明堂，制礼作乐，颁度量，而天下大服。"② 这一制度是将庙祭制度和颁政、朝诸侯等礼仪活动绾合在明堂之上。清儒惠栋解释说："明堂为天子大庙，禘祭、宗祀、朝觐、耕籍、养老、尊贤、飨射、献俘、治历、望气、告朔、行政皆行

---

① 参见华友根：《西汉礼学新论》，19～29 页，上海，上海社会科学院出版社，1998。

② 王文锦译解：《礼记译解》，451～452 页，北京，中华书局，2016。

于其中，故为大教之宫。"①由此看来，明堂正是周公巫政合一的标志，是神道设教理想的一个文化符号。汉代最早提出恢复明堂制度的是贾山。他曾向汉文帝进言："臣不胜大愿，愿少衰射猎，以夏岁二月，定明堂，造太学，修先王之道。风行俗成，万世之基定，然后唯陛下所幸耳。"（《汉书·贾邹枚路传》）但这一建议没有被文帝采纳。汉武帝即位之初，"赵绾、王臧等以文学为公卿，欲议古立明堂城南，以朝诸侯"（《汉书·郊祀志上》），"秋七月……议立明堂。遣使者安车蒲轮，束帛加璧，征鲁申公。"（《汉书·武帝纪》）此事因赵绾和王臧得罪窦太后自杀而无果。窦太后死后，诸种儒家礼仪皆得施行，《史记·孝武本纪》载汉武帝在元封元年"从封禅还，坐明堂"。此明堂前人多认为在泰山脚下，或是周明堂遗址，或是齐国明堂，但于此可以看出，汉武帝对明堂之事颇感兴趣。于是，"济南人公玉带上黄帝时明堂图。明堂中有一殿，四面无壁，以茅盖，通水，水圜宫垣，为复道，上有楼，从西南入，名曰昆仑。天子从之入，以拜祀上帝焉。于是上令奉高作明堂汶上，如带图。"（《汉书·郊祀志下》）此后，又不断进行明堂祭礼，汉武帝在这些明堂祭礼中，享受着皇权神授、天人合一的崇高感。汉代明堂制度受战国末期阴阳五行思想的浸染，与月令融合为一体，表现出顺时行化的思想，在形式上较古代更为精致。②

二、经学的确立及其现实指向

至迟在秦汉之际，《老子》被称为"道德经"，《墨子》被称为"墨经"。章太炎解释"经"云："今人书册用纸，贯之以线。古代无纸，以青丝绳贯竹简为之。用绳贯穿，故谓之经。经者，今所谓线装书矣。"③则凡书籍文献皆可曰"经"。至儒家登堂入室，地位独高，则唯以儒家所传《易》《诗》《书》《礼》《乐》《春秋》为"六经"，有尊崇的意思。班固《白虎通·五经》云："经所以有五何？经，常也。有五常之道，故曰《五经》。

---

①　(清)惠栋：《明堂大道录》第一册，1页，北京，中华书局，1985。
②　参见葛志毅：《明堂月令考论》，载《求是学刊》，2002(5)。
③　章太炎：《国学讲演录》，44页，上海，华东师范大学出版社，1995。

《乐》仁，《书》义，《礼》礼，《易》智，《诗》信也。人情有五性，怀五常不能自成，是以圣人象天五常之道而明之，以教人成其德也。"①班固将"经"训作"常"，有天地本然的意思，而天地本然又是人类社会的终极意义所在，因此，"经"即天下之常则，即至道所存之圣法。此"经"之义是汉儒的独创，所指的这几部经典文献都是儒家赖以立言的最原始的话语资源。有了"经"便有"经学"。《汉书·公孙弘卜式儿宽传》云："儿宽，千乘人也。治《尚书》，事欧阳生。以郡国选诣博士，受业孔安国。……见上，语经学。上说之，从问《尚书》一篇，擢为中大夫，迁左内史。"这大约是最早提及"经学"的记载。

经学的形成当以汉武帝立五经博士为标志。为专书设博士反映了人们对经典文献尊崇的态度，它在本质上正同于孔子的"述而不作"，是以经典文献本身的价值为追求目标的。这与秦汉初期为"文学"之士设立博士具官备问的情形有了很大的区别。春秋以前，文献多出自各自职守，并依靠传统和职业本身来维持其神圣性质。至战国时期，这些古典文献大多为儒家所守，儒家对此类文献的神圣性质笃信不疑。荀子《儒效》云：

> 圣人也者，道之管也。天下之道管是矣，百王之道一是矣；故《诗》《书》《礼》《乐》之归是矣。《诗》言是，其志也；《书》言是，其事也；《礼》言是，其行也；《乐》言是，其和也；《春秋》言，是其微也。……天下之道毕是矣。乡是者臧，倍是者亡。乡是如不臧，倍是如不亡者，自古及今，未尝有也！②

荀子认为这些古典文献隐含天下之至道。他虽认为这些文献是神圣的，但是从"道"的角度来认识把握的，有着明显的理性色彩。至秦火过后，汉初民间儒者也只能是以传诵本身为目的，尽量保证文献本身的完整性。儒术通过设立五经博士和独尊儒术的形式成为经学，则是将作为

① （清）陈立：《白虎通疏证》，447页，北京，中华书局，1994。班固此处以《乐》《书》《礼》《易》《诗》为"五经"，而下文又云："'五经'谓何？《易》《尚书》《诗》《礼》《春秋》也。"后者应是汉人的普遍看法。
② 梁启雄：《荀子简释》，89页，北京，中华书局，1983。

自由思想的儒学和政治体制结合起来，并通过这种方式又一次认可了这些文献的神圣性质。

经学具有官方意识形态的性质，虽然话语权仍在儒者手里，却受大一统王朝的既存形态和发展趋势，甚至受皇帝本人的趣味制约，它的神圣化是有条件的。比如，汉代的统系、大一统、为汉立法等问题，都成了经学的重要命题。就儒学文献本身的传播和发扬来说，这次神圣化的路径是朝两个方向完成的：一是延续荀子的道路。陆贾《新语·道基》云：

> 后圣乃定《五经》，明《六艺》，承天统地，穷事察微，原情立本，以绪人伦，宗诸天地，纂修篇章，垂诸来世，被诸鸟兽，以匡衰乱，天人合策，原道悉备，智者达其心，百工穷其巧，乃调之以管弦丝竹之音，设钟鼓歌舞之乐，以节奢侈，正风俗，通文雅。①

但是，汉人在此基础上又加上了阴阳五行之学，赋予这些文献一种神秘的天命色彩，并由此导致西汉中后期谶纬的风行。二是为了适应变化了的社会现实，汉儒又将这些文献和汉代政治紧密地结合起来，在现实功用上做大文章，这就是所谓的通经致用。皮锡瑞说："武、宣之间，经学大昌，家数未分，纯正不杂，故其学极精而有用。以《禹贡》治河，以《洪范》察变，以《春秋》决狱，以三百五篇当谏书，治一经得一经之益也。"②所谓"以三百五篇当谏书"见于《汉书·儒林传》："（王）式为昌邑王师。昭帝崩，昌邑王嗣立，以行淫乱废。昌邑群臣皆下狱诛……式系狱当死，治事使者责问曰：'师何以亡谏书？'式对曰：'臣以《诗》三百五篇朝夕授王，至于忠臣孝子之篇，未尝不为王反复诵之也；至于危亡失道之君，未尝不流涕为王深陈之也。臣以三百五篇谏，是以亡谏书。'使者以闻，亦得减死论，归家不教授。"神秘化和实用化，在客观上提升了这些传统文献的地位，使其突破时空的限制，为当代

---

① 王利器：《新语校注》，18 页，北京，中华书局，1986。
② （清）皮锡瑞：《经学历史》，56 页，北京，中华书局，2004。

立法。从儒家本身的发展而言，经学化使得文献传播的意义不仅仅局限于继承和学习，而是鼓励儒者积极投身现实之中，以元典为万世立法，成为以道为己任的"君子儒"。经学化使得"五经"不仅作为一种文化的背景和知识的体系而存在，更重要的是儒家以继承和弘扬上古三代的价值理想为其本质特征和理论倾向，是对"五经"的一种新的哲学阐释，是对"五经"中的价值观和社会理想的继承。① 经学的价值观和社会理想是各种传统知识观念的复合体，由此集合成一种新的社会理想。

汉代经学是一种经典解释学，它的目的在于建构一套完整的社会意识形态体系。而具体方法又可分为三类，前人通常以今文经学、古文经学和谶纬之学来区分之。其中谶纬之学比较特殊。《四库全书总目提要》云："谶者诡为隐语，预决吉凶……纬者经之支流，衍及旁义……盖秦汉以来，去圣日远，儒者推阐论说，各自成书，与经原不相比附。"②也就是说谶纬并非完全依傍经书，不但作者无考，于史无征，而且明显具有妖妄的特点。所以后人舍此不论，而常以今、古文学派来论汉代经学。那么，如何区分今文经学和古文经学呢？皮锡瑞说："今古文所以分，其先由于文字之异。今文者，今所谓隶书，世所传熹平石经及孔庙等处汉碑是也。古文者，今所谓籀书，世所传岐阳石鼓及《说文》所载古文是也。隶书，汉世通行，故当时谓之今文……籀书，汉世已不通行，故当时谓之古文；犹今人之于篆、隶，不能人人尽识者也。……许慎谓孔子写定'六经'，皆用古文，然则，孔氏与伏生所藏书，亦必是古文。汉初发藏以授生徒，必改为通行之今文，乃便学者诵习。故汉立博士十四，皆今文家。而当古文未兴之前，未尝别立今文之名。……至刘歆始增置《古文尚书》《毛诗》《周官》《左氏春秋》。既立学官，必创说解。后汉卫宏、贾逵、马融又递为增补，以行于世，遂与今文分道扬镳。"③也就是说西汉初期所传经学文本，大多来自口传，以当时隶书写定，故称为今文；至刘歆时，特以几种文献

<hr />

① 参见姜广辉主编：《中国经学思想史》第二卷，4 页，北京，中国社会科学出版社，2003。

② （清）永瑢等撰：《四库全书总目》，47 页，北京，中华书局，1965。

③ （清）皮锡瑞：《经学历史》，54～55 页，北京，中华书局，2004。

的古文文本请求立于学官，故称为古文。但今文经学与古文经学的分别，即使在文字上也不是那么截然两分。

从现代出土的文献来看，一些古文经书实际也是用隶书写定的，因此，王葆玹提出了新的看法："惟着眼于抄本的时间才算是把握了正确的标准：所谓今文经仅限于汉武帝元朔五年或稍迟写定的经书今文写本，除此之外，凡有古文祖本的经学传本，不论是隶体还是古籀，都可能属于古文经的范围。"①这一说法受到很多人的赞同。但这只是今古文经学相区别的第一个层次，二者之间更高层次的区别乃是阐释方法的不同。皮锡瑞说，前汉今文说，专明大义微言；后汉杂古文，多详章句训诂。②也就是说，今文经学长于从经学文献中推衍出意识形态和社会思想，而古文经学则强调从字句训诂方面诚实地理解文献中的事实。从表层看来，两者似乎相辅相成，各有擅长，并不冲突，但实际上，古文学派之所以开张旗帜，也正是不满今文学派的种种主张，并欲取而代之。周予同列举出今古文两家学派的十三条不同，其中最主要的区别在于今文学派以为孔子托古改制而作六经，而古文学派以为关于六经孔子是"述而不作"。③换句话说，今文经学是政治哲学，而古文经学是历史政治哲学。今文学派讲求通经致用，讲孔子为汉家立法；而古文学派是通经致古，希望恢复到周代礼仪社会，是要延伸孔子以推崇周公，它既是儒家内部思想的纠偏驳正以及争夺学统正宗和话语权力的结果，也是变化发展了的社会现实对学术方式影响的结果。

实际上今古文学派都有战国时期各种知识传承和观念衍生的根基。《春秋》以隐微的书法原则暗含褒贬之意，实是春秋君子在当时历史背景下伸张自己话语权力的一种特殊方法，它的理据建立在古典知识神圣传统上。孔子、孟子尊崇《春秋》，并自觉地神化《春秋》的微言大义，实际是对春秋君子极精微之精神的领悟和发扬。汉代经学通过"为汉家

---

①　转引自刘松来：《两汉经学与中国文学》，196 页，南昌，百花洲文艺出版社，2001。

②　（清）皮锡瑞：《经学历史》，56 页，北京，中华书局，2004。

③　周予同著，朱维铮编：《周予同经学史论著选集》，9 页，上海，上海人民出版社，1983。

立法"，以博士制度形式，来确定文献的经典地位。而在这一叙述模式的构建过程中，神圣信仰成分减少，神秘性被突出出来。今文经学之所以与阴阳五行一拍即合，即源于这种神秘性的需求。从话语方式来说，微言大义是一种典型的神秘性叙述，它在不动声色的语言变异中裁决天下，可谓惊心动魄，不能不使汉儒心仪。

汉儒虽然承继了春秋君子的微言大义的叙事方式，但又有明显的不同。春秋君子的"微言"是历史书写、叙事行为，而汉儒以之来对待他们所面对的全部经典文献。更大的区别在于，春秋君子的微言大义仅在于裁决事实本身是否合礼，因此其叙事意义仅限于褒贬；而汉儒的微言大义在本质上是要为天下立法，"是'经世之志'，是'天子之事'，是'一王大法'，是新的一套理论，是继周损益的一套创造性的革新制度"①。因此，今文经学是以传统文献为合理性依据的意识形态构建行为，其"微言大义"的神秘解释学原则源自春秋君子知识观念的书写、叙事传统，但又有很大的开拓。但是，"微言大义"的话语方式若离开了春秋社会的文化背景，其理据就会减弱，"微言"和"大义"之间的神秘性联系也会越来越淡薄，它的价值就会逐渐受到怀疑，以至于如班固所说："自武帝立《五经》博士，开弟子员，设科射策，劝以官禄，讫于元始，百有余年，传业者浸盛，支叶蕃滋，一经说至百余万言，大师众至千余人，盖禄利之路然也。"（《汉书·儒林传》）。

与今文经学将知识观念传统追溯于春秋君子相比，古文经学的目的则希望回到经典本身，在更为切实的基础上，重构儒家话语模式。而这一重构方式是语言考据和历史复原的方法。但古文经学并非只是训诂考证，只是纯粹的学问，古文经学其实也有明确的社会政治意识，有切实的现实关怀。廖平和周予同曾就两派的社会礼制理想列表比较，今人孙筱在此基础上进一步分析了今古文经学的不同的政治取向，指出古文学派主张"保留王国自治"，"倡导恢复宗法血缘政治时代的世卿制度"，等等，并认为古文经学体现了"两汉时诸侯王国和豪门世族的

① 蒙文通：《经史抉原》，162 页，成都，巴蜀书社，1995。

要求"。① 无论古文经学反映了怎样的政治倾向，有一点可以肯定，即古文学派希望将话语的理据建立在实证的基础上，他们往往将知识观念的根据追溯至更远时代的西周初年。

古文经学期望通过认真训释典籍文献，考证典章文物，"再现"周代的社会制度，尤其是王官礼制，通过西周之后的历史教训，来为当代社会改革提供借鉴。古文经学的训诂考据方法虽然有明显的崇古意识，但主要依靠的是经验理性，它比今文经学所秉持的"微言大义"，更能体现理性发展的趋势。鉴于此，古文学派认为周公是圣人，而孔子只是先师，经典知识观念的传授者，他们所看重的文献是《周礼》和《左传》。《周礼》所展示的是一种"周公致太平"的图景，王国维总结说"周之制度典礼，乃道德之器械，而尊尊、亲亲、贤贤、男女有别四者之结体也"②，反映了儒家建立伦理社会的政治理想；《左传》则是以春秋二百多年的史事，具体阐释了兴亡和尊礼的对应关系，进一步宣示周礼的意义；另外，《左传》针对公羊家以《春秋》为孔子素王之业的说法，强调《春秋》实为孔子"存前圣之业"，"不以空言说经"（《汉书·艺文志》），显示了古文学派在学术上的实证主义主张。如果说今文经学还保留着一些神秘性特点的话，古文经学实际上成为一种新型的完全以理性精神为目的的历史政治哲学。

今文经学和古文经学在尊崇古典文献和基本社会理想方面，并无大的差异。脱离了具体的时代背景，它们的区别就主要体现在阐释方法上了：今文经学自文献出发，强调面向现实的"大义"；古文经学自文献出发，强调古代理想社会的"真实"再现。两者各有自己的话语空间。东汉以后很多学者调和两派，或同时接受两种学术方法，如马融、郑玄等，皆能兼收并蓄，遂使今古文经学成融合之势。于此，汉代两派经学传统、知识根据得以再一次融合汇通，儒家知识体系经过这一次融汇，不但使儒家士人的知识体系更加丰富而多维，而且也使得自西汉定型的"中国古典传统"显得更加稳固、持久。

---

① 参见孙筱：《两汉经学与社会》，307～313 页，北京，中国社会科学出版社，2002。
② 王国维：《观堂集林》，477 页，北京，中华书局，1959。

第四节　汉代经学向民间社会的渗透

当儒学演变为国家核心意识形态的经学之后，它就不仅是一种知识精英致力钻研的学问，还逐渐渗透到帝国政治和社会生活的方方面面，成为了社会主流价值观念和伦理准则。这种渗透，主观上与汉代儒生官员对风俗的敏感和关注密不可分；从客观上说，根植于周代礼乐传统的儒学价值准则原本就契合民间社会尊老尚齿的风俗人情，当其成为官方尊崇的经学之后，又借助政治权力和行政措施进一步增强了影响力。

一、汉代儒生官员的风俗批判

儒家学问原本注重教化万民、移风易俗，以回归尧舜风俗淳厚的理想社会为最高目标。当儒生因为明习经学而逐渐成为国家官僚体系的主体之后，他们比一般文吏更加热情地关注社会风俗。这些儒臣在奏疏里大声疾呼，激烈批判社会陋俗，以引发权力者的注意和改良的决心，例如王吉、贡禹、翼奉等人的奏疏。这种风俗批判最早在陆贾《新语》中已出现，而表达得最为剀切动人的是贾谊和董仲舒：

> 商君遗礼义，弃仁恩，并心于进取，行之二岁，秦俗日败。故秦人家富子壮则出分，家贫子壮则出赘。借父耰锄，虑有德色；母取箕帚，立而谇语。抱哺其子，与公并倨；妇姑不相说，则反唇而相稽。其慈子耆利，不同禽兽者亡几耳。……曩之为秦者，今转而为汉矣。然其遗风余俗，犹尚未改。今世以侈靡相竞，而上亡制度，弃礼谊，捐廉耻，日甚，可谓月异而岁不同矣。……而大臣特以簿书不报，期会之间，以为大故。至于俗流失，世坏败，因恬而不知怪，虑不动于耳目，以为是适然耳。夫移风易俗，使天下回心而乡道，类非俗吏之所能为也。(《汉书·贾谊传》)

> 至周之末世，大为亡道，以失天下。秦继其后，独不能改，

又益甚之，重禁文学，不得挟书，弃捐礼谊而恶闻之，其心欲尽灭先王之道，而颛为自恣苟简之治，故立为天子十四岁而国破亡矣。自古以来，未尝有以乱济乱，大败天下之民如秦者也。其遗毒余烈，至今未灭，使习俗薄恶，人民嚚顽，抵冒殊扞，孰烂如此之甚者也。……今汉继秦之后，如朽木粪墙矣，虽欲善治之，亡可奈何。……当更张而不更张，虽有良工不能善调也；当更化而不更化，虽有大贤不能善治也。（《汉书·董仲舒传》）

可以看到，贾谊和董仲舒在风俗批判上有类似的逻辑：周末礼乐败坏，因而风俗薄恶；秦商鞅变法，进一步造成弃捐礼义、廉耻丧尽的恶俗；不幸的是，汉朝虽已再造天下，但风俗未改，致使天下长期不能趋于治世。至成帝时，刘向犹有类似言论："夫承千岁之衰周，继暴秦之余敝，民渐渍恶俗，贪饕险诐，不闲义理，不示以大化，而独驱以刑罚，终已不改。"（《汉书·礼乐志》）

二、秦汉民间风俗再探讨及经学的社会基础

汉儒的风俗批判塑造了千百年来人们对秦及西汉社会风俗的想象与认知，但是，这种批判是否全面客观地反映了秦汉民俗？商鞅变法究竟在多大程度上改变了基层乡里社会的人情伦理？

史载商鞅的变法措施为："令民为什伍，而相牧司连坐。不告奸者腰斩，告奸者与斩敌首同赏，匿奸者与降敌同罚。民有二男以上不分异者，倍其赋。"（《史记·商君列传》）"令民为什伍"从国家的立场来说，当然是为加强控制，以严刑重法胁迫民众告奸而不能隐匿犯罪行为，从而将国家权力渗入基层闾里。这种法律规定可在出土秦简中得到印证，例如，"苑律论之，伍人弗言□与同〔罪〕☒"①；再如，"百姓不当老，至老时不用请，敢为酢（诈）伪者，赀二甲；典、老弗告，赀各一甲；伍人，户一盾，皆罜（迁）之"②（《秦律杂抄》）；等等。

---

① 刘信芳、梁柱编著：《云梦龙岗秦简》，33 页，北京，科学出版社，1997。
② 睡虎地秦墓竹简整理小组编：《睡虎地秦墓竹简》，释文 87 页，北京，文物出版社，1990。

　　但在客观上，通过什伍之制，也加强了聚落中民众之间的联系。日常平居，聚落中的民众有互助安保的责任，如果一家受损而其他人无动于衷，则要受到法律惩罚，例如，"贼入甲室，贼伤甲，甲号寇，其四邻、典、老皆出不存，不闻号寇，问当论不当？审不存，不当论；典、老虽不存，当论。可（何）谓'四邻'？'四邻'即伍人谓殹（也）"①（《法律答问》）。这里规定四邻确有当时不在现场的证明，才能免予处罚。而典、老虽然不在现场，也一样要遭受处分。"典"即里典，又叫里正，为一里之长，是由乡啬夫向县令、尉上报人选并批准后任命的。"老"为里父老，为官方认可的里部中德高望重且有一定资财的老人，为协调民间事务的基层领袖。②

　　战国时期，"乡里等原先不过是公社共同体赖以寄存的地域组织开始向国家基层行政组织转化"③。居住在里中的民众，有一部分因数代定居某地而自然形成了或亲或疏的姻亲血缘关系，还有一部分是随着战国后期迁徙频繁而带来的新居民，与其他人可能仅为邻里关系。里中的民众，个体家庭是独立的经济单位，贫富明显分化。但是因为"少相聚，长相游"的邻里关系，里中居民除了法律上规定的互助、伺察义务，还有不可缺少的包括共同祭祀、丧葬、集会、娱乐、人情往来和生产互助等社会活动。例如，《睡虎地秦墓竹简·封诊式》中提到一个被某里公士甲等二十人怀疑有毒言的丙，在自诉词中说："丙家节（即）有祠，招甲等，甲等不肯来，亦未尝招丙饮。里节（即）有祠，丙与里人及甲等会饮食，皆莫肯与丙共栖（杯）器。甲等及里人弟兄及它人智（知）丙者，皆难与丙饮食。"④这是丙在遭到排斥嫌弃后的非正常处境，正常状况下，丙家有祭祀，会招甲等共饮食。里中还有一些公祀，里

　　① 睡虎地秦墓竹简整理小组编：《睡虎地秦墓竹简》，释文 116 页，北京，文物出版社，1990。

　　② 参见邢义田：《治国安邦：法制、行政与军事》，328～329 页，北京，中华书局，2011。

　　③ 卜宪群：《春秋战国乡里社会的变化与国家基层权力的建立》，载《清华大学学报（哲学社会科学版）》，2007（2）。

　　④ 睡虎地秦墓竹简整理小组编：《睡虎地秦墓竹简》，释文 163 页，北京，文物出版社，1990。

中之人也会"会饮食"。

频繁的交往使里中的民众拥有某些共同的价值观念，如传统的尊老尚齿等，孟子曾说"朝廷莫如爵，乡党莫如齿"（《孟子·告子》）。邢义田指出："从战国以来，父老能与里正成为闾里的双元领袖，正显示传统聚落的血缘联系和尚齿风气未遭破坏，至少是还存在着。"①再如，云梦秦简《法律答问》中载："将上不仁邑里者而纵之，可（何）论？"②这条法律释文显示"不仁邑里者"被押送到上级那里治罪，可见邑里之中应当讲究友善仁爱。

因此，商鞅的什伍之制并没有从根本上改变聚落共同体的基本结构，而是在形式上利用了民间流传久远的自然社会秩序，以强化国家的管控力度。其他没有经过商鞅变法的地区，可能在对基层的控制力度上有所区别，但是传统的乡里社会秩序并没有太大差别。总体上，"西周至秦汉八九百年的基层社会非无变迁，然而古代聚落的社会功能仍以不同的形态维持不懈。传统中国社会的一些特质也不难从这里寻绎出一些端倪"③。

再看家庭结构。变法之前的秦国，由父母、兄弟、妻子组成的联合大家庭较为普遍。商鞅变法为了加强控制，增多税源，规定"民有二男以上不分异者，倍其赋"。这势必造成联合家庭向夫妻子型的核心家庭和父母妻子型的主干家庭转变。《睡虎地秦墓竹简·封诊式》中有父亲控告已分居儿子的爰书，《日书·甲种》也有"离日""唯利以分异"的记载，说明商鞅的法令得到了贯彻。但是，因为徭役、战争、贫穷、疾病以及风俗等众多因素影响，单个的核心家庭有时并不足以抵抗社会和自然的风险，所以联合家庭不可能一下子消失，依然会以一定的比例存在着。例如，湖南里耶"南阳户籍简"中，家庭结构完整的有 10 例，核心家庭 5 例，主干家庭 3 例，已婚成年兄弟同居的联合家庭 2

---

① 邢义田：《治国安邦：法制、行政与军事》，332 页，北京，中华书局，2011。
② 睡虎地秦墓竹简整理小组编：《睡虎地秦墓竹简》，释文 108 页，北京，文物出版社，1990。
③ 杜正胜：《编户齐民——传统政治社会结构之形成》，228 页，台北，联经出版事业股份有限公司，1990。

例，如"南阳户人荆不更大□　妻曰嬛　子小上造视　弟不更 庆　庆妻规　子小上造□"（K43）等。① 再如云梦睡虎地秦简四号秦墓出土的6号和11号木牍中的两封家书，是秦始皇二十四年（前223）惊和黑夫两兄弟同时被征发兵役，写信向母亲和大哥衷索要钱和衣物。书信中显示他们的妻儿是与母亲、兄长同住的，说明其家庭也为三代同居共财的联合型家庭。② 其他，云梦秦简《日书·甲种》也显示了联合家庭的存在，如"凡为室日，不可以筑室。筑大内，大人死。筑右邖，长子妇死。筑左邖，中子妇死。筑外垣，孙子死。筑北垣，牛羊死"③。因此，从总体上看，"在商鞅变法后，核心家庭大量存在，主干家庭也占有相当大的比例，联合家庭也同样存在。至于有些学者认为商鞅变法后只存在核心家庭的看法，笔者认为并不符合历史事实。还有学者认为，联合家庭是秦时普遍的家庭形态，这也与史实存在一定差距。"④

基于上述对秦朝家庭结构的认识，贾谊描述的秦代"借父耰锄，虑有德色；母取箕帚，立而谇语"刻薄民风，可能会存在于与父母分家的核心家庭中，即"父子分居、别籍、异财"的家庭关系中，而不能代表秦代家庭关系的整体状况。因为与父母同住的主干家庭和联合家庭没有区分财产，也就谈不上吝于出借。而因实行分异令所形成的核心家庭中，也不可能所有的儿子都不孝顺父母。因此，贾谊等汉儒所描写的秦代民风并不能够全面客观地反映秦朝历史实况。当然，汉儒风俗批判的出发点可能原不在此，而是为着呼吁汉代统治者改弦更张、重视移风易俗，即为着现实政治改革需要而发的，其言论难免有偏激耸动人心之处。

秦代家庭内部成员的关系，还可以从一些秦简中略窥一二。在前

① 参见张荣强：《湖南里耶所出"秦代迁陵县南阳里户版"研究》，载《北京师范大学学报（社会科学版）》，2008（4）。

② 参见湖北孝感地区第二期亦工亦农文物考古训练班：《湖北云梦睡虎地十一座秦墓发掘简报》，载《文物》，1976（9）。

③ 睡虎地秦墓竹简整理小组编：《睡虎地秦墓竹简》，释文195页，北京，文物出版社，1990。

④ 参见薛洪波：《秦汉家族法研究》，博士学位论文，东北师范大学，2012。

面提到惊和黑夫的家信中，有"惊多问新负（妇）、媭得毋恙也？新负（妇）勉力视瞻丈人"，"新负（妇）勉力视瞻两老"的字句，是为勉励妻子孝顺父母。[①] 云梦秦简《秦律十八种·司空律》规定："百姓有母及同牲（生）为吏妾，非适（谪）罪殹（也）而欲为冗边五岁，毋赏（偿）兴日，以免一人为庶人，许之。"[②]这是说，百姓有母亲或亲姐妹现为隶妾，本人没有流放罪而自愿戍边五年，请求不算作服军戍的时间而用于赎免隶妾一人成为庶人的，可以允许。既然法律这样规定，想必民间一定存在这样的需求和愿望。类似的有《秦律十八种·军爵律》："欲归爵二级以免亲父母为隶臣妾者一人……许之，免以为庶人。"[③]即要求用两级爵位来赎免现为隶臣妾的亲生父母一人，可以允许。愿以自己在战场上出生入死挣得的爵位来换取亲生父母的自由，这样的作为可达到孝子的标准了吧？

　　总结上述，秦代的基层聚落和家庭结构虽然受到了国家权力的强烈干涉，但在相当大的程度上依然延续和保持了古老的传统。秦人并非六国学者和汉代文人笔下野蛮凶暴、功利无情的人群，其乡里社会中互助往来、尊老尚齿、重视孝悌等风俗伦理依旧是人们的基本价值观念和行为指南。这一点，正是秦代"不孝入律"的社会基础。云梦简的一些法律条文规定："'殴大父母，黥为城旦春'，今殴高大父母，可（何）论？比大父母"[④]，甚至"免老告人以为不孝，谒杀，当三环之不？不当环，亟执勿失"[⑤]（《法律答问》）。也就是说，六十岁以上的老人控告儿子不孝，要求判以死刑，不必经过三次原宥的手续，要立即拘捕，

---

① 湖北孝感地区第二期亦工亦农文物考古训练班：《湖北云梦睡虎地十一座秦墓发掘简报》，载《文物》，1976(9)。

② 睡虎地秦墓竹简整理小组编：《睡虎地秦墓竹简》，释文54页，北京，文物出版社，1990。

③ 睡虎地秦墓竹简整理小组编：《睡虎地秦墓竹简》，释文55页，北京，文物出版社，1990。

④ 睡虎地秦墓竹简整理小组编：《睡虎地秦墓竹简》，释文111页，北京，文物出版社，1990。

⑤ 睡虎地秦墓竹简整理小组编：《睡虎地秦墓竹简》，释文117页，北京，文物出版社，1990。

勿令逃走。《封诊式》记载有两例父亲控告儿子不孝的事件，其中之一是父亲认为儿子不孝，向官府请求将其子迁到蜀地，终生不能回来，官府即照请求行事。可见法律对父家长权威的维护。与之相对应的是，法律压制子女上告父母。例如，"'子告父母、臣妾告主，非公室告，勿听。'可（何）谓'非公室告'？主擅杀、刑、髡其子、臣妾，是谓'非公室告'，勿听。而行告，告者罪。告者罪已行，它人有（又）袭其告之，亦不当听。"①秦律对父家长权威的维护和对孝道的张扬，论者往往谓为儒家思想的影响。但是荀子曾言秦国无儒，秦国法律中对游士也有诸多控制，例如"游士在，亡符，居县赀一甲；卒岁，责之"②（《秦律杂抄》），基本上杜绝了民众接受外来新鲜思想的可能。因此，与其绕曲地将秦国"不孝入律"归因于外来儒家思想的影响，不如说是其法律受到社会风俗、传统价值观念的影响。

秦代社会延续的传统价值观念也会自觉不自觉地渗透到国家的吏治思想中。例如，云梦秦简《为吏之道》中有如下内容：

> 凡为吏之道，必精絜（洁）正直，慎谨坚固，审悉毋（无）私，微密纤（纤）察，安静毋苛，审当赏罚。严刚毋暴，廉而毋刖，毋复期胜，毋以忿怒夬（决）。宽俗（容）忠信，和平毋怨，悔过勿重。兹（慈）下勿陵，敬上勿犯，听间（谏）勿塞。……吏有五善：一曰中（忠）信敬上，二曰精（清）廉毋谤，三曰举事审当，四曰喜为善行，五曰龚（恭）敬多让。五者毕至，必有大赏。……君鬼臣忠，父兹（慈）子孝，政之本殹（也）；志彻官治，上明下圣，治之纪殹（也）。　③

虽然秦代法律对官吏的权责规定得非常明确，但是并没有把官员仅仅

---

① 睡虎地秦墓竹简整理小组编：《睡虎地秦墓竹简》，释文118页，北京，文物出版社，1990。

② 睡虎地秦墓竹简整理小组编：《睡虎地秦墓竹简》，释文80页，北京，文物出版社，1990。

③ 睡虎地秦墓竹简整理小组编：《睡虎地秦墓竹简》，释文167～170页，北京，文物出版社，1990。

视作国家机器中的标准零件，而是要求他们要具备较高的道德素养，尤其是宽容忠信、喜为善行、恭敬多让。只有恪守道德规范，才会达到上明下圣、父慈子孝的理想社会。这里的观念是来自儒家者流？抑或是传统贤人政治观念之延续？不管怎样，这是以"父慈子孝"为目标的社会所孕育出的吏治理想，则是无可怀疑的。汉儒动辄批判秦朝的酷吏，法家功利主义的政策也确实容易制造出一批酷吏，但是通过秦简中的《为吏之道》，我们发现秦代的吏治理想并没有全然与西周以来的德治传统割裂。

其至在秦始皇御用文人撰写的石刻文中，也有如下字样："端平法度，万物之纪。以明人事，合同父子。圣智仁义，显白道理"，"尊卑贵贱，不逾次行。奸邪不容，皆务贞良。细大尽力，莫敢怠荒。远迩辟隐，专务肃庄。端直敦忠，事业有常。"（《史记·秦始皇本纪》）这表明秦始皇努力营造的是一个符合传统德治理想的圣王形象，而不仅是拥有最高权力和最强武力的统治者。

总之，我们在秦简中看到的秦代社会，并非像汉儒笔下那样的"反传统"和功利野蛮，相反，我们看到了其与传统思想和礼仪实践、风俗伦理的一致性。柯马丁曾经敏锐地指出："西汉所撰秦史过于完美地符合新王朝获得政治合法性的需要，因此不免显得可疑——而每一次新的考古发现，又进一步加剧了这种怀疑。"①考虑到传统社会的延续性，我们有理由相信秦代与汉初民间社会之基本风俗伦理、价值观念应当差别不大。

汉初在秦的基础上，强化三老、父老等教化系统，劝善黜恶，意在维护风俗淳厚。这些措施的实质为国家政权吸纳社会力量来引导和改善民间习俗，以保持社会秩序的稳定。儒学之所以能够战胜其他诸子学派而成为经学，其根本原因就在于其价值理念与民间尊老尚齿、重视血缘人情的古老传统保持了一致。也就是说，经学对上层来说满足了大一统国家政治意识形态的需要，对下层则满足了民众的价值诉

---

① ［美］柯马丁：《秦始皇石刻：早期中国的文本与仪式》，刘倩译，142～143页，上海，上海古籍出版社，2015。

求，所以能够成为全社会共同接受的价值准则。

三、汉代经学渗入民间社会的途径

经学成为国家意识形态后，汉代政府又从以下几个方面强化了其对民间社会的影响。

（一）举孝廉的选官制度

武帝元光元年（前134）冬十一月，初令郡国举孝廉各一人，颜师古注曰："孝谓善事父母者，廉谓清洁有廉隅者。"（《汉书·武帝纪》）举孝廉与汉初为鼓励良俗而诏举的"孝弟力田"不同："这些被推举出来的'孝弟力田'，或免除其徭役，或厚加赏赐，其作用无非是使其为民表率，除个别例外，一般都不是到政府去做官"[1]；而举孝廉却因为岁举常科的性质，为察举选官制度中最重要的一项，许多经明行修的布衣之士由此入仕，成为政府的官僚。[2]

孝原本为家庭伦理，主要是在日常生活中践行。廉为官吏的重要操守，从秦及汉初以来就不断地被强调，例如，云梦秦简《语书》云良吏应该"廉节敦悫"，汉文帝十二年（前168）时也下诏书云"孝悌，天下之大顺也。力田，为生之本也。三老，众民之师也。廉吏，民之表也。朕甚嘉此二三大夫之行。……廉吏二百石以上率百石者三匹。"（《汉书·文帝纪》）这些伦理行为，一方面为个体的道德实践，另一方面也受到乡里社会的评判。汉武帝"举孝廉"的察举制度，通过乡选里举的方式，吸纳乡里社会的精英加入国家官僚队伍。这不仅扩大了政权的社会基础，更使国家政权带上了强烈的公共价值，充满了道德合法性，实现了儒墨的"贤人政治"理想。同时，国家有意识地选用孝廉，自然也极大地激励了这种伦理行为，促进和强化了民间风俗中的这种价值导向。事实上，从武帝发布举孝廉制度开始，就寄托了深切的教化用

---

① 安作璋：《汉代的选官制度》，《山东师院学报（哲学社会科学版）》，1981(1)。
② 据统计，两汉明确提到举孝廉的有301人，西汉21人，东汉286人，涉及的家庭出身包括了官僚贵族、富豪、平民、贫民四个阶层。但是西汉孝廉半数来自平民，比如王骏、杜邺、师丹、孟喜等。参见黄留珠：《秦汉仕进制度》，106～147页，西安，西北大学出版社，1985。

意，比如，武帝元朔元年（前128）的诏书云"兴廉举孝，庶几成风"，"令二千石举孝廉，所以化元元，移风易俗也"。（《汉书·武帝纪》）

（二）官员教化

在儒学成为官方意识形态之前，已有一些循吏重视风俗教化，比如著名的文翁在蜀地兴学，"由是大化，蜀地学于京师者比齐鲁焉"（《汉书·循吏传》）。这种行为当源于古老的吏师合一或者政教合一之政治传统。秦始皇焚书时提出的"以吏为师，以法为教"并非新创，而是学在官府传统的反映。其错误并不在于"以吏为师"，而在于毁灭文化的"以法为教"。汉代以来，皇帝鼓励地方长官除了处理行政事务外还要注重移风易俗，比如，文帝十二年（前168）诏书曰"孝悌，天下之大顺也……今万家之县，云无应令，岂实人情？是吏举贤之道未备也"（《汉书·文帝纪》），显然是要求官吏举贤以助人君进行教化的。景帝中元六年（前144）诏云："夫吏者，民之师也。车驾衣服宜称。"（《汉书·景帝纪》）这里明确提出吏为民之师，显示了国家对官吏教化职能的重视。因此，余英时认为循吏教化不具有制度保障、国家并不鼓励甚至禁忌的观点[①]，虽然影响甚大，但并不符合汉代历史实际。

汉武帝后，随着儒学成为国家的核心意识形态、儒生成为官僚主体，教化民俗成为政府和官员越来越看重的事情。例如，武帝建元元年（前140）诏书云："古之立教，乡里以齿，朝廷以爵，扶世导民，莫善于德。……民年九十以上，已有受鬻法，为复子若孙，令得身帅妻妾遂其供养之事。"（《汉书·武帝纪》）元朔元年（前128）诏书云："公卿大夫，所使总方略，壹统类，广教化，美风俗也。"（《汉书·武帝纪》）前者是复除子或孙以尽孝道，从国家政策上鼓励孝道；后者是要求公卿大夫助人君广教化，尤其是举贤以"烛幽隐，劝元元，厉蒸庶，崇乡党之训"。

昭宣之后涌现了一批政事教化兼擅的名臣，例如，《汉书·循吏传》载，黄霸"为条教，置父老师帅伍长，班行之于民间，劝以为善防奸之意，及务耕桑，节用殖财，种树畜养，去食谷马"；龚遂"见齐俗

———————————

[①]　余英时：《士与中国文化》，117～189页，上海，上海人民出版社，2003。

奢侈，好末技，不田作，乃躬率以俭约，劝民务农桑，令口种一树榆、百本薤、五十本葱、一畦韭，家二母彘、五鸡。民有带持刀剑者，使卖剑买牛，卖刀买犊……劳来循行，郡中皆有畜积，吏民皆富实。狱讼止息"；元帝时有召信臣"为民作均水约束，刻石立于田畔，以防分争。禁止嫁娶送终奢靡，务出于俭约。府县吏家子弟好游敖，不以田作为事，辄斥罢之，甚者案其不法，以视好恶"。值得称道的是，这些循吏并非一味高唱道德口号，而是在富民的基础上，对之进行教化引导形成良俗，遵行了儒家"富而后教"的宗旨。努力进行教化的名臣，还有韩延寿，史载其在颍川太守任上"因与议定嫁娶丧祭仪品，略依古礼，不得过法"，"上礼义，好古教化，所至必聘其贤士，以礼待用，广谋议，纳谏争；举行丧让财，表孝弟有行；修治学官，春秋乡射，陈钟鼓管弦，盛升降揖让，及都试讲武，设斧钺旌旗，习射御之事"。（《汉书·赵尹韩张两王传》）

归纳上述官员的教化内容，大致可以概括为：教民礼义，劝民修学，务耕桑节俭，劝善防奸。[①] 史载这些官员的教化效果是"其化大行，郡中莫不耕稼力田，百姓归之，户口增倍，盗贼狱讼衰止"；宣帝诏书表彰黄霸云"百姓乡化，孝子弟弟贞妇顺孙日以众多，田者让畔，道不拾遗，养视鳏寡，赡助贫穷，狱或八年亡重罪囚，吏民乡于教化，兴于行谊，可谓贤人君子矣"（《汉书·循吏传》）。可见，这些儒生官吏在改善民俗、扩大儒学的社会影响方面，确实起到了极大的作用。

（三）学校教育

武帝之后汉代的学校教育得到了长足发展，形成了官学和私学两套教育系统。官学的最高级别是太学，始于元朔五年为博士置弟子员五十名。随时代推移，太学的规模逐渐扩大，昭帝时增至百人，宣帝末年二百人，元帝时已达一千人，成帝末年一度达三千人。平帝王莽秉政时，在常员之外，又让公卿子弟随从博士受业，并为"学者筑舍万区"（《汉书·儒林传》）。太学之外，各级政府机构还设立地方学校，比

---

① 参见雷戈：《两汉郡守的教化职能——秦汉意识形态建制研究之一》，载《史学月刊》，2009（2）。

如文翁"修起学官于成都市中，招下县子弟以为学官弟子，为除更繇，高者以补郡县吏，次为孝弟力田"，"至武帝时，乃令天下郡国皆立学校官，自文翁为之始云"（《汉书·循吏传》）。可以作为例证的是韩延寿在颍川郡，"令文学校官诸生皮弁执俎豆，为吏民行丧嫁娶礼。百姓遵用其教"（《汉书·赵尹韩张两王传》）；何武为扬州刺史，"行部必先即学官见诸生，试其诵论，问以得失，然后入传舍"（《汉书·何武王嘉师丹传》），王尊"事师郡文学官，治《尚书》《论语》，略通大义"（《汉书·赵尹韩张两王传》）。盖宽饶、诸葛丰、匡衡、张禹、隽不疑、梅福、翟方进等都曾任郡文学。《汉书·儒林传》载："元帝好儒……郡国置"五经"百石卒史。"至平帝时，王莽秉政，"立官稷及学官。郡国曰学，县、道、邑、侯国曰校。校、学置经师一人。乡曰庠，聚曰序。序、庠置《孝经》师一人"（《汉书·平帝纪》）。郡国学校系统的人员数量相当可观，严耕望据《蜀学师宋恩等题名碑》，勾勒出蜀郡之掾吏经师：设《易》掾二人，《尚书》掾三人，《诗》掾二人，《礼》掾二人，《春秋》掾一人，文学掾一人，文学孝掾一人，孝义掾一人，文学师四人，《易》师三人，《尚书》师三人，师二十人。[①]

除了官学，汉代还广泛存在着私学，一些有声望、学有所成的学者都曾招徒授学。比如《汉书·儒林传》中所载的儒生，皆为师徒相授，流传有序。其他，一些官员也曾讲学授徒，比如董仲舒，"孝景时为博士。下帷讲诵，弟子传以久次相授业，或莫见其面"（《汉书·董仲舒传》）。还有北平侯张苍及梁太傅贾谊、京兆尹张敞、太中大夫刘公子等，皆曾传习过《春秋左氏传》，等等。这种私人讲学的风气到东汉更加盛行，一些名儒动辄弟子千百人。

随着教育的普及，受教育的对象也扩大至社会各阶层。帝王、太子和诸侯王自然要读书，如西汉昭帝八岁即位，霍光等"选名儒韦贤、蔡义、夏侯胜等入授于前"（《后汉书·桓荣丁鸿列传》）；汉宣帝从师学《诗》《论语》《孝经》；元帝师事萧望之，受《论语》《礼服》等；昌邑王群

[①]　此虽为东汉资料，但西汉时郡学数量差别不会太大。参见严耕望：《中国地方行政制度史——秦汉地方行政制度》，253～254 页，上海，上海古籍出版社，2007。

臣中有王式、王吉、龚遂等著名儒生。平民百姓也能有机会接受教育，如倪宽"以郡国选诣博士，受业孔安国。贫无资用，尝为弟子都养。时行赁作，带经而锄，休息辄读诵，其精如此"（《汉书·公孙弘卜式儿宽传》）；匡衡"父世农夫，至衡好学，家贫，庸作以供资用"（《汉书·匡张孔马传》）；翟方进"家世微贱，至方进父翟公，好学，为郡文学。方进年十二三，失父孤学……欲西至京师受经。母怜其幼，随之长安，织屦以给方进读，经博士受《春秋》"（《汉书·翟方进传》）；等等。这些贫民子弟，皆以好学精进而成为一代名臣。社会上各个阶层都能接受以五经为主要内容的教育，自然极大地促进了儒学的传播和普及，并深刻影响了社会观念和民间习俗。

综上，通过一系列制度保障和教育措施，儒学观念和礼仪规范成为社会各阶层成员的共同信仰、价值标准和生活模式，例如，汉代画像石中多有忠臣、义士、孝子、贤妇的题材等。一个以儒家五经为核心的大一统社会主流价值观由此逐渐形成。这种儒化的社会形态和价值理念，在东汉进一步得到了帝王的有意表彰和强化[1]，从而奠定了中国两千余年传统社会的基本格局。

---

① 参见曲利丽：《两汉之际文化精神的演变》，68～78 页，北京，中华书局，2017。

第二章 《吕氏春秋》的知识融汇及体系建构

春秋战国以来，诸子殊途百虑、众声竞喧，创造了中国学术史上的黄金时代、轴心时代。与学在官府的古老传统相比，诸子时代知识的广度和深度都有了质的飞跃，知识总量达到了爆炸性的增长。但是，在思想与社会的激荡中，诸子提出的知识体系不再具有被传统保障的不言自明之神圣权威。社会上各种龃龉相斥的观念纷然并陈、各行其道。随着战国末年统一局势的明朗，对各种知识观念进行一个大总结使之成为有系统的整体，既是知识发展规律的内在需求，也是即将到来的大一统政权的需要。秦相吕不韦意识到时代的这种文化需求，遂厚致宾客，开始了知识的整理工作。学界讨论《吕氏春秋》，多将其当作思想个案，分析其学派属性、结构特征、思想体系、成书情况等。[①] 本章拟从知识形态发展的角度，将《吕氏春秋》置于诸子学术演进史中进行考

---

① 关于《吕氏春秋》，20 世纪 80 年代以来重要的研究专著有吴福相：《吕氏春秋八览研究》（文史哲出版社，1984）；田凤台：《〈吕氏春秋〉探微》（台湾学生书局，1986）；牟钟鉴：《〈吕氏春秋〉与〈淮南子〉思想研究》（齐鲁书社，1987）；王范之：《吕氏春秋研究》（内蒙古大学出版社，1993）；李家骧：《吕氏春秋通论》（岳麓书社，1995）；刘元彦：《〈吕氏春秋〉：兼容并蓄的杂家》（生活·读书·新知三联书店，2008）；庞慧：《〈吕氏春秋〉对社会秩序的理解与构建》（中国社会科学出版社，2009）；林剑鸣：《吕不韦与〈吕氏春秋〉》（陕西人民出版社，2010）；曾锦华：《〈吕氏春秋·十二纪〉纪首、〈淮南子·时则训〉及〈礼记·月令〉之比较研究》（花木兰文化出版社，2010）；王伟：《〈吕氏春秋〉思想新探》（天津古籍出版社，2011）；杨汉民：《〈吕氏春秋〉的政治哲学研究——以天人关系为中心》（云南大学出版社，2015）；等等。另有重要的论文如吕艺：《论〈吕氏春秋〉的结构体系》[《北京大学学报（哲学社会科学版）》，1990（5）]；王利器：《〈吕氏春秋〉平论》[《传统文化与现代化》，1996（5）]；洪家义：《论〈吕氏春秋〉的性质》[《南京大学学报（哲学·人文·社会科学）》，1999（4）]；等等。此外，胡适《胡适文存》、萧公权《中国政治思想史》、徐复观《两汉思想史》等著作中也有专论《吕氏春秋》的重要文章，还有一些优秀的学位论文等，这里不再赘述。

察，论述其独特的知识融汇策略及其意义。

第一节 编纂《吕氏春秋》的历史机缘

要准确把握《吕氏春秋》的知识融汇策略，我们需要对之前诸子百家的知识整理情况进行简要回顾。这个过程从子学一诞生就开始了，因为任何新知识、新观念的提出都根植于当时的文化土壤，诸子只有对知识积累的成果和时代问题有明确的把握和回应，才能够建构本学派的思想体系。但是在百家争鸣势如水火的文化氛围中，诸子无不面临一个问题：如何有效地抵御其他学派的攻击并维护本学派的权威。所以，他们对知识的梳理，往往是以时代流行的某一家或几家的主要观念为箭靶，在攻击其他观念的基础上构建和论证本学派的理论体系，这使其知识描述不可避免地带有主观色彩和学派倾向。

这种趋势在私学之首的孔子那里还不太明显，因为他的学问根植于西周礼乐文明的传统，传统本身就赋予了孔子学问一定的权威，而且当时并没有太多的异学竞争。虽然有孔子诛少正卯的传说，以及隐士长沮、桀溺等的奚落，但并不足以影响孔子对思想的阐述。他坚持以"述而不作"的态度对待经典和传统，"游文于六经之中，留意于仁义之际，祖述尧舜，宪章文武"（《汉书·艺文志》）。尧舜文武、郁郁周文所赋予儒家思想的合法性，不容置疑。

但是，对于孔子来说具有神圣价值的周代礼乐，到了继起的墨子那里却成了被批判的对象。例如，"此（案：指厚葬久丧）为辍民之事，靡民之财，不可胜计也"[1]（《节葬下》）；"厚措敛乎万民，以为大钟鸣鼓、琴瑟竽笙之声，以求兴天下之利，除天下之害，而无补也"（《非乐上》）[2]；再如，在《公孟》《非儒》篇，墨子全面指责了儒家的婚丧之礼、礼乐、不信鬼神以及宿命观念等。《非命中》篇则正面提出了考察言论

---

[1] （清）孙诒让：《墨子间诂》，186 页，北京，中华书局，2001。
[2] （清）孙诒让：《墨子间诂》，254 页，北京，中华书局，2001。

的"三表法"，即推究言论的合理性看其是否符合：上天鬼神的意志、圣王的事迹、先王之书和言论落实后所带来的效果。遵循"三表法"，墨子用类推说理的逻辑辩论方式提出了著名的十大主张："兼爱""非攻""尚贤""尚同""非乐""节用""节葬""天志""明鬼""非命"，构建了一套自足的思想体系。

墨子提出的"兼爱"等主张，虽然陈义甚高，但很快招来了其他学派的攻击。先是杨朱针锋相对地提出"拔一毛而利天下，不为"，高唱"贵己""全生"的个人主义学说。① 接着孟子以辟杨、墨为己任，将之比作禹抑洪水、周公兼夷狄驱猛兽（《滕文公下》）。他对墨学的攻击，主要集中在其"兼爱"之不近人情上，"墨氏兼爱，是无父也"（《滕文公下》）。对于杨朱，则指其"杨氏为我，是无君也"。两派异学合起来是"无父无君，是禽兽也"（《滕文公下》）②，《尽心上》又批评两派"莫执中"③。除了对杨、墨的攻击，孟子还批评了"有为神农之言者许行"，指出社会分工的必要性（《滕文公上》）。在批评异端邪说的同时，孟子极力宣扬孔子之道，提出"五亩之宅，树之以桑"等的仁政理想（《梁惠王上》）。又为了将儒家的"教化论"体系夯实，孟子提出了"性善论"，发展出了尽心知性的心性哲学，从而使儒家哲学体系更加完善。

孟子的仁政性善学说，又引发了两方面的怀疑。一方面怀疑来自道家。道家据说是一派渊源古老的思想，其创始人老聃可能还早于孔子。④ 但是我们今天所能见到最早的《老子》是出土于郭店一号墓、抄写年代不晚于公元前 300 年的竹简本。⑤ 目前只能据此来讨论早期道家与儒

---

① 关于杨朱其人其学，文献资料不多，但基本上可以肯定他的学说针对墨子"兼爱"。参见李山：《先秦文化史讲义》，291～293 页，北京，中华书局，2008。

② 杨伯峻：《孟子译注》，155 页，北京，中华书局，2005。

③ 杨伯峻：《孟子译注》，313 页，北京，中华书局，2005。

④ 如高亨：《关于老子的几个问题》，载《社会科学战线》，1979(1)；陈鼓应：《老学先于孔学——先秦学术发展顺序倒置之检讨》，载《哲学研究》，1988(9)；但是多集中于传世文献的辨析，并不能够成为定论。其他文章亦有类似观点，如郭沂：《从郭店楚简〈老子〉看老子其人其书》，载《哲学研究》，1998(7)；等等。但尚有许多疑点，学界争论颇多，参见李若晖：《郭店竹书〈老子〉研究述论》，载《古籍整理研究学刊》，2004(2)。

⑤ 彭浩：《郭店一号墓的年代与简本〈老子〉的结构》，见陈鼓应编：《道家文化研究第 17 辑：郭店楚简专号》，北京，生活·读书·新知三联书店，1999。

家的关系。① 郭店本《老子》中，今本激烈抨击儒家仁义的"大道废，有仁义；慧智出，有大伪；六亲不和，有孝慈；国家昏乱，有忠臣"②（十八章），"绝圣弃智，民利百倍；绝仁弃义，民复孝慈；绝巧弃利，盗贼无有"③（十九章）被写作：

> 故大道废，安有仁义；六亲不和，安有孝慈；邦家昏乱，安有贞臣。（丙组 2—3 号）④
>
> 绝智弃辩，民利百倍。绝巧弃利，盗贼亡有。绝伪弃虑，民复季子。（甲组 1 号）⑤

简文中的"安"训为"乃"或"于是"，"季子"指的是幼童那种浑朴无知的精神状态。对此两简的阐释众说纷纭，笔者认同裘锡圭先生的观点——老子认为"智、辩、巧、利、为、虑"是破坏他理想中的人类自然淳朴状态，也就是破坏大道的东西；"仁义、孝慈、正臣"则是大道破坏以后，为了应付人际关系的失调而出现的东西。老子主张绝弃智、辩、巧、利、为、虑，使人们回复到合乎大道的状态中去。达到了这一境界，仁义、孝慈、正臣等当然就没有存在的余地了。⑥ 也就是说，在早期版本的《老子》中，虽然不是激烈抨击儒家仁义，但也是视其为低于大道的一个层次。

到了晚于郭店竹简一百年左右的马王堆帛书本《老子》里，上述的两章已变为同于传世本了。这种改动并非无意为之，而是战国晚期反仁义思潮的体现。这股思潮在《庄子》里有强烈的反响，例如，《胠箧》

① 关于郭店《老子》的文本性质，学界一直存在三种看法："1. 认为楚简《老子》是全本。2. 认为楚简《老子》是摘抄本。3. 认为楚简《老子》甲、乙、丙本是在三个不同时期产生的三种不同抄本。"[聂中庆：《郭店楚简〈老子〉研究评述》，载《孔子研究》，2003（2）]我们认为简本中的三组《老子》，无论之前是否有一个祖本，其代表了正在形成或者演变中的公元前300年左右《老子》的面貌则是无疑的。

② （魏）王弼注，楼宇烈校释：《老子道德经注校释》，43 页，北京，中华书局，2008。

③ （魏）王弼注，楼宇烈校释：《老子道德经注校释》，45 页，北京，中华书局，2008。

④ 彭裕商、吴毅强：《郭店楚简老子集释》，511 页，成都，巴蜀书社，2011。

⑤ 彭裕商、吴毅强：《郭店楚简老子集释》，1 页，成都，巴蜀书社，2011。

⑥ 裘锡圭：《关于〈老子〉的"绝仁弃义"和"绝圣"》，见复旦大学出土文献与古文字研究中心编：《出土文献与古文字研究》（第一辑），10 页，上海，复旦大学出版社，2006。

篇云："掊击圣人，纵舍盗贼，而天下始治矣"，"故绝圣弃知，大盗乃止。"①《在宥》篇说"下有桀、跖，上有曾、史，而儒、墨毕起。于是乎喜怒相疑……而天下衰矣"，"故曰：绝圣弃知而天下大治"。② 这是道家学者看到了太多"彼窃钩者诛，窃国者为诸侯，诸侯之门而仁义存焉"的伪善事例，对现实的绝望愤激之言。

除了直接攻击儒家的仁义礼乐，庄子还解构了儒家描绘的历史谱系。例如，儒家热情赞美的圣人禅让，到《庄子》的《逍遥游》《人间世》等篇目中，则变成了一幅漫画：天下大权变成了个体精神自由的拖累束缚，治理天下被比作庖人治庖，再没有一点神圣庄严的色彩。尧与藐姑射山上自由逍遥的神人相比，若尘垢秕糠。而尧之所以受此奚落，在于其求名求实，劳神苦思地汲汲于仁义教化。从庄子及其后学返璞守真的立场来看，"与其誉尧而非桀，不如两忘而化其道"③（《大宗师》）。在儒家看来有天壤之别、截然对立的尧与桀，居然被道家学者视为没有本质差别。更有意思的是，在一些篇章里，《庄子》直接让尧穿上了道家的外衣，变成了道家化的圣人，例如："夫虚静恬淡，寂寞无为者，万物之本也。明此以南乡，尧之为君也；明此以北面，舜之为臣也。"④（《天道》）通过改造上古圣王的文化偶像，庄子用"三言"的方式圆满地表达了自己的思想。

这种改造文化偶像为自己学说服务的做法，在《墨子》一书中已见雏形。例如："古者尧治天下……逮至其厚爱。黍稷不二，羹胾不重，饭于土塯，啜于土形，斗以酌。俯仰周旋威仪之礼，圣王弗为。"（《节用中》）⑤这里，尧已成了墨家节用主张的典型代表。到了后来，这种做法更为普遍，"在战国时期并没有对历史的统一描述……操弄历史记载的程度极大地提高了，新的人物、新的事件，以及对过去的新解释

① （清）王先谦：《庄子集解》，86～87 页，北京，中华书局，1987。
② （清）王先谦：《庄子集解》，92～93 页，北京，中华书局，1987。
③ （清）王先谦：《庄子集解》，58 页，北京，中华书局，1987。
④ （清）王先谦：《庄子集解》，114 页，北京，中华书局，1987。
⑤ （清）孙诒让：《墨子间诂》，164～166 页，北京，中华书局，2001。

被创造出来，而几乎所有彼此争论的思想家都参与其中"①。这种古为今用的手法越普遍，也就意味着由历史叙事带来的权威越无力。思想家必须在历史和传统之外另寻权威的依据。道家的策略，是构建一个宇宙论的基础。通过观照自然、冥想宇宙，道家提出了"道"这个超越性范畴，确立了其基本性质和运行准则。而人类社会必须通过效法天地自然、遵"道"运行，才能维系其良好的秩序和正常的状态，反之则会出现种种乱象。可以看到，宇宙论在道家哲学中起着重要的基础作用。

对儒家王道仁政的另一种攻击来自法家。不同于道家返璞归真、弃绝仁义的主张，法家主要是从社会功利的角度质疑儒家仁义教化的有效性。例如："仁者能仁于人，而不能使人仁；义者能爱于人，而不能使人爱；是以知仁义之不足以治天下也"②（《商君书·画策》）。这是对教化论的否定，指出其不具有约束力和执行力。此外，因为要把法律奉为社会唯一的权威，以及驱使民众走向农战的考虑，法家对儒家甚为看重的礼乐、慈仁等进行了无情贬斥，"辩慧，乱之赞也。礼乐，淫佚之征也。慈仁，过之母也。任举，奸之鼠也"③（《商君书·说民》）。需要指出的是，虽然法家和墨家都从社会功利的角度批评儒家，但是墨家是站在民众立场上批评礼乐浪费社会财富及其对民众造成的负担，并不反对仁义；而法家则是从君主的立场和控制民众的角度批评仁义礼乐。

在古老的仁义礼乐传统受到时代种种冲击的情况下，邹衍借助了当时日渐流行的阴阳五行思维模式以及一套夸诞的语言，作"《终始》《大圣》之篇十余万言"，归于"仁义节俭"之旨。因其闳大不经、至于无限的时空观念，以及符应机祥的推演，邹衍颇能够制造耸动人心的效果，使王公贵族"惧然顾化"，但最终依旧"不能行之"（《史记·孟子荀卿列传》）。荀子则以更加高亢俊朗的姿态维护儒家学派的尊严，他在

① ［以］尤锐：《展望永恒帝国：战国时代的中国政治思想》，孙英刚译，98~99页，上海，上海古籍出版社，2013。
② 蒋礼鸿：《商君书锥指》，113页，北京，中华书局，1986。
③ 蒋礼鸿：《商君书锥指》，35页，北京，中华书局，1986。

《非十二子》中痛斥了它嚣、魏牟、陈仲、史鳅、墨翟、宋钘、慎到、田骈、惠施、邓析，以及同为儒家学派的子思、孟子，认为他们文饰奸言、淆乱是非，而以"务息十二子之说"为己任。在《富国》《礼论》《乐论》《性恶》等篇中，荀子对异学亦有相关批评。荀子提出的言论评判标准为"凡言不合先王，不顺礼义，谓之奸言；虽辩，君子不听"①（《非相》）。但是因为"先王"文久而灭，所以核心标准就成了"礼义"。"礼"在荀子的学说中确实占有核心地位，如"人无礼则不生，事无礼则不成，国家无礼则不宁"②（《修身》）等。

到了与吕不韦同时代而略晚的韩非那里，"礼"就被置换成了法家的"法"，因为"法"比"礼"在维系社会秩序上更加有效。韩非以犀利尖刻的话语嘲笑了儒家的仁义教化，"夫严家无悍虏，而慈母有败子，吾以此知威势之可以禁暴，而德厚之不足以止乱也"③（《显学》）。韩非又吸收了道家的宇宙论，将君主论安放在"道"的基础上：一方面，君主要"去人性化"④，像道一样虚静无为、不显私欲，"君无见其所欲，君见其所欲，臣自将雕琢"⑤（《主道》）；另一方面，虚静的君主要核练名实、严守赏罚，使群臣百姓畏之如雷霆。原本代表超越性真理的"道"，成了附魅君王的手段，这实际上是对"道"的扭曲。韩非还提出，任何不利于君主集权的社会势力都被视为害虫而消灭，如儒、侠、游说者、工商及近臣（《五蠹》）等。至此，百家诸子之学已经接近尾声。

总结上述，在诸子的学术论场上，显学各派先后依据的知识权威有：历史谱系、传统的德治礼乐、社会功利、宇宙论等，又在激烈的论争中被逐个瓦解或消融。论争带来的直接结果是，知识没有了社会一致认为的、不言自明之神圣权威——"天下大乱，贤圣不明，道德不一"⑥（《庄子·天下》）。而且，学术论争越来越向权力靠拢，学者甚至

---

① 梁启雄：《荀子简释》，55 页，北京，中华书局，1983。
② 梁启雄：《荀子简释》，16 页，北京，中华书局，1983。
③ （清）王先慎：《韩非子集解》，461 页，北京，中华书局，1998。
④ ［以］尤锐：《展望永恒帝国：战国时代的中国政治思想》，孙英刚译，122 页，上海，上海古籍出版社，2013。
⑤ （清）王先慎：《韩非子集解》，26 页，北京，中华书局，1998。
⑥ （清）王先谦：《庄子集解》，288 页，北京，中华书局，1987。

希望借助权力去消灭异学。韩非更是完全站在君主集权的立场谈论学术，结果便是士阶层存在的合理性被消解了。这虽然在某些方面反映了社会重建主流意识形态的需要，但毕竟是一个奇怪的历史局面：从春秋秩序变动中发展出来的士阶层，竟然要在其自身设想的社会体系中消灭本阶层！如何避免这个吊诡的知识发展结局？以知识和观念为唯一财富的士阶层，如何重建知识的权威和保障自己的话语权力？

再者，诸子对知识状况的梳理多基于构建本学派理论体系的需要，对于关系较远的知识则不太关注，从而不能够做到全面、客观。例如，儒、道、墨、法均旨在构建一套救世的方案，因为思路不同而彼此多有冲突和关注。但他们对于阴阳家、农家、兵家等在历法、农业及军事技术等领域取得的专业知识进展，则基本上视而不见，置而不谈。对其他学派或攻击，或无视，这种知识整理的视野无疑是狭隘的。实际上，要保持知识健康发展的趋势，学者必须对各种不同的知识观念有充分的关注和接触，这是由知识发展的内在规律决定的。如何超越一家一派的立场，而以博大的胸怀和开阔的视野对社会知识进展和观念体系进行一个全面的大总结，从而为下一个阶段的知识发展奠定扎实的基础？

以上为编纂《吕氏春秋》时，子学发展所面临的主要问题。时代需要对春秋以来的知识发展成果进行系统的总结与整理，但这个任务何以就落在了秦国丞相吕不韦身上呢？

司马迁在叙述吕不韦编纂《吕氏春秋》时云："当是时，魏有信陵君，楚有春申君，赵有平原君，齐有孟尝君，皆下士喜宾客以相倾。吕不韦以秦之强，羞不如，亦招致士，厚遇之，至食客三千人。是时诸侯多辩士，如荀卿之徒，著书布天下。吕不韦乃使其客人人著所闻，集论以为八览、六论、十二纪，二十余万言。"（《史记·吕不韦列传》）这似乎把吕不韦编书仅仅归于个人的争胜行为了，实际上并非如此简单。《吕氏春秋》的编纂，与当时的政治形势、秦地的学术发展以及一定的制度基础密切相关。

在吕不韦之前，荀子曾经在秦昭王时期入秦，写下了多篇文章描述对秦制的观感。① 如《荀子·强国》篇云：

> 应侯问孙卿子曰："入秦何见?"孙卿子曰："其固塞险，形埶便，山林川谷美，天材之利多，是形胜也。入境，观其风俗，其百姓朴，其声乐不流污，其服不挑，甚畏有司而顺，古之民也。及都邑官府，其百吏肃然，莫不恭俭敦敬忠信而不楛，古之吏也。入其国，观其士大夫，出于其门，入于公门；出于公门，归于其家，无有私事也；不比周，不朋党，偶然莫不明通而公也，古之士大夫也。观其朝廷，其朝闲，听决百事不留，恬然如无治者，古之朝也。故四世有胜，非幸也，数也。……兼是数具者而尽有之，然而县之以王者之功名，则倜倜然其不及远矣! 是何也? 则其殆无儒邪!"②

应该说，荀子的评价表现出了学者的理性和敏锐，要比合纵策士动辄"虎狼之秦"的描述要客观得多。荀子看到了秦国能够节节取胜的原因在于政治制度之优胜，但也指出其与王者功名相差甚远，原因在于"无儒"。对于"儒"之社会功用，荀子曾有专门的论述："儒者法先王，隆礼义，谨乎臣子而致贵其上者也。人主用之，则埶在本朝而宜；不用，则退编百姓而悫；必为顺下矣"；"儒者在本朝则美政，在下位则美俗"（《荀子·儒效》）。③ 在荀子看来，秦国的百官民众一律服从国家的法律制度，保持了简约高效、符合国家争霸需要的状态，此为其强盛原因。但是缺乏儒者的"美政"，秦国无法吸收学者的远见、反思、批判、监督，只能按既定的势头发展，终归是无源之水、无本之木，无缘达到理想中的王道。荀子所描述的正是秦国商鞅变法以来形成的政治传统，一味鼓励民众耕战，按爵级授官，对工商和学术则严加禁止，如《商君书·算地》云："夫治国舍势而任谈说，则身修而功寡。故事《诗》

---

① 据钱穆先生考证，荀子入秦应在秦昭王四十一年至五十二年（前266—前255）。参见钱穆：《先秦诸子系年考辨》，420～421页，上海，上海书店，1992。
② 梁启雄：《荀子简释》，217～218页，北京，中华书局，1983。
③ 梁启雄：《荀子简释》，80、81页，北京，中华书局，1983。

《书》谈说之士，则民游而轻其君。"①所以，在春秋以来的学术大发展中，邹鲁之地孕育出儒家、墨家，三晋多法家，陈、宋发展出道家，燕齐海岱的文化传统哺育出阴阳学派，齐国稷下学者荟萃、百家争鸣，而秦国的学术基本没有发展，秦昭王甚至认为"儒无益于人之国"。②

对于秦国所向无敌的军事实力，荀子也一针见血地指出其弊端："秦人其生民也狭厄，其使民也酷烈，劫之以埶，隐之以厄，忸之以庆赏，鰌之以刑罚，使天下之民所以要利于上者，非斗无由也；厄而用之，得而后功之，功赏相长也；五甲首而隶五家，是最为众强长久，多地以正，故四世有胜，非幸也，数也。……秦之锐士不可以当桓、文之节制，桓、文之节制不可以敌汤、武之仁义；有遇之者，若以焦熬投石焉。"③（《议兵》）用荀子自己的话概括，秦国之威属于"成乎危弱"的"暴察之威"（《强国》），秦国之兵为"末世之兵，未有本统也"（《议兵》）。综合秦国的种种情况，荀子以学者的睿智为其开出"节威反文"（《强国》）的药方，即节制武力，反之于文制。

荀子的论断代表了东方学者对秦国法家政治传统之看法，具有旁观者的理智、清醒与客观。需要注意的是，荀子为赵国人，吕不韦也曾长期在赵国经商。荀子对秦政的评判和论断，吕不韦可能会有耳闻。即使没有耳闻，吕不韦作为东方人，也极有可能产生同样的感受与判断。当吕不韦在庄襄王元年（前249）为秦相时，之前的长平之战已经摧毁了对手的大部分实力，秦国在七国争雄的政治角逐中已然占据了绝对优势。吕不韦又灭掉了东周，延续了八百余年的周王朝至此彻底灭亡，秦统一天下的时代即将到来。在这种政治形势下，秦国文化上的"无儒"更加醒目和尴尬。如何构建出与秦国军事实力相当的文化发展格局？秦统一后该用怎样的方针策略治理天下？这是尊为丞相、号为仲父的吕不韦所思考的问题。

---

① 蒋礼鸿：《商君书锥指》，46～47页，北京，中华书局，1986。
② 虽有学者考证说秦国也曾有儒家传播，例如，高华平、朱佩弦：《论春秋战国儒学在秦国的发展演变》，载《贵州社会科学》，2015(9)。但总体来说，秦国的学术发展要比其他诸侯国落后得多，则是不争的事实。
③ 梁启雄：《荀子简释》，194～195页，北京，中华书局，1983。

那么，究竟该怎样"反文"呢？当时流行于各国政坛的门客养士制度，为吕不韦提供了具体的办法。对于秦国来说，本土的士人并不多，吕不韦所招致的士主要来自其他诸侯国，即游士。睡虎地秦简出土的《秦律杂抄》中有一条《游士律》："游士在，亡符，居县赀一甲；卒岁，责。有为故秦人出，削籍，上造以上为鬼薪，公士以下刑为城旦。"①这里的游士，是指具备一定的知识技能、游走于各地的说客或文人。"符"指的是游士进行合法活动所需要的凭证，有时也被称为"籍"，如《战国策·楚策四》云："汗明见春申君，候问三月，而后得见。……春申君曰：'善。'召门吏为汗先生著客籍。"②"著客籍"应当是为汗明提供合法的身份。睡虎地秦简的《游士律》表明，秦国对于没有"符"的游士是严加管控的，因其扰乱社会秩序。但是对于有合法身份的游士，秦国是怎样的态度呢？应该说与其他国家相比，秦国对游士的态度似乎更加信任。例如，商鞅、楼缓、张仪等人在秦国都获得了重用。据统计，从惠文王十年（前 328 年）至秦始皇时期的 100 多年间，历任的 22 位秦相，至少有 15 任授予了其他诸侯国来的客卿，这与齐、赵、楚等多用宗族或国人为相截然不同。③ 秦国强大的国家实力，开放的用人态度，无疑为其他诸侯国的士人入秦做官提供了开阔的发展空间，也为吕不韦招揽门客打下了坚实的基础。

吕不韦为相之时，齐国稷下学宫的盛况早已是明日黄花了。《盐铁论·论儒》篇说，齐闵王吞并宋国之后，"矜功不休，百姓不堪，诸儒谏不从，各分散，慎到、接子亡去，田骈如薛，而孙卿适楚"。燕齐之战更使齐国国势大衰，齐襄王复国后虽然重整学宫，但国家的财力物力都无法使稷下恢复往日的荣光了。而此时，吕不韦以秦相之尊，厚致宾客，无疑对学者具有极大的吸引力。吕不韦食客三千人中虽不尽是学者，但学者的数量应该是不少的，咸阳由此取代稷下成为当时的学术中心。联想到后来《吕氏春秋》编成后，"布咸阳市门，悬千金其

---

① 睡虎地秦墓竹简整理小组编：《睡虎地秦墓竹简》，释文 80 页，北京，文物出版社，1990。

② 何建章：《战国策注释》，589～590 页，北京，中华书局，1990。

③ 参见黄留珠：《秦汉仕进制度》，43 页，西安，西北大学出版社，1985。

上，延诸侯游士宾客有能增损一字者予千金"(《史记·吕不韦列传》)，吕不韦的夸耀自得也许并非仅仅是个人虚荣心的满足，而是向天下昭示秦国摆脱"无儒"后的文化实力。

养士制度中，门客在依附于高官贵族获得经济资助和仕宦机会的同时，要运用自己的知识和技能为其所依附的对象服务。对于吕氏门客中的学者而言，也许不必像孟尝君门下的冯谖那样献出高妙的政治计策，但是按照吕不韦的要求"人人著所闻"，最终构建一个学术思想体系，则是其责无旁贷的任务。吕不韦虽非诸子中人，对各家各派的思想主张也不一定十分清楚，但其身为秦相，具有基本的政治判断力和治天下的大致主张。因此，吕不韦能够要求学者围绕着自己设想的主旨进行阐发，以一个局外人的身份充当了学术领袖的角色。

可以看到，吕不韦与门客之间形成了一种全新的学术生态：与诸子相比，吕不韦与门客之间并非师徒授业关系，也没有具体的学术门派可守，而是以学术为纽带的经济、政治上的依附关系；与稷下学宫相比，学者虽然同样接受他人的资助，但是资助者由国家变成了卿相。在这样一个学术团体中，学者可以自由发表思想而不必株守于某家某派，但也不能像稷下学者那样无拘无束地"不治而议论"，而是要根据吕不韦的要求，构建出一套实用的治国平天下策略。至于稷下学宫中超远的玄想、微妙的概念辨析、各派学术的完整理路等内容，则被吕氏学术团体冷落了。当然，吕不韦作为卿相的学术追求，与后来的国家意识形态构建还是有所区别的：前者是在充分总结学术成果的基础上提出资政方略，后者则是以帝王及国家的利益为标准选择思想观念并进行宣传。吕不韦与门客之间的学术生态，势必影响到《吕氏春秋》的学术品格与思想体系构建。

第二节 《吕氏春秋》的知识融汇策略

《吕氏春秋》的《序意》篇载录了吕不韦的学术主张、编书大旨以及对当时学术发展状况的批评：

　　文信侯曰："尝得学黄帝之所以诲颛顼矣，爰有大圜在上，大矩在下，汝能法之，为民父母。盖闻古之清世，是法天地。凡《十二纪》者，所以纪治乱存亡也，所以知寿夭吉凶也。上揆之天，下验之地，中审之人，若此则是非可不可无所遁矣。天曰顺，顺维生。地曰固，固维宁。人曰信，信维听。三者咸当，无为而行。行也者，行其理［数］也。行数，循其理，平其私。夫私视使目盲，私听使耳聋，私虑使心狂。三者皆私设精则智无由公，智不公则福日衰，灾日隆，以日倪而西望知之。"①

吕不韦先引用黄帝教诲颛顼的言论，又证之以"古之清世"，提出了"法天地"的主张。这种观念，来自《老子》的"人法地，地法天，天法道，道法自然"②（《第二十五章》）。天地被树立为最高的价值标准和知识依据，通过"上揆之天，下验之地，中审之人"得来的知识，其神圣价值在于能够"纪治乱存亡""知寿夭吉凶"，即有效地预往知来，为社会人事确立"是非可不可"的行为法则，而《十二纪》就是这类神圣的知识汇编。此为吕不韦编书的学术追求。

　　吕不韦又借助《易》学的天、地、人三才观念，对道家"法自然"观念进行了具体的阐释与充实："天曰顺，顺维生。地曰固，固维宁。人曰信，信维听。"天之能生养万物，在于"顺"；地能够安宁，在于"固"；而人之道，只有诚信才能够被人听用。天、地、人分别遵循不同的规则运行，但又有机配合，"三者咸当"则体现出完整的真理内容——"数"，"数"具有无为而行的客观性。这种客观性要求个体避免偏狭的"私视""私听""私虑"，即摈除主观好恶和私心杂念，因为是非对错都可以在天地运行中加以检验，无可掩盖。"平其私"与"循其理"之间，是一种直线勾连的关系，只有去私秉公，才能领悟天、地、人所昭示的真理，发挥知识的有效性。这里对"私虑"的批评，显然是针对诸子

---

　　① （秦）吕不韦撰，许维遹集释：《吕氏春秋集释》，273～274 页，北京，中华书局，2009。按：本书所引《吕氏春秋》，如果不特意说明，均出自此本，为避免烦琐重复，以后仅标注篇名。

　　② （魏）王弼注，楼宇烈校释：《老子道德经注校释》，64 页，北京，中华书局，2008。

百家偏执一隅的做法。吕不韦还以太阳偏斜必定西落的现象，来说明"私"的危害。

总之，在《序意》中，吕不韦表现出了政治人物对学术的开放态度，明确表示超越诸子论争、总揽百家以成一部治国政典的期待。那么，《吕氏春秋》是怎样在"智公"的基础上展现出新的知识谱系的呢？

一、以天道四时的不同性格整合各类知识观念

《吕氏春秋》由"十二纪""八览""六论"三部分组成[①]，其中以"十二纪"的内容最为主要和系统。[②] 我们从"十二纪"开始，来考察《吕氏春秋》的知识框架。

"十二纪"六十篇，大致可分为两部分：各纪"纪首"合为一系统，各纪后四篇可看作另一系统。"纪首"系统是把十二个月与天象、干支、五帝、五神、五虫、音律、数字、五味、祭祀、物候、明堂、服色、饮食、器物、施政法则、政事活动、政令禁忌等联系了起来，例如，《孟春纪》之"纪首"：

> 孟春之月，日在营室，昏参中，旦尾中。其日甲乙，其帝太暤，其神句芒，其虫鳞，其音角，律中太蔟，其数八，其味酸，其臭膻，其祀户，祭先脾。东风解冻，蛰虫始振，鱼上冰，獭祭鱼，候雁北。天子居青阳左个，乘鸾辂，驾苍龙……是月也，以立春……命相布德和令，行庆施惠，下及兆民。……是月也，天子乃以元日祈谷于上帝。……王布农事，命田舍东郊，皆修封疆，审端径术……是月也，命乐正入学习舞。乃修祭典，命祀山林川泽，牺牲无用牝。禁止伐木，无覆巢，无杀孩虫胎夭飞鸟……是

---

① 自高诱的《吕氏春秋序》开始，全书内容的顺序就与今天所见本一致，即十二纪、八览、六论。王利器根据《序意》放在"十二纪"之后，秦人尚六等原因，认为《吕氏春秋》的排列顺序应为：六论、十二纪、八览（参见王利器：《吕氏春秋注疏》，成都，巴蜀书社，2002）。但是这种看法遭到了学者的质疑。参见何志华：《王利器"〈吕氏春秋〉之编次本为〈六论〉〈十二纪〉〈八览〉"说书证献疑：兼论高诱注释体例问题》（香港《中国文化研究所学报》第 48 期，2008）。

② 葛兆光：《中国思想史》第一卷，235 页，上海，复旦大学出版社，1998。

月也，不可以称兵，称兵必有天殃。……孟春行夏令则风雨不时，草木早槁，国乃有恐；行秋令则民大疫，疾风暴雨数至，藜莠蓬蒿并兴；行冬令则水潦为败，霜雪大挚，首种不入。

接下来的十一个月，无不以这种模式搭配。十二篇"纪首"组合起来是一篇完整的文章，与《礼记·月令》"不过三五字之别"。关于两者的先后关系，从编纂时代来说，无疑是《吕氏春秋》在前，但此文是否为吕氏宾客首创？梁玉绳、徐复观等人持肯定态度。杨宽则从五行相生、用夏正、官制等方面，认为"十二纪"之"纪首"当为战国时期晋人之作，吕不韦宾客割裂成文而为"十二纪"之首章。① 杨振红则发现"十二纪"之"纪首"中许多行事与《管子》的记载相同，而且"十二纪"反映的区域农业结构中，麦占有突出地位，与关中地区长期以粟为主要粮食作物不同，从而推论"当时已经存在一本以'明堂'名义命名的月令书，它应当出自战国齐人邹衍阴阳五行家一派。吕不韦作《吕氏春秋》时，将其割裂为十二章，系于各章之首，其中也根据秦的情况有所改动，如用'太尉'官名，但改动的地方极少。"② 这两种看法不同，但认为《纪首》是改自成说，则是一致的。联系到《吕氏春秋》全书以知识编纂为主，这种推论应该是合理的。再根据"纪首"中阴阳五行的搭配图式，与邹衍学派有密切关系③，可以认为杨振红的说法更加接近事实。

在"纪首"由阴阳家编织出来的话语体系中，十二个月不仅是天道运转的变化，还代表着一种宇宙秩序，框定和规范了人类社会的行为准则、帝王的政治行为。又因为这些社会规则具有天道运行的依据，所以具有了超越神圣的意味，不容置疑，"无变天之道，无绝地之理，无乱人之纪"（《孟春纪》）。如果违背了这个秩序，就会带来令人恐惧的灾异，破坏宇宙的和谐。

---

① 参见杨宽：《月令考》，《杨宽古史论文选集》，463～510 页，上海，上海人民出版社，2003。

② 参见杨振红：《出土简牍与秦汉社会》，230～231 页，桂林，广西师范大学出版社，2009。

③ 徐复观：《两汉思想史》第二卷，3～14 页，上海，华东师范大学出版社，2001。

需要注意的是，这套秩序规范虽然是以月为单位，但并非按数字依次罗列每个月，而是以"孟""仲""季"来分别表达四季中的三个月，这显然意在强调季节。一年被分成了四季，宇宙的整体秩序就被分成了四个单元，不同的季节对应不同的宇宙法则，总结出来就是：春生、夏长、秋收、冬藏，一个古朴久远、符合农耕人群认知经验的四时大义。这个原本没有任何玄妙色彩的素朴经验，却因搭配上了神秘的五行图式，而具有了客观的形而上色彩和极大的延展包容性，成为人事行为的依据。又因其符合社会大众的基本认知经验，因而具有极大的可信度和号召力。与道家的"道"相比，"纪首"的秩序规范同样具有超越性和客观性，少了恍惚迷离、神秘难求之感，多了一份可操作性和亲切感。

"十二纪"之"纪首"虽在文字上与后来的《礼记·月令》《淮南子·时则训》差别不大，但后两篇文章仅是其书中的一篇，无关全书整体结构；而"纪首"系统则是排在"十二纪"之前搭起了框架，对知识编纂起着纲目作用。"纪首"之外的其他篇目，正是按照"生""长""收""藏"的不同属性，被分别编排于"春""夏""秋""冬"各纪之下。①

《孟春纪》接着"纪首"的是《本生》，从政治和个人两个角度谈论养生之理。"能养天之所生而勿撄之，谓之天子。天子之动也，以全天为故者也。此官之所自立也，立官者以全生也"，为政治原则；"物也者，

---

① 《四库全书总目·吕氏春秋》言"惟夏令多言乐，秋令多言兵，似乎有义，其余则绝不可晓"。余嘉锡进行了辩驳，分析十二纪取义所在，指出："春生而冬死，夏乐而秋刑，其取义何在？曰，此所谓春生夏长秋收冬藏也(语见司马谈《论六家要旨》)，其因四时之序而配以人事，则古者天人之学也。"(参见余嘉锡：《四库提要辨证》，819～820页，北京，中华书局，1980)余论甚精，为大多数学者接受。吕艺则对余说进行了补充："十二纪首篇'言人事'，以'无逆天数，必顺其时'为准则(《仲秋纪·仲秋》)，而其余四十八篇，则严格依照'春生夏长秋收冬藏'之义来构建，二者并不等同。所以十二纪首篇所言之事，有些与'春生夏长秋收冬藏'并没有什么干系。……其实，十二纪两个结构体系的构建思想，并非绝对矛盾，之所以并不等同，只是因为包容面大小不一，前者大于后者，可以包容后者。因此，只能以'无逆天数，必顺其时'——亦即顺应天道概言'春生夏长秋收冬藏'的思想本质，反之则有以小括大，以偏概全之虞。"[参见吕艺：《论〈吕氏春秋〉的结构体系》，《北京大学学报(哲学社会科学版)》，1990(5)]但是，用顺天时来概括"十二纪"的组织原则有些宽泛，因为《纪首》部分虽有些内容溢出，但其重点和核心是"春生夏长秋收冬藏"，并以此为基础引出后面的文章，则是无可否认的。

所以养性也，非所以性养也"，为个体养生原则。接下来，《重己》阐述爱己适性之理。《贵公》《去私》是从"天地大矣，生而弗子，成而弗有，万物皆被其泽、得其利而莫知其所由始"，"天无私覆也，地无私载也……行其德而万物得遂长焉"等效法天地长养的角度谈论政治原则。

《仲春纪》之"纪首"虽然在天象物候上有变化，但是五行搭配的宇宙图式、施政法则都与《孟春纪》之"纪首"一致，依然遵循"春生"的宇宙秩序。接着《纪首》的是《贵生》，阐述"全生"主张；《情欲》论节情制欲；《当染》似与养生距离较远，但亦有内在逻辑可通——君主重国爱身，关键在于所染，"凡为君……以为行理也。行理生于当染，故古之善为君者，劳于论人而佚于官事，得其经也"，由爱身引申出用贤的政治原则；《功名》阐论厚德养民以得贤名。

《季春纪》依然是讲养生。接着《纪首》的是《尽数》，论养生莫若知本以尽其长久之数。《先己》论"成其身而天下成"。《论人》谓"太上返诸己，其次求诸人"，返诸己即"得一"，"得一"则"无以害其天矣"；次一级的"求诸人"，主要讨论知人之术。《圜道》与养生主题距离较远，但亦由养身及于治国，"主执圜"，既以圜道治身，又以之治国，以方道设立百官，不以私欲乱之。

在"春生"的宇宙节奏中，《吕氏春秋》吸纳了诸多重生、爱生、存生、安生的思想。这些思想可能来自不同的学派，例如，《本生》《重己》《贵生》《情欲》《尽数》《先己》吸收的是道家"适欲"养生的思想，《贵公》《去私》"主要采用的是道家、法家之言，同时吸收、兼容了儒家、墨家的主张"①。《当染》出自墨家，又有所补充。《功名》主要是儒家思想。《论人》《圜道》则应属道法家之言。但在"春生"的主题下，这些文章的思想差异性被忽视了，而按照主题的相似性被编纂在一起，形成一个单元。

"夏纪"的内容较为集中。除了三篇《纪首》外，《孟夏纪》紧接下来的是《劝学》《尊师》《诬徒》《用众》，都是谈论教和学的，《仲夏季》和《季

---

① 庞慧：《〈吕氏春秋〉对社会秩序的理解与构建》，163 页，北京，中国社会科学出版社，2009。

夏纪》的八篇(《大乐》《侈乐》《适音》《古乐》《音律》《音初》《制乐》《明理》)则集中讨论音乐。音乐亦是一种教化手段,所谓"兴于诗,立于礼,成于乐"是也。教学和音乐都符合"夏长"之德。这些文章主要来自儒家学派,有些可与《学记》《荀子》之文相发明。

"秋纪"的内容亦较为整齐,主要讨论军事。《孟秋纪》的《荡兵》《振乱》《禁塞》《怀宠》,《仲秋纪》中的《论威》《简选》《决胜》《爱士》,皆论用兵之道。《季秋纪》中的《顺民》讲顺应民心,《知士》《审己》论辨士用贤之道,《精通》谈精诚之德感应于人。这四篇与秋季肃杀之德不合,但是顺民用贤似又为战争取胜的先决条件,所以也可认为是泛论军事。这十二篇文章主要来自兵家。

"冬纪"的主题较为复杂。《孟冬纪》中的《节丧》《安死》论安葬,"葬也者,藏也,慈亲孝子之所慎也"。《异宝》紧接着前文批评珠玉陪葬之风,指出古之人"所宝者异也"。《异用》在文气上紧接《异宝》,阐论"万物不①同,而用之于人异也,此治乱存亡死生之原"。这两篇"盖因前二篇而推广以及之,文气衔接相续"②。《仲冬季》的《至忠》论士人舍生尽忠之德,《忠廉》述不可羞辱、不可利诱的忠廉之士。《当务》的中心论题是"所贵辨者,为其由所论也。所贵信者,为其遵所理也。所贵勇者,为其行义也。所贵法者,为其当务也",似对士之才德进行规范和辨析。《长见》论士之远见卓识。《季冬纪》中《纪首》之外四篇依次是《士节》《介立》《诚廉》《不侵》,集中论士人的舍生取义之道。应该说,"冬纪"中除《节葬》《安死》为冬藏应有之义外,其他篇目与这个主题有一定距离,但因舍生取义亦为死亡之一种境况,所以也可勉强安排在"冬纪"中。"冬纪"的各篇文章,亦存在思想的差异,《节丧》《安死》取墨子节葬之义。《异宝》有道家意味,《异用》则多取儒家者言。《忠廉》《当务》《士节》《介立》《诚廉》《不侵》,陈奇猷认为均出自孔门后学北宫黝、孟施舍、漆雕开贵勇一派。③ 此外,还有《至忠》《长见》两篇,陈奇猷

---

① 陈昌齐曰:"据通篇文义,当衍'不'字。"

② 余嘉锡:《四库提要辨证》,819 页,北京,中华书局,1980。

③ 参见(战国)吕不韦著,陈奇猷校释:《吕氏春秋新校释》,596～648 页,上海,上海古籍出版社,2002。

认为前者属阴阳家，后者属形法一派，恐非是。这两篇虽有神秘的内容，但主体不脱儒家思想。

综上所述，《吕氏春秋》的"十二纪"以"纪首"的阴阳家为框架，在综合百家的基础上构建了一个贯通天人的宇宙模式。原本势如水火的诸子思想，在天道四时的不同准则下，都成为法天而治之人间君王的思想资源。诸子之间的歧异被搁置了，而殊途同归、汇聚于超越的四季流转之天道。在这样一个贯通天人的宇宙模式中，天以四季无言地昭示人类社会应该遵循的法则和节奏，人间的万千行事也被分类编排、过滤归纳，抽绎出神秘的规则以与天相应。人法天的同时，实际上也是天法人，这样循环论证的初衷不过是借天道为知识树立神圣的权威。当然，"十二纪"毕竟是一个人为构建的宇宙模式，虽然大体可以按照统一的春生、夏长、秋收、冬藏的线索勾连天人，但不可否认其中有较为牵强的地方。如"春纪"中的《论人》《圜道》，"冬纪"中的《当务》《长见》等篇目，就与单元主题的距离较远。"十二纪"试图以简练抽象的法则去涵盖天人、包罗万象，难免陷于窘迫之境。此外，这也与《吕氏春秋》成于众手的集体编纂方式不无关联。

那么，《吕氏春秋》为什么要以阴阳家为基础来构架这个天人模式呢？这当与战国中后期阴阳家影响巨大有关。《史记·孟子荀卿列传》载，驺衍"适梁，惠王郊迎，执宾主之礼。适赵，平原君侧行撇席。如燕，昭王拥彗先驱，请列弟子之座而受业，筑碣石宫，身亲往师之"。但最主要的是，阴阳家的理论体系和知识品格契合了《吕氏春秋》"法天地"及"智公"的学术追求。阴阳家的第一个要义为"叙四时之大顺"，即"以时序政"。这是从农耕社会中逐渐发展出来的"公共知识"和普遍观念，从《诗经·豳风·七月》《夏小正》《逸周书·时训》到《管子》的《四时》《幼官》《轻重己》等，显示了这种观念的发展。《吕氏春秋》的"纪首"通过改写《管子》等文献，将效法天道的理念具体化为一套可操作的"以时序政"的行为规范，落实了法天地的主张。天道四时的不同性格，也为《吕氏春秋》容纳百家之学提供了知识依据和编纂框架。

阴阳家的第二个要义为阴阳五行的关联性思维模式，这是战国后期社会上最为流行的观念。与《吕氏春秋》时代相近的睡虎地秦简和甘肃放马滩秦简的《日书》中，都出现了大量根据阴阳五行原理编写的择日术。例如，睡甲简 30－31："葬日，子卯巳酉戌，是胃（谓）男日；午未申丑亥辰，是胃（谓）女日。女日死，女日葬。必复之，男子亦然。凡丁丑不可以葬，葬必参。"①类似的还有睡甲简 11 背，睡乙简 108、109，放甲简 1－4：贰，放乙简的 84－89 壹等。秦简中男日为女子的吉日，女日为男子的吉日，死亡和丧葬要分别放在男日和女日，生病和治疗亦如此，娶妻要在牝月牡日等，这些都体现了阴阳对立统一的思想。关于五行生克的原理，明确见于放乙简 77 贰："土生木，木生火，火生土"②；睡甲简 83 背叁—91 背叁及 92 背贰："金胜木，火胜金，水胜火，土胜水，木胜土。东方木，南方火，西方金，北方水，中央土。"③五行与干支、五季、方位、数字、五稼等的搭配，均已出现。甚至较为复杂的五行三合局、纳音、孤虚等知识也在秦简中有所反映。总体来说，"《日书》中用得最多的占法是五行说"④。通过阴阳五行的搭配，《日书》构造了一个涵天盖地的神秘小宇宙，民间的日常事务，如婚丧嫁娶、远行经商、稼穑盖屋等皆被纳入其中。

阴阳五行思维模式作为当时的"一般知识"⑤，像空气一样弥漫于全社会，潜移默化地影响到所有的社会成员。邹衍推究历史演变规律的"五德始终说"，就是基于这样的社会观念，才取得了耸动人心的效果。细绎《吕氏春秋》"十二纪"的《纪首》系统，会发现其与《日书》共享了同一个宇宙观。例如，《十二纪》中孟春之月，"日在营室，昏参中，旦尾中。其日甲乙"，"其音角，律中太蔟，其数八"，"盛德在木"；孟

① 睡虎地秦墓竹简整理小组编：《睡虎地秦墓竹简》，释文 187 页，北京，文物出版社，1990。
② 孙占宇：《天水放马滩秦简集释》，释文 125 页，兰州，甘肃文化出版社，2013。
③ 睡虎地秦墓竹简整理小组编：《睡虎地秦墓竹简》，释文 223 页，北京，文物出版社，1990。
④ ［日］工藤元男：《睡虎地秦简所见秦代国家与社会》，［日］广濑薰雄、曹峰译，112 页，上海，上海古籍出版社，2010。
⑤ 这里所说的"一般知识"，是借用了葛兆光提出的概念，指文化等级较低的社会成员在行为中表现的潜在观念，注重的是实际社会和生活的具体问题。它是一个社会弥漫和笼罩一切的思想背景，靠教育和熏染连续发展的经验系统和知识系统。参见葛兆光：《中国思想史》第一卷，129～131 页，上海，复旦大学出版社，1998。

夏之月，"日在毕，昏翼中，旦婺女中。其日丙丁"，"其音徵，律中仲吕，其数七"，"盛德在火"；等等。这些搭配和《日书》中的季节月份与五行、五音、二十八宿的关系完全一致。当然，《吕氏春秋》利用阴阳五行的知识系统，意在构建出一套符合时令天人的帝王政治行为规范，而《日书》更加关注一己之祸福吉凶，这种文化品格的差异还是显而易见的。但无论如何，阴阳五行貌似客观的附会和搭配，以其神秘的气质和民间影响力，保障了《吕氏春秋》十二纪中天道的神秘权威及其包罗万象的延展性，这是无可怀疑的。

二、以整齐的形式兼容去取各种学术资源

"十二纪"之后，再看"八览"。《有始览》的第一篇泛论天地，漫谈九野、九州、九塞、九薮、八风、六水，最后归于人，"天地万物，一人之身也，此之谓大同"，并言"天斟万物，圣人览焉，以观其类"。可见此篇意在总论天地人，并引出之后的话题，可视为八览的总序言。接下来《应同》阐述"类固相召，气同则合，声比则应"的道理。《去尤》《听言》《谨听》论听言观人要去掉胸中成见、分清善恶、谨慎察验，此为君主御臣之道。《务本》论大臣当先公后私、修身为本。《谕大》阐述君主治国、人臣谋物，均持大以定小。可以看到，此览总论君臣治国之道，各篇结尾的"解在乎……"更把此览与后面的篇目连接起来，学界普遍认为《有始览》为"八览"总纲，良有以也。

《孝行览》第一篇论"务本莫贵于孝"。《本味》论事之本在得贤。《首时》论事成在得时。《义赏》论人主应该顺义赏罚。《长攻》论遇时不循礼而成功。《慎人》论功名大立有天的因素，亦需要人自身的努力。《遇合》从遇合的偶然性说起，但强调"君子不处幸"，并论述国君观人慎遇的重要性。《必己》论"君子必在己者，不必在人者也"。总之，此览总论成功的主客观因素。

《慎大览》第一篇论贤主"愈大愈惧，愈强愈恐"。《权勋》论去小利小忠以得大利大忠。《下贤》论人主礼贤下士。《报更》论用贤之效。《顺说》论善说者利用当时有利条件进说。《不广》论智者举事必因时，时或不利，但人事不可废。《贵因》论"因则无敌"。《察今》论因时变法。

《先识览》第一篇由"国之亡也,有道者必先去",论贤主之要在于得贤。《观世》论治乱的关键在于得贤,得贤在于礼遇。《知接》论唯有智者能接远。《悔过》谈智不至之悔。《乐成》论民不可以虑始而可以乐成。《察微》论存亡在于几微。《去宥》与《有始览》的《去尤》主题一致。《正名》论"名正则治,名丧则乱"。

《审分览》第一篇论"至治之务在于正名"。《君守》论人君虚静无为而治。《任数》论君道无知无为,重在任数行理。《勿躬》论人主不可躬行百官之事。《知度》论君道因而不为。《慎势》论人主威势。《不二》《执一》论王者执一。此览集中论君道治术。

《审应览》第一篇论人主出言应答应该谨慎。《重言》论人主慎言。《精谕》论精诚重于言论。《离谓》论言意相当。《淫辞》论"言行相诡,不祥莫大焉"。《不屈》论国君听察士言论应考校名实义理。《应言》论回应言论。《具备》论"说与治之务莫若诚"。此览集中论述君与臣之言论。

《离俗览》第一篇论高于世俗的厉节之士。《高义》论君子以行义为通。《上德》论治理国家以德义为上。《用民》论君主用民之道,"太上以义,其次以赏罚"。《适威》论君主顺民之情安民。《为欲》论利用民之欲望用民。《贵信》论信之可贵。《举难》论"人固难全,权而用其长者"。

《恃君览》第一篇论君道在于利群。《长利》论虑事以长利。《知分》论士达乎死生之分,而不被利害存亡所惑。《召类》主题同于《有始览》的《应同》。《达郁》论忠臣贤士之贵在于为国通郁塞。《行论》论人主之行与布衣异,有时需要忍辱含垢。《骄恣》论骄恣导致亡国。《观表》论由表象观论人事之术。

可以看到,"八览"的《有始篇》虽然讨论天地,但是并没有像"十二纪"那样构建一个超越的规则来组织各篇。"八览"备言经世治国之术,除《审分览》和《审应览》主题较为集中外,其他各"览"虽然相邻篇目往往有联系,但整体主题较为分散;再有《正名》与《审分》两篇主题一致,却被分在不同的"览"中,这说明各览的主题并没有严格区分。

"八览"中各篇文章,也同样来自各个学派。《有始览》的《有始》《应同》取自阴阳家邹衍一派;《去尤》受道家影响;《听言》《谨听》有取于墨家；《务本》《谕大》，陈奇猷认为出自季子学派。①《孝行览》的《孝行》取自儒家曾子一派；《本味》《义赏》强调用贤，通于儒墨；《首时》《长攻》《慎人》《遇合》《必己》讲把握时机、尽力人事，与《周易》"时中"、阴阳家重时之义一致，《慎人》《必己》的内容又有取于《庄子》者。《慎大览》的《慎大》为儒家思想；《权勋》袭自《韩非子·十过》；《下贤》《报更》旨在用贤，同于《本味》《义赏》；《顺说》论进说技巧，为当时士人普遍关心的问题，与名家、纵横家都有关系；《不广》旨同《必己》；《贵因》显然为道法家；《察今》出自法家。《先识览》的《先识》《观世》《知接》《悔过》《乐成》《察微》均重用贤，与儒墨相通；《去宥》同于《去尤》；《正名》吸收了名家、法家的循名责实说。《审分览》的八篇全来自道法家。《审应览》八篇，反对诡辩，意在君主御臣之术，"融合法家、墨家之说，以成一家之言"②。《离俗览》的《离俗》《高义》旨同"十二纪"中的《忠廉》《介立》等；《上德》来自儒家思想，但与兵家亦可通；《用民》《适威》《为欲》《贵信》为兵家用民之道；《举难》讨论用贤。《恃君览》的《恃君》与《孟春纪》的《贵公》主旨一致，与《墨子》《荀子》《管子》《韩非子》等著作中的说法都可通；《长利》《知分》讨论士节，通于前《忠廉》等篇；《召类》乃邹衍阴阳家学派；《达郁》讲豪士忠臣之贵，为儒墨重贤之论；《行论》同《孝行览》的《首时》；《骄恣》为儒、墨批判亡国之君的思想；《观表》为认识论上的见微知著，难以限于一派。

接下来，再谈"六论"。《开春论》第一篇论善说者"言尽理而得失利害定矣"。《察贤》《期贤》论求贤。《审为》论尊生贵身。《爱类》论仁者为仁乎其类。《贵卒》论"力贵突，智贵卒"。

《慎行论》第一篇论义利，"小人计行其利，乃不利"。《无义》论义之贵。《疑似》辨别物之相似者。《壹行》论信义。《求人》论求贤。《察传》论"得言不可以不察"。

《贵直论》第一篇论士之贵在于直言。《直谏》论直谏之贵。《知化》

---

① 参见(战国)吕不韦著，陈奇猷校释：《吕氏春秋新校释》，720、728 页，上海，上海古籍出版社，2002。

② (战国)吕不韦著，陈奇猷校释：《吕氏春秋新校释》，1154 页，上海，上海古籍出版社，2002。

论智之贵在于知化。《过理》论亡国之主在于"乐不适"。《雍塞》论亡国在于不听直言。《原乱》论虑祸以远乱。

《不苟论》第一篇论贤者行事贵礼义而不苟且。《赞能》论功莫大于进贤。《自知》论人主听谏以自知。《当赏》论赏罚得宜。《博志》论志行专一。《贵当》论治国必由其道。

《似顺论》第一篇辨事之顺逆疑似。《别类》论物有类似而不同者。《有度》论君主通性命之情,"执一"即能治万物。《分职》论君主执无为,故能使众为。《处方》论"为治必先定分",即同异之分、贵贱之别、长少之义。《慎小》论"贤主谨小物以论好恶"。

《士容论》第一篇论士节。《务大》与《有始览》中的《谕大》重复很多。《上农》同于法家"一民于农"的主张。《任地》《辩土》《审时》则为专门的农业技术。

总体来看,"六论"反复论述君王南面之术:无为执本、用贤听谏,也讨论了理想的士人品格及农业知识,内容与"八览"多有重复。各篇编次并非杂乱无章,应该说除《上农》《任地》《辩土》《审时》外,其他各篇之间还是有一定的逻辑联系的。但是,各论并没有统一明确的主题,论与论之间的区别也不明显。

"六论"中的文章亦是来自各家各派。《开春论》的《开春》杂糅阴阳家之论和谈说技巧,《察贤》《期贤》论用贤,《审为》与《仲春纪》的《贵生》主旨一致,《爱类》出自墨家,《贵卒》为兵家。《慎行论》的《慎行》《无义》辨义利,应属儒家或墨家;《疑似》《壹行》《察传》来自法家;《求人》论求贤。《贵直论》的《贵直》《直谏》讲士节,与前《忠廉》等一致;《知化》《雍塞》旨同《先识览》的《知接》;《过理》通于儒家、道家;《原乱》应为儒家。《不苟论》的《不苟》旨同《忠廉》等;《赞能》意在进贤,属儒家或墨家;《自知》与《恃君览》的《达郁》旨同;《当赏》应为法家;《博志》与儒家、墨家相通;《贵当》源于道法家。《似顺论》的六篇皆应为道法家言。《士容论》的《士容》论士节,同于《忠廉》等篇;《务大》与《谕大》重复甚多;《上农》《任地》《辩土》《审时》均为农家。

综览《吕氏春秋》的内容,学界对于"十二纪"侧重于从天道立言基本没有异议。但是,对于"八览"和"六论"意见分歧较大。如吕艺认为

"八览"从内容上突出"信"，又 8×8 的数字编排来自《周易》，与人事有一定关联，因此属于"中审之人"；"六论"则是 6×6 的组合，"地之中数为六"，而且《上农》四篇与地有关，因此属于"下验之地"。① 但是庞慧同样从神秘数字的角度出发，认为 8 喻地，6 为人道之制，意见正好与前者相反。② 我们认为，这种歧异恰好表明论者求之过深。虽然当时数字神秘化已经有所发展，但是来源不一，数字的神秘含义在当时也并非唯一，《吕氏春秋》是否明确利用数字的某种神秘含义则难以确指。

更为重要的是，论者机械地把《吕氏春秋》的三部分对应于《序意》中的天、地、人，并不符合其内容实际。《序意》中所谓"上揆之天，下验之地，中审之人"只是说明知识的权威依据，是"法天地"主张的具体阐述，并不涉及全书的结构，与全书内容分三部分并无关系。因此，我们认为与其刻意地将《吕氏春秋》的结构对应于天、地、人，不如把它视作一个完整的有机体更加符合实际："十二纪"侧重从天道秩序来规范人事，天道权威保障了知识的神圣性和言说者的话语权力；"八览""六论"所论人事固然也要遵从天道秩序，但突破了"生、长、收、藏"的限制，论述范围更加广泛。两者在内容上相互补充和支撑，论题和观点亦不无相通之处，不能割裂。例如，《开春论》的《审为》的主题就与《孟春纪》中的尊生贵身一致，《季秋纪》中的顺民和用贤思想亦出现于《慎大览》《先识览》中，等等。由此建构起来的知识体系，既有天道的合法性和权威性，又有广泛的人事内容做支撑。应该说，这是对前述子学困境的一个回应和突破。

尽管不能将《吕氏春秋》的三部分直接对应于天、地、人，但其在结构上依然表现出了不同于以往诸子的特色，即更加重视全书的系统性和形式的整齐性。《吕氏春秋》三部分别呈现为"12×5""8×8""6×6"的数字形式。再加上所有文章一以贯之的两字标题，以及大体一致的

---

① 吕艺：《论〈吕氏春秋〉的结构体系》，载《北京大学学报（哲学社会科学版）》，1990(5)。

② 参见庞慧：《〈吕氏春秋〉对社会秩序的理解与构建》，74～79 页，北京，中国社会科学出版社，2009。

篇幅，使全书在形式上构成一个整齐而有条理的整体。傅斯年曾论述曰："《吕览》这部书在著书体裁上是个创作，盖前于《吕览》者，只闻著篇而不闻著成系统之一书。……自吕氏而后，汉朝人著文，乃造系统，于是篇的观念进而为书的观念。"①

仅有整齐的形式，还不足以构成一部系统的政典。如前所述，《吕氏春秋》的三部分均吸收了诸子各派的文章。② 对照《汉书·艺文志》，可以看到《吕氏春秋》几乎涵盖了当时所有的诸子学派。那么，对于百家思想，《吕氏春秋》是仅仅像后世的类书一样把它们编纂杂置到了一起，还是形成了自己的体系呢？

考察《吕氏春秋》全书，可以发现其关注的焦点为：君、臣、民及三者的关系。《吕氏春秋》的君道综合了阴阳家、儒家、墨家、道家、法家的思想，其理想的君主为：法天而治（《十二纪》之"纪首"等），爱民利民（《上德》《爱类》《恃君》等），贵公去私（《贵公》《去私》等），无为执一（《圜道》《贵因》《任数》《慎势》《执一》《不二》等），重己养生（《贵生》《先己》等），用贤而治（《本味》《下贤》《报更》等），循名责实（《正名》《审分》等）。《吕氏春秋》对"臣"和"民"的讨论主要聚焦于士节——士既可为臣，亦属于民。《忠廉》《当务》《士节》《介立》《诚廉》《不侵》《离俗》《高义》《长利》《知分》《贵直》《不苟》《士容》等，均讨论忠直义廉的士节。君主既要仰仗具有理想士节的大臣，又要谨慎有术，防止被愚邪之臣蒙蔽。对于普通民众，虽然他们有时被认为代表天意，为君主制之目的（《恃君》《贵公》），但大部分情况下则是君主治理的客体。可以看到，《吕氏春秋》在纵览天地古今、糅合诸子百家的基础上，形成了自己独

---

① 傅斯年：《战国子家叙论》，见《中国现代学术经典·傅斯年卷》，334 页，石家庄，河北教育出版社，1996。

② 因为统计标准不同，文旨辨别有异，所以统计出来的数字多有不一致之处。例如，刘汝霖认为《吕氏春秋》中阐扬儒家学说的有 26 篇，道家学说的 17 篇，墨家学说 10 篇，法家 43 篇，名家 5 篇，阴阳家 2 篇，纵横家 10 篇，农家 4 篇，小说家 4 篇，兵家 16 篇（参见刘汝霖：《〈吕氏春秋〉之分析》，见罗根泽编著：《古史辨》第六册，340～357 页，上海，上海书店，1992）。方诗铭、刘修明的统计数字又与此不同。参见方诗铭、刘修明：《论〈吕氏春秋〉——兼论杂家的出现》，载《社会科学》，1981（1）。但无论如何，《吕氏春秋》几乎吸收了当时一切诸子学派的思想，则是无可置疑的。

特的思想体系，表达了"一家之言"。

那么，《吕氏春秋》是怎样做到采撷百家之花酿成一家之蜜的呢？细绎全书，不难发现其所收篇目大部分为五六百字的短文（最短不短于四百字，最长亦不到千字）。大部分篇目的结构为：开篇标明论点，然后是用几个小故事（或历史，或寓言）进行证明，结尾处或归纳，或引申，或直接由故事结尾。这种结构形式的文章，没有论辩体那样的观念交锋，也没有专题论文逻辑严密地步步推导引申。文章观点与故事之间的关系若即若离，但每篇文章皆完整自足地表达了主题。而且篇与篇之间或有内容联系，或者没有，关系也比较松散。如此，每篇文章都如一颗珠子，可以采自不同学派，带有不同的光彩。同时，《吕氏春秋》为表达一家之言，构建了一个具有个性色彩的宏大结构。这个结构如丝线一样，把不同的珠子按主观意图串联在不同的位置，最终织成一件独特的思想华衣。也就是说，通过编纂上的匠心独运，《吕氏春秋》避免了论争和攻击，而以正面吸收的方式完成了体系建构。

除了以短篇汇编的编纂形式搁置了诸子间的争论外，《吕氏春秋》收录的文章，有一大部分是融会了多家学派大致可通的主张，如儒家、墨家的"用贤"，法家、儒家、墨家的"名实之辩"，兵家、儒家的"顺民"等主张。当然，它在选择的同时也摈弃了一些学派的主张，如墨家的"非攻"、老子的"小国寡民"、庄子的"逍遥游"等。这一点前人讨论已多，此处不赘。

第三节 《吕氏春秋》对秦汉政治及学术的影响

吕不韦苦心孤诣地招揽门客、汇集百家编纂的大一统政典，在秦统一后的命运如何呢？我们先来看秦始皇平定天下后的政治作为。

第一，政权合法性建构。这包括议帝号、推五德终始之德运、巡守封禅刻石等。秦始皇帝二十六年（前221），秦初并天下，为了标识这个旷古未有的大胜利，秦始皇抛弃了"天子"的称号，而杂采"三皇""五帝"的名号称为"皇帝"，将历史谱系中三皇五帝之尊贵神圣集于一身。与此相联系，秦始皇还废除了传之久远的号谥制度，免得"子议父，臣议君"，排除了社会其他成员评判帝王的资格和权力。秦始皇又亲自推定秦在五德历史序列中为水德，"以为周得火德，秦代周德，从所不胜"（《史记·秦始皇本纪》）。将秦代周比附为水胜火，不仅解释了其天道合法性，还为秦人自商鞅以来一贯实施的法治做了形而上的解释，"刚毅戾深，事皆决于法，刻削毋仁恩和义，然后合五德之数"（《史记·秦始皇本纪》）。由此，严刑酷法与颜色、数字一样，都有了天道上的依据，巍巍神圣，不可改动或调整。邹衍学说中"仁义节俭"的内容，则被有意无意地遮蔽了。秦始皇的巡游封禅也是其构建帝国合法性的重要举措。在豪华仪仗队的簇拥下，"二十七年，始皇巡陇西、北地"；"二十八年，始皇东行郡县，上邹峄山"；"二十九年，始皇东游"；"三十二年，始皇之碣石"；"三十七年十月癸丑，始皇出游。……十一月，行至云梦，望祀虞舜于九疑山"（《史记·秦始皇本纪》）。一路上，秦始皇君臣或刻石颂扬秦德，或封禅泰山，或求神仙，或望祀山川，或祭奠先贤如舜禹等。这既是宣扬国威，存定四极，亦有模仿《尚书》中先王巡守的含义。

第二，对统一帝国的管理。这部分制度主要包括：郡县制的推行，销毁天下兵器，"徙天下豪富于咸阳十二万户"，"一法度衡石丈尺。车同轨。书同文字"等。其中最重要的当为郡县制。郡县制的优点在于国家权力集中于国君，国君意志由郡、县、乡等行政单位的传递而直接作用于普通民众，行政效率得以提高。但是，郡县制仅仅构成了一个传递行政命令之迅捷通道，至于行政命令本身是否贤明确当，则非这个制度所能决定。也就是说，当行政命令符合时代需要时，郡县制会让政权迅速稳定下来；反之，则会天下骚然。秦始皇统一六国后，向全国发布的命令，主要是商鞅变法以来形成的秦国制度和秦国的各种徭役征戍等，这在六国人看来是绝对的暴政。秦始皇帝三十四年（前213），秦廷爆发了博士淳于越与仆射周青臣之间关于郡县与分封的争论，争论的结果是引发了李斯的"焚书"提议，"史官非秦记皆烧之。非博士官所职，天下敢有藏《诗》、《书》、百家语者，悉诣守、尉杂烧之。有敢偶语《诗》《书》者弃市。……若欲有学法令，以吏为师"（《史记·秦始皇本纪》），一场毁灭文化的暴政由此拉开了序幕。

综上，秦始皇在统一初期制造国家神话时，还能杂采阴阳五行、儒家等文化资源，尚为这些文化在社会上的传播留下些微空间。但后来"焚书令"的发布，则昭示了秦始皇企图以法律控制社会上一切成员、一切事务的用心，这是商鞅以来的秦国法家政治传统的延续。

两相对照，可以发现《吕氏春秋》基本上是被秦始皇忽略的，其所设想的"节威反文"丝毫没有影响到秦统一后的政治。许多论者将之归因于吕不韦政治斗争的失败，人亡道息，这固然有合理之处，但《吕氏春秋》的知识品格亦是重要原因。吕不韦虽为政治人物，但并非帝王。他只能构建出一套思想体系供帝王参考，而不能将之直接变为治国纲领。所以，吕氏及宾客在编纂《吕氏春秋》时，不必考虑思想落实为国家政治行为之后的实际效果，而是更多地尊重时代知识发展的趋势。史载吕不韦著书，"乃使其客人人著所闻"（《史记·吕不韦列传》）。吕氏宾客"著所闻"时是不受限制的，是各自学术传承、知识兴趣的自由表达。虽有主编者的选择去取、构架成书，但是《吕氏春秋》的编纂目的在于治国参考，要最广泛地汲取诸子思想的精华，所以它代表了诸子争鸣之后的学术总结，而非国家意志。从这个意义上说，《吕氏春秋》代表了诸子百家及士人的集体声音，而吕不韦也俨然成了知识阶层的代言人。

细览《吕氏春秋》构建的知识体系，不难发现其对士人理想的表达。书中的《当染》《知士》《本味》《下贤》《报更》《先识》《观世》《举难》《达郁》《察贤》《期贤》《求人》《赞能》等篇，都在呼吁君主重贤用贤，希望能够建构出理想化的贤人政治。而《至忠》《忠廉》《当务》等讨论士节的篇目，则可看作士阶层的自我行为规范和人格期待。《吕氏春秋》在稷下道家、法家、阴阳家等基础上构建的法天而治的无为君道，更是代表了士阶层规范君权的愿望。在他们看来，拥有重权却不能时时保持理性清明的君主，最符合国家长治久安的明智做法就是无为执一，把具体事务交给各司其职的大臣。这种政治理念无疑为士阶层在政治上大显身手开辟了理论空间，当然，也反映了天下即将一统、民众迫切需要休养生息的时代要求。但是，它没有考虑到君主的个人感受和权力意志。

无为而治的思想，说到底是消极的君道，即限制君主肆意妄为，人主在理论上的至高无上与实际当中的无所作为形成了巨大的反差。这种思想可能适合平庸的君主，使其安于听从国家机器的正常运转。但是，如果是雄才大略的君主，何以能够手握重权而无所作为呢？这个理想色彩过于浓厚的君道主张，其历史命运只能取决于不可知的君主性格及才略。更有人从实际的政治运作角度，对这种无为君道提出了批评——"或曰：人主执虚后以应，则物应稽验，稽验则奸得。臣以为不然。夫吏专制决事于千里之外，十二月而计书以定事，以一岁别计而主以一听见所疑焉，不可，蔽员不足。"①总之，《吕氏春秋》虽为政治人物吕不韦构建出来的为政参考，但其核心内容为士阶层的理想主义政治学说，与现实政治的关系较为疏离。这一点，也就预示了其在秦朝统一后被冷落的命运。

历史总是在迂回中前进。秦始皇彻底忽略了诸子的思考与期待、民众的愿望，最终使秦政迅速走向崩溃。继之而立的汉王朝，在反思秦政的基础上，定下了以黄老为主又综合百家的治国策略，与《吕氏春秋》"以道德为标的，以无为为纲纪"的价值倾向与政治思想，不无一致。"十二纪"之"纪首"所构建的以时序政的为政方式，在汉代引起了持久而强烈的关注。例如，宣帝时魏相曾在奏疏中述及汉初的时令服色讨论："高皇帝所述书《天子所服第八》曰：'大谒者臣章受诏长乐宫，曰：'令群臣议天子所服，以安治天下。'相国臣何、御史大夫臣昌谨与将军臣陵、太子太傅臣通等议：'春夏秋冬天子所服，当法天地之数，中得人和。故自天子王侯有土之君，下及兆民，能法天地，顺四时，以治国家，身亡祸殃，年寿永究，是奉宗庙安天下之大礼也。臣请法之。中谒者赵尧举春，李舜举夏，兒汤举秋，贡禹举冬，四人各职一时。'大谒者襄章奏。制曰：'可。'孝文皇帝时，以二月施恩惠于天下，赐孝弟力田及罢军卒，祠死事者，颇非时节。御史大夫朝错时为太子家令，奏言其状。"（《汉书·魏相丙吉传》）可见，高帝、文帝时已经有顺时为政的理念。《吕氏春秋》的"纪首"后被编入《礼记·月令》，随着

---

① 蒋礼鸿：《商君书锥指》，133 页，北京，中华书局，1986。

经学的独尊，《礼记·月令》对政治的影响加大。宣帝时，魏相、邴吉都非常关注时令与政治的关系。到了西汉末，颁行月令似乎已经制度化。① 之后，虽然各个时期的月令内容有所不同，但顺时为政的思想成了中国历代政治中奉行的一项传统。②

接下来讨论《吕氏春秋》对汉代学术的影响。从知识发展的角度，《吕氏春秋》代表的新知识范式无疑具有重要意义。它有效地解决了战国末期子学的两大困境：借天道法则维护了知识的权威，又对诸子之学做了最充分、最全面的总结。重要的是，《吕氏春秋》还开启了一种以编纂和融合为主的新知识范式。吕氏之前的诸子在激烈的论争中，实际上也暗中吸收着不同学派的资源，如墨家对名家的吸收，法家对道家的汲取，都是突出的例证。但是，只有到了《吕氏春秋》，才在一个宏大的框架下，以"智公"为原则，海纳百川地把所有关于治乱存亡的知识资源整合起来。《孟夏纪·用众》篇说"天下无粹白之狐，而有粹白之裘，取之众白也"，可视为《吕氏春秋》的编纂原则。《审分览·不二》篇言："老耽贵柔，孔子贵仁，墨翟贵廉，关尹贵清，子列子贵虚，陈骈贵齐，阳生贵己，孙膑贵势，王廖贵先，儿良贵后。此十人者，皆天下之豪士也。"这种不分高下、平等论列诸子的宏大气魄与超越态度，显然不是争鸣诸子所能具备的。牟钟鉴曾经比较了吕不韦与诸子："与同时代许多思想家一样，他有着自己的哲学和系统的社会政治思想，但他不独师一种学说，眼界开阔，总揽百家之学，在这一点上，他比之诸子则高出一筹。"③

如果说早期诸子之学蓬勃的创造力、鲜明的个性、独特的思路，是根植于分封制所造就的春秋时期风俗各异的地域文化土壤④；那么，到了战国后期，随着战争的兼并和风俗的齐一，诸子思想的创造力逐

---

① 平帝元始五年由王莽奏请、太皇太后制可的《使者和中所督察诏书四时月令五十条》发现于敦煌悬泉置。关于《月令》与西汉政治的关系，参见邢义田：《治国安邦：法制、行政与军事》，125～167 页，北京，中华书局，2011；徐复观：《两汉思想史》第二卷，39～48 页，上海，华东师范大学出版社，2001。本文不再赘述。

② 王梦鸥：《读月令》，台湾《"国立"政治大学学报》，第二十一期，2008.7。

③ 牟钟鉴：《〈吕氏春秋〉与〈淮南子〉思想研究》，9 页，济南，齐鲁书社，1987。

④ 参见李山：《先秦文化史讲义》，180～202 页，北京，中华书局，2008。

渐趋于黯淡，而面临失语的危险。在这种情况下，《吕氏春秋》综合百家学说实属子学发展的必然趋势。而一些学派的发展，也为《吕氏春秋》提供了超越的眼光和宏大的理论框架。例如，阴阳家注重阴阳消息变化，又遍说万物，具有强大的解释力，为《吕氏春秋》"十二纪"提供了天道框架。另外，儒家《易传》对《易经》的阐释，弥补了早期"性与天道，不可得而闻也"的理论不足，其天、地、人三才的宇宙意识显然被《吕氏春秋》借鉴，其"天下同归而殊途，一致而百虑"的说法也为《吕氏春秋》融汇百家奠定了理论基础。在这种理论指导下，《吕氏春秋》能够搁置分歧，综合诸子精华，构建出一套系统完整的宏大思想体系。这无论是对之前诸子之学的总结，还是对之后知识的发展，都是富有积极意义的。

《吕氏春秋》之后的子学发展，都走向了综合的道路。例如，陆贾、贾谊、董仲舒等人的思想，都表现出了融汇众家的特色。比之《吕氏春秋》仅把各家学派的思想编纂组织到一起，汉代子学汲取众家更是如盐着水、不露痕迹。《吕氏春秋》系统整齐的结构形式，也成了《史记》等汉代著作效仿的对象。① 吕不韦集宾客著书的行为，直接启发了淮南王，后者在新的时代中复制了这种行为，编纂出与《吕氏春秋》极为相似的《淮南子》。至于《吕氏春秋》中的一些影响到汉代学术的具体观点，更是俯拾皆是，难以一一列举。②

---

① 章学诚《文史通义》云："吕氏之书，盖司马迁之所取法也。十二本纪仿其十二月纪，八书仿其八览，七十列传仿其六论，则亦微有所以折衷也。"今人关于《史记》结构与《吕氏春秋》关系的论述，参见王紫薇：《出经入史：从〈春秋〉到〈史记〉》，88～94 页，武汉，华中科技大学出版社，2018。

② 参见延娟芹：《秦汉时期〈吕氏春秋〉接受研究》，北京，中国社会科学出版社，2015。

第三章　汉初儒生的道统重建
与经典阐释

　　以武力统一天下的秦王朝，对学术和文化表现出了极度的傲慢，不仅忽视了综合百家之言的《吕氏春秋》，而且还制造了耸人听闻的"焚书""坑儒"事件①。读书人这个阶层在秦朝失去了所守所长，没有了社会存在的合法性和活动空间，这无异于在精神上被判了死刑。富有戏剧性的是，看起来坚不可摧的秦王朝转眼间就轰然崩溃。这个亘古未有的历史巨变，以其强烈的落差、夸张的对比、彻骨的悲剧性，引人驻足摩挲、凭吊反思。秦王朝崩溃的原因何在？继起的王朝究竟要怎样做才能长治久安？读书人该如何在权力面前重塑知识权威，以免再次被暴力摧残？这是汉初士人共同面临的时代问题。

第一节　《新语》：道术与帝制的初步互动

　　在刘邦的功臣集团中，最具儒生气质和道统理想的首推陆贾："考汉高初起时，与共周旋者，微论贩缯屠狗徒所不知，刀笔吏所未习，

----

　　①　根据秦国出土文献多为法律、卜筮类内容，可以认为秦帝国的"焚书"政策执行得相当彻底，参见李锐：《秦焚书考》，载《人文杂志》，2010(5)。但是对于"坑儒"，近来有学者重新讨论了其细节和真伪，例如当时坑杀的到底是儒生还是方术之士？为何《史记》之前的史料没有记载这个事件？"坑儒"究竟是真实的历史事件还是虚构的？参见张子侠：《"焚书坑儒"辨析》，载《淮北煤炭师范学院学报》，1991(2)；李禹阶：《秦始皇"焚书坑儒"新论——论秦王朝文化政策的矛盾冲突》，载《重庆师范大学学报(社会科学版)》，2004(6)；李开元：《焚书坑儒的真伪虚实——半桩伪造的历史》，载《史学集刊》，2010(6)；陈生玺：《秦始皇缘何焚书坑儒》，载《南开学报(哲学社会科学版)》，2011(3)；王子今：《"焚书坑儒"再议》，载《光明日报》，2013-08-14；等。

即义士如张苍，绪正者律历，叔孙通号儒者，进言罔非大猾壮士；独陆贾以行仁义，法先王为言。"①作为接闻于荀子弟子浮丘伯、熟悉《穀梁传》《公羊传》《易》《诗》等经典的饱学之士，陆贾显然要比一般的草莽英雄眼光长远深邃。② 他的一句诘问"居马上得之，宁可以马上治之乎"，惊醒了粗野简慢的刘邦，使其在尴尬中主动请求"试为我著秦所以失天下，吾所以得之者，及古成败之国"，于是陆贾"乃粗述存亡之征"著成《新语》(《史记·郦生陆贾列传》)。

《新语》的隐含读者为汉高帝及其功臣集团，这决定了其著作目的并非纯粹学术体系的建构，而是直接为汉初统治者提供统治术，"他是以政治上的具体利害为出发点，而不是以道理上的应当不应当为出发点"③。在这一点上，《新语》比《吕氏春秋》的现实针对性更强，前者是天下已经统一后的补偏救弊；后者则是对其预先的设想，保留了较多的理想化色彩。但两者都希望将政治见解落实到具体的政治行为中，追求实际的为政效果，则是一致的。这种致用的目的决定了《新语》也像《吕氏春秋》一样，综合诸子百家的思想而不株守于一派。《新语·术事》云"书不必起仲尼之门，药不必出扁鹊之方，合之者善，可以为法，因世而权行"④，正表现了以解决现实问题为旨归的知识兴趣。那么，陆贾在开阔的知识视野下，又亲身经历了秦亡汉兴，是怎样来叙述"存亡之征"并为汉帝国设计统治方略呢？

一、《新语》对秦亡的思考

陆贾之前，六国人士称秦为"虎狼之国"几成套语。反秦的浪潮中，诛暴秦成为号召大众的口号。更有"始皇死而地分""楚虽三户，亡秦必楚"等谶谣，在民间秘密流传。但这些批判多为愤怒仇恨的情绪宣泄，

---

① 参见王利器：《新语校注》，221～222 页，北京，中华书局，1986。
② 关于陆贾的学问渊源、知识背景，参见王利器：《新语校注》，1～16 页，北京，中华书局，1986。
③ 徐复观：《两汉思想史》第二卷，58 页，上海，华东师范大学出版社，2001。
④ 本章所引《新语》文本均据：王利器：《新语校注》，北京，中华书局，1986。后文不再出注。

或者是政治口号式的宣传，谈不上有深度的思考。陆贾则以学者的理性和深度，具体深入地论述了秦亡天下之原因：

（一）刑罚太过

《新语》里多篇文章都提到秦之重刑酷法，例如，《道基》篇云"齐桓公尚德以霸，秦二世尚刑而亡"；《术事》篇说"二世与桀、纣同祸殃"；《辅政》篇说"秦以刑罚为巢，故有覆巢破卵之患"；《无为》篇也提到"秦始皇设刑罚，为车裂之诛，以敛奸邪"；等等。这些讨论针对的是秦朝自商鞅以来形成的重刑酷法之传统。《商君书·开塞》篇言："立君之道，莫广于胜法。胜法之务，莫急于去奸。去奸之本，莫深于严刑。故王者以赏禁，以刑劝；求过不求善，藉刑以去刑"；《商君书·说民》篇言："故行刑重其轻者，轻者不生，则重者无从至矣。此谓治之于其治者"。这种轻罪重罚、以刑去刑的思想在秦代法律中得到了贯彻，比如《法律答问》下列条文：

> 五人盗，臧（赃）一钱以上，斩左止，有（又）黥以为城旦；不盈五人，盗过六百六十钱，黥劓（劓）以为城旦；不盈六百六十到二百廿钱，黥为城旦；不盈二百廿以下到一钱，迁（迁）之。[1]

> 或盗采人桑叶，臧（赃）不盈一钱，可（何）论？赀繇（徭）三旬。[2]

> "盗徙封，赎耐。"可（何）如为"封"？"封"即田千佰。顷半（畔）"封"殹（也），且非是？而盗徙之，赎耐，可（何）重也？是，不重。[3]

第一条是对群盗的处罚，如果五人以上的盗窃团伙，赃物价值一钱以上的处罚，与五人以下赃物价值为二百二十钱到六百六十钱的盗贼同罪，这显然是对群盗的加罪处罚。这种处罚极为严厉，"黥以为城旦"，"黥劓以为城旦"。所谓城旦，即最重的一种徒刑，而且与鬼薪白粲、

---

[1]　睡虎地秦墓竹简整理小组编：《睡虎地秦墓竹简》，释文93页，北京，文物出版社，1990。

[2]　《睡虎地秦墓竹简》，释文95页。

[3]　《睡虎地秦墓竹简》，释文108页。

隶臣妾、司寇、斥候等一样，终身服役，没有刑满释放一说。第二条，偷采别人家哪怕不值一文钱的桑叶，也要罚服徭役三十天。所偷财物的价值与受到的惩罚明显不对等，这显示了秦法以重刑恐吓偷盗者的思路。第三条是对具有法定意义的田阡陌之维护，决不允许私人偷偷挪动封界。

秦法律的严苛，还表现在刑罚种类的繁多上。其中属于死刑的就有戮、磔、弃市、定杀、生埋等；属于肉刑的有黥、劓、刖、宫；属于象刑的有髡、耐、完；属于劳役刑的有城旦舂、鬼薪白粲、隶臣妾、司寇、候；属于流刑有迁和谪；属于财产刑有赀和赎；属于身份刑有夺爵和废；此外还有笞和鋈足，等等。秦的法律科条之繁密，亦让人惊叹。睡虎地秦律并非当时法律的全部，而是官吏喜随其所需而作的摘抄，即便如此，我们已经可以感受到秦代法律体系的庞大。比如，从法律名称上看，《秦律十八种》中出现了十八种法律；《秦律杂抄》除了与《秦律十八种·置吏律》类似的《除吏律》外，还有十种新的法律名称；《法律答问》又包括盗法、贼法、囚法、捕法、杂法、具法等刑法。

秦统一六国后，把这套繁密严苛的法律体系推行到了全国。后来蒯通游说范阳令时云，"秦法重，足下为范阳令十年矣，杀人之父，孤人之子，断人之足，黥人之首，不可胜数。然而慈父孝子莫敢倳刃公之腹中者，畏秦法耳"（《史记·张耳陈余列传》），真实地反映了秦法行于六国时的历史情形。陆贾对秦法苛酷的批评，实际上道出了六国人共同的感受，刘邦及其军功集团对此亦应有深切的体会和共鸣。不幸的是，汉初又沿袭了这样的法律体系。高敏先生考察了张家山出土汉简法律文书中汉高帝时代的几个案例，认为"高祖元年至高祖十一年之间的法律，是全部继承秦律而来的汉律"①。李学勤从张家山法律文书《奏谳书》收录秦始皇时期案例的角度，提出"《奏谳书》收录这些条，也说明汉代法制对秦制的沿袭。"②可以想见，陆贾批判秦法实际上也表

---

① 高敏：《秦汉魏晋南朝史论考》，84 页，北京，中国社会科学出版社，2004。
② 李学勤：《江陵张家山汉简概述》，见《简帛佚籍与学术史》，184 页，南昌，江西教育出版社，2001。

达了对汉初法律苛酷的深切忧虑。

（二）举措太众

《新语·无为》中说："（秦始皇）筑长城于戎境，以备胡、越，征大吞小，威震天下，将帅横行，以服外国，蒙恬讨乱于外，李斯治法于内，事逾烦天下逾乱，法逾滋而天下逾炽，兵马益设而敌人逾多。秦非不欲治也，然失之者，乃举措太众、刑罚太极故也。"这种论述可谓切中秦之要害。《史记》载秦始皇统一天下后的主要作为是：巡行四方以耀武夸功，攻打四方以继续拓展领土，修筑长城、驰道、阿房宫、骊山陵墓等。百役并兴，旷日持久，对民众造成了极大的伤害。据估算，修长城的约有四十万人，南戍五岭的约五十万人，造阿房宫和治骊山陵墓之徒约各七十万人，防御匈奴和其他戍边的也有几十万人。[①]秦代全国人口约两千万，而每年被迫服役的不下二百万，以致丁男不足，又征丁女。[②] 这些服徭役的人，虽史籍记载多为刑徒，但实际上据秦始皇刑徒墓志可以发现其中有自由民，甚至还有拥有爵位的低级官员。史载秦徭役"三十倍于古"，信不虚矣！沉重的徭役，不仅带来了小农经济的破产，而且带来了人口的下降，"由于大量青壮男性和大量育龄妇女进入服役队伍，必然影响到人口的正常繁衍，秦初如有2000万以上人口，经过秦王朝末年，人口可能下降到1800万"[③]。

与秦朝胜利后的骄傲肆志相反，周王朝大定天下后，歌唱的是"载戢干戈，载櫜弓矢。我求懿德，肆于时夏，允王保之"（《诗经·周颂·时迈》），"胜殷遏刘，耆定尔功"（《诗经·周颂·武》）；表演的仪式是："纵马于华山之阳，放牛于桃林之虚；偃干戈，振兵释旅：示天下不复用也"（《史记·周本纪》）。通过这一系列的歌唱和仪式，周王朝传达出了禁暴、修文德、定功、安民以及敬慎天命的"殷鉴"意识等。

周秦的不同做法，带来的历史结局是，秦二世而亡，周绵延八百余年。其不同的历史命运，显然与开国君主定下的立国精神密切相关。

---

① 参见张晋藩：《中国法制通史》，121 页，北京，法律出版社，1999。

② 参见白寿彝主编：《中国通史》第四卷，230 页，上海，上海人民出版社，1995。

③ 高凯：《秦代人口比例与人口下降问题——以刑徒墓的发现为例》，载《文史哲》，2007(5)。

当刘邦以"马上得之"的胜利姿态傲视儒生时，似有步秦始皇后尘之嫌，陆贾的巧妙反问正扭转了这一趋势。

（三）用人不当

陆贾的《辅政》篇以秦为例，讨论了用人不当导致的祸殃，如"（秦）以李斯、赵高为杖，故有顿仆跌伤之祸，何者？所任者非也"，"谗夫似贤，美言似信，听之者惑，观之者冥。故苏秦尊于诸侯，商鞅显于西秦"。在陆贾看来，秦任用商鞅、赵高、李斯导致了祸败，而任用非人的原因在于人主不能够辨惑，"谗夫似贤，美言似信"，需要人主理智清明才可以应对。人主如果昏昧，即使是一目了然的事情，也不能辨别。《辨惑》篇记载了赵高指鹿为马的行径，然后论之曰："当此之时，秦王不能自信其直目，而从邪臣之言。鹿与马之异形，乃众人之所知也，然不能别其是非，况于暗昧之事乎？《易》曰：'二人同心，其义断金。'群党合意，以倾一君，孰不移哉！"由秦二世"不敢自信直目"见出群党倾君之可怕后果，以此引起人主警惕。

（四）化民不善

帝王作为国家政治的枢纽，一举一动皆会被权力放大无数倍。陆贾论述了秦王的行为方式、道德人格所造成的社会效果："夫王者之都，南面之君，乃百姓之所取法则者也，举措动作，不可以失法度。……秦始皇骄奢靡丽，好作高台榭，广宫室，则天下豪富制屋宅者，莫不仿之，设房闼，备厩库，缮雕琢刻画之好，博玄黄琦玮之色，以乱制度"（《无为》）；"故仁者在位而仁人来，义者在朝而义士至。是以墨子之门多勇士，仲尼之门多道德，文王之朝多贤良，秦王之庭多不详。故善者必有所主而至，恶者必有所因而来。夫善恶不空作，祸福不滥生，唯心之所向，志之所行而已矣"（《思务》）。无论是奢侈的民俗，还是不祥之人的聚集，都与帝王的人格密切相关。这显然是以史为鉴，要求人主担负起道德责任之意。

"殷鉴不远，在夏后之世"，陆贾以汉初君臣所亲身经历的秦王朝为例，讨论了其统治术之失误。此不啻在刘邦及其功臣集团面前树立了一面镜子，警示其反躬自照。陆贾之后，"过秦"成为众多儒生讨论的话题，除贾谊《过秦论》外，尚有贾山《至言》、晁错《贤良文学对策》、严安《上书言世务》、吾丘寿王《骠骑论功论》、刘向《谏营昌陵疏》等，均论及秦之过失。

需要注意的是，陆贾对秦亡的思考不仅是学术的总结，更有针对现实的迫切因素。史家常言汉承秦制，罗新考察了其缘由和具体经过：高祖初起时官爵皆从楚制，由楚制转为秦制始于刘邦出关击楚时，萧何受命治理巴蜀关中，此地为秦王朝的根本重心，习惯了秦的制度法令；而萧何自己又做过秦的文法吏，熟悉秦代法律，刘邦攻入咸阳后他又收取了秦的律令图书，所以此时改为秦制以动员群众、汲取资源，支援刘邦在前线的战争；等到汉初平天下之时，因为诸侯频反、战事未息，所以一直沿用秦代的严酷法律①。"汉承秦制"除了沿袭秦的法律条文，还包括法律条文之后的统治思想以及用人制度等。例如，张家山汉简《二年律令》中的《赐律》《户律》《傅律》《置后律》《爵律》等律篇，均与爵制挂钩或以爵制为前提，授田宅、赋税、任子特权、减免罪过、奖励、赏赐、养老等皆依二十等爵制，造成了以爵制划分民众等级的社会状况。而爵级又与功劳相关，有功劳则赐爵、授官，这正是秦的"官爵之迁与斩首之功相称"制度理念。这种制度形成了汉初"公卿皆武力功臣"（《汉书·儒林传序》）、"吏多军功"（《汉书·景帝纪》）的官僚队伍。再如，《户律》规定："自五大夫以下，比地为伍，以辨口为信，居处相察，出入相司。"这种管控民众的什伍连坐之制，亦来自秦朝。汉初法律的苛酷也给论者留下了深刻的印象，于振波云："在法律原则、指导思想及其科罪定刑的标准等方面，与秦律是一脉相承的，看不出谁比谁更能体现'仁政'。"②

因此，"秦"对于汉初君臣来说，不仅仅意味着被推翻的前朝，更意味着袭秦而来的种种法律条文、制度及其背后的治国理念。当陆贾指出不能够效仿秦朝"马上治天下"之时，实际上意味着汉朝必须进行一个彻底的政治理念变革及巨大的政策调整，拨乱反正，才能够避免重蹈秦之覆辙。那么，新建立的汉政权应该怎样扭转为政方向呢？

---

① 罗新：《从萧曹为相看所谓"汉承秦制"》，载《北京大学学报（哲学社会科学版）》，1996(5)。

② 于振波：《"无为而治"时期的汉代法律》，载《文史知识》，2002(7)。

二、《新语》对道统的重张

陆贾对上述问题的回答是"圣人之道"。《新语》的第一篇为《道基》，也是全书的理论支点。

黄震曰："《道基》言天地既位，而列圣制作之功。"[①]此文开篇即言"传曰：'天生万物，以地养之，圣人成之。'功德参合，而道术生焉"，将圣人之功与天地并列，道术则是圣人所参悟的天地之道。这里天、地、人的三才观念，显然是来自《易》学。接下来，《道基》描述了天道：

> 故曰：张日月，列星辰，序四时，调阴阳，布气治性，次置五行，春生夏长，秋收冬藏，阳生雷电，阴成霜雪，养育群生，一茂一亡，润之以风雨，曝之以日光，温之以节气，降之以殒霜，位之以众星，制之以斗衡，苞之以六合，罗之以纪纲，改之以灾变，告之以祯祥，动之以生杀，悟之以文章。

这里的天道既表现为星辰日月、四时气候、阴阳五行等自然属性，又有养育群生、布列纲纪文章的人文属性，主宰了天、地、人万事万物的运行。陆贾的天道在自然意义上之天象的观照下，其人文属性也具有了像自然日月星辰般恒久、客观、无为的性质。就其超越性和客观规律的一面来说，陆贾的"天道"与道家之"道"相似，但道家之"道"生成天地，恍惚朦胧、神秘莫测，具有很强的理论思辨性质；而陆贾的"天道"则可以在自然天象中领悟，亲切直观："在天者可见，在地者可量，在物者可纪，在人者可相"。陆贾的天道又有"养育群生"的仁德，与儒家"天地之大德曰生"的观念一致。

与《吕氏春秋》之"纪首"相比，陆贾的天道也具有"改之以灾变，告之以祯祥"等阴阳五行性质。这是周代以来天道祸淫福善观念的延续，具有深厚的社会基础。但是，《吕氏春秋》一年四季的天道秩序因为搭配了阴阳五行、十支、五音、五色、五味、五神等元素，构成了一个庞大神秘的宇宙体系；陆贾的天道则没有枝蔓式的牵强勾连，显得素

---

① 转引自王利器：《新语校注》，1页，北京，中华书局，1986。

朴单纯，人事与天象灾异的关系也更为直接。例如，《明诫》篇云："世衰道失，非天之所为也，乃君国者有以取之也。恶政生恶气，恶气生灾异。螟虫之类，随气而生；虹霓之属，因政而见。……贤君智则知随变而改，缘类而试思之，于□□□变。"在陆贾看来，所谓的灾变都是起于为政之失，恶政生出恶气，恶气导致各种螟虫虹霓出现。所以，遇到反常的灾变，君主所能做的就是对照圣人之道反省过错，随变而改，这里强调的是君主的道德责任。在《怀虑》篇中，陆贾还批评了背离圣人之道、妄说灾异的做法："夫世人不学《诗》《书》，存仁义，尊圣人之道，极经艺之深，乃论不验之语，学不然之事，图天地之形，说灾变之异，乖先王之法，……或触罪□□法，不免于辜戮。故事不生于法度，道不本于天地，可言而不可行也，可听而不可传也，可□玩而不可大用也。"陆贾以明朗俊爽的态度对待天人之际，区分了学术与方术，对后来的天人之学影响甚大。

接下来，陆贾又论述了"地养万物"之道：

> 故地封五岳，画四渎，规涝泽，通水泉，树物养类，苞植万根，暴形养精，以立群生，不违天时，不夺物性，不藏其情，不匿其诈。

地之道的中心在"养"，地之所以封画为五岳、四渎、涝泽、水泉等不同形貌，目的都在于养成万物群生。何以能养呢？"不违天时，不夺物性，不藏其情，不匿其诈"，即大地既遵从了天道，又能够不违背物性，遵从自然法则，不藏不匿。这里对地之道的阐释与《易传》的"厚德载物"在精神上一脉相承。地之养是遵从天道的结果，亦属于天道整体中的重要组成部分。通过对地之道的描述，陆贾实际上是突出了天道养育万物的内容。天地合德，生养出万事万物，"跂行喘息，蜎飞蠕动之类，水生陆行，根著叶长之属，为宁其心而安其性，盖天地相承，气感相应而成者也"。

天地生育万物，昭示了宇宙最高法则，人类社会当然也要遵循这样的法则。而把天道贯彻于人道的关键在于圣人，"先圣乃仰观天文，俯察地理，图画乾坤，以定人道"。圣人之道来源于天地之道，这保证了其绝对真理的性质。圣人将天地中蕴含的最高法则诠释出来,应用于人类社会,使人们摆脱蒙昧而走向了开化,"民始开悟,知有父子之亲,君臣之义,夫妇之别,长幼之序。于是百官立,王道乃生"。在这种描述中,人类社会中的父子、君臣、夫妇、长幼等人伦秩序以及百官、王道等社会建制,都变成了效法天道的结果,像日月一样永恒,天道保证了人道的不可改变。圣人的伟绩使天道落实到了人道,人道亦有了天道上的依据。

接下来,陆贾又历时地梳理了先圣、中圣、后圣的功劳。先圣包括:"求可食之物,尝百草之实,察酸苦之味,教民食五谷"的神农;"伐木构材,筑作宫室,上栋下宇,以避风雨"的黄帝;"辟土殖谷,以用养民;种桑麻,致丝枲,以蔽形体"的后稷;"决江疏河,通之四渎"的大禹;发明"舟车之用"的奚仲,以及"立狱制罪"的皋陶。可以看到,先圣的功劳主要集中在改善人类的物质生活,涉及食、住、衣、行等各个层面,使人们摆脱了饥寒困顿,也为中圣进行教化提供了物质基础。

需要注意的是皋陶。皋陶制刑是人类社会中最初的政治建置,如果说之前的先圣都致力于改善民生、顺从民众的愿望,皋陶制刑则针对的是人类"好利恶难,避劳就逸"的弱点,目的是"检奸邪,消佚乱",建立安定的社会秩序。当然,刑罚只是教化的一种手段,皋陶还确立了是非标准,"异是非,明好恶"。在陆贾看来,刑罚只是最初步的行政手段,而比之更高一级的"教化"则需要"中圣"来完成:

> 民知畏法,而无礼义;于是中圣乃设辟雍庠序之教,以正上下之仪,明父子之礼,君臣之义,使强不凌弱,众不暴寡,弃贪鄙之心,兴清洁之行。

中圣的重要功绩在于礼义之教。王利器注曰:"以文王、周公当中古,则中圣谓文王、周公也。所谓'设辟雍庠序之教'者,辟雍、上庠、东序,俱周大学之名也,然则陆贾此言中圣,亦谓文王、周公也。"①在

---

① 王利器:《新语校注》,17 页,北京,中华书局,1986。

中圣的努力下，社会建立了礼乐政教，君臣父子各尽其伦，德让清洁之行蔚然成风，社会遵从天道秩序而和谐运行。

但是，道有隆替，中圣确立下来的社会法则又遭到了破坏，"礼义不行，纲纪不立，后世衰废"，于是补弊救偏之任务就落在了后圣身上：

> 于是后圣乃定《五经》，明《六艺》，承天统地，穷事察微，原情立本，以绪人伦，宗诸天地，纂修篇章，垂诸来世，被诸鸟兽，以匡衰乱，天人合策，原道悉备，智者达其心，百工穷其巧，乃调之以管弦丝竹之音，设钟鼓歌舞之乐，以节奢侈，正风俗，通文雅。

这里的"后圣"是指孔子。孔子的功劳在于"承天统地，穷事察微，原情立本，以绪人伦"，重新确立了人类社会的礼乐政刑法则。通过"五经""六艺"文本的编订，孔子诠释了蕴含在天地之中的大道。这些由道转换而来的文字，因其本身就是道的阐释，所以涵天盖地，泽及鸟兽；又因道之永恒，由道而来的"五经""六艺"亦可以垂之后世。只有学习和接受这些经典的教诲，人类社会才能遵循天道和谐运行。后圣除了据道而修篇章，还设立乐教，用以"节奢侈，正风俗"。

总之，先圣、中圣、后圣表现的圣人之道皆具有天道依据，因而具有不言自明的最高准则性质。宇宙万物皆依之而存，包括帝王，"去道者身亡，万世不易法，古今同纪纲"（《术事》），"自人君至于庶人，未有不法圣道而为贤者也"（《思务》）。就这样，陆贾把帝国政治纳入了道统的监控范围，而表现出了不同于秦始皇时期的新政治理念。秦始皇自称"皇帝"，将历史谱系中三皇五帝之尊贵神圣集于一身。皇帝的权力至高无上，不用遵循任何规则或接受任何力量的监督，而秦帝国的迅速崩溃使秦皇帝精心构建的权力幻象顿时破灭。这给了陆贾重申圣人之道的理由和契机，他适时地重建《诗》《书》道统的权威，努力使皇权受到一定程度的监督和管控。

上圣、中圣、后圣的历史变迁，也表明道虽然神圣永恒，却并非固定不变，"圣人不必同道"，"圣人因变而立功，由异而致太平"（《思务》)。不同时期的圣人能够根据时代改变而有所调整，"统物通变"，解决所处时代亟须解决的问题，即"因世而权行"。由此，陆贾提出"道近不必出于久远，取其致要而有成"，"善言古者合之于今，能述远者考之于近"(《术事》)。可以看到，陆贾的"道"并非高高在上的理想化概念，而是天地间客观运行的、由圣人仰观俯察阐释出来的、具有历史内涵和现实针对性的最高范畴。那么，依据此"道"，陆贾认为当下的帝王该怎样治理民众呢？

三、陆贾开出的现实政治方略

陆贾在"圣人之道"的观照下，为汉初统治者开出了如下治术：

（一）仁义之政

帝王要行仁政，在陆贾看来是由天道法则、人性以及历史经验等所决定的。

天道养育群生，地道苞植万根，天地相承，万物乃"宁其心而安其性"。人类社会作为宇宙之一部分，自然要遵循天地之道运行。道的基本原则为仁义，"仁者道之纪，义者圣之学"(《道基》)。具体到人类社会，"百姓以德附，骨肉以仁亲，夫妇以义合，朋友以义信，君臣以义序，百官以义承……《礼》以仁尽节，乐以礼升降"(《道基》)。这种由天道贯彻下来的仁义法则，决定了君王必须实行仁义之政，"夫谋事不并仁义者后必败，殖不固本而立高基者后必崩"(《道基》)，"治以道德为上，行以仁义为本"(《本行》)。

再从人性来说，"天地之性，万物之类，怀德者众归之，恃刑者民畏之，归之则充其侧，畏之则去其域。故设刑者不厌轻，为德者不厌重，行罚者不患薄，布赏者不患厚，所以亲近而致远也"(《至德》)，即人类的天性就是畏刑怀德。而"欲富国强威，辟地服远者，必得之于民"(《至德》)，"陈力就列，以义建功，师旅行阵，德仁为固"(《道基》)，所以君主必须怀德，"君明于德，可以及于远；臣笃于义，可以至于大"(《明诚》)。

人类历史经验也明示君主必须要行仁政，如"文王生于东夷，大禹出于西羌，世殊而地绝，法合而度同。故圣贤与道合，愚者与祸同，怀德者应以福，挟恶者报以凶，德薄者位危，去道者身亡，万世不易法，古今同纪纲"（《术事》）；"德盛者威广，力盛者骄众。齐桓公尚德以霸，秦二世尚刑而亡"（《道基》）；"周公躬行礼义，郊祀后稷，越裳奉贡而至，麟凤白雉草泽而应。殷纣无道，微子弃骨肉而亡"（《明诚》）；等等。

需要注意的是，陆贾虽然高扬道德仁义，但并没有像伏生那样倡言"一人不刑而天下治"，而是承认了刑罚的必要性，此为其思想中务实的一面。例如，《道基》篇叙述先圣之功时说："于是皋陶乃立狱制罪，县赏设罚，异是非，明好恶，检奸邪，消伏乱。"当然，法令"所以诛暴也"，仅具有消极的止恶功能，其与德政的关系原则是"设刑者不厌轻，为德者不厌重，行罚者不患薄，布赏者不患厚，所以亲近而致远也"（《至德》），"刑立则德散"（《术事》）。法令之威与德政之仁的理想状态是："民不罚而畏，不赏而劝，渐渍于道德"（《无为》）。

那么，君主该怎样实行仁义之政呢？首先，君主应该自正其身，"安危之要，吉凶之符，一出于身；存亡之道，成败之事，一起于善行"，"夫善道存乎心，无远而不至也；恶行著乎己，无近而不去也"。（《明诚》）君主处于社会中枢地位，其行为具有很强的示范教化作用，"夫持天地之政，操四海之纲，屈申不可以失法，动作不可以离度，谬误出口，则乱及万里之外"（《明诚》），"故仁者在位而仁人来，义者在朝而义士至。是以墨子之门多勇士，仲尼之门多道德……夫善恶不空作，祸福不滥生，唯心之所向，志之所行而已矣"（《思务》）。而且，王者之也都是天下风教的中心，"王者之都，南面之君，乃百姓之所取法则者也"（《无为》）。正是因为王者的风化不同，"尧、舜之民，可比屋而封，桀、纣之民，可比屋而诛"（《无为》）。由此人主必须慎微，"建大功于天下者必先修于闺门之内，垂大名于万世者必先行之于纤微之事"（《慎微》），比如伊尹、曾子，"修之于内，著之于外；行之于小，显之于大"（《慎微》），"故仁无隐而不著，无幽而不彰者"（《道基》）。总之，对于君主来说，其行善政的法则是："道唱而德和，仁立而义兴，王者行之于朝廷，匹夫行之于田，……上明而下清，君圣而臣忠"（《术事》）。

除了自身为善，人君还需要贤辅，来共同实施仁义之政，"以圣贤为杖，故高而不坠，危而不仆"，"尧以仁义为巢，舜以稷、契为杖，故高而益安，动而益固"（《辅政》）。而要任用贤辅，就需要人主辨别贤愚直佞，因为"谗夫似贤，美言似信，听之者惑，观之者冥"（《辅政》），而且"夫邪曲之相衔，枉桡之相错，正直故不得容其间"，"……故邪臣之蔽贤，犹浮云之鄣日月也"（《辨惑》），谗人之口，往往会阻碍真正的贤士任用，如"鲍丘之德行，非不高于李斯、赵高也，然伏隐于蒿庐之下，而不录于世，利口之臣害之也"（《道基》）。总之，"夫据千乘之国，而信谗佞之计，未有不亡者也"（《辅政》）。

除了人君重贤辨惑，士人也需要积极贡献才智，才能够君臣相谐、实施仁义之政。陆贾认为"质美者以通为贵，才良者以显为能"（《资质》），因为"道因权而立，德因势而行，不在其位者，则无以齐其政，不操其柄者，则无以制其刚"（《辨惑》）。如同梗楠豫章，如果达于京师，就可以"上为帝王之御物，下则赐公卿，庶贱而得以备器械"；但如果闭绝以关梁，就会"转为百仞之壑，惕然而独僵"（《资质》）。因此，"怀道者须世，抱朴者待工，道为智者设，马为御者良，贤为圣者用，辩为智者通"（《术事》）。对于避世之士，陆贾则进行了严厉的批评："君倾而不扶，国危而不持，寂寞而无邻，寥廓而独寐，可谓避世，而非怀道者也。故杀身以避难则非计也，怀道而避世则不忠也。"（《慎微》）陆贾还批评了与避世之士类似的求仙之士，"苦身劳形，入深山，求神仙，弃二亲，捐骨肉，绝五谷，废《诗》《书》，背天地之宝，求不死之道，非所以通世防非者也"（《慎微》）。总之，陆贾对士人阶层的期待是"思虑不谬，计策不误，上诀是非于天文，其次定狐疑于世务"（《思务》），即士人应积极参与世务、以道治事，才能辅佐贤君成就仁政并实现自身的价值。

（二）道莫大于无为

"无为"原是先秦诸多学派一个共通的观念："吾尝博观周秦诸子，而深疑百家言主术，同归于执本秉要，清虚自守，莫不原于道德之意，万变而未离其宗。……《老子》五千言，固无论矣。他若《管子》之《心术》《白心》《内业》；《韩非》之《主道》《大体》《扬权》；《庄子》之《天道》；

《吕览》之《圜道》《君守》诸篇；尤其彰明较著，悉道论之精英也。其他片言数语之散见群籍者，更何可胜数。"①此外，儒家、墨家亦主无为之君道。例如，孔子曰："无为而治者其舜也与？夫何为哉？恭己正南面而已矣"（《论语·卫灵公》）；"巍巍乎！舜禹之有天下也而不与焉"（《论语·泰伯》）。《荀子·王霸》更详尽地论述了儒家的无为君道："农分田而耕，贾分货而贩，百工分事而劝，士大夫分职而听，建国诸侯之君分土而守，三公总方而议，则天子共己而已矣！"《墨子·所染》亦云："善为君者，劳于论人，而佚于治官。不能为君者，伤形费神，愁心劳意，然国逾危，身逾辱。"

陆贾的"无为"与先秦诸子的"无为"相比，具有什么样的特色呢？最明显的是，陆贾的"无为"少了理论思辨色彩和理想化内容，而主要是一种实用的治道方式。它是低于仁政一个层次的概念，是实现仁政的一种手段。

陆贾的"无为"针对的是亡秦"举措太众"的历史情况，而呼吁为政清静，务使民众休养生息，具有实用的政治策略意味。在《无为》篇中，陆贾提出：

> 道莫大于无为，行莫大于谨敬。何以言之？昔舜治天下也，弹五弦之琴，歌《南风》之诗，寂若无治国之意，漠若无忧天下之心，然而天下大治。周公制作礼乐，郊天地，望山川，师旅不设，刑格法悬，而四海之内，奉供来臻，越裳之君，重译来朝。故无为者乃有为也。

在这里，"道"显然仅是一种治道，而"无为"是治道中最主要的方式。"无为"不是无所事事，而是"谨敬"地作为。因为"谨敬"，所以"寂若无治国之意，漠若无忧天下之心"，因循清净，不扰民众。陆贾的治道中除了"无为"外，还有礼乐、师旅等。君主一方面不乱作为，另一方面还要用礼乐化民，如舜歌《南风》之诗，周公制礼作乐、郊祀天地，而师旅刑法弃而不设。这样的无为实际上也是一种有为，最终带来天下

① 张舜徽：《周秦道论发微》，36～37 页，北京，中华书局，1982。

大治，"四海之内，奉供来臻，越裳之君，重译来朝"。

接下来，陆贾批评了秦朝"事逾烦天下逾乱，法逾滋而天下逾炽"，因其背离了无为而治的路线，导致最终的崩溃。为了避免秦之失，陆贾提出：

> 是以君子尚宽舒以褒其身，行身中和以致疏远；民畏其威而从其化，怀其德而归其境，美其治而不敢违其政。民不罚而畏，不赏而劝，渐渍于道德，而被服于中和之所致也。

这里提出"尚宽舒""行身中和"，与《辅政》篇中理想的辅政大臣内在精神一致："故怀刚者久而缺，持柔者久而长，躁疾者为厥速，迟重者为常存，尚勇者为悔近，温厚者行宽舒。"辅政者要持柔、迟重、温厚、柔懦，这样的人物虽不引人注目，但是可以御大悦众，公方事功。君子以"尚宽舒""行身中和"的榜样力量，使民众"畏其威""怀其德"而从其化。人格的力量之所以能够取代刑罚，是因为法令仅具有诛暴的作用，而不能够积极发扬人的道德自觉，如曾、闵、夷、齐的孝廉之道，只能通过教化养成。教化之所以能够实现，则是因为万物之间皆存在以类相及的特点，"近河之地湿，而近山之木长者，以类相及也。高山出云，丘阜生气，四渎东流，百川无西行者，小象大而少从多也"。这里，陆贾没有提到孟子的性善论或荀子的性恶论，而用了接近于道家的"以类相及"。

因为教化是实现无为之政的积极手段，这就要求王者严于律己，为民众做出表率，"王者尚武于朝，则农夫缮甲兵于田。故君子之御下也，民奢应之以俭，骄淫者统之以理；未有上仁而下贼，让行而争路者也。故孔子曰：'移风易俗。'岂家令人视之哉？亦取之于身而已矣"。教化不仅要王者自己"举措不失法度"，更重要的还要根据民俗，有针对地矫枉。

除了教化礼乐，陆贾在《怀虑》篇，还讨论了"无为"之政要求君主"持一政"，因为"怀异虑者不可以立计，持两端者不可以定威"，"故圣人执一政以绳百姓，持一概以等万民，所以同一治而明一统也"。此处的"一"有"大一统"的意味，而"一"的内涵就是陆贾反复强调的道德仁义、诗书礼乐。

总之，陆贾的"无为"要求君主宽恕中和，以礼乐教化治民，而不要依赖于战争和法令，"无为"的最终目的是实现仁政。"君子握道而治，据德而行，席仁而坐，杖义而强，虚无寂寞，通动无量。"（《道基》）其中道德仁义为根本，"虚无寂寞"是道德仁义的实施方式。其理想的政治图景是：

> 是以君子之为治也，块然若无事，寂然若无声，官府若无吏，亭落若无民，闾里不讼于巷，老幼不愁于庭，近者无所议，远者无所听，邮无夜行之卒，乡无夜召之征，犬不夜吠，鸡不夜鸣，耆老甘味于堂，丁男耕耘于野，在朝者忠于君，在家者孝于亲；于是赏善罚恶而润色之，兴辟雍庠序而教诲之，然后贤愚异议，廉鄙异科，长幼异节，上下有差，强弱相扶，大小相怀，尊卑相承，雁行相随，不言而信，不怒而威，岂待坚甲利兵、深牢刻令、朝夕切切而后行哉？（《至德》）

这里的君子行清净无言之教，块然无事，百姓安居乐业，有道家田园牧歌式的民俗；又教化流行，忠孝行于君亲，选贤举能，与《礼运》篇中的大同理想有异曲同工之妙。此外还有"赏善罚恶润色之"，国家拥有最低限度的法令手段。相比于先秦诸子，陆贾的理想社会少了道家小国寡民式的倒退、儒家的道德理想主义、法家的专断残刻。之所以如此，是因为陆贾重视的并非各家之学术理路，而是杂取百家为其所用，用以启蒙汉初的君臣。由其融汇各家而又不同于其中的任何一家，亦可以看出现实政治需求对学术面貌和品格的塑造。

四、汉初君臣对《新语》的接受

综上，陆贾对秦之亡进行了深刻反思，又为汉初君臣提出了一套实用的统治术：遵循圣人之道，以仁义为核心，行无为之政。从内容上说，陆贾充当了时代精神的代言人，道出了经历过秦亡汉兴的一代人的共同感受。陆贾作为刘邦功臣集团的一员，虽博学多才，但不求学术理论的高深纯粹，而追求"善言古者合之于今，能述远者考之于近"(《术事》),自觉为新建立的汉政权确立新的政治方针,因此其阐述的道术具有极强的实用性品格,容易被汉初君臣接受。

再从形式上看,《新语》的言说对象是汉初质朴无文的君臣,其谏言性质要求陆贾根据言说对象的文化水准,有意地追求通俗简明,"设道者易见晓,所以通凡人之心,而达不能之行。道者,人之所行也"(《慎微》)。所以,《新语》在话语方式上表现出明显的通俗化和赋化倾向。《新语》多用骈偶句式而且讲究押韵,读起来朗朗上口、便于传诵。例如:"仁者道之纪,义者圣之学。学之者明,失之者昏,背之者亡。陈力就列,以义建功,师旅行阵,德仁为固,仗义而强,调气养性,仁者寿长,美才次德,义者行方"(《道基》);"生于大都之广地,近于大匠之名工,材器制断,规矩度量,坚者补朽,短者续长,大者治樽,小者治觞,饰以丹漆,斁以明光,上备大牢,春秋礼庠,褒以文采,立礼矜庄,冠带正容,对酒行觞,卿士列位,布陈宫堂,望之者目眩,近之者鼻芳"(《资质》)。类似这样的句式,比比皆是。文廷式评其曰:"楚人固渐染屈、宋之流风也。"①

由于《新语》在内容和形式上的上述特点,史载"每奏一篇,高帝未尝不称善,左右呼万岁,号其书曰《新语》"(《史记·陆贾列传》)。《新语》得到了高帝群臣的热情接受,被他们自发地定名为"新语"。关于"语"类文体,俞志慧认为其核心体用特征为"明德"②,如韦昭注《国语·楚语》"教之《语》",使明其德,而知先王之务,用明德于民也"云:"语,治国之善语。"陆贾之书被汉初君臣命名为"新语",说明此书在他们看来就是关于治国之嘉言善语。与叔孙通以礼乐制度使刘邦体会到皇帝之贵、从而对儒家学术产生好感相比,陆贾则是对汉初君臣的思想精神启蒙;如果说前者类似于"小人儒",后者则是无可争议的"君子儒"。相比于礼乐文饰,礼乐背后的仁义精神显然更为根本。陆贾对汉初君臣阐述的道术仁义,必然会对新政权产生更为深刻的影响。

钱鹤滩云:"陆贾所论,多崇俭尚静,似有启文、景、萧、曹之治

① 参见王利器:《新语校注》,107 页,北京,中华书局,1986。
② 俞志慧:《语:一种古老的文类——以言类之语为例》,载《文史哲》,2007(1)。

者。"①王利器亦云:"汉初清静无为之治,盖陆氏为之导夫先路矣。"②
虽然不能够证明萧何、曹参是否亲闻过《新语》,但由刘邦原先"不好
儒"转而祭祀孔子(《史记·孔子世家》)、看到萧何所营造的未央宫"宫
阙壮甚,怒"(《史记·高祖本纪》)、晚年"厌兵"(《史记·黥布列传》)等
事例中,可以感受到陆贾的言语著述对他的影响。可以推论,刘邦的
态度又必然会影响到大臣以及继任帝王的政治方针。史家描述汉初政
治曰:"孝惠皇帝、高后之时,黎民得离战国之苦,君臣俱欲休息乎无
为,故惠帝垂拱,高后女主称制,政不出房户,天下晏然"(《史记·吕
太后本纪》);汉文帝"专务以德化民,是以海内殷富,兴于礼义,断狱
数百,几致刑措"(《汉书·文帝纪》);"汉兴,扫除烦苛,与民休息。
至于孝文,加之以恭俭,孝景遵业,五六十载之间,至于移风易俗,
黎民醇厚"(《汉书·景帝纪》)。不难发现其与陆贾《新语》所倡导的政治
精神具有惊人的一致性。

在总体"无为"的大政方针下,陆贾呼吁的教先于刑的德化思想,
也渗入帝国的政治。文帝在十三年废除肉刑时的诏书中说:"盖闻有虞
氏之时,画衣冠异章服以为僇,而民弗犯,何治之至也!今法有肉刑
三,而奸不止,其咎安在?非乃朕德之薄,而教不明与!……今人有
过,教未施而刑已加焉,或欲改行为善,而道亡繇至,朕甚怜之。"
(《汉书·刑法志》)在文帝看来,"教未施而刑已加"是一种薄德,这也
正是儒家所批判的做法。

以德化民,更突出地表现于汉初基层三老教化系统的重建和扩充
上。汉二年(前205)二月,"举民年五十以上,有修行,能帅众为善,
置以为三老,乡一人。择乡三老一人为县三老,与县令丞尉以事相教,
复勿繇戍。以十月赐酒肉"(《汉书·高帝纪》)。惠帝四年(前192),
"春正月,举民孝弟力田者复其身"(《汉书·惠帝纪》)。文帝前元十二
年(前168),诏曰:"孝悌,天下之大顺也。力田,为生之本也。三
老,众民之师也。廉吏,民之表也。朕甚嘉此二三大夫之行。……其

---

① 转引自王利器:《新语校注》,37页,北京,中华书局,1986。
② 转引自王利器:《新语校注》,59页,北京,中华书局,1986。

遣谒者劳赐三老、孝者帛人五匹，悌者、力田二匹，廉吏二百石以上率百石者三匹。及问民所不便安，而以户口率置三老孝悌力田常员，令各率其意以道民焉。"(《汉书·文帝纪》)里中有父老，乡里有三老，这是秦朝以来的旧制。因为什伍里制并没有破坏乡里聚落的血缘性联系，而是与旧的聚落叠合在一起，所以年长德高之父老、三老在新的乡里秩序中仍然居于领导地位，"他们凭借传统的威望，和代表君王征兵、抽税、执法的有秩、啬夫、里正，成为乡里间领袖的两种类型。乡里间的事，多由这两类人物参预解决"①。所以，刘邦建汉甫始，不仅立即着手恢复乡里的三老教化系统，还扩充设置了县三老，复除其徭役，与县令、丞、尉"以事相教"，还享受"十月赐酒肉"的优待。他之所以如此重视三老系统，是因为三老能"率众为善"，"为民者师"，起着劝导乡里、助成风化的作用。具体来说，三老的教化范围包括：劝善惩恶、劝趣农桑、配合乡里行政部门催征赋税以及祭祀求雨、兴修城墙道路水利等公共事务。② 此外，三老作为民间的精神领袖，可以参政议政，代表民意上书言事，起到沟通朝廷与民间、稳定地方秩序的作用。相比于秦朝，汉代的教化系统更加完善，不仅县、乡、里有"三老"，还有孝悌、力田。汉廷通过榜样的作用，把帝国的价值观念推行到民间，避免了"不教而杀"的恶政，这正是儒家教化思想的实现。

综上，《新语》与汉初政治理念存在较多的一致之处，即使我们不能够把汉初的大政方针全部归于《新语》的影响，但至少可以部分归因于此。原本指向现实政治的《新语》，实现了道术与帝制的初步互动。

第二节 《新书》：汉初儒生官员的思想样本

贾谊曾与陆贾同朝为官，但在资历辈分、人生经历、职务高低上

---

① 邢义田：《天下一家：皇帝、官僚与社会》，453页，北京，中华书局，2011。
② 参见黄今言：《汉代三老、父老的地位与作用》，《江西师范大学学报(哲学社会科学版)》，2007(5)。

均有不同。贾谊作为战后成长起来的新一代人，比陆贾多了一些少年英气，少了一些历经政治斗争磨砺出来的世故圆滑。这种不同导致其不同的人生结局，陆贾寿终正寝，贾谊天才早殒；亦导致其不同的思想风貌，陆贾《新语》简明通俗，务在矫秦之弊，贾谊《新书》慷慨激切，努力巩固皇权。如果说陆贾代表了汉初功臣集团设计的政治理论，贾谊则代表了大一统帝制中普通士人的思考和努力。这一节，我们以《新书》①为基础，并综合《史记》《汉书》的相关记载，来讨论贾谊的思想风貌。

《新书》的内容分为三部分：《事势》《连语》《杂事》。其间的分别，正如余嘉锡所云："凡属于《事势》者，皆为文帝陈政事"；"至于《连语》诸篇，则不尽以告君，盖有与门人讲学之语"；"其《杂事》诸篇则平日所称述诵说者。凡此，皆不必贾子手著，诸子之例，固如此也"②。其中较为复杂的是《连语》，据阎振益、钟夏《新书校注》，《连语》中的《保傅》《辅佐》亦为奏疏，其他则为辅佐诸侯王或与门人讲学之语。③ 也就是说，《事势》及《连语》中的《保傅》《辅佐》是贾谊作为汉廷官员向文帝的建言，占了全书一半的分量。《连语》中的其他篇章及《杂事》则是贾谊作为诸子的所守所传之学。这两类言说的对象不同，所以言说内容、言说方式均有不同。

一、贾谊作为汉廷官员的奏疏

《史记·屈原贾生列传》载，贾谊以"颇通诸子百家之书。文帝召以为博士。是时贾生年二十余"，"超迁，一岁中至太中大夫。""博士"，原为博学之士的通称，战国末期至秦汉时期成为一种官职的专称。据《汉书·百官公卿表》："博士，秦官，掌通古今，秩比六百石，员多至数十人。"博士的级别虽不高，但因其学问博通，职位尊荣，可以参与

---

　　① 关于《新书》的真伪，古代学者如陈振孙多有怀疑，但自余嘉锡、徐复观、王洲明等学者做了详细考证以来，学界普遍认为今本《新书》是可靠的。

　　② 余嘉锡：《四库提要辨证》，548～551 页，北京，中华书局，2007。

　　③ 参见（汉）贾谊撰，阎振益、钟夏注：《新书校注》，186、206 页，北京，中华书局，2000。按：本书所引《新书》均出自此版本，后文仅标注篇名。

廷议"辩然否",此外还有制礼、管理藏书等职能,汉武帝之后又加上了教授、试策、出使等新职能。① 博士秩卑而职尊,因而极易升迁。贾谊也是一位超迁者,一年之中升至比千石的"太中大夫",跨过了六百石、比八百石、八百石,升了四级。关于太中大夫,据《汉书·百官公卿表》,西汉大夫有太中大夫、中大夫、谏大夫,而太中大夫秩比千石,在各大夫中秩最高。武帝太初元年更名中大夫为光禄大夫,秩比二千石,而太中大夫遂居光禄大夫之下,至东汉未改。《后汉书·百官志》本注云:"凡大夫、议郎,皆掌顾问应对,无常事,唯诏命所使。"就掌顾问应对的职责来说,大夫与博士、议郎有相近之处,但是大夫的地位和名望比博士要高,皆"名儒宿德为之"。贾生二十余岁即充任太中大夫,可以想见文帝对其高才的欣赏和信任。

贾谊以其博通被任命为博士、太中大夫,这些职位又有议论国政的职责要求,这为他提供了参与国政的制度通道。对贾谊来说,其才能和官职正构成了一种相得益彰的关系,这是大一统帝国中士人最为理想的入仕路径。但是,贾谊的仕途很快就遇到了挫折,"于是天子议以贾生任公卿之位。绛、灌、东阳侯、冯敬之属尽害之,……于是天子后亦疏之,不用其议,乃以贾生为长沙王太傅"(《史记·屈原贾生列传》)。据方向东《贾谊年谱》②,贾谊出为长沙王太傅在文帝三年。四年后,即汉文帝七年,贾谊再次被汉文帝召见,拜为梁怀王太傅。长沙王太傅和梁怀王太傅,均秩二千石。虽从秩级上说,贾谊从比千石的太中大夫到二千石的王国太傅,但是从政治中心迁到偏远的长沙国,对于一个想在政治上大展宏图的青年政治家来说,自是难言之痛。写于长沙的《鵩鸟赋》就表现了贾谊抑郁消极的心态。更令人悲伤的是,贾谊为梁王太傅,"居数年,怀王骑,堕马而死,无后。贾生自伤为傅无状,哭泣岁余,亦死。贾生之死时年三十三矣"(《史记·屈原贾生列传》)。

贾谊后来所任的王国太傅,职在傅王,不干预王国国政,遇诸侯

---

① 安作璋、熊铁基:《秦汉官制史稿》,430~436 页,济南,齐鲁书社,2007。
② 参见(汉)贾谊著,方向东集解:《贾谊〈新书〉集解》,南京,河海大学出版社,1994。

王不法，可以谏诤或举奏于朝。也就是说，王国太傅也可以上疏中央
朝廷。上疏内容并不仅限于举奏诸侯王之失，亦可以对朝廷政治提出
建议。例如，《新书》中的《阶级》《谏铸钱疏》就作于长沙王太傅任内，
《宗首》《藩伤》《淮难》等作于梁王太傅任内。[1]

　　综观《新书》及《汉书》中收录的贾谊奏疏，可以分为以下几类：

　　（一）"过秦"的奏疏

　　《事势》的第一篇为《过秦论》。余嘉锡先生云："《过秦论》亦贾生所
上之书，且为以后诸篇之纲领……《过秦》言不及汉者，此为所上书之
第一篇。"[2]更有学者认为此文可能作于汉文帝元年。[3]《过秦论》洋洋洒
洒，感情激越，自是千古名文。虽然之前陆贾就已经指出了秦朝之过，
但是分散在数篇文章中，难以给人留下集中鲜明的印象。贾谊的《过秦
论》，上篇通过秦国前胜六国强敌、后败于陈涉弱兵的对比，突出其败
亡的原因在于"仁义不施，攻守之势异也"。中篇评论秦二世救过之非，
认为其没有利用好"劳民之易为仁"的有利形势，其中"裂地分民以封功
臣之后，建国立君以礼天下；虚囹圄而免刑戮，去收帑污秽之罪，使
各反其乡里；发仓廪，散财币，以振孤独穷困之士；轻赋少事，以佐
百姓之急；约法省刑，以持其后"，明为秦二世设想的改过措施，实为
贾谊"并兼者高诈力，安危者贵顺权"主张的具体说明。下篇批评子婴
没有当机立断、掌控三秦之地以图将来复兴，实际与子婴孤立无援的
处境不合。总括全文，可以感受到《过秦论》重点在于讨论继位的秦二
世与子婴，这是因为其隐含读者为汉文帝，暗含勉励文帝励精图治、
改弦更张之意。《过秦论》结尾处总论秦三帝失败的原因在于"足己而不
问，遂过而不变"，"秦俗多忌讳之禁也，忠言未卒于口，而身靡没
矣"，显然是希望汉帝能够"前事之不忘，后之师也"，"知雍蔽之伤国
也，故置公卿大夫士，以饰法设刑而天下治"，即广开言路，真诚纳
谏。从贾谊上书的策略来说，"此为上书之第一篇，故姑徐引其端，而

　　① 参见王兴国：《贾谊评传》，26～38 页，南京，南京大学出版社，1992。
　　② 余嘉锡：《四库提要辨证》，548～550 页，北京，中华书局，2007。
　　③ 参见施丁：《再评〈过秦论〉》，载《史学史研究》，1996(1)。

其他条目，则俟后言之耳"①。也就是说，贾谊先通过"过秦"以引起汉帝的警戒，然后徐徐道出自己对时政的改革建议，因而此篇实为全书之导论。

除了《过秦论》，贾谊还在多篇文章里论述了秦之过。例如，《时变》篇论风俗，"商君违礼义，弃伦理，并心于进取，行之二岁，秦俗日败。秦人有子，家富子壮则出分，家贫子壮则出赘。……蹶六国，兼天下，求得矣；然不知反廉耻之节、仁义之厚，信并兼之法，遂进取之业，凡十三岁而社稷为墟"，更为可怕的是，"曩之为秦者，今转而为汉矣"。在《俗激》篇，贾谊也指出了汉世"四维犹未备也"的恶俗与秦的联系，并言"移风易俗，使天下移心而向道，类非俗吏之所能为也"，而以改良风俗、教化民众为大臣应尽的责任。

再如《礼察》篇先提出"道之以德教者，德教洽而民气乐；驱之以法令者，法令极而民风哀。哀乐之感，祸福之应也"，然后批评秦任用刑罚，"秦王置天下于法令刑罚，德泽亡一有，而怨毒盈于世，下憎恶之如仇雠，祸几及身，子孙诛绝，此天下之所共见也"，并与汤武置天下于仁义礼乐对比，结尾又进行反诘："今或言礼谊之不如法令，教化之不如刑罚，人主胡不引殷周秦事以观之也？"

其他，贾谊在《属远》篇批评了秦代役制的不合理："秦不能分尺寸之地，欲尽自有之耳。输将起海上而来，一钱之赋耳，十钱之费，弗轻能致也，上之所得者甚少，而民毒苦之甚深，故陈胜一动而天下不振。"在《保傅》篇批评了秦代太子教育之失："使赵高傅胡亥而教之狱，所习者非斩劓人，则夷人之三族也。故今日即位，明日射人。忠谏者谓之诽谤，深为之计者谓之妖言，其视杀人若艾草菅然。岂胡亥之性恶哉？其所以集道之者非理故也。"不止于此，贾谊的文章中一次又一次地提起秦朝，使其几乎成了言论靶子。贾谊提出的大部分主张都要以秦之错误和失败来反衬。例如，《宗首》以秦二世继位后杀害六公子为例说明建立天子诸侯等级秩序的迫切性；《数宁》历数五百年而有圣王起，指出"秦始皇似是而卒非"，应由汉文帝担当起圣王责任；等等。

---

① 余嘉锡：《四库提要辨证》，550 页，北京，中华书局，2007。

可以看到，与陆贾的"过秦"相比，贾谊的"过秦"更加全面和系统。在贾谊一次又一次的渲染中，秦成了无道的象征，它不具有任何历史合理性，而仅仅给汉政带来了亟须改革的历史包袱。过秦是为了诫汉，自贾谊开创过秦言事之例后，汉代儒生多采用这种言说策略。例如，贾山《至言》亦是批判秦之"残贼天下，穷困万民，以适其欲"，而呼吁汉代用贤听谏，其他还有主父偃《上书谏伐匈奴》、徐乐《上武帝书言世务》、严安《上书言世务》、路温舒《上书言宜尚德缓刑》等。

（二）与《汉书》互见的奏疏

在讨论这部分内容之前，需要先讨论《新书》与《汉书》所收录奏疏之间的关系。《汉书·贾谊传》所收录的《治安策》与《事势》内容大体一致，但是前者作为一篇完整的奏疏，文采飞扬，大气磅礴；后者则饾饤割裂，每篇论一事，皆为短章。这两者究竟是一种什么样的关系？《四库全书总目·新书》认为："决无摘录一段立一篇名之理，亦决无连缀十数篇合为奏疏一篇、上之朝廷之理，疑谊《过秦论》《治安策》等本皆为五十八篇之一，后原本散佚，好事者因取本传所有诸篇，离析其文，各为标目，以足五十八篇之数，故饾饤至此。"①余嘉锡对此进行了驳论，认为谓《新书》为取本传所载，割裂颠倒其次序，则尤不然，《治安策》一篇班固谓之数上疏，"则此本非一篇，其连缀数篇为一者，班固也，非贾谊也"。② 这种说法被学界长期奉为不刊之论，但是最近余建平提出了一种新的设想：《新书》中保存的《事势》诸篇为贾谊的奏议草稿，《汉书·贾谊传》所收的《治安策》为贾谊上奏到中央而保存下来的文书档案，二者的文献来源不同，因而呈现出不同的文本面貌。③考虑到《治安策》与《事势》的段落顺序差别甚大，班固如果将其编辑成《治安策》，似无必要做如此大的改动，所以余建平之说确有合理之处，我们认同这一说法。纵览贾谊的这些奏疏，可以看到其关注的问题主要有：

① （清）永瑢等：《四库全书总目》，771 页，北京，中华书局，1965。
② 余嘉锡：《四库提要辨证》，546～547 页，北京，中华书局，2007。
③ 参见余建平：《贾谊奏议的文本形态与文献意义——兼论〈新书〉〈汉书·贾谊传〉与〈贾谊集〉的材料来源》，载《文学遗产》，2018(3)。

1. 藩强

这是《治安策》中讨论的第一个问题，《新书》中的《数宁》《藩伤》《宗首》《亲疏危乱》《制不定》《藩强》《五美》《大都》与之对应。汉兴以来，鉴于秦朝过早过强推行郡县制而导致孤立无援的历史教训，再加上刘邦当年是在韩信、黥布、彭越等方面军的合力下才打败了项羽，整个社会"犹习于封建之旧"等因素，所以分封了一批异姓诸侯王。但是，这批诸侯王很快造反，或被诬为造反，在一番较量之后逐渐被中央王朝消灭，代之而起的是一批同姓子弟诸侯王。汉初的形势毕竟不同于周初：周初的姬姓诸侯王面对着强大的殷遗，必须同仇敌忾以稳定形势；汉初天下早已"道一风同"，不存在强大的外在压力。所以，随着时间的推移，汉初分封的同姓诸侯王没有如预期那样藩屏汉廷，反而成为王朝的一种离心力量。贾谊最早地关注并讨论了这个问题，"今或亲弟谋为东帝，亲兄之子西乡而击，今吴又见告矣"，"若此诸王，虽名为臣，实皆有布衣昆弟之心，虑亡不帝制而天子自为者。擅爵人，赦死罪，甚者或戴黄屋，汉法令非行也。……动一亲戚，天下圜视而起，陛下之臣虽有悍如冯敬者，适启其口，匕首已陷其匈矣。陛下虽贤，谁与领此？故疏者必危，亲者必乱，已然之效也"。[1] 除了诸侯王势力过大外，"亲者或亡分地以安天下，疏者或制大权以逼天子"，即分封较早的诸侯王与当朝皇帝的关系疏远，却占有大国，而皇子可能无地再分封，亦是当时藩国中令人忧虑的现象。

贾谊的可贵之处不仅在于能够发现问题，而且还能提出解决问题的具体方案和切实措施。对于诸侯王坐大的问题，贾谊提出的应对办法是："欲天下之治安，莫若众建诸侯而少其力。力少则易使以义，国小则亡邪心"。揆诸后来汉代的历史，不能不让人惊讶于贾谊的敏锐与聪慧。景帝时，晁错又提出削藩，激化了中央与诸侯王的矛盾，招来了七国之乱和自身的腰斩之祸。但是七国之乱后，诸侯的实力大大削弱。武帝时，才在主父偃建议的"推恩令"下彻底解决了诸侯王的问题。而主父偃的"推恩"正与贾谊的"众建诸侯而少其力"精神实质一脉相承。

---

[1] 这部分《汉书》与《新书》一致的内容，引文均据《汉书》。

可惜的是，文帝当时没有推行贾谊提出的策略，导致藩强的问题到武帝时才解决。此外，贾谊还劝阻文帝封淮南王子为诸侯王（见《汉书·贾谊传》及《新书·淮难》），指出了封罪人之子的危害性，但是文帝没有采纳，导致了"武帝时，淮南厉王子为王者两国亦反诛"。

当然，贾谊控制诸侯王的策略也不是全遭忽视，其中一些还是被文帝采纳了。比如针对"今淮南地远者或数千里，越两诸侯，而县属于汉。其吏民繇役往来长安者，自悉而补，中道衣敝，钱用诸费称此，其苦属汉而欲得王至甚，逋逃而归诸侯者已不少矣。其势不可久"，贾谊建议"举淮南地以益淮阳，而为梁王立后，割淮阳北边二三列城与东郡以益梁"，使得"梁足以捍齐、赵，淮阳足以禁吴、楚，陛下高枕，终亡山东之忧矣"（《汉书·贾谊传》）。这次奏疏，"文帝于是从谊计，乃徙淮阳王武为梁王，北界泰山，西至高阳，得大县四十余城；徙城阳王喜为淮南王，抚其民"。后来七国之乱时，"吴、楚、赵与四齐王合从举兵，西乡京师，梁王捍之，卒破七国"（《汉书·贾谊传》）。

2. 匈奴

《治安策》讨论的第二个问题是匈奴强盛，《新书》的《解县》《威不信》《势卑》与之对应。"今匈奴嫚侮侵掠，至不敬也，为天下患，至亡已也，而汉岁致金絮采缯以奉之。夷狄征令，是主上之操也；天子共贡，是臣下之礼也。足反居上，首顾居下，倒县如此，莫之能解"，"今西边北边之郡，虽有长爵不轻得复，五尺以上不轻得息，斥候望烽燧不得卧，将吏被介胄而睡"。对此困扰，贾谊提出了"三表五饵"法以解决。这种方法的具体内容保存在《新书·匈奴》，《治安策》中可能亦有此部分，但或被班固认为"其术固以疏矣"，故删去不载。

3. 侈俗

《治安策》及《新书·孽产子》中还进行了风俗批判："帝之身自衣皂绨，而富民墙屋被文绣；天子之后以缘其领，庶人孽妾缘其履：此臣所谓舛也。夫百人作之不能衣一人，欲天下亡寒，胡可得也？一人耕之，十人聚而食之，欲天下亡饥，不可得也。饥寒切于民之肌肤，欲其亡为奸邪，不可得也。"贾谊看到了侈俗会导致民贫，民贫又会带来社会秩序恶化的情况。

4. 礼义不张

与上述批判侈俗相联系，《治安策》及《新书》中的《时变》《俗激》等篇云："今世以侈靡相竞，而上亡制度，弃礼谊，捐廉耻，日甚，可谓月异而岁不同矣"，"今四维犹未备也，故奸人几幸，而众心疑惑"。尤令贾谊忧心的是"大臣特以簿书不报，期会之间，以为大故。至于俗流失，世坏败，因恬而不知怪，虑不动于耳目，以为是适然耳"，因此大声疾呼"岂如今定经制，令君君臣臣，上下有差，父子六亲各得其宜，奸人亡所几幸，而群臣众信，上不疑惑"。与此疏相联系的是《汉书·礼乐志》所载的贾谊《论定制度兴礼乐疏》："夫立君臣，等上下，使纲纪有序，六亲和睦，此非天之所为，人之所设也。人之所设，不为不立，不修则坏。汉兴至今二十余年，宜定制度，兴礼乐，然后诸侯轨道，百姓素朴，狱讼衰息。"《汉书·礼乐志》还记载了贾谊"草具其仪，天子说焉。而大臣绛、灌之属害之，故其议遂寝"。

5. 教育太子

贾谊通过"三代之君有道之长"与"秦为天子，二世而亡"的对比，指出了教育太子的重要性。他描述了理想中的古制："昔者成王幼在襁抱之中，召公为太保，周公为太傅，太公为太师。……故乃孩提有识，三公、三少固明孝仁礼义以道习之，逐去邪人，不使见恶行。……及太子少长，知妃色，则入于学。……及太子既冠成人，免于保傅之严，则有记过之史，彻膳之宰，进善之旌，诽谤之木，敢谏之鼓。瞽史诵诗，工诵箴谏，大夫进谋，士传民语。习与智长，故切而不愧；化与心成，故中道若性。"而秦完全违背教育太子之道："使赵高傅胡亥而教之狱，所习者非斩劓人，则夷人之三族也。……岂惟胡亥之性恶哉？彼其所以道之者非其理故也。"在两者对照的基础上贾谊呼吁："天下之命，县于太子；太子之善，在于早谕教与选左右"，"教得而左右正，则太子正矣，太子正而天下定矣"（《治安策》及《新书·保傅》）。

6. 礼法之辩

此内容见于《治安策》而不见于《新书》，亦见于《大戴礼记·礼察》。贾谊认为："夫礼者禁于将然之前，而法者禁于已然之后"，"曰礼云礼云者，贵绝恶于未萌，而起教于微眇，使民日迁善远罪而不自知也"，

"以礼义治之者，积礼义；以刑罚治之者，积刑罚。刑罚积而民怨背，礼义积而民和亲"，并在回顾历史的基础上断言："今或言礼谊之不如法令，教化之不如刑罚，人主胡不引殷、周、秦事以观之也"。贾谊对礼的论述，与荀子重礼的思想一脉相承。

7. 礼貌大臣

此论缘起于周勃"逮系长安狱治"，但贾谊表达的思想则是其一贯的主张："故古者圣王制为等列，内有公卿大夫士，外有公侯伯子男，然后有官师小吏，延及庶人，等级分明，而天子加焉，故其尊不可及也。"礼有区分强化等级制度的功能，这是贾谊继承了儒家尤其是荀子的主张。例如，《荀子·富国》云："礼者，贵贱有等，长幼有差，贫富轻重皆有称者也。"《荀子·荣辱》云："先王案为之制礼义以分之，使有贵贱之等，长幼之差，知愚能不能之分，皆使人载其事而各得其宜，然后使悫禄多少厚薄之称，是夫群居和一之道也。"贾谊认为"人主之尊譬如堂，群臣如陛，众庶如地。故陛九级上，廉远地，则堂高；陛亡级，廉近地，则堂卑。高者难攀，卑者易陵，理势然也"，如果大臣不尊，则天子的权威亦不能深入人心。此外，贾谊还道出了君臣之际的关系法则："主上遇其大臣如遇犬马，彼将犬马自为也；如遇官徒，彼将官徒自为也。顽顿亡耻……主上有败，则因而挺之矣；主上有患，则吾苟免而已，立而观之耳；有便吾身者，则欺卖而利之耳。"因此，他主张"上设廉耻礼义以遇其臣"。

8. 积贮

《汉书·食货志》保存了贾谊的《论积贮疏》，《新书》中的《无蓄》《忧民》与之相应。在此奏疏中，贾谊不无忧虑地指出："汉之为汉几四十年矣，公私之积犹可哀痛。失时不雨，民且狼顾；岁恶不入，请卖爵、子。"之所以公私贫困，是因为"今背本而趋末，食者甚众，是天下之大残也；淫侈之俗，日日以长，是天下之大贼也"。贾谊还提醒当政者居安思危："即不幸有方二三千里之旱，国胡以相恤？卒然边境有急，数十百万之众，国胡以馈之？"最后，贾谊又强调："夫积贮者，天下之大命也。"他提出促使国家积贮增多的方案是："今驱民而归之农，皆著于本，使天下各食其力，末技游食之民转而缘南亩，则畜积足而人乐其所矣。"此疏达到的实际政治效果是汉文帝"感谊言,始开籍田,躬耕以劝百姓"。之后,晁错在贾谊的基础上,又提起国家的粮食储备问题,并贡献了更为切实的解决办法:"欲民务农,在于贵粟。贵粟之道,在于使民以粟为赏罚。今募天下入粟县官,得以拜爵,得以除罪。"(《论贵粟疏》)这比贾谊"驱民而归之农"的原则性泛论要更便于操作,当为后出转精矣。

9. 铸钱

汉文帝五年(前175),"除盗铸钱令,使民放铸",本意是要利民。但是贾谊上书提出严正反对,理由为:"今令细民人操造币之势,各隐屏而铸作,因欲禁其厚利微奸,虽黥罪日报,其势不止","民用钱,郡县不同……市肆异用,钱文大乱","农事弃捐而采铜者日蕃"(《汉书·食货志》,《新书》中的《铸钱》《铜布》与之互见)。事实证明,贾谊的预断是正确的,因为文帝没有听从这项建议,导致"吴以诸侯即山铸钱,富埒天子,后卒叛逆。邓通,大夫也,以铸钱财过王者"(《汉书·食货志》)。后来王夫之对贾谊之策又作了补充论述:"夫能铸者之非贫民,贫民之不能铸,明矣。奸富者益以富,朴贫者益以贫,多其钱以敛布帛、菽粟、纻漆、鱼盐、果蓏,居赢以持贫民之缓急,而贫者何弗日以贫邪! ……是驱人听豪右之役也。"[1]总之,国家发行钱币不仅能够保障经济稳定,而且关系到政治秩序、社会公平等,贾谊之论诚为千古高见。

(三)被《汉书》略去的奏疏

除了互见于《汉书》的奏疏外,《新书》中还保存了一些奏疏。这部分奏疏主要集中在以下几个方面。

1. 被班固认为"其术固已疏"而删去的《匈奴》

在这篇文章里贾谊提出"三表五饵"之术。"三表"即天子以"爱""信""好"与匈奴争民。"五饵"即通过善赏诱使匈奴归附,包括:"匈奴之来者,家长已上固必衣绣,家少者必衣文锦,将为银车五乘,大雕画之",以坏其目;"匈奴之使至者,若大人降者也,大众之所聚也,

---

① (明)王夫之:《读通鉴论》,见《船山全书》第十册,101页,长沙,岳麓书社,1962。

上必有所召，赐食焉。饭物故四五盛，羹截膹炙，肉具醢醢"，以坏其口；"令妇人傅白墨黑，绣衣而侍其堂者二三十人，……吹箫鼓鼗，倒洁面者更进，舞者蹈者时作"，以坏其耳；"必令此有高堂邃宇，善厨处，大囷京，厩有编马，库有阵车，奴婢、诸婴儿、畜生具。令此时大具召胡客，飨胡使，上幸令官助之具，假之乐"，以坏其腹；"若上于故婴儿及贵人子好可爱者，上必召幸大数十人，为此绣衣好阑，且出则从，居则更侍。上即飨胡人也……胡婴儿得近侍侧，故贵人更进得佐酒前"，以坏其心。总之，就是通过对已降匈奴赏以高规格的物质条件及感情上的优宠，使匈奴对汉文明产生热切的向往，从而使"匈奴之中乖而相疑矣，……彼其群臣，虽欲毋走，若虎在后；众欲无来，恐或轩之，此谓势然。"

《汉书·文帝纪》载，文帝三年（前177）"五月，匈奴入居北地、河南为寇。上幸甘泉，遣丞相灌婴击匈奴，匈奴去"；文帝十一年（前169）夏六月，"匈奴寇狄道"。在匈奴攻势咄咄逼人的情况下，贾谊希望通过厚德重赏以瓦解匈奴君民的策略，自是迂阔之论，被讥为"婴稚之巧"，良有以也。其中原因，当为贾谊"未履艰屯，而性之贞者略恒疏，则本有余而末不足"[1]。但是，若从长远的文明碰撞交融的角度讲，贾谊之策未必全为无效，所以后人有为之辩解："三表五饵之说……至今疑其大言。然不过欲诱致降者，使其众渐空，非谓必以兵胜。以谊奇才，得为典属国，以试之匈奴，虽无可灭之理，势须渐弱，未可以大言而少之。"[2]

2. 可与《汉书》相互印证的奏疏

这部分奏疏因限于史书体例而被略去，但内容往往可以与《汉书》中收录的奏疏相互印证。例如，《等齐》《服疑》批评了诸侯王与天子官制、服制无别的情况，提出"所持以别贵贱明尊卑者，等级、势力、衣服、号令也"（《等齐》），"等级分明，则下不得疑；权力绝尤，则臣无

---

① （明）王夫之：《读通鉴论》，见《船山全书》第十册，100 页，长沙，岳麓书社，1962。
② 黄震：《慈溪黄氏日抄》卷五十六，见阎振益、钟夏：《新书校注》，488～489 页，北京，中华书局，2000。

冀志"(《服疑》),希望能够建立"贵周丰,贱周谦;贵贱有级,服位有等"(《服疑》)的等级秩序。《审微》篇则通过几个历史故事,表明礼乐、名号、等级秩序的神圣性。这三篇均可与《治安策》中论藩强、礼制的内容相互发明。再如,《新书·瑰玮》批评了"夫雕文刻镂周用之物繁多,纤微苦窳之器日变而起,民弃完坚而务雕镂纤巧以相竞高","世之俗侈相耀,人慕其所不如,悚迫于俗,愿其所未至,以相竞高,而上非有制度也",提出"去淫侈之俗,行节俭之术,使车舆有度,衣服器械各有制数"。这篇论述的内容可与《治安策》《论积贮疏》的内容相呼应。此外,还有《新书·辅佐》列出大相、大拂、大辅、道行、调训等官职,与古书多不相应,或为本传所云贾谊"易服色制度,定官名,兴礼乐"的内容。

3. 被《汉书》遗漏的奏疏

《新书·壹通》批评了汉朝廷防守武关、函谷、临晋关以戒备山东诸侯,禁止士人游宦诸侯和运送马匹出关等政策,认为这种做法"若秦时之备六国","疏山东,孼诸侯,不令似一家者,其精于此矣"。因此,贾谊呼吁"一定地制,令诸侯之民,人骑二马,不足以为患,益以万夫不足以为害"。具体来说,就是改变汉封诸侯"小大驳跞,远近无衰"的局面,而"定地势,使无可备之患"。张家山汉简《二年律令》中的《津关令》,正可见出当时朝廷对诸侯国的防范和禁制,如"请阑出入塞之津关,黥为城旦舂;越塞,斩左止(趾)为城旦;吏卒主者弗得,赎耐;令、丞、令史罚金四两。智(知)其请(情)而出入之,及假予人符传,令以阑出入者,与同罪";"令扞(扞)关、郧关、武关、函谷[关]、临晋关,及诸其塞之河津,禁毋出黄金";"禁民毋得私买马以出扞(扞)关、郧关、函谷[关]、武关及诸河塞津关"[①];等等。两相对照,可以见出贾谊奏疏的现实针对性。班固《汉书》一般会收录这类现实针对性极强的奏疏,但没有提及此疏,当为疏漏,或者未见此史料。

总结上述奏疏,可以看到贾谊几乎关注了汉帝国政治制度构建和

---

① 朱红林:《张家山汉简〈二年律令〉集释》,286~300页,北京,社会科学文献出版社,2005。

运行中的所有大事：对内的诸侯王势力过大问题，对外的匈奴边患问题，国家的粮食储备问题，货币发行问题，君臣关系问题，等等。可以说，贾谊参与和讨论现实政治问题，几乎达到了大一统帝制初期士阶层的最高程度。之所以如此，首先是因为帝制初建，急需在过秦的基础上寻求国家治策。这种时代背景，与战国时各国需要变法图强的急迫形势颇有类似之处，都需要士阶层为解决时代问题提供智慧和策略。这为普通士人尤其是法家之外的士人，提供了脱颖而出的机会。其次，汉初国家的意识形态尚未定型，为士人论政提供了自由宽松的环境。再者，汉廷博士、大夫议政具有制度化的基础，文帝又为历史上著名的有德贤君，怀抱安国图治的志向，也都为贾谊提供了发挥才智的历史舞台。

贾谊的奏疏之所以能够被文帝"悦之"，首先是因其天才式的政治敏感力。例如，"进言者皆曰天下已安已治矣"，贾谊独能眼光长远、居安思危，保持清醒的批判性，"窃惟事势，可为痛哭者一，可为流涕者二，可为长太息者六，若其它背理而伤道者，难遍以疏举"，指出国家政治中种种弊端及改革策略。这种把握和解决现实政治问题的能力，以及议论时的直率急切、忧国忧民的热情，都有极大的感染力。相比于先秦士人，贾谊不是像儒、道等学派那样泛泛讨论政治原则，而是能够体察政治和民生当中的具体问题，提出深切可行的建议。比如，《治安策》中对诸侯挑战天子独尊的权力格局极为敏感。再如，对于铸钱，贾谊能够一针见血地指出"放铸钱"带来的祸害，又能够清醒指出"国知患此，吏议必曰禁之。禁之不得其术，其伤必大。令禁铸钱，则钱必重。重则其利深，盗铸如云而起，弃市之罪又不足以禁矣"（《汉书·食货志》），在此基础上提出"上收铜勿令布"的建议及其带来的"七福"。这样的奏疏以解决政治难题为要务，具有鲜明的现实针对性、切实可行的思路、解决问题的意识，因而最易被执政者采纳，"诸法令所更定，及列侯就国，其说皆谊发之"。议论从空泛到具体务实，显示了士阶层从"不治而议论"走向体制内的朝廷官员所带来的关注对象、言说方式的变化。

但是，贾谊的奏疏又不仅限于解决现实政治中的具体问题，更有

超越性的国家政治理想之建构。《过秦论》把政权的合理性安放在施行
"仁义"上，即国家政治必须符合道义原则，并提出"兼并者高诈力，安
定者贵顺权"的统治原则，为汉代甚至是之后两千年帝制指明了为政方
向。贾谊对风俗礼制敏感，不能忍受"大臣特以簿书不报，期会之间，
以为大故"的情况，进而慷慨指陈其种种不尽如人意之处并呼吁"移风
易俗，使天下回心而乡道"，"定经制，令君君臣臣，上下有差，父子
六亲各得其宜，奸人亡所几幸，而群臣众信"。此外，贾谊还非常重视
对太子的教育，相信"天下之命，县于太子；太子之善，在于早谕教与
选左右。夫心未滥而先谕教，则化易成也；开于道术智谊之指，则教
之力也"。这些论述都是看到了政治背后的文化问题，显示贾谊能够以
更深远、更开阔的眼光打量现实政治。他之所以具有如此超远的立场，
而非像先秦法家那样仅从一时功利论政，或者就政治而论政治，是因
为汲取了儒家的思想资源，尤其是吸收了荀子的政治理论。王兴国云：
"荀子的学生李斯和韩非继承了荀子的重法思想，否定了他的礼治思
想，但由于一味强调严刑峻法，从而导致了秦王朝的失败。贾谊总结
了这个教训，所以又重新回到了荀子礼法结合论之上。但这种回归并
不是简单的重复，而是有所发展。"①也就是说，贾谊在李斯、韩非的
"法"之外，重新揭示出"礼"的功能，从而重建了政治与文化的联系。

总之，作为一个汉初官僚体制下的政治家，贾谊对国家政治秩序
保持了极强的敏感力，善于发现其不够完备之处，并努力提出改进措
施，这使其奏疏具有极强的现实针对性。另外，贾谊又能够超越政治
背后的帝王立场，而从民生、风俗、教育等更加开阔的视域打量现实
政治，表现了政治家的高远的一面。这种高远，显然基于贾谊"通诸家
之书"的子学背景。下面，我们就来讨论作为思想家的贾谊。

二、子学流变中的贾谊

对于诸子百家之学，《吕氏春秋》已经进行了初步的整理、融合，
但主要还是把各家的学说编纂到了一起，各家思想并没有严密有机地

---

① 王兴国：《贾谊评传》，104 页，南京，南京大学出版社，1992。

融合为一家，因而有"杂家"之称。陆贾沿着这种综合的学术路径，构建了以"圣人之道"为核心，以仁义、无为为两翼的思想体系。但总体来说，陆贾侧重于矫秦之弊，过于强调现实针对性，因而主要吸收了儒家、道家思想，还不能够熔众家于一炉。贾谊则以更开阔的眼光，在努力吸收百家的基础上构建出一个层次多样、内涵丰富的理论体系。

（一）贾谊构建的形而上之学

《新书》中的《道术》《六术》《道德说》，集中表现了贾谊对道德的形而上学思考。在《道术》篇中，贾谊将道分为"虚"和"术"两个层次："道者所道接物也，其本者谓之虚，其末者谓之术。虚者，言其精微也，平素而无设诸也；术也者，所从制物也，动静之数也。"作为道本的"虚"，其状态为："镜仪而居，无执不臧，美恶毕至，各得其当；衡虚无私，平静而处，轻重毕悬，各得其所。明主者南面而正，清虚而静，令名自命，令物自定，如鉴之应，如衡之称。"这里有道家"虚静无私"的思想，又有法家随物赏罚之术，显然融合了道家和法家思想。

而"道"接物之"术"，则为儒家的仁义教化思想："人主仁而境内和矣，故其士民莫弗亲也；人主义而境内理矣，故其士民莫弗顺也……举贤则民化善，使能则官职治；英俊在位则主尊，羽翼胜任则民显；操德而固则威立，教顺而必则令行。"此篇还罗列了慈、孝、忠、惠、友、悌、恭、贞等五十五项美德，并说"凡此品也，善之体也，所谓道也"，可见道之本虽为虚，但是道的目标是整个社会的善与和谐。因此，贾谊的"道术"中融合了道、法、儒三家的思想：君主的精神状态应像镜子一样虚静，明鉴万物美恶，不受蒙蔽；而人君又不能无所作为，要用仁、礼、信、公、法等去教化民众，并任用贤良各司其职，使整个社会达到秩序井然、教顺令行、既美且善的理想状态。

在《六术》和《道德说》篇中，贾谊试图以数字"六"为纲构建一个贯通形上、形下的思想体系。这种"用六"来架构思想体系的做法，潘铭基认为与马王堆帛书《五行》、郭店竹简《五行》《六德》有一定的渊源关系。[1]

---

① 参见潘铭基：《论贾谊"用六"思想之渊源——兼论〈六术〉〈道德说〉之成篇年代》，载《诸子学刊》，2017(1)。

先看《六术》：

> 德有六理，何谓六理？道、德、性、神、明、命，此六者德之理也。六理无不生也，已生而六理存乎所生之内。是以阴阳、天地、人尽以六理为内度，内度成业，故谓之六法。六法藏内，变沨而外遂，外遂六术，故谓之六行。是以阴阳各有六月之节，而天地有六合之事，人有仁、义、礼、智、信之行，行和则乐兴，乐兴则六，此之谓六行。阴阳、天地之动也，不失六律，故能合六法；人谨修六行，则亦可以合六法矣。
>
> 然而人虽有六行，微细难识，唯先王能审之，凡人弗能自志。是故必待先王之教，乃知所从事。是以先王为天下设教，因人所有，以之为训；道人之情，以之为真。是故内法六法，外体六行，以与《书》《诗》《易》《春秋》《礼》《乐》六者之术以为大义，谓之六艺。令人缘之以自修，修成则得六行矣。

在这里，贾谊构建的思想图式为：德—六理（道、德、性、神、明、名）—阴阳、天地、人—六法—六术（六行）—六月之节、六合之事、人之六行。但是人虽有六行，需要先王以六艺训教之，才能够"内法六法，外体六行"。"六"又贯穿声音之道、人之戚属、数度之道，"事之以六为法者，不可胜数也"（《六术》）。可以看到，贾谊的思想图式中糅合了道家的宇宙论，又把儒家六经提高到本体的地位，还掺入了数字的神秘含义。这个体系有其混沌之处，如"德"已经被设定为最高的本体了，接下来又成为德之"六理"之一，最高本体之"德"与"六理"之一的"德"是什么关系？这当中应该排除流传过程中抄写致误的情况，因为《道德说》中也出现了同样的字句。但不管怎样，借着这个思想框架，贾谊把儒家"六经"提高到本体论层面，并通过数字"六"把人和天地、阴阳联系起来，显示了贾谊企图为儒家建立本体论、为道家注入儒家社会理想的努力。有学者联系到贾谊的礼治思想，认为贾谊构建"道"的形而上学，是为了说明"礼"来源于"道"，恐是将自己的思想灌注给贾谊了。因为在贾谊构建的这个思想图式中，礼与仁、义、智、信、乐并为六行，贾谊并没有刻意强调"礼"，而且从"道"到"礼"，中间又经过了"阴阳、天地、人""六法""六术"等几个环节，因此"礼"与"道"的关系，远没有"阴阳、天地、人"与"道"的关系直接。

《道德说》分为两部分。前部分为纲，先以玉喻说德，"写德体六理，尽见于玉也"。具体来说，是以玉之泽、腒如窈膏、湛而润厚、康若泳流、光辉、礜坚来比喻道、德、性、神、明、命。又提出德有六美：道、仁、义、忠、信、密。"六理、六美，德之所以生阴阳、天地、人与万物也，固为所生者法也。"德之著于竹帛，即为六经。《道德说》的后半部分，是对前半部分玉之比德、德之六美、六经语句之具体解释，例如，释德之六美：

> 物所道始谓之道，所得以生谓之德。德之有也，以道为本。故曰"道者，德之本也"。德生物又养物，则物安利矣。安利物者，仁行也。仁行出于德，故曰"仁者，德之出也"。德生理，理立则有宜，适之谓义。义者，理也，故曰"义者，德之理也"。……道而勿失，则有道矣；得而守之，则有德矣；行有无休，则行成矣。故曰"道此之谓道，德此之谓德，行此之谓行"。诸此言者，尽德变；变也者，理也。

其他，释玉之比德与"六经"均是如此。从此篇看，德之六理侧重于道德创生万物；德之六美则偏重于道德之伦理性质，似与人类社会的关系更密切；六经则是德之理的展现与阐明，是人类社会的行为准则："《书》者，著德之理于竹帛而陈之令人观焉，以著所从事"；"《诗》者，志德之理而明其指，令人缘之以自成也"；"《易》者，察人之循德之理与弗循而占其吉凶"；"《春秋》者，守往事之合德之理与不合而纪其成败，以为来事师法"；"《礼》者，体德理而为之节文，成人事"；"《乐》者，《书》《诗》《易》《春秋》《礼》五者之道备，则合于德矣，合则欢然大乐矣"。这是对《六术》中论述六经意义的详尽补充，可以看到在贾谊的思想体系中，"六经"是德之理与人类行为法则的中介，是圣人教化、人"内法六法，外体六行"的依据，具有形而上的意义。

总之，贾谊在借鉴道家宇宙论的基础上，试图构建出一个融合各种思想元素的宏大体系，但是这个体系过于细碎芜杂，不够清晰。徐复观曾经不无遗憾地说，"假定贾生的系统，不将道德列为德的六理，也不将道德列为德的六美；而德之理，德之美，不必拘于六的观点……则其系统将更为明白显著"，而其之所以如此，可能是因为"立足于六艺之上，由六艺之六而向上推，向下衍的"。① 但不管怎样，贾谊试图糅合百家资源构建出一个庞大精深的思想体系，这种努力具有不容忽视的思想史意义。

（二）贾谊构建的治道

贾谊虽然进行了形而上的哲学构建，但其真正重视的还是治道。比如《道术》篇论"道"和"术"，"道"虽然是最高的本体范畴，但却"平素而无设施"，而真正发挥道之用的是"术"。贾谊构建的治道中最突出的是礼治和民本思想。

1. 礼治

对于"礼"，贾谊进行了前所未有的强调。尽管荀子已经说过"国之命在礼"（《强国》），"国无礼则不正"（《王霸》）等，但是贾谊又进一步详尽繁复地强调了礼的功能。例如，《礼》篇云："礼者，所以固国家，定社稷，使君无失其民者也。"礼贯穿于社会生活的方方面面："道德仁义，非礼不成；教训正俗，非礼不备；分争辩讼，非礼不决；君臣、上下、父子、兄弟，非礼不定。"礼最主要的功能是确定尊卑秩序："主主臣臣，礼之正也；威德在君，礼之分也；尊卑大小，强弱有位，礼之数也。"礼还是调节道德仁义，使其发挥应有作用的规范："失爱不仁，过爱不义。故礼者，所以守尊卑之经、强弱之称者也。"也就是说，仁爱道德本是礼的内在要求，但仅有这些还不够，还要守尊卑之经、强弱之称，否则过于仁爱也会带来乱象。

贾谊强调的"礼"之尊卑秩序不仅要在思想意识中明确，还表现于日常的衣服、号令、宫卫等方面。例如，"奇服文章，以等上下而差贵贱。是以高下异，则名号异，则权力异，则事势异，则旗章异，则符瑞异，则礼宠异，则秩禄异，……贵周丰，贱周谦，贵贱有级，服位有等。"（《服疑》）这种对礼的秩序的强调，正是贾谊在《治安策》以及《等

---

① 徐复观：《两汉思想史》（第二卷），105～106 页，上海，华东师范大学出版社，2001。

齐《时变》《孽产子》《威不信》等奏疏中批评诸侯王与天子等差无别、风俗奢侈无别、向匈奴进贡的理论基础。

贾谊过于强调礼的别尊卑等级的功能，以致有学者认为其吸收了法家的隆君思想。实际上，贾谊毕竟不同于法家。他在指出礼别贵贱的同时，又提出"礼者，所以恤下也"。《礼》篇言："故飨饮之礼，先爵于卑贱，而后贵者始差。殽膳下浃而乐人始奏。觞不下遍，君不尝羞。殽不下浃，上不举乐。故礼者，所以恤下也。"恤下就要体恤百姓，在民众不够富足的情况下减损国君的物质享受等级，"故礼，国有饥人，人主不飧；国有冻人，人主不裘；……故礼者，自行之义，养民之道也"。总之，礼的精义在于"忧民之忧者，民必忧其忧；乐民之乐者，民亦乐其乐"。

礼不仅调节着社会秩序的运行，"君惠臣忠，父慈子孝，兄爱弟敬，夫和妻柔，姑慈妇听，礼之至也"（《礼》），还规定了个人尤其是国君的言行举止。例如，《容经》规定了君主视、言、立、坐、行、跪、拜、伏、坐车、立车、兵车等行为举止的礼仪法则，并论之曰："古者圣王居有法则，动有文章"；《兵车之容》亦言："明君在位可畏，施舍可爱，进退可度，周旋可则，容貌可观，作事可法"。

要养成国君遵礼而行的习惯，就要重视其始自太子时的教育。贾谊甚至认为，太子之教，从国君选择妃后就开始了，"为子孙婚妻嫁女，必择孝悌世世有行义者，如是，则其子孙慈孝，不敢淫暴，党无不善，三族辅之"（《胎教》）。妃后怀胎后，"所求声音非礼乐，则太师抚乐而称不习；所求滋味者非正味，则太宰荷斗而不敢煎调"，还要行为端止，"独处不倨，虽怒不骂，胎教之谓也"（《胎教》）。《保傅》叙述了太子出生后的种种教育。太子初生，"固举以礼，使士负之，有司斋肃端冕，见之南郊，见于天也。过阙则下，过庙则趋，孝子之道也。故自为赤子而教固以行矣"。再为之选"明孝仁礼义"的太保、太傅、太师及少保、少傅、少帅，"故太子初生而见正事，闻正言，行正道，左右前后皆正人也。习与正人居之，不能无正也"。《傅职》又具体论述了教授太子的典籍，以及各种傅职的责任。等到太子稍稍长大，则入于四学，"上亲而贵仁""上齿而贵信""上贤而贵德""上贵而尊爵"

还要入太学，承师问道，退习而考于太傅，太傅罚其不则而匡其不及，则德智长而理道得矣"(《保傅》)。即使到加冠成人后，太子也要接受大臣的规箴，"有司直之史，有彻膳之宰。太子有过，史必书之……瞽史诵诗，工诵箴谏，大夫进谋，士传民语"(《保傅》)。总之，太子教育的目标在于培育出一个"容貌可观，作事可法，德行可象"的合格嗣君。贾谊在《治安策》中呼吁重视"太子教育"问题，正是基于这种认识。

在贾谊的设想中，礼不仅调节着人类社会的秩序，还调节着人类与禽兽草木的关系："不合围，不掩群，不射宿，不涸泽。豺不祭兽，不田猎；獭不祭鱼，不设网罟；鹰隼不鸷，眭而不逮，不出植罗；……取之有时，用之有节，则物蓄多。"(《礼》)

总之，贾谊以礼为纲，构建了一幅社会乌托邦图景："故仁人行其礼，则天下安而万理得矣。逮至德渥泽洽，调和大畅，则天清彻，地富煴，物时熟；民心不挟诈贼，气脉淳化；攫啮搏拿之兽鲜，毒蠚猛蚑之虫密，毒山不蕃，草木少薄矣。"(《礼》)贾谊对"礼"的张扬，其目标正在于扭转秦一断于法之过失，而希望构建一个和谐有序、温情脉脉的社会。在这一点上，贾谊的礼论与荀子有所不同：荀子论礼更关注"修身"，贾谊重在以礼调节社会秩序，"论思想深度，贾谊不如荀子；论经世致用，贾谊则进了一步"。[①]

2. 民本

贾谊治道的另一要义是"民本"。"民本"原是《尚书》《诗经》以来的传统思想，儒家做了许多阐发，尤其是孟子提出了"民为贵，君为轻，社稷次之"(《尽心下》)。但是贾谊论述得更加剀切鲜明。例如，"闻之于政也，民无不为本也。国以为本，君以为本，吏以为本。故国以民为安危，君以民为威侮，吏以民为贵贱。此之谓民无不为本也。闻之于政也，民无不为命也。国以为命，君以为命，吏以为命。……故夫战之胜也，民欲胜；攻之得也，民欲得也；守之存也，民欲存也"，"夫民者，万世之本也，不可欺。……故夫民者，多力而不可适也。鸣

---

① 丁毅华：《荀子、贾谊礼治思想的传承——兼论中国传统政治文化的思想基础》，载《天津师大学报(社会科学版)》，1991(6)。

呼，戒之哉！戒之哉！与民为敌者，民必胜之"（《大政上》）。再如，"国不务大而务得民心，佐不务多而务得贤者；得民心而民往之，得贤者而贤者归之"（《胎教》）。这是经历了秦末动乱之后，思想家对民本主义的再次张扬，具有清明的历史理性和现实针对性。尤其是《大政上》中的"故夫民者，至贱而不可简也，至愚而不可欺也。故自古至于今，与民为仇者，有迟有速，而民必胜之"之论，可与《过秦论》中对秦亡的分析相互照应。

以民为本，不仅仅是思想上的认识，还要落实在具体的政治行为中。这包括：第一，慎刑，"与其杀不辜也，宁失于有罪也。故夫罪也者，疑则附之去已；夫功也者，疑则附之与已"，"疑罪从去，仁也；疑功从予，信也"（《大政上》）。第二，安民、利民，"圣王在上位，则天下不死军兵之事。故诸侯不私相攻，而民不私相斗阋，不私相煞也。……圣王在上，则使民有时，而用之有节，则民无厉疾。故圣王在上，则民免于四死而得四生矣"（《修政语下》），"德莫高于博爱人，而政莫高于博利人"（《修政语上》）。第三，任用贤臣富民、乐民、教民，"故夫为人臣者，以富乐民为功，以贫苦民为罪。故君以知贤为明，吏以爱民为忠。故臣忠则君明，此之谓圣王"（《大政上》），"贤主者，不以草木禽兽妨害人民，进忠正而远邪伪，故民顺附而臣下为用"（《春秋》），"故民之治乱在于吏，国之安危在于政，故是以明君之于政也慎之，于吏也选之，然后国兴也。故君能为善，则吏必能为善矣。吏能为善，则民必能为善矣"（《大政下》）。第四，因为极端重视民众的感受，贾谊甚至提出选吏要让民众参与，"故夫民者虽愚也，明上选吏焉，必使民与焉。故士民誉之，则明上察之，见归而举之"，"故夫民者，吏之程也。察吏于民，然后随之。……千人爱之有归，则千人之吏也；万人爱之有归，则万人之吏也"（《大政下》）。贾谊的言论虽然还不可能达到现代民主政治的水准，但提出让民众参与政治，这在古代政治思想史上已属难能可贵。

为了劝勉君主承担遵道福民的职责，贾谊还张扬了道德理想意义上的"天"。"目见正而口言枉则害，阳言吉错之民而凶则败，倍道则死，障光则晦，无神而逆人则天必败其事"（《耳痹》），天道不可诬，而且根据民意来定下祸福，"故夫蕾与福也，非粹在天也，又在士民也"
（《大政上》）。天对君的监控是无时无处不在的，"故天之诛伐，不可为
广虚幽闲，攸远无人；虽重袭石中而居，其必知之乎"（《耳痹》）。《春
秋》篇所载的几个历史故事全在说明"天之视听，不可谓不察"。贾谊还
秉承了先秦的公天下思想："故天下者，非一家之有也，有道者之有
也。故夫天下者，唯有道者理之，唯有道者纪之，唯有道者使之，唯
有道者宜处而久之。故夫天下者，难得而易失也，难常而易亡也。故
守天下者，非以道则弗得而长也。故夫道者，万世之宝也。"（《修政语
下》）贾谊认为只有有道者才具有统治天下的合法性。道是政权统治的
资格和前提，政权必须接受道统的监护。这无疑是士人道统理想的张
扬，是经历秦乱之后士人主体精神的再次高昂。

　　基于民本的思想，贾谊认为礼即"养民"之道，"礼者，自行之义，
养民之道也。受计之礼，主所亲拜者二：闻生民之数则拜之，闻登谷
则拜之。……夫忧民之忧者，民必忧其忧；乐民之乐者，民亦乐其乐。
与士民若此者，受天之福矣"（《礼》）。也就是说，"礼"不仅维护尊卑等
差，其更重要的精神内涵在于养民。具体来说，"养民"就是"民三年
耕，必余一年之食；九年而余三年之食；三十岁相通，而有十年之积。
虽有凶旱水溢，民无饥馑"（《礼》）。这与孟子的"五亩之宅树之以桑"的
仁政理想不无相通之处。就这样，贾谊把治道中的民本与礼治沟通了
起来。也正因为强调民本，贾谊对礼的强调摆脱了法家尊君卑民的残
刻。贾谊养民、重民、利民的思想，正是其上疏论积贮、论铸钱的思
想基础。

　　总结贾谊的子学构建，可以看到"其思想传承分为两个层面：一是
对儒家思想的传承；二是对战国以来思想大融合这一传统的传承"①。
前者主要是指贾谊构建的治道，其礼治和民本的思想主要来自荀子和
孟子，是先秦德治思想传统的重新张扬；后者主要指的是贾谊构建的
形而上哲学，其努力把儒、道、法等思想熔于一炉，但不免驳杂。

---

① 唐雄山：《贾谊礼治思想研究》，4 页，广州，中山大学出版社，2005。

三、贾谊的文化品格评析

如上，我们对《新书》中的两种言说进行了讨论。奏疏中的贾谊是一个政治家的形象，学术文章中的贾谊是一个学者的形象。政治家贾谊，忧国忧民，指点江山，慷慨激切，"先天下之忧而忧"，洋溢着一种以天下为己任的勃勃英气。其行文善用排比、比喻、对比，有战国策士的铺张扬厉之气。学者贾谊，主要阐论儒家的礼治和民本思想，出入子史，行文温厚典雅，有长者之风。这两种形象之间自然有交叉和重叠之处，如我们前面分析贾谊的礼治、民本思想正是其奏疏言事的理论基础。但是如果我们分别从士人参与政治和学术构建两个维度分别来打量贾谊，就会发现政治家贾谊远比学者贾谊耀眼夺目。刘向评论贾谊"言三代与秦治乱之意，其论甚美，通达国体，虽古之伊、管未能远过也。使时见用，功化必盛。为庸臣所害，甚可悼痛"（《汉书·贾谊传》），也主要是从政治的角度来赞赏贾谊的。

继秦而立的汉朝，在文帝时代已经走出了战乱的疮痍，国家逐渐走上轨道，经济发展的成绩有目共睹，这自然使士人阶层对汉帝国充满了希望和期待。与此同时，汉朝初建，百废待兴，各种制度、礼乐、文化等多沿袭秦制，因陋就简，难称完备，在客观上要求大量士人贡献才智进行改良。贾谊就是在这样的时代环境中，怀着一腔建功立业的热情，投身到了大一统政治秩序的构建当中。其奏疏中洋溢的慷慨激越之气，正是战国以来士人历史主体精神的延续。以知识和文化为唯一财富的士阶层，曾经在列国争霸的形势中纵横捭阖、叱咤风云，"得士者昌，失士者亡"几乎成为当时政治人物的共识。入秦后，士人一开始还保持着论政热情，如淳于越等，但是很快激起了焚书坑儒之祸，士人在秦朝失去了言说空间。当然，士阶层也没有甘心退出历史舞台，他们尽一切可能地保存、传授文化典籍，如伏生、浮丘伯等；甚至直接投身于反秦队伍，如"孔甲为陈涉博士，卒与涉俱死"（《史记·儒林列传》）。刘邦的队伍中也活跃着一批士人，如郦食其、叔孙通、陆贾等。但是这些士人主要还是在秦汉之际的大动乱中进行文化或政治选择，具有较强的个人化特点。贾谊则代表了政治稳定状态中成长起来的一代士人，通过国家常规的官员推荐程序，按照既定的轨道进入国家官僚体系。可以想见，这种制度化的参政方式为更多士人打开了发挥才智的通道，亦鼓舞了士人强烈的参政热情。

贾谊的奏疏以跻君主于圣王为目标。例如，《数宁》云："自武王已下过五百岁矣，圣王不起，何怪矣。及秦始皇帝似是而卒非也，终于无状。及今，天下集于陛下，臣观宽大知通，窃曰足以操乱业，握危势，若今之贤也。明通以足，天纪又当，天宜请陛下为之矣。"在剖析政策弊端时，贾谊常常勇于自任以进行改革，如《忧民》云："方今始秋，时可善为。陛下少闲，可使臣谊从丞相、御史计之"；《势卑》云："以臣为属国之官，以主匈奴。因幸行臣之计，半岁之内，休屠饭失其口矣"等。勇于自任的背后是贾谊对自己策略智慧的强烈自信，如《解县》云："进谏者类以为是困不可解也，无具甚矣。陛下肯幸听臣之计，……系单于之颈而制其命，伏中行说而笞其背，举匈奴之众唯上之令"；《数宁》云："臣谨稽之天地，验之往古，案之当时之务，日夜念此至孰也……虽使禹舜生而为陛下，何以易此？"因为追求理想化的治境，又有强烈的自信和改革的热情，贾谊不能忍受现实政治中的种种因循和文饰，其奏疏中充满了"悲夫""奈何""叹息""流涕"等字眼，感情激越痛切，具有很强的感染力。后来苏轼评论贾谊云："为贾生者，上得其君，下得其大臣，如绛、灌之属，优游浸渍而深交之，使天子不疑，大臣不忌，然后举天下而唯吾之所欲为，不过十年，可以得志。安有立谈之间，而遽为人痛哭哉！"（《贾谊论》）[1]这样的言论乍看有理，似乎更加成熟沉稳，但是与贾生自觉生逢盛世、急于建功立业的心态甚是隔膜。贾谊的急切立功的自信激昂之气以及舍我其谁的勇气和担当，正是汉初士人的共同风尚。例如，景帝初继位，晁错用事，改法令三十多章，不惜招惹众怨，为的是"不如此，天子不尊，宗庙不安"（《史记·袁盎晁错列传》）。

需要指出的是，贾谊虽有急切的用世之情，但与战国策士奔走于

---

① 转引自（汉）贾谊撰，阎振益、钟夏注：《新书校注》，562页，北京，中华书局，2000。

诸侯之门、以奇策异智炫惑人主的做派不同。战国策士仅凭一见之说辞打动人君，没有稳定的制度通道，所以刻意揣摩人主的心态和说辞的动听。例如，商鞅见秦孝公，先说之以帝道、王道，均没有引起人主兴趣，遂改用霸道；再如苏秦为合纵的目的，夸大六国国力，而张仪为了连横，有意贬低六国国力，等等。战国策士的言辞仅为一时的政治目的服务，背后是飞黄腾达的个人梦想，因而难免夸饰奇险。贾谊的奏疏虽然辞气纵横，却与策士之别不啻云泥。作为大一统帝国官僚体系中的一员，他考虑的是国家的长治久安之策，而非一时的奇策得售，所以其奏疏立论雅正、通达国体，气魄宏大，"抱非常之略，怀不世之资，其宏才远画，固以为天下，非夫立谈干主取卿相以为荣也"①。

再与战国诸子相比较，贾谊之学杂糅申韩、儒、道，其强调的礼治和民本都具有现实针对性，不失为一个对时代有深切体认和认真思考的知识精英。但是如果放在子学流变的历程中考察，就可以看到贾谊重视的是外在的实用政治效果，其内在的学术体系虽然也在努力吸收多家思想，但还没有达到综合百家以构建出大一统理论体系的气象。这要等到之后的董仲舒，才真正构建出万派归海的宏伟思想体系。但是，贾谊在学术史上也有其独特贡献：相比于先秦诸子以及汉初的经生，贾谊与政治的密切关系使得学术思想渗入汉帝国的政治实践，学术尤其是法家之外的学术真正影响到了帝国政治。实干家和思想家原本是不同的人格气质类型，我们在欣赏贾谊奏疏的务实通达之时，亦不必再苛求其学术体系不够体大思精。

汉初积极参政的士人除贾谊之外还有晁错。晁错尽管学申商刑名，但在上文帝的《贤良文学对策》中，提出"本于人情"的为政主张，又对士人形象做了理想化的阐述："察身而不敢诬，奉法令不容私，尽心力不敢矜，遭患难不避死，见贤不居其上，受禄不过其量，不以亡能居尊显之位。自行若此，可谓方正之士矣。其立法也，非以苦民伤众而为之机陷也，以之兴利除害，尊主安民而救暴乱也。……其行罚也，

---

① 转引自阎振益、钟夏：《新书校注》，588 页，北京，中华书局，2000。

非以忿怒妄诛而从暴心也，以禁天下不忠不孝而害国者也。故罪大者罚重，罪小者罚轻。"(《汉书·爰盎晁错传》)此外，还对秦任用不平之吏的危害做了描述，希望汉代能够除秦乱法，宽大爱人，为天下兴利除害。可见，即使法家之士晁错，也在经历了秦汉之变后改变了一味尊上抑下的做派，而吸收了儒家的思想因素。其最为人称道的《论贵粟疏》，既有对农人和商人苦乐不均的道义批判，更有具体的贵粟之道解决之，"令民入粟受爵，至五大夫以上，乃复一人耳……使天下入粟于边，以受爵免罪"，"边食足以支五岁，可令入粟郡县矣；足支一岁以上，可时赦，勿收农民租"等。这些措施切实可行，对稳定汉朝边塞、减轻民众备边赋役作出了卓越贡献。总之，晁错的文章融儒家的仁政道义与法家的务实切用于一体，真为千古奏疏文之典范。

总之，汉初以陆贾、贾谊为代表的士人积极参与西汉政权的运作，努力改革承秦之弊端，参与帝国制度建设，扭转为政方向，呼吁仁政教化、礼乐德治，重塑了国家的政治理想。他们还在新的历史条件下，积极吸收诸子百家的各种思想元素，试图构造出一套适应大一统需要的思想体系和意识形态。相比于经生传经授徒的活动方式，这些参政的儒生更加靠近权力中心，他们的思想更容易落实为国家的具体政策和改革方向，因而具有更直接和更强大的影响力。他们的努力，为承秦而治的汉帝国的长治久安奠定了基础，也为汉武帝之后独尊儒术、任用儒官等思想和制度的变革创造了条件。

第三节　《尚书大传》《韩诗外传》对经典的圣化与拓展

与陆贾、贾谊等积极参与汉代政治、试图以道术影响权力运作的活动方式不同，汉初经生的主要历史使命则在于守护和传播经典。经生远离权力中心，因而更多地秉承了先秦儒生的理想主义，这使其学术品格更偏重于超越性和理论性，指向现实政治的针对性较弱。但是，经历了秦汉巨变，汉初的经生毕竟不同于前辈儒生，他们虽然守护的是基本定型的经典文本，但对经典的阐释和解说则不可避免地带上了新的时代色彩。

一、伏生《尚书》诠释的时代性

"坑灰未冷山东乱"，焚书令发布仅仅六年之后，秦帝国就彻底崩溃。劫后余生的儒生们，来不及等到政府正式宣布废除"挟书令"，就已经开始了传播经典的工作，"汉兴，言《易》自淄川田生；言《书》自济南伏生；言《诗》，于鲁则申培公，于齐则辕固生，燕则韩太傅；言《礼》，则鲁高堂生；言《春秋》，于齐则胡毋生，于赵则董仲舒"（《汉书·儒林传》）。千古文脉，由汉初儒生的努力传扬而得以延续。推其时代，汉初最先传经的儒生当为济南伏生。

伏生曾为故秦博士，汉文帝时"年已九十余"，所以学者推测其生年应该在公元前 267 年至公元前 257 年之间，即战国末齐王建即位（公元前 264 年）前后，或者再宽泛点是在公元前 277 年到公元前 260 年之间。[①] 总之，伏生经历了战国末期、秦统一、楚汉相争、汉高帝到文帝几个时期，亲身见证了时代的风云变幻，因此伏生诠释《尚书》的问题意识、文化期待、学术构建等都具有鲜明的时代性。

伏生保存《尚书》的活动，《史记·儒林列传》载曰："秦时焚书，伏生壁藏之。其后兵大起，流亡，汉定，伏生求其书，亡数十篇，独得二十九篇，即以教于齐鲁之间。"虽然后来又发现了孔壁古文《尚书》，但是"逸十六篇既无今文可考，遂莫能尽通其义。凡古文《易》《书》《诗》《礼》《论语》《孝经》所以传，悉由今文为之先驱。今文无所辄废……向微伏生，则唐虞三代典谟诰命之经，烟销灰灭，万古长夜。"（陈寿祺《尚书大传序》）较其他汉初学者幸运的是，伏生对《尚书》的阐释被其弟子记录了下来，即《尚书大传》。虽然此书已经亡佚，但经过清代学者的努力，我们能够略窥见其大概。辑佚出来的《尚书大传》，其意义不仅在于保存了经说，更在于提供了儒生反思秦亡、参与汉代文化建设

① 参见侯金满：《尚书大传源流考》，硕士学位论文，南京大学，2013；谷颖：《伏生及尚书大传研究》，硕士学位论文，东北师范大学，2005。

的思想样本。①

（一）伏生对《尚书》的圣化

经历了秦朝"焚《诗》《书》""兵大起"等历史灾难后的伏生，在夹壁间找到残存的《书》开始传授生徒时，他是怎样看待《书》这部文献的呢？换句话说，《书》对于伏生究竟意味着什么呢？《尚书大传·略说》中这段文字透露出相关信息：

> 子夏读《书》毕。孔子问曰："吾子何为于《书》？"子夏曰："《书》之论事，昭昭若日月焉。所受于夫子者，弗敢忘，退而穷居河济之间，深山之中，壤室蓬户，弹琴瑟以歌先王之风，有人亦乐之，无人亦乐之。上见尧舜之道，下见三王之义，可以忘死生矣。"孔子愀然变容曰："嘻！子殆可与言《书》矣。虽然，见其表，未见其里；窥其门，未入其中。"颜回曰："何谓也？"孔子曰："丘常悉心尽志以入其中，则前有高岸，后有大溪，填填正立而已。六誓可以观义，五诰可以观仁，《甫刑》可以观诫，《洪范》可以观度，《禹贡》可以观事，《皋陶谟》可以观治，《尧典》可以观美。"②

这段文字先借子夏之口，对《书》的文化价值进行了热情赞美与极力推崇：《书》不仅是记录政事的历史文献，还像昭昭日月、离离星辰一样，代表着人类社会的最高法则和永恒的真理，是面向现实的意义渊薮；《书》中所记的"尧舜之道，三王之义"，让人心生追慕之情，精神得以超越，即使困居深山河济、壤室蓬户，亦能陶醉其中、自得其乐。这样的论述突出了《尚书》的经典性与超越性，但还略嫌空泛，所以被评为"见其表，未见其里；窥其门，未入其中"。

接着伏生又通过孔子之口，论述《书》中之"道"气象万千，"前有高岸，后又大溪"，令人端整肃立、恭敬观摩。具体来说，就是"七观"：

---

① 一般认为《尚书大传》为伏生弟子据所闻见整理而成，其中容有弟子羼入部分，但不可否认，其中所记主要为伏生的思想，将它视为反映伏生思想的资料，是可以成立的。参见黄开国：《简论伏生与〈大传〉》，载《成都大学学报》（社科版），2000(2)。

② （清）陈寿祺辑：《尚书大传》，131～132 页，上海，商务印书馆，1937。后文《尚书大传》引文均据此本，为避烦琐，不再专门出注。

观六誓（《甘誓》《汤誓》《牧誓》《泰誓》《费誓》《秦誓》）以知战争之正义与否，观五诰（《大诰》《康诰》《酒诰》《召诰》《洛诰》）以知周公、召公等人之仁德，观《甫刑》掌握刑罚惩戒的原则，观《洪范》了解秩序法度，观《禹贡》知区划九州、贡赋山川之事，观《皋陶谟》学习治国经验，观《尧典》知禅让、王政之美。

上述文字如果类比于书序，子夏之语相当于大序，重在整体概括；孔子之论则相当于小序，具体提示了《书》中十六篇文献的主旨和重点，并纠正了子夏偏重于个体精神乐趣的内化倾向，补充论述了《书》对于建功、理政、处世的启示意义。两者结合起来，全面深入地论述了《尚书》之文化价值。这段文字对《尚书》的赞扬是如此令人印象深刻，以至于《韩诗外传·卷二》删掉了后面的"七观"，而用其余的文字赞美《诗经》。

那么，伏生之论在整个《尚书》经典化的过程中具有怎样的意义呢？

1. 对先秦《尚书》经典化传统的继承和弘扬

《尚书》的经典化过程，最早渊源于西周史官有意识地整理、分类、汇纂相关的训誓、祷祝、诰命等《书》类文献。这些整理出来的文献被用于当时的政治与教育之中，发挥着"引《书》以赞治"和"顺《书》以造士"的功能。[1]

诸子时代，《书》成为百家构建理论体系的重要学术资源。孔子对《书》进行了为我所用式的诠释。例如，《论语·尧曰》四次引《书》[2]，强调其中的民本、尚贤、德治等思想，构建了儒家的治道思想。此外，孔子还有力地促进了《尚书》的流播，如"执雅言"以授《诗》《书》《礼》（《论语·述而》），解释其中的文句如"高宗谅阴"（《论语·宪问》），阐明史实如"予有乱臣十人"（《论语·泰伯》）等。孔子之后，《墨子》亦大

---

① 参见马士远：《周秦〈尚书〉学研究》，178～185 页，北京，中华书局，2008。

② 具体来说，《论语·尧曰》引用了《大禹谟》的"天之历数在尔躬，允执厥中。四海困穷，天禄永终"；《汤诰》"朕躬有罪，无以万方；万方有罪，罪在朕躬"；《泰誓》"虽有周亲，不如仁人"；《武成》"所重：民、食、丧、祭。宽则得众，信则民任焉（此五字衍文），敏则有功，公则说"（杨伯峻译注：《论语译注》，233～236 页，北京，中华书局，2006）。传世《尚书》中这些篇目都存在真伪问题，但当为后世据《论语》伪造，孔子引用了当时之《书》，则无疑义。

量引用《尚书》文献。① 但总体来说，墨家更重视政治上的国家、百姓、人民之利，而不重文献传承及学问之博，只是将《书》当作同百国《春秋》一样的历史记载而已。②

之后，儒家后学如孟子、荀子以及《礼记》所载诸儒，继续热情推动《尚书》的经典化进程。战国后期，社会上已经出现了稳定的"六经"说法，如郭店简《六德》，《庄子·天运》《庄子·天下》等篇中都出现了关于"六经"的论述。《书》的传授与学习不再限于儒家内部，而逐渐成了"知识分子的基本读物"③。例如，庄子在漫画式解构儒家尧舜禅让、礼乐治国等学说时，也表现出了对《尚书》等儒经的熟悉；《韩非子·忠孝》也暗引《尧典》，以讽刺儒家的尚贤之说；等等。可以说，包括《书》在内的"六经"以其"王官之学"的历史积淀和儒家学派的历世相传，已经成为先秦主流知识传统的代表，享有最高等级的学术权威。

伏生对《书》神圣意义的阐发，正是对先秦这一知识传统的继承和发扬。相比于先秦儒生对《书》之价值的简略概括，如"《书》者，政事之纪也"（《荀子·劝学》）"疏通知远，《书》教也"（《礼记·经解》）等，伏生的论述更加丰富具体，这表明了对《书》之认识的深化。

2. 伏生以类似于宗教信仰般的热情诠释《书》

先秦儒生一方面把《书》当作立论的权威依据、可靠的史料、劝诫君王的话语资源；另一方面又以辩证性的态度知其不足，对《书》的局限性亦多有论述。例如，"孟子曰：尽信《书》，则不如无《书》。吾于《武成》，取二三策而已矣"（《尽心下》）；荀子从致用性的角度指出"《诗》《书》故而不切"（《劝学》）；《礼记·经解》也指出"《书》之失，诬"；等等。经典与现实存在距离，先秦儒生对《书》保有一种辩证客观的学术态度。与之相比，伏生对《书》的态度要热情得多，视其为涵天盖地、神圣永恒的真理源泉，是与现实无缝对接的神圣文献。那么，何以至

① 陈梦家统计《墨子》引《书》31条（《尚书通论》（增订本），22～26页，北京，中华书局，1985)，刘起釪统计为47条（《尚书学史》，49页，北京，中华书局，1989），虽统计标准有异，数目有差，但都可看出墨家学派对《尚书》的重视。
② 参见马士远：《周秦〈尚书〉学研究》，235页，北京，中华书局，2008。
③ 参见马士远：《周秦〈尚书〉学研究》，248页，北京，中华书局，2008。

此呢？

这就在于时代的文化灾难与传统的中断。"任何一种连续性或传统被中断并产生深远影响时，以及当人们在中断后尝试重新开始时，均可导致过去的产生"，"并不是连续性而是断裂性把"旧的东西"捧上高台，令后人无法企及"。① 秦始皇对《诗》《书》等经典的毁弃，反而激起了儒生对经典更加深沉强烈的记忆。这种记忆，掺杂着对暴政的愤怒批判、对儒生身份的认同感和归属感、不愿意让经典消失的坚强意志、面向现实树立经典的合法性和权威等因素，因而充满主观的热情和选择性。秦朝之迅速崩溃，又反方向证明了《书》教之神圣不可违。《书》就在这种时代语境中，被有意无意地遮蔽了其局限性，而变得更加富有权威性和启示意义。伏生之论，代表了时代对《书》之文化品格与价值等级的重塑。

在圣化的《尚书》观之下，伏生自然不满足于文本的考古实证研究，而是怀着强烈的历史使命感，努力使《书》中储存的记忆参与到当下的文化构建当中，有力地发出反思、规范和指导现实社会的声音。那么，伏生是怎样做到这一点呢？

（二）反秦之道，倡言公天下与德治

探究秦之所以亡、汉之所以兴，是秦汉之际的儒生们所面临的时代问题。曾为秦博士的伏生，对秦王朝的治国理念、政治制度、亡国原因有着比普通人更为深切的体认。伏生对《尚书》的诠释，难免要打上这种经历和思考的烙印。可以看到，伏生从《尚书》中发挥出来的理想政治学说，恰恰与秦政形成了对照。这表明，伏生是在批判与反思秦政的基础上诠释《尚书》的。

1. 针对秦始皇私天下，伏生积极宣扬公天下之道

尧舜禅让原是社会上长期流传的关于上古部落民主选举的传说，不仅《尚书》有完整记载，《左传》《国语》中亦有片段描述。诸子时代，知识分子亦对尧舜禅让投入了较多的关注，其中儒家、墨家的论述尤

---

① 参见［德］扬·阿斯曼：《文化记忆：早期高级文化中的文字、回忆和政治身份》，金寿福、黄晓晨译，25、301 页，北京，北京大学出版社，2015。

为系统完整、影响深远。例如，郭店简中的《唐虞之道》，上博简中的《子羔》《容成氏》，以及《礼记·礼运》《孟子·万章》《墨子·尚同》《墨子·尚贤》等文献中都有相关论述。

在《尚书大传·虞夏传》中，陈寿祺汇辑了伏生关于尧舜禅让的解说。在伏生看来，尧在考虑继嗣人选时否定丹朱，是因为"知丹朱之不肖，必将坏其宗庙，灭其社稷，而天下同贼之"。检视《尧典》原文，叙述尧对丹朱的看法仅用两字"嚚讼"，可见伏生的诠释并没有局限于字词训诂，而是引申发挥。查考先秦其他文献，孟子描述丹朱为"不肖"（《孟子·万章》），《左传·文公十八年》描述浑敦也即丹朱曰"掩义隐贼，好行凶德，丑类恶物，顽嚚不友，是与比周"。这些文献都集中于批评丹朱的德行，而没有提及尧对其将坏宗庙、灭社稷的担心。联想到伏生亲身经历了秦二世之难，不难理解这里的丹朱有秦二世亡国的影子。

关于尧、舜、禹禅让的经过及场面，《虞夏传》中有集中描写：

> 维十有四祀，钟石笙筦变声。乐未罢，疾风发屋，天大雷雨，帝沉首而笑曰："明哉！非一人之天下也，乃见于钟石。"……还归二年，而庙中苟有歌《大化》《大训》《六府》《九原》，而夏道兴。维十有五祀，祀者贰尸，舜为宾客，而禹为主人。乐正进赞曰："尚考太室之义，唐为虞宾，至今衍于四海，成禹之变，垂于万世之后。"于时卿云聚，俊乂集，百工相和而歌《卿云》。……于时八风循通，卿云蓊蓊，蟠龙贲信于其藏，蛟鱼踊跃于其渊，龟鳖咸出于其穴，迁虞而事夏也。（陈寿祺重订传文）

比之《尧典》原文，这段文字吸收了古史杂说，把禅让描绘得更加神圣、庄严、热烈，富于理想主义色彩。在这里，禅让不仅是一种政治行为和道德自觉，还是对冥冥天意的遵从。夏道将兴时，上天通过乐变、疾风、大雷雨等暗示舜传位给禹。等到禹主祭后，祥云聚集，音乐和谐，蟠龙、蛟鱼、龟鳖等皆为之踊跃。这里对神秘天意的渲染，与孟子论"禅让"为"天予之"（《孟子·万章上》）的观念一脉相承，都强调人类社会对最高天意和客观规律的遵从。所不同的是，孟子的"天"重在强调民意，而伏生笔下的"天"更具人格化，似乎上天有意通过灾异和祥瑞来指导帝王的行为，具有天人感应的色彩。

除了遵从天意，伏生更突出了舜禅让中"非一人之天下"的公天下意识。皮锡瑞云："观《大传》义，乃知圣人受天命而非妄，公天下而无私。"①综观先秦相关论述，郭店简《唐虞之道》中也歌颂了尧舜禅让之德："唐虞之道，禅而不传。尧舜之王，利天下而弗利也。禅而不传，圣之盛也。利天下而弗利也，仁之至也。"②类似的还有上博简的《子羔》《容成氏》等。但这种歌颂主要集中于尧、舜个人德行的"圣"与"仁"，而没有更多思考政治权力的性质。伏生"非一人之天下"的论述，应为承接《礼记·礼运》篇"大道之行也，天下为公"的观念而来。而"非一人之天下"的文句，则直接引自《吕氏春秋·贵公》篇："天下，非一人之天下也，天下之天下也。"伏生身为秦博士，接受当时号称"一字千金"之《吕氏春秋》的说法，应为情理中事。

需要注意的是，伏生的公天下意识，不仅表现于禅让，亦表现于革命中。例如："汤放桀而归于亳，三千诸侯大会。汤取天子之玺，置之于天子之坐左，复而再拜，从诸侯之位。汤曰：'此天子之位，有道者可以处之矣。夫天下，非一家之有也，唯有道者有也，唯有道者宜处之。'汤以此三让，三千诸侯莫敢即位。然后汤即天子之位。"(《殷传·汤誓》)虽然革命的形式不同于禅让，但并不意味着帝王仅靠武力就可以登天子之位，而同样是"有道者可以处之"。总之，无论是禅让还是革命，天下从来不是某个人或某一家的私产，只有有德有才的圣人才有资格为天子，履行为民造福的职责。

《尚书》载录的尧舜禅让、汤武革命等事件本身固然蕴含了公天下理念，但是《尚书大传》对之如此强调和渲染，显然是诠释者视域聚焦的结果。从学术上讲，伏生强调"公天下"是受到了诸子主流观念的濡染。公天下本是先秦诸子的通义，儒家、墨家之外，即使强调权威的法家也主张"公义"。例如，商鞅云："故尧舜之位天下也，非私天下之

---

① （清）皮锡瑞：《皮锡瑞集》，836页，长沙，岳麓书社，2012。

② 荆门市博物馆编：《郭店楚墓竹简》，释文157页，北京，文物出版社，1998。

利也，为天下位天下也。"（《商君书·修权》）慎到也提出："古者，立天子而贵之者，非以利一人也。……故立天子以为天下，非立天下以为天子也；立国君以为国，非立国以为君也。"（《慎子·威德》）从时代上讲，伏生目睹了秦始皇帝以天下为私产、以百姓为实现个人欲望的工具，又最终被百姓推翻的历史变局。这种历史变局，不能不引发伏生对政治权力性质的思考。可以说，秦政越是表现出极端的"私"，就越激起读书人对"公"的张扬。

还需要说明的是，伏生论述的公天下，不仅意味着最高政治权力可以通过禅让、革命等形式变动，还意味着其要落实于日常治理天下的过程中："古者诸侯之于天子也，三年一贡士；天子命与诸侯辅助为政，所以通贤共治，示不独专，重民之至。"（《虞夏传·皋陶谟》）有了用贤的制度，就可以保障天子言动无过举，"古者天子必有四邻，前曰疑，后曰丞，左曰辅，右曰弼。天子中立而听朝，则四圣维之，是以虑无失计，举无过事"（《虞夏传·皋陶谟》）。天子"举无过事"，也就意味着民众利益不被伤害。而且，当君主利益与民众利益发生冲突时，君主应以民众利益为重。伏生引用了"狄人将攻太王"的史事，古公亶甫抛弃财货、土地、社稷、宗庙而迁徙，原因就是"不可以私害民"（《尚书大传·略说》）。

2. 针对秦朝的严刑苛法，伏生主张德治教化

秦朝以苛法酷刑而亡，引发了知识分子对刑德关系的再思考。例如，陆贾在《新语》中频频批评秦朝不行仁义之过："齐桓公尚德以霸，秦二世尚刑而亡"（《道基》）；"秦以刑罚为巢，故有覆巢破卵之患"（《辅政》）；"李斯治法于内，事逾烦天下逾乱，法逾滋而天下逾炽"（《无为》）；等等。伏生也在反思秦政的基础上，热情阐发《尚书》中的德治教化思想。

在公天下的理念中，只有圣人才有资格为君主。伏生论述圣人曰："圣人者，民之父母也。母能生之，能食之。父能教之，能诲之。圣王曲备之者也，能生之，能食之，能教之，能诲之也。为之城郭以居之，为之宫室以处之，为之庠序学校以教诲之，为之列地制亩以饮食之。"（《洪范》）圣人使民众在居处、教诲、饮食等方面都能够得到满足，其

恩情甚至超于父母。圣人治民最大的特点就是仁政。"成王问周公曰：'舜何人也？'周公曰：'其政也，好生而恶杀'"，"舜不登而高，不行而远，拱揖于天下，而天下称仁"（《略说》）。

圣王的仁政，表现为重视教化而不依赖刑法，如"舜弹五弦之琴，歌《南风》之诗，而天下治"（《虞夏传·皋陶谟》）；"子张曰：尧舜之王，一人不刑而天下治，何则？教诚而爱深也"（《周传·甫刑》）。教化首先是国家政治制度的基本精神，"以贤制爵，以庸制禄。故人慎德兴功，轻利而兴义"（《唐传·尧典》）。爵禄的标准是贤德和功用，所以可以引导人们重德兴义。教化民众的基本方式则是树立榜样，"古之帝王，必有命。民能敬长矜孤、取舍好让者，命于其君，然后得乘饰车、骈马、衣文锦。未有命者，不得衣，不得乘，乘衣者有罚"（《唐传·尧典》）。教化流行，刑罚自然就会减少，"孔子曰：古之刑者省之，今之刑者繁之。其教，古者有礼然后有刑，是以刑省也；今也反是，无礼而齐之以刑，是以繁也"（《甫刑传》）。这些论述固然是对孔子重视德教精神的继承，亦是对秦朝不教而刑的法家治国路线之批判。

圣王治民，即使有刑罚，也是最低限度的。比如象刑，"唐虞象刑而民不敢犯，苗民用刑而民兴相渐。唐虞之象刑，上刑赭衣不纯，中刑杂屦，下刑墨幪，以居州里，而民耻之"（《唐传·尧典》）。郑玄注曰："时人尚德义，犯刑者但易之衣服，自为大耻。"需要注意的是，对于象刑，比伏生时代略早的大儒荀子从理性实证的角度进行了否定："以为治邪？则人固莫触罪，非独不用肉刑，亦不用象刑矣。以为人或触罪矣，而直轻其刑，然则是杀人者不死，伤人者不刑也；罪至重而刑至轻，庸人不知恶矣，乱莫大焉。"（《荀子·正论》）与之相比，伏生显然是一位理想主义者。二人的区别，除了学术性格的差异，更有伏生经历了秦朝繁刑致败之后的思考。

对于上古社会所保留的最低限度的刑狱，伏生也有论述："子曰：今之听民者，求所以杀之。古之听民者，求所以生之"；"子曰：古之听民者，察贫穷，哀孤独……有过必赦，小罪勿增，大罪勿累，老弱不受刑，有过不受罚。……故与其杀不辜，宁失有罪；与其增以有罪，宁失过以有赦"；"听讼之术，大略有三：治必宽，宽之术，归于察；

察之术，归于义。是故听而不宽，是乱也；宽而不察，是慢也"；"子曰：听讼者，虽得其情，必哀矜之。死者不可复生，断者不可复续也"；"子夏曰：昔者三王慹然欲错刑遂罚，平心而应之，和，然后行之"（按：此条又收录于《康诰传》）；"听狱者或从其情，或从其辞"。这些论述均见于《甫刑传》，经文《甫刑》原有明德慎罚、哀敬折狱的思想，但伏生不断借"子曰"表达出来的观点大大溢出了原文。这显然是针对秦朝"轻罪重刑""以刑去刑"所带来的科条繁密、民众动辄得咎的法制状况所发的议论。

圣王的仁政还表现在循时布政、爱惜民力方面。例如，"天子南面而视四星之中，知民之缓急，急则不赋籍，不举力役。故曰敬授人时，此之谓也。"（《唐传·尧典》）天子的政令要遵从宇宙的秩序。例如，"天子以冬，命三公，谨盖藏，闭门闾，固封境，入山泽田猎，以顺天道，以佐冬固藏也"（《唐传·尧典》）。这些解释都是对《尧典》原文的补充与拓展。

综上，无论是伏生借《尚书》宣扬的公天下思想，还是德政教化思想，都表现了对先秦儒家大义的坚持以及对秦朝暴政之批判。这些思考与陆贾、贾谊等人的观点，不无一致之处。区别仅在于伏生是以诠释经典的形式表达，而陆贾、贾谊是自立高论。但无论形式如何，都表现了一代知识分子对时代命题的思考和构建新型政治文化的努力。

（三）面向汉代的礼乐建构与学术创造

除了反思秦之亡，伏生更热情助力于汉之兴。汉初百废待兴，庶事草创，伏生以《尚书》为依托，对汉初的文化建设问题进行了积极回应。这主要表现为以下两个方面。

1. 礼乐制度的理想化建构

制礼作乐历来是儒生念兹在兹的大事，但汉初的情况却是"独一叔孙通略定制度，杂以秦仪，若乃正朔、服色、郊望、宗庙之事，数世犹未章焉"（陈寿祺《尚书大传定本序》）。理想与现实的落差，使伏生在讲授《尚书》时格外关注其中的礼乐内容。

伏生制礼作乐的观念，流露在其对作为典范之周公制礼活动的描绘中。伏生概括周公伟绩云："周公摄政，一年救乱，二年克殷，三年践奄，四年建侯卫，五年营成周，六年制礼作乐，七年致政成王。"（《周传·洛诰》）其中，制礼作乐是周公安定天下、人心归附之后的太平之象，代表了周公一生功业的鼎盛与完成，而非简单地规定一些仪式和制度。但即便是天下已定，周公对待制礼作乐之事依然戒慎敬畏、反复考虑，不敢丝毫疏忽："周公将作礼乐，优游之三年，不能作。……然后营洛，以观天下之心。于是四方诸侯，率其群党，各攻位于其庭。周公曰：示之以力役，且犹至，况导之以礼乐乎？然后敢作礼乐。"（《周传·康诰》）周公严肃谨慎制定礼乐，自然呈现出一派雍雍穆穆、和谐有序的景象："宫室中度，衣服中制，牺牲中辟，杀者中死，割者中理；摒弁者为文，爨灶者有容，椓杌者有数。太庙之中，缤乎其犹模绣也。"（《周传·洛诰》）制礼作乐在政治上起到了"扬文武之德烈，奉对天命，和恒万邦四方民"的作用，有效地宣扬了周王朝的神圣合法性，堪称继往开来、奠定周家基业的非凡之事。在这里，伏生对制作礼乐的畅想，显然不同于叔孙通，而与批评叔孙通的"鲁两生"较为接近，都带有神圣庄严的理想化色彩。

这种理想化色彩，流露在伏生对众多礼制的描述中，如区别天子、诸侯尊卑的朝觐、巡守之礼。朝觐制度规定，"古者诸侯之于天子，五年一朝。朝见其身，述其职"，朝见时诸侯要"各述其土地所生美恶，人民好恶，为之贡赋政教"（《虞传·九共传》）。天子根据王朝制度对诸侯的治绩进行评判，并通过圭冒授予与否来表现评判结果："无过行者，得复其圭，以归其国。有过行者，留其圭，能改过者，复其圭。"（《唐传·尧典》）这里，天子以绝对的权威评判诸侯，如果诸侯没有遵循"义"的规范，就会遭到贬黜。除了以圭冒进行赏罚，天子的考核结果还决定着众多礼仪规格，"其赏有功也，诸侯侯赐弓矢者得专征，赐铁钺者得专杀，赐圭瓒者得为鬯以祭。不得专征者，以兵属于得专征之国。不得专杀者，以狱属于得专杀之国。不得赐圭瓒者，资鬯于天子之国，然后祭"（《唐传·尧典》）。可以看到，在伏生的描述中，诸侯的祭祀、专征、专杀之权都要听命于天子。

除了在朝堂上接见诸侯，天子每隔五年还要去各地巡守。天子出巡时，"以迁庙之主行"，"盖贵命也"（《唐传·尧典》）。这种说法与《礼记·曾子问》一致，表现了天子对待巡狩的庄严态度。天子巡狩并不追求煊赫声威，而是首要考虑民众利益，"不可国至人见为烦扰。故至四岳，知四方之政而已"（《唐传·尧典》）。这里似乎是解释古制，但不难感受到伏生对秦始皇大张旗鼓巡行扰民的批评之意。在巡狩的过程中，天子"见诸侯，问百年。命大师陈诗，以观民风俗。命市纳贾，以观民好恶。山川神祇有不举者，为不敬。不敬者，削以地。宗庙有不顺者，为不孝。不孝者，黜以爵。变礼易乐为不从。不从者，君流。改衣服制度为畔。畔者，君讨。有功者赏之"（《唐传·尧典》）。处处以民意良俗为标准来考核诸侯的治理情况，表现了伏生的儒家本色。

需要说明的是，伏生往往以追溯"古者"的口吻描述上述制度，但是考之史实，西周分封制下周天子尚不可能如此严格细密地控制诸侯，更遑论唐尧虞舜时期了。这里的古制，与其说是对史事的描绘，不如说是儒生托古进行的理想化制度建构更为准确。其建构的目的，在于维护一个等级严明但又重民保民的和谐社会秩序。

除了重视区别尊卑的礼制外，伏生对教化、举贤之礼也颇为用心。关于学校制度的描述，《尚书大传》与大小戴《礼记》在细节上多有差异，但内在精神则完全一致，皮锡瑞已辨之甚明①，此不赘论。值得注意的是，伏生对乡里之教的描述："大夫士七十而致仕，老于乡里。大夫为父师，士为少师。……距冬至四十五日，始出学傅农事。上老平明坐于右塾，庶老坐于左塾，徐子毕出，然后皆归，夕亦如之。徐子皆入，父之齿随行，兄之齿雁行，朋友不相逾，轻任并，重任分，颁白者不提携，出入皆如之。"（《尚书大传·略说》）此即门塾制度，致仕的士大夫也参与乡里教化，培育民间孝悌敬老的良俗。这种制度并不见于先秦其他文献，应是伏生基于春秋战国以来乡里掌教化之三老角色而做的理想化发挥。

举贤贡士制度亦在《尚书大传》中受到关注："大国举三人，次国举二人，小国举一人。一适，谓之攸好德，再适，谓之贤贤，三适，谓

---

① 参见（清）皮锡瑞：《尚书大传疏证》卷六，9b～10a 页，光绪丙申年（1896）师伏堂刻本。

之有功。……一不适，谓之过，再不适，谓之敖，三不适，谓之诬。诬者，天子绌之。一绌，少绌以爵；再绌，少绌以地；三绌，而爵地毕。"（《虞夏传·皋陶谟》）这种说法与《礼记·射义》中的"诸侯岁献贡士于天子，天子试之"的主体精神一致，但在形式上更加整齐。完全以贡士优良与否来赏罚诸侯，这在世卿世禄制的西周及之前的五帝夏商时期，都不可能出现。究其实质，贡士制度应为儒生基于春秋之后社会阶层流动的现象而畅想出来的古制，目的是阐述其举贤的政治主张。

　　总之，《尚书大传》所载古制多为儒生历来相传的内容，并不一定与真实古史相合，也不可能完全落实于现实政治当中。但是，伏生所传礼制以其高远的理想色彩，成为汉儒言礼的重要参考，"它关于巡狩、朝聘、官制、祭祀、养老、正朔、服色等方面的规定，应该说是今文经学礼制方面的重要依据"①。例如，《尚书大传》中的诸侯贡士制度，被武帝时有司奏议引用（《汉书·武帝纪》），又见于《说苑·修文》《潜夫论·考绩》《公羊解诂·庄公元年》等文献中；门塾制度被《汉书·食货志》《白虎通·辟雍》《公羊解诂·宣公十年》引用；等等。在汉儒的热情鼓吹下，一些礼制逐渐渗入国家制度当中，发挥了重要的社会影响，比如汉代察举制即为贡士制度的部分落实。

　　2. 吸收最新学术资源，演绎契合时代需要的经说

　　伏生虽把《尚书》视为日月星辰一样永远灿烂，但正如先秦学者所言，《书》与现实社会之间毕竟存在客观的距离。对此，伏生的诠释策略是积极吸收史传杂说、子学成果以及新型的宇宙观，"依经以专义"，从而使古老的文本焕发新的色彩。《尚书大传》被称为西汉"说经体"之祖②，原因即在于此。伏生根据经文演绎的新说甚多，其中最引人注目的是"三统说"和《洪范五行传》。

　　《尚书大传·略说》辑录了伏生的"三统说"："三统者，所以序生

---

　　①　华友根：《伏胜与〈尚书〉研究》，载《江海学刊》，1994(5)。
　　②　苏舆言："今所传《毛公诗传》，为注经体。……《语类》云：'汉初诸儒，专治训诂。'是也。一、说经体，如此书（案：指《春秋繁露》）及《韩诗外传》是也。然《韩诗》述事以证经，此书依经以专义，尤为精切。……又《尚书大传》及《说苑》《列女传》等书，皆于说经体为近。"（清）苏舆：《春秋繁露义证》，2页，北京，中华书局，1992。

也。三正者，所以统天下也。三统若循连环，周则又始，穷则反本也"，"王者存二王之后，与己为三，所以通三统，立三正"。"三统"之所以为三，是因为"天有三统，物有三变，故正色有三。天有三生三死，故土有一王，王特一生死"。"三统"与"三正"密切相连："夏以十三月为正，色尚黑，以平旦为朔。殷以十二月为正，色尚白，以鸡鸣为朔。周以十一月为正，色尚赤，以夜半为朔。必以三微之月为正者，当尔之时，物皆尚微，王者受命，当扶微理得，章成之义也。"这些内容可能是伏生对《尚书》经文中"怠弃三正"之"三正"所做的解释，但是大大溢出了原文。

伏生的"三统说"，是以三代历史为背景，糅合了儒生的相关评论、战国以来的改制思潮和三色、三正等元素而构成的复杂思想体系。儒生对三代的评论，如孔子的"殷周损益论"；《礼记·表记》对三代之政的概括："夏道尊命，事鬼敬神而远之，近人而忠焉……殷人尊神，率民以事神，先鬼而后礼……周人尊礼尚施，事鬼敬神而远之"；等等。战国以来的改制思潮，如《逸周书·周月解》曰，"其在商汤，用师于夏，除民之灾，顺天革命。改正朔，变服殊号，一文一质，示不相沿。以建丑之月为正，易民之视，若天时大变，亦一代之事。亦越我周王，致伐于商，改正异械，以垂三统"；《礼记·大传》云，"立权度量，考文章，改正朔，易服色，殊徽号，异器械，别衣服，此其所得与民变革者也"；等等。① 伏生对这些思想进行抽象概括而提出的"三统说"，使得复杂多变、方向模糊的历史似乎拥有了一个固定的、可遵循的法则和模式。历史不断循环往复，为政者只要确定好本朝统序，一切问题似乎都可通过改正朔、易服色等简易的手段解决。

可以看到，伏生的"三统说"虽为解释《尚书》文本中的语词，但实为诸子学说的继续发展，解决的是士人所关注的历史发展框架与现实政治改制的问题。因此，"三统说"一经伏生提出，就成为与"五德始终说"具有同等影响力的历史哲学。董仲舒将"三统"拓展至三代以下，以

---

① 参见葛志毅：《战国秦汉之际的改制学说》，见葛志毅、张惟明：《先秦两汉的制度与文化》，269～279页，哈尔滨，黑龙江教育出版社，1998。

《春秋》当黑统。儿宽引"三统说"首倡制定《三统历》(《汉书·律历志》)。司马迁"太史公曰"称赞高祖"得天统矣"。刘歆则将三统说与五德始终说融合,应用于整个历史的推演中,构建了《三统历谱》,等等。在政治上,因为"三统说"内含革命、变化、非一姓等思想,所以在王朝政治衰落的西汉后期,谷永、刘向等儒生以之为理论武器警诫帝王,甚至王莽禅汉也利用了此命题,可见其历史影响。①

再看《洪范五行传》②。《洪范》经文中平列了九畴大法,五行、五事、八政、五纪等各畴之间的关系并不明朗,内容平实,并没有抽象神秘的含义。《五行传》则吸收了战国以来阴阳五行的关联性宇宙观和天人感应理论,把五行、五事、五色、五方以及儒家政治伦理规范,编织到一个以"五"为框架的网状系统中。如果君王的举动符合仁政爱民的天意,上天就会降下祥瑞,反之则会降下灾异,如气候天象反常、动植物异象、人体病变、风俗怪异等。《五行传》的高明之处在于,通过五行生克理论建立起了人事与灾异的对应关系,使人们能够以一种貌似客观的学术态度去阐释和领悟神秘天意,并采取相应的消灾措施。《五行传》的内部逻辑精密而复杂,又是面向君王的言说,这正好为帝制时代的儒生提供了代天立言的神圣权威和警戒君王的政治言说策略。

正因上述特点,《五行传》在汉代的政治和学术中产生了巨大影响。

---

① 参见曲利丽:《两汉之际文化精神的演变》,26~51页,北京,中华书局,2017。

② 这里需要讨论的是《洪范五行传》的作者问题,古今学者对此有三种说法,即伏生、夏侯始昌、刘向。具体辨析参见徐兴无:《经典阐发与政治数术——〈洪范五行传〉考论》,载《古典文献研究》,第15辑;陈侃理:《儒学、数术与政治:灾异的政治文化史》,69~73页,北京,北京大学出版社,2016;程苏东:《〈洪范五行传〉成篇与作者问题新证》,载《国学研究》,第三十七卷;等等。大致来说,刘向说已被否定,主张伏生的当代学者有杨树达、李学勤、冯浩菲、张兵等,主张夏侯始昌的有徐复观、蒋善国、徐兴无、陈侃理等。笔者认为,《五行传》出自夏侯始昌的说法恐难坐实,较合理的说法应是源于伏生。因为五行化的宇宙观在春秋后期已逐渐发展,如《左传·昭公三十一年》史墨云"火克金"等。战国时期五行说更加流行,《墨子》《孙膑兵法》等著作中都有引人注目的五行思想。战国晚期至秦代,阴阳五行几乎成了社会上的公共知识,弥漫于社会各个阶层。《吕氏春秋》十二纪搭配了阴阳五行的图式。睡虎地秦简和放马滩秦简的《日书》中,用得最多的占法是五行说。秦始皇甚至将五德说采入官方意识形态,推定秦为水德。在这种知识氛围中,伏生看到《洪范》中五行、五事、五纪、五福等整齐的数字排列时,运用战国以来的五行观念将其关联成一个整体,实属自然之事。

在政治上，夏侯胜依据《五行传》"皇之不极，厥罚常阴，时则下人伐上者"谏阻昌邑王"数出"，引得"光、安世大惊，以此益重经术士"（《汉书·夏侯胜传》）。儒臣如谷永、李寻、孔光等上奏，亦多引《五行传》评论政事、进谏君王。在学术上，董仲舒采纳《洪范五行传》的灾异分类原理，创作了《五行五事》《五行顺逆》等系列文章①，并与《公羊》灾异之说融会贯通，构建了汉儒的基本灾异理论。《五行传》之后，许商撰写了《洪范五行传记》，刘向有《五行传论》，刘歆有《五行传说》。班固汇集了董仲舒、刘向、刘歆等人依据《洪范五行传》对《春秋》和汉朝灾异所作的解释，撰成《汉书·五行志》，开史书中记载灾异专篇之先河。可以说，《五行传》堪称汉代经学的纲领性文件，塑造了汉儒话语体系的基本特色。

综上，无论是"三统说"还是《洪范五行传》，都非《尚书》中原有的内容，而是伏生吸收了战国以来学术发展的新成果演绎出来的。这种诠释方式将经典文本与学术发展的新趋势结合了起来，因而产生了既有学术权威，又能够契合时代发展的新命题。

最后还可以补充的是，伏生的诠释，使得《尚书》具有了面向新时代持续不断地提供思想能量的活力。汉代帝王诏书也多次引用《尚书》，文帝元年（前179）正月，在大臣请立太子时下诏曰："今纵不能博求天下贤圣有德之人而嬗天下焉，而曰豫建太子，是重吾不德也。"十三年（前167），废除肉刑时所下诏云："盖闻有虞氏之时，画衣冠异章服以为僇，而民不犯。"（《史记·孝文帝本纪》）汉武帝元光元年（前134）诏书云："朕闻昔在唐、虞，画像而民不犯，日月所烛，莫不率俾。周之成、康，刑错不用。"（《汉书·武帝纪》）这表明，《尚书》中所载的遥远古史变成了帝国的政治理想，发挥了引领和匡正现实政治的作用。可以说，伏生的诠释使得《尚书》实现了与时代文化的同构，真正树立了其作为经典的永恒价值。这种诠释对我们今天的经典诠释及文化建设，

---

① 关于这组文章，日本学者田中麻纱巳、我国学者戴君仁以及近来程苏东等人，都怀疑其为董仲舒后学所作。但是，这些文章或从思想史理论，或结合文本互证，但总体来说推测过多，并不能彻底否定为董仲舒之作。

亦不无参考意义。

二、《韩诗外传》对《诗经》的阐释

传世的汉初说经体著作，伏生《尚书大传》之外还有一部《韩诗外传》。《韩诗外传》在文体上类似《吕氏春秋》，即杂采诸子、史传资料汇编成书，只是后者以"十二纪"为纲，而前者以《诗经》中的诗句为纲；《吕氏春秋》有宏大的框架和整齐的形式，《韩诗外传》则没有明确的分类。《韩诗外传》中的主体内容是故事或论说，只是在每章结尾处出现《诗经》诗句，所以传统学者往往否认其为解经之作。例如，《四库全书总目·韩诗外传》言"王世贞称《外传》引《诗》以证事，非引事以明《诗》，其说至确"①。当代学者于淑娟通过对《韩诗外传》文本的仔细分析及其人与《左传》"赋诗言志"的比较，认为《韩诗外传》为经师讲解《诗经》的课堂记录，"经师对于诗句的理解在先，则诗句应该处于核心位置，外在于叙事，所设置的叙事形成对诗句中儒家经义的解释"②。因此，我们不应该否认《韩诗外传》的解经性质。

《韩诗外传》虽为解经之作，却非逐字、逐句、逐篇的讲经，而是以故事、论说为主，篇末引《诗经》中某些零散的诗句以证之。这使《诗经》的诗句脱离了所在篇章的整体语义场，在生发出新意义的基础上与前面的故事或论说联系起来。也就是说，《韩诗外传》关注的并非诗篇的整体意旨和诗句在篇中的文本原意，而是以意逆志、自由发挥，致力于从哲学的角度拓展和挖掘出《诗》句更深更广的内涵。例如：

> 曾子仕于莒，得粟三秉。方是之时，曾子重其禄而轻其身。亲没之后，齐迎以相，楚迎以令尹，晋迎以上卿。方是之时，曾子重其身而轻其禄。怀其宝而迷其国者，不可与语仁。窘其身而约其亲者，不可与语孝。任重道远者，不择地而息。家贫亲老者，不择官而仕。故君子桥褐趋时，当务为急。传云：不逢时而仕，

---

① （清）永瑢等：《四库全书总目》，136 页，北京，中华书局，1965。
② 于淑娟：《韩诗外传研究：汉代经学与文学关系透视》，83 页，上海，上海古籍出版社，2011。

任事而敦其虑，为之使而不入其谋，贫焉故也。《诗》云："夙夜在公，实命不同。"（《韩诗外传·卷一》）①

　　君子有辩善之度，以治气养性，则身后彭祖。修身自强，则名配尧禹。宜于时则达，厄于穷则处，信礼者也。凡用心之术，由礼则理达，不由礼则悖乱。饮食衣服，动静居处，由礼则和节，不由礼则垫陷生疾。容貌态度，进退趋步，由礼则雅，不由礼则夷固。故人无礼则不生，事无礼则不成，国无礼则不宁，王无礼则死亡无日矣。《诗》曰："人而无礼，胡不遄死！"（《韩诗外传·卷一》）

以上为随手所举的两例，第一例为故事解诗，第二例为论说解诗。这是《韩诗外传》两种基本释经方式，《韩诗外传》共 310 章，其中以叙事为主的 180 余章，其余为议论、杂说释经。先看第一例，它先叙述了曾子根据亲在与否来决定禄重还是身重的仕宦经历，然后引出关于仕宦原则的议论，主张"家贫亲老者，不择官而仕"，"当务为急"，又引《传》来明确因穷出仕的处事准则，最后结之以《召南·小星》中的句子："夙夜在公，实命不同。"此章引诗之前的中心内容是根据人生境况不同来选择是否出仕，在"命不同"这一意义上与后面的诗句有了关联。但实际上，"夙夜在公，实命不同"在诗篇中的含义为"咏使者远适，夙夜征行，不敢慢君命之义"②，与出仕问题关系较远。但是通过前面的故事关联，《韩诗外传》将一种引申阐发的意义加在了诗句上，而使其获得了创造性的解读，诗句也由此脱离了其在原来诗篇中的本义。

　　再看第二例，诗句前面的论说与《荀子·修身》篇大同小异。但《荀子》此篇接在论说之后所引的诗句为"礼仪卒度，笑语卒获"，并非"人而无礼，胡不遄死"。这种改动并非无意为之。为做仔细对照，我们把《荀子·修身》篇中的相关内容也列出来：

　　扁善之度，以治气养生，则后彭祖；以修身自名，则配尧禹。

① 本书《韩诗外传》引文，如无特别说明，均据（汉）韩婴撰，许维遹校释：《韩诗外传集释》，北京，中华书局，1980。
② 屈守元：《韩诗外传笺疏》，4 页，成都，巴蜀书社，1996。

宜于时通，利以处穷，礼信是也。凡用血气、志意、知虑，由礼则治通，不由礼则勃乱提僈；食饮、衣服、居处、动静，由礼则和节，不由礼则触陷生疾；容貌、态度、进退、趋行，由礼则雅，不由礼则夷固僻违，庸众而野。故人无礼则不生，事无礼则不成，国家无礼则不宁。《诗》曰："礼仪卒度，笑语卒获。"此之谓也。

可以看到，《韩诗外传》此章引《诗》之前的部分相比于《荀子·修身》要简略，如将"凡用血气、志意、知虑"概括为"凡用心之术"，又删去了"不由礼则夷固僻违，庸众而野"，但是在结论部分则增加了一些内容，将"人无礼则不生，事无礼则不成，国家无礼则不宁"置换成了"人无礼则不生，事无礼则不成，国无礼则不宁，王无礼则死亡无日矣"。改动的结果是，韩婴比荀子更加强调礼的治国安邦之效。因这种不同，就导致他们引诗的差别：荀子引诗是强调礼对个人行为仪表的具体指导和制约，而韩婴则强调礼对君王的存亡安危、国家的治乱成败之决定作用，所以引诗由"礼仪卒度，笑语卒获"变成了"人而无礼，胡不遄死"。由此可见，《韩诗外传》即使杂引诸子史传，但都基于自己对诗句的理解和要表达的思想，进行了改动和调整。

以上两例代表了《韩诗外传》的基本解经方式，其他章节大抵类此。韩婴的这种灵活解经方式，使得《诗经》中的诗句脱离了篇章文本的限制，而成为具有普遍意义的价值准则和人伦指南。《韩诗外传》之所以选用这种方式解读《诗经》，则是因其圣化《诗经》的观念：

> 子夏读《诗》已毕。夫子问曰："尔亦何大于《诗》矣？"子夏对曰："《诗》之于事也，昭昭乎若日月之光明，燎燎乎如星辰之错行，上有尧舜之道，下有三王之义。弟子不敢忘。虽居蓬户之中，弹琴以咏先王之风，有人亦乐之，无人亦乐之。亦可发愤忘食矣。《诗》曰：'衡门之下，可以栖迟；泌之洋洋，可以乐饥。'"夫子造然变容曰："嘻！吾子始可以言《诗》已矣！然子以见其表，未见其里。"颜渊曰："其表已见，其里又何哉？"孔子曰："窥其门，不入其中。安知其奥藏之所在乎？然藏又非难也。丘尝悉心尽志已入其中。前有高岸，后有深谷，泠泠泛然如此既立而已矣。不能见

其里，未谓精微者也。"①

此章来自《尚书大传》当无可疑，许维遹先生在校释此章时，甚至将其中的"《诗》"全又回改成了"《书》"。但实际上，这正是《韩诗外传》的有意改动，因其将《尚书大传》中论述《誓》《诰》《甫刑》等《尚书》具体内容部分删掉了。但这并非简单的抄纂，而是韩婴表达了与《尚书大传》相类似的圣化经典之观念。在韩婴看来，《诗》并非编撰于几百年前的历史性文本，也非礼乐仪式中的歌词总集，而是昭昭如日月之光明、蕴含尧舜大道的永恒意义渊薮。《诗》中的意义对当世依旧具有不容置疑的指导作用，上到君王治国，下到士人修身，都要以《诗》义为准绳。总之，《诗》之道涵天盖地、历久弥新。

这种《诗经》观和灵活的解经方式，赋予了韩婴极大的阐释自由。他尽可以立足于对时代的思考，灵活选择所要解释的诗句以及与之相配的叙事和论说，将《诗经》中蕴含的大道发挥出来。《韩诗外传》在文体上类似于子学，原因也正在于此。那么，《韩诗外传》从《诗经》里阐释了哪些大道呢？一言以蔽之，"为君之道，为臣之道，为父之道，为母之道，为子之道"②。具体来说，韩婴秉承了儒家政治理念，融合孟子的"仁"与荀子的"礼"，提出礼乐教化、招贤纳士、仁民爱物的治国之道，希望人类社会最终实现太平理想；他又对士人修身问题格外关注，书中张扬忠信勇廉、仁孝谦虚、勤学乐道的士节，也吸收了道家知足节欲的思想。对于忠与孝的冲突、慈父贤母之道等，《韩诗外传》也进行了讨论③。《韩诗外传》所看重的，是《诗经》中可以引申出政教意义的内容，而诗篇的本事、年代、字词训诂等与政治关系较远的部分则被忽略了。

《韩诗外传》的经学阐释，具有明显的时代特征。例如，卷五"天设

---

① 本章引文据屈守元：《韩诗外传笺疏》，211 页，成都，巴蜀书社，1996。
② 袁长江：《先秦两汉诗经研究论稿》，322 页，北京，学苑出版社，1999。
③ 对于《韩诗外传》思想内容，学界已经讨论得非常充分，不拟赘述。仅据徐复观《〈韩诗外传〉的研究》一文进行隳栝(见《两汉思想史》第三卷，1～30 页，上海，华东师范大学出版社，2001)，并略做了修改；其他，还可参见艾春明：《〈韩诗外传〉研究》，124～145 页，沈阳，辽宁大学出版社，2010；等等。

其高"章，在批判暴秦的基础上提出礼义化民的思想："秦之时，非礼义，弃《诗》《书》，略古昔，大灭圣道，专为苟妄。以贪利为俗，以告猎为化，而天下大乱。……人有六情：目欲视好色，耳欲听宫商，鼻欲嗅芬香，口欲嗜甘旨，其身体四肢欲安而不作，衣欲被文绣而轻暖。此六者，民之六情也。失之则乱，从之则穆。故圣王之教其民也，必因其情而节之以礼，必从其欲而制之以义。义简而备，礼易而法，去情不远，故民之从命也速。孔子知道之易行也。《诗》云：'诱民孔易。'非虚辞也。"再如，对法家苛法的批评："传曰：水浊则鱼喁，令苛则民乱。城峭则崩，岸峭则陂。故吴起削刑而车裂，商鞅峻法而支解。治国者譬若乎张琴然，大弦急，则小弦绝矣。故急辔衔者，非千里之御也。"类似的批评亦见于卷四"礼者，治辩之极也"章，认为"坚甲利兵，不足以为武；高城深池，不足以为固；严令繁刑，不足以为威"，而应该遵礼循道，才能保证长治久安。

韩婴正面张扬的治国之道中，也可以看出对秦汉之际历史的思考。例如，经过了秦末起义之后，他对民众力量的极端强调："王者以百姓为天。百姓与之即安，辅之即强，非之即危，倍之即亡。《诗》曰：'民之无良，相怨一方。'民皆居一方，而怨其上，不亡者未之有也。"（卷四"齐桓公问于管仲"章）再如，论述为君之道先从"省事轻刑"起论："省事轻刑，则瘘不作；无使小民饥寒，则蹶不作；无令财货上流，则逆不作；无令仓廪积腐，则胀不作；无使府库充实，则满不作；无使群臣纵恣，则支不作；无使下情不上通，则隔不作；上振恤下，则育不作；法令奉行，则烦不作；无使下怨，则喘不作；无使贤人伏匿，则痹不作；无使百姓歌吟诽谤，则风不作。"（卷三"人主之疾"章）其他，对君主任贤无为的论述（如卷二"夫霜雪雨露"章、"子贱治单父"章等），既隐含对秦始皇专权的批评，又受到时代流行的黄老思想影响。

总之，韩婴通过圣化经典、发挥经典中契合时代需要的内容等，自觉积极地参与了时代意识形态建设，从而使《诗经》焕发出新的活力和影响力。例如，《韩诗外传》中描述的"太平"社会理想，几乎也成了汉代国君和儒生最为津津乐道的话题：

太平之时，民行役者不逾时。男女不失时以偶，孝子不失时以养。外无旷夫，内无怨女。上无不慈之父，下无不孝之子。父子相成，夫妇相保。天下和平，国家安宁。人事备乎下，天道应乎上。故天不变经，地不易形，日月昭明，列宿有常。天施地化，阴阳和合，动以雷电，润以风雨，节以山川，均其寒暑。万民育生，各得其所，而制国用。故国有所安，地有所主。圣人剡木为舟，剡木为楫，以通四方之物，使泽人足乎木，山人足乎鱼，余衍之财有所流。故丰膏不独乐，硗确不独苦，虽遭凶年饥岁，禹汤之水旱，而民无冻饿之色。故生不乏用，死不转尸，夫是之谓乐。《诗》曰："于铄王师，遵养时晦。"（卷三）

这个太平理想，还包括"太平之时，无喑癃跛眇，尫蹇侏儒折短，父不哭子，兄不哭弟"（《韩诗外传》卷三）。之后，汉武帝制书曰："盖闻虞舜之时，游于岩郎之上，垂拱无为，而天下太平。"（《汉书·董仲舒传》）董仲舒"张三世"说中以"太平世"为理想目标。此外，《春秋繁露·王道》、汉元帝诏书、班固《白虎通》、王充《论衡》、王符《潜夫论》等著作中均提及太平理想，汉末更出现了一部《太平经》。韩诗作为立于学官的"三家诗"之一，在两汉政治中起到了巨大作用。例如，西汉时习韩诗的王吉、蔡义等人皆位至高官。东汉时韩诗更为兴盛，"大抵《鲁诗》行于西汉，而《韩诗》行于东汉，二家互为盛衰。故《韩诗内传》至六朝尚存，亦以习之者多也"[1]，薛汉、郅恽、廉范、杜抚等都是习韩诗的著名人物。《韩诗外传》的解诗范式和著述体例，在学术上的影响是不容忽视的，例如，刘向《列女传》就是与其一脉相承，兹不赘论。

---

① （清）唐晏：《两汉三国学案》，299 页，北京，中华书局，1986。

第四章　董仲舒的《春秋》阐释与"大一统"思想建构

经过汉初陆贾、伏生、贾谊等一批儒生的不懈努力，儒学已经在帝国政治领域中初步显现了其独有的优势和魅力。但只有到了董仲舒，才真正建构出一套博大精深而又契合帝国政治需要的思想体系，"为汉儒宗"（《汉书·董仲舒传》）。董仲舒以《春秋》学名世，其学术宏深驳杂，又远非《春秋》之所限。如果把他置于子学发展史中去考察，会清楚看到董仲舒是沿着《吕氏春秋》以来的学术综合趋势，在吸纳各种类型知识的基础上构建一家之言。因此，他"更能代表汉代的学术综合而非孔子的思想甚或先秦儒学"①。那么，董仲舒到底吸纳了哪些知识？又是怎样吸收的呢？

第一节　董仲舒对各类知识的整合

董仲舒生活的时代，各家诸子学派还在自由地发展、传授和相互竞争。从先秦传下来的各家学说并非故简残编上遥远生疏的思想，而是董仲舒可以实实在在感受到的知识。比如，与董仲舒同朝为官的黄老学派人物有王生、汲黯、郑当时以及司马谈的老师黄子，与董仲舒一样关注郊祀封禅等礼制的有方士缪忌、公孙卿以及祠官宽舒等。而且，当时的文献尤其是诸子著作文本，远没有固定和闭合，而常常以

---

① 郝大维、安乐哲语，转引自［美］桂思卓：《从编年史到经典：董仲舒的春秋阐释学》，朱腾译，3页，北京，中国政法大学出版社，2010。

篇或篇组的形式存在，知识界存在大量公共素材，很容易被不同编撰者吸纳。① 所以，虽然学派之间的竞争要求保持学派的纯粹性，但是思想史发展规律决定了思想家不可能对同时代的异质学说熟视无睹。他要么吸收相近的思想使自己的理论体系更加完善精致，要么对那些不能够吸收的思想进行否定和抨击。这种吸收、综合或拒斥，导致董仲舒《春秋繁露》中的内容并非一个音调，而是主旋律之下的众声合唱。

论者多依据篇章主旨，将《春秋繁露》中的文章分为几组，比如徐复观将其分为《春秋》学、天的哲学（又分为阴阳四时类和五行类）、礼制三类，桂思卓将其分为解经编、黄老编、阴阳编、五行编、礼制编，等等。② 这种分类自然有理，但《春秋繁露》并非机械地分为几块，而是一个完整的体系，不同板块之间融会贯通。因此，我们将从董仲舒思想体系核心范畴的角度，来考察其对儒家之外诸子学以及民间各种知识的吸纳。

一、"天"

这是董仲舒思想体系中最核心的范畴。董仲舒的"天"之基本性格，是在《春秋》灾异阐释中所赋予的儒家特色（详见后论），但它又分明包含了更为丰富的内涵：

（一）吸收道家黄老思想

邓红指出了董仲舒哲学本体意义上的"天"与道家之"道"存在一致性③。道家的"道"创生万物，又主宰着万物的运行，而董仲舒的"天"也具有同样的性质，例如："天者万物之祖，万物非天不生"（《春秋繁

---

① 徐建委：《文本革命：刘向、〈汉书·艺文志〉与早期文本研究》，3～87页，北京，中国社会科学出版社，2017。

② 参见徐复观：《两汉思想史》第二卷，191～192页，上海，华东师范大学出版社，2001；[美]桂思卓：《从编年史到经典：董仲舒的春秋阐释学》，朱腾译，86页，北京，中国政法大学出版社，2010。

③ 参见邓红：《董仲舒思想研究·董仲舒思想与黄老之学（其一）》，232～248页，台北，文津出版社，2008。

露·顺命》)①；"天执其道为万物主"（《春秋繁露·天地之行》）等。而且，也像道家的"道"一样，董仲舒的天通过阴阳贯彻到人自身，"阴阳之气，在上天，亦在人。在人者为好恶喜怒，在天者为暖清寒暑"（《春秋繁露·如天之为》）。天也规范了人间社会的秩序，"为人君者，其法取象于天地"（《春秋繁露·天地之行》），等等。因此，可以说董仲舒哲学本体性的"天"源于道家说。

董仲舒"天"之形象和运行规则具有较强的黄老色彩。比如：

> 天高其位而下其施，藏其形而见其光。高其位，所以为尊也；下其施，所以为仁也；藏其形，所以为神；见其光，所以为明。故位尊而施仁，藏神而见光者，天之行也。（《春秋繁露·离合根》）

这里的天道虽然有儒家"仁"的伦理性格，但是"高其位""藏其形"的神秘恍惚特征，与当时流行的道家黄老思想显然更加接近，如"虚无形，其裻冥冥，万物之所从生"（《马王堆〈老子〉乙本卷前古佚书·经法·道法》）②；"乃合大道，混混冥冥。光耀天下，复反无名"（司马谈《论六家要旨》）。

董仲舒由这种天论引出的人主之道，更是充满了黄老"君无为而臣有为"、公而不私、神秘恍惚的特点，如"人主者，法天之行，是故内深藏，所以为神；外博观，所以为明也；任群贤，所以为受成；乃不自劳于事，所以为尊也；泛爱群生，不以喜怒赏罚，所以为仁也。故为人主者，以无为为道，以不私为宝。立无为之位而乘备具之官，……此人主所以法天之行也"（《春秋繁露·离合根》）。这样的思想在《马王堆〈老子〉乙本卷前古佚书》以及其他道法家著作中频繁出现。例如，"故执道者之观于天下殹（也），无执殹（也），无处也，无为殹（也），无

---

① 如无特别说明，本书所引《春秋繁露》引文均出自：（汉）董仲舒撰，（清）苏舆注：《春秋繁露义证》，北京，中华书局，1992。为避免重复繁琐，引文仅标明篇名，不再加注页码。

② 学界虽对此书的命名有争议，唐兰先生将其命名为《黄帝四经》，裘锡圭提出异议，但都不否认其与黄老思想的联系，因此可将《马王堆〈老子〉乙本卷前古佚书》视为黄老学派的著作。

私殿（也）"，"公者明，至明者有功。至正者静，至静者即（圣）。无私者知（智），至知（智）者为天下稽"①（《经法·道法》）；"王天下者有玄德，有□□（玄德）独知□□□□（天之道而）王天下而天下莫知其所以。"（《经法·大分》)②；"道者，神明之原也……静而不移，动而不化，故曰神"（《经法·名理》)③；"为人主，南面而立。臣肃静，不敢敝（蔽）其主"（《经法·大分》)④；"君臣之道：臣事事，而君无事；君逸乐，而臣任劳；臣尽智力以善其事，而君无与焉，仰成而已"（《慎子·民杂》)⑤；等等。

在董仲舒看来，国君之所以能够像天一样见群臣之短长，保持神秘和权威，最主要的法宝就在于循名而责实、据实而赏罚："故为人君者，谨本详始，敬小慎微，志如死灰，形如委衣，安精养神，寂莫无为。休形无见影，掩声无出响，虚心下士，观来察往。谋于众贤，考求众人，得其心遍见其情，察其好恶，以参忠佞，考其往行，验之于今，计其蓄积，受于先贤。释其雠怨，视其所争，差其党族，所依为皂，据位治人，用何为名，累日积久，何功不成。可以内参外，可以小占大，必知其实，是谓开阖"。（《春秋繁露·立元神》)《春秋繁露·考功名》还设想了具体的考课之法，并总结出考课原则为"掣名责实，不得虚言，有功者赏，有罪者罚"。

董仲舒的正名思想虽在孔子学说中已见端倪，荀子也多有阐发，可能也受到名家学派的影响，但其最直接的理论来源应为黄老刑名思想。例如，《马王堆〈老子〉乙本卷前古佚书》云："主上者执大分以生杀，以赏□（罚），以必伐。天下大（太）平，正以明德，参之于天地，而兼复（覆）载而无私也，故王天"⑥（《经法·大分》)；"故执道者之观于天下也，必审观事之所始起，审其刑（形）名。刑（形）名已定，逆顺

① 魏启鹏：《马王堆汉墓帛书〈黄帝书〉笺证》，4、6 页，北京，中华书局，2004。
② 魏启鹏：《马王堆汉墓帛书〈黄帝书〉笺证》，38 页，北京，中华书局，2004。
③ 魏启鹏：《马王堆汉墓帛书〈黄帝书〉笺证》，83 页，北京，中华书局，2004。
④ 魏启鹏：《马王堆汉墓帛书〈黄帝书〉笺证》，35 页，北京，中华书局，2004。
⑤ 许富宏：《慎子集校集注》，32～33 页，北京，中华书局，2013。
⑥ 魏启鹏：《马王堆汉墓帛书〈黄帝书〉笺证》，34 页，北京，中华书局，2004。

有立（位），死生有分、存亡兴坏有处。然后参之于天地之恒道，乃定祸福死生存亡兴坏之所在"①（《经法·论约》）；"天下有事，必审其名。名□□（理者）循名廏（究）理之所之，是必为福，非必为㭊（灾）。是非有分，以法断之。……故执道者之观于天下□（也），见正道循理，能与（举）曲直，能与（举）冬（终）始。故能循名廏（究）理"②（《经法·名理》）；"居则有法，动作循名，其事若易成"③（《经·姓争》）；"欲知得失，请必审名察刑（形）。刑（形）恒自定，是我俞（愈）静。事恒自㐌（施），是我无为"④（《经·十大经》）；等等。可以看到，这种见名察实思想是与君道无为联系在一起的，而这一点正是黄老刑名与董仲舒思想的一致之处。

（二）宗教色彩浓厚的"天"

董仲舒的"天"还具有明显的宗教神祇色彩，如"国家将有失道之败，而天乃先出灾害以谴告之，不知自省，又出怪异以警惧之，尚不知变，而伤败乃至。以此见天心之仁爱人君而欲止其乱也"（《汉书·董仲舒传》）。这与墨家的言论非常相似，如"天子为善，天能赏之；天子为暴，天能罚之"，"爱人利人，顺天之意，得天之赏者有矣。憎人贼人，反天之意，得天之罚者，亦有矣"（《天志中》）。许多论者由此认为董仲舒宗教性的天论来自墨家。⑤ 虽然不乏这种可能性，但是我们认为当时社会大众对天的信仰，是董仲舒思想更为直接的来源。

董仲舒的对策是上奏皇帝的，皇帝的天道观念决定了董仲舒对天的言说。当时武帝的诏书为："三代受命，其符安在？灾异之变，何缘而起？""今阴阳错缪，氛气充塞，群生寡遂，黎民未济，廉耻贸乱，贤不肖浑淆，未得其真，故详延特起之士，意庶几乎！"（《汉书·董仲舒传》）这里表现的是一种具有古老传统的天道观念。从殷周革命开始，

① 魏启鹏：《马王堆汉墓帛书〈黄帝书〉笺证》，80页，北京，中华书局，2004。
② 魏启鹏：《马王堆汉墓帛书〈黄帝书〉笺证》，87～88页，北京，中华书局，2004。
③ 魏启鹏：《马王堆汉墓帛书〈黄帝书〉笺证》，145页，北京，中华书局，2004。
④ 魏启鹏：《马王堆汉墓帛书〈黄帝书〉笺证》，186页，北京，中华书局，2004。
⑤ 参见顾颉刚：《董仲舒思想中的墨教成分》，载《文澜学报》，1937(1)；李金山：《墨家天道观对董仲舒儒学体系的理论贡献》，载《兰州学刊》，2006(8)；等等。

周人的至上神由商人的"帝"变成了"天",同时将"天"变得德性化和理性化,蕴含了正义的属性,而不再像商人的帝那样狂乱盲目、难以琢磨。在这种天道观念下,灾异就被视作上天对失德君臣的惩罚。《诗经》中出现的一些怨天恨天之诗,比如《小雅·雨无正》《小雅·节南山》《大雅·瞻印》等篇,并非像郭沫若指出的代表了对天的信仰的根本性动摇,而是在天的信仰下批评王之失德。[1]

春秋时期,一些贤人和知识精英开始注重天道规律的探寻和理性思考,发展出了星占学,并对天道规律进行了初步的哲学思考。例如,"天道盈而不溢,盛而不骄,劳而不矜其功"(《国语·越语下》);"君人执信,臣人执共,忠信笃敬,上下同之,天之道也"(《左传·襄公二十二年》);"盈必毁,天之道也"(《左传·哀公十一年》);"川泽纳污,山薮藏疾,瑾瑜匿瑕,国君含垢,天之道也"(《左传·宣公十五年》);子产、范蠡更是发表了完整的天论(见于《左传·昭公二十五年》和《国语·越语下》);等等。但是,这些贤人的高论只是标志着人们认识水平的提高,并不代表否定天之信仰。天道依然具有神圣性,是决定人事成败的规律,也是人事效法的对象。这一时期大众对天的宗教性信仰依然存在和盛行,比如鲁国的郊祭就一直在谨慎而连续地举行。

诸子百家时代,"就宗教信仰而言,孔子也接受周代对'天'的信仰,相信'天'是至高而关心人间的主宰"[2]。在《论语》中,"天"字的出现远不如"仁"字与"礼"字那么频繁;但是它的每一次出现都涵蕴了丰富的意义与深刻的虔敬。比如,"子曰:获罪于天,无所祷也"(《论语·八佾》);"天将以夫子为木铎"(《论语·八佾》);等。除了宗教性信仰,儒家更是阐发出了天道生生之仁德,要求君王法天而治。比如,"子曰:天何言哉?四时行焉,百物生焉,天何言哉?"(《论语·阳货》);"唯天为大,唯尧则之"(《论语·泰伯》);等等。孟子的心性哲学更是把人的善端推向了天:"尽其心者,知其性也。知其性,则知天矣。存其心,养其性,所以事天也"(《孟子·尽心上》)。天依然决定着

---

① 参见石磊:《先秦至汉儒家天论新探》,博士学位论文,上海师范大学,2012。

② 参见傅佩荣:《儒道天论发微》,89 页,北京,中华书局,2010。

人类社会的重大事务，"天子能荐人于天，不能使天与之天下。……昔者，尧荐舜于天而天受之，暴之于民而民受之。故曰：天不言，以行与事示之而已矣"（《孟子·万章上》）。荀子的天道观表现出超越前人的逻辑性和理性色彩，但对天的理解并不是自然主义、物质主义的，而依旧是道德性的。比如，"礼有三本：天地者，生之本也；先祖者，类之本也；君师者，治之本也。……故礼，上事天，下事地，尊先祖，而隆君师，是礼之三本也"（《荀子·礼论》）；"天地生之，圣人成之"（《荀子·富国》）；等等。所以，论者称荀子持天人相分之天道观并不完全符合其思想实况。

　　道家则是从天道运行中阐释了无为的准则，并且将其作为人类社会的最高法则，如"天地不仁，以万物为刍狗；圣人不仁，以百姓为刍狗。天地之间，其犹橐籥乎？虚而不屈，动而愈出。多言数穷，不如守中"（《老子·第五章》）。庄子还将无为引申到人生法则，提出逍遥游的人生理想。黄老则代表了道家的政治学派，积极运用无为的规则以达到无不为的效果："天有死生之时，国有死生之正（政）。因天之生也以养生，胃（谓）之文；因天之杀也以伐死，胃（谓）之武；[文]武并行，则天下从矣"[1]（《经法·君正》）；"天建[八正以行七法]。……失理之所在，胃（谓）之逆。逆顺各自命也，则存亡兴坏可知[也]"[2]（《经法·论》）；等等。道家哲学思辨性最强，似乎已经看不出天的宗教信仰，但在黄老著作中依然有不遵从天道就会招致灾难的观念："天地无私，四时不息。天地立（位），即（圣）人故载。过极失当，天将降央（殃）。"[3]（《经法·国次》）法家在宇宙论上吸收了道家思想，又把道家"道"的神秘色彩吸纳进君王的权术。

　　综上，诸子百家对天进行了哲学理性的思考，使其基本褪去了宗教色彩。但天道神圣、福善祸殃的思想还依然有保留。墨家出于本学派的理论设计，以及平民学派的知识特征和知识追求，更多保留了天

①　魏启鹏：《马王堆汉墓帛书〈黄帝书〉笺证》，24 页，北京，中华书局，2004。
②　魏启鹏：《马王堆汉墓帛书〈黄帝书〉笺证》，57～58 页，北京，中华书局，2004。
③　魏启鹏：《马王堆汉墓帛书〈黄帝书〉笺证》，14 页，北京，中华书局，2004。

的宗教色彩，如《天志》《明鬼》等篇。

　　与诸子同一时代的社会大众，对天的信仰则一直保有强烈的宗教色彩。例如，战国后期秦国的《诅楚文》中有："外之则冒改厥心，不畏皇天上帝及大沈厥湫之光列（烈）威神，而兼倍（背）十八世〔之〕诅盟，率者（诸）侯之兵以临加我。欲划伐我社褨（稷），伐灭我百姓，求蔑废皇天上帝及大神厥湫之恤祠、圭玉、牺牲。"①这里皇天上帝和巫咸一样，都是宗教祝诅所祈祷的神灵。民间宗教亦是如此，"《日书》中的大神，如上帝、上皇等，主要仍是人格性相当浓厚的'人格神'，与自西周以来在儒家传统中发展出来的抽象的天命思想中的'天'是有一段距离的"②。进入汉代，带有人格神意味的天依旧是大众思想中根深蒂固的观念，如汉文帝初元二年（前178）诏书云："朕闻之，天生民，为之置君以养治之。人主不德，布政不均，则天示之灾以戒不治。乃十一月晦，日有食之，适见于天，灾孰大焉！"（《汉书·文帝纪》）武帝诏书中天的观念正与此一脉相承。

　　因此，讨论董仲舒天道观的时代知识氛围，我们不能简单地把先秦诸子学中个别知识分子的观念泛化为社会普遍的观念，也不能因为诸子对天道的理性思考就认为天失去了神性。通过考察殷周以来的天的观念，我们认为天的宗教性、自然性、道德性在古人观念中是关联混杂的，天始终保持着神圣性。这种普遍的天的观念而非单一的墨家学派，构成了董仲舒天论的知识前见，也是其天论发生广泛影响的社会观念基础。

二、阴阳五行

　　与董仲舒天论密切相关的，是阴阳五行观念：

　　　　天、地、阴、阳、木、火、土、金、水，九，与人而十者，天之数毕也。（《春秋繁露·天地阴阳》）

① 王辉、王伟编：《秦出土文献编年订补》，39页，西安，三秦出版社，2014。
② 蒲慕州：《睡虎地秦简〈日书〉的世界》，见《"中央"研究院历史语言研究所集刊》第62本第4分册，662页，1993。

> 天地之气，合而为一，分为阴阳，判为四时，列为五行。
> （《春秋繁露·五行相生》）

> 天意难见也，其道难理。是故明阳阴、入出、实虚之处，所以观天之志。辨五行之本末顺逆、小大广狭，所以观天道也。
> （《春秋繁露·天地阴阳》）

> 天有五行：一曰木，二曰火，三曰土，四曰金，五曰水。木，五行之始也；水，五行之终也；土，五行之中也。此其天次之序也。（《春秋繁露·五行之义》）

天、地、阴、阳、五行、人构成了十端。但这十端并非并列关系，而是先后创生和包容的关系，天地合一之气分判为阴阳、四时、五行。阴阳五行既是天创生万物过程中分化出来的状态，又是构成万物的力量或元素，还是天表达意志的手段等。在董仲舒时代，阴阳五行的观念早已成为一种弥漫性的普遍思维模式，例如，民间的《日书》、刘邦祭祀五帝等，都可看出阴阳五行思维模式在社会中的盛行。知识分子，从邹衍、吕不韦到陆贾、伏生、贾谊、韩婴等，都对阴阳五行学说有所采纳。他们区别于民间的地方，在于将阴阳五行与道德、秩序、政治等宏大主题关联了起来，而非仅仅将之与日常生活中的事务或禁忌相联系。因此，我们与其说董仲舒的阴阳五行思想来自于阴阳家，不如说其采用了社会上普遍流行的宇宙观念。

（一）董仲舒的阴阳观念

阴阳在《易传》和道家学派著作中，是构成万物并决定其变化的两种基本元素。例如，"一阴一阳之谓道"，"阴阳不测之谓神"，"阴阳合德，而刚柔有体，以体天地之撰，以通神明之德"（《周易·系辞》）；"万物负阴而抱阳，冲气以为和"（《老子·第四十二章》）；"今始判为两，分为阴阳，离为四[时]，□□□□□□□□□□□□（刚柔相成，万物乃生，德虐之行），因以为常"[1]（《经·观》）；"阴阳备物，化变乃生"[2]（《经·果童》）；等等。董仲舒的著作中依然有此意义上的阴阳。

---

① 魏启鹏：《马王堆汉墓帛书〈黄帝书〉笺证》，102 页，北京，中华书局，2004。
② 魏启鹏：《马王堆汉墓帛书〈黄帝书〉笺证》，124 页，北京，中华书局，2004。

例如，"天者万物之祖，万物非天不生。独阴不生，独阳不生，阴阳与天地参然后生"（《春秋繁露·顺命》）；"天地之常，一阴一阳"（《春秋繁露·阴阳义》）；等等。除此之外，董仲舒的阴阳观念又有不同于前人的地方，具体表现在如下几个方面。

第一，董仲舒的宇宙论不再把阴阳看作平等的两种力量，而明确提出贵阳贱阴的思想。《易传》对阴阳概念已经有了社会伦理的原则性附加，如"阴虽有美，含之以从王事，弗敢成也。地道也，妻道也，臣道也"（《坤卦·文言传》），表现出了阳尊阴卑的等级思想，但这主要是社会等级制度的反映，《周易》重视阴阳相交及谦顺之德，所以并没有把阴阳与善恶联系起来而排斥阴。老子强调以柔克刚，"知其雄，守其雌"（《老子·第二十八章》），隐含贵阴思想。至黄老著作《马王堆〈老子〉乙本卷前古佚书》，阴阳与社会、自然更加广泛地联系了起来。例如，"天阳地阴。春阳秋阴。夏阳冬阴。昼阳夜阴。……诸阴者法天，天贵正，过正曰诡，□□□□祭乃反。诸阴者法地，地［之］德安徐正静，柔节先定，善予不争。此地之度而雌之节也。"①（《称》）阴阳甚至也与刑德联系了起来，如"春夏为德，秋冬为刑。先德后刑以养生"，"刑德皇皇，日月相望，以明其当，而盈□（绌）无匡""夫并（秉）时以养民功，先德后刑，顺于天"②（《经·观》）。黄老主张无为而无不为的君道，所以虽有天道先德后刑的阐述，但只发展出"并（秉）时以养民功"的顺随时令之义，并没有更深入的阐发。

到了董仲舒，才在天道贵阳贱阴的基础上发展出全面的君主治世纲领，例如：

> 恶之属尽为阴，善之属尽为阳。阳为德，阴为刑。刑反德而顺于德，亦权之类也。虽曰权，皆在权成。是故阳行于顺，阴行于逆；逆行而顺，顺行而逆者，阴也。是故天以阴为权，以阳为经。阳出而南，阴出而北。经用于盛，权用于末。以此见天之显

① 魏启鹏：《马王堆汉墓帛书〈黄帝书〉笺证》，194 页，北京，中华书局，2004。
② 魏启鹏：《马王堆汉墓帛书〈黄帝书〉笺证》，104～105、108 页，北京，中华书局，2004。

经隐权，前德而后刑也。故曰：阳天之德，阴天之刑也……阳气爱而阴气恶，阳气生而阴气杀。是故阳常居实位而行于盛，阴常居空位而行于末。天之好仁而近，恶戾之变而远，大德而小刑之意也。先经而后权，贵阳而贱阴也。(《春秋繁露·阳尊阴卑》)

类似的文字还见于《王道通三》《天辨在人》《阴阳位》《天人三策》等篇中。在这里，董仲舒以经权论阴阳，重在确立天道仁德的品格，并由此天道推出天子应该实施仁德教化的治国原则。另外，董仲舒又说"诸在上者皆为其下阳，诸在下者皆为其上阴"(《春秋繁露·阳尊阴卑》)，所以贵阳贱阴说又积极维护了社会等级秩序，尤其是君主的最高权威。

第二，董仲舒的宇宙论更加细致深入地讨论了由阴阳沟通天人的运作机制。董仲舒之前，诸家学说讨论天道阴阳创生万物，多为抽象简单的形而上概括，如前引《周易》《老子》《马王堆〈老子〉乙本卷前古佚书》诸文字。董仲舒进一步讨论了阴阳沟通天人的具体机理。首先阴阳是贯穿天人的两种元素，"阴阳之气，在上天，亦在人。在人者为好恶喜怒，在天者为暖清寒暑"(《春秋繁露·如天之为》)，人的情绪与天的寒暑高度雷同。而且在善恶质性上，人与天也存在一致性："身之名，取诸天。天两有阴阳之施，身亦两有贪仁之性。天有阴阳禁，身有情欲栣，与天道一也"；"身之有性情也，若天之有阴阳也。言人之质而无其情，犹言天之阳而无其阴也"(《春秋繁露·深察名号》)。基于此，董仲舒讨论了人感天的机制：

天地之间，有阴阳之气，常渐人者，若水常渐鱼也。所以异于水者，可见与不可见耳，其澹澹也。然则人之居天地之间，其犹鱼之离水，一也。其无间若气而淖于水。水之比于气也，若泥之比于水也。是天地之间，若虚而实，人常渐是澹澹之中，而以治乱之气，与之流通相殽也。故人气调和，而天地之化美，殽于恶而味败，此易之物也。……治乱之气，邪正之风，是殽天地之化者也。(《春秋繁露·天地阴阳》)

阴阳不仅贯穿天人，而且充塞于宇宙之间，人间的治乱之气会像鱼儿摇动水一样感动阴阳而作用于天，最后呈现为气候变化。又因为"君人者，国之元，发言动作，万物之枢机。枢机之发，荣辱之端也"（《春秋繁露·立元神》），所以君王对宇宙和谐负有更为重要的责任——"王正则元气和顺、风雨时、景星见、黄龙下。王不正则上变天，贼气并见"（《春秋繁露·王道》）。比起来之前诸子仅仅标举大原则，这里的讨论显然更加具体丰富。

（二）董仲舒的"五行"观念

五行相生、相胜的关系在战国后期已被人熟知，例如，云梦楚简和睡虎地秦简的《日书》中均有明确阐论。董仲舒《春秋繁露》中有多篇文章涉及五行，比如《五行对》《五行之义》以及卷十三、卷十四中《五行相生》至《五行五事》等。[①]

董仲舒对五行的发展首先在于，从五行相生中推出孝、忠等伦理道德的形而上依据。例如，"木生火，火生土，土生金、金生水。水为冬，金为秋，土为季夏，火为夏，木为春。春主生，夏主长，季夏主养，秋主收，冬主藏。藏，冬之所成也。是故父之所生，其子长之；父之所长，其子养之；父之所养，其子成之。……由此观之，父授之，子受之，乃天之道也"，"地不敢有其功名，必上之于天。……非至有义，其孰能行此？故下事上，如地事天也，可谓大忠矣。……忠臣之义，孝子之行，取之土"（《春秋繁露·五行对》）。

此外，董仲舒还把五行与五官联系了起来，"五行者，五官也，比相生而间相胜也。故为治，逆之则乱，顺之则治"（《春秋繁露·五行相生》）。《春秋繁露·五行相生》描述了五官忠实履行职守所带来天道安

---

① 这些文章的真伪历来有人怀疑，如美国学者桂思卓坚持认为其为伪作，徐复观则认为即便其非全为董子之作，也可视作其弟子或学派的合集。但论者多是从思想史的角度，根据主观上认为是否符合董仲舒思想来进行判断，难令人信服。近来，程苏东通过文本互见来探索《春秋繁露》中的五行篇目形成过程，认为"除《五行相生》《五行相胜》基本可定为董仲舒所作，《五行变救》尚难考定以外"，其他六篇可能存在不同程度的后人续作及二次续作的问题［参见《〈春秋繁露〉"五行"诸篇形成过程新证》，载《史学月刊》，2016（7）］。我们认为，诚如作者所言，早期文本存在众多"公共素材"，但是内部存在混乱和失序的文本就一定是后人抄撮而成？是否亦存在其他可能性，比如错简，等等？总之，我们认为在没有更多切实证据前，还是遵从《四库全书总目》的看法，将其基本视为董氏作品为好。

定的秩序。在《春秋繁露·五行相胜》则叙述了五官不能够履职所带来的乱况，以及通过相胜职官对其的惩罚。"木者，司农也。司农为奸，朋党比周，以蔽主明，退匿贤士，绝灭公卿，教民奢侈，宾客交通，不劝田事，博戏斗鸡，走狗弄马，长幼无礼，大小相殴，并为寇贼，横恣绝理。司徒诛之，齐桓是也……故曰金胜木。"总之，董子的五行不是用于推演朝代变化，而是社会伦理和官制，这是其不同于邹衍的地方。

（三）阴阳五行的结合

阴阳与五行早在《吕氏春秋》中就通过时令结合到了一起。董仲舒《春秋繁露》亦不乏这样的联系。例如，"金木水火，各奉其所主以从阴阳，相与一力而并功。其实非独阴阳也，然而阴阳因之以起，助其所主。故少阳因木而起，助春之生也；太阳因火而起，助夏之养也；少阴因金而起，助秋之成也；太阴因水而起，助冬之藏也。"（《春秋繁露·天辨在人》）这里是以少阳、太阳、少阴、太阴与木、火、金、水四行以及春夏秋冬四季联系了起来，并扩充到喜、乐、怒、哀四情，由此构成了一个天人模式。

但这个模式毕竟少了一个土行，不够完整，所以董仲舒在《春秋繁露·治水五行》中提出另一个模式，即"日冬至，七十二日木用事，其气燥浊而青。七十二日火用事，其气惨阳而赤。七十二日土用事，其气湿浊而黄。七十二日金用事，其气惨淡而白。七十二日水用事，其气清寒而黑。七十二日复得木。"这个模式依旧是要求王者顺时为政，比如，"木用事，则行柔惠，挺群禁。至于立春，出轻系，去稽留，除桎梏，开门阖，通障塞，存幼孤，矜寡独，无伐木"，中间多了一个与土相配的七十二天，其对应的施政法则为："土用事，则养长老，存幼孤，矜寡独，赐孝弟，施恩泽，无兴土功"。这把《吕氏春秋》中空设的季夏落实了下来，将一年变成了五季，各自的性格为"春主生，夏主长，季夏主养，秋主收，冬主藏"（《春秋繁露·五行对》）。如果王不遵从这个秩序，就会带来灾变，"五行变至，当救之以德，施之天下，则咎除。不救以德，不出三年，天当雨石"（《春秋繁露·五行变救》）。在《五行五事》篇，董仲舒论述了五行与五事（貌、言、视、听、思）、五德（肃、乂、哲、谋、圣）、四季相配合的关系，以及背德带来的灾异。

总之，董仲舒对阴阳五行的思维模式表现出了极大热情，班固称其"始推阴阳，为儒者宗"良有以也。董仲舒在利用阴阳五行框架的同时，也对其做了改造。例如，贵阳贱阴，五行与五官配合并从中推出忠孝伦理规范等。这些内容都融入董仲舒天的哲学体系中，使其理论体系更加复杂严密，天人相关性得到了进一步的强化。

将上述董仲舒的"天""阴阳""五行"等范畴结合起来，可以看到其思想体系最典型地代表了汉代学术的综合特色。相比于先秦儒学，董仲舒坚持了天道贵仁好生的原则，但是又根据社会大众以及墨家对天的信仰，增加了天的宗教神性特征，强化了其福善祸殃的性质。不仅如此，董仲舒还吸收了道家以及黄老的哲学本体论，把天建构为一个创生万物并且决定万物运作的本体，弥补了先秦儒家哲学中宇宙本体论的不足。至于天人沟通的途径，董仲舒则吸收了阴阳家、道家等思想，又有自己的创造，使阴阳五行成为表现天的伦理性格及维护宇宙和谐秩序的工具，经典《春秋》提供了天道通过阴阳五行褒贬君主的权威例证和典范模式（详细分析见后两节）。具体到君主法天而治的方略，董仲舒给出的建议有儒家的仁政教化、法家对君主权威的维护、黄老（或名家、法家）的循名责实等。

可以说，董仲舒几乎吸收了他所在时代中包括诸子思想和民间观念在内的一切知识，又综合去取，构成了系统完整的一家之言。相比于《吕氏春秋》根据阴阳家天道四时的秩序把原本敌对的学派归纳到一起，董仲舒则实现了以儒家为基础对诸家学说的圆满融合，各家学派如盐着水，消融了各自的边界。再与陆贾、贾谊等儒生相比，董仲舒对时代知识进行了最热情的回应和最广泛的吸纳，其吸收异质知识以丰富儒家思想体系的魄力大大超越了之前诸子。由此，我们可以说董仲舒在吸纳诸家思想的基础上，实现了以儒家为基础的子学大一统。

第二节　董仲舒的"辞指论"与"《春秋》决狱"

董仲舒的思想体系几乎涵盖了当时所有的知识门类和学说内容，但其最为重要的内容无疑是对《春秋》的诠释。他利用《春秋》文本构建起一整套的政治学说，除了关涉汉代统治合法性的天人之际、古今之变等问题外，还特别强调了《春秋》裁决社会的功能，认为《春秋》可以"贬天子，退诸侯，讨大夫"，"别嫌疑，明是非，定犹豫，善善恶恶，贤贤贱不肖"（《史记·太史公自序》），并且这种功能是可以施行于当代的。如何才能将古代文献和当代社会实践联系起来呢？董仲舒说："仲尼之作《春秋》也，上探正天端王公之位，万民之所欲，下明得失，起贤才，以待后圣。……其为切而至于杀君亡国，奔走不得保社稷，其所以然，是皆不明于道，不览于《春秋》也。故卫子夏言，有国家者不可不学《春秋》，不学《春秋》，则无以见前后旁侧之危，则不知国之大柄，君之重任也。故或胁穷失国，掩杀于位，一朝至尔。苟能述《春秋》之法，致行其道，岂徒除祸哉，乃尧舜之德也。"（《春秋繁露·俞序》）其中所引"卫子夏言"，是历史借鉴的意义；而"上探正天端王公之位……以待后圣"云云，则意味着《春秋》立足于春秋时期，着眼于后世，因此和当下有着直接的关系。后一思想是《公羊》学家的主要发明。虽然《公羊》学家有孔子为汉家作法等较为直接的说法①，但要将《春秋》文本与汉代现实真切地联系起来，也还需要费一些功夫，这其中就有董仲舒"辞指论"的功劳。

一、辞指论

董仲舒的《春秋》学是一种特殊的经典阐释学，其关键就在于"辞"和"指"的关系。"辞"是《春秋》文本，而"指"则是《春秋》大义所在。董

---

① 何休注"以待后圣"云："待圣汉之王以为法。"又引《演孔图》云："孔子仰推天命，俯察时变，却观未来，豫解无穷，知汉当继大乱之后，故作拨乱之法以授之。"

仲舒有所谓"十指"之论：

> 《春秋》二百四十二年之文，天下之大，事变之博，无不有也。虽然，大略之要有十指。十指者，事之所系也，王化之所由得流也。举事变见有重焉，一指也。见事变之所至者，一指也。因其所以至者而治之，一指也。强干弱枝，大本小末，一指也。别嫌疑，异同类，一指也。论贤才之义，别所长之能，一指也。亲近来远，同民所欲，一指也。承周文而反之质，一指也。木生火，火为夏，天之端，一指也。切刺讥之所罚，考变异之所加，天之端，一指也。举事变见有重焉，则百姓安矣。见事变之所至者，则得失审矣。因其所以至而治之，则事之本正矣。强干弱枝，大本小末，则君臣之分明矣。别嫌疑，异同类，则是非著矣。论贤才之义，别所长之能，则百官序矣。承周文而反之质，则化所务立矣。亲近来远，同民所欲，则仁恩达矣。木生火，火为夏，则阴阳四时之理，相受而次矣。切刺讥之所罚，考变异之所加，则天所欲为行矣。统此而举之，仁往而义来，德泽广大，衍溢于四海，阴阳和调，万物靡不得其理矣。说《春秋》者凡用是矣，此其法也。（《春秋繁露·十指》）

从内容上看，"十指"包括了当时主要的政治关系，以及处理这些政治关系的原则，它构成了汉儒的社会理论纲领。这一社会理论纲领之所以有效，就是因为它来自《春秋》，是圣人所作。

但是，《春秋》记事简略，且无评论，是一种极零散的"辞"，又如何能获得如此系统完备的"指"呢？董仲舒说："辞不能及，皆在于指，非精心达思者，其孰能知之。"（《春秋繁露·竹林》）也就是说，文本虽然不是意义自身，但却隐藏着意义的路径，而此刻最重要的是"精心达思者"的参与，如此意义才得以显现。这里的"精心达思者"，在汉代《公羊》学中应该有两层含义：第一，其本身就是圣人，亦即董仲舒所谓的"后圣"。这一观点源自孟子"五百年必有王者兴"（《孟子·公孙丑下》），在司马迁那里被阐述得最为清楚："孔子卒后至于今五百岁，有能绍明世，正《易传》，继《春秋》，本《诗》《书》《礼》《乐》之际？意在斯乎！意在斯乎！"五百年一生的后圣，能让经典的意义再次显现。第二，其能够通过各种精巧的方法探得圣人之意。这是阐释学层次上的。可以说，所有的《公羊》学家都是后一意义上的"精心达思者"，而董仲舒又是其中最为显著的代表。结合两层含义而言，《公羊》家的经典阐释学有着浓厚的神秘主义色彩，其认为《春秋》的意义由前圣和后圣合谋而生。它相信，"后圣"先验地与"前圣"有着共同的思想，而这一思想的形成并不依赖经典文本，却依赖于对经典文本的阐释。伽达默尔认为对历史的理解离不开阐释者本人所具有的"先验的预期"或"前判断"，"这种支配我们一切理解的完全性的先把握本身在内容上每次总是特定的，它不仅预先假定了一种内在的意义统一性来指导读者，而且读者的理解也是经常地由先验的意义预期所引导，而这种先验的意义预期来自与被意指东西的真理的关系。"①我们也可以说，所谓"精心达思者"，就是有着符合先圣意旨的"先验预期"或"前判断"的人。

在此前提下的辞指论，"指"的意义是绝对优先的，而"辞"，就是文本，必须以某种符合"指"意的方式来解读。这种"见其指，不任其辞"（《春秋繁露·竹林》）的阐释学，大大减少了对"辞"的阐释限制，"辞"和"指"任何形式的关联，只要给出理由，都会得到认可。甚至不同类型、或截然相反的"辞"，阐释者还可以通过类似于"常"和"变"的方式来协调它们，使其关联到同一个"指"，以保证"指"的绝对性。如《春秋繁露·竹林》开篇所云：

> 《春秋》之常辞也，不予夷狄而予中国为礼，至邲之战，偏然反之，何也？曰：《春秋》无通辞，从变而移。今晋变而为夷狄，楚变而为君子，故移其辞以从其事。

所谓"常辞"就是一些能显示最基本意义的表述方式，它遵照"礼"的原则。比如"不予夷狄而予中国之礼"，也就是在涉及中原和夷狄的关系时，以某种方式表达对中原的尊重。"常辞"被认为是"春秋书法"的基

---

① 参见［德］汉斯-格奥尔格·伽达默尔：《真理与方法》上卷，洪汉鼎译，380 页，上海，上海译文出版社，2004。

本规范，最为常见的是通过名号或褒贬字来表达尊卑秩序或价值意向。例如，《公羊传·庄公十年》称"州不若国，国不若氏，氏不若人，人不若名，名不若字，字不若子"，显示的就是尊卑秩序。《春秋繁露·精华》说："《春秋》慎辞，谨于名伦等物者也。是故小夷言伐而不得言战，大夷言战而不得言获，中国言获而不得言执，各有辞也。有小夷避大夷而不得言战，大夷避中国而不得言获，中国避天子而不得言执。名伦弗予，嫌于相臣之辞也。是故大小不逾等，贵贱如其伦，义之正也。"这就是一字褒贬法。这些都是所谓"常辞"。那么，在名号和褒贬字的运用上有违此规，就被认为是"变辞"。"变辞"通常意味着有特殊情况，尤其是非礼现象的发生，用以表达讥刺之意。如《春秋·宣公十二年》载："夏，六月，乙卯，晋荀林父帅师及楚子战于邲，晋师败绩。"[1]晋为中原国，楚为南夷，但《春秋》称晋国大夫荀林父的名，称楚王爵号，"名不若字，字不若子"，这里就有贬晋的意思。这就是"变辞"。《春秋》此处何以要使用"变辞"呢？在邲之战前，楚庄王率兵伐郑，破城后已与郑言和而退兵。晋本为救郑而来，见两国已和却一定要向楚国挑战，董仲舒评论说："夫庄王之舍郑，有可贵之美，晋人不知其善，而欲击之。所救已解，如挑与之战，此无善善之心，而轻救民之意也，是以贱之。"(《春秋繁露·竹林》)因此，《春秋》变辞就是为了表彰去战求和的德义，谴责"不任德而任力，驱民而残贼之"(《春秋繁露·竹林》)的乱德行为。这一"变辞"表面上看起来是牺牲了夷夏之礼，但它实际上是将夷夏之礼作为奖惩的标尺和手段，超越了地理的概念，因此，也在事实上强调了夷夏之分作为文化价值评判的意义。

在《春秋繁露》中，与变辞类似的还有诡辞、微辞、温辞、婉辞等，认为这些都是相对于常辞或正辞的变异了的表达方式，并以此来暗含特殊的价值评判，或者在一件不得不载录的不良事件中维护某种道义。董仲舒说："《春秋》之书事时，诡其实以有避也。其书人时，易其名以有讳也。"(《春秋繁露·玉英》)诡辞就是一种避讳，如《春秋·僖公二十

---

① （汉）公羊寿传，（汉）何休解诂，（唐）徐彦疏：《春秋公羊传注疏》，349页，北京，北京大学出版社，1999。

八年》所载的"天王狩于河阳",有违事实,但《春秋》如此记载是为了"诡晋文得志之实,以代讳避致王也"(《春秋繁露·玉英》)。其他微辞、温辞、婉辞都有类似的特征,就是因为某种恶德的存在,而为尊者避讳,则所载之辞与事实不完全一致,甚至完全不同。

通过常辞、变辞、诡辞、微辞、温辞、婉辞等概念,董仲舒尽可能地将《春秋》的各种表达方式都纳入自己的辞指论之中,并使其都能在"十指"中得到解释。

二、辞指论的特点

辞指论在文本和意义之间所建立的关联有很大的任意性,有时,为了在两个毫不相干的"辞"和"指"之间建立联系,阐释者不得不设置多个环节,形成冗繁的关联链。比如《春秋·隐公元年》中"元年,春,王正月"几个字,其中"元年"表示隐公此年即位,"春,王正月"乃《春秋》载四季之首之惯例,可能是古代史官守时观念的体现。《公羊传》解释曰:"元年者何?君之始年也。春者何?岁之始也。王者孰谓?谓文王也。曷为先言王而后言正月?王正月也。何言乎王正月?大一统也。"[①]从鲁国史官的立场,书王时以表示对周天子的敬重,亦可以说是表达了"大一统"的观念,其中虽不无穿凿,但意义尚无大差。董仲舒却有自己的解释:

> 是故《春秋》之道,以元之深正天之端,以天之端,正王之政,以王之政正诸侯之即位,以诸侯之即位正竟内之治。五者俱正,而化大行。(《春秋繁露·玉英》)

> 何以谓之王正月?曰:王者必受命而后王。王者必改正朔,易服色,制礼乐,一统于天下,所以明易姓,非继人,通以己受之于天也。王者受命而王,制此月以应变,故作科以奉天地,故谓之王正月也。(《春秋繁露·三代改制质文》)

---

① (汉)公羊寿传,(汉)何休解诂,(唐)徐彦疏:《春秋公羊传注疏》,6~10页,北京,北京大学出版社,1999。

董仲舒期望通过"元年，春，王正月"这几个字，阐释出政治秩序和世俗政权的合法性问题，也就是所谓"立元正始"理论。其中"元"由纪年之始转变为一个具有终极意义的自在本体，然后在逻辑上自我衍生，环环相承，达到"五者俱正，而化大行"之"指"。"正月"之"正"则变为治理天下之"政"，然后再上推顺时行政、易姓改正朔、受命而王等，其"指"深远，遥不可测，不可能是"元年，春，王正月"几个字内在逻辑中所应有的。这些远离《春秋》载录本意的阐释，之所以被认可，完全在于"指"自身的绝对性。所以，辞指论是一种浪漫的阐释方式，它认为《春秋》作为圣人之"辞"，必然包含有常人难以理解的宏大之"指"，有待"后圣"的揭示和发挥。我们也可以这样理解，《春秋》之"辞"具有启示性，文本只提供一个出发点，阐释的意义并不会重新回到文本上来。

由于辞指论赋予阐释的空间过大，阐释者可以脱离文本自由发挥，阐释的有效性也就会受到怀疑。那么，"见其指，不任其辞"是否有效，除了阐释者本人是否被认可为"后圣"外，主要依赖于"指"是否具有公认性和关联的是否巧妙。《春秋繁露·竹林》云：

> 《诗》云："弛其文德，洽此四国。"此《春秋》之所善也。夫德不足以亲近，而文不足以来远，而断断以战伐为之者，此固《春秋》之所甚疾已，皆非义也。难者曰："《春秋》之书战伐也，有恶有善也。恶诈击而善偏战，耻伐丧而荣复仇。奈何以《春秋》为无义战而尽恶之也?"曰："……若《春秋》之于偏战也，善其偏，不善其战，有以效其然也。《春秋》爱人，而战者杀人，君子奚说善杀其所爱哉?故《春秋》之于偏战也，犹其于诸夏也。引之鲁，则谓之外；引之夷狄，则谓之内。比之诈战，则谓之义；比之不战，则谓之不义。故盟不如不盟。然而有所谓善盟；战不如不战，然而有所谓善战。不义之中有义，义之中有不义。辞不能及，皆在于指。"

董仲舒从"任德不任力"和爱惜生民的立场出发，反对一切战争，也就认定《春秋》的主旨是反对战争的。可是，《春秋》不可能对战乱频仍的现实视而不见，而且多为简单记事。董仲舒如何从那么多的战争载录中，得出《春秋》反对一切战争的结论呢？他认为《春秋》的非战思想首先表现在"后者主先"的载录原则，如《春秋·庄公二十八年》载："春，王三月，甲寅，齐人伐卫。卫人及齐人战，卫人败绩。"①齐人是侵伐者，所以《春秋》后两句以"卫人"做主语，表示对齐人发动战争的不满。其次，是"善其偏，不善其战"。所谓偏战，也就是双方军队列阵击鼓而战，这中间含有礼的精神。例如，《春秋·僖公二十二年》说"宋公及楚人战于泓，宋师败绩"②，《公羊传》论宋襄公曰："故君子大其不鼓不成列，临大事而不忘大礼，有君而无臣。以为虽文王之战，亦不过此也。"③也就是说，宋襄公因坚持偏战而受到褒扬。据此来看，《春秋》至少是对部分战争行为持肯定的态度的。但董仲舒认为这段载录只是"善其偏，不善其战"，归根结底还是反对战争。董仲舒对此提出了两个阐释原则：一是比照物的转换，二是不得已而求善。就前者而言，偏战是否算是"义"要看和谁比，"比之诈战，则谓之义"，这是《春秋》本有之义；"比之不战，则谓之不义"，也就是认可评判总是一种比较性的评判。就后者而言，"战不如不战"，这是董仲舒所坚信的《春秋》大指；而"有所谓善战"则是于不得已中求其善。

《春秋》庄公二十八年和僖公二十二年的载录，其中是否包含褒贬原则，实在难以判断。即以"齐人伐卫。卫人及齐人战，卫人败绩"一条而言，《春秋》之所以如此载录，最大可能是其来自卫国史官的通报，所以以卫人为主语，言伐以伐人者为主语则是表述常例。但是，董仲舒的"《春秋》无义战"却能被广泛接受，原因就在于它所揭示的"指"的绝对正确性，以及"后者主先"和"善其偏，不善其战"确实是两个较为精致而巧妙的解释。

① （汉）公羊寿传，（汉）何休解诂，（唐）徐彦疏：《春秋公羊传注疏》，178页，北京，北京大学出版社，1999。
② （汉）公羊寿传，（汉）何休解诂，（唐）徐彦疏：《春秋公羊传注疏》，246页，北京，北京大学出版社，1999。
③ （汉）公羊寿传，（汉）何休解诂，（唐）徐彦疏：《春秋公羊传注疏》，246页，北京，北京大学出版社，1999。

三、引经决疑

董仲舒的《春秋》阐释学，不仅是由"辞"到"指"的论史学问，它更是一门由"事"到"指"，再由"指"到"事"的政治学术。《春秋》之"辞"本为记事，故由"辞"及"指"也就是由"事"到"指"，这只是《春秋》阐释学的第一步。而由"指"及"事"，是《春秋》由历史记事而成为当代法例的过程。《春秋繁露·十指》云："《春秋》二百四十二年之文，天下之大，事变之博，无不有也。"但这只是个夸张性的说法，要想将天下所有事实都和《春秋》关联起来，还是要靠贯比之法。董仲舒说："是故论《春秋》者，合而通之，缘而求之，五其比，偶其类，览其绪，屠其赘……故能以比贯类、以辨付赘者，大得之矣。"（《春秋繁露·玉杯》）又说："得一端而多连之，见一空而博贯之，则天下尽矣。"（《春秋繁露·精华》）所谓"以比贯类""得一端而多连之"等，都是说从"指"出发，可以通过各种形式的比类，而将其和多种事实关联起来。

引经决疑不始自董仲舒，先秦君子引经立言，以经典为最终价值根据，即肇其端始。至汉，则主要是通过贯比的方法，将现实事件与《春秋》载录进行类比，并依照《春秋》褒贬态度，处理现实事件。汉景帝时，窦太后欲立梁王为太子，袁盎等以宋宣公弃子立弟致国乱而为《春秋》所贬事加以劝阻，即其例。但这还只是一种历史借鉴，《公羊》学家的引经决疑主要是对《春秋》之"指"的依归。他们的理想，是希望能通过贯比等方法将所有的现实事件都与《春秋》联系起来，从而获得确信无疑的解决。为此，贯比法就不可能是十分严格的，它的目的在于《春秋》之"指"，但关联方式却比较随意：或者关联到《春秋》"辞"，或者关联到《春秋》之"指"。总之，无论何种形式的关联，它一旦建立起来，都会得到认可，所以，也可将贯比法看作辞指论的延伸。下面分别举例说明。

首先是在"辞"的层面上，以《春秋》中相似的事件进行比照。《汉书·隽疏于薛平彭传》载，昭帝始元五年（前82），有人在北阙自称是卫太子，丞相、御史、二千石等因不明实情而不知所措，京兆尹隽不疑则下令将此人收捕，并解释说："诸君何患于卫太子！昔蒯聩违命出奔，轭距而不纳，《春秋》是之。卫太子得罪先帝，亡不即死，今来自诣，此罪人也。"这是一起突发事件，在此人身份不明的情况下，诸人处于两难境地，隽不疑则可以将卫太子事件和蒯聩事件关联起来，从而仿效《春秋》大胆处置，受到人们的赞扬，昭帝由是感慨"公卿大臣当用经术明于大谊"。

其次是在"指"的层面上，以可能关涉的《春秋》之"指"作为依据。太初四年（前101）武帝下征伐匈奴诏中有曰："高皇帝遗朕平城之忧，高后时单于书绝悖逆。昔齐襄公复九世之仇，《春秋》大之。"（《史记·匈奴列传》）《春秋·庄公四年》有"纪侯大去其国"的载录，《公羊传》解释说："大去者何？灭也。孰灭之？齐灭之。曷为不言齐灭之？为襄公讳也。《春秋》为贤者讳，何贤乎襄公？复仇也。何仇尔？远祖也。哀公亨乎周，纪侯谮之。以襄公之为于此焉者，事祖祢之心尽矣。尽者何？襄公将复仇乎纪。……远祖者，几世乎？九世矣。九世犹可以复仇乎？虽百世可也。"①诏书为征伐匈奴所寻找到的理由，来自《春秋》的复仇无过之论。这是在当下事实与《春秋》之"指"之间建立的关联。

最后是辞指关系层面上，这是一种较为复杂的比照形式。如武帝建元六年（前135）辽东高庙和长陵高园殿先后发生火灾，董仲舒论曰："天灾若语陛下：'当今之世，虽敝而重难，非以太平至公，不能治也。视亲戚贵属在诸侯远正最甚者，忍而诛之，如吾燔辽〔东〕高庙乃可；视近臣在国中处旁仄及贵而不正者，忍而诛之，如吾燔高园殿乃可'云尔。在外而不正者，虽贵如高庙，犹灾燔之，况诸侯乎！在内不正者，虽贵如高园殿，犹燔灾之，况大臣乎！此天意也。"（《汉书·五行志上》）"在外不正者"指淮南王刘安，"在内不正者"指武安侯田蚡，这段论述皆当世朝廷大事，而董仲舒借《春秋》关于灾异的书法以言之。董仲舒等公羊学家认为，灾异是一种遣告方式，这是《春秋》载录灾异的大义。不同的灾异现象和人间祸福有着相对稳定的关联，据《史记·儒林列传》记载，此前董仲舒"以《春秋》灾异之变推阴阳所以错行……著

---

①　（汉）公羊寿传，（汉）何休解诂，（唐）徐彦疏：《春秋公羊传注疏》，122页，北京，北京大学出版社，1999。

《灾异之记》"。在灾异理论中，庙与宗亲相关，而殿则可以被关联到王之近宠权贵，火灾意味着相关之人德行有缺而受天谴。董仲舒在解释两处火灾并给出解决方案时，所运用的正是《春秋》中有关辞指关系。

以上三个例子可以说明，《公羊》家的《春秋》阐释学具有实践性的特征，并且具有很大的操作空间，陈其泰概括其特点为"政治性"和"变易性"。①《公羊》家认为《春秋》不但处理了历史，也为今天的事实提供了解决之道。由此，我们可以这样认为，在《公羊》学派眼里，《春秋》之"指"，构成了一种条文法，专以义理来衡量社会事实；它的"辞"则形成案例法，为后世类似事件提供解决的方案。也就是说，《春秋》不仅是义理之书，《春秋》还是法典，万事俱备，不光汉之典章制度、政治变革、皇帝的行止可以"按图索骥"，甚至如对匈奴用兵、处理假冒太子事等，都可从《春秋》中找到解决问题的理由和方式。

四、《春秋》决狱

"《春秋》决狱"，即以《春秋》作为依据来审判案件，是《公羊》家和董仲舒《春秋》阐释学的必然结果，也是辞指论应用性特征的体现。在他们看来，《春秋》本来就是法典，当然可以有决狱之用。董仲舒是提出"《春秋》决狱"的大师，王充说"董仲舒表《春秋》之义，稽合于律，无乖异者"（《论衡·程材》）②，《后汉书·应劭传》载："故胶西相董仲舒老病致仕，朝廷每有政议，数遣廷尉张汤亲至陋巷，问其得失。于是作《春秋决狱》二百三十二事，动以经对，言之详矣。"③《春秋决狱》虽不存，后人辑得的亦只五例，但多为民间刑案。④ 这些案例与引经决疑颇不相同，它是将《春秋》当作刑法和民法使用了。元朔六年（前

---

① 参见陈其泰：《春秋公羊学说体系的形成及其特征》，载《山东大学学报（哲学社会科学版）》，2002(6)。

② 黄晖：《论衡校释》，542页，北京，中华书局，1990。

③ （南朝宋）范晔撰，（唐）李贤等注：《后汉书》，1612页，北京，中华书局，1965。

④ 《汉书·艺文志》"六艺略"著录有《公羊董仲舒治狱》十六篇，后世传有题名董仲舒所作《春秋决事》《春秋决狱》《春秋决事比》等，但在宋后亡佚。清人自《太平御览》《通典》等书中辑得六例，其中与《春秋》有关的五例。见清人苏舆《春秋繁露义证》所附《春秋繁露考证》，北京，中华书局，1992。

123)淮南王谋反事露后,武帝"思仲舒前言,使仲舒弟子吕步舒持斧钺治淮南狱,以《春秋》谊颛断于外,不请"(《汉书·五行志上》)。吕步舒以《春秋》判淮南王谋反案,赢得了武帝的赞赏。由此可见,《春秋》决狱的范围上至诸侯,下至小民,无所不包,大成气候。

引经决疑主要应用于政治性事件,它们和《春秋》之间的关联相对较容易建立,而民间刑案如何和《春秋》关联起来呢?我们先看下面一例:

> 甲父乙与丙争言相斗,丙以佩刀刺乙,甲即以杖击丙,误伤乙,甲当何论?或曰:殴父也,当枭首。论曰:臣愚以父子至亲也,闻其斗,莫不有怵惕之心。扶杖而救之,非所以欲殴父也。《春秋》之义,许止父病,进药于其父而卒。君子原心,赦而不诛。甲非律所谓殴父,不当坐。(《太平御览》卷 640 引董仲舒《决狱》)

这是一个甲为助父而误伤父亲的案子,若依汉律当入殴父之罪,而董仲舒依《春秋》断其无罪。《春秋·昭公十九年》载:"夏五月戊辰,许世子止弑其君买。……冬,葬许悼公。"《公羊传》曰:"贼未讨,何以书葬?不成于弑也。曷为不成于弑?止进药而药杀也。止进药而药杀,则曷为加弑焉尔?讥子道之不尽也。……止进药而药杀,是以君子加弑焉尔,曰许世子止弑其君买,是君子之听止也。葬许悼公,是君子之赦止也。赦止者,免止之罪辞也。"①许世子进药误杀父亲,《春秋》责之以"弑";由于是误杀,《春秋》又在记述葬礼时表示了原谅。那么,《春秋》在判决个人行为时,看重的不是事情的结果,而是人的动机,即所谓"君子原心"。衡之本案,甲虽伤父,实有助父之意,所以无罪。由此,我们可以看出,《春秋》之所以能断狱,最关键之处是以动机定是非,而人的动机,从道德法则上来看是有限的,已被《春秋》所囊括,可以通过贯比法将其和案件关联起来,所以《春秋》可以决狱。董仲舒《天人三策》认为秦法汉律是"诛名而不察实,为善者不必免,而犯恶者

---

① (汉)公羊寿传,(汉)何休解诂,(唐)徐彦疏:《春秋公羊传注疏》,178 页,北京,北京大学出版社,1999。

未必刑也"(《汉书·董仲舒传》),反对刑律的就事论事的态度。若以个人的德行为裁决的对象,自然可以以义理来衡之。《春秋繁露·精华》说:"《春秋》之听狱也,必本其事而原其志。志邪者不待成,首恶者罪特重,本直者其论轻。"所谓"原志"即"论心"。此后桓宽的《盐铁论·刑德》说得更为明确:"《春秋》之治狱,论心定罪。志善而违于法者免,志恶而合于法者诛。"这就根本抛开了犯罪的事实,而专论当事者的主观意志了。

"原心论罪"或云"论心定罪",实际上是董仲舒《春秋》阐释学"见其指,不任其辞"的又一种方式,其不像刻板的律令那样纠缠于事实,而是直探本心,即所谓"诛心"。此乃《春秋》书法中本有的,比如"赵盾弑其君",就是典型诛心之论。董仲舒解释说:"夫名为弑父而实免罪者,已有之矣;亦有名为弑君,而罪不诛者。逆而距之,不若徐而味之。且吾语盾有本,《诗》云:'他人有心,予忖度之。'此言物莫无邻,察视其外,可以见其内也。今案盾事而观其心,愿而不刑,合而信之,非篡弑之邻也。按盾辞号乎天,苟内不诚,安能如是?是故训其终始无弑之志。挂恶谋者,过在不遂去,罪在不讨贼而已。"(《春秋繁露·玉杯》)他认为,"赵盾弑君"这个"辞"虽然与事实不符,但它却是合理的,就在于它一方面强调了"指"的绝对性:不讨弑君之贼,罪同弑君。另一方面,它又是诛心之论:赵盾虽有弑君之罪,并无弑君之心,故《春秋》"罪而不诛"。《春秋》这一载录,就是"见其指,不任其辞"的典型表述,也是"原心论罪"的典型案例。我们也由此可以看出,"《春秋》决狱"和"辞指论"一样,都追求儒家政治伦理原则的绝对性,对事实和文本都相对忽视。

因"《春秋》决狱"较为主观随意,学者多所诟病。[1] 但善恶乃本之于心,董仲舒之论是赏善罚恶的根本之所在,对当时苛严的刑法制度的改革亦大有作用。张涛说:"就法律本身的发展而言,《春秋》决狱将儒家经义特别是其反复强调的道德原则引入司法实践,并进而通过'决

---

[1]　如马端临《文献通考》卷182"春秋决事比"条所曰:"盖汉人专务以《春秋》决狱,陋儒酷吏,遂得以因缘假饰。"

事比'也就是判例法这种方式渗透到立法实践之中，由此开启了儒家经义、儒家道德法律化、法典化的进程。经学的介入，使儒家思想开始成为封建法律的指导思想，并使引礼入法开始成为中华法系的一个重要特征，在中国法制史上意义重大。"①从文献阐释的角度来说，"《春秋》决狱"和"辞指论"都能体现董仲舒《春秋》阐释学的特点，这种阐释学不是为了求真，而是为了求其有现实之用，它从根本上动摇了《春秋》的史著性质，成就了《春秋》的当代法典的功用。

第三节 董仲舒阐释的《春秋》"大一统"

除了将《春秋》牵引向现实的"春秋决狱"，董仲舒还在理论上阐发了许多《春秋》大义，比如"《春秋》尊礼而重信，信重于地，礼尊于身"（《春秋繁露·楚庄王》），"《春秋》之论事，莫重于志"（《春秋繁露·玉杯》），"《春秋》之敬贤重民"（《春秋繁露·竹林》），以及"经权""十指""六科"等。能够把这些大义统合涵盖起来的，是董仲舒的"大一统"理论体系。下面这段文字表现了董仲舒"大一统"体系的基本框架：

> 臣谨案《春秋》之文，求王道之端，得之于正。正次王，王次春。春者，天之所为也；正者，王之所为也。其意曰，上承天之所为，而下以正其所为，正王道之端云尔。然则王者欲有所为，宜求其端于天。（《汉书·董仲舒传》）

这段文字见于董仲舒《对策》第一篇，又见于《春秋繁露》中的《重政》《二端》等篇，是对《公羊传·隐公元年》"元年者何？君之始年也……大一统也"的创造性阐释。在这个理论框架中，王处于天人的勾连处。王之上有天，王的职责是将天道规则施于人类社会。天之前还有"元"："臣谨案《春秋》谓一元之意，一者万物之所从始也，元者辞之所谓大也。谓一为元者，视大始而欲正本也"（《汉书·董仲舒传》）；"是以《春秋》

变一谓之元，元犹原也，其义以随天地终始也。故人惟有终始也而生，不必应四时之变，故元者为万物之本，而人之元在焉。安在乎？乃在乎天地之前。故人虽生天气及奉天气者，不得与天元本、天元命而共违其所为也"(《春秋繁露·重政》)。对于"元"，徐复观认为是"元气"，周桂钿认为是董仲舒哲学的最高范畴，较天更根本。[1] 我们认同黄开国的看法："'元'不是哲学概念，而是一个政治概念。"[2]只是因为"元"字位于《春秋》经首端，又有始、长、端、首、大之意，所以董仲舒做了发挥，赋予其特殊的含义，"大始而欲正本也"，重视王道之始，着眼点在于始正、本正，即王道在开始时就要端正根本。"以元之深正天之端"即天循正道运作，再以天循正道运作对应于王循正道治国，二者共同建构起一个五始俱正的宇宙理想秩序。综合《春秋繁露》全书，"元"没有超出"正"的秩序之外的含义，前引虽有"元者为万物之本"，似乎"元"是宇宙创生论上的本体概念，但又说"其义以随天地终始"，可见它并非高出天地的一个范畴。因此，我们认为"元"应视为天道的属性，或者理想的宇宙秩序，"元"规定了万物之本性皆在于"正"，"惟圣人能属万物于一而系之元也"(《春秋繁露·重政》)，即圣人才能够使万物本于正、宇宙和谐。董仲舒哲学体系里最高的范畴是"天"，而非"元"。

"董仲舒春秋公羊学的最大发明，一言以蔽之，在于将《春秋》经传的'法古'宗旨转换为'奉天'。"[3]对于"天"，董仲舒将其性格描述为："天道之大者在阴阳。阳为德，阴为刑；刑主杀而德主生。是故阳常居大夏，而以生育养长为事；阴常居大冬，而积于空虚不用之处。以此见天之任德不任刑也。天使阳出布施于上而主岁功，使阴入伏于下而时出佐阳；阳不得阴之助，亦不能独成岁。终阳以成岁为名，此天意也。"(《汉书·董仲舒传》)虽然天道离不开阴，常使其伏于下而积于空虚不用之处，以见天之任德不任刑。这实际上是把儒家的仁政德治思

① 参见徐复观：《两汉思想史》第二卷，219 页，上海，华东师范大学出版社，2001；周桂钿：《董学探微》，38 页，北京，北京师范大学出版社，1989。

② 黄开国：《董仲舒"贵元重始"说新解》，载《哲学研究》，2012(4)。

③ 邓红：《董仲舒思想研究》，6 页，台北，文津出版社，2008。

想上推至形而上的天，使其带上了永恒绝对的色彩，也使天成了儒家政治伦理之天。类似天道仁的论述，还见于《春秋繁露》中的《基义》《阳尊阴卑》《天地阴阳》《王道通三》等篇。

如前所论，董仲舒的"天"除了哲学内涵，还保留了长期以来天在人们信仰中神秘的人格神意味，即天神。例如，天可以用祥瑞或灾异褒奖或警告人君："国家将有失道之败，而天乃先出灾害以谴告之，不知自省，又出怪异以警惧之，尚不知变，而伤败乃至。以此见天心之仁爱人君而欲止其乱也。"(《汉书·董仲舒传》)类似的言论还见于《春秋繁露·必仁且智》等篇。董仲舒甚至还按血缘关系连接了天人："为生不能为人，为人者天也。人之人本于天，天亦人之曾祖父也。"(《春秋繁露·为人者天》)但是带有人格神意味的天，依然是根据君王遵守儒家政治伦理的情况来予以褒贬，"天和儒教理念的一体化构造里，人类社会的秩序，即伦理和道德规范就是先秦儒家的伦理道德，其已经不是人类社会的产物，而是神圣而绝对的天神的意志、性质以及功能在人类社会再建的东西"[1]。具体来说，天对君王的褒贬是通过阴阳五行等自然感应客观地呈现君主行为之结果，"王正则元气和顺，风雨时、景星见、黄龙下。王不正则上变天，贼气并见"(《春秋繁露·王道》)。王的行为得当，则会元气和顺，否则就会阴阳、五行失调而灾异并至(见《春秋繁露·五行五事》)。这里强调了天的褒贬原则和客观性，弱化了其在早期宗教信仰中不可捉摸的神秘色彩。对于君主来说，既然天变是由自己的行为引发的，因此对待灾异的正确态度是"省天谴而畏天威，内动于心志，外见于事情，修身审己，明善心以反道者也"，而不贵"推灾异之象于前，然后图安危祸乱于后者"(《春秋繁露·二端》)(类似的思想亦见于《春秋繁露·必仁且智》篇等)。强调君主的道德责任与主观反省，而不贵预兆吉凶，此为儒者谈灾异与方术之根本区别。

天接下来的一个层次是王，"古之造文者，三画而连其中，谓之王。三画者，天地与人也，而连其中者，通其道也。取天地与人之中以为贯而参通之，非王者孰能当是?"(《春秋繁露·王道通三》)王者通

---

[1] 邓红：《董仲舒思想研究》，65页，台北，文津出版社，2008。

天地，就要效法以仁道为核心的天心、天意、天志等来治理国家，"王者承天意以从事，故任德教而不任刑。刑者不可任以治世，犹阴之不可任以成岁也。为政而任刑，不顺于天，故先王莫之肯为也。"(《汉书·董仲舒传》)反之，如果不法天道而任刑，就会被"天之所弃，天下弗祐，桀纣是也"(《春秋繁露·观德》)。王行仁道主要靠教化，"故为人君者，正心以正朝廷，正朝廷以正百官，正百官以正万民，正万民以正四方。……诸福之物，可致之祥，莫不毕至，而王道终矣。"(《汉书·董仲舒传》)而且，教化对于治理天下的功效是深远的，"故圣王已没，而子孙长久安宁数百岁，此皆礼乐教化之功也"(《汉书·董仲舒传》)，"威势之不足独恃，而教化之功不大乎"(《春秋繁露·为人者天》)。正是有鉴于此，《天人三策》第一策提出教化德政、改制更化的大原则；第二策具体论述到太学养士、选贤为官，"治国者以积贤为道"(《春秋繁露·通国身》)，此为教化的基础和落脚点；第三策论大夫处君子之位当有君子之行，并提出以儒家思想一统天下的教化策略。总之，"王者上谨于承天意，以顺命也；下务明教化民，以成性也；正法度之宜，别上下之序，以防欲也；修此三者，而大本举矣"(《汉书·董仲舒传》)，承天治民、仁政教化、礼乐法度是王道的基本内涵。这种王道理念，亦是董仲舒阐释《春秋》"常辞""诡辞""移辞"等微言褒贬的基本理论依据。

董仲舒之所以重视教化，是基于对人性的判断。一方面，"人受命于天，固超然异于群生"(《汉书·董仲舒传》)，"唯人独能为仁义"(《春秋繁露·人副天数》)；另一方面，"质朴之谓性，性非教化不成；人欲之谓情，情非度制不节"(《汉书·董仲舒传》)，"性比于禾，善比于米。米出禾中，而禾未可全为米也。善出性中，而性未可全为善也。……今万民之性，有其质而未能觉。譬如暝者待觉，教之然后善"(《春秋繁露·深察名号》)，"善者，王教之化也。无其质，则王教不能化；无其王教，则质朴不能善"(《春秋繁露·实性》)。因为民众之性待教而善，所以天为之立王而引导民众往善的方向发展，此亦为上天规定的王之职责。而民众，亦只有在教化之下发挥善的天性，才能够实现其超于群生的高贵。

　　王代天治理民众，不仅要承贯天心、天意、天志，还要加强与天的礼仪性联系，以表明作为天之子的君权"受命于天"。这种联系，首先见于受命改制，"王者必受命而后王。王者必改正朔，易服色，制礼乐，一统于天下，所以明易姓，非继人，通以己受之于天也。王者受命而王，制此月以应变，故作科以奉天地，故谓之王正月也"（《春秋繁露·三代改制质文》）。此为贾谊以来的儒生通义，方士公孙臣等亦热烈倡议。① 儒者谈改制，不仅表现为一定的正朔、服色、度数等形式因素，更强调治国原则和政治精神的改变——"今汉继秦之后，如朽木粪墙矣，虽欲善治之，亡可奈何。……当更张而不更张，虽有良工不能善调也；当更化而不更化，虽有大贤不能善治也。故汉得天下以来，常欲善治而至今不可善治者，失之于当更化而不更化也"（《汉书·董仲舒传》）。当然，制度虽有改变，但是作为大原则的"道"是不变的，"道之大原出于天，天不变，道亦不变，是以禹继舜，舜继尧，三圣相受而守一道，亡救弊之政也，故不言其所损益也"（《汉书·董仲舒传》）。总体来说，改制与常道的关系是："今所谓新王必改制者，非改其道，非变其理，……故必徙居处、更称号、改正朔、易服色者，无他焉，不敢不顺天志而明自显也。若夫大纲、人伦、道理、政治、教化、习俗、文义尽如故，亦何改哉？故王者有改制之名，无易道之实。"（《春秋繁露·楚庄王》）董仲舒数次论述"经权"，比如《春秋繁露》中的《竹林》《玉英》《王道》等篇，其论君王遵道与改制，实际上亦为"经权"思想在国家政策上的应用，强调守常与变通的辩证关系。

　　君主与天的另一种礼仪联系是郊祭。因为"德侔天地者，皇天右而子之，号称天子"（《春秋繁露·顺命》），所以"宜视天如父，事天以孝道也"（《春秋繁露·深察名号》），"天子不可不祭天也，无异人之不可以不食父"（《春秋繁露·郊祭》）。郊祭在各项祭礼中地位最高，因为"天者，百神之大君也。事天不备，虽百神犹无益也"（《春秋繁露·郊语》），又因为"天之不可不畏敬，犹主上之不可不谨事。不谨事主，其

---

　　① 参见葛志毅：《战国秦汉之际的改制说》，见《先秦两汉的制度与文化》，269～279页，哈尔滨，黑龙江教育出版社，1998。

祸来至显；不畏敬天，其殃来至暗。暗者不见其端，若自然也"（《春秋繁露·郊语》）。甚至，"《春秋》之义，国有大丧者，止宗庙之祭，而不止郊祭，不敢以父母之丧，废事天地之礼也"（《春秋繁露·郊祭》），"郊重于宗庙，天尊于人也"（《春秋繁露·郊事对》）。郊祭的尊贵地位，还体现在祭祀时间以及祭祀程序上，"郊必以正月上辛者，言以所最尊，首一岁之事。每更纪者以郊，郊祭首之，先贵之义，尊天之道也"（《春秋繁露·郊义》），"郊因先卜，不吉不敢郊。百神之祭不卜，而郊独卜，郊祭最大也"（《春秋繁露·郊祀》）。通过每年一次的郊祭，君权天授的象征意味一次又一次地得到强化，帝王成为神秘的天佑之子，充满了宗教意味，郊祭成为构建政治神话的重要方式。

以上论述了王者承天的关系法则，接下来看王向下一维的与民之关系。作为天之子，帝王代天来管理人间社会，"唯天子受命于天，天下受命于天子，一国则受命于君。君命顺，则民有顺命；君命逆，则民有逆命。故曰：'一人有庆，兆民赖之。'此之谓也"（《春秋繁露·为人者天》）。天子为人类社会的枢纽，"君人者，国之元，发言动作万物之枢机"（《春秋繁露·立元神》），"海内之心悬于天子"（《春秋繁露·奉本》）。他处于秩序的顶端，享有绝对的权威，例如，"公侯不能奉天子之命，则名绝而不得就位，卫侯朔是也。子不奉父命，则有伯讨之罪，卫世子蒯聩是也。……曰：不奉顺于天者，其罪如此"（《春秋繁露·顺命》）；"人臣之行，贬主之位，乱国之臣，虽不篡杀，其罪皆宜死"（《春秋繁露·楚庄王》）；"为人臣者法地之道，暴其形，出其情以示人，高下、险易、坚耎、刚柔、肥臞、美恶，累可就财也。故其形宜不宜，可得而财也。为人臣者比地贵信而悉见其情于主，主亦得而财之，故王道威而不失"（《春秋繁露·离合根》）；等等。不仅如此，国君还处于价值体系的顶端，"是故《春秋》君不名恶，臣不名善，善皆归于君，恶皆归于臣。臣之义比于地，故为人臣者，视地之事天也"（《春秋繁露·阳尊阴卑》）。董仲舒又为这种社会秩序提供了哲学上的基础："阴者阳之合，妻者夫之合，子者父之合，臣者君之合。物莫无合，而合各有阴阳。阳兼于阴，阴兼于阳，……是故臣兼功于君，子兼功于父，妻兼功于夫，阴兼功于阳，地兼功于天。"（《春秋繁露·基义》）君对臣、父对子、夫对妻的绝对权威，就像阳对阴一样天经地义，无可更改。而且，董仲舒"把君臣提升到父子之前，表示他的伦理思想是以朝廷为首位，在最高价值方面，则趋向于忠孝的混同"①。如此，董仲舒的思想体系则显然与孔孟思想以孝悌为本、君臣处于相对关系不同。这正是他在秦汉帝制社会中对儒家思想所做的调整，亦是社会现实在思想中的投射。

君主虽然享有人类社会最高的权威，但并不能肆意施暴，而应效法天道之仁。因为"天之生民，非为王也，而天立王以为民也。故其德足以安乐民者，天予之；其恶足以贼害民者，天夺之"（《春秋繁露·尧舜不擅移、汤武不专杀》）。在这里，民与天又有了紧密关联，天根据王对民的态度而对王权进行予夺，"故夏无道而殷伐之，殷无道而周伐之，周无道而秦伐之，秦无道而汉伐之。有道伐无道，此天理也，所从来久矣"（《春秋繁露·尧舜不擅移、汤武不专杀》），"天之所弃，天下弗祐，桀纣是也"（《春秋繁露·观德》）。总之，"君者元也，君者原也，君者权也，君者温也，君者群也。是故君意不比于元，则动而失本；动而失本，则所为不立；所为不立，则不效于原；不效于原，则自委舍；自委舍，则化不行。用权于变，则失中适之宜；失中适之宜，则道不平，德不温；道不平，德不温，则众不亲安；众不亲安，则离散不群；离散不群，则不全于君"（《春秋繁露·深察名号》）。理想的君民关系是心体关系，"君者，民之心也；民者，君之体也。心之所好，体必安之；君之所好，民必从之"（《春秋繁露·为人者天》，类似的比喻还见于《天地之行》篇）。此为董仲舒坚持的儒家德政爱民之一贯思想。

总结上述，在董仲舒构建的大一统思想体系中，天、王、民构成了双向互动的关系：天以祥瑞或灾异褒贬君主，君主作为天之子必须遵从天道，以教化德政为主、刑罚为辅的原则治理民众，民众既服从君主的统治，但又影响天意。在这一关系中，君王处于宇宙枢纽地位，对维系天民和谐起着重要作用。民虽然也占有重要位置，甚至可以决

① 韦政通：《世界哲学家丛书：董仲舒》，127 页，台北，东大图书公司，1986。

定君权稳定与否，但是民众是由天意间接地作用于君主，而非经过客观的制度途径直接影响君主。民众的力量在反抗暴政时得到鲜明体现，但如果没到推翻君主统治的临界点，民众则应该服从君主的绝对权威和统治管理。这种思想体系的社会根源及其局限性，笔者之前已有论述，此处不赘。①

这种"大一统"思想体系的内涵，与《公羊传》有明显不同：《公羊传》维护的是周天子的封建大一统，诸侯在各自分封的等级秩序中服从周天子的权威；董仲舒是在天人相关中尊天子的一统，与周基本上没有关系。② 这表现了董仲舒对《公羊》学的发展，亦是新时代对《春秋》学形塑的结果。在董仲舒的阐释下，《春秋》变成了一幅展现天道的蓝图，又以合乎天道的方式规定了人类生活的整体，是据以设计人类社会政治秩序的最佳模型。

第四节　董仲舒"大一统"的文化功能

董仲舒的"大一统"论，比之于陆贾的仁义教化、伏生等人的道德理想主义以及贾谊的礼治、民本思想等，形而上的哲学建构更加完备，内涵更加丰富。它还具有鲜明的时代针对性，为汉武帝改弦更张、构建全新的政治社会秩序提供了理论依据。所以，"大一统"一经董仲舒提出，就对汉代乃至之后朝代的政治产生了深远的影响。

一、对"大一统"政治秩序的合法性建构

董仲舒的"大一统"论中，王者承天而治，在人间社会拥有无上的权威，这为汉武帝处理外务、内政提供了理论依据。

先看外务。建元三年(前138)，汉武帝即位不久，就遇到了闽越

① 参见曲利丽：《两汉之际文化精神的演变》，34～38页，北京，中华书局，2017。
② 参见刘家和：《论汉代春秋公羊学的大一统思想》，载《史学理论研究》，1995(2)；汪高鑫：《论汉代公羊学的大一统思想》，载《安徽大学学报(哲学社会科学版)》，2006(5)。

之乱，时任太尉的田蚡依照惯例，"以为越人相攻击，其常事，又数反覆，不足烦中国往救也，自秦时弃不属"（《汉书·严朱吾丘主父徐严终王贾传》），遵循汉初期清静无为的策略。与之不同的是，严助认为"今小国以穷困来告急，天子不振，尚安所诉，又何以子万国乎"，想争取汉帝国更大的话语权和控制力。"子万国"显然更契合汉武帝的意愿，因此武帝接受了严助的建议，"遣中大夫严助持节发会稽兵，浮海救之。未至，闽越走，兵还"（《汉书·武帝纪》）。类似的还有建元六年，"闽越王郢攻南越，遣大行王恢将兵出豫章，大司农韩安国出会稽，击之。未至，越人杀郢降，兵还"（《汉书·武帝纪》）。这次出兵，淮南王刘安上疏论曰："自三代之盛，胡越不与受正朔，非强弗能服，威弗能制也，以为不居之地，不牧之民，不足以烦中国也。……自汉初定已来七十二年，吴越人相攻击者不可胜数，然天子未尝举兵而入其地也。"（《汉书·严朱吾丘主父徐严终王贾传》）战争之后，汉武帝派严助向淮南王解释道："汉为天下宗，操杀生之柄，以制海内之命，危者望安，乱者卬治。"（《汉书·严朱吾丘主父徐严终王贾传》）可以看到，汉武帝所看重的并非实用的统治边民或占有地利，而在于"汉为天下宗"的中心意识及对天下秩序的控制力。这里还只是朦胧的中心意识，缺乏明确的理论依据。

董仲舒所阐释的《公羊》学兴起后，其"内诸夏而外夷狄""大复仇"的观念为汉武帝对匈奴战争提供了更恰当的依据。例如，元光六年（前129），诏书云："夷狄无义，所从来久。间者匈奴数寇边境，故遣将抚师。"（《汉书·武帝纪》）元朔六年（前123），"今中国一统而北边未安，朕甚悼之。"（《汉书·武帝纪》）太初四年（前101）汉武帝下诏曰："高皇帝遗朕平城之忧，高后时单于书绝悖逆。昔齐襄公复九世之仇，《春秋》大之"（《汉书·匈奴传》）等。

汉武帝借助战争以实现"攘夷狄"，"汉为天下宗"，固然带来了形似于大一统的天下新秩序，但其诉诸武力的做法实际上与儒家"攘夷狄"有本质不同。儒家看重的是华夏文化的先进性，面临外敌入侵时，华夏民族要同仇敌忾地保卫这种先进文化，所以孔子称赞管仲之功。而对于不服从的边地民族，儒家寄望于文德而不靠武力，"远人不服，则修文德以来之，既来之，则安之"(《论语·季氏》)。汉武帝则是借助战争使四夷归附，这种诉诸武力的做法给当时民众带来了极大的灾难。因此，儒生韩安国、公孙弘、董仲舒等都持批评意见。甚至在武帝去世后盐铁会议中的贤良文学、夏侯胜等人还对其穷兵黩武政策进行了激烈的批评。

再看内政。随着"七国之乱"的平息，诸侯王已经没有了对抗天子的实力。但是沿袭自分封制度而来的分土而治、亲亲观念还有一定的影响。比如，景帝灭掉楚王戊后，"乃立宗正平陆侯礼为楚王，奉元王后，是为文王"(《汉书·楚元王传》)，并没有将楚变为汉之郡县。再如，《汉书·景十三王传》载："诸侯王自以骨肉至亲，先帝所以广封连城，犬牙相错者，为盘石宗也。今或无罪，为臣下所侵辱，有司吹毛求疵，笞服其臣，使证其君，多自以侵冤。"中山王刘胜来朝，更是闻音乐而涕泣，上书诉曰："臣虽薄也，得蒙肺附；位虽卑也，得为东藩，属又称兄。今群臣非有葭莩之亲，鸿毛之重，群居党议，朋友相为，使夫宗室摈却，骨肉冰释。斯伯奇所以流离，比干所以横分也。"这种情绪的蔓延，会将天子对诸侯王的管控视为苛刻不义。而《公羊》学的"尊王"主旨，以及董仲舒发挥的贵阳贱阴之义，为汉朝处理中央和诸侯王的关系提供了参考。武帝时，一系列限制诸侯王的措施，如《左官律》《阿党法》《附益法》等，均在这种观念下发布。对有罪诸侯王的处置也变得更加严厉。例如，"初，武帝复以亲亲故，立敬肃王小子偃为平干王，是为顷王，十一年薨。子缪王元嗣，二十五年薨。大鸿胪禹奏：'元前以刃贼杀奴婢，子男杀谒者，为刺史所举奏，罪名明白。……故《春秋》之义，诛君之子不宜立。元虽未伏诛，不宜立嗣。'奏可，国除"(《汉书·景十三王传》)。《春秋》之义，为汉中央朝廷废国为郡提供了权威依据。当然，诸侯国最后削弱到与普通富户无异，对汉家政权利弊何如，则是见仁见智之事了。

天子与大臣之间，汉初无为而治的治国策略要求天子放权而任用贤臣，以收到休养生息的便民效果。但是具有雄才大略又踌躇满志的汉武帝，不再甘心于清静无为，而要积极扩展权力，实现更高层次的政治蓝图。董仲舒提出的"三纲"，并以天地喻君臣关系(《春秋繁露·

天地之行》），为汉武帝扩展皇帝的权力提供了理论依据。具体来说，武帝的集权措施包括设立中朝制度，使丞相实际权力得以减弱；设立十三州部刺史，加强对地方政治的监察等。

需要说明的是，董仲舒等儒生提出尊王与"大一统"，并非一味地维护在上者的权威，其尊王的前提在于王必须遵从天道仁德，并承担更多的责任，"《春秋》深探其本，而反自贵者始。故为人君者，正心以正朝廷，正朝廷以正百官，正百官以正万民，正万民以正四方"（《汉书·董仲舒传》）。而帝王则更多地汲取对其有利的因素，儒生对王权的制约意识则被有意忽略了。

二、对"大一统"礼制建设的促进

"大一统"理论中，天子受命于天，与天之间具有神秘的联系。这种神秘联系需要通过各种礼制来强化，来向世人表明天子的神秘性、合法性和权威性。在这种理论的鼓舞下，汉武帝时代掀起了礼乐改制的高潮。

例如郊祭。汉初君臣质朴无文，国家的郊庙祭祀多沿秦制。尤其是郊祀，在秦朝四畤的基础上，刘邦又加了一个黑帝，构成了雍五畤的祭祀模式。这种五行宇宙模式下的五色帝畤，固然蕴含有中央及四方天的综合权威，但是最高神为五个而非一个，与权力日渐集中的人间政治格局显然不符。因此，构建一个最高的神灵，以与人间帝王的最高权力相互强化，成为国家祭祀制度改革的任务之一。而且，汉初的国家祭祀还带有较多的民间色彩和随意性。例如，文帝时期在辛垣平的蛊惑下建立渭阳五帝庙"欲出周鼎"，后来辛垣平诈术泄露，导致"文帝怠于改正服鬼神之事，而渭阳、长门五帝使祠官领，以时致礼，不往焉"（《汉书·郊祀志》）。但实际上国家祭祀一直是国家神话的重要组成部分，在政权的合理性和维护国家政治秩序上，具有无可替代的作用。因此，建立固定有序、符合经典的国家祭祀制度，亦是武帝一朝文化建设的重要任务。

董仲舒注意到了《春秋》经典中的郊祀制度，对其意义多有阐发，比如：

> 《春秋》立义，天子祭天地，诸侯祭社稷，诸山川不在封内不祭。（《春秋繁露·王道》）
>
> 受命之君，天意之所予也。故号为天子者，宜视天如父，事天以孝道也。（《春秋繁露·深察名号》）
>
> 天者，百神之大君也。事天不备，虽百神犹无益也。何以言其然也？祭而地神者，《春秋》讥之。（《春秋繁露·郊语》）
>
> 郊必以正月上辛者，言以所最尊，首一岁之事。每更纪者以郊，郊祭首之，先贵之义，尊天之道也。（《春秋繁露·郊义》）
>
> 《春秋》之义，国有大丧者，止宗庙之祭，而不止郊祭，不敢以父母之丧，废事天地之礼也。（《春秋繁露·郊祭》）
>
> 郊因先卜，不吉不敢郊。百神之祭不卜，而郊独卜，郊祭最大也。（《春秋繁露·郊祀》）

通过这些论述，董仲舒对祭天的等级限定、祭祀蕴含的礼意，祭祀的规格、时间、程序等内容一一做了阐发。这些内容既是董仲舒出于国家礼制关怀对经典所做的"视域聚焦"式阐释，亦是董仲舒天的哲学体系中天子与天神秘联系的制度性落实。当汉武帝派张汤来向他咨询郊事时，董仲舒集中表达了原来散见于各篇的郊祭之论，此外还提到了郊祭之祭品——"礼，三年丧，不祭其先，而不敢废郊。郊重于宗庙，天尊于人也。王制曰：'祭天地之牛茧栗，宗庙之牛握，宾客之牛尺。'此言德滋美而牲滋微也"（《春秋繁露·郊事对》），并从报德方面阐释了鲁国实行郊祭之礼的原因。这些论述，代表了当时儒生在阐释郊祭制度上所能达到的最高理论水平。

对于董仲舒来说，郊祭主要是一种神道设教的礼典，强调祭祀者的诚敬和仪式的象征功能。但是，对于汉武帝来说，儒生所说的郊祭过于质朴，制度也过于疏略。最主要的是，汉武帝还希望在国家礼仪中能够满足一己之求仙、长生等愿望。在这方面，方术之士显然更加符合帝王的需求。《史记·封禅书》和《汉书·郊祀志》记载了武帝一朝在雍五畤之外，又新创了甘泉太一、泰山封禅两种祭天之礼。基本仪制如下：

> 或曰"五帝，泰一之佐也。宜立泰一而上亲郊之"。……令祠官宽舒等具泰一祠坛，祠坛放亳忌泰一坛，三陔。五帝坛环居其下，各如其方。黄帝西南，除八通鬼道。泰一所用，如雍一畤物，而加醴枣脯之属，杀一牦牛以为俎豆牢具。而五帝独有俎豆醴进。其下四方地，为胺，食群神从者及北斗云。已祠，胙余皆燎之。其牛色白，白鹿居其中，彘在鹿中，鹿中水而酒之。祭日以牛，祭月以羊彘特。泰一祝宰则衣紫及绣，五帝各如其色，日赤，月白。（《汉书·郊祀志》）

> 上念诸儒及方士言封禅人殊，不经，难施行。天子至梁父，礼祠地主。至乙卯，令侍中儒者皮弁缙绅，射牛行事。封泰山下东方，如郊祠泰一之礼。封广丈二尺，高九尺，其下则有玉牒书，书秘。礼毕，天子独与侍中奉车子侯上泰山，亦有封。其事皆禁。明日，下阴道。丙辰，禅泰山下址东北肃然山，如祭后土礼。天子皆亲拜见，衣上黄而尽用乐焉。江淮间一茅三脊为神藉。五色土益杂封。纵远方奇兽飞禽及白雉诸物，颇以加祠。兕牛象犀之属不用。皆至泰山，然后去。（《汉书·郊祀志》）

可以看到，尽管礼制是儒生阶层历来相传的学问，但最后起决定作用的依然是帝王。汉武帝创建甘泉太一和泰山封禅之制的最大动因，在于想像黄帝那样长生不死。虽在客观上，武帝设祭最高神灵泰一，符合了文化集权的需要，在泰山封禅中也糅合了儒生所说的射牛仪制，但神灵的名字和祭祀的具体程序、服色、乐舞等都来自方术之士而非儒生。因此，董仲舒设想的符合经典的郊祀制度，在武帝一朝并没有落实。当然，随着之后儒学的扩张，儒生逐渐成为官僚主体。贡禹、韦玄成、匡衡等一批儒臣在元帝、成帝时期发起了规模巨大的郊庙礼制改革。后虽数有反复，但是到了王莽时期，儒家理念指导下的郊庙制度几成定制。之后，在东汉及历朝历代相沿成为故事。

其他，还有明堂、巡狩等礼制，都为当时儒生热议的带有神圣色彩的制度，汉武帝也都积极进行了尝试与落实。

三、对学术发展的影响

董仲舒的"大一统"论中还包括了思想学术的统一，"《春秋》大一统者，天地之常经，古今之通谊也。今师异道，人异论，百家殊方，指意不同，是以上亡以持一统；法制数变，下不知所守。臣愚以为诸不在六艺之科孔子之术者，皆绝其道，勿使并进。邪辟之说灭息，然后统纪可一而法度可明，民知所从矣"（《汉书·董仲舒传》）。有学者辨析了董仲舒"天人三策"的上书时间为元光元年（前134），认为在此之前汉武帝已经实行了立五经博士、举孝廉等尊儒措施，田蚡和公孙弘先后成为尊儒过程中的关键人物，董仲舒的作用并不突出。[1] 从政治地位、社会影响力、具体尊儒制度的设计与落实方面来说，此说固然有理，但是董仲舒对策中呼吁思想、学术统一于"六艺之科、孔子之术"，使汉武帝的尊儒活动更加明确和自觉，则是不可否认的。

汉武帝的尊儒，深刻形塑了之后学术发展和中国社会的走向：

第一，儒学从此之后变为官学。众所周知，汉武帝之前的汉代儒学与其他学派一样都属于民间私学，由学者师徒相授，国家力量并没有介入。但是随着汉武帝罢黜其他学派的博士官，仅设立五经博士，又于元朔五年（前124）为五经博士置弟子五十名，儒学就变为国家支持的学问了，其他学派则难享此殊荣。综观汉初以来的学术发展，道家曾经显赫一时，但是随着窦太后去世以及国家政治方针从无为清净变为开拓进取，道家在武帝之后的政治影响力逐渐减弱。汉初的许多士人都带有纵横策士之风，如蒯通、邹阳，以及武帝时的主父偃、严助、徐乐等，但是随着诸侯王势力的削弱，纵横家失去了生存的政治环境，基本不见于武帝之后汉代政坛了。法家因为与暴秦相连，虽然依旧是国家运行的必要手段，法家之士也依然活跃于武帝时期，但是法家之学却不能够作为国家倡导的学问而被支持和鼓励。墨家在汉初就基本湮没无闻，武帝之后也依然没有起色。总之，先秦以来的诸家

---

[1] 徐建委：《发现董仲舒：独尊儒术的历史重塑》，载《文学评论》，2022(2)。

学派，原为平等发展、自由竞争的态势，但是随着儒学成功地取得权力支持，再加上各种内外条件的变化，其他学派逐渐失去了与儒家学派抗衡的力量。到了元帝以后，就基本上形成了儒学一统文化思想的"上无异教、下无异学"局面。

第二，有儒学背景的士人逐渐成为国家官僚主体。如果说设立五经博士还是国家对儒学的宣传和提倡，并不一定能够决定士人的学术兴趣；那么，任用儒生为官的政策则是切切实实的利禄诱惑。士人学习其他学派的学问就意味着失去仕宦机会，这对读书人的治学起到了导向性作用。例如，"公孙弘以治《春秋》为丞相，封侯，天下学士靡然乡风矣"（《汉书·儒林传》）；"（夏侯）胜每讲授，常谓诸生曰：'士病不明经术；经术苟明，其取青紫如俯拾地芥耳。学经不明，不如归耕'"（《汉书·眭两夏侯京翼李传》）；"少子玄成，复以明经历位至丞相。故邹鲁谚曰：'遗子黄金满籝，不如一经'"（《汉书·韦贤传》）。具体来说，国家任用儒生为官，有如下几种途径：其一，太学生考课，"为博士官置弟子五十人，复其身。太常择民年十八已上，仪状端正者，补博士弟子。郡国县道邑有好文学，敬长上，肃政教，顺乡里，出入不悖所闻者，令相长丞上属所二千石。二千石谨察可者，当与计偕，诣太常，得受业如弟子。一岁皆辄试，能通一艺以上，补文学掌故缺；其高弟可以为郎中者，太常籍奏。即有秀才异等，辄以名闻。其不事学若下材及不能通一艺，辄罢之，而请诸不称者罚"（《史记·儒林列传》）。例如倪宽、匡衡等人即由此途径为官。其二，地方小吏以通经得以提拔，公孙弘云，"请选择其秩比二百石以上，及吏百石通一艺以上补左右内史、大行卒史；比百石已下，补郡太守卒史：皆各二人，边郡一人"（《史记·儒林列传》），即原来比二百石或百石的吏，如果能通一经，就提至二百石的左右内史和大行卒史，百石以下的小吏通一经可提至百石的郡太守卒史。其三，两汉察举的科目中举孝廉、贤良方正、明经等，都是根据士人践行儒家伦理或者读儒家经典的情况推荐，由此可以想见其对儒学的推动作用。通过实施这些政策，汉代"公卿大夫士吏彬彬多文学之士矣"，儒生取代了之前的军功阶层而成为官僚的主体，中国古代政治呈现出了新的面貌。当然，儒学也随之发生了变化，班固《汉书·儒林传》云："自武帝立《五经》博士，开弟子员，设科射策，劝以官禄，讫于元始，百有余年，传业者浸盛，支叶蕃滋，一经说至百余万言，大师众至千余人，盖禄利之路然也。"

通过以上简要论述，可以发现"大一统"几乎成为贯穿汉武帝的文韬武略的中心线索。更重要的是，因为制度的延续，"大一统"成了中国古代政治的文化基因，影响至深至远。我们当然不是将这一切都归之于董仲舒，但是其作为思想家提出的理论契合了帝国的政治发展需要，进而成为其核心的文化理念之一，无疑是值得深思的。

第五章　司马迁的世系统系构建
与《史记》的历史书写

　　司马迁在《太史公自序》中叙述其著述《史记》的动机为：承续"世典周史"的家族传统，完成父亲的著述遗愿；拟孔子作《春秋》，为天下仪表；宣扬主上明圣之德，撰录功臣世家贤大夫之业；遭遇李陵之祸，一腔郁结借著书以宣泄。这些动机并非处于同一个层面，其中交织着个体生命的苦难与宣泄、学术理想的张扬和对时代家国的文化责任感；它们也并非和谐一致，而是充满了纠结与冲突。概括地讲，司马迁著书时隐含着两种不同的期待：作为汉武帝时代的史官，自觉地为国家和时代贡献出历史学的记忆、阐释、反思和指引；作为知识精英，张扬个性化的生命意识、人生体验、道德理想和价值关怀，完成带有自己独特生命印记的文本书写。这两种不同的期待造成了《史记》中帝国书写与个人书写的交织，其内在冲突也促使司马迁采用了复杂的叙事策略和著述范式。

第一节　司马迁的世系和统系构建及其意义

　　在《史记·太史公自序》中，司马迁追溯了自己史官家族的谱系，并将孔子撰《春秋》和"五百年必有王者兴"的统系联系起来，从而为《史记》的撰述，建构了一个深厚而强大的职事话语传统。重新清理这些内容，对我们理解司马迁的职事观念、使命意识、撰史方法均有重要的意义。

一、始祖重黎

司马迁在《太史公自序》中将自己家族追溯到了遥远的五帝时代：

> 昔在颛顼，命南正重以司天，北正黎以司地。唐虞之际，绍重黎之后，使复典之，至于夏商，故重黎氏世序天地。其在周，程伯休甫其后也。当周宣王时，失其守而为司马氏。

颛顼，是五帝之一。五帝在中国文化中都是半人半神的身份，体现了社会的最高价值和最终依据。《庄子·大宗师》云："夫道……黄帝得之，以登云天；颛顼得之，以处玄宫。"①《吕氏春秋·古乐》云："帝颛顼生自若水，实处空桑，乃登为帝。"②五帝是中国文化的发端起义处，也是文化发展的归宿，所以，将一个传统追溯到五帝，就说明了这个传统具有神圣的价值。《吕氏春秋·序意》载文信侯曰："尝得学黄帝之所以诲颛顼矣，爰有大圜在上，大矩在下，汝能法之，为民父母。盖闻古之清世，是法天地。凡《十二纪》者，所以纪治乱存亡也，所以知寿夭吉凶也。上揆之天，下验之地，中审之人，若此则是非可不可无所遁矣。"③这一段话是说《吕氏春秋》"十二纪"乃效法黄帝、颛顼，体现的是鉴往知来、天人相应、趋吉避祸的理想和法则。这也体现了人们对颛顼神性品质的理解。

重、黎，从《自序》描述中可知为颛顼臣子。根据《左传·昭公二十九年》载史墨语，重为少皞氏"四叔"之一。④ 那么，重与司马迁无关。司马迁实际认为黎是自己的始祖。《国语·郑语》曰："夫黎为高辛氏火正，以淳耀敦大，天明地德，光照四海，故命之曰'祝融'，其功大矣。"韦昭《解》："淳，大也。耀，明也。敦，厚也。言黎为火正，能治

---

① （晋）郭象注，（唐）成玄英疏：《庄子注疏》，136～138页，北京，中华书局，2011。

② （战国）吕不韦著，陈奇猷校释：《吕氏春秋新校释》，288页，上海，上海古籍出版社，2002。

③ （战国）吕不韦著，陈奇猷校释：《吕氏春秋新校释》，654页，上海，上海古籍出版社，2002。

④ 参见杨伯峻：《春秋左传注》（修订本），1503页，中华书局，1990。

其职，以大明厚大，天明地德，故命之为祝融。祝，始也。融，明也。大明、天明，若历象三辰也。厚大地德，若敬授民时也。光照四海，使上下有章也。"①则黎授民时，能够昌明天地之德，继承了颛顼沟通天人之职。

司马迁关于始祖重黎的追溯来自《国语·楚语下》：

> 及少皞之衰也，九黎乱德，民神杂糅，不可方物。……颛顼受之，乃命南正重司天以属神，命火正黎司地以属民，使复旧常，无相侵渎，是谓绝地天通。其后三苗复九黎之德，尧复育重、黎之后不忘旧者，使复典之。以至于夏、商，故重、黎氏世叙天地，而别其分主者也。其在周，程伯休父②其后也，当宣王时，失其官守而为司马氏。③

这段话是观射父答楚昭王问"重、黎使天地不通"之事。观射父所言，乃是一种职事传统的形成。上古职事传承与家族谱系有吻合之处，两者并不能截然分开。但在这段话中，谱系不是重点，所以在说及人物时有些含混，如文中的"重"和"黎"是两人，若论氏族则需分开来谈，"重黎之后"就有些笼统，程伯休父究竟以谁氏为祖亦不清楚。因这一段话述及"司马氏"，遂被司马迁转接上自己的族谱，并将家族的源头上溯到重黎。这一转接虽然含糊，却隐含着一项重要的文化转变。

周朝行宗法制度，血缘宗亲等级关系和代际传承成为社会组织的重要方式，因此，宗族谱系有着重要的意义。周人对自己的宗族谱系有个完善的过程。在西周刚刚成立的时期，所祭祀的主要是周文王、周武王。如《尚书·洛诰》云："予不敢宿，则禋于文王、武王"，"在新邑，烝祭岁，文王骍牛一，武王骍牛一。"④这在《诗经》中也有记载，如《周颂》中最早的作品《大武》六章所祭祀的除了天地外，主要是周文王和周武王。后来，《天作》《思文》进一步上溯到太王乃至始祖后稷。

---

① 徐元诰：《国语集解》，465 页，北京，中华书局，2002。

② 一作程伯林甫。

③ 徐元诰：《国语集解》，514～516 页，北京，中华书局，2002。

④ （清）阮元校刻：《十三经注疏·尚书正义》，216、217 页，北京，中华书局，1980。

周天子作为周民族之大宗，有祭祀始祖的责任，所以，要将宗族谱系追溯到始祖，并使谱系完整。但对于诸侯而言，他只能祭祀自己氏族之祖，所以谱系只需追溯到受封立国的那位祖先即可。

春秋时期，周天子地位下降，各种僭越行为常常发生，诸侯开始向往能有个半人半神始祖，而这原本是周王的特权。比如，楚国一直自称王，有与周王分庭抗礼之意。《国语·郑语》载史伯云："夫其（楚）子孙必光启土，不可逼也。且重、黎之后也……夫成天地之大功者，其子孙未尝不章，虞、夏、商、周是也。虞幕能听协风，以成物乐生者也。夏禹能单平水土，以品处庶类者也，商契能和合五教，以保于百姓者也，周弃能播殖百谷蔬，以衣食民人者也，其后皆为王公侯伯。祝融亦能昭显天地之光明，以生柔嘉材者也，其后八姓，于周未有侯伯。……融之兴者，其在芈姓乎！"①这实际上是代楚立言，也可以认为，史伯立于西周春秋之交，敏锐地感觉到诸侯在文化上的新追求，并代为言之。再如，《左传·襄公二十九年》记季札观乐，"为之歌《唐》，曰：'思深哉！其有陶唐氏之遗民乎！不然，何其忧之远也？'"②周初，叔虞被封于唐地，建立晋国。陶唐氏实指尧。季札这句话将晋与尧联系在一起，但这不是季札自己的创造。《左传·襄公二十四年》载范宣子曰："昔匄之祖，自虞以上为陶唐氏，在夏为御龙氏，在商为豕韦氏，在周为唐杜氏，晋主夏盟为范氏。"③范宣子是晋国执政大臣，也是一个革新人物，他将自己的祖先追溯至陶唐氏，也就是尧时。范宣子的话，也能反映称霸多年的晋国的心态，并对季札产生了影响。

但是，大多数中原姬姓诸侯，他们与周天子共有一个祖先，无法像楚王那样别寻始祖；也不一定有晋国那样的文化资源，如何才能满足自己祭祀神性祖先的意愿呢？于是，一种新的文化制度应时而生，这就是分野说。我们先来看《左传·昭公元年》的相关记载：

> 晋侯有疾，郑伯使公孙侨如晋聘，且问疾。叔向问焉，曰：

---

① 徐元诰：《国语集解》，465～468 页，北京，中华书局，2002。
② 杨伯峻：《春秋左传注》（修订本），1163 页，北京，中华书局，1990。
③ 杨伯峻：《春秋左传注》（修订本），1087～1088 页，北京，中华书局，1990。

"寡君之疾病，卜人曰'实沈、台骀为祟'，史莫之知。敢问此何神也?"子产曰："昔高辛氏有二子，伯曰阏伯，季曰实沈，居于旷林，不相能也，日寻干戈，以相征讨。后帝不臧，迁阏伯于商丘，主辰。商人是因，故辰为商星。迁实沈于大夏，主参，唐人是因，以服事夏、商。其季世曰唐叔虞。当武王邑姜方震大叔，梦帝谓己：'余命而子曰虞，将与之唐，属诸参，而蕃育其子孙。'及生，有文在其手曰虞，遂以命之。及成王灭唐，而封大叔焉，故参为晋星。由是观之，则实沈，参神也。昔金天氏有裔子曰昧，为玄冥师，生允格、台骀。台骀能业其官，宣汾、洮，障大泽，以处大原。帝用嘉之，封诸汾川，沈、姒、蓐、黄实守其祀。今晋主汾而灭之矣。由是观之，则台骀，汾神也。"①

子产这一段话，通过一个梦，为晋的开国之祖叔虞连接上另一个远古神灵实沈。实沈在分野理论中为十二星次之一，与二十八宿相配为觜、参两宿，分野主晋；台骀亦是远古神灵，为汾水神。由此，晋国国君可以依附两个神：实沈和台骀。这两个神的古老程度可以和周人祖先契相比，如此便满足了晋人文化升级的精神需求。春秋时，分野制度发达，如《左传·昭公十年》"今兹岁在颛顼之虚，姜氏、任氏实守其地"②之类，差不多覆盖到所有主要诸侯国。分野制度，包括对所在地先祖神的祭祀义务，使得诸侯国能够拥有自己的神灵，在一定程度可以和周人的祖先神相抗衡。

分野制度，适应了春秋时期天子衰微、诸侯争霸的历史现实，体现出割据状态下的政治文化的特点。到司马迁时代，社会形态发生了巨大变化，宗法制度彻底消失，大一统集权制度基本形成。汉初虽然还有诸侯国，但其地位大大下降，并走到了自己的尽头，因此，分野制度的影响力也逐渐式微。在这个历史背景下，出现了新一轮祖先追溯情况。从《史记》来看，新的祖先追溯有如下两方面的特点。

第一，始祖追溯扩展到在历史上和当代社会中各主要阶层。包括

---

① 杨伯峻：《春秋左传注》（修订本），1217～1219 页，北京，中华书局，1990。
② 杨伯峻：《春秋左传注》（修订本），1314 页，北京，中华书局，1990。

前代诸侯国，"秦之先，帝颛顼之苗裔"（《史记·秦本纪》），"楚之先祖
出自帝颛顼高阳"（《史记·楚世家》）；其他民族，"匈奴，其先祖夏后
氏之苗裔也，曰淳维"（《史记·匈奴列传》），"越王勾践，其先禹之苗
裔，而夏后帝少康之庶子也"（《史记·赵世家》）；历史人物，"吾闻之
周生曰'舜目盖重瞳子'，又闻项羽亦重瞳子。羽岂其苗裔邪？何兴之
暴也"（《史记·项羽本纪》），"英布者，其先岂《春秋》所见楚灭英、六，
皋陶之后哉"（《史记·黥布列传》）；此外，还有司马家族的"昔在颛
顼"；等等。这些家世追溯在先秦是很少见到的，其说明社会的主体发
生了变化，社会的政治文化结构也都发生了变化。在《史记》中，我们
看到各类人的祖先追溯大多会被汇聚到五帝身上，并进一步汇聚到黄
帝身上。韩兆琦说："中国的远古传说中有所谓'五帝'，即黄帝、颛
顼、帝喾、唐尧、虞舜，司马迁认为他们都是一家人。他说颛顼、帝
喾、唐尧、虞舜都是黄帝的子孙，并在《五帝本纪》中给他们一一地排
了世序……这种见解的产生，又有它当时一定的社会历史条件，这就
是各诸侯国在互相融合、互相兼并中所造成的那种逐渐统一的政治趋
势。"①从新文化建设来说，新一轮祖先追溯，体现了新的社会主体和
大一统集权政治的合法性需求。

　　第二，始祖追溯主要是通过文献文本的相关性来进行的。如这篇
《自序》，即以《国语》材料来推衍自己的家族。但司马迁与重黎的联系
仅有"司马氏"三个字。《国语·楚语》说程伯休甫为"司马氏"，是说他
的官职发生了变化，按当时姓氏命名规则，他的后人有可能以司马为
姓氏。但司马一职并不始于周宣王时代的程伯休甫，殷商可能设司马，
至迟到西周初期，《尚书·牧誓》为周武王伐殷誓词，《尚书·梓材》为
周公册封康叔于卫的诰辞，两文中都提到司徒、司马、司空。金文中
还有"司马共""司马井伯"的记载，而共、井伯都是王朝卿士，与程伯
休甫并非一族。此外，西周司马类别较多，《周礼》所载有大司马、小

---

① 韩兆琦：《司马迁的民族观》，载《曲靖师专学报》，1983(2)。

司马、军司马、舆司马、行司马、都司马等，诸侯国还设有"国司马"。① 以上不少为出土铭文证实，如西周中期的豆闭簋铭文中所提到的"邦君司马"即为"国司马"。春秋时期，司马一职更为普遍。在这些司马职官中，会产生不止一个司马氏族。而且，根据《国语·郑语》史伯所云，黎为祝融，后有八姓：己、董、彭、秃、妘、曹、斟、芈，大多已经灭国，当春秋时期，中原妘姓的鄢、郐等，曹姓的邹、莒等尚存，但都已衰落，只有楚王族芈姓一家独盛。这里已经将黎之后的谱系梳理清楚了，司马迁如要认黎为先人，先得攀连八姓才行。但我们看到，司马迁并没有做到这一点。也就是说，司马迁对祖先的追溯目的性很强，但在方法上却有着相当大的主观性和随意性。

二、"世典周史"

在述及西周以降的家族史时，《太史公自序》云：

> 司马氏世典周史。惠襄之间，司马氏去周适晋。晋中军随会奔秦，而司马氏入少梁。自司马氏去周适晋，分散，或在卫，或在赵，或在秦。其在卫者，相中山。在赵者，以传剑论显，蒯聩其后也。在秦者名错，与张仪争论，于是惠王使错将伐蜀，遂拔，因而守之。错孙靳，事武安君白起。而少梁更名曰夏阳。靳与武安君坑赵长平军，还而与之俱赐死杜邮，葬于华池。靳孙昌，昌为秦主铁官，当始皇之时。蒯聩玄孙卬为武信君将而徇朝歌。诸侯之相王，王卬于殷。汉之伐楚，卬归汉，以其地为河内郡。昌生无泽，无泽为汉市长。无泽生喜，喜为五大夫，卒，皆葬高门。喜生谈，谈为太史公。

重黎之后在周者为程伯休父，也正是在程伯休父手里，这一族"失其守而为司马氏"。所谓"守"即重黎"司天""司地""序天地"之事，也就是沟通天人，这是宗教性职务，后世称为天官。重和黎各有侧重。重司天，

---

① 王贵民：《就殷墟甲骨文所见试说"司马"职名的起源》，见胡厚宣主编：《甲骨文与殷商史》，173~190 页，上海，上海古籍出版社，1983。

应指祭祀、祷祝天神；黎司地，或指祭祀、祷告地祇，或指代民祷祝等。《索隐》："重司天而黎司地，是代序天地也。据《左氏》，重是少昊之子，黎乃颛顼之胤，二氏二正，所出各别……今总称伯休甫是重黎之后者，凡言地即举天，称黎则兼重，自是相对之文，其实二官亦通职。然休甫则黎之后也。"程伯休甫，《诗经》作程伯休父，袭程国君主。程是周畿内诸侯。南朝梁刘昭注《续汉书·郡国志》洛阳"上程聚"云："古程国，《史记》曰重黎之后，伯休甫之国也。"[1] 程伯休甫时任朝廷卿士。《诗经·大雅·常武》云："王谓尹氏，命程伯休父，左右陈行，戒我师旅。"《毛传》："尹氏掌命卿士，程伯休父始命为大司马。"[2] 这是说周宣王让尹氏任命程伯休甫为大司马，随王征讨徐方，并且大获全胜。大司马是最高军事长官。此次任命是就这次军事行动而言，还是一个朝廷常设职务，在《诗经》中并不确切，但《国语》显然认为这是一个固定的职务。

《自序》云："当周宣王时，失其守而为司马氏。司马氏世典周史。"这句话暗示程伯休甫为司马氏第一位史官。我们来梳理一下司马的职事。从《诗经·大雅·常武》来看，程伯休甫之司马为军事官员无疑。但大司马在西周又不止于武事。《周礼·夏官·大司马》云：

> 掌建邦国之九法，以佐王平邦国。制畿封国，以正邦国。设仪辨位，以等邦国。进贤兴功，以作邦国。建牧立监，以维邦国。制军诘禁，以纠邦国。施贡分职，以任邦国。简稽乡民，以用邦国。均守平则，以安邦国。比小事大，以和邦国。以九伐之法正邦国。[3]

由此看来，大司马为周王重要佐官，几乎负责一切军国政务，地位十分重要。这些已被出土金文所证实。[4] 除此之外，在金文中还能看到

① （晋）司马彪撰，（南朝梁）刘昭注补：《后汉书志》，3390页，北京，中华书局，1965。

② （清）阮元校刻：《十三经注疏·毛诗正义》，576页，北京，中华书局，1980。

③ （清）阮元校刻：《十三经注疏·周礼注疏》，834～835页，北京，中华书局，1980。

④ 张亚初、刘雨：《西周金文官制研究》，12～14页，北京，中华书局，1986。

司马在策命仪式中担任"右"的载录。例如：

> 佳王十又二年三月既望庚寅，王才周，格大室，即位。司马井伯右走，王乎作册尹□□走……（走簋）①
>
> 佳五年三月初吉庚寅，王才周师录宫。旦，王格大室，即位。司马共右谏入门立中廷。王呼内史年册命谏曰……（谏簋）②

"右"是引导受策命者接受策命的职事，在策命仪式中较为重要，一般由朝廷卿士担任，并非特定性宗教职务。也就是说，这位程伯休甫所任司马一职与史官无涉，"司马氏世典周史"不从程伯休甫开始。

有学者根据现存各类材料，认定西周地位较高影响较大的异姓史官家族共有四家：辛氏、尹氏、程氏、微氏。其中辛氏，《左传·襄公四年》引魏绛的话说："昔周辛甲之为大史也，命百官，官箴王阙。"尹氏，《逸周书·世俘》载，武王克殷后返回宗周举行燎祭，"乃俾史佚繇书于天号"。微氏，史墙盘铭文载："青幽高祖，才（在）微灵处，雩武王既弌殷，微史（使）烈祖乃来见武王。"③以上每家都有多种文献可考，唯有"程氏"，除了司马迁根据《国语》记载，自云"世典周史"外，无任何材料可以佐证。④

"惠襄之间"已经是春秋，若以周惠王和周襄王交替之年，则约在公元前651年，当时周王朝有废立之乱，司马氏"去周适晋"。晋国史官可知的有史苏、卜偃、董狐、史墨、史赵、史龟、周舍等，并无司马氏任史官者。⑤ 三十年后，晋随会亦因晋国内部废立之乱，而逃至秦。⑥

---

① 马承源主编：《商周青铜器铭文选》第三卷，159页，北京，文物出版社，1988。
② 马承源主编：《商周青铜器铭文选》第三卷，207页，北京，文物出版社，1988。
③ 中国社会科学院考古研究所编：《殷周金文集成》，5484页，北京，中华书局，2007。
④ 胡新生：《异姓史官与周代文化》，载《历史研究》，1994(3)。
⑤ 据樊西佑《晋国史官研究》(硕士学位论文，山西师范大学，2012)，晋国春秋时期见诸文献的史官有：孙伯黡、辛有之二子、史苏、卜偃、董因、史援、董狐、董叔、董伯、史赵、史龟、史墨、董安于、屠黍、周舍。
⑥ 随会与司马氏无关，司马迁只是以"随会奔秦"作为一个时间节点提出来。详见张胜发：《"随会奔秦"与"司马氏入少梁"》，载《渭南师专学报(社会科学版)》，1993(4)。

当此之时，司马氏离开晋国入居少梁，此时少梁在秦治下。这一支包括司马错（为秦将）、司马靳（事武安君白起）、司马昌（主铁官）、司马无泽（汉市长）、司马喜（五大夫）、司马谈（太史公）、司马迁。司马错以下这个谱系应该是司马迁家族最为切实的家谱，司马错是司马迁能够追溯到的最远之祖先，所以特别述及。其他司马氏有：在卫国之司马喜（中山相），在赵国之司马凯（以剑术显）、司马蒯聩（可能是《刺客列传》中的盖聂）、司马卬（受项羽封）。由这个谱系可以看出，在春秋战国乃至汉初，司马氏无任史职者。司马谈所谓"后世中衰"，或即指春秋战国乃至汉初司马氏无任史职的事实。

由上可知，所谓"司马氏世典周史"，实际只是司马迁根据《国语》"其在周，程伯休父其后也。当宣王时，失其官守，而为司马氏"一句推断出来的，并无实据。司马迁之所以勉强将自己的祖先追溯到程伯休甫，追溯到重黎，就是为了强调自己家族的天官或史官传统的原生性。

下面我们根据《自序》来看看司马迁对天官和史官的认识。从"失其守而为司马氏"这一句话来看，司马迁似乎认为司马氏的史官与重黎的天官颇有不同。天官的主要职责是"世序天地"，也就是沟通天人，包括祭祀、灾异、祝告、敬授民时、礼乐等，为早期宗教性职务，亦即巫。上古巫史不分，史主要指巫职中承担载录、出使之人，从春秋文献看来，史仍有宗教祭祀之职责。司马迁实际上也正是由于这个巫史一体的意识，而将自己的家谱追溯到重黎和颛顼。那么，所谓"失其守而为司马氏"是什么意思呢？我们可以从汉代的史官制度来看这个问题。有学者总结西汉太史的主要职责大致有九项：掌天时、星历，议造历法，颁行望朔，奏良日及时节禁忌；主持并参与多种祭祀仪式；参议礼乐损益，音律改易；随从皇帝封禅，事鬼神；掌管天下郡国计书；掌术数算学与课试蒙童；记录灾异；掌灵台，候日月星气；掌明堂、石室，明堂、石室多藏图籍档案。[①] 比较起来，其中天时星历、

---

① 参见牛润珍：《汉至唐初史官制度的演变》，39～40页，石家庄，河北教育出版社，1999。

主持祭祀、记录灾异、候日月星气等，也都是阴阳鬼神之事，也就是说，汉代史官亦有"序天地"之职，所区别者大约有二：一是早期的"序天地"有着崇高的地位，《史记·天官书》所谓"昔之传天数者，高辛之前，重、黎"，因其职事关系到人类的生存、规范和意义，是一项神圣的事业，而到了后代，如《报任安书》所言，"文史星历近乎卜祝之间，固主上所戏弄，倡优畜之，流俗之所轻也"，天官之职已完全衰落，为统治者所蔑视；二是后世太史与重黎之"序天地"相比，多了文献载录和保存等事，而这个载录之事又为司马迁所特别留意。大约由于上述原因，司马迁才有"（程伯休甫）失其守而为司马氏，司马氏世典周史"这个奇怪的说法。这其中既有对巫史地位衰落的悲叹，也有对巫史职事的执着，体现了一种复杂的心态。

从这个家族谱系来看，司马谈是司马氏第一个史官。史官这一职事，在西周春秋时期达到高峰，文化地位十分突出。战国时期，一些诸侯国也设有史官，如秦昭王与赵惠文王渑池会盟时，有秦御史记录曰："某年月日，秦王与赵王会饮，令赵王鼓瑟。"（《史记·廉颇蔺相如列传》）赵王亦有史官跟随、记录。但秦一统天下，不但"史官非秦记皆烧之"，《秦记》及其他撰述活动也都戛然而止，史官职事断绝。各类文献上所谓"史"，基本上都是"吏"。东汉卫宏的《汉旧仪》记载："旧制尉皆居官署……更令吏曰令史，丞吏曰丞史，尉吏曰尉史。"[1]其中令史一职，据秦简，除执掌文书、监督仓啬夫与代理官啬夫外，还有监督谷物刍稿出入仓、巡查府库、负责上计事务、参与司法程序和行庙等职务，显然是个事务性吏职。汉代从朝廷到各级衙门，都设有令史一职，参与礼仪和祭祀、护驾、宣诏、举谣言等，虽然承担了不少史官职事，但职位低下。[2] 此外，其他职务也代行史事，如《史记·张丞相列传》载："张苍为计相时，绪正律历。以高祖十月始至霸上，因故秦时本以十月为岁首，弗革。推五德之运，以为汉当水德之时，尚黑如

---

　　① （清）孙星衍等辑：《汉官六种》，81～82 页，北京，中华书局，1990。
　　② 参见苑苑：《秦汉部分史职研究——以尹湾汉简为考察基点》，硕士学位论文，河北师范大学，2016。

故。吹律调乐，入之音声，及以比定律令。若百工，天下作程品。至于为丞相，卒就之，故汉家言律历者，本之张苍。"可见秦及汉初，史事分散，并无先秦意义上的专任史官。

唐初魏徵所撰《隋书·经籍志序》曰："至汉武帝时，始置太史公，命司马谈为之，以掌其职。……谈乃据《左氏》《国语》《世本》《战国策》《楚汉春秋》，接其后事，成一家之言。"①太史的长官是太史令。《后汉书·百官志》曰："太史令一人，六百石。"注曰："掌天时、星历。凡岁将终，奏新年历。凡国祭祀、丧、娶之事，掌奏良日及时节禁忌。凡国有瑞应、灾异，掌记之。"②由此看来，汉代太史的职责与春秋之前史官相仿，仍以沟通天人和文献职事为主，属天官。这可能与汉武帝接受了董仲舒的天命观及改正朔等建议有关。可以断定，司马谈是汉代第一史官，也是司马家族的第一个史官。对于史官这个悠久的职业来说，尤其是当史官被当作一种天职之时，传统是十分重要的，缺少一个深厚的传统会使得司马谈父子深感不安。司马谈说："余先周室之太史也。自上世尝显功名于虞夏，典天官事。后世中衰，绝于予乎？汝复为太史，则续吾祖矣。"（《史记·太史公自序》）这段话不但要为自己追溯一个传统，还体现了延续这个传统的激切心情。

三、《春秋》王道

司马迁对重、黎的追溯，一方面体现了中央集权的大一统制度之文化建设，但另一方面更重要的是为自己的职事寻找到一个悠久而神圣的传统。但如我们上面所看到的，司马迁这个追溯其实是很勉强的，难以说服他人，也难以说服自己。所以，司马迁还有另一个谱系支持自己的史官事业。《太史公自序》云：

> 先人有言："自周公卒五百岁而有孔子。孔子卒后至于今五百岁，有能绍明世，正《易传》，继《春秋》，本《诗》《书》《礼》《乐》之

---

① （唐）魏徵等撰：《隋书》，956 页，北京，中华书局，1973。
② （晋）司马彪撰，（南朝梁）刘昭注补：《后汉书志》，3572 页，北京，中华书局，1965。

际?"意在斯乎! 意在斯乎! 小子何敢让焉。

在这段话里,司马迁将自己的《史记》著述看作继承孔子的《春秋》事业,而不是归之于重、黎的传统。这其中的原因,也是多方面的。首先,孔子所撰《春秋》是年代史书的直接源头,而重、黎的传统并没有这样的史书传世。其次,司马迁认为《春秋》涵盖了重、黎天官职事,他说:"夫《春秋》,上明三王之道,下辨人事之纪,别嫌疑,明是非,定犹豫,善善恶恶,贤贤贱不肖,存亡国,继绝世,补敝起废,王道之大者也。"(《史记·太史公自序》)所谓王道,在儒家看来也就是天道。最后,孔子《春秋》也在一个神圣谱系或传统之中。所谓"自周公卒五百年而有孔子"实来自《孟子·尽心下》的"五百年必有王者兴"之说:

> 由尧舜至于汤,五百有余岁;若禹、皋陶,则见而知之;若汤,则闻而知之。由汤至于文王,五百有余岁,若伊尹、莱朱,则见而知之;若文王,则闻而知之。由文王至于孔子,五百有余岁,若太公望、散宜生,则见而知之;若孔子,则闻而知之。①

孟子在这里构建了一个既不同于宗法也不同于职事的天道传统,它所谓"王",并非指现实的君王,而是文化缔造、道统传承之"王",孔子以"素王"身份传承这个统系,这个统系的标志就是《春秋》。②《太史公自序》在论及《春秋》之功用时引用董仲舒的话云:

> 周道衰废,孔子为鲁司寇,诸侯害之,大夫壅之。孔子知言之不用,道之不行也,是非二百四十二年之中,以为天下仪表,贬天子,退诸侯,讨大夫,以达王事而已矣。

这一神圣的裁决权力和支持这一权力的统系,对司马迁有着巨大的吸引力,他所谓"孔子卒后至于今五百岁",所谓"意在斯乎",就是对这一传统的自觉体认,这不是一般的精神认同,而是一种真切的身份认

---

① 杨伯峻:《孟子译注》,344 页,北京,中华书局,1960。
② 参见过常宝:《原史文化及文献研究》(修订本),241~242 页,北京,中国社会科学出版社,2016。

同，也就是说，司马迁确切地认为自己就是那个五百年一出的"王"。这一传统由于没有宗族血缘或职事传承的关系，对司马迁确认自己的事业，能有更为直接的激励，也能弥补渺茫难信的家族传统给自己带来的缺憾。

但"五百年必有王者兴"的统系，似乎也只能在战国时代说说，汉代皇帝以天子的名义一统天下，因此，他既是俗王，也是圣王，所以有壶遂之问："孔子之时，上无明君，下不得任用，故作《春秋》，垂空文以断礼义，当一王之法。今夫子上遇明天子，下得守职，万事既具，咸各序其宜，夫子所论，欲以何明？"（《史记·太史公自序》）而对于这样的疑问，司马迁也只能"唯唯否否"，顾左右而言他。这说明，在集权政治背景下，这个天道统系是无法存在的，更何况去实践、延续它。司马迁的"唯唯否否"，也流露出对这个统系的犹疑，也许正是如此吧，司马迁才同时认同两个传统，它们相互补充，相互支持，给人以更踏实的感觉。

司马迁出任史官以来，常要侍从汉武帝巡幸，参与多种祭祀活动，制定太初历，备皇帝咨询，等等。这些都是史官本职，司马迁似乎都不甚在意。因为，在汉代官员序列中，史官地位低下，话语权非常有限，这些从前的神圣事务，在汉武帝时代，只能等同于倡优之事。司马谈父子身处古代巫史传统的末端，悲哀盛时不再，而对曾经有过的辉煌满怀憧憬，他们不认可自己在朝廷序列中的地位，转而认同这个悠远的神圣传统，并期望从《春秋》那里寻求天道之担当。司马迁将自己的家世追溯到重黎，这是强调自己的职事有一个神圣的传统，是天命的代言人，它是一个很高的起点，也是某种精神归宿；将自己的《史记》撰写追溯到孔子《春秋》，这是强调史官裁决天下的权力和责任，是一种左右社会发展的职事实践。家族世系和天道统系上的归属，能赋予司马迁某种神圣权力，使得他获得一份具有超越历史的自信心和责任感。具体而言，巫史传统赋予司马迁话语权的合法性，而孔子《春秋》则给予他独特的话语方式。

相对于改历、封禅、从巡等，司马迁特别在意《史记》编撰，他对壶遂说："废明圣盛德不载，灭功臣世家贤大夫之业不述，堕先人所言，罪莫大焉。"(《史记·太史公自序》)其实，传统史官虽然有载录之职，但并不撰史，撰史的只有孔子。而《史记》亦非只载录盛德和功业，它有着更为高远的理念和更为激烈的态度。《吕氏春秋》认为颛顼之道"所以纪乱存亡也，所以知寿夭吉凶也。上揆之天，下验之地，中审之人，若此则是非可不可无所遁焉"，这是自历史和天人两个层面，说明巫史的绝对权威和至上价值；而孔子作《春秋》所显示的价值审判之至上"王道"，以及其"文成数万，其指数千。万物之散聚皆在《春秋》"(《史记·太史公自序》)，于孔子而言，可谓立言以不朽。这几点加起来，就是司马迁所谓"究天人之际，通古今之变，成一家之言"。司马迁的《史记》在讽刺汉代皇帝这一点上毫不留情。班固《典引序》记东汉明帝言："司马迁著书成一家之言，扬名后世。至以身陷刑之故，反微文刺讥，贬损当世，非谊士也。"①三国魏明帝在与王肃谈论《史记》时说："司马迁以受刑之故，内怀隐切，著《史记》非贬孝武，令人切齿。"②(《三国志·魏志·王肃传》)甚至到清代的王夫之说："司马迁之史，谤史也，无所不谤也。"又说："司马迁挟私以成史，班固讥其不忠，亦允矣。"③他们看到《史记》中对皇帝的批评态度是不错的，但说其"受刑之故"，则不够准确。实际上，司马迁理解孔子著《春秋》就是为了"贬天子，退诸侯，讨大夫"，其作史的姿态就是"当一王之法"，就是裁决当世，因此，司马迁作"谤书"与继承孔子统系有关，而与"受刑"无必然之关系。

从上我们可以看出，司马迁将家族的历史追溯到重、黎和程伯休甫，又主动承接了"五百年必有王者兴"的天道传统，至少有三个方面的意义：其一，恢复史官的神圣性，重振史官的崇高地位；其二，从传统中为自己的史官职事寻觅合法性和权威性；其三，为自己的《史记》撰写理念和方法找到历史性样本。因此，司马迁的家族追溯和职事传统建构，对于他的史职认识和实践，都有着十分重要的意义。

---

① （南朝梁）萧统编，（唐）李善注：《文选》，2158 页，上海，上海古籍出版社，1986。
② （晋）陈寿撰，（南朝宋）裴松之注：《三国志》，418 页，北京，中华书局，1959。
③ （明）王夫之：《船山全书》第十册，140、151 页，长沙，岳麓书社，2011。

第二节 《史记》中的"大一统"历史图像

《史记》孕育于一个空前变动的时代。不同于汉前期的清静无为，汉武帝频繁更张，"外攘夷狄，内修法度"，以建立君主的绝对权威和大一统秩序。汉武帝又用儒术缘饰国家政治，在诏书中频频提及唐虞三代理想社会，例如，"朕闻昔在唐虞，画象而民不犯，日月所烛，莫不率俾。周之成康，刑错不用，……今朕获奉宗庙，夙兴以求，夜寐以思，若涉渊水，未知所济。猗与伟与！何行而可以章先帝之洪业休德，上参尧舜，下配三王！"(《汉书·武帝纪》)。其他，《汉书·董仲舒传》《汉书·公孙弘卜式兒宽传》所载汉武帝诏书与此类似。汉武帝热情求贤问道，为的是向这个乌托邦社会、国家政治的最高理想靠拢。这使国家政治在追求目标、为政理念、具体制度等方面，都表现出了与之前汉帝国不同的气象。如果说汉武帝之前，汉帝国重在矫秦之弊，休养生息，务使社会恢复元气，那么汉武帝时期国家的为政目标更在于实现理想中的王道：刑措而不用，仁德洋溢，万国来朝，泽及鸟兽，宇宙万物各得其所，祥瑞频降。

时代的巨变，要求文化上塑造出与之相适应的新精神理念。司马迁之前，董仲舒已据《春秋》提出了一套"大一统"思想体系，为汉武帝的诸多变革提供了正当性。但是"载之空文，不如见之行事深切著明"，"大一统"要成为时代共识和社会主流文化心理，还需要更多的文化建构。诞生于这个时代的《史记》自然要回应这种时代文化的需求。对于《史记》中的"大一统"，学者已有论述①。但是，论者多是指出了《史

---

① 笔者检索到关于《史记》"大一统"的论文有十余篇，重要的有：汪高鑫的《司马迁"大一统"思想析论》[载《淮北煤炭师范学院学报》，2001(5)]，和《司马迁与董仲舒"大一统"思想不一致论》[载《史学理论与史学史学刊》，2012年)]，前文分析了《史记》从体例上断限上蕴含的"大一统"之义以及司马迁对"大一统"政治的歌颂，后文从"大一统"思想的阐发形式、思想大一统的统一路径以及民族大一统的思想内涵上分析司马迁与董仲舒的区别；张新科《大一统：〈史记〉十表的共同主题》[载《学术月刊》，2003(6)]，分析了《史记》十表中体现出的大一统观念；等等。

记》中的"大一统"价值指向，对其丰富的、多层次的、充满张力的内涵还缺乏深入细致的研究。本节拟将《史记》的"大一统"世界分为政治和文化两个层次分别进行论述，并讨论其间的张力与平衡。

一、"大一统"政治对《史记》历史世界的规制

作为"大一统"王朝的史官，司马迁笔下的历史世界有意无意地受到了现实政治制度和政治理念的制约。这主要表现在：

（一）王朝兴替史为汉政权提供了正统合法性

司马迁笔下的历史始于黄帝，这是一个饶有意味的开端。许多学者对此进行了讨论。例如，张衡云："《易》称宓戏氏王天下。宓戏氏没，神农氏作。神农氏没，黄帝、尧、舜氏作。史迁独载五帝，不记三皇，今宜并录。"①司马贞补作了《三皇本纪》。欧阳修则认为，"以孔子之学，上述前世，止于尧、舜，著其大略，而不道其前。迁远出孔子后，而乃上述黄帝以来，又详悉其世次，其不量力而务胜，宜其失之多也"②梁玉绳亦云："孔子删《书》肇于唐、虞，系《易》起于包、炎。史公作《史》，每祖述仲尼，则本纪称首不从《尚书》之昉二帝，即从《易》辞之叙五帝，庶为允当，而以黄帝、颛、喾、尧、舜为五，何耶？"③总之，学者要么批评《史记》记述的范围不够早，没有记载黄帝之前的三皇或者伏羲、炎帝；要么认为司马迁既然追求史料"雅驯"，应遵从《尚书》始于尧、舜，而不应该上推至黄帝。实际上，司马迁对于学者所说的早于黄帝的传说人物并非不知。例如，"伏羲至纯厚，作《易》八卦"（《太史公自序》），还提及神农氏（《五帝本纪》）、无怀氏和泰帝（《封禅书》）等。司马迁对于《尚书》更是熟悉，吸收了其大部分材料。那么他为何要毅然决然地"自黄帝始"呢？

这要从《五帝本纪》所记载的内容本身来进行解释。在司马迁的笔下，黄帝除了"生而神灵，弱而能言，幼而徇齐，长而敦敏，成而聪

---

① （南朝宋）范晔撰，（唐）李贤等注：《后汉书》，1940 页，北京，中华书局，1965。

② （宋）欧阳修：《居士集·帝王世次图序》，见《欧阳修全集》，592 页，北京，中华书局，2001。

③ （清）梁玉绳：《史记志疑》，1 页，北京，中华书局，1981。

明"等巫师通常具有的品德和非凡才能外，其重要的功业在于：

> 轩辕之时，神农氏世衰。诸侯相侵伐，暴虐百姓，而神农氏弗能征。于是轩辕乃习用干戈，以征不享，诸侯咸来宾从。而蚩尤最为暴，莫能伐。炎帝欲侵陵诸侯，诸侯咸归轩辕。轩辕乃修德振兵，治五气，艺五种，抚万民，度四方，教熊罴貔貅䝙虎，以与炎帝战于阪泉之野。三战，然后得其志。蚩尤作乱，不用帝命。于是黄帝乃征师诸侯，与蚩尤战于涿鹿之野，遂禽杀蚩尤。而诸侯咸尊轩辕为天子，代神农氏，是为黄帝。天下有不顺者，黄帝从而征之，平者去之，披山通道，未尝宁居。

通过阪泉之战和涿鹿之战，黄帝接替炎帝成为权力主宰者。这里虽有战争，但是"修德治兵"赋予了其合法性和神圣性。不同于神农时对诸侯弗能征的乱象，黄帝战胜了最凶暴的蚩尤，因而诸侯皆用帝命、天下皆顺之。也就是说，黄帝创下了大一统的政治秩序。接下来，司马迁又具体描绘了黄帝的大一统政治图景：拥有广大的统治疆域，"东至于海，登丸山，及岱宗。西至于空桐，登鸡头。南至于江，登熊、湘。北逐荤粥，合符釜山，而邑于涿鹿之阿"；井然有序的官职，"置左右大监，监于万国。万国和，而鬼神山川封禅与为多焉"；任用贤能，"举风后、力牧、常先、大鸿以治民"；因而黄帝为政达到和谐圆满的理想境界，"时播百谷草木，淳化鸟兽虫蛾，旁罗日月星辰水波土石金玉，劳勤心力耳目，节用水火材物"。可以说，黄帝创立了大一统政治的理想典范。《史记》之所以起始于黄帝，而没有发端于伏羲、神农等人物，原因就在于黄帝开创了大一统政治文明。[1] 实际上，现代学者认为黄帝最多不过一个部落首领，不可能达到如此恢宏的大一统治

---

[1] 此外，一些古代学者如李邺嗣、蒋士学等，认为司马迁在汉武帝求仙之心甚烈的情况下，勾勒出黄帝真实的历史形象，以与《封禅书》中方士口中不死的神仙黄帝对照，寓有讽谏武帝之心（见张大可、安平秋、俞樟华主编：《史记研究集成》第六卷，271～273 页，北京，华文出版社，2005）。这种观点也可作为补充，但最重要的应该还是黄帝开创大一统政治理想典范之功，因为司马迁在本纪当中记载包括黄帝在内的五帝，都着眼于政治方面。

境。①《史记》描述的黄帝所开创之治境，不过是司马迁在汉武帝时代大一统政治理念影响下的历史想象。

黄帝之后，《五帝本纪》中关于颛顼、帝喾的记载基本沿袭《大戴礼记·五帝德》，确如梁启超所云"不够踏实"，多是品德渲染，事迹很少。但这并非仅仅因为资料缺乏，除《山海经》中关于颛顼、帝喾的记载语涉神怪可能被排除外，司马迁熟悉的《国语·楚语》中还有楚昭王与观射父一段谈话中提到了颛顼的"绝地天通"，《左传》《吕氏春秋》中亦有一些零星的颛顼材料，都没有被他采入《五帝本纪》中。此中原因应在于颛顼、帝喾并非司马迁关注的重点，因为二人在政治领域创建不多。虽然如此，《五帝本纪》并不能不载颛顼、帝喾，一是因为这二人本来就在五帝谱系当中；二是因为他们在血缘世系上承前启后：颛顼为黄帝之孙、舜之六世祖，帝喾为颛顼族子、黄帝曾孙、帝尧之父。也就是说，司马迁通过颛顼、帝喾勾连起了一个以黄帝为始祖的帝王谱系，描绘了一个血缘上的大一统关系。

与前面三帝主要取材于《大戴礼记·五帝德》不同，司马迁对尧、舜的书写主要取材于《尚书·尧典》。从篇幅上来说，记载尧、舜的字数为前面三帝的三倍多，因此我们说尧、舜为《五帝本纪》的主体，并不为过。先来看尧的形象。与《五帝德》相比，《五帝本纪》对尧之德有基本相同的描述："其仁如天，其知如神。就之如日，望之如云。富而不骄，贵而不舒。黄收纯衣，彤车乘白马。"但总体来看，司马迁笔下尧之形象有了较大改变。这主要表现在《五帝德》在讲完尧之德行后，接下来依然是概括性叙事："伯夷主礼，龙、夔教舞，举舜、彭祖而任之，四时先民治之。流共工于幽州，以变北狄；放欢兜于崇山，以变南蛮……其言不贰，其行不回，四海之内，舟舆所至，莫不说夷"，尧的武力和文治是一种平衡状态，并没有太多区别于前三帝的地方。而《五帝本纪》则加入了尧命羲和等人顺天授历的大段内容，此为史官的知识兴趣和偏好。接下来是尧对舜的考察和禅位，代表了贤人政治的

---

① 参见王玉哲：《中华远古史》，132～134页，上海，上海人民出版社，2000。

最高理想。因这两部分内容的加入，尧的文治和公天下之德得到了突出，从而表现出了不同于前三帝的独特形象。

对于五帝最后一位舜，司马迁大量采用了《尚书》《孟子》及战国杂说等资料，首先突出了其道德品质：在"父瞽叟顽，母嚚，弟象傲，皆欲杀舜"情况下恪尽孝道，而且德行化及尧之二女、八男以及历山、雷泽、河滨之民等，颇富传奇色彩。接着又记录了舜在政治上的作为：举八恺八元、流放四凶，解决了尧时遗留的用人问题；任用皋陶、伯益、禹、后稷、契等二十二人，"咸成厥功"，"不失其宜"。司马迁热情洋溢地赞美了舜治理国家所达到的王道胜景："皋陶为大理，平，民各伏得其实；伯夷主礼，上下咸让……南抚交阯、北发，西戎、析枝、渠廋、氐、羌，北山戎、发、息慎，东长、鸟夷，四海之内咸戴帝舜之功。于是禹乃兴《九招》之乐，致异物，凤皇来翔。天下明德皆自虞帝始。"在司马迁看来，舜代表了大一统政治中贤君的楷模：德行高尚，任贤而治，惩恶扬善，四海平定，符瑞频至。而且，舜最后将天下禅让给了禹，坚持了公天下原则。保存于《韩非子》《竹书纪年》中的另一种历史记录，即尧、舜、禹通过杀伐逼迫进行权力转移的历史记忆，则被屏蔽了。

总结《五帝本纪》，我们可以看到司马迁遵循了儒家学派的上古史图谱，描述了人类远古时期的一个黄金时代。这个时代由黄帝开创，依照德行的原则进行权力禅让，颛顼和帝喾虽与黄帝有一定的血缘关系，但其得位原因并非父死子继，而是德行高尚。司马迁浓墨重彩描绘的尧舜禅让，更是将"终不以天下之病而利一人"的公天下原则发挥到了最高境界。在五帝的时代，每一位帝王都具有高尚的品德，社会秩序井然，百官各司其职，万物各得其所，完美地实践了《礼记·礼运》篇描绘的"大同"理想。通过《五帝本纪》的描绘，一方面，司马迁形塑了历史记忆，现实的大一统政治观念不可避免地渗入远古时期。但是，另一方面，"通过回忆，历史变成了神话。由此，历史不是变得不真实了，恰恰相反，历史才拥有了可持续的规范性和定型性力量，从这个意义上讲，也才变得真实"①，五帝时代成为一面理想的镜子，照耀、映衬着现实政治。

五帝之后，中国历史进入了家天下时期。司马迁通过《夏本纪》《商本纪》《周本纪》展现了三代历史的更迭。这些本纪将绵延不断的历史时间流划分为一个个叙事单元，每个单元都有着近似的发展逻辑。先是开国帝王之功之德，如《夏本纪》三分之二以上的篇幅都在描写大禹治水和受禅，《商本纪》亦铺叙了商汤德至禽兽及伐夏之功，《周本纪》更是叙写了周累世积德的过程。与之相对应的是亡国之君的昏昧残暴，如夏有暴桀，周有厉王、幽王之失德，《商本纪》中更是用了与铺叙汤之德的相近的篇幅叙写了纣王之罪恶。处于开国与亡国国君之间的则是各位守成或中兴之君，相对来说事迹不多、所占篇幅较少。司马迁突出王朝两端的历史叙述方式，强化了这样一个历史逻辑：王朝的合法性在于功德，有功德即可进行"汤武革命"，失去功德的帝王则可诛可灭。这样的历史发展逻辑，虽有暴力流血，但相比于新王朝救民之功德，似乎变为了一个可以忍受的代价和黎明之前奏。总体来看，司马迁在尧舜禅让和汤武革命之间并没有明显的褒贬倾向。在他看来，建立政权的方式和手段是由历史机缘所决定的，而基于德行的天命，才是赋予政权合法性的原则。

《秦本纪》和《秦始皇本纪》描述的秦朝之兴亡，它代表了另外一种权力构建类型。开篇大费佐禹平水土的故事，使秦之先似乎与商、周始祖一样，都效力于舜之庭，而且帝舜预言"尔之嗣将大出"，为秦嗣发达涂上了宿命论的神秘色彩。但这很可能只是秦人编造的政治神话，因为这种说法不见于先秦其他典籍。接下来从秦襄公立国开始，秦国与其他诸侯国一样，都是通过战争吞并弱小、蚕食诸侯，并没有表现出太多的功德。期间有些国君大有作为，比如春秋时期的秦穆公，战国时期的秦孝公、秦昭王等，但主要是武力扩张。尤其是秦在统一天下的过程中，大规模的杀戮频频见诸史籍。仅从秦昭襄王开始，有明

---

① [德]扬·阿斯曼：《文化记忆：早期高级文化中的文字、回忆和政治身份》，金寿福、黄晓晨译，46～47页，北京，北京大学出版社，2015。

确杀戮人数的战争就有：六年，"庶长奂伐楚，斩首二万"；十四年，"左更白起攻韩、魏于伊阙，斩首二十四万"；三十二年，"破暴鸢，斩首四万"；三十三年，"击芒卯华阳，破之，斩首十五万"；四十三年，"武安君白起攻韩，拔九城，斩首五万"；四十七年，"大破赵于长平，四十余万尽杀之"；五十年，"攻晋军，斩首六千，晋楚流死河二万人"；五十一年，"取阳城、负黍，斩首四万。攻赵，取二十余县，首虏九万"；秦王政十三年，"杀赵将扈辄，斩首十万"；合计起来无虑百万矣。一个建基于累累白骨之上的秦帝国，其合法性何在？

先天合法性不足的秦帝国，在统一后依然没有多少惠民之德。在太史公的记述中，秦始皇在平定天下后主要做的事情有：议帝号，推终始五德之传，废封建，巡狩刻石（封禅求仙），开边，焚书，修阿房宫，坑儒等。多的是权力意志的张扬，而不见顺从民愿的休养生息之政。太史公收录了秦朝雍容典雅的石刻文，其"功盖五帝，泽及牛马。莫不受德，各安其宇"的冠冕文饰与实际的劳民残民，构成了极大的反讽。二世继位后，更是变本加厉，先是诛大臣及诸公子，后是复修阿房宫，"用法益刻深"，最终走向灭亡。

对于秦之兴亡，司马迁在《秦始皇本纪》结尾处的"太史公曰"再一次提到了"秦之先伯翳，尝有勋于唐虞之际……竟成始皇"，但这并不代表司马迁相信这个政治神话，而是对秦之世代绵延、最后居然以暴力统一天下感到困惑无解，姑且含混地归之于伯翳之勋。这种困惑亦表现在《六国年表序》中："论秦之德义不如鲁卫之暴戾者，量秦之兵不如三晋之强也，然卒并天下，非必险固便形势利也，盖若天所助焉。"对于秦之失，太史公引用了贾谊《过秦论》下篇对之进行评论，强调"雍蔽之伤国"。不仅如此，司马迁在叙述史事当中流露出来的观念，与贾谊《过秦论》上篇"仁义不施，攻守之势异也"并无二致。秦之暴虐不仁，通过太史公之笔永远地留在了历史记忆中。

秦之残暴给予反秦正当理由。陈涉、项羽等人都被太史公讴歌为英雄，虽因种种原因，他们最终没有成功，但其风采功业依然如璀璨星辰般照耀了历史的天空。尤其是项羽，其兴也暴，其亡也促，似乎是一个秦之兴亡的集中缩略版。司马迁指出项羽失败的原因在于"自矜功伐，奋其私智而不师古，谓霸王之业，欲以力征经营天下"，即依赖"力征"，忽略德政，失败亦为必然。与之形成对照的是高祖刘邦，"子羽暴虐，汉行功德"（《太史公自序》），司马迁将其放在夏代以来的历史序列中进行了论述："夏之政忠。忠之敝，小人以野，故殷人承之以敬。敬之敝，小人以鬼，故周人承之以文。文之敝，小人以僿，故救僿莫若以忠。三王之道若循环，终而复始。周秦之间，可谓文敝矣。秦政不改，反酷刑法，岂不缪乎？故汉兴，承敝易变，使人不倦，得天统矣。"（《史记·高祖本纪》）在这个历史框架中，秦作为周弊之余而出现，历史合法性不彰。当然，这并不意味着司马迁完全抹杀秦的位置，《六国年表》序言云："秦取天下多暴，然世异变，成功大。传曰'法后王'，何也？以其近己而俗变相类，议卑而易行也。学者牵于所闻，见秦在帝位日浅，不察其终始，因举而笑之，不敢道，此与以耳食无异。悲夫！"司马迁从历史学家尊重事实的客观态度予以秦一席之地，并肯定其近古易遵的价值，但这并不等于在历史哲学上承认秦的政权合法性。三代之道周而复始，即经生所说的"三统"，而汉"承弊易变"，真正做到了纠周之弊，从而进入天道循环的三统谱系中，获得了天命正当性与神圣性。

总结司马迁展示的纵向历史谱系，五帝代表了一种乌托邦式的公天下理想和大一统政治典范，照耀和指引着现实政治；三代则是历史演进的合理性法则，其要义在于政权的合法性来自其功德基础。在三代之道的观照下，秦朝"适足以资贤者为驱除难耳"（《史记·秦楚之际月表序》），而汉朝在历史谱系中得到了神圣的合法性与正统性。由此，史学有效地参与了汉武帝时代的意识形态建设，亦通过强调功德而暗含对现实政治的讽喻之意。

（二）纪传体强化了大一统政治的等级秩序

《史记》之前，中国的史书有编年体和国别体。在编年体史书中，所有的人事都在时间之流中发生、演变、结束，无论人物有怎样不同的穷通否泰，在时间面前都无一例外地生老病死，人物的个性、状貌、命运等还没有被充分关注。在线性展现的历史中，史官关注的是岁月流逝中决定着人事兴衰成败之内在逻辑。例如，"德""礼"以及神秘的宿命等在《左传》中一再被渲染和强化，被视作决定人事发展的重要因素。但如果把某一年单独抽出来，历史切片中各个事件是凌乱和孤立的，人物的特点也较为模糊，"《左传》编年的形式使读者有一种流动多变的感觉，因此读者会认为纷陈杂沓的事件既没有明确的开始，也没有确实的结尾。所有的事情纠缠不清，似乎都互相联系在一起"①。

国别体史书在书写方式上要更为原始一些，仅仅是把不同国家的历史材料集中在一起，按时间顺序编排，前后事件之间、国与国之间没有太多关联。例如，《国语》每每在一大段言论后交代事件的结局，但是往往省略了决定事件发展的其他因素，而突出了言论与事件的关联。在这种逻辑下，历史被呈现得过于简单而凌乱。

司马迁则在继承先秦历史书写经验的基础上，自创了纪传体，力求更准确、更丰富地"究天人之际，通古今之变"。《太史公自序》云：

> 罔罗天下放失旧闻，王迹所兴，原始察终，见盛观衰，论考之行事，略推三代，录秦汉，上记轩辕，下至于兹，著十二本纪，既科条之矣。并时异世，年差不明，作十表。礼乐损益，律历改易，兵权山川鬼神，天人之际，承敝通变，作八书。二十八宿环北辰，三十辐共一毂，运行无穷，辅拂股肱之臣配焉，忠信行道，以奉主上，作三十世家。扶义俶傥，不令己失时，立功名于天下，作七十列传。

本纪、世家等名称或许古已有之，比如《史记·大宛列传》中提到了"禹本纪"，《世本》里有"世家"，但是作为史书的撰写体例无疑创自司马迁，前代学者辨之甚明。② 十二本纪者，三千年历史之科条纲目也，所谓"本者，系其本系，故曰本；纪者，理也，统理众事，系之年月，名之曰纪"是也。惟一时世事之所集，非帝、王、霸莫属，所以本纪自然以这些人物为中心。又因为最高权力者的个性、品德、才能等决定

---

① ［美］李惠仪：《〈左传〉的书写与解读》，文韬、许明德译，76 页，南京，江苏人民出版社，2016。

② 参见曹聚仁：《中国史学 ABC》，上海，ABC 丛书社，1930；吕思勉：《史通评》，上海，商务印书馆，1934；等等。

了其处理国家大事的方式，并进而影响到历史发展，所以本纪中也用相当篇幅表现权力者的人格形象。就这样，国之大事与权力者生平皆系于本纪，处于《史记》全书之首，搭起了历史的纵向框架。

司马迁并没有像后世史家那样简单根据等级名号，仅以帝王入本纪，而是根据权力实际状况和人物的社会影响力，将项羽、吕后等列入本纪，表现出了对历史真相的尊重。再如秦始皇之前秦并没有一统天下，但是之前诸王，尤其是秦昭襄王，奠定了秦帝业之基，所以司马迁亦将之列为《秦本纪》，详叙秦统一天下之本末。这表现了司马迁不仅仅满足于单纯记载历史事实，还要探究事件的发展动力和背后的原因。当然，我们称赞司马迁的历史洞察力和对历史的客观记录，并不能过度阐释为司马迁有意忽略社会等级秩序及名号，因为那超越了其时代。事实上，《史记》的本纪明显表现了尊王观念对历史谱系的形塑。例如，春秋以后，王纲解纽，天子权威失坠，天下形势实际取决于几位霸主；进入战国后，周更是如一般小国，靠依附于强国才能生存，但周室虽衰，名号却未改，因此司马迁依旧尊之于本纪。这种尊王观念不仅是现实"大一统"政治观念的投射，亦是儒家尊周思想的延续。《春秋》的"尊王"以及"正名号"思想，对于以作第二部《春秋》自期的司马迁影响深远。

接着本纪的是十表，也明确彰显了大一统观念。前四表主要功能在于辨明世系、论次年月、观见盛衰大旨。在以时为经、以国为纬的表格中，司马迁充分利用了表格的空间维度和视觉形式，将具有正统合法性的王者排在第一行，以示尊崇之义。比如《三代世表》以"旁行邪上"的形式，依次将五帝三代的王者世系调至第一行。① 《十二诸侯年表》则以周为第一行，示为天下共主之意。《六国年表》周报王之前，周已衰微，除了"贺秦""致胙于秦"等周之衰迹外，基本无事可纪，但依然冠周不冠秦者，尊周也。《秦楚之际月表》冠于表首的依次是秦二世、义帝，但是义帝元年之后，其他诸侯依然接前月数，仅有汉称为"正月"，以别于诸侯而示天下正统矣。

---

① 参见赵益：《〈史记·三代世表〉"斜上"考》，载《文献》，2012(4)。

接下来，《汉兴以来诸侯王年表》《高祖功臣侯者年表》《惠景间侯者年表》《建元以来侯者年表》《建元以来王子侯者年表》《汉兴以来将相名臣年表》均以天子事为主，展现汉兴百余年以来王侯将相的废立存亡、立身行迹，其基本宗旨为拥护大一统的政治秩序。比如，《汉兴以来诸侯王年表》序从周代分封说起，突出"武王、成、康所封数百，而同姓五十五，地上不过百里，下三十里，以辅卫王室"，然后梳理汉初诸侯分封过大造成"大者叛逆，小者不轨于法，以危其命，殒身亡国"的乱象，最后归于对武帝推恩政策的歌颂，"强本干，弱枝叶之势，尊卑明而万事各得其所矣"。此外，结之以"形势虽强，要之以仁义为本"，似有委婉的讽谏之意。

总体来看，《史记》十表堪称全书之大纲领，纵向朝代承续正统、横向君臣名分均得以直观体现，又有表序以发微言，经纬千年，纵横有序。在内容上，十表与纪传相互补充，一些无功无过之人物事迹借表以存，网罗古今，尤重盛衰终始，书法严明，有《春秋》尊王、褒贬之意。郑樵云"《史记》一书，功在十表"，岂虚也哉！

十表接下来是八书，内容涉及礼乐、兵权、天人之学以及国家水利、经济，均为国家宏制大典而不涉细碎。论者或谓其承自《尚书》（如梁启超、范文澜等）；或谓其起于《世本·作篇》（如洪饴孙）等。陈桐生则从司马迁的时代学术背景出发，提出了更为准确的看法："理解《八书》创制的关键在于汉家改制问题。……改制首先要制礼作乐，这是《史记》中设《礼书》、《乐书》的原因；要改正朔，易服色，变数度，这是设《律书》《历书》的原因；易姓受命而王，有景星出现，所以《史记》中必设《天官书》；封禅是易姓受命而王的标志，因而《史记》中要设《封禅书》。《平准书》与《河渠书》是寄寓司马迁深意的篇章。"[1]可以说，汉武改制影响到史学家的知识兴趣。与贾谊、董仲舒等儒生提出更化主张不同，司马迁则是综合史籍、诸子、经书等各种知识，梳理和记录了与改制相关的制度史和各种专门知识，勒成大一统政治中的政典。

《史记》八书之后是三十世家，以表彰诸侯"忠信行道，以奉主上"。

---

① 陈桐生：《中国史官文化与〈史记〉》，165～166页，汕头，汕头大学出版社，1993。

刘知幾曰："司马迁之记诸国也，其编次之体，与本纪不殊。盖欲抑彼诸侯，异乎天子，故假以他称，名为世家。"①可见，世家主要记诸侯国历史，体例为某一区域的"本纪"。除此之外，《史记》的三十世家还包括：刘氏王子宗室所封王，汉初股肱辅弼、封侯传世的大臣传记（造反被灭的则入列传），外加孔子、陈涉、外戚三篇世家。可以看到，司马迁主要是根据权力秩序中等级名分、政治影响列了世家一类。其他，孔子入世家与汉武帝尊儒的文化政策密不可分；陈涉首发难功类汤武，但是旋即失败，因而不能像项羽那样列入本纪而入世家；外戚入于世家，是因为司马迁认为"自古受命帝王及继体守文之君，非独内德茂也，盖亦有外戚之助焉"，司马贞补充曰"后族亦代有封爵故也"（《史记索隐》）。

《史记》最后一部分为七十列传，所载人物皆为倜傥非常、独立杰出之士。七十列传所载人物绝大部分为政治人物，在本纪、世家所框定的时代政治环境中活动。一方面，帝王诸侯的为政情况极大地影响了列传中人物的命运；另一方面，列传人物的行为又极大地影响了事件的发展和历史的走向。司马迁的本纪、世家重在胪列一时、一地的大事记，而列传则是时空舞台上一幕幕突出大写的人物悲喜剧。刘知幾云："盖纪者，编年也；传者，列事也。编年者，历帝王之岁月，犹《春秋》之经；列事者，录人臣之行状，犹《春秋》之传。《春秋》则传以解经，《史》《汉》则传以释纪。"②

综上，作为纪传体史书的《史记》，比编年体、国别体史书更加直观地体现了"尊王"，现实社会中的等级名分在很大程度上决定了人物在历史图谱中的不同位置。这种历史图谱固然是自西周以来王权至上的社会情况之真实映像，但也是司马迁在大一统现实政治的影响下视域聚焦的结果。

如果与古希腊希罗多德的《历史》相对照，会更加清楚地看到《史

---

① （唐）刘知幾撰，（清）浦起龙通释，吕思勉评：《史通》，32页，上海，上海古籍出版社，2008。
② （唐）刘知幾撰，（清）浦起龙通释，吕思勉评：《史通》，35页，上海，上海古籍出版社，2008。

记》历史图像中大一统政治观念的渗透。希罗多德宣称作史是："为了保存人类的功业，使之不致由于年深日久而被人们遗忘，是为了使希腊人和异邦人的那些值得赞叹的丰功伟绩不致失去它们的光彩，特别是为了要把他们发生纷争的原因给记载下来。"①因此《历史》的视野极为开阔，涉及范围除了希腊半岛和爱琴海诸岛以外，还包括西亚、北非、黑海沿岸等近二十个国家和地区的民族的历史；它所关注的内容除战争等历史大事外，还包括经济生活、政治制度、地理环境、民族分布、风土人情、宗教信仰等。其中最令当代学者惊讶赞叹的是《历史》记载波斯大流士等七人推翻穆护统治后，对民主制、君主制、寡头制不同政体的讨论②。相比之下，《史记》也记载了华夏地区及其周边民族三千多年的历史，在记载范围的深度和广度上甚至超越了《历史》。但是，《史记》的记述始终围绕着大一统王权，"君主政体以外的其他政府形式完全在史家和他所记叙的历史人物的视野之外"③。再从著述体例上看，希罗多德《历史》为了保存人类的功业、希腊人与异邦人纷争的原因，采用了"历史记述体"的编纂方法，既以历史事件为中心，又不断插入相关背景和资料介绍。这样的史学编纂体例记事系统连贯，有主要的演进线索，但是并无轴心；有鲜明的人物形象，但并不过分突出某一阶层的位置。《史记》纪传体则以本纪为经，其他表、书、世家、列传为传，这样的历史编纂框架无疑突出了本纪的轴心地位。这种历史图像无疑反映了时代政治对历史学家视域、观念的规制，反过来又巩固、支撑、强化了现实中的大一统君主政治。

但是，《史记》并非帝国意识形态的简单注脚，它之所以具有光耀千古的力量，就在于其超越了史家所处时代的限制而具有了永恒的价值。那么，《史记》的超越性来自何处呢？

---

① ［古希腊］希罗多德著：《历史》，王以铸译，1页，北京，商务印书馆，1959。
② ［古希腊］希罗多德著，《历史》，王以铸译，270～274页，北京，商务印书馆，1959。
③ ［德］穆启乐著，黄洋编校：《古代希腊罗马和古代中国史学》，88页，北京，北京大学出版社，2018。

二、文化视域中的《史记》"大一统"

在《太史公自序》中，司马迁勾勒了一个文化发展谱系：先是周公"能论歌文武之德，宣周邵之风，达太王、王季之思虑，爰及公刘，以尊后稷"，得到天下称颂；接下来，"幽厉之后，王道缺，礼乐衰，孔子修旧起废，论《诗》《书》，作《春秋》，则学者至今则之"；自孔子之后，秦拨去古文，焚灭《诗》《书》，故明堂石室金匮玉版图籍散乱；汉兴，《诗》《书》往往间出，百年之间，天下遗文古事靡不毕集太史公。

站在文化发展的重要关口，司马迁深感舍我其谁的继圣使命，"先人有言：'自周公卒五百岁而有孔子。孔子卒后至于今五百岁，有能绍明世，正《易传》，继《春秋》，本《诗》《书》《礼》《乐》之际？'意在斯乎！意在斯乎！小子何敢让焉"（《史记·太史公自序》）。司马迁追求的是，"厥协《六经》异传，整齐百家杂语"，以"究天人之际，通古今之变，成一家之言"。其"一家之言"上慕孔子《春秋》，明三王之道，辨人事之纪，"别嫌疑，明是非，定犹豫，善善恶恶，贤贤贱不肖"，下"俟后世圣人君子"（《史记·太史公自序》）。这实际上是建立文化的"大一统"，制定永恒的经世大法、人伦纪纲。那么，司马迁是怎样建立文化"大一统"呢？

（一）各类知识、思想的"大一统"

汉代的子学，基本上是沿着《吕氏春秋》以来走向融合的趋势发展，比如陆贾、贾谊等。司马迁之前的董仲舒已经将知识融合提高到了一个新层次，构成其思想体系的知识元素既有六艺经传，又有子学中的儒家、道家、阴阳家、法家等思想，还有流行于民间的五行生克、求雨数术等知识。相比之下，司马迁的"厥协《六经》异传，整齐百家杂语"，对知识整理的规模又大大超越了前人。金德建曾仿《汉书·艺文志》，根据《史记》所见书名，编制了《史记·艺文志》。为了说明《史记》知识视域的开阔，我们不妨将金德建所列书名征引于下：

《诗》三百五篇，《韩诗内外传》《申公诗训》；

《尚书》二十九篇，《古文尚书》十余篇；

《士礼》《汉礼仪》；

《易》；

《春秋》《左氏春秋》(含《春秋国语》)《铎氏微》《春秋杂说》《董仲舒春秋灾异之记》《公羊传》《穀梁春秋》；

《中庸》《王制》《夏小正》《五帝德》《帝系姓》《孝经》《论语》；

《管子》《晏子春秋》《老子上下篇》《老莱子十五篇》《庄子》《申子》《韩非子》《商君书》《孟子》《邹衍子》《淳于髡子》《慎子十二论》《环渊上下篇》《接子》《田骈子》《驺奭子》《荀卿子》《公孙龙子》《剧子》《李悝子》《尸子》《长卢子》《吁子》《墨子》《虞氏春秋》《吕氏春秋》《新语》《郦生书》《札书》《蒯通书》《公孙固子》《淮南子》《计然七策》《兒宽书》《晁错所更令三十章》《百家》；

《司马兵法》《孙子》《吴起兵法》《魏公子兵法》《太公兵法》《王子》《周书阴符》；

《禹本纪》《山海经》《樊孟诸书》《黄帝扁鹊之脉书》，医药卜筮种树之书；

《功令》《列封》《秦记》《谍记》；

《历术甲子篇》《星经》；

《离骚》《宋玉赋》《唐勒赋》《景差赋》《贾谊赋》《司马相如赋》①。

需要提出的是，金德建罗列书名的用意在于与《汉书·艺文志》进行对照，以鉴定某些著作的真伪及卷数情况，因此并不全面。一些《史记》明确引用但没有出现书名的著作，如《楚汉春秋》《逸周书》《乐记》，以及宫廷档案、奏疏，还有一些篇幅较小的著作等，金德建仅进行了说明而没有列举。但即使是这份不全的名录，已经可以看到司马迁涉猎范围之广阔。如果与《汉书·艺文志》进行对照，我们可以认为司马迁掌握了当时几乎所有的知识门类。

《史记》不仅在广度上涵盖了当时全部门类的知识，而且还对其进行了系统深入的整理与研究。这突出地表现在《史记》对诸子学术的梳

---

① 金德建：《司马迁所见书考》，3～21 页，上海，上海人民出版社，1963。

理上。《太史公自序》中引用了司马谈的《论六家要旨》，先肯定了"阴阳、儒、墨、名、法、道德"各家殊途同归、皆务为治而已，接下来评论各家的学术大旨和优劣得失。其中许多说法，至今依然被奉为的论。司马迁对诸子学术的整理主要体现于列传中，例如，列传第二至第八，均为有著作传世的诸子人物："吾读管氏《牧民》《山高》《乘马》《轻重》《九府》及《晏子春秋》，详哉其言之也。既见其著书，欲观其行事，故次其传"（《管晏列传》）；"余读《司马兵法》，闳廓深远，虽三代征伐，未能竟其义，如其文也，亦少褒矣"（《司马穰苴列传》）；"世俗所称师旅，皆道《孙子》十三篇、吴起《兵法》，世多有，故弗论"（《孙子吴起列传》）；等等。

在这些有著作传世的人物中，一类是著作之外还有"立功"可纪的人物，比如管子、晏子、司马穰苴、孙子、吴起、商鞅。司马迁在客观描写其生平的同时，尤重坎坷穷愁的经历与著述之间的关系，如司马穰苴、孙子、吴起。另一类是学问本身就是最大功业的学术性人物的传记，比如《老子韩非列传》《仲尼弟子列传》。如果再加上编入世家的《孔子世家》和战国中后期的《孟子荀卿列传》，我们可以看到司马迁对先秦显学各派的源流发展都进行了清晰的描述和精确的评论。尤其是《老子韩非列传》，梳理出从道家流衍出法家的学术脉络，至今依然是不刊之论。再比如《孟子荀卿列传》，对邹衍学术的特色概括及其与儒家关系的揭橥，为后人提供了极为宝贵的学术资料。总体来说，司马迁对诸子学术的整理，为西汉后期刘向、刘歆以及东汉班固整理学术典籍在思想方法上开辟了道路。当然，司马迁对诸子学术不仅限于整理，更重要的是吸纳了百家思想而形成了自己独特的思想体系（见后文论述）。

诸子学术之外，《史记》对其他知识门类也进行了整理。比如《礼书》《乐书》《兵书》虽已亡佚，但可以想见司马迁对这类专门文献的关注。《律历书》收载了音乐和历法类知识，《天官书》则汇集了当时的天文学知识，可称为专门知识的汇编。甚至对于后人视为小传统的数术方技知识，司马迁亦有《扁鹊仓公列传》《日者列传》《龟策列传》进行记录。至于司马迁与经学的关系，已有学者以专著进行讨论，本文不再重复。①

综上，我们可以说司马迁真正做到了汇集众书于一书，在文化上实现了一统。但是，司马迁并非机械地构造了一个知识大拼盘，而是在吸收众多知识元素的基础上构建了自己的价值文化准则。那么司马迁所构造的大一统文化世界所"统"何处呢？

(二)"大一统"文化世界之"统"

《史记》中大一统文化世界的主要价值原则，可从政治、社会、个体三方面进行简要论述。

1. 仁政民本的王道理想

司马迁对每一个政权兴衰成败的描述，都侧重于从其内部找原因，而没有将其归于外力或偶然。这不仅包括夏、商、周、秦王朝，也包括鲁、卫、晋、楚、齐等诸侯国。在司马迁看来，统治者有德，就会使王国昌盛发达，反之则会灭亡。而"德"，实际上就是统治者依礼为政而得民心。再具体一点，"德"就是仁义节俭，减少人为干预，遵从客观规律发展生产，在此基础上对民众实施礼乐教化。这种政治理想，显然是司马迁吸收了孔子、孟子、荀子、老子、管子等人思想的结果。

在仁政民本的观念下，司马迁热情歌颂了三代的圣王。比如，周人先祖："后稷之兴，在陶唐、虞、夏之际，皆有令德"，公刘时期"行者有资，居者有畜积，民赖其庆。百姓怀之，多徙而保归焉。周道之兴自此始，故诗人歌乐思其德"，古公亶父"及他旁国闻古公仁，亦多归之"，文王"遵后稷、公刘之业，则古公、公季之法，笃仁，敬老，慈少。礼下贤者，日中不暇食以待士，士以此多归之"等，正是累世积仁造就了周人七百多年基业。诸侯政权，如齐桓公、晋文公、楚庄王、魏文侯等皆有修明内政的行为。对于清净节俭的汉文帝，司马迁基本上是将其作为君主典范来歌颂的。反之，对于失德亡国之君，司马迁多有批评，如商纣王。再如，司马迁引用了贾谊的《过秦论》，批评秦政权短命的原因在于"仁义不施，攻守之势异也"，此外还批评项羽"欲以力征经营天下"，等等。

---

① 参见陈桐生：《〈史记〉与今古文经学》，西安，陕西人民教育出版社，1995。

亦是基于仁政民本的王道思想，司马迁在《平准书》里沉痛记录了武帝时代战争、修水利、封禅等行为给民众利益带来的损害："严助、朱买臣等招来东瓯，事两越，江淮之间萧然烦费矣。唐蒙、司马相如开路西南夷，凿山通道千余里，以广巴蜀，巴蜀之民罢焉。彭吴贾灭朝鲜，置沧海之郡，则燕齐之间靡然发动。及王恢设谋马邑，匈奴绝和亲，侵扰北边，兵连而不解，天下苦其劳，而干戈日滋。行者赍，居者送，中外骚扰而相奉，百姓抚弊以巧法，财赂衰耗而不赡。入物者补官，出货者除罪，选举陵迟，廉耻相冒，武力进用，法严令具。兴利之臣自此始也"；"先是往十余岁河决观，梁楚之地固已数困，而缘河之郡隄塞河，辄决坏，费不可胜计。其后番系欲省底柱之漕，穿汾、河渠以为溉田，作者数万人；郑当时为渭漕渠回远，凿直渠自长安至华阴，作者数万人；朔方亦穿渠，作者数万人：各历二三期，功未就，费亦各巨万十数"；"于是天子北至朔方，东到太山，巡海上，并北边以归。所过赏赐，用帛百余万匹，钱金以巨万计，皆取足大农"。劳民伤财的种种弊政实施后，国库为之空虚，吏治为之败坏，各种搜刮民财的措施应运而生，汉朝的天下岌岌可危。司马迁的可贵之处在于没有孤立地抨击个别政治行为，而是看到了政治、军事、经济、法治、社会之间的内在影响逻辑，从根本上批评了这种不以民众利益为本的政治路线。

2. 社会正义与公平

上古史官在祭祀时，要向神如实祝告才能获得福佑。因为神无所不知，伪饰现实不仅毫无意义，而且还可能由此招致神灵恼怒并降下祸患。这形成了史职超越现实政权、秉公直书的精神传统。司马迁在《太史公自序》中一再宣扬其"世典周史"的家族文化背景，而不顾其已经中断了几百年的事实，实际上是在向上古史官的精神传统致敬，并期以自任。基于这种超越的著作态度，司马迁笔下所有的人都要以人的身份，也仅以人的身份，接受永恒正义法则的评判。也就是说，司马迁对人物的评判，不重其穷通际遇，而是依据其精神气象、人格风采和是非标准进行描述，以史家的公正弥补现实的种种缺憾。比如卫青、霍去病、李广，前二者位极人臣、享尽荣华，后者失意自杀，在现实中可谓穷通有别，但在司马迁笔下，却是"卫霍深入二千里，声振夷夏，今看其传，不值一钱。李广每战辄北，因踬终身，今看其传，英风如在。史公抑扬予夺之妙，岂常手可望哉？"（黄震《黄氏日钞》卷四七）①

正是由于对正义和公平的坚持，司马迁尊重和歌颂扶弱济困的朱家、剧孟、郭解等游侠。游侠虽为编户齐民，无权无势，但是凭借一己之力，慷慨帮助处于困境、颠连无告的人物，在一定程度上实现了社会正义，"其行虽不轨于正义，然其言必信，其行必果，已诺必诚，不爱其躯，赴士之厄困，既已存亡死生矣，而不矜其能，羞伐其德，盖亦有足多者焉"（《游侠列传》）。在司马迁看来，"缓急，人之所时有也"，因此，"千里诵义，为死不顾世"的侠客何可少乎哉？在这一点上，司马迁显然不同于后来班固的国家立场，而表现了鲜明的平民视角。

国家官僚体系中的法官，身系天下司法状况，也得到了司马迁的高度关注。张释之在文帝时为廷尉，坚守"廷尉，天下之平"的职业操守，对上敢于处罚违礼的太子及梁王，对下坚持依法判处犯跸者罚金、盗高庙坐前玉环者弃市而非灭族，即使忤逆了文帝之意也在所不惜。司马迁在客观描绘张释之生平行事的同时，情不自禁地赞美道"张廷尉由此天下称之"，"张季之言长者，守法不阿意"（《张释之冯唐列传》）。与之相对照的是《酷吏列传》。传记开篇就引用孔子、老子之语，点明"法令者治之具，而非制治清浊之源也"，任用武健严酷之吏无益于治。接下来司马迁从郅都写起，然后是宁成、周阳由、赵禹、张汤、义纵、王温舒、杜周等，时愈下而吏愈酷，吏愈酷而法愈滥，一切以谀主阿意为旨归，小民之命如草菅矣。读之，不难体会到司马迁身受酷吏之害的血泪控诉，亦能理解其热情歌颂张释之之类法官的用心。

3. 倜傥非常之人

就个体人格而言，司马迁看重的是"扶义俶傥，不令己失时，立功名于天下"，而鄙夷尸位素餐的庸碌之辈。但是，"司马迁在人物需要

---

① 张大可、丁德科主编：《史记论著集成》第六卷，559页，北京，商务印书馆，2015。

取得何种具体功绩而在《史记》中有一席之地的标准上有着很大的开放性"①。《史记》中自然有一些声名显赫、为国家作出卓越贡献的功臣将相,如协助秦国强大起来并统一天下的秦国政治人物:商鞅、张仪、樗里子、甘茂、魏冉、白起、王翦、范雎、蔡泽、吕不韦、李斯、蒙恬等;再如战国四公子及乐毅、廉颇、蔺相如、田单等;以及汉高辅臣:萧何、曹参、张良、陈平、周勃、张耳、彭越、黥布、韩信等。但是一些人物没有进入政治核心,因为拥有杰出才华也得到了司马迁的认可,比如鲁仲连、屈原、贾谊,以及滑稽人物、刺客、商人等。因此,"司马迁关注的并不是权力、世俗的称赞或是身体的健康,而是意志上的坚守以及放弃"。② 也就是说,司马迁看重的是个体人物在实现自己人生目标时不屈不挠的意志力,即使这种目标并不一定符合儒家伦理道德规范。这种人格理想,既是汉王朝上升时期昂扬进取时代精神的投射;亦是司马迁对先秦诸家学派理想人格的继承与发展,如儒家学派中孔子论述的忠义、孟子提倡的"大丈夫"人格、《易传》中的"天行健,君子自强不息"等,墨家学派的尚贤、任侠思想,道家学派的超越、洒脱等;当然,还与司马迁自身的经历密不可分。他对遭受磨难而能奋起自强的人物投入了尤多的热情,如伍子胥、虞卿、范雎等。总的来说,司马迁是从士阶层的人格理想出发,选择的是以慷慨不群、砥砺名节著称于当世的人物,而非根据大一统政权诠选人物的标准树立模范臣子形象。这使《史记》的人物传记带上了浓郁的个人生命情调与理想色彩(详细分析见第三节),而超越了人物一时的穷通否泰及官方褒贬。

三、《史记》"大一统"世界中的张力与平衡

以上,我们讨论了《史记》"大一统"世界两个层面的内涵。但是,这两个层面的"大一统"之间不无张力,如司马迁拥护君主集权的大一

---

① 〔德〕穆启乐:《古代希腊罗马和古代中国史学:比较视野下的探究》,黄洋编校,153 页,北京,北京大学出版社,2018。

② 参见李惠仪:《〈史记〉中权威的观念》,载《哈佛亚洲研究杂志》,1994(4)。

统政治，但是当这种政治体制很容易导致、甚至它本身就天然地带有暴政或独裁的倾向，会对社会正义与个体人格带来损害时，司马迁该如何面对呢？

司马迁的选择，是在理想之光的照耀下如实记录历史真相。所谓理想之光，就是司马迁在大一统文化世界中关于政治、社会、个体人格的价值准则。它吸收了人类知识的精华，具有超越性和永恒性。所谓如实记录历史真相，则表现了史家对书写正义的坚守。列传之首的《伯夷列传》通过对伯夷叔齐"怨"与"不怨"的讨论，发出了一个永恒之问——"或曰：'天道无亲，常与善人。'若伯夷、叔齐，可谓善人者非邪"，"余甚惑焉，傥所谓天道，是邪非邪"。诚然，天道有时或穷，福善祸淫的职能时有不显。但是，司马迁努力以著述来弥补天道，以史官的正义审判代替现实中的不公。

在这种理想之光的照耀下，《史记》坚持以超越、客观的态度俯瞰现实。比如，司马迁虽然维护大一统政治制度，但又依据五帝三王的仁政民本原则，批评了汉家皇帝的不完美之处：高祖的无赖与冷血，文帝对佞臣邓通的偏爱及对俊才贾谊的冷落，景帝的寡恩与晁错的孤忠，武帝的残暴、荒唐、贪婪和多欲等。

最能够表现《史记》坚守历史真相的是司马迁对汉高辅臣的叙述。汉高群臣，一部分列入世家，如萧何、曹参、张良、陈平、周勃等，还有一部分写入列传，如张耳、彭越、黥布、韩信等。若论功，彭越、黥布、韩信等人不弱于萧何、张良等，但是这些人物最终以造反罪被灭，令人感慨唏嘘。对此，司马迁娴熟地运用了《春秋》学"实与而文不与"的写作策略，虽将彭越等人写入列传，但并没有遵从帝王意志对其进行贬低或丑化，而是客观地展示了其人其功及其英雄本色，对其被迫造反或被诬陷造反的内情多有辨明，表现了史家秉笔直书的历史良心。

《史记》如实记录历史真相，还表现在司马迁即使书写与自己相关的人事，亦可以做到客观冷静。例如，《李将军列传》后面所附的李陵事迹，司马迁因为替李陵说话而获罪下狱、受辱几死，但其在叙述李陵事迹时，笔调客观理性，似在讲述与己无关之事，真正达到了刘知幾定义的"实录"，即"爱而知其丑，憎而知其善，善恶必书，斯为实录"①。史家在价值上中立客观，不谄媚于权力，不沉溺于爱憎，尽可能站在超越立场书写历史，这种态度造就了《史记》为永恒的"实录"而非"谤书"。即使班固站在"宣汉"的立场著述《汉书》，也不能不大量袭用《史记》的资料。

总之，司马迁作为汉武帝时代的史官，积极参与当时的文化建设，塑造了典范的大一统历史谱系，有力地构建了汉王朝和大一统政治的历史合法性。但是，不同于后代奉旨修史之官员，司马迁还站在了文化大一统的制高点，坚守正义和公平原则，如实记录历史真相，因而超越了现实政治，使《史记》达到了时代性与经典性的完美融合。

第三节　《史记》中的个人化书写

著述《史记》虽然利用了国家档案资料，也受到了时代主旋律的影响，但它始终是司马氏父子个人的行为，并未受到官方的直接干涉。再加上司马迁追慕孔子作《春秋》而立王道大法，希望《史记》"藏之名山，传之后世"，并不在意当世荣名与权力青睐。因此，司马迁写作《史记》时保有一个较为自由的写作空间。他可以自觉地疏离政治权力，而坚持表达自我的文化理想、生命意识、是非褒贬、人物评判，这使《史记》带上了强烈的个人印记。再从个人遭遇来说，李陵事件使司马迁堕入了深渊，后虽得以苟活，但"肠一日而九回，居则忽忽若有所亡，出则不知其所往。每念斯耻，汗未尝不发背沾衣也"（《报任少卿书》）②。这次巨大变故拉开了司马迁与汉帝国的心理距离，使他能够更清醒地看到帝王对王道理想的扭曲，也能够彻骨体悟到帝国政治的残酷以及下层民众受到损害后哀苦莫告的处境。司马迁要借写作《史

---

① （唐）刘知幾撰，（清）浦起龙通释，吕思勉评：《史通》，289 页，上海，上海古籍出版社，2008。

② （清）严可均辑：《全上古三代秦汉三国六朝文》，544 页，北京，中华书局，1958。

记》来抚慰自己心灵的创伤、屈辱与悲愤，更要借《史记》来张扬自己不屈的灵魂和对理想的坚守。因此，他在《史记》中依据永恒的是非标准"善善恶恶，贤贤贱不肖"，塑造了一个正义、公平的世界，并在其中且歌且哭，酣畅淋漓地表达自己的一腔穷愁。个性化与抒情性，使《史记》不同于通常意义上的客观历史文本，而具有了浓厚的文学色彩。

一、列传人物的个性化选择与评价

《史记》中强烈的个性色彩，最突出地表现在列传中。因为本纪、世家较多地受制于客观的历史权力状况，而列传则是在三千多年不计其数的历史人物中选择少数特立杰出者立传，相对来说史家拥有更多的选择自由，也更能够表现其独具个性的历史判断。①

先看作为"七十列传之凡例"的《伯夷列传》。② 文中大量的内容是议论咏叹，回环跌宕，纵横变化。其中最可注意的有两处。一处是关于伯夷、叔齐"怨"与"不怨"的讨论，针对的是天道有无问题。夷、齐"积仁洁行如此而饿死"，颜渊好学而早夭；与此对照的则是盗跖暴戾恣睢、日杀不辜却以寿终。真有所谓福善祸淫之天道吗？为何行善未必福，行恶未必祸？人的命运究竟是怎样被决定的？在这些追问中，我们不难感受到司马迁身世遭际的烙印与创伤。司马迁之前，从来没有一个史学家如此关注个体人物的命运，也从来没有人把命运的悲剧性表达得如此苍凉沉郁、悲慨淋漓！对人物命运的探索，成为贯穿《史记》列传中的一个终极思考命题。

《伯夷列传》另一处需要注意的是对"名"的讨论。既然天道玄远蒙昧，那么个体该如何安顿自己的生命呢？难道就因此而放荡自恣、随俗沉沦吗？不，一任其运遇，从吾所好而已。对于志气慷慨的烈士来

---

① 据张大可先生统计，《史记》列正传人物一百三十九人，附传人物举其要者九十二人，加孔子弟子七十七人，总计三百零八人（《史记新注》，1307 页，北京，华文出版社，2000）。

② 参见何焯：《义门读书记·史记》，见章学诚：《丙辰札记》，转引自《史记集评》，第126 页。

说，是要追求建功立业之不朽声名，"君子疾没世而名不称于后"。名，代表了刚烈之士的生命理想，是超越社会遭际穷通否泰的精神支撑，是对不可把握的命运力量的抗争。而士人所成就的"名"，除了自身砥砺志行显于闾巷外，还需要附于青云之士才能传于后世。司马迁在《孔子世家》中也提到"名"——"子曰：'弗乎弗乎，君子病没世而名不称焉。吾道不行矣，吾何以自见于后世哉？'乃因史记作《春秋》"。孔子作《春秋》，为的是自己的声名称于后、道义传于世，但同时也保存了志士仁人的行迹，使他们的声名亦达致不朽。所以，著作是一种"同明相照、同类相求"的行为，是对时或暗冥之天道的补偿。如同孔子，司马迁也选择了著作的方式，借以伸展自己的生命理想，亦使众多士人的声名得以显扬。也就是说，沟通太史公和笔下人物的情感纽带是对生命不朽的追求，此即为《史记》列传"著作之本旨"。

那么，司马迁在《伯夷列传》中思考的命运、人生理想、著作等问题，究竟是怎样具体贯彻到列传的写作当中的？纵览《史记》之后的列传，除最后一篇《太史公自序》具有笼罩全书的深意外，其他篇章大致可以分为以下五组。

第一组：从列传第二《管晏列传》到列传第七《仲尼弟子列传》，主要为春秋人物列传，间有战国时期同学派人物附入。

这组人物，时代最为久远，"世益古，则其取舍益慎"，司马迁为之立传的背后皆有深意在焉。首先，这组人物除了伍子胥外，司马迁均在传赞中提到其著作传世，例如《管晏列传》《司马穰苴列传》《孙子吴起列传》等。由读其书，而想见其为人，因而为之列传，由此可见著作在司马迁的精神世界中处于神圣地位。此外，还有《仲尼弟子列传》，与《孔子世家》相配合，一方面表现了太史公对孔子的无限敬仰，弟子亦列入传中；另一方面，也表彰了七十弟子不弃其师之穷、能够卓然自立及传扬师学的贤德。

除了著作及学术，司马迁在这组人物传记中还有其他感慨。《管晏列传》津津乐道于鲍叔荐管仲、晏婴赎越石父，"不肯铺叙霸显事迹，俱从交游知己上着笔"（高嵣《史记钞》卷三）①，盖自伤其弗遇也。《老子韩非列传》不仅梳理了由道家到法家的学术发展理路，而且全文收录了韩非的《说难》，悲韩子明其理而不能自脱。司马穰苴、孙子、吴起均为兵家，司马迁一方面写其精于用兵，另一方面又写其高才遭忌之恨。这些，都不难感受到司马迁"借他人酒杯，浇自己胸中块垒"之意。

《伍子胥列传》是春秋人物列传中唯一一篇与著作学术无关的文章，它是以复仇串联起来的激烈文字。中心是伍子胥复仇，还写了白公胜要复仇，夫差要复仇，郧公之弟要复仇，甚至太宰嚭逃到吴国也是要复仇，还有申包胥七日七夜哭于秦廷也是为国家复仇，勾践要复灭国之仇。几乎每个人物都淤积了深悲剧痛，每次复仇都牵连了更多的恩怨纠葛。那么，司马迁为什么要写出这么一篇复仇之文呢？看结尾的"太史公曰"："向令伍子胥从奢俱死，何异蝼蚁。弃小义，雪大耻，名垂于后世，悲夫！方子胥窘于江上，道乞食，志岂尝须臾忘郢邪？故隐忍就功名，非烈丈夫孰能致此哉？"这段文字让人恍生夫子自道之感，司马迁是在评论伍子胥，还是在剖露自己的隐秘心事？它与《报任少卿书》中的自叙太过相似了，"所以隐忍苟活，幽于粪土之中而不辞者，恨私心有所不尽，鄙陋没世，而文采不表于后也"②。在隐忍就功名这一点上，司马迁和伍子胥成了千古知己。

第二组：从列传第八《商君列传》到列传第二十八《蒙恬列传》，主要为战国至秦代的人物。其中以秦国人物为主，从商鞅、张仪、樗里子、甘茂、魏冉、白起、王翦、范雎、蔡泽到吕不韦、李斯、蒙恬，完整地反映了秦政之兴衰。六国重要的政治人物有苏秦、战国四公子以及乐毅、廉颇、蔺相如、田单等，反映了六国不同时期的政治情况及士人的功业。此外，还有潇洒倜傥的鲁仲连，坎坷不遇的屈原、贾生，以及慷慨报恩的刺客等。

---

① 张大可、丁德科主编：《史记论著集成》第六卷，464页，北京，商务印书馆，2015。
② （清）严可均辑：《全上古三代秦汉三国六朝文》，272页，北京，中华书局，1958。

这组人物以战国将相为主，材料多采自《战国策》①，思想亦受其影响。《战国策》反映了一个士阶层异常活跃的时代：高才秀士平交王侯，"度时君之所能行，出奇策异智，转危为安"②，纵横捭阖，叱咤风云，建立了不朽的功业和声名。战国士人追求慷慨快意的人生，影响到了司马迁的士道观，"这种士道观的核心是功名价值观，即看历史人物是否最大限度地实现本质力量对象化，它比较不重视贵贱贫富等外在条件，而是重视人物的内在价值及其实现程度"③。前面分析《史记》为倜傥非常之士立传的标准，其精神实质和文化渊源就是这种战国以来士人的"功名价值观"。

需要说明的是，《史记》虽受到《战国策》的深刻影响，但又做了思想上的调整：《战国策》处于子、史之间，一方面保存了较多的史料，另一方面又充斥了纵横家崇尚权谋策略、富贵利达的思想倾向；《史记》则摈弃了这种庸俗的论调，而站在超越的立场关注士人的生命意志与人生理想实现与否。比如下面两段文辞：

> 将说楚王，路过洛阳。父母闻之，清宫除道，张乐设饮，郊迎三十里。妻侧目而视，倾耳而听；嫂蛇行匍伏，四拜自跪而谢。苏秦曰："嫂何前倨而后卑也？"嫂曰："以季子之位尊而多金。"苏秦曰："嗟乎！贫（穷）[贱]则父母不子，富贵则亲戚畏惧。人生世上，势位富（贵）[厚]，盍可忽乎哉！"（《战国策·秦策一》）④

> 苏秦之昆弟妻嫂侧目不敢仰视，俯伏侍取食。苏秦笑谓其嫂曰："何前倨而后恭也？"嫂委蛇蒲服，以面掩地而谢曰："见季子

① 据统计：《商君列传》采《战国策》1章，《苏秦列传》采14章，《张仪列传》采15章，《樗里子甘茂列传》采7章，《穰侯列传》采3章，《白起王翦列传》采2章，《孟尝君列传》采5章，《平原君虞卿列传》采4章，《魏公子列传》采1章，《春申君列传》采3章，《范睢蔡泽列传》采4章，《乐毅列传》《廉颇蔺相如列传》各1章，《鲁仲连邹阳列传》采2章，《刺客列传》采3章，共计64章(参见王广福：《〈史记〉采用〈战国策〉考论》，硕士学位论文，西南师范大学，2001)。
② 何建章：《战国策注释》，1357页，北京，中华书局，1990。
③ 陈桐生：《中国史官文化与〈史记〉》，234页，汕头，汕头大学出版社，1993。
④ 何建章：《战国策注释》，76页，北京，中华书局，1990。

位高金多也。"苏秦喟然叹曰:"此一人之身,富贵则亲戚畏惧之,贫贱则轻易之,况众人乎!且使我有洛阳负郭田二顷,吾岂能佩六国相印乎!"于是散千金以赐宗族朋友。(《史记·苏秦列传》)

两相对照,可以发现司马迁在袭用《战国策》材料的基础上,将"人生世上,势位富贵,盍可忽乎哉"改写为"且使我有洛阳负郭田二顷,吾岂能佩六国相印乎"。这使苏秦的形象由一个沾沾自喜于富贵权势的俗人,变成了在贫困中发愤努力的志士。在文末的论赞中,司马迁再次强调"苏秦起闾阎,连六国从亲,此其智有过人者。吾故列其行事,次其时序,毋令独蒙恶声焉",激赏苏秦之智,而非像战国策士那样津津艳羡于苏秦之富贵,两种境界显然不同。司马迁尤重功名之士在坎坷中激扬奋起的人生态度,如在《张仪列传》中着意叙述张仪在楚国受辱、苏秦激之入秦国之事,《范雎蔡泽列传》中描写范雎受辱于魏齐、蔡泽不遇于赵韩魏的经历,并发出"不困厄,恶能激乎"的感慨,等等。这实际上是司马迁砥砺志节"发愤著书"的主体精神在历史人物身上的不自觉投射,亦是构成《史记》壮美风格的重要因素。

《史记》为了全面反映历史风貌,还补充了《战国策》所不载的学者人物传记,如《孟子荀卿列传》。它完整地勾勒出战国中后期的学术发展状况,并在开篇慨叹"余读孟子书,至梁惠王问'何以利吾国',未尝不废书而叹也。曰:嗟乎,利诚乱之始也!夫子罕言利者,常防其原也。故曰'放于利而行,多怨'。自天子至于庶人,好利之弊何以异哉",对战国驰骛争利的世风进行了批评。

《史记》和《战国策》的不同,还在于司马迁对战国士人投入较多感情共鸣的同时,也保持了史家对这个群体应有的超越与冷静。士人基于个体理想而建立的功业,大部分情况下与国家利益一致,但是因为君臣之际的制度性矛盾及个性冲突,导致了士人的种种人生悲剧。例如,商鞅变法使秦国走向富强,但是最终被车裂灭家;甘茂为秦攻城略地,但是遭谗流亡;穰侯曾令秦称帝于天下,然而因范雎进说而归死于陶;信陵君身系魏国安危却被废弃,病酒而卒;其他如白起、乐毅、廉颇、李牧、吕不韦、李斯等,无不如此。对于这些人物的悲剧命运，太史公表现出了深切的同情，如感慨穰侯"昭王亲舅也。而秦所以东益地，弱诸侯，尝称帝于天下，天下皆西乡稽首者，穰侯之功也。及其贵极富溢，一夫开说，身折势夺而以忧死，况于羁旅之臣乎"（《穰侯列传》）；同情白起"料敌合变，出奇无穷，声震天下，然不能救患于应侯"（《白起王翦列传》）；等等。而对于欲建功名而不得的屈原和贾生，司马迁更是为之悲叹流涕。但是，司马迁并非完全站在士人立场，一味控诉权力的邪恶，而能够秉持史家的中立与客观，指出一些士人的悲剧源于自身的性格因素或者贪欲，比如批评商鞅"天资刻薄之人"；论苏秦、张仪"真倾危之士哉"；对孟尝君保位固宠、平原君之料事不睹大体、吕不韦之贾利、李斯之持禄误国、蒙恬之阿意兴功等，都做了客观的展示。

司马迁展示士人的弱点和缺陷，并非站在专制权力的立场，而是出于士人人格理想的标准。也正因看重士人的人格境界，司马迁可以为一些在国家政治领域中并无位置的士人立传。如鲁仲连，"好奇伟俶傥之画策，而不肯仕宦任职，好持高节"，说新垣衍义不帝秦，劝燕将投降，但是逃隐于海上，追求"宁贫贱而轻世肆志焉"。司马迁对这种潇洒独立的人格进行了热情的歌颂："余多其在布衣之位，荡然肆志，不诎于诸侯，谈说于当世，折卿相之权"（《史记·鲁仲连邹阳列传》）。再如刺客，专诸刺王僚、豫让为智伯复仇、聂政刺韩相侠累，都是激于私人间的知遇之恩，无关国家大义。即使曹沫为鲁国收回失地，背后亦有鲁庄公欣赏其勇力的交情；荆轲为挽救燕国危亡而刺杀秦始皇，主要也是为了报答燕太子丹恣意顺适其情的恩惠。应该说，刺客行动的主要动力是肆志求名，而不完全符合礼义标准。对此，司马迁并没有站在国家立场进行批评，而是称之不容于口："自曹沫至荆轲五人，此其义或成或不成，然其立意较然，不欺其志，名垂后世，岂妄也哉！"从这一点上说，司马迁的人物评判标准是战国文化精神重视"人本质力量的实现"的延续，而不属于皇权专制的时代。

综上，司马迁这组传记的人物选择和评判标准都受到了《战国策》和战国文化精神的深刻影响，但又能够立意超迈、格调高远，关注"人的本质力量"之实现，完整客观地反映战国士林的总体风貌。

第三组：从列传第二十九《张耳陈余列传》到列传第四十《季布栾布列传》，为楚汉之际的人物列传。这些人物大都身历反秦暴政、楚汉相争、汉高初定天下等时代巨变，为风云际会中的弄潮儿。

入列传的汉高辅臣，大部分是当身而灭、荣华不及后世的悲剧性人物。对这些人物，司马迁没有遵从帝王意志对其进行"胜王败寇"式的贬低或丑化，而是客观地展示了其人其功，对其被迫造反或被诬陷造反的内情多有辨明，表现了史家秉笔直书的职业操守。如彭越，太史公在其本传中历叙其功："汉王三年，彭越常往来为汉游兵，击楚，绝其后粮于梁地。汉四年冬，项王与汉王相距荥阳，彭越攻下睢阳、外黄十七城。……汉五年秋，项王之南走阳夏，彭越复下昌邑旁二十余城，得谷十余万斛，以给汉王食。"（《魏豹彭越列传》）又通过张良计策表明垓下之围必得彭越之助才能成功。功愈大，愈见汉廷仅仅因太仆诬陷而置彭越于死地之无情。不仅如此，司马迁又借栾布之口对高祖进行了面斥："方上之困于彭城，败荥阳、成皋间，项王所以不能〔遂〕西，徒以彭王居梁地，与汉合从苦楚也。当是之时，彭王一顾，与楚则汉破，与汉而楚破。且垓下之会，微彭王，项氏不亡。……今陛下一征兵于梁，彭王病不行，而陛下疑以为反，反形未见，以苛小案诛灭之，臣恐功臣人人自危也"（《季布栾布列传》），义正词严，将汉高之猜忌寡恩与彭越之戆直冤屈揭露得淋漓尽致，大快人心，几可当良心的审判。

再如韩信，司马迁历叙武涉、蒯通之策反皆被韩信拒绝，以见其忠于汉室；又写韩信报漂母之恩以见其知恩图报，由此推知其绝不会辜负汉高拜将之恩。传记虽依汉廷狱案叙入韩信谋反事，人固知其冤矣。与淮阴侯韩信形成对照的是《韩信卢绾列传》中的韩燕二王。李慈铭论曰："韩燕二王皆无功而王，汉待之甚厚而负恩反叛，其罪甚大，乃犹封其子孙，以与淮阴侯相形为古今之极冤也。末附陈豨，意尤明。（《史记札记》卷三）"[1]对于黥布，太史公则直写汉室杀韩信、醢彭越对其造成的心理冲击："十一年，高后诛淮阴侯，布因心恐。夏，汉诛梁

---

① 张大可、丁德科主编：《史记论著集成》第六卷，536 页，北京，商务印书馆，2015。

王彭越，醢之，盛其醢遍赐诸侯。至淮南，淮南王方猎，见醢，因大恐，阴令人部聚兵，候伺旁郡警急。"(《黥布列传》)后来黥布造反的导火线虽是"妒媚生患"，因宠姬而发，有一定的偶然性，但实际上司马迁借楚故令尹之口揭示了其必然性："往年杀彭越，前年杀韩信，此三人者，同功一体之人也。自疑祸及身，故反耳。"对朝廷定案做这样的辩护，不啻站在弱者的立场宣称造反有理了。史书谨守历史真相，而非官方旨意，给予每个人物应有的位置以及体谅同情，甚至在天道幽隐处亦能表现出客观公正的道义审判，这便是《史记》光耀千古之处。

汉初三杰之外，再看其他武将列传。按照《史记》体例，张耳封王传世，应入世家，但司马迁将其录入列传，主要原因应是为了表现其与陈余之间的纠葛。如果说鲍叔、管仲之交是友谊的典范，那么张耳、陈余之间则是现实中常见的势利交情：先为"刎颈之交"，患难与共；后因巨鹿被围，两人有了嫌隙；接着，因项羽封张耳为常山王，而仅以南皮旁三县封陈余为侯，陈余因悉三县兵袭击张耳，张耳败走；汉二年(前205)，汉约赵共攻楚，陈余要求的条件是"汉杀张耳乃从"；汉三年(前204)，张耳、韩信击破赵井陉，斩陈余泜水上。太史公在篇尾感慨曰："何乡者相慕用之诚，后相倍之戾也！岂非以势利交哉？名誉虽高，宾客虽盛，所由殆与大伯、延陵季子异矣。"(《张耳陈余列传》)能争而不能让，多怨而少体谅，正是张耳陈余反目成仇的原因，亦是世俗交情的常态。对友道的思考是《史记》中的一个主题，除了张耳、陈余的"势利交"外，司马迁还在《苏秦列传》《孟尝君列传》《魏其武安侯列传》《汲郑列传》等篇中多次论及世态炎凉的"市道交"。这岂非太史公"交游莫救，左右亲近不为一言"的凄凉人生体验在历史人物身上的投射？

除了讨论友道，张耳、陈余还是陈涉时期开辟赵国根据地的骨干，所以司马迁在叙写二人交情转恶的同时，对楚汉之际的赵国史事也进行了有条不紊的交代。其他，《魏豹列传》交代魏事，《韩信卢绾列传》交代韩、燕事，《田儋列传》交代齐事，均对《陈涉世家》《项羽本纪》《高祖本纪》所梳理的楚汉间历史做了具体补充。一些奇情壮伟之士亦在这些列传中得以附传，比如贯高、蒯通、田横等，或志气刚烈，或巧言如簧，或得士死力，虽所占篇幅不多，但人物风貌在千载之下依旧栩栩如生。其他，《樊郦滕灌列传》以叙战功为主，但亦能使诸将各具面目，如樊哙之忠武，滕公之亲近等。类似的写法，亦见于《张丞相列传》，作为一篇丞相、御史大夫的合传，庸碌无为的人物被一笔带过，而着重描写了张苍之雍容、周昌之质直等。从这个意义上说，前人认为《傅靳蒯成列传》已缺，应是可靠的，因为只见功令，而不见人物的面目，当非太史公原文。①

这组人物列传中还有《郦生陆贾列传》《刘敬叔孙通列传》及《季布栾布列传》，这三篇传记的传主均不以军功显名。郦生、陆贾均以口辩取胜，有战国士风余习，但是郦生又多狂态，陆贾多儒雅，同中见异。刘敬在汉五年帝业初定的情况下始见汉高帝，但是所有进说均关涉汉初大事：定都、使匈奴、和亲、迁大姓，其见识与功业自可想见。叔孙通亦以智见长，审时度势的眼光或可比拟于刘敬，但是希世苟容的圆滑做派则令人生厌。季布与栾布均以义勇侠烈见长，但是季布隐忍为奴而不死，栾布冒死"奏事彭越头下，祠而哭之"，司马迁在结尾感慨："以项羽之气，而季布以勇显于楚，身屦军搴旗者数矣，可谓壮士。然至被刑戮，为人奴而不死，何其下也！彼必自负其材，故受辱而不羞，欲有所用其未足也，故终为汉名将。贤者诚重其死。……栾布哭彭越，趣汤如归者，彼诚知所处，不自重其死。虽往古烈士，何以加哉！"(《季布栾布列传》)如此一段话语，亦是直抒司马迁的生死观，激昂悲愤之气直冲云霄。

综上，司马迁为楚汉间人物立传，热情赞美其崛起于畎亩之中、及时立功名的不凡之处，展示了每个人物的独特面目，同时又能以这些人物串联历史大事，简明扼要。司马迁在叙写人物生平时，既能够站在史家超越立场秉公论断，又能够将自己诸多感慨，如友道与生死观，自然发之于传记当中，读之令人动容。

第四组：从列传第四十一《袁盎晁错列传》到第五十八《淮南衡山列

---

① 参见张晏注及余嘉锡：《余嘉锡论学杂著·太史公书亡篇考》，北京，中华书局，1963。

传》，为文景以来至武帝时重要人物的传记。与汉发生联系的少数民族传记，亦附入其中。①

　　这组传记清楚地反映了文、景、武时的政治状况。张释之、冯唐在文帝时以直言进谏而逐渐得到重用，君明臣直之象洋溢纸上。但是到了景帝时期，"释之恐，称病。欲免去，惧大诛至；欲见谢，则未知何如"，"景帝立，以唐为楚相，免"（《张释之冯唐列传》）。这里，文帝之宽与景帝之忌，通过传主处境的改变而得以展现。袁盎、晁错亦是景帝时期大臣，虽两人之间相互倾轧，但均不失为忠于汉廷的大臣。而最终，晁错因叛乱七国"以诛错为名"而被"衣朝衣斩东市"，袁盎因谏景帝立子不立弟而被梁孝王派人刺杀，景帝之寡恩由此可见一斑！皇权下的士人悲剧，一方面固然与权力之恶有关，另一方面亦由士人的个性所决定："（袁盎）好声矜贤，竟以名败。晁错为家令时，数言事不用；后擅权，多所变更。诸侯发难，不急匡救，欲报私仇，反以亡躯。"（《袁盎晁错列传》）对专制权力下士人人格的关注，亦是《万石张叔列传》《魏其武安侯列传》的主题，前者展示了一系列谨慎谦恭而无大略的官员形象，后者则展示官场中争构倾轧的政治生态以及官员的盛衰浮沉。《韩长孺列传》《卫将军骠骑列传》《平津侯主父列传》则展示了汉武帝时主骄臣谄的政治气象，无论是大将军，还是丞相，这些官僚系统中的最高等级人物均以阿附主意为念。与之形成对照的是《李将军列传》，李广才气举世无双，然而一生"数奇"，太史公为之激昂不平之气时时见于笔端。

　　这组传记中的少数民族传记，表现了《史记》在空间上"苞括宇宙，总览人物"的气象。可贵的是，司马迁并没有一味站在华夏优越的立场上，以"攘夷狄"的态度叙述少数民族史事，而是客观明晰地展示了少数民族的风俗、社会组织及其发展壮大史，如《匈奴列传》对匈奴历史的展示，《大宛列传》中对西域民俗的叙述，都可以称得上有条不紊、平实可靠。在少数民族与汉帝国的关系中，司马迁秉持公正中立的态度评价各自得失。例如，《朝鲜列传》中叙写了"涉何诬功，为兵发首"，

---

　　①　为方便论述，《大宛列传》亦归入此组。

"两军俱辱，将率莫侯"的情况，表现出了不直汉廷的态度；再如，《大宛列传》中直陈汉武帝攻大宛"欲侯宠姬李氏"的私心；等等。外患从来与内政密切相连，所以司马迁在少数民族列传中也往往寄托了讽谏时政的"微言大义"，如《匈奴列传》中，司马迁先写了汉初匈奴与汉合约，百约百叛；接下来写马邑之战后，汉与匈奴和亲断绝，战争中"汉两将军大出围单于，所杀虏八九万，而汉士卒物故亦数万，汉马死者十余万"的情况，汉虽不大胜，但毕竟解除了匈奴对帝国的威胁；太初之后，汉武帝任用李广利为将，三次出征匈奴，斩获匈奴仅万数千级，但丧师二十余万。通过马邑之战前后的和战对比、太初前后的胜败对比，司马迁感慨："孔氏著《春秋》，隐桓之间则章，至定哀之际则微，为其切当世之文而罔褒，忌讳之辞也。世俗之言匈奴者，患其徼一时之权，而务谄纳其说，以便偏指，不参彼己；将率席中国广大，气奋，人主因以决策，是以建功不深。……且欲兴圣统，唯在择任将相哉！唯在择任将相哉！"（《史记·匈奴列传》）隐然寄寓对武帝穷兵黩武政策以及择将不贤的批评之意。再如，在《西南夷列传》《司马相如列传》中，太史公叙述了通西南夷给巴蜀带来的扰乱，亦有《春秋》微婉多讽之意。

此外，《吴王刘濞列传》《淮南衡山列传》记载了景帝时七国之乱及淮南父子的政治命运，表现出了司马迁维护大一统的政治态度，亦对酷吏制造淮南冤狱的事实有所披露。《扁鹊仓公列传》为医者传记，似与政治无关，但太仓令淳于意关涉肉刑存废，亦为法律史、政治史上要关注的人物。

综上，这组传记与汉帝国大一统政治的关系尤为密切。司马迁选取了皇权下的文臣武将、与汉发生战争的少数民族事迹录入历史，表现了不同时期的政治气象，亦借用《春秋》"定哀之际则微"的隐微书写方式，表达了对当时帝王施政的褒贬讽谏之意。

第五组：从列传第五十九《循吏列传》到列传第六十九《货殖列传》，主要为各种人物传记，时间跨度较大。

这组传记基本上是司马迁有意编排归纳的结果，跨越了时间、地域、社会身份而把不同人物列于一传，用以表达史家独特的历史观念和时代感受。《循吏列传》《汲郑列传》《酷吏列传》三篇，集中表现了司马迁对汉代吏治的看法。正如多位论者所指，《循吏列传》中无汉人，《酷吏列传》中无一先汉人，这本身就表明了司马迁对汉代法苛吏酷的批评态度。所谓循吏者，即奉法循理、修身导民之官，《循吏列传》中表彰的仁厚爱民、善施教化的孙叔敖、子产，清廉自正、严守法纪的公仪休、石奢、李离，代表了司马迁理想中的官员形象。《汲郑列传》中人物有古大臣之风："正衣冠立于朝廷，而群臣莫敢言浮说，长孺矜焉；好荐人，称长者，壮有溉"（《太史公自序》），司马迁为之写传一方面是表彰之，另一方面也是哀叹"自汲黯弃居郡，而汉廷无直臣！"《酷吏列传》为司马迁的愤怒与血泪凝成之文。酷吏之失在于放弃"德""礼"，而一味用酷法虐民。其人未尝无可称道之处，如郅都能够"引是非，争大体"，但其在"是时民朴，畏罪自重"的时代中首开严酷之风的罪责亦不可免。之后，宁成、周阳由等效法郅都为治者，则失其廉与公矣，司马迁一语点出酷吏为政之本质："最为暴酷骄恣。所爱者，挠法活之；所憎者，曲法诛灭之。"最终造成的结果是"盗贼浸多，上下相为匿，以文辞避法焉"，"网密，多诋严，官事浸以耗废"。这些酷吏之所以能够煊赫一时，其原因当然在于"上以为能"，"国家赖其便"（《酷吏列传》）。司马迁谏诤国家任法之误，一篇之中三致意矣；而其自身陷于囹圄之祸，亦为这帮骄君酷吏一手制造之罪恶！

《儒林列传》承接《孔子世家》《仲尼弟子列传》，主要叙述汉兴以来儒家学派的发展及五经传承情况，展示了儒林人物如申生、伏生、董仲舒等人的生平经历，亦表达了对汉代以功令兴儒之忧虑，是一篇具有独立思想与批判精神的学术史传。《游侠列传》与《货殖列传》的书写，是司马迁"家贫，货赂不足以自赎；交游莫救；左右亲近不为一言。身非木石，独与法吏为伍，深幽囹圄之中，谁可告诉者"惨痛经历之直接反映。这两类人物，如果站在国家的立场，则正如班固所论："其为编户齐民，同列而以财力相君。"（《汉书·货殖传》）"以匹夫之细，窃杀生之权，其罪已不容于诛矣……苟放纵于末流，杀身亡宗，非不幸也。"（《汉书·游侠传》）但是，司马迁并非被权力驯化的学者，而是站在朴素的民间道义与社会公正的角度对货殖和游侠进行了热情的赞誉："布衣匹夫之人，不害于政，不妨百姓，取与以时而息财富，智者有采焉";"救人于厄,振人不赡,仁者有乎;不既信,不倍言,义者有取焉。"(《太史公自序》)这些话语看似离经叛道,实际上是对永恒正义与社会良知的坚持,是对弱者的体恤和生命权益的呵护!其他,《龟策列传》《日者列传》真正践行了司马迁为闾巷修身之士扬名后世的著作理念;《滑稽列传》表彰了"谈言微中,亦可以解纷"之士;《佞幸列传》则满纸只看到卑劣猥琐、善于逢迎的丑态,令人作呕,但是司马迁的用意不仅在于白描佞幸之徒的状貌,更将矛头指向了其背后的皇权。

总结上述五组列传,可以看到司马迁在《伯夷列传》中思考的主题在后面列传中得以具体展现。贯穿《史记》七十列传始终的是司马迁对奋发有为人格理想与人自身生命价值的重视,对社会良知与正义的坚持,对人类基本问题的客观审视,对事实与真相的维护,对权力的超越与批判,对英雄失路无门的同情与无奈,对弱者的悲悯与仁爱,还有与之交织在一起的司马迁对自身遭遇的感慨以及对个体命运的思考。因为这些有温度的思考,使得一部原本宏大庄严、客观谨严的史书,充满了诘问、困惑、挣扎、矛盾、痛楚、喜悦以及悲凉,带上了鲜明的个人烙印。

二、司马迁个人化历史观念的表达

《史记》的个性化书写不仅体现在对列传人物的选择和评价上,还体现在司马迁个性化情感、观点的表达上。司马迁运用了一系列表达方法与技巧手段,保障了个性化历史书写的实现,避免了簿录化、模式化的历史书写。举其要者,司马迁表达个人化历史识见的方式有:

(一)"太史公曰"

从《史记》开始,史官有了直接表达史论的固定书写体例,即"太史公曰"。此前《左传》《国语》中虽有"君子曰",但其多为依据"礼"就一人一事发议论,出现位置和频率都较为随机。与之相比,《史记》中除去亡佚的十篇不计外,仅有《陈涉世家》没有出现"太史公曰"[①],其他每篇均有;其出现在篇前的有23篇,中间的5篇,篇尾的106篇,即大

① 据裴骃《史记集解》,今本"褚先生曰",另一版本作"太史公曰"。

部分出现在篇尾，自为一体；其评价的范围不限于一人一事，着眼点也不限于伦理道德，而是涉及广泛。总之，从"君子曰"到"太史公曰"，史家议论的内容更加广泛和灵活，形式上更具系统性。这反映了史家更为自觉和强烈的主体意识，他不再满足于隐藏于史料背后、以档案史料的客观编纂者自居，而要鲜明直接地表达个人的情感、态度和看法。史论的凸显，无疑使史书更具作者本人的个性化印记，也使史书所载的历史人物和事件更直接地走入了史家所处的时代。

《史记》"太史公曰"的具体文本功能，可归纳为以下数端：

其一，画龙点睛，评价传主。司马迁在正文中多隐藏自己的喜怒哀乐，采用史家客观冷静的叙述笔调，不动声色地叙述人物行事，善恶兼载，读者可根据自己的经验对人物进行判断。但是在"太史公曰"中，司马迁由隐而显，无所顾忌地表达爱憎，发表一己之见，并为读者指点迷津。

就司马迁在论赞中的人物评论而言，大部分是前面传文的提炼概括与主题升华。例如，《项羽本纪》在正文中主要通过巨鹿之战、鸿门宴、垓下之围等典型事例表现了项羽的英雄形象及其由盛到衰的过程，在结尾的赞中司马迁对其历史意义做了客观评价与定位，"羽非有尺寸乘埶起陇亩之中，三年，遂将五诸侯灭秦，分裂天下，而封王侯，政由羽出，号为'霸王'，位虽不终，近古以来未尝有也"；并分析了其失败的原因，"及羽背关怀楚，放逐义帝而自立，怨王侯叛己，难矣。自矜功伐，奋其私智而不师古，谓霸王之业，欲以力征经营天下，五年卒亡其国，身死东城，尚不觉寤而不自责，过矣。乃引'天亡我，非用兵之罪也'，岂不谬哉！"这里的评论客观理性，纠正了项羽"天亡我"的执念，指出其败于刘邦是因其战略眼光、政治谋略、用人手段、个性气质等自身因素略逊一筹，而非不可知之天命的戏弄。这种论述升华了正文的叙述，使人物形象更加丰富立体，充满张力。再如，《孔子世家》论赞表达司马迁对孔子的敬仰，叙述适鲁观礼的经历，赞美孔子学术深远等，突出了孔子"至圣"的形象。类似的还有《陈丞相世家》《绛侯周勃世家》《伍子胥列传》《平原君虞卿列传》《廉颇蔺相如列传》《季布栾布列传》《李将军列传》等篇的赞论等。

　　《萧相国世家》的赞论则如老吏断案，对萧何进行了反讽，点出其庸碌自保的一面："萧相国何于秦时为刀笔吏，录录未有奇节。及汉兴，依日月之末光，何谨守管籥，因民之疾〔秦〕法，顺流与之更始。淮阴、黥布等皆以诛灭，而何之勋烂焉。位冠群臣，声施后世，与闳夭、散宜生等争烈矣。"《曹相国世家》论赞点出其"攻城野战之功所以能多若此者，以与淮阴侯俱。及信已灭，而列侯成功，唯独参擅其名"，亦有类似效果。《吕不韦列传》论赞"孔子之所谓'闻'者，其吕子乎"，《李斯列传》论赞"人皆以斯极忠而被五刑死，察其本，乃与俗议之异"等，均为一针见血之论，避免读者可能会产生的误判。

　　还有一些赞论与正文不够协调，甚至两者之间存在断裂。例如，《吕太后本纪》正文写吕后残害戚夫人、皇子，大封吕氏，大臣诛诸吕，但是赞云"孝惠皇帝、高后之时，黎民得离战国之苦，君臣俱欲休息乎无为，故惠帝垂拱，高后女主称制，政不出房户，天下晏然。刑罚罕用，罪人是希。民务稼穑，衣食滋殖"，似有赞赏之意，与前文狠毒的吕氏似为两人。这应为着眼点不同，一为私德，一为政治方针，两者结合则吕氏形象更加饱满。再如，《商君列传》正文对商鞅强秦之功不无展示，但赞中对其口诛笔伐："商君，其天资刻薄人也。迹其欲干孝公以帝王术，挟持浮说，非其质矣。且所因由嬖臣，及得用，刑公子虔，欺魏将印，不师赵良之言，亦足发明商君之少恩矣。余尝读商君开塞耕战书，与其人行事相类。卒受恶名于秦，有以也夫！"类似的还有《晁错袁盎列传》。论者对此多有讨论，我们认为这与传文偏向理性、论赞偏向感性抒情的分工有关，亦与司马迁一贯批评法家酷法重刑的政治思想有关。

　　其二，议论抒情，表达个人见解或感慨。司马迁隐忍苟活、发愤著史是为"原始察终，见盛观衰"，"成一家之言"，其一腔悲怨低回之气、万般痛楚苍凉之感喷薄而出，借由"太史公曰"得以宣泄倾吐。例如，《穰侯列传》"穰侯，昭王亲舅也。而秦所以东益地，弱诸侯，尝称帝于天下，天下皆西乡稽首者，穰侯之功也。及其贵极富溢，一夫开说，身折势夺而以忧死，况于羁旅之臣乎！"君臣关系之易致嫌隙、大臣之如履薄冰之感，尽见于笔端。《扁鹊仓公列传》论赞"女无美恶，居宫见妒；士无贤不肖，入朝见疑"，显然有自身的体验在内。《汲郑列传》的论赞尤为奇特，抛开传文中汲黯、郑当时的行事不论，而另辟一端批评炎凉世风："夫以汲、郑之贤，有势则宾客十倍，无势则否，况众人乎！下邽翟公有言，始翟公为廷尉，宾客阗门；及废，门外可设雀罗。翟公复为廷尉，宾客欲往，翟公乃入署其门曰：'一死一生，乃知交情。一贫一富，乃知交态。一贵一贱，交情乃见。'汲、郑亦云，悲夫！《屈原贾生列传》通篇以抒情为主，屈原、贾生同为不得意于当世，司马迁在结尾论曰"适长沙，观屈原所自沉渊，未尝不垂涕，想见其为人"，记人述己，一唱三叹，反复低吟，"太史公亦借以自写牢骚耳"。不难感受到，《史记》这些论赞，均带有司马迁自身创伤的印记。一次创伤的经历并不会局限在具体的空间和地点上，因为它会不断在创伤经历者的脑中重现。正如许多研究创伤的学者认识到的，延迟不仅体现在创伤所带来的影响上，也体现在对创伤事件的体验上。在很多方面，创伤本身便是记忆的一种形式，因为它只存在于记忆中。[①] 在《史记》的写作中，司马迁的创伤记忆被一次又一次地唤回并且重构，历史书写因而带上了个人的隐秘体验与苦痛记忆，成为"无韵之《离骚》"。

　　"太史公曰"还表达了司马迁的历史见解，如《秦始皇本纪》论赞引贾谊《过秦论》对秦代崩溃之因进行了论述。再如，《平准书》论赞云："农工商交易之路通，而龟贝金钱刀布之币兴焉。所从来久远……及至秦，中一国之币为〔二〕等，黄金以溢名，为上币；铜钱识曰半两……然各随时而轻重无常。于是外攘夷狄，内兴功业，海内之士力耕不足粮饷，女子纺绩不足衣服。古者尝竭天下之资财以奉其上，犹自以为不足也。无异故云，事势之流，相激使然，曷足怪焉。"显然是借秦喻汉，讽刺当时的经济政策，表达自然无为之经济思想。《魏世家》论赞则反驳了"说者皆曰魏以不用信陵君故，国削弱至于亡"的观点，认为秦统一天下势在必然。《楚元王世家》的论赞表达了"安危在出令，存亡在所任"的观点。《孟子荀卿列传》的序论批评了自天子至于庶人一味好

---

　　① 参见（清）张大野：《微虫世界》，田晓菲译注，译者引言 16 页，西雅图，华盛顿大学出版社，2014。

利的世风。《匈奴列传》的赞论连声呼吁解决匈奴问题"唯在择任将相哉"。《酷吏列传》序论中对"齐之以刑"与"道之以德"的讨论，表达了德礼为政的社会理念，等等。

其三，补充正文。《史记》"太史公曰"笔法灵活，不拘一格，许多可以补充正文。这主要体现在以下几个方面：

交代篇旨义例。如《十二诸侯年表》的序论对之前各类历史典籍的体例进行了批评总结，指出本表大旨在于表现"盛衰大旨"，细事不在表现范围。其他表的序论亦与此相类。《吴太伯世家》的论赞通过引用孔子之语赞泰伯之让德，点评延陵季子之仁德，表明了以此篇为世家之首的用意。类似的还有《三王世家》《鲁仲连邹阳列传》《封禅书》《河渠书》等篇的论赞等。

交代史料取舍依据。如《仲尼弟子列传》赞云："学者多称七十子之徒，誉者或过其实，毁者或损其真，钧之未睹厥容貌，则论言弟子籍，出孔氏古文近是。余以弟子名姓文字悉取《论语》弟子问并次为篇，疑者阙焉。"类似的还有《五帝本纪》的赞论、《三代世表》的序论、《苏秦列传》的赞论等。

补充史料。如《夏本纪》正文载"禹东巡狩，至于会稽而崩"，赞论补充了另外一种说法："或言禹会诸侯江南，计功而崩，因葬焉，命曰会稽。会稽者，会计也。"《殷本纪》的论赞交代史料依据，并补充交代了殷之后裔："余以《颂》次契之事，自成汤以来，采于《书》《诗》。契为子姓，其后分封，以国为姓，有殷氏、来氏、宋氏、空桐氏、稚氏、北殷氏、目夷氏。孔子曰，殷路车为善，而色尚白。"《秦本纪》的论赞补充了嬴姓分封出的各氏。《乐毅列传》的论赞补充了乐毅后人与黄老之学的渊源。《田单列传》的论赞补充了齐襄王与君王后事、王蠋之事。《孟尝君列传》的论赞提到"吾尝过薛，其俗闾里率多暴桀子弟"，印证了孟尝君的"好客自喜"。类似的还有《魏公子列传》《淮阴侯列传》《樊郦滕灌列传》《卫将军骠骑列传》等篇的论赞等。

考辨史实，如《周本纪》赞云："学者皆称周伐纣，居洛邑，综其实不然。武王营之，成王使召公卜居，居九鼎焉，而周复都丰、镐。至犬戎败幽王，周乃东徙于洛邑。所谓'周公葬〔于〕毕'，毕在镐东南杜中。"《刺客列传》赞云："世言荆轲，其称太子丹之命，'天雨粟，马生角'也，太过。又言荆轲伤秦王，皆非也。"《大宛列传》对《禹本纪》《山海经》中怪物的辨伪，皆为纠正流俗说法之误，扎实有据。

交代作传缘起，如《管晏列传》赞云，"既见其著书，欲观其行事，故次其传"；《孙子吴起列传》赞云，"世俗所称师旅，皆道《孙子》十三篇，吴起《兵法》，世多有，故弗论，论其行事所施设者"；等等。

（二）寓论断于叙事

一般来说，司马迁主观见解的表达和客观描写是分开的，传记正文的叙述往往是客观的，而主观的评论则见之于结尾的"太史公曰"。饶是如此，史家叙述并不等于客观的历史本身，其叙述内容、叙述方式都经历了史家主观的鉴别、选择与设计，因而亦带上了个性化的特点。顾炎武云："古人作史，有不待论断，而于序事之中即见其指者，惟太史公能之。"[①]也就是说，《史记》众多篇目不待"太史公曰"，读者就能清楚感受到史家的爱憎褒贬。那么，司马迁是如何做到这一点的呢？

1. 叙事内容的选择

爱德华·霍列特·卡尔把历史事件分为两种：一种是"有意义"的历史事实，另一种是"不重要的无意义"的非历史事实。他说，历史学家有双重的责任，一方面发现少数有意义的事实，使它们变成历史事实；另一方面把许多不重要的事实当作非历史事实而抛弃掉[②]。具体到《史记》历史事实的选择，金圣叹曾有一段概括："马迁之为文也，吾见其有事之巨者而隐括焉，又见其有事之细者，而张皇焉；或见其有事之阙者，而附会焉；又见其有事之全者而轶去焉；无非为文计，不为事计也。"[③]也就是说，司马迁作为一个"天生的文章家"，对叙事内容做了严格的选择处理与意义鉴别，追求以事见人、以事见时代之盛

---

①　（清）顾炎武著，陈垣校注：《日知录校注》，1432页，合肥，安徽大学出版社，2007。

②　［美］卡尔·贝克尔：《历史是什么》，10页，吴存柱译，北京，商务印书馆，1981。

③　（清）金圣叹批评：《第五才子书施耐庵水浒传》第三十三卷，第28回回首总评，2页，北京，中华书局，1975。

衰，而非事无巨细地罗列史实，由此，叙事内容带上了其鲜明的个人印记。

具体来说，一个历史人物一生中会经历无数事件，但这些事件并不具有同等重要意义，司马迁基于对人物性格和命运的理解，聚焦于具有代表性和典型性的事件，进行细致描绘，提供给读者一个具有内在逻辑性、完整性的历史人物形象。这一点，前代学者多有评论，例如：

> 《项羽本纪》：案项王自叙七十余战，史公所记独钜鹿、垓下两战为详。钜鹿之战全用烘托法，不一及战事，而于垓下显出项羽兵法及其斩将搴旗之功。……钜鹿、鸿门、垓下三段，自是史公《项羽纪》中聚精会神，极得意之文字。（郭嵩焘《史记札记》卷一）①

> 《高祖本纪》：《高纪》以平定天下为主。前半篇与项羽争天下也，后半篇削平反者以安天下也，他不系天下兴亡者不著。（吴汝纶《桐城先生点勘史记》卷八）②

> 《萧相国世家》：萧相之功，只从猎狗及鄂君两段指点，其余却皆从没要紧处着笔。实事当有数十百案，概不铺写，文之所以高洁也。后人为之，当累数万言，不能休矣。（曾国藩《求阙斋读书录》卷三）③

其他，如《淮阴侯列传》前半部分叙韩信将略，后半部分详叙齐人蒯通说辞及韩信答语，以深明韩信之不反也。叙写韩信将略，司马迁也非泛泛罗列，而于韩信强力援救刘邦之处格外用心：彭城败散，而后韩信收兵至荥阳，破楚京索间；下魏破代，而汉辄收韩信精兵荥阳拒楚；成皋围急，而后汉王之赵，驰入韩信军壁。此三役，皆高祖有急，赖韩信得全；最后垓下之围，高祖又是赖韩信方才取胜。如此，就将韩

① 张大可、丁德科主编：《史记论著集成》第六卷，298页，北京，商务印书馆，2015。
② 张大可、丁德科主编：《史记论著集成》第六卷，303页，北京，商务印书馆，2015。
③ 张大可、丁德科主编：《史记论著集成》第六卷，431页，北京，商务印书馆，2015。

信之功之冤表达得格外刺目。又如,《廉颇蔺相如列传》中写蔺相如,仅用完璧归赵、渑池之会、将相和三件事,突出其大勇大智的良相风范。又如,《李将军列传》,李广自叙曾与匈奴大小七十余战,但传中仅浓墨重彩地写了其上郡遭遇匈奴射雕手及大军之战、雁门被生俘之战以及定襄遭遇左贤王大军之战,突出其善射勇敢、临危不惧、敢打硬战的品质。再如,《刘敬叔孙通列传》中叙刘敬,只叙迁都、使匈奴、和亲、徙大姓,而其功业自见矣。

与叙事聚焦形成对照的是概述。叙事聚焦的描写中,叙事时间有可能大于或等于历史事件的时间,比如鸿门宴场面描写,司马迁在叙述其缘由及项伯通信后,又详叙宴会上沛公谢语、宾主座次、范增示意、项庄舞剑、樊哙闯入军门、沛公脱身而逃等内容,前后用去一千八百余字,节奏相对缓慢。而概述则是叙事时间远远小于历史事件时间,叙事节奏较快,如鸿门宴之后,概述项羽攻入咸阳之事:"居数日,项羽引兵西屠咸阳,杀秦降王子婴,烧秦宫室,火三月不灭;收其货宝妇女而东。"从历史事件本身来说,项羽入咸阳的时间一定长于鸿门宴会,但在篇幅上仅仅用了三十余字,远远少于鸿门宴的叙事时间。这种聚焦与概述的交替在表现春秋、战国时期诸侯国兴亡的世家以及三代本纪中尤有广泛应用,年代久远、史料缺乏者,则简单标一下世系一笔带过,盛衰关键、史料充足处,则详加叙述。《吴太伯世家》《鲁周公世家》《夏本纪》《周本纪》等,无不如此。

需要说明的是,史家聚焦的历史事件本身并不一定要比概述的事件重大,前引金圣叹论述司马迁隐栝巨事、张皇细事正是指此。例如,鸿门宴的历史意义不一定大于项羽入咸阳。但是,司马迁用鸿门宴来展示项羽性格优柔寡断的一面以及其事业由盛到衰的转折,赋予了其典型意义,这是作为项羽战斗经历之一的攻入咸阳所不具备的。再如,司马迁津津乐道于一些佚事,从事件本身来说简直微不足道,但是对人物性格来说却有着重要的展现与揭示作用,如项羽少时学书、学剑不成,展示了其粗疏恣意的性格;李斯仓鼠、厕鼠之叹中的向往富贵之愿,贯穿其一生行事。陈涉的鸿鹄之志、韩信的胯下之辱、张汤儿时审鼠等,均为以小见大的聚焦叙事。司马迁正是在对历史事件聚焦与概述的选择中，完成了对历史的个性化叙述。

司马迁在传记中对历史事件的选择和表现，正好与古希腊传记作家普鲁塔克形成了对照，后者在《亚历山大传》中云："我在本章叙述亚历山大大帝和凯撒平生……这两位显赫的人物可供颂扬的伟大事迹实在无法胜数，只能将他们一生当中的最为人津津乐道的传闻轶事概约加以描绘，无法对每一项傲世惊人的丰功伟业都做详细的记载。大家应该记得我是在撰写传记而不是历史。我们从那些最为冠冕堂皇的事功之中，并不一定能够极其清晰地看出人们的美德或恶行，有时候一件微不足道的琐事，仅是一种表情或一句笑谈，比起最著名的围攻、最伟大的军备和最惨烈的战争，使我们更能深入了解一个人的风格和习性。"①普鲁塔克重视人物的心灵和性格，致力于描绘完整的人物肖像，表现出了强烈的传记文学自觉意识。司马迁虽没有明确提出传记写作的理论，但其在写作实践中运用的种种技巧和手法，也标志着中国传记文学的成熟。

2. 叙事主题的设置与渲染

与上述聚焦与概述交错、突出某些事件的叙述方式不同，《史记》中还有一些篇章，罗列事实较多，或者多个历史人物合载，叙述节奏比较平缓。这样的篇目最容易写成流水账，平淡无趣，但司马迁以其灵动多姿之笔，为这些篇目设置了主题，不断地突出和渲染，展示人物的独特面目。

例如，太史公叙孔子，自少至老，历详其出处，但是，"通篇以'不用'二字为眼目：曰'弗能用'，曰'莫能己用'，曰'不用'，曰'既不能用于卫'，曰'鲁终不能用'。史公于世家三致意焉。深慨圣道之不行也"②（丁晏《史记余论·孔子世家》）。再如，《外戚世家》载录了薄太后、窦皇后、卫皇后等后妃事迹，身份相同，地位相近，最易平铺直叙，但是司马迁"总叙中突出一命字，作全篇主意。逐节叙事，不必明

---

① ［古希腊］普鲁塔克著：《希腊罗马名人传》，席代岳译，1195 页，长春，吉林出版集团有限责任公司，2009。

② 张大可、丁德科主编：《史记论著集成》第六卷，415 页，北京，商务印书馆，2015。

言命字，而起伏颠倒，隐然有一命字散于一篇之中"（汤谐《史记半解·外戚世家》）。① 其他，如《陈丞相世家》以"奇计"两字作案，《商君列传》以"法"字作骨，《樗里子甘茂列传》以"滑稽多智"为主线，《万石张叔列传》中叙万石一家以"恭敬""淳谨""孝谨"贯穿，《李将军列传》以"不遇时"为主，卫青则是"天幸"，平津侯则以"曲学阿世"贯穿，等等。

为使叙事紧凑整齐，司马迁在有些篇章中还设置了一些有意味的线索，例如，汪师韩论《魏其武安侯列传》"窦婴引卮酒，田蚡侍酒，灌夫使酒，而终以杯酒召祸，酒乃其一篇之眼"（《韩门缀学》卷二）②；李景星点评《赵世家》云，"尤其妙者，在以四梦为点缀，使前后骨节通灵。赵盾为梦，为赵氏中衰、赵武复兴伏案也；赵简子之梦，为灭中行氏、灭智伯等事伏案也；赵武灵王之梦，为废嫡立幼、以致祸乱伏案也；赵孝成王之梦，为贪地受降、卒丧长平伏案也。以天造地设之事，为埋针伏线之笔，而演成神出鬼没之文，那不令人拍案叫绝！"（《史记评议》卷二《赵世家》）③；等等。

因为叙事主题的设置，《史记》篇章各具面目，绝不雷同，具有极强的艺术感染力，如茅坤所论："今人读《游侠传》，即欲轻生；读《屈原贾谊传》，即欲流涕；读《庄周》《鲁仲连》传，即欲遗世；读《李广》传，即欲立斗；读《石建传》，即欲俯躬；读《信陵》《平原君》传，即欲养士。若此者何哉？盖各得其物之情，而肆于心故也，而固非区区字句之激射者也。"（《茅鹿门集·卷三》）④而叙事主题的设置完全基于史家对历史人物和历史事件的个性化理解，不同的史家的历史眼光不同，笔下折射的历史镜像亦由此不同。比如班固《汉书》大量袭用《史记》资料，但亦做了调整。⑤

需要说明的是，个性化书写使得《史记》的历史世界带上了司马迁的独特生命气质，但这并非随意改写历史，而是真实历史的个性展现。

---

① 张大可、丁德科主编：《史记论著集成》第六卷，425 页，北京，商务印书馆，2015。
② 张大可、丁德科主编：《史记论著集成》第六卷，555 页，北京，商务印书馆，2015。
③ 李景星：《四史评议》，46 页，长沙，岳麓书社，1986。
④ 张大可、丁德科主编：《史记论著集成》第六卷，171 页，北京，商务印书馆，2015。
⑤ 参见朴宰雨：《〈史记〉〈汉书〉比较》，香港，中国文学出版社，1994。

从终极意义上说，历史著作并不等于客观实然的历史原生态，而是经过了史学家主观性的选择与创造的结果。书写历史的历史学家不可能摆脱"永恒偏见"，即不能不受其品格、个性、经历、动机、追求的影响，也不可能不受其价值观念以及时代文化氛围有意无意的影响，历史著作终究只能达到"艺术的真实"，但是客观实然的历史如果不经过史学家的选择、记录、塑造，就永远湮灭在时间之河中了，能够进入历史记忆的人事无疑均为具有"永恒偏见"的史学家塑造出来的"艺术真实"。从这个意义上说，历史记忆本质上都是史学家个人书写的结果。不同史学家塑造的历史记忆，因史学家个性材力不同而存在深度与广度的区别。司马迁的个人化书写，并不影响《史记》的"实录"性质，而是使其成了独一无二的司马迁笔下的实录。司马迁不同于后代奉旨修史官员的地方在于，他既能够站在文化大一统的高度，超越了当时政治权力之规训，又保持了个人的生命体验、独立判断以及永恒正义的终极审判，从而使《史记》成为永恒的经典。

第六章　汉大赋："大一统"意识形态的文学阐释

赋在战国末期已经滥觞，例如，宋玉等人的作品。入汉以后，经过南北文化的充分交融，大赋创作终于在汉武帝时期达到高潮。这固然是文学内部演进的结果，但大赋之所以能够成为"一代之文学"，与士阶层的发展、时代文化精神、大赋的文体特征、意识形态的鼓励与干预等因素也有着密切的关系。

第一节　从士人言说到代帝王言说

关于赋的文体来源，前人多有论说，综合起来主要有以下几种：源于诗的不歌而颂，以《汉书·艺文志》说法为代表；谓出于诗的六义之一，以左思《三都赋·序》、刘勰《文心雕龙·诠赋》为代表；谓原本《诗》《骚》，出入战国诸子，以章学诚《校雠通义·汉志诗赋》为代表；谓本于纵横家言，以姚鼐、章太炎、刘师培为代表。[①] 诸说当中，前两说是从远源立论，可以置而不论。从赋的创作情况及时代语境来看，与赋体生成关系最为直接的当为《楚辞》与诸子。

---

① 参见马积高：《赋史》，2~3页，上海，上海古籍出版社，1987。近来又有学者将赋文体追溯到宗庙中的宾祭之礼［蒋晓光、许结：《宾祭之礼与赋体文本的构建及演变》，载《中国社会科学》，2014(5)］，甚至认为起源于远古祭神仪式上巫祝铺陈祭品的言语活动［韩高年：《先秦仪式展演与赋体的生成——对赋体形成过程的发生学考察》，载《求是学刊》，2005(5)］，这些观点都可备一说，但是汉赋毕竟发生在宗教氛围已经不太浓厚的汉代，从上古宗教礼仪到大赋生成，中间的过程太过辽远，学者的论述还需要更多切实证据。

　　先看赋与楚辞的关系。从《离骚》延续下来的汉代骚体赋固然勿庸费辞，因其本身就是楚辞发展的结果。这里主要讨论散体大赋。清人程廷祚《骚赋论》云，"或曰：《骚》作于屈原矣，赋何始乎？曰：宋玉。荀卿《礼》《智》二篇，纯用隐语，虽始构赋名，君子略之。宋玉以瑰伟之才，崛起骚人之后，奋其雄夸，乃与《雅》《颂》抗衡而分裂其土壤，由是词人之赋兴矣。《汉书·艺文志》称其所著十六篇，今虽不尽传，观其《高唐》《神女》《风赋》等作，可谓穷造化之精神，尽万类之变态，瑰丽窈冥，无可端倪。其赋家之圣乎！"①这里说到荀卿"始构赋名"，但其作赋恐为入楚后受到楚文学濡染的结果，晚于宋玉。②结合学界对宋玉作品的研究，我们认为宋玉最先开始了由骚体赋向散体赋的转向。③

　　宋玉的《九辩》直承《离骚》而来，虽然同样表现了忧国忠君的情感内涵，但文章情调已发生了重大变化。具体来说，屈原的作品慷慨激烈、忧时愤世，忠君怨君又九死未悔，誓与宗国同呼吸共命运；而宋玉《九辩》中的情感，则是"蕴蓄的""温柔敦厚的"④，如"专思君兮不可化，君不知兮可奈何！蓄怨兮积思，心烦憺兮忘食事。愿一见兮道余意，君之心兮与余异"⑤，"岂不郁陶而思君兮？君之门以九重。猛犬狺狺而迎吠兮，关梁闭而不通"⑥等，均哀婉有余而愤怒不足。《九辩》

---

　　①　（清）程廷祚：《青溪集》，66～67页，合肥，黄山书社，2004。

　　②　参见曹诣珍：《荀卿在赋体文学史中地位的再检讨》，载《湖北大学学报》（哲学社会科学版），2002(2)。

　　③　关于宋玉作品的辨伪与考信，见吴广平编注：《宋玉集》，长沙，岳麓书社，2001；以及刘刚：《百年来宋玉研究评述》(《中国诗歌研究》第五辑)；金荣权：《百年宋玉研究综论》[《江汉论坛》]，2009(2)；汤漳平：《出土文献对宋玉研究的影响》[《中州学刊》，2012(2)]；廖名春：《从唐勒赋的出土论宋玉散体赋的真伪》[《求索》，1991(4)]；等等。大体来说，在出土文献的旁证下，宋玉绝大多数作品的真实性得以确认：传世的收录于《楚辞章句》的《九辩》，《昭明文选》中的《对楚王问》《风赋》《登徒子好色赋》《高唐赋》《神女赋》，以及《古文苑》中的《钓赋》《讽赋》《大言赋》《小言赋》共 10 篇赋可确认为宋玉的作品；尚有争议的是《招魂》(《楚辞章句》)、《笛赋》(《古文苑》)、《舞赋》(《古文苑》)、《微咏赋》(《文选补遗》)及临沂银雀山竹简中的《御赋》。

　　④　郑振铎：《插图本中国文学史》，64页，北京，人民文学出版社，1957。

　　⑤　（宋）洪兴祖：《楚辞补注》，184页，北京，中华书局，1983。

　　⑥　（宋）洪兴祖：《楚辞补注》，188页，北京，中华书局，1983。

中看不到作者对自己才能的充分肯定，亦看不到对国家前途的热切关注，而多是贫士失职的感叹。司马迁云，"屈原既死之后，楚有宋玉、唐勒、景差之徒者，皆好辞而以赋见称；然皆祖屈原之从容辞令，终莫敢直谏"（《史记·屈原贾生列传》），良为确论。但何以至此呢？

　　首先是地位不同，屈原作为宗室大臣，"入则与王图议国事，以出号令；出则接遇宾客，应对诸侯。王甚任之"（《史记·屈原贾生列传》），而宋玉仅仅是言语侍从之小臣，对国事本没有舍我其谁的强烈使命感。他虽然希望才用于世，但是王廷辽远、九重不开，只能无可奈何、伤悼不遇。其次是时代不同，屈原生活在楚怀王、楚襄王时代，楚国由盛转衰，昔日强盛的荣光还在，让人心存改革图强的幻想；而宋玉生活的时代，中兴的愿望在秦兵的铁骑下恐已成明日黄花，只能倍感萧瑟凄凉而无力回天。所以《九辩》中有哀怨，有悲愁，但是没有激昂壮烈、正大清刚之气。

　　尽管如此，宋玉毕竟是战国士人，没有也不可能完全放弃以道事君的理想而甘当弄臣，他在《九辩》中批判了浑浊世俗，表现了安贫乐道保持高洁人格的情志，"何时俗之工巧兮？灭规矩而改凿。独耿介而不随兮，原慕先圣之遗教。处浊世而显荣兮，非余心之所乐。与其无义而有名兮，宁穷处而守高"①；并隐然流露仕隐矛盾的心态，"原沈滞而不见兮，尚欲布名乎天下。然潢洋而不遇兮，直怐愁而自苦"②。应该说，宋玉的处境和心态在势尊道卑的政治生态中，可能比屈原更具有普遍性。士人羁旅求官，志向和实际处境的反差可能更使其易与《九辩》产生强烈共鸣。

　　正是具有《九辩》中表现出来的人格独立与批判精神，宋玉在面对君王时表现出了娱君又谏君的双重心态。娱君为言语侍从之臣的职分，谏君则出于士人的政治理想。宋玉的散体赋正是在这种心态下创造出来的文体。比如《风赋》，由"有风飒然而至"，"王披襟当之，曰'快哉此风'"的平常事、眼前景，引出了宋玉关于"大王之风"与"庶人之风"

---

① （宋）洪兴祖：《楚辞补注》，191 页，北京，中华书局，1983。
② （宋）洪兴祖：《楚辞补注》，195 页，北京，中华书局，1983。

的讨论，接下来从视觉、听觉、嗅觉、触觉上铺排了两种风的兴起、
经过以及吹及人身的效果，辞采华艳，句式长短错落，间有整齐的四
字韵语，听之顺耳，观之悦目，很好地实现了文辞的游戏娱乐功能。
但是，文章表达的内容却是王侯贵族的奢侈生活和平民百姓的贫穷苦
难之强烈对比，铺陈排比的文辞更强化了这种不公。虽不着一语，宋
玉讽谏楚王、体恤庶民疾苦的用心昭然。

　　再如《高唐赋》《神女赋》。两赋前后相接，内容连贯，其缘起为"昔
者楚襄王与宋玉游于云梦之台，望高唐之观"①，由睹朝云而引发了襄
王对高唐的向往以及宋玉对高唐盛景的铺排。赋中描绘了高唐之巍峨
高耸、雨后新霁百溪奔流之气势、玄木冬荣百鸟和鸣之美景、盘石横
忤倾崎崖隤之险峻、高唐观侧地势平坦芳草罗生之馥郁、楚王奏乐畋
猎之盛况，夸张渲染，穷形尽相，令人感心动身，然后指出王欲往高
唐，必先"盖发蒙，往自会，思万方，忧国害，开贤圣，辅不逮，九窍
通郁，精神察滞"②，流露出讽谏之意。接下来《神女赋》写经过宋玉赋
高唐之事，王果梦与神女相遇，于是又引来宋玉一段妙语，铺排神女
瑰姿玮态、端庄贤淑、高贵神秘等"夺人目精"之美，以及神女与楚王
之间"发乎情、止乎礼"的爱情故事。这里似未流露出明确的讽谏意图，
但是与女神只可神交、不可亵渎的故事本身，似也表明宋玉认可的一
种情爱观。宋玉在《登徒子好色赋》中通过章华大夫之口也阐述了类似
的观念："目欲其颜，心顾其义，扬《诗》守礼，终不过差。"③这对淫乐
无度的楚襄王来说，未尝不是一种劝谏。此外，在艺术上，这两篇散
体赋与《楚辞》颇有渊源。例如，《高唐赋》中对高唐观侧芳草的罗列，
与《离骚》类似；再如，《神女赋》中对人神之恋缠绵悱恻、惆怅深情的
抒写，可看到《九歌》的痕迹。

　　娱君又谏君，也是战国诸子向君王进说时的心态，例如孟子、邹
衍、韩非等。清人章学诚论述了赋与诸子在表达形式上的诸多相通之

---

①　(清)严可均辑：《全上古三代秦汉三国六朝文》，73 页，北京，中华书局，1958。
②　(清)严可均辑：《全上古三代秦汉三国六朝文》，74 页，北京，中华书局，1958。
③　(清)严可均辑：《全上古三代秦汉三国六朝文》，75 页，北京，中华书局，1958。

处："古之赋家者流，原本《诗》《骚》，出入战国诸子。假设问对，《庄》《列》寓言之遗也；恢廓声势，苏、张纵横之体也；排比谐隐，韩非《储说》之属也；征材聚事，《吕览》类辑之义也。"（《校雠通义·汉志诗赋》）今人朱晓海更将早期一些赋作视为诸子学术的通俗文艺版，比如《蚕》指涉荀子"成人"之学中的积与化，《箴》比拟的是荀子一再强调的通统类；宋玉《神女赋》中神女乃喻"道"，《风赋》表达庄学观点下的气论，《对楚王问》《大言赋》《小言赋》亦与道家哲学相关等。① 朱说或有刻意求深、过度阐释之处，但其看到了赋与诸子学术内容上的关联则无疑是有见地的。我们认为，这种关联并不表现在辞赋本身的哲学内蕴上，而主要在于同一时代所共有的话题与思想。例如，宋玉《大言赋》《小言赋》与《庄子·逍遥游》中的"小大之辩"关系密切；《对楚王问》中凤凰"上击九千里，绝云霓，负苍天，翱翔乎云霓之上"的语句以及"鲲鱼"的意象，亦与《逍遥游》类似，而且都表现出了浪漫夸张的思维方式；宋玉讽谏的内涵，主要是儒家仁政爱民、礼义节俭的思想；等等。

赋与子学的上述相通之处，实际上是由它们相似的讽谏语境决定的。所谓讽谏，不过是士人在君德浅薄的时代中炮制出来的糖衣药丸，"不谏则危君，固谏则危身，与其危君宁危身。危身而终不用，则谏亦无功矣。智者度君权时，调其缓急，而处其宜，上不敢危君，下不以危身。故在国而国不危，在身而身不殆"②。为了既不危君又不危身，士人必须揣摩君王心理，讲究言说策略、修辞技巧、辞章声律，在合适场景中发表一番要言妙论，使君王在轻松愉悦的氛围中接受劝谏。诸子与赋的言说者身份相近、心态相近、场景相近，自然会出现一些类似的表达方式和内容。在诸子学术中，与赋关系最密切的当为纵横家，如姚鼐编《古文辞类纂》将《战国策》中的"淳于髡讽齐威王""楚人以戈说楚王""庄辛说楚襄王"编入辞赋类。这是因为纵横家靠口辩耸动人主，与辞赋家最为接近。

当然，我们指出辞赋与诸子的诸多相通之处，并非抹杀二者的区

---

① 参见朱晓海：《汉赋史略新证》，56～101 页，西安，陕西人民出版社，2004。
② （汉）刘向撰，向宗鲁校证：《说苑校证》，206 页，北京，中华书局，1987。

别。前者是将思想委婉含蓄地寄寓于丽辞藻句当中，重在审美体验和精神愉悦；后者的铺陈排比则是为表达思想服务，重在说理，提供思想或谋略。此外，辞赋中抒发个人情志的骚体赋，与子学中仅仅表达个人思想体系的论说文，因其隐含读者都非君王，没有类似的言语场景，所以两者的关联性相对较弱。

综上，战国后期出现的宋玉散体赋，创造了一种面向君王的新言说方式。这种言说方式以铺陈状物、华辞丽句为表征，满足了士人讽谏、君王娱乐的双重需求。这种散体赋在内容和艺术表达方式上，与《楚辞》和诸子学都有密切关联。

之后，秦朝灭裂文化。至汉代文、景时期，一些藩国复兴了养士之风，文人辞客重又活跃。曾游于吴王、梁孝王门下的楚人枚乘，在吸收宋玉为代表的楚地文学精髓的基础上，创作出了辞采华艳的鸿篇巨制《七发》，这标志着汉赋的正式形成。[①] 之后，"梁孝王来朝，从游说之士齐人邹阳、淮阴枚乘、吴庄忌夫子之徒，相如见而说之，因病免，客游梁。梁孝王令与诸生同舍，相如得与诸生游士居数岁，乃著《子虚之赋》"（《史记·司马相如列传》）。从枚乘到司马相如，从《七发》到《子虚》，其间的传承脉络历历可见。而随着这些赋作的传播与宣扬，司马相如、枚皋等人被陆续招入汉廷，辞赋创作中心也由藩国移向了中央。

《七发》与《天子游猎赋》（合《子虚赋》《上林赋》之总名）虽然写作时间前后相接，但却表现出了不同的精神气象。《七发》先后铺排了音乐、饮食、骑射、游宴、畋猎、观涛，最后归之于"要言妙道"，精彩纷呈，一浪高过一浪。赋中绝大部分篇幅描写的是贵族日常生活，看似热闹奢华、无与伦比，具有极强的吸引力，但实际上通过吴太子一次又一次地回答"仆病未能也"而暗含贬义。在文章最后楚客提出如下建议：

---

① 李兆洛《骈体文钞》、刘熙载《艺概》认为《七发》源出《招魂》。马积高先生则比较了《七发》与宋玉赋："它(指《七发》)比宋玉《高唐赋》中对山水的描写要具体、形象得多，而与《风赋》中对大王之雄风的描写有异曲同工之妙。其注意描写的层次、传神虽与《风赋》同，而其所用比喻、重叠词和双声叠韵词之多，则与《风赋》异，与《高唐赋》近。这正体现着汉赋发展在艺术上的一种趋向。"参见马积高：《赋史》，65～66 页，上海，上海古籍出版社，1987。

"将为太子奏方术之士有资略者，若庄周、魏牟、杨朱、墨翟、便蜎、詹何之伦，使之论天下之释微，理万物之是非。孔、老览观，孟子持筹而筹之，万不失一。此亦天下要言妙道也。太子岂欲闻之乎？"太子"据几而起"，"涊然汗出，霍然病已"①。这与之前的反应形成鲜明对比，赋家的褒贬和真正意旨由此点出。可以看到，《七发》的真正意图还在于表达士人因时佐世的理想。而赋中表现出来的适欲养生的思想以及对奢靡生活方式的批判，与先秦道家一脉相承，甚至某些句子袭用了《吕氏春秋》中的《本生》《重己》篇。因此，可以说《七发》反映了汉初士阶层上承诸子百家而来的集体愿望及思想学术。

到了《天子游猎赋》，虽然在铺排手法、内容、知识资源等艺术表现上都与之前的赋作和诸子一脉相承，赋家的立场却发生了深刻的转变。武帝时，虽然王国势力大大衰减，但是诸侯分土而治的思想依然盛行。如何将中央王权神圣不可侵犯之理念变为时代的集体意识和主流观念，则是当时知识分子面临的任务。司马相如以文人的敏感与才情，把握到了时代脉搏，遂以如椽巨笔构筑了这篇锦绣文辞。

在《天子游猎赋》中，子虚、乌有、亡是公三人之间的对话，表面上是园囿畋猎的铺排渲染、炫耀夸竞，实际上则是诸侯王国与中央朝廷在富丽排场、气势声威、德义礼乐上的比拼。作为楚国七泽之一的云梦泽，虽名为"特其小小耳者"，但其中有"岑崟参差，日月蔽亏，交错纠纷，上干青云"之高山，有"众色炫耀，照烂龙鳞"之土壤，有"赤玉玫瑰，琳瑉琨吾"等各种似玉之石，水中有"神龟蛟鼍，玳瑁鳖鼋"，陆岸则芳林遍地，各种珍禽猛兽出没其间。这里的云梦泽，显然是整个楚国物华之聚集地、天宝之荟萃地！而君王畋猎在蒐苗狝狩的礼制背景下，本来就具有军事演习的蕴意。楚王畋猎队伍的奢华及武士搏击猛兽之壮观，实际上表现了楚国军队所向披靡的实力。

但是，赋作家并没有让子虚的滔滔宏论成为文章的核心，而是在

① 费振刚、仇仲谦、刘南平校注：《全汉赋校注》，37页，广州，广东教育出版社，2005。按：本书的汉赋文本引用，如不特别出注，均出自此版。为避烦琐，之后不再重复出注。

结尾借齐国主人乌有之口进行了批评："今足下不称楚王之德厚，而盛推云梦以为骄，奢言淫乐而显侈靡，窃为足下不取也。"这是在德义礼制的精神层面否定了楚国的淫乐奢靡，同时乌有也不愿接受子虚评论齐国物产"殆不如"的论断，而简略铺陈了齐的大国气势："齐东陼钜海，南有琅邪，观乎成山，射乎之罘；浮勃澥，游孟诸。邪与肃慎为邻，右以汤谷为界。秋田乎青丘，彷徨乎海外。吞若云梦者八九，其于胸中曾不蒂芥。若乃俶傥瑰玮，异方殊类，珍怪鸟兽，万端鳞崒，充仞其中者，不可胜记。"至此，对话进行了一个回合，赋作在齐国的胜利中结束，似乎齐国具备了物质丰饶与克制节俭之美。

紧接着，赋家笔锋一转，借天子使臣亡是公之口，依据"君臣之义""诸侯之礼"对齐、楚"争于游戏之乐、园囿之大"的做法一概进行了批评，并由"齐楚之事又乌足道乎！君未睹夫巨丽也，独不闻天子之上林乎"，开始铺写天子的上林园。文笔变得更加夸张，气势亦更加雄壮昂扬。赋家笔下的上林园不仅绵延至国界，而且具有了吞吐宇宙的气魄，"左苍梧，右西极"，浩浩乎八水出入其中，"出乎椒丘之阙，行乎洲淤之浦，径乎桂林之中，过乎泱漭之野"。水流所及，"触穹石，激堆埼，沸乎暴怒，汹涌彭湃"，水中蛟龙鱼鳖、水鸟美玉等万物甚夥。还有崇山阜陵、深林芳草，放眼望去，无有端涯，"日出东沼，入乎西陂"。更有弥山跨谷、高出天际的离宫别馆，"频杳眇而无见，仰攀橑而扪天，奔星更于闺闼，宛虹拖于楯轩"。园中鲜果秀木、玄猨素雌，丰饶异常。与辽阔上林对应的，是天子到园里打猎的非凡气势。天子的校猎队伍是"乘镂象，六玉虬，拖蜺旌，靡云旗"，似乎驾龙登天、指挥云霓；校猎的场面是"河江为陕，泰山为橹，车骑雷起，殷天动地"，可谓震撼山河、摇动天地；武士搏击猛兽的情态更是在一系列如同珠子落玉盘般的三字句铺排中，激烈壮观，让人骇心动目，如"生貔豹，搏豺狼，手熊罴，足野羊，蒙鹖苏，绔白虎，被班文，跨野马"，更有夸张如"轶赤鹿，捷狡兔，轶赤电，遗光耀。追怪物，出宇宙，弯蕃弱，满白羽，射游枭，栎蜚遽"等，读之只觉其文"如霆，如电，如长风之出谷，如崇山峻崖，如决大川，如奔骐骥"①。即使写天子娱乐休息，也具有惊心动魄之气势："撞千石之钟，立万石之虡，建翠华之旗，树灵鼍之鼓。奏陶唐氏之舞，听葛天氏之歌；千人倡，万人和；山陵为之震动，川谷为之荡波"，侍御在侧的美女亦恍若神仙，"青琴宓妃之徒，绝殊离俗，妖冶闲都，靓庄刻饰，便嬛绰约"。无疑，赋中上林园"苞括宇宙，总览人物"，俨然汉帝国的缩影，作为上林园主人的天子亦成了天下的中心。在赋家的夸饰渲染中，天子上林的宏阔巨丽使得齐、楚园囿相形见绌、黯然失色，天子的权威得以张扬。

不仅如此，天子的仁义节俭亦远超诸侯之德。他从"继嗣创业垂统"的角度反省了畋猎上林之奢侈，因而发布了一系列德政"地可垦辟，悉为农郊，以赡氓隶，隤墙填堑，使山泽之民得至焉。实陂池而勿禁，虚宫馆而勿仞。发仓廪以救贫穷，补不足，恤鳏寡，存孤独。出德号，省刑罚，改制度，易服色。革正朔，与天下为更始"，并"游于六艺之囿，驰骛乎仁义之涂，览观《春秋》之林，射《狸首》，兼《驺虞》，弋玄鹤，舞干戚，载云罕，掩群雅，悲《伐檀》，乐乐胥；修容乎《礼》园，翱翔乎《书》圃，述《易》道，放怪兽；登明堂，坐清庙；恣群臣，奏得失"，从而使"四海之内，靡不受获"，达到大同治境。对于这段文字，历来学者都解为司马相如的委婉讽谏之意，但是我们认为其与现实的关联性极弱，与其理解为讽谏，不如理解为赋家塑造的理想天子的文治礼乐之德。天子拥有如此富丽之上林，又能够不沉溺于其中，而以百姓疾苦为念、诗书礼乐为事，岂能不让齐楚二子"愀然改容，超若自失"。

就这样，在令人目不暇接、赞叹惊讶的华词丽句中，《天子游猎赋》借园林的规模大小表明了帝王与诸侯在实力与德行上的差别，强化了等级秩序，捍卫了中央王朝的权威。由此，赋由之前执着于表达士人集体愿望变成了代天子立言的工具，以国家意志为最高宗旨，积极参与意识形态的建设。这或许在一定程度上提高了大赋的言说品格和文化地位，但同时也挤压了士人表达理想和观点的空间。士阶层秉承

① （清）姚鼐：《惜抱轩诗文集》，93 页，上海，上海古籍出版社，1992。

道统而来的现实批判精神在赋中变得若有若无、无关大要，所谓"曲终奏雅""欲讽反劝"是也。士人在大赋中逐渐失语，与其在国家政治秩序中逐渐被大一统政权驯化的现实处境形成了对照。

第二节　汉大赋中的国家意识形态

从司马相如开始，大赋以其"合綦组以成文，列锦绣而为质"的美学品质，承担起了"润色鸿业"的文学功能。大赋创作，一方面是文人称才炫辞的最佳手段，所谓"能作赋方为大手笔"，"才弱者往往能为诗，不能为赋"是也；另一方面，赋作的内容往往为宫廷、园囿、校猎、都市、礼制等，与国家的礼乐教化密切相关，可以发挥用文学阐释国家意识形态的功能。因此，无论是士人，还是帝王，都以极高的热情推动了大赋的创作。班固概括曰："至于武、宣之世，乃崇礼官，考文章。内设金马、石渠之署，外兴乐府、协律之事，以兴废继绝，润色鸿业。……故言语侍从之臣，若司马相如、虞丘寿王、东方朔、枚皋、王褒、刘向之属，朝夕论思，日月献纳。而公卿大臣，御史大夫倪宽、太常孔臧、大中大夫董仲舒、宗正刘德、太子太傅萧望之等，时时间作。或以抒下情而通讽谕，或以宣上德而尽忠孝。雍容揄扬，著于后嗣，抑亦《雅》《颂》之亚也。故孝成之世，论而录之，盖奏御者千有余篇，而后大汉之文章，炳焉与三代同风。"（《两都赋序》）下面，就从与国家意识形态密切相关的赋作进行讨论。

一、表现国家礼乐制度

制礼作乐，在儒家政治学中历来与太平功成的王道胜境联系在一起，"王者化定制礼，功成作乐"[1]。自贾谊以来，儒生就在呼吁"改正朔，易服色，法制度，定官名，兴礼乐"（《史记·屈原贾生列传》），武帝以"上参尧舜，下配三王"为念，因而多留意礼乐。钱穆曾经指出"凡

---

[1]　（南朝宋）范晔撰，（唐）李贤等注：《后汉书》，1199 页，北京，中华书局，1965。

所谓正礼乐，致太平者，皆导源于辞赋，而缘饰之以经术"[①]，可见辞赋与礼乐的关系。下面择其要者论之。

（一）郊祀

"帝王之事莫大乎承天之序，承天之序莫重于郊祀"(《汉书·郊祀志》)，郊祀在国家礼制中具有重要地位。赋家也常常作为随从，参与国家郊祀典礼。例如，枚皋"从行至甘泉、雍、河东，东巡狩，封泰山，塞决河宣房，游观三辅离宫馆，临山泽，弋猎射驭狗马蹴鞠刻镂，上有所感，辄使赋之"(《汉书·贾邹枚路传》)。再如，扬雄"上方郊祠甘泉泰畤、汾阴后土，以求继嗣，召雄待诏承明之庭。正月，从上甘泉"(《汉书·扬雄传》)。虽然枚皋没有相关的作品传世，但是扬雄的《甘泉赋》把天子郊祀的盛况铺张得恍若仙界大典。

在扬雄笔下，汉成帝这次甘泉郊祀的目的在于"恤胤锡羡，拓迹开统"，即解决乏嗣的困扰。祭祀的兵卫仪仗为"诏招摇与泰阴兮，伏钩陈使当兵，属堪舆以壁垒兮，梢夔魖而抶獝狂。八神奔而警跸兮，振殷辚而军装。蚩尤之伦带干将而秉玉戚兮，飞蒙茸而走陆梁"，天子俨若指挥平常人马一般对星辰百神发号施令，在夸张中备见其权威。天子的车马更是"乘舆乃登夫凰皇兮而翳华芝，驷苍螭兮六素虬"，驾凤凰而御青龙，享受宇宙间最高神灵的待遇。接下来铺写通天台之高耸入云、甘泉宫之深博壮丽，宛如泰一尊神之所居、紫宫之峥嵘。随后写祀前天子斋戒，"盖天子穆然珍台闲馆，琁题玉英蜵蜎蠖濩之中，惟夫所以澄心清魂，储精垂思，感动天地，逆釐三神者"，又有群臣集于"阳灵之宫"陪祭，赋家还借用了《离骚》中描写远游的句子来写帝王屏神静志、魂灵飞升与天神交通的境界："建光耀之长旓兮，昭华覆之威威。攀琁玑而下视兮，行游目虖三危"，"想西王母欣然而上寿兮，屏玉女而却虙妃。玉女无所眺其清庐兮，虙妃曾不得施其蛾眉。方擥道德之精刚兮，侔神明与之为资"。最后写燎祭的场面："于是钦柴宗祈，燎熏皇天，招繇泰壹。举洪颐，树灵旗，樵蒸焜上。配藜四施，东烛仓海，西耀流沙，北爌幽都，南炀丹厓。玄瓒觩髎，秬鬯泔淡。肸向

① 参见钱穆：《秦汉史》，99页，北京，生活·读书·新知三联书店，2005。

丰融，懿懿芬芬。"燔燎的火焰炽盛，感致黄龙麒麟，神侯下从甚多，"瑞穰穰兮委如山"。结尾的"乱曰"，表达了赋家对于成帝祭祀成功的美好祝愿："圣皇穆穆，信厥对兮。徕祇郊禋，神所依兮。徘徊招摇，灵遟迟兮。辉光眩耀，降厥福兮。子子孙孙，长亡极兮。"总之，赋中运用了夸张的手笔、绮丽的想象，把成帝甘泉泰畤的郊祀铺写得惊天动地、泣鬼神。但《甘泉赋》的描写并非完全虚构，其展示的祭祀程序和礼仪步骤可与一些史料记载相互印证，比如，"皇帝祭天，居云阳宫，斋百日，上甘泉通天台，高三十丈，以候天神之下，见如流火。舞女童三百人，皆年八岁。天神下坛所，举烽火，皇帝就竹宫中，不至坛所"①。《史记·封禅书》《汉书·郊祀志》等处的记载也与其相符。不同于史书和礼书的质朴简略，扬雄调遣华辞丽句，在无以复加的铺陈排比中生动再现汉家祭祀场面的肃穆隆盛，气魄宏伟，辞气阂肆。

汉武帝在国家郊祀中增加了后土祭祀，以体现"王者父事天，母事地"之意，之后成为惯例。扬雄的《河东赋》写作缘起为："其三月，将祭后土，上乃帅群臣横大河，凑汾阴。既祭，行游介山，回安邑，顾龙门，览盐池，登历观。陟西岳以望八荒，迹殷周之虚，眇然以思唐虞之风。雄以为临川羡鱼，不如归而结罔，还，上《河东赋》以劝。"（《汉书·扬雄传》）显然此赋因扬雄随行成帝祭祀后土而作，但是因为"讽谏之意益切"，所以赋中主要铺写了天子赴祭队伍的壮观，祭祀完毕的游历览观，嗟叹古圣帝王的遗迹，赞颂汉德广大，勉励成帝身体力行，"轶五帝之遐迹兮，蹑三皇之高踪"；而对祭祀后土的具体祭仪、场面则一笔带过，"遂臻阴宫。穆穆肃肃，蹲蹲如也。灵祇既乡，五位时叙，细缊玄黄，将绍厥后"。

之后，又有张衡《二京赋》铺写了东汉的郊祀：

> 及将祀天郊，报地功，祈福乎上玄，思所以为虔。肃肃之仪尽，穆穆之礼殚。然后以献精诚，奉禋祀，曰允矣天子者也。乃整法服，正冕带，珩纮纮綖，玉笄綦会。火龙黼黻，藻繂鞶厉。

① （清）孙星衍等辑：《汉官六种》，97~98页，北京，中华书局，1990。

结飞云之袷辂，树翠羽之高盖。建辰旒之太常，纷焱悠以容裔。……清道案列，天行星陈。肃肃习习，隐隐辚辚。殿未出乎城阙，旆已反乎郊畛。盛夏后之致美，爰敬恭于明神。尔乃孤竹之管，云和之瑟。雷鼓鼟鼟，六变既毕。冠华秉翟，列舞八佾。元祀惟称，群望咸秩。飏槱燎之炎炀，致高烟乎太一。神歆馨而顾德，祚灵主以元吉。然后宗上帝于明堂，推光武以作配。辩方位而正则，五精帅而来摧。尊赤氏之朱光，四灵懋而允怀。

同样是祭祀前要斋戒，天子法驾仪仗启行亦是盛大豪华、肃穆威严，然后是燎祭。所不同的是，东汉在南郊祭天，所以是先斋戒然后再出发，而成帝时虽有郊祀改革，但因不生子嗣所以又恢复汉武故事前往甘泉祭天，甘泉宫距长安城三百余里，只能是到甘泉宫再行斋戒。东汉郊祭变更的还有祭天时祖先百神配祭。此外，《二京赋》中比《甘泉赋》多了郊祭奏乐的描绘。虽有细节不同，但两赋都圆满表达了郊祀礼仪的穆穆皇皇、济济将将，并借礼仪的铺排宣扬了王权的合法性与权威性。

此外，还有邓耽《郊祀赋》："咨改元正，诞章厥新。丰恩羡溢，含唐孕殷。承皇极，稽天文。舒优游，展弘仁。扬明光，宥罪人。群公卿尹，侯伯武臣，文林华省，奉贽厥珍。夷髦卢巴，来贡来宾。玉璧既卒，于斯万年。穆穆皇王，克明厥德。应符蹈运，旋章厥福。昭假烈祖，以孝以仁，自天降康，保定我民。"[①]此赋虽是残篇，但展现了郊祀之前改元施恩、安定祥和之象，又在祭祀时加入了百官敬献、四夷来宾的内容，并表达了天佑大汉的祝愿，风格雍容和雅，颂美之意溢于言表。

（二）封禅

封禅是古代帝王在泰山举行的告祭天地之典礼，因礼节之隆重，内涵之神圣，常被视为天下大治的标志性盛典。一般认为封禅之说最早见于《管子·封禅》，原文已散佚，今本《管子·封禅》为后人借《史

---

① 费振刚、仇仲谦、刘南平：《全汉赋校注》，825 页，广州，广东教育出版社，2005。

记·封禅书》移补,所以不能作为原始史料。但是太史公广搜资料,不作无据之谈,《史记·封禅书》有可能是在参考《管子》等战国文献的基础上编纂而成,其说法当依据了战国以来儒生传述的内容。《封禅书》载管仲语,"古者封泰山禅梁父者七十二家,而夷吾所记者十有二焉。昔无怀氏封泰山,禅云云;虙羲封泰山,禅云云","古之封禅,鄗上之黍,北里之禾,所以为盛;江淮之间,一茅三脊,所以为藉也。东海致比目之鱼,西海致比翼之鸟,然后物有不召而自至者十有五焉",这些描述表达了异姓禅代、受命改制、致物、告成等思想,当有齐学和阴阳家的渊源,是有系统的封禅学说。① 《白虎通义·封禅》对封禅进行了如下阐释:"王者易姓而起,必升封泰山何?报告之义也。始受命之曰,改制应天,天下太平功成,封禅以告太平。……封者,广也,言禅者,明以成功相传也。……刻石纪号,知自纪于百王也。燎祭天,报之义也。望祭山川,祀群神也。"② 因为这种受命告太平的神圣政治礼义内涵,封禅自然引起了赋家的热情关注,因而努力用大赋对其进行颂美。

早在司马相如,就已经呼吁武帝封禅了。史载汉武帝在司马相如临终之际派人去求书,得其遗札书言封禅事,即《封禅文》。此文虽没有以赋名篇,但是用了铺排和假设问对等赋体写作手法,可以算作广义上的赋。③ 文中,司马相如以周朝为衬托,铺写大汉之德"逢涌原泉,沕潏漫衍,旁魄四塞,云専雾散,……然后囿驺虞之珍群,徼麋鹿之怪兽,导一茎六穗于庖,牺双觡共抵之兽,获周余珍收龟于岐,招翠黄乘龙于沼。鬼神接灵圉,宾于闲馆。奇物谲诡,俶傥穷变",恩德和武功都堪为旷古未见。接着,又借大司马上书歌颂汉之功德及祥瑞。进而又假设武帝同意封禅,而拟作颂功德赞祥瑞的刻石词。劝勉

---

① 参见葛志毅:《战国秦汉之际的受命改制思潮与封禅——对封禅礼形成的学术思想探源》,载《学习与探索》,2006(5)。

② (汉)班固撰集,(清)陈立疏证:《白虎通疏证》,278~282页,北京,中华书局,1994。

③ 马积高先生编《历代辞赋研究史料概述》(中华书局,2004),就不拘泥于以"赋"名篇之作,而稍微扩大到赋体之文,因而收入此文史料(第213~214页)。其他,因为赋、颂经常混称,所以我们把颂亦纳入讨论范围中。

封禅之情，再三致之，难怪"忠奏其书，天子异之"（《史记·司马相如列传》）。

之后，扬雄《长杨赋》云："使农不辍耰，工不下机，婚姻以时，男女莫违。出恺弟，行简易，矜劬劳，休力役；见百年，存孤弱，帅与之同苦乐。然后陈钟鼓之乐，鸣鼗磬之和，……方将俟元符，以禅梁甫之基，增泰山之高，延光于将来，比荣乎往号。"这是为讽谏成帝向胡人夸耀而纵猎长杨设想出来的理想治境，但是其中功德洋溢然后封禅的观念与司马相如《封禅文》一脉相承。

其他汉赋中也多次提到封禅大典，如崔骃《反都赋》云："兴四郊，建三雍，禅梁父，封岱宗"[1]；张衡《东京赋》云："既光厥武，仁洽道丰。登岱勒封，与黄比崇"[2]。这些都可与《史记·封禅书》《汉书·郊祀志》《后汉书·祭祀上》《封禅仪记》（马第伯）等文献相对照，但是大赋所特具的文学铺排渲染、歌颂功德之感染力，则非历史文献所能企及。

虽然传世的完整表现封禅内容的汉赋并不多，但是大赋与封禅的紧密关系依然对后世产生了重要影响。比如，唐代每次行封禅礼之前，都有大型的举荐文士活动，如贞观十五年（641）"六月戊申，诏天下诸州，举学综古今及孝悌淳笃、文章秀异者，并以来年二月总集泰山"（《旧唐书》卷三）；开元十三年（725），唐玄宗"诏朝集使各举所部孝悌文武，集于泰山之下"（《旧唐书》卷八）；等等。这些征召过来的文士就承担了封禅中作赋称颂的任务，著名的作品有张说《大唐封祀坛颂》等。

（三）巡狩

郊祀、封禅典礼往往需要天子离开宫殿，备法驾游行，因而与儒生相传的巡狩制度产生了关联。巡狩，最早见于《尚书·尧典》[3]："岁二月，东巡守，至于岱宗，柴，望秩于山川，肆觐东后。协时月正日，同律度量衡。修五礼、五玉、三帛、二生、一死贽，如五器，卒乃复。

---

[1]　费振刚、仇仲谦、刘南平校注：《全汉赋校注》，437～438页，广州，广东教育出版社，2005。

[2]　费振刚、仇仲谦、刘南平校注：《全汉赋校注》，678页，广州，广东教育出版社，2005。

[3]　伪古文《尚书》从中分出《舜典》。

五月，南巡守，至于南岳，如岱礼。八月，西巡守，至于西岳，如初。十有一月，朔巡狩，至于北岳，如西礼。"①传说中的虞舜时代显然不可能有如此隆重齐整的仪式，这些文字描述的是儒生理想化的礼制，体现的是中央王权控制四方诸侯的意识。之后，《孟子·梁惠王下》云："天子适诸侯曰巡狩。巡狩者，巡所守也。诸侯朝于天子曰述职。述职者，述所职也。"②《左传·庄公二十七年》云："天子非展义不巡守，诸侯非民事不举，卿非君命不越竟。"③可见，战国时期巡狩多了巡察、展义等内涵。至《尚书大传》巡狩礼制的描述更加丰富。例如，"古者巡守，以迁庙之主，行出，以币帛皮圭告于祖"，"见诸侯，问百年。命大师陈诗以观民风俗，命市纳贾以观民好恶。山川神祇有不举者，为不敬。不敬者，削以地。……有功者赏之"④；"五年亲自巡守。巡，犹循也；狩，犹守也；循行守视之辞。亦不可国至人见为烦扰。故至四岳，知四方之政而已"⑤。再如，"五载一巡守，群后德让，贡正声，而九族具成。虽禽兽之声，犹悉关于律乐者，人性之所自有也。故圣王巡十有二州，观其风俗，习其性情，因论十有二俗，定以六律、五声、八音、七始。"⑥这里对巡狩的具体仪制、频率、考察诸侯为政的内容和方式、观乐律民俗等内容做了描绘，代表了汉儒传述的理想化巡狩制度。

巡狩被儒家文献赋予了黜陟臧否、考察行政得失的内涵之后，在两汉大一统政治中又具有了宣扬国威的色彩。张衡《东巡诰》以较为平实的语言记录了一次东巡的全过程：

> 惟二月初吉，帝将狩于岱岳，展义省方，观风设教。丙寅朏，率群宾，备法驾，以祖于东门。乙酉，观礼于鲁而休齐焉。己丑，届于灵宫。是日也，有凤双集于台。壬辰，祀上帝于明堂。帝曰：

① （清）孙星衍：《尚书今古文注疏》，42～48页，北京，中华书局，1986。
② 杨伯峻：《孟子译注》，33页，北京，中华书局，1988。
③ 杨伯峻：《春秋左传注》（修订本），235～236页，北京，中华书局，1990。
④ （清）陈寿祺辑：《尚书大传》，9、10页，上海，商务印书馆，1937。
⑤ （清）陈寿祺辑：《尚书大传》，10～11页，上海，商务印书馆，1937。
⑥ （清）陈寿祺辑：《尚书大传》，20页，上海，商务印书馆，1937。

"咨！予不材，为天地主，栗栗翘翘，百像万几，心之谓矣。孰朕之劳？上帝有灵，不替朕命，诞敢不祇承。凡庶与祭于坛墠之位者，曰怀尔邦君，实愿先帝，载厥大宗，以左右朕躬。"群臣曰："帝道横被，旁行海表。一人有庆，万民赖之。"从巡助祭者，兹惟嘉瑞，乃歌曰："皇皇者凤，通玄知时。萃于山趾，与帝邀期。吉事有祥，惟汉之祺。"帝曰："朕不敢当，亦不敢蔽天之吉命。"①

这些描述可以清楚看到帝王巡狩泰山的目的、行程、祥瑞、祭祀祷词、助祭歌唱等内容。与之相比，赋颂的语言要更加华美，情感更加热烈，比如崔骃的《四巡颂》②。在崔骃笔下，巡守的原因在于"盛乎大汉，既重雍而袭熙，世增其德。唯斯岳礼，久而不修。……颂有乔山之征，典有徂岳之巡，时迈其邦，民斯攸勤，不亦宜哉"（《东巡颂》）。这种仪式的目的在于："因斯万物，凝德绥俗"（《西巡颂》），"允天覆而无遗……淑雨施于庶黎"（《南巡颂》），即普惠众生，黜陟幽明。巡狩的声势浩大："于是乘舆登天灵之威路，驾太一之象车，升九龙之华旗，建翠霓之旌旄。三军霆激，羽骑火烈，天动雷震，隐隐辚辚"（《东巡颂》），一路上的作为是"哀胡耇之元老，赏孝行之畯农"（《东巡颂》）。巡狩最终达到了理想的政治效果："庶绩咸熙，罔可黩陟"（《南巡颂》），"圣泽流浃，黎元被德，嘉瑞并集"（《北巡颂》）。雍容典丽的描绘，张扬了帝王一统天下的声威和天子穆穆皇皇的气度。这些富有感染力的颂作获得了帝王深切的认同感，"帝雅好文章，自见骃颂后，常嗟叹之"③（《后汉书·崔骃传》）。这种巡颂的写作模式很快成了一种典范，从残存的文本来看，班固的《东巡颂》《南巡颂》，马融的《东巡颂》都与其不无相似之处。

（四）三雍之礼

明堂、灵台、辟雍在儒家政治学说中是具有神圣象征意味的礼仪建筑，亦为汉儒制礼作乐的重心。

① （清）严可均辑：《全上古三代秦汉三国六朝文》，771 页，北京，中华书局，1958。
② （清）严可均辑：《全上古三代秦汉三国六朝文》，713 页，北京，中华书局，1958。
③ （南朝宋）范晔撰，（唐）李贤等注：《后汉书》，1718 页，北京，中华书局，1965。

　　"明堂"之制，传说为古已有之。毛奇龄云"古名蒿宫，亦名明庭，黄帝名合宫，尧时名衢室，舜名总章，夏后氏名世室，殷名重屋，周名明堂。……其所施用，则一享上帝，一朝诸侯，以别尊卑。一四时迎时气，一十二月朔，各就其堂听朔，以颁政治"①。这种说法虽然概括简明，但把不同时期儒者的说法聚合到了一起，没有注意到明堂之制的发展演变。秦蕙田在具体梳理文献的基础上总结道："明堂之制，详于《考工记》。严父配天，见于《孝经》。十二月布政，见于《月令》。负依朝诸侯，见于《明堂位》。然则明堂者，祀天享亲之所，而布政事、朝诸侯咸在。故《孟子》曰：'明堂者，王者之堂也。'然自汉儒已莫能明其义。《大戴礼》、《白虎通》、蔡邕所说制度，各不相符，且合太庙、灵台、辟雍、路寝为一，以为与明堂异名同事。"②现代学者如王国维、顾颉刚、刘师培、马一浮等都对明堂制度做了研究。总体来说，最早频繁记录"明堂"这个术语的古代文献是《逸周书》。例如，《作雒解》篇云，"乃位五宫：大庙、宗宫、考宫、路寝、明堂。咸有四阿、反坫"③；《明堂解》篇云，"是以周公相武王以伐纣，夷定天下。……乃会方国诸侯于宗周，大朝诸侯明堂之位"④；等等。从这些记载可以看出，之前的明堂或为传说，但是到周代已经成为政治生活中的重要场所，涉及朝会、祭祀等活动。对于周代明堂的形制，《礼记·明堂位》孔颖达疏引《古周礼孝经说》云，"明堂，文王之庙，夏后氏曰世室，殷人曰重屋，周人曰明堂，东西九筵，南北七筵，堂崇一筵，五室，凡室二筵，盖之以茅。周公所以祀文王于明堂，以昭事上帝"⑤，还对明堂的具体制度作了说明，依据的是《周礼·考工记》。伏生《尚书大传》中亦有对明堂制度的说明："天子堂广九雉，三分其广，以二为内；五分其内，以一为高。"这些说法并不一致，可能来自不同地区的儒生口说。

---

① （清）毛奇龄：《明堂问》，1 页，北京，中华书局，1985。
② （清）秦蕙田：《五礼通考》，1001 页，北京，中华书局，2020。
③ 黄怀信：《逸周书校补注译》（修订本），238 页，西安，三秦出版社，2006。
④ 黄怀信：《逸周书校补注译》（修订本），289 页，西安，三秦出版社，2006。
⑤ （清）阮元校刻：《十三经注疏》，3223 页，北京，中华书局，2009。

战国时期，许多著作都提到了"明堂"。如《孟子·梁惠王下》中有"齐宣王明堂"，东汉赵岐《注》认为："谓泰山下明堂，本周天子东巡狩朝诸侯之处也。齐侵地而得有之"①。孟子对明堂的解释是："夫明堂者，王者之堂也。王欲行王政，则勿毁之矣。"②至此，明堂又与王道教化联系了起来。此外，《荀子·强国》篇云："虽为之筑明堂于塞外而朝诸侯，殆可矣。"③这可能是一种巡狩明堂，即秦蕙田所引杨复的说法："此又王者巡狩之地，有明堂以朝诸侯，行政教，非在国之明堂也。"④至《吕氏春秋·十二纪》，明堂又与天子按时令布政关联了起来。比如，孟春之月，"天子居青阳左个，乘鸾辂，驾苍龙，载青旗，衣青衣，服青玉，食麦与羊，其器疏以达"⑤。综上，明堂在战国秦汉时期具有了众多神圣的意义，如"祭天配祖之所""布政之宫""朝觐之所""大教之宫"，与其说这些意义是周代政治中明堂实际情况的历史记述，不如说是儒生理想化的附加。

汉文帝时，贾山《至言》呼吁建立明堂，"以夏岁二月，定明堂，造太学，修先王之道。风行俗成，万世之基定，然后唯陛下所幸耳"(《汉书·贾邹枚路传》)。充满了教化理想色彩的明堂，对于企望太平盛景的汉武帝来说充满了吸引力。史载建元元年(前140)，汉武帝"议立明堂。遣使者安车蒲轮，束帛加璧，征鲁申公"(《汉书·武帝纪》)。这次立明堂的具体经过在《史记·儒林传》有详细记载，此不赘引。虽然这次立明堂失败了，但是最终在元封二年(前109)，汉武帝在泰山脚下依公玉带所上的《黄帝明堂图》真正修建了明堂，并多次举行了明堂祭礼。

辟雍和灵台最早见于《诗经·大雅·灵台》，之后见诸《左传·僖公十五年》《左传·哀公二十五年》《管子·桓公问》《礼记·王制》等文献中，出土文物麦尊中也出现了"辟雍"。至于明堂、辟雍和灵台的关系，

---

① (清)焦循：《孟子正义》，131页，北京，中华书局，1987。
② (清)焦循：《孟子正义》，132页，北京，中华书局，1987。
③ 梁启雄：《荀子简释》，217页，北京，中华书局，1983。
④ (清)秦蕙田：《五礼通考》，1054页，北京，中华书局，2020。
⑤ (秦)吕不韦撰，许维遹集释：《吕氏春秋集释》，6～7页，北京，中华书局，2009。

除了前引蔡邕等人认为其与明堂异名同实的看法外，汉人还有一种观点认为三者各别。例如，孔颖达《毛诗正义》引《五经异义》《公羊说》云："天子有灵台以观天文……诸侯卑，不得观天文，无灵台。"又引《韩诗说》云："辟雍者，天子之学，圆如璧，雍之以水，示圆，言辟，取辟有德。不言辟水，言辟水言辟雍者，取其雍和也，所以教天下春射秋飨，尊事三老五更。在南方七里之内，立明堂于中，'五经'之文所藏处，盖以茅草，取其絜清也。"①这种认为明堂、辟雍、灵台三者有别的看法，在西汉后期逐渐流行。例如，成帝时刘向上书请建辟雍，当时国家已有明堂。王莽时，将"三雍"落实到了国家礼制当中，"奏起明堂、辟雍、灵台"（《汉书·王莽传》），但不久遭到战乱破坏。东汉光武中元元年，初建三雍，"明帝即位，亲行其礼。天子始冠通天，衣日月，备法物之驾，盛清道之仪，坐明堂而朝群后，登灵台以望云物，袒割辟雍之上，尊养三老五更。飨射礼毕，帝正坐自讲，诸儒执经问难于前，冠带缙绅之人，圜桥门而观听者盖亿万计"（《后汉书·儒林列传》）。可以看到，天子在"三雍"举行的礼制活动有朝见诸侯，观望云气，养老，讲经等。

作为国家礼乐文治的重要活动，"三雍"之礼在赋中也占据了一席之地。比如：

> 建武龙兴……兴四郊，建三雍，禅梁父，封岱宗。（崔骃《反都赋》）

> 近则明堂、辟雍、灵台之列，宗祀扬化，云物是察。（傅毅《洛都赋》）

> 至于永平之际，重熙而累洽。盛三雍之上仪，修衮龙之法服。敷鸿藻，信景铄，扬世庙，正予乐。……观明堂，临辟雍，扬缉熙，宣皇风，登灵台，考休征。俯仰乎乾坤，参象乎圣躬，目中夏而布德，瞰四裔而抗棱。……万乐备，百礼暨。皇欢浃，群臣醉。降烟煴，调元气。（班固《东都赋》）

---

① 《十三经注疏》整理委员会：《毛诗正义》，1039 页，北京，北京大学出版社，1999。

太学既崇，三雍既章。灵台司天，群耀弥光。太室宗祀，布政国阳。辟雍崑崑，规圆矩方。阶序膴膴，双观四张。流水汤汤，造舟为梁。神圣班德，由斯以匡。喜喜济济，春射秋飨。王公群后，卿士具集，攒罗鳞次，差池杂沓。延忠信之纯一兮，列左右之貂珰。三后八蕃，师尹群卿，加休庆德，称寿上觞。戴甫垂毕，其仪跄跄。是以乾坤所周，八极所要。夷戎蛮芋，儋耳哀牢。重译响应，抱珍来朝。南金大路，玉象犀龟。（李尤《辟雍赋》）

乃营三宫，布教颁常。复庙重屋，八达九房。规天矩地，授时顺乡。造舟清池，惟水泱泱，左制辟雍，右立灵台。因进距衰，表贤简能。冯相观祲，祈禳禳灾。（张衡《东京赋》）

在赋家的叙述当中，三雍之礼与国家太平、四夷来宾、德泽溥畅联系在一起。在班固《东都赋》的结尾还附上了五首诗，其中三首分别咏明堂、辟雍、灵台："于昭明堂，明堂孔阳。圣皇宗祀，穆穆煌煌。上帝宴飨，五位时序。谁其配之，世祖光武。普天率土，各以其职。猗与缉熙，允怀多福"（《明堂诗》）；"乃流辟雍，辟雍汤汤。圣皇莅止，造舟为梁。皤皤国老，乃父乃兄。抑抑威仪，孝友光明。于赫太上，示我汉行。洪化惟神，永观厥成（《辟雍诗》）；"乃经灵台，灵台既崇。帝勤时登，爰考休征。三光宣精，五行布序。习习祥风，祁祁甘雨。百谷溱溱，庶草蕃芜。屡惟丰年，于皇乐胥"（《灵台诗》）。这又进一步阐明了"三雍"各自的礼乐内涵，明堂郊祀天地四时和祖先百神，辟雍重养老孝友教化，灵台祈求丰年。

"三雍"原本是儒家礼乐畅想的内容，是一种理想化的想象，但在赋家的语词堆砌中全都转化为现实政治场景。文学家通过仪式化的描绘，激发人们对现实帝王的神圣庄严感情，维护了政治秩序的合法性和正当性，"他们帮助帝国推行'符号暴力'，无形中化解着帝国政治的认同危机，最终成为现存政治秩序的支持力量，完成了赋文本的政治文化功能"①。

---

① 胡学常：《文学话语与权力话语——汉赋与两汉政治》，141 页，杭州，浙江人民出版社，2000。

（五）籍田礼

籍田礼在周代礼乐中具有重要地位，《诗经》《左传》《国语》等文献中均有展现。汉文帝时，开始实行籍田礼。《史记·孝文本纪》云："（前元二年春）正月，上曰：'农，天下之本，其开籍田，朕亲率耕，以给宗庙粢盛。'"西汉景帝、昭帝，东汉明帝、章帝亦曾举行籍田礼。张衡《东京赋》中对籍田礼仪式描写如下：

> 及至农祥晨正，土膏脉起。乘銮辂而驾苍龙，介驭间以剡耜。
> 躬三推于天田，修帝籍之千亩。供禘郊之粢盛，必致思乎勤己。
> 兆民劝于疆场，感懋力以耘耔。

在张衡的描述中，籍田礼的目的在于粢盛，天子亲耕示勤劳，劝农勤力耕耘。具体仪式为天子乘有銮铃的车，驾青色大马，在车右和御者间放上耒耜，在籍田中亲自行三推之礼。《后汉书·礼仪上》亦载有籍田礼仪式，可与此相对照："正月始耕。昼漏上水初纳，执事告祠先农，已享。耕时，有司请行事，就耕位，天子、三公、九卿、诸侯、百官以次耕。力田种各耰讫，有司告事毕。是月，令曰：'郡国守相皆劝民始耕，如仪。诸行出入皆鸣钟，皆作乐。其有灾眚，有他故，若请雨、止雨，皆不鸣钟，不作乐。'"①此外，黄琼上书中亦提到籍田礼，指出帝王"所宜自勉，以逆和气，以致时风"②（《后汉书·黄琼传》），可见籍田礼还有增致福祥之意。

此外，赋中表现的一个重要主题游猎，如果放在蒐狩苗狝的礼制背景下，也可以看作是校猎之礼。这项内容在汉赋中非常常见，此处不赘。汉赋中描绘的典礼，还有元会、大射、大傩，张衡《东京赋》中对这些典礼都有描述。

综上，汉武帝以来文治礼乐的重要举措基本上在汉赋中都有所表现。具体的礼仪活动重在仪式表演，突出现场的神圣感与庄严感，雍雍穆穆的场面对参礼人员和观礼人员都会产生强烈的心灵冲击。汉赋

---

① （南朝宋）范晔撰，（唐）李贤等注：《后汉书》，3106页，北京，中华书局，1965。
② （南朝宋）范晔撰，（唐）李贤等注：《后汉书》，2035页，北京，中华书局，1965。

则是在观礼之后用文字记录典礼场面。与礼书、史书文献仅用寥寥数字记录俎豆珪币、献酬之礼的简略质朴不同,汉赋则是尽可能多地运用华辞丽句,并讲究声律、铺排,热情洋溢地再现了礼乐活动济济洋洋、隆盛庄严的场面。不仅如此,汉赋作为文学创作,可以不像具体礼仪活动那样受时间、空间的限制,而是包揽天地、纵横古今,随意发挥想象,把典礼场面渲染得惊天动地。在经学占主流的时代文化语境中,赋家又牵引经典,将当下的典礼仪式与古圣先贤联系起来,圣化典礼中的一举一动,将其背后堂皇庄重的意识形态内涵阐释得淋漓尽致,自觉地构建了王权的合法性与神圣性。在传播方面,汉赋作为文学作品更具优势。汉赋广泛地流传于宫廷和士大夫阶层,其表现的礼乐场面和意识形态内涵在赏心悦目的审美活动中被读者自然而然地接受,从而使得礼乐活动突破了仪式表演的时空限制,而作用于更广泛的人群,完美地实现了礼乐文化的仪式功能和凝聚力。

二、都城论争中宣扬国家政治理念

东汉建都于洛阳,而没有像西汉那样定都于长安,这催生了都市赋。关于光武建都洛阳的始末,曹胜高有详细梳理。① 大体说来,建武元年(25)十月,刘秀都洛阳时,长安还处于赤眉、更始的混战之中。十二月,"赤眉杀更始,而隗嚣据陇右,卢芳起安定"②(《后汉书·光武纪》)。所以,刘秀当时不可能建都于临近甘肃的长安。建武六年(30),光武始"幸长安,始谒高庙,遂有事十一陵"③(《后汉书·光武纪》),然而此时陇右隗嚣反,巴蜀公孙述屡犯,关中形势依旧不稳定。与此同时,光武建都洛阳后,对洛阳进行了建设,比如起高庙、立郊兆于城南、初起太学等。建武十六年(40),天下才彻底稳定下来。由此可见,光武建都洛阳实为当时形势所决定,并没有依据政治理念、意识形态选择的余地。

---

① 参见曹胜高:《汉赋与汉代制度——以都城、校猎、礼仪为中心》,17~19页,北京,北京大学出版社,2006。
② (南朝宋)范晔撰,(唐)李贤等注:《后汉书》,25页,北京,中华书局,1965。
③ (南朝宋)范晔撰,(唐)李贤等注:《后汉书》,48页,北京,中华书局,1965。

但是，光武帝晚年频频幸临西都长安：建武十八年（42）春"甲寅，西巡狩幸长安"；十九年（43），"复置函谷关都尉，修西京宫室"；"二十二年春闰月丙戌，幸长安"；中元元年（56），"行幸长安"（《后汉书·光武帝纪》）。帝王在西都的认祖归宗行为，引发了臣民遗老的怀旧之思和国都之争，"是时山东翕然狐疑，意圣朝之西都，惧关门之反拒也"（杜笃《论都赋》）。

杜笃最先表达出了怀恋旧都的情绪，以《论都赋》当奏疏讽议朝廷迁都。[①] 他先历数了西汉诸帝尤其是汉武帝的赫赫功德，并指出"非夫大汉之盛，世藉雍土之饶，得御外理内之术，孰能致功若斯"，即雍土之饶为西汉盛业奠定了物质基础。接下来说，"传世十一，历载三百，德衰而复盈，道微而复章，皆莫能迁于雍州，而背于咸阳"，关中为诸帝德衰而复能盈提供了物质保障。经过历代诸帝的建设，西都"宫室寝庙，山陵相望，高显弘丽，可思可荣。羲农已来，无兹著明"，总之"夫雍州本帝皇所以育业，霸王所以衍功，战士角难之场也"。接下来，大赋又铺叙了关中土地之肥沃，地势之险要，"肇十有二，是为赡腴。用霸则兼并，先据则功殊；修文则财衍，行武则士要；为政则化上，篡逆则难诛；进攻则百克，退守则有余：斯固帝王之渊囿，而守国之利器也"。最后结以"故存不忘亡，安不讳危，虽有仁义，犹设城池也。客以利器不可久虚，而国家亦不忘乎西都，何必去洛邑之淳潜与"，表达出讽谏之意。此赋简洁明快，笔带感情，指向明确，引起了极大的反响，导致"耆老闻者，皆动怀土之心，莫不眷然伫立西望"[②]（《后汉书·循吏列传》）。

最先对这种情绪做出反应的是循吏王景，"以宫庙已立，恐人情疑惑，会时有神雀诸瑞，乃作《金人论》，颂洛邑之美，天人之符"（《后汉

---

① 曹胜高分析了杜笃与关中贵族马防的紧密关系，认为此赋代表关中权贵发声，之后受到了山东权贵的压制（参见《汉赋与汉代制度——以都城、校猎、礼仪为中心》，21 页，北京，北京大学出版社，2006）。此虽不为无见，但恐并非事实，因为并没有资料记载当时朝廷官员讨论过都城问题。我们认为与其从朝中政治斗争的角度理解此赋，不如认为它代表了当时由历史惯性而来普遍情绪和社会心理更切合实际。

② （南朝宋）范晔撰，（唐）李贤等注：《后汉书》，2466 页，北京，中华书局，1965。

书·循吏列传》)①。此文已佚，但从史书概括的内容来看，"好天文术数之事"的王景主要是从社会安定和经济成本的角度来讨论都城问题的，为了支撑其观点，也用到了符瑞等元素来颂美洛邑。

章帝时期，余波未息，傅毅、崔骃、班固等纷纷以赋论事，主张立都洛阳。傅毅有《反都赋》《洛都赋》。前者仅存颂美洛阳形势的两句："因龙门以畅化，开伊阙以达聪。"《洛都赋》先序光武受命，再述洛阳之"仍险塞之自然"："被昆仑之洪流，据伊洛之双川。挟成皋之崇阻，扶二崤之崇山。砥柱回波缀于后，三涂太室结于前。镇以嵩高乔岳，峻极于天。"接着描绘东汉建制之规整、宫殿之富丽、街市之繁华、校猎之盛壮，尤其提到了洛阳的礼制建筑："明堂、辟雍、灵台之列，宗祀扬化，云物是察"，显示出其教化礼乐之更胜一筹。崔骃《反都赋》虽为残篇，但因其序可知其旨为"客有陈西土之富，云洛邑偏小，故略陈祸败之机，不在险也"，认为国家兴亡在德不在险。

班固的《两都赋》无疑是论都赋中的"翘楚"。在这篇赋中，东都、西都不再是简单的国家定都问题，而是西汉与东汉、武功与文德、霸道与王道高下的争论。《西都赋》代表了迁都派的观点。西都宾盛称长安位置之险要，宫室之华美，娱游之盛壮。这些正是杜笃的论据，每一项都在夸耀着长安的辉煌壮丽和它作为京都的正当性。

紧接着在《东都赋》中，班固通过东都主人之口，以"建武之理，永平之事"来驳斥西都宾的淫侈之论，气势上超过了西都宾客，"且夫辟界西戎，险阻四塞，修其防御，孰与处乎土中，平夷洞达，万方辐凑。秦岭九嵕，泾渭之川，曷若四渎五岳，带河溯洛，图书之渊。建章、甘泉，馆御列仙，孰与灵台、明堂，统和天人。太液、昆明，鸟兽之囿，曷若辟雍海流，道德之富。游侠逾侈，犯义侵礼。孰与同履法度，翼翼济济也。"班固在赋中铺陈的是王道法度之美、礼乐道德之富。首先，班固铺叙了光武帝"立号高邑，建都河洛"的涤荡造化之功、涵笼百帝之德，"案《六经》而校德，妙古昔而论功。仁圣之事既该，帝王之道备矣"。其中定都洛阳被描述为"迁都改邑，有殷宗中兴之则焉。即

---

① （南朝宋）范晔撰，（唐）李贤等注：《后汉书》，2466 页，北京，中华书局，1965。

土之中，有周成隆平之制焉"，集商、周二代的圣君功德于一身。接下来赞美永平时礼乐昌隆之美，"光汉京于诸夏，总八方而为之极。是以皇城之内，宫室光明，阙庭神丽，奢不可逾，俭不能侈"。又描述了帝王合乎时节法度的游猎活动，"乐不及盘，杀不尽物"。这与其说是操练武德，不如说是雍容节制的仁德演示，比起声势浩大、奢侈腐靡的西汉帝王之游猎活动，境界自然高出一筹。帝王文德广布四夷，内抚诸夏，外绥百蛮，"俯仰乎乾坤，参象乎圣躬，目中夏而布德，瞰四裔而抗棱。西荡河源，东澹海漘，北动幽崖，南跃朱垠。……自孝武之所不能征，孝宣所不能臣，莫不陆詟水慄，奔走而来宾"。在天下混一、四方欢娱的祥和氛围中，汉庭陈列旨酒珍肴、布奏金石丝竹，"万乐备，百礼暨，皇欢洽，群臣醉。降烟煴，调元气"。最后帝王又防患于未然，惧其侈心之将萌而怠于东作，于是"昭节俭，示大素。去后宫之丽饰，损乘舆之服御……捐金于山，沉珠于渊"。臣民受此教化，"嗜欲之原灭，廉正之心生"，优游自得，歌颂嗟叹"盛哉乎斯世"！赋的结尾还附了几首歌颂功德之诗，"彰皇德兮侔周成，永延长兮膺天庆"！

在班固的叙述中，后汉建都洛阳是改西都之奢侈、承盛周之隆德的行为。它代表着儒家礼乐政治理想的实现、文德教化的广布，是圣君造就的万民安乐之太平胜境。这与官方史书《东观汉记》炮制出来的意识形态基本一致："自上即位，案图谶，推五运，汉为火德。周苍汉赤，水生火，赤代苍，故上都洛阳。"①但东汉建都洛阳的实际原因又如何呢？前述刘秀政权建都洛阳的经过已说明其为当时军阀斗争形势所决定，如果再从更开阔的历史视野观照，还可补充以下几点：一是因为长安在两汉之际的战乱中遭到破坏，而洛阳的规模完全可以作为都城；二是光武帝总结了王莽和更始帝灭亡的教训，认为内战时期应该避开长安；三是洛阳居于天下之中，可以方便地得到黄河流域的粮食供应；四是光武集团起于南阳，洛阳距其大本营较近，可以更多地

---

① （东汉）刘珍等撰，吴树平校注：《东观汉记校注》，8页，北京，中华书局，2008。

得到南阳士族大姓的支持。① 两相对照，不难发现班固对建都洛阳的有意文饰。此外，班固在《东都赋》中表现的东都"奢不可逾，俭不能侈"之阙庭，在同时期文人梁鸿《五噫诗》中却有如下感慨："陟彼北邙兮，噫！览观帝京兮，噫！宫室崔嵬兮，噫！人之劬劳兮，噫！辽辽未央兮，噫！"②二人的不同，正反映了其不同的立场和视角：梁鸿是平民立场，而班固则致力于构筑一套圣化现实王权的意识形态和话语体系。

班固《东都赋》借东都宣扬的节俭、克制、文德、礼乐之王道，也在一定程度上反映了东汉的政治理念，东汉中期以前的帝王也确实较为务实、克制。史载光武曾曰"吾理天下，亦欲以柔道行之"③。尤其是在四夷政策上，东汉吸收了武帝、王莽的教训，不愿意务虚名而穷兵黩武，如建武中，西域诸国"皆遣使求内属，愿请都护。光武以天下初定，未遑外事，竟不许之"，章帝亦"不欲疲敝中国以事夷狄"④（《后汉书·西域传》）。班固对东都的意识形态附魅并非空穴来风，早在西汉初建时刘敬劝高祖定都关中时就评论洛阳说："以此为天下之中也，诸侯四方纳贡职，道里均矣，有德则易以王，无德则易以亡。凡居此者，欲令周务以德致人，不欲依阻险，令后世骄奢以虐民也"（《史记·刘敬叔孙通列传》）。可见在当时人们的心目中，洛阳与周相连，而长安与秦相关。之后，到了汉元帝时，翼奉认为长安"宫室苑囿，奢泰难供，以故民困国虚，亡累年之畜。所繇来久，不改其本，难以末正"，于是上疏："陛下迁都正本。众制皆定，亡复缮治宫馆不急之费，岁可余一年之畜。"（《汉书·眭两夏侯京翼李传》）在这里，迁都洛阳又具有了节俭正本的内涵。再加上浑天说兴起后，洛阳被认为是天地之中，

---

① 参见冯良方：《汉赋与经学》，180 页，北京，中国社会科学出版社，2004。
② （南朝宋）范晔撰，（唐）李贤等注：《后汉书》，2767～2768 页，北京，中华书局，1965。
③ （南朝宋）范晔撰，（唐）李贤等注：《后汉书》，68～69 页，北京，中华书局，1965。
④ （南朝宋）范晔撰，（唐）李贤等注：《后汉书》，2909～2910 页，北京，中华书局，1965。

"八方之广，周洛为中"①，又具有了无可替代的神圣性，所以王者必居土中。② 这些观念都因东汉定都于洛阳，而成为读书人的自觉认识和知识资源。班固的《东都赋》将东都洛阳塑造为德政王畿，正是代表了这种集体观念。也因此，《两都赋》并不局限于一时的政治形势，而在文学史上产生了持久的影响。

之后，张衡殚精竭虑、用时十年，模拟班固的《两都赋》作了《二京赋》。顺帝时代并没有迁都的舆论，张衡写作此赋并非为了维护洛阳的都城地位，而是像班固一样借都市题材发表自己的政治见解。《二京赋》设置的靶子为凭虚公子说的"处沃土则逸，处瘠土则劳"，"秦据雍而强，周即豫而弱，高祖都西而泰，光武处东而约，政之兴衰，恒由此作"。接下来比较了长安、洛阳的地形物产、都城建制、宫殿园林、街市商贾、畋猎盛况等，重点表现了东都的各种礼制，如三雍之礼、元会礼、郊祀礼、籍田礼、大射礼、养老礼等，最后以"为无为，事无事，永有民以孔安。遵节俭，尚素朴，思仲尼之克己，履老氏之常足"的政治理念批评了西京"初制于甚泰"，流露出"时天下承平日久，自王侯以下，莫不逾侈"世风的批评之意。此赋不同于《两都赋》中的礼制明确为"建武之理，永平之事"，而是宽泛地叙述天子之制，用意不在颂美，而在描述理想化的治境以暗讽现实。在艺术上，此赋体制巨大，铺陈渲染，更加恣肆，与《两都赋》堪称伯仲之间。

综上，都市类大赋以其巨大的容量、开阔的视角、光彩陆离的宏辞以及指向现实的宽广论说空间，在建构王权合法性、塑造理想化的政治理念、讽谏时政等方面都具有得天独厚的优势，亦便于赋家自由地表达政治见解，因而为大赋的发展开辟了广阔的空间。之后，此类大赋的创作绵延不绝，如徐干的《齐都赋》，刘桢的《鲁都赋》，刘劭的《许赋》《洛阳赋》《赵都赋》，何桢的《许都赋》，吴质的《魏都赋》，左思《三都赋》等。

---

① （清）赵在翰辑：《七纬》，697 页，北京，中华书局，2012。

② 参见孙英刚：《神文时代：谶纬、术数与中古政治研究》，35～62 页，上海，上海古籍出版社，2015。

三、颂扬汉家的符命祥瑞

两汉之际，随着"王命论"思潮的兴起，侈谈汉家天命，亦成了大赋的一个习见性话语。① 具体来说，"王命论"三个命题：天道上的"上天垂戒"和"尧后火德"，以及圣统上的"孔为赤制"，不断被赋家渲染。此外，赋家亦热衷于歌颂祥瑞，以表明上天对汉家的特殊眷顾与福佑。先看汉赋对两汉开国帝王的叙事：

> 皇再命而绍恤兮，乃云眷乎建武。运櫎枪以电埽兮，清六合之土宇。圣德滂以横被兮，黎庶恺以鼓舞。（崔篆《慰志赋》）

> 于时圣帝，赫然申威。荷天人之符，兼不世之姿。受命于皇上，获助于灵祇。立号高邑，搴旗四麾。首策之臣，运筹出奇；虓怒之旅，如虎如螭。师之攸向，无不摩披。盖夫燔鱼劓蛇，莫不方斯。大呼山东，响动流沙，要龙渊，首镆铘，命腾太白，亲发狼、弧。南禽公孙，北背强胡，西平陇、冀，东据洛都。乃廓平帝宇，济蒸人于涂炭，成兆庶之亹亹，遂兴复乎大汉。（杜笃《论都赋》）

> 惟汉元之运会，世祖受命而弭乱。体神武之圣姿，握天人之契赞。挥电旗于四野，拂宇宙之残难。（傅毅《洛都赋》）

> 建武龙兴，奋旅西驱。虏赤眉，讨高胡，斩铜马，破骨都，收翡翠之驾，据天下之图。上圣受命，将昭其烈。潜龙初九，真人乃发。上贯紫宫，徘徊天阙。握狼狐，蹈参伐。陶以乾坤，始分日月。（崔骃《反都赋》）

> 夫大汉之开原也，奋布衣以登皇极，緜数期而创万世，盖六籍所不能谈，前圣靡得言焉。……上帝怀而降鉴，乃致命乎圣皇。于是圣皇乃握乾符，阐坤珍，披皇图，稽帝文，赫尔发愤，应若兴云，霆发昆阳，凭怒雷震。遂超大河，跨北岳，立号高邑，建都河洛。绍百王之荒屯，因造化之荡涤，体元立制，继天而作。

---

① 参见曲利丽：《从公天下到"王命论"——论两汉之际儒生政治理念的变迁》，载《史学集刊》，2010(4)；《论两汉之际的"王命论"思潮》，载《中国文化研究》，2012(1)。

系唐统，接汉绪，茂育群生，恢复疆宇，勋兼乎在昔，事勤乎三五。岂特方轨并迹，纷纷后辟，理近古之所务，蹈一圣之险易云尔哉。……案《六经》而校德，妙古昔而论功，仁圣之事既该，帝王之道备矣。（班固《东都赋》）

　　高祖膺箓受图，顺天行诛，杖朱旗而建大号。所推必亡，所存必固。……我世祖忿之，乃龙飞白水，凤翔参墟。受钺四七，共工是除。櫑枪旬始，群凶靡余。（张衡《东京赋》）

在赋家汪洋恣肆、气势昂扬的铺排渲染中，汉家帝王俨然是上天有意选中的天子，伟大而又神秘。这不仅因为其灭除劲敌、拯救万民之巍巍功业，更重要的是帝王成了与上天通灵的非凡之人，其功业是在执行上天的意志，他不可思议的胜利完全是上天的有意安排。这里，"王命论"的三个分命题频频闪现其间。

先看"上天垂戒"：如"荷天人之符""握天人之契赞""乃握乾符，阐坤珍，披皇图，稽帝文"等。这里经常提到高祖入关时"五星聚"之奇异星象："大汉开基，高祖有勋，斩白蛇，屯黑云，聚五星于东井，提干将而呵暴秦"（杜笃《论都赋》）；"自我高祖之始入也，五纬相汁，以旅于东井"（张衡《西京赋》）；等等。这是因为五星聚东井在当时星象学上具有重要的意义，如"王者有至德之萌，则五星若连珠"（《易纬·坤灵图》）；"五纬合，王更纪"（《诗纬·含神雾》）；等等。实际上，中国过去五千年中仅发生过两次"五星聚"（分别在公元前1059年5月下旬黄昏和1953年2月下旬黎明前）和一次"五星错行"（公元前1576年）的星象，之所以如此难以发生，是因为"木星、土星、火星，这三颗运行最慢的行星，平均会合周期为516.33年。如果条件有利，运行更快的金星和水星会在短时间内与它们汇合在一起，但是这并不确定。而且，如果包括了金星，聚会就会发生在相对离太阳更近的位置。但是，如果水星与太阳的距离没有达到15°（它们的最大距离不超过28°），这一现象即使能看见也不显著，因为天空太亮"[1]。因此，可以断定汉人侈

————————

[1] ［美］班大为：《中国上古史实揭秘：天文考古学研究》，徐凤先译，13页，上海，上海古籍出版社，2008。

谈的"汉之兴，五星聚于东井"，基本上是为宣扬汉家天命而伪造的星象。

再看"孔为赤制"："天乃归功元首，将受汉刘……故先命玄圣，使缀学立制，宏亮洪业，表相祖宗，赞扬迪哲，备哉灿烂，真神明之式也。虽前圣皋、夔、衡、旦密勿之辅，比兹蔑矣。……盖以膺当天之正统，受克让之归运，蓄炎上之烈精，蕴孔佐之弘陈云尔"[①]；"天闵群黎，命我圣君，稽符皇乾，孔适河文"（李尤《函谷关赋》）；等等。"孔为赤制"本于"以《春秋》当新王"的《公羊》学命题，但随着谶纬中将孔子神化，就变成了孔子预往知来地提前为汉朝制定了《春秋》大法，借神秘附会的方式圣化了汉家政权。

"尧后火德"更是几乎成了赋中叙述汉德的套语："系唐统，接汉绪"（班固《东都赋》）；"赫赫圣汉，巍巍唐基"[②]；"若炎唐，稽古作先"（李尤《德阳殿赋》）；"惟唐典之极崇"（李尤《函谷关赋》）；"绍伊唐之炎精，荷天衢以元亨"（王延寿《鲁灵光殿赋》）；"允迪在昔，绍烈陶唐"（马融《东巡颂》）[③]；等等。"尧后"指的是刘姓为帝尧之后，因先祖有禅让功德，所以后世子孙刘氏就享有上天福佑的王命；"火德"是西汉后期以来，以五行相生的原理代替五行相克的原理排列出来的汉朝在五德始终说中的统序。

就这样，"王命论"的命题被一次又一次地渲染，大赋亦成了表达汉家神圣天命的强有力手段。

赋家歌颂汉家天命的另外一种话语方式，是热情洋溢地罗列祥瑞。在天人相关的宇宙观念中，祥瑞为天地和气所生，"百姓安，而阴阳和；阴阳和，则万物育；万物育，则奇瑞出"[④]。它代表着天命的眷顾和帝王治理天下之功德圆满，因而历来被帝王羡慕和重视。越来越意识形态化的文学，在为政权歌功颂德之时，自然免不了渲染各种祥瑞，

① （南朝宋）范晔撰，（唐）李贤等注：《后汉书》，1376～1377 页，北京，中华书局，1965。

② （南朝宋）范晔撰，（唐）李贤等注：《后汉书》，1380 页，北京，中华书局，1965。

③ （清）严可均辑：《全上古三代秦汉三国六朝文》，1141 页，北京，中华书局，1958。

④ （汉）王充撰，黄晖校释：《论衡校释》，815 页，北京，中华书局，1990。

因其代表了上天对帝王的奖赏。例如，丁鸿有《奏东巡瑞应》："瞻望太山，嘉泽降澍，柴祭之日，白气上升，与燎烟合，黄鹄群翔，所谓神人以和，答响之休符也。"①此外杜笃有《众瑞赋》，傅毅有《神雀赋》，班固有《神雀赋》《汉颂论功歌诗灵芝歌》《宝鼎诗》《白雉诗》，班昭有《大雀赋》，等等。其他并非专咏祥瑞的赋作中也历数汉家功德所致的非凡之物，例如：

> 是以（凤凰）来仪集羽族于观魏，肉角驯毛宗于外圃，扰缰文皓质于郊，升黄晖采鳞于沼，甘露宵零于丰草，三足轩鬐于茂树。若乃嘉谷灵草，奇兽神禽，应图合谍，穷祥极瑞者，朝夕坰牧，日月邦畿，卓荦乎方州，羡溢乎要荒。（班固《典引》）②

> 总集瑞命，备致嘉祥。围林氏之驺虞，扰泽马与腾黄。鸣女床之鸾鸟，舞丹穴之凤皇。植华平于春圃，丰朱草于中唐。惠风广被，泽洎幽荒。北爕丁令，南谐越裳，西包大秦，东过乐浪。重舌之人九译，金稽首而来王。……于斯之时，海内同悦，曰："吁！汉帝之德，侯其祎而。"盖冀英为难眐也，故旷世而不亲。唯我后能殖之，以至和平，方将数诸朝阶。然则道胡不怀，化胡不柔！声与风翔，泽从云游。万物我赖，亦又何求？德宇天覆，辉烈光烛。（张衡《东京赋》）

> 方将披玄云，照景星，获嘉禾于疆亩，数冀英于阶庭，拦麒麟之肉角，聆凤皇之和鸣。农夫欢于时雨，工女乐于机声。虽皇羲之神化，尚何斯之太宁。（崔寔《大赦赋》）

每一种祥瑞都代表着圣汉的非凡与天命的眷顾。赋家夸耀汉代的祥瑞超过了历史上任何一个王朝，实际上是在宣扬汉德牢笼百代、冠绝诸圣，"勋兼乎在昔，事勤乎三五。岂特方轨并迹，纷纶后辟，理近古之所务，蹈一圣之险易云尔哉。且夫建武之元，天地革命，四海之内，更造夫妇，肇有父子，君臣初建，人伦寔始，斯乃虙羲氏之所以基皇

① （清）严可均辑：《全上古三代秦汉三国六朝文》，644 页，北京，中华书局，1958。
② （南朝宋）范晔撰，（唐）李贤等注：《后汉书》，1382 页，北京，中华书局，1965。

德也。分州土,立市朝,作舟车,造器械,斯轩辕氏之所以开帝功也。龚行天罚,应天顺人,斯乃汤武之所以昭王业也。迁都改邑,有殷宗中兴之则焉。即土之中,有周成隆平之制焉。不阶尺土一人之柄,同符乎高祖。克己复礼,以奉终始,允恭乎孝文。宪章稽古,封岱勒成,仪炳乎世宗。案《六经》而校德,妙古昔而论功,仁圣之事既该,帝王之道备矣"(班固《东都赋》)。

需要说明的是,以祥瑞众多来证明汉家之伟大,并非赋家独有的思维模式,而是时代流行的观念,比如作为思想家的王充,亦沉溺于歌颂汉家祥瑞:"黄帝、尧、舜,凤皇一至。凡诸众瑞,重至者希。汉文帝黄龙、玉棓(杯)。武帝黄龙、麒麟、连木。宣帝凤皇五至、麒麟、神雀、甘露、醴泉、黄龙、神光。平帝白雉、黑雉。孝明麒麟、神雀、甘露、醴泉、白雉、黑雉、芝草、连木、嘉禾,与宣帝同,奇有神鼎、黄金之怪。一代之瑞,累仍不绝,此则汉德丰茂,故瑞祐多也。孝明天崩,今上嗣位,元二之间,嘉德布流。三年,零陵生芝草五本。四年,甘露降五县。五年,芝复生六年(本),黄龙见,大小凡八。前世龙见不双,芝生无二,甘露一降,而今八龙并出,十一芝累生,甘露流五县,德惠盛炽,故瑞繁夥也。自古帝王,孰能致斯?"[1]在这种虚饰的逻辑之下,汉帝国恍惚间成了毫无瑕疵的圣朝,代替了儒者原来歌咏的太平王道理想,无限伟大地立于宇宙间,又将无限地存在下去。

第三节　汉大赋的文体功能及发展困境

如前所述,汉大赋自士人转向代帝王言说后,自觉地承担起了国家意识形态的文学阐释功能。无论是描述国家的礼乐大典,还是在都市题材中宣扬政治理想,抑或直接歌颂汉家的符命祥瑞,汉赋都以其绚焕灿烂的文辞、滔若江海的气势塑造了一个富强统一、神圣伟大、文德洋溢的理想国家形象,"百姓同于饶衍,上下共其雍熙"(张衡《东

---

① (汉)王充撰,黄晖校释:《论衡校释》,830~831页,北京,中华书局,1990。

京赋》)。这样一个国家形象，有力地诠释了中央的权威、帝王的天命、国家的文治理想，维护了现实政权的合法性与神圣性，激起了自信豪迈的集体情绪。

热情昂扬地铺排塑造国家形象，是大赋有别于其他文体之专擅功能。相比于汉诗短歌雅章之凝练，大赋有更多的表达自由和空间，其广阔的容量足以让作家任意挥洒才学，表达更为复杂的内容。刘熙载言："赋起于情事杂沓，诗不能驭，故为赋以铺陈之。斯于千态万状，层见叠出者，吐无不畅，畅无或竭。"①园林、宫殿、校猎、都市等题材包含了丰富的内容，众多的知识元素，远非诗歌的篇幅所能够容纳。而赋家为了表现情事杂沓、千态万状，在篇幅巨大的文体中，可以自由地铺陈比类，穷尽一切相关意象和知识，"赋欲纵横自在，系乎知类"②，"必推类而言，极丽靡之辞，闳侈巨衍，竟于使人不能加也"（《汉书·扬雄传》）。这使大赋创作呈现出知识化、博物化的倾向。一篇京都赋，不啻一部城市风貌的百科全书，而且奇僻怪字、自然知识等出没其间。也正是这种创作方式，造成了大赋藻缋交错、气焰飞动的审美特质，所谓"颂国政，则金石之奏间发；歌物瑞，则云日之华相照"是也。

再看散文。散文虽然没有篇幅限制，可以长短不拘地表达见解、描述事物，但是汉代散文尚无"文的自觉"，多以表意为本，辞达而已矣。无论是贾谊、晁错、董仲舒，还是后汉的王充、王符等，均沿袭先秦以来的散文表意传统，没有在形式雕琢上用更多心思。而大赋，则讲究押韵，多用夸饰。饶宗颐云："夫其著辞之虚滥，构思之奇幻，溯原《诗》《骚》，而变本加厉。汉人取其体以咏物述志，牢笼山川，驱遣风物，益以文字、词汇之递增，遂肆为侈丽闳衍之辞，浸以涓流，蔚为大国。"③由此造成的大赋审美风貌，是与散文相区别的辞采壮丽、

---

① （清）刘熙载：《艺概》，86 页，上海，上海古籍出版社，1978。
② （清）刘熙载：《艺概》，99 页，上海，上海古籍出版社，1978。
③ 饶宗颐：《辞赋大辞典·序》，见霍松林主编：《辞赋大辞典》，南京，江苏古籍出版社，1996。

品物毕图，"其变幻之极，如沧溟开晦；绚烂之至，如霞锦照灼"①。而在绚烂的文辞之后，大赋在内容上和思想上较散文简单，题材和表现方式都有较强的类型化特色。过去文学史经常批评赋内容空洞，也并非诬枉之词。总之，散文以表意为主，而大赋以巨丽之美为宗。此外，与大赋相对还有骚体赋。程廷祚有论曰："《骚》则长于言幽怨之情，而不可以登清庙。"②

综上，在汉代的众多文体中，能够"体国经野，义尚光大"的，非大赋莫属。那么，何以如此呢？宋益乔的看法可资参考：诗、散文、骚体均产生于先秦，早已形成了稳定的文体特征，与大一统的汉代审美需求有距离；只有大赋，本来就产生于大汉帝国走向强盛的时代，具有很强的宫廷文学色彩，所以与大汉帝国的蓬勃生机和恢宏声威最相匹配。③ 作为一种诞生于大一统时代的崭新文体，大赋吸收了之前多种文体的艺术因素，形成了富艳壮丽、昂扬宏阔的独特审美风貌，思想上又与意识形态密切配合，因此在汉代获得巨大发展实是必然。

大赋独特的文体功能，注定了它要被权力者鼓励和干预。史载汉家诸多皇帝都对辞赋情有独钟，比如武帝见相如赋而大惊，曰："朕独不得与此人同时哉！"（《史记·司马相如列传》），又以安车蒲轮征召枚乘，后又征及枚皋。宣帝时修武帝故事，召王褒、刘向、张子侨等待诏金马门，又发表著名的赋论："'不有博弈者乎，为之犹贤乎已！'辞赋大者与古诗同义，小者辩丽可喜。辟如女工有绮縠，音乐有郑卫，今世俗犹皆以此虞说耳目，辞赋比之，尚有仁义风谕，鸟兽草木多闻之观，贤于倡优博弈远矣"（《汉书·王褒传》）。元帝为太子时，"喜褒所为《甘泉》及《洞箫》颂，令后宫贵人左右皆诵读之"（《汉书·王褒传》）。成帝时，扬雄以"文似相如者"，得以待诏承明之庭。东汉章帝亦以雅好文章见称。帝王喜爱辞赋的背后，不仅仅是个人的文学趣味，亦是看中了这种文体润色宏业之功能。反过来，帝王的尊崇与爱好，

---

① （明）王世贞：《艺苑卮言》，13页，南京，凤凰出版社，2009。
② （清）程廷祚：《青溪集》，65页，合肥，黄山书社，2004。
③ 参见宋益乔：《赋的文体特征、社会功能及其当代表现》，载《西南师范大学学报（哲学社会科学版）》，1992(2)。

又强化了大赋对国家意识形态的表达。

汉大赋与大一统时代的密切关系，一方面造就了其辉煌的成就，另一方面也埋下了其衰落之因。从司马相如《天子游猎赋》开始，赋中士人的言说空间就被挤压了，而主要宣扬国家的政治理念。这在当时无可厚非，因为汉帝国是士阶层面临的第一个长治久安的大一统王朝，其开阔的领土，强大的实力，都令士人充满了热情和期待。将自己的人生与国家的大一统功业紧密关联，在外王建功的事业中实现自我价值，是大部分士人的选择。但是，随着国家政治的逐渐衰落、社会矛盾的逐渐显现，赋家所歌颂的神圣伟大之国家形象越来越不符合现实情况。当士人想要在赋中表达社会批判的思想时，赋这种文体就让人产生了方凿圆枘之感。最先对赋文体表现出冷静反思的士人是扬雄。《法言·吾子》载："或问：'吾子少而好赋？'曰：'然。童子雕虫篆刻。'俄而，曰：'壮夫不为也。'或曰：'赋可以讽乎？'曰：'讽乎！讽则已，不已，吾恐不免于劝也。'"①对赋讽谏无力的失落感，实际上司马相如已有体会，其《大人赋》讽谏汉武帝求神仙，帝反"飘飘有凌云之气"（《史记·司马相如列传》）。东汉班固的都市赋虽然增加了赋家抒发己见的篇幅，但是大赋颂美微谏的言说范式已经形成。等到东汉帝国渐次衰落，张衡试图用都市赋讽谏权力者时，又一次感到了效果不佳。当赋中塑造的理想国家形象与现实完全脱节之后，士人还如何有高昂的热情投入艰苦的大赋创作中？

还有一个重要原因是，东汉中后期以后，士人一点点疏离了大一统政治，而逐渐从外王转向了内圣，个体心灵、内在道德具有了与建功立业同等重要的价值。② 赋中的宏大叙事已不再具有激动人心的力量，原被压抑已久的士阶层自身的审美情趣、个体感受逐渐变成了文学表达的主流，因而抒情小赋成为文坛上的新兴文体。而大赋，则随着曾经强大繁盛的汉帝国，变成了明日黄花。

---

① 汪荣宝：《法言义疏》，45 页，北京，中华书局，1987。
② 参见曲利丽：《两汉之际文化精神的演变》，214～215 页，北京，中华书局，2017。

第七章 谶纬文献的形成与神秘文化思潮

　　谶纬是秦汉时期流行的一股神秘文化思潮，其大量出现既得益于先秦神秘文化的积淀，也有特定历史时期政治需求的催生作用。谶纬文献的知识体系以天人相感为逻辑思维方式，通过灾异和祥瑞彰显着天人相感的各种具象。阴阳五行观念的转接和深化，五德终始与帝王谱系的构拟和神性表达也是谶纬知识体系的有机组成部分。谶纬文献的生成和现实政治文化互动，其出现是历史对文化的选择。

第一节 谶纬文献出现的历史机缘

　　谶，"验也"，指可预言吉凶的隐语、符号、图像等；纬，"织衡丝也"，段玉裁注："引申为凡交会之称。汉人左右六经之书，谓之秘纬。"[①]谶纬是一个合成词，拆分开来看有同有异，《钦定四库全书总目》言："儒者多称谶纬，其实谶自谶，纬自纬，非一类也。谶者，诡为隐语，预决吉凶，《史记·秦本纪》称卢生奏录图书之语，是其始也。纬者，经之支流，衍及旁义。"[②]谶纬相较来看，谶出现略早，纬出现略晚，关于谶纬生成的具体时间，学界有这样的认知，顾炎武《日知录·图谶》指出"谶记之兴，实始于秦人，而盛于西京之末"；周予同认为："纬书发源于古代的阴阳家，起于嬴政，出于西汉哀、平，而大兴

---

① （汉）许慎撰，（清）段玉裁注：《说文解字注》，644 页，上海，上海古籍出版社，1988。

② （清）纪昀等：《钦定四库全书总目》（整理本），47 页，北京，中华书局，1997。

于东汉"。① 当谶纬合而为一，作为特定名词时，它所指称的文献甚广。对于谶纬这一神秘文化思潮出现的历史机缘，可以从多方面来考察，本书选取两个维度申述之。

一、谶验观念与早期谶纬文献形态

上古时期的甲骨卜辞、《山海经》《周易》等文献都昭示着厚重的神秘文化。人类处于蒙昧时期，认知世界和理解世界的方式方法是有局限性的。谶纬和上古文化密不可分，谶验观念在早期的文献记载中已经生成。《左传》庄公二十二年记载：

> 初，懿氏卜妻敬仲。其妻占之，曰："吉。是谓'凤皇于飞，和鸣锵锵。有妫之后，将育于姜。五世其昌，并于正卿。八世之后，莫之与京。'"②

陈国大夫懿氏准备嫁女于敬仲，其妻占得吉利之象，预测性的言辞采用的是四言诗体。杨伯峻先生注："疑'凤皇于飞，和鸣锵锵'两句是卜书之辞，有妫之后以下数句，则为占者之辞，然相互叶韵。锵、姜、卿、京古音皆在阳唐部。此是占卜之辞，今已无书可以稽考。"③《左传》记载的这则卜筮，后来果真应验，敬仲之后，至成子常篡夺齐国成功，依据《史记·田敬仲完世家》记载的史实，注家指出经稺孟夷、湣孟庄、文子须无、桓子无宇、釐子乞、成子常，成子常篡齐在位属一世，正好八世。

与"懿氏卜妻敬仲"相似的案例还有闵公元年的"毕万筮仕于晋"，昭公三十二年的"季友之母始妊娠而卜"。针对此类案例，朱熹云："陈敬仲、毕万、季友占筮，皆如后世符命之类。"张峰屹先生认同此观点，并引清人张尚瑗的观点指出："'此传与史墨论陈亡，皆田氏代齐之符命也；毕万筮仕于晋，魏氏分晋之符命也；季友有文在手，季氏专鲁

---

① 注：关于谶验观念术语及相关的深入论述，可参见张峰屹：《两汉经学与文学思想》，286～322 页，北京，生活·读书·新知三联书店，2014。

② 杨伯峻：《春秋左传注》（修订本），221～222 页，北京，中华书局，1990。

③ 杨伯峻：《春秋左传注》（修订本），222 页，北京，中华书局，1990。

之符命也。《左氏书》成于战国之初，故于齐、晋、鲁三国谋篡之臣，皆详其谶纬。'……（这）与其他占验故事没有什么区别，都可以划入谶的范畴。"①所言甚是。庄公二十二年的这则占筮即是谶言"田氏代齐"的来源之一，三则占筮内容指向分别是田氏代齐、魏氏分晋、季氏专鲁，均是关系国运走向的历史事件，无一例外都借助占术而先行预知，这与后来"汉氏三七之厄"的谶言殊无二致。

占筮的内容指向未来，和谶的功能无别，取宽泛的态度来看，部分占筮文献的确可以归入谶纬文献系统，《易纬乾坤凿度》记载了一则关于孔子的占筮案例：

> 仲尼，鲁人。生不知易本，偶筮其命得《旅》，请益于商瞿氏，曰：子有圣智而无位。孔子泣而曰：天也，命也，凤鸟不来，河无图至，呜呼，天命之也。叹讫而后，息志停读，礼止。②

商瞿氏，字子木，是孔子弟子，《史记·仲尼弟子列传》称"孔子传《易》于瞿"。在这则故事里，孔子筮命，占得《旅》卦，商瞿指出孔子拥有圣智，却无对应的官位。《旅》卦上《离》下《艮》，李鼎祚《周易集解》引侯果曰："火在山上，势非长久，旅之象也。"《旅》指行旅，难于稽留，周旅不定，故称"无位"。孔子自筮得《旅》的事例不见于其他文献，如果把它的生成断定在汉代，依托象数易来看，商瞿的推论也大抵可以成立，西汉末年生成的《焦氏易林》，据象而系辞，相应的林辞《旅》之《旅》写道："罗网四张，鸟无所翔。征伐困极，饥渴不食。"取象同样不吉利。孔子哭泣而曰的那段文字，脱胎于《论语》，凤鸟、河图系谶纬常用的物象。

《易纬乾坤凿度》将孔子筮占语料收录进来，是对占筮合于谶纬的一种认可，先秦时期占筮风气的盛行，是秦汉谶纬文献大量形成的文化源泉之一。《易》凤具有筮卜功能而免遭秦火，易学与谶纬结合在一

---

① 张峰屹：《两汉谶纬考论》，载《文史哲》，2017(4)。
② ［日］安居香山、中村璋八辑：《纬书集成》，118 页，石家庄，河北人民出版社，1994。(注，本书所引均出自此书，不复出注，因语料差异，个别引自《七纬》者单独出注。)

起，为汉代的神秘文化所彰本，《易纬稽览图》曰："日食之比，阴得阳。蒙之比也，阴冒阳也。"《蒙》之《比》前，排列的事象是日食之比。旧注："蒙，气也。比非一也。邪臣谋覆冒其君，先雾从夜昏起，或从夜半或平旦，君不觉悟，日中不解，遂成蒙；君复不觉悟，下为雾也。"①《蒙》之《比》，阴冒阳，蒙，指气，具体指雾气之属。《后汉书·郎颛襄楷列传》记载："土者地祇，阴性澄静，宜以施化之时，敬而勿扰。窃见正月以来，阴暗连日。《易内传》曰：'久阴不雨，乱气也，《蒙》之《比》也。蒙者，臣君上下相冒乱也。'又曰：'欲德不用，厥异常阴。'"②郎颛在上疏中提及的《蒙》之《比》③，变卦前连缀的是"久阴不雨"，这和《易纬稽览图》中的日食之，比阴得阳是一致的事象。朱伯崑先生指出："'蒙气'，雾气一类，指阴气过盛，气候反常，又称为'乱气'。"④《蒙》之《比》，蒙者，臣君上下相冒乱也，标示的是卦象寓指的篡乱之义。

如果说，上揭的谶类文献还背负着占筮这个外壳，存世的占筮事例因此而往往被排除于不少谶纬研究者视域之外的话，那么，带有预言性的童谣则无疑可直接视为谶纬文献，《左传》昭公二十五年记载：

> "有鹳鹆来巢"，书所无也。师己曰："异哉！吾闻文、成之世，童谣有之，曰：'鹳之鹆之，公出辱之。鹳鹆之羽，公在外野，往馈之马。鹳鹆跦跦，公在乾侯，征褰与襦。鹳鹆之巢，远哉遥遥，裯父丧劳，宋父以骄。鹳鹆鹳鹆，往歌来哭。'童谣有是。今鹳鹆来巢，其将及乎！"⑤

鲁昭公时，有鹳鹆来巢。鲁国大夫师己借助童谣而预测祸福，后来果如该谣谶所示，鲁昭公攻打季氏，失败后，出逃奔齐，史载"居外野，

---

① ［日］安居香山、中村璋八辑：《纬书集成》，140 页，石家庄，河北人民出版社，1994。

② （南朝宋）范晔撰，（唐）李贤等注：《后汉书》，1055 页，北京，中华书局，1965。

③ 注：本书将《蒙》之《比》视作卦象。

④ 朱伯崑：《易学哲学史》，142 页，北京，北京大学出版社，1986。

⑤ 杨伯峻：《春秋左传注》（修订本），1459～1460 页，北京，中华书局，1990。

次乾侯。八年,死于外,归葬鲁。昭公名裯。公子宋立,是为定公。"
师己提及的这则童谣以四言体写成,富有预言性质,属于典型的谶言。
《汉书·五行志》尝言"春秋时先有鸲鹆之谣,而后有来巢之验",正是
指此首谣谶。

《国语·郑语》记载:

> 且宣王之时有童谣。曰:"檿弧箕服,实亡周国。"于是宣王闻
> 之,有夫妇鬻是器者,王使执而戮之。府之小妾生女而非王子也,
> 惧而弃之,此人也收以奔褒。天之命此久矣,其又何可为乎?《训
> 语》有之曰:"夏之衰也,褒人之神化为二龙,以同于王庭,而言
> 曰:'余,褒之二君也。'夏后卜杀之与去之与止之,莫吉。卜请其
> 漦而藏之,吉。乃布币焉,而策告之。龙亡而漦在,椟而藏之,
> 传郊之。"……褒人褒姁有狱,而以为入于王,王遂置之,而婢是
> 女也,使至于为后,而生伯服。①

童谣"檿弧箕服,实亡周国",是周宣王时流传的谣谶,文献记载褒姒
是由檿弧箕服者所收养的孩子,历史应验了该"隐语"所昭示的内容,
过程充满神奇色彩。《训语》,指《周书》。褒姒,周幽王宠妃,烽火戏
诸侯,以博一笑,其后爆发危难,周幽王面临犬戎攻击时孤立无援,
周王朝衰微。相似的记载见于《史记·周本纪》《汉书·五行志》。

早期谣谶以童谣的形式呈现,这在两汉时期兴盛不衰。元帝时关
于童谣的记载曰:"'井水溢,灭灶烟,灌玉堂,流金门。'至成帝建始
二年三月戊子,北宫中井泉稍上,溢出南流……井水,阴也;灶烟,
阳也;玉堂、金门,至尊之居:象阴盛而灭阳,窃有宫室之应也。王
莽生于元帝初元四年,至成帝封侯,为三公辅政,因以篡位。"(《汉
书·五行志》)北宫位于长安城中间的位置,下临武库,灶烟属性阳,
玉堂、金门是皇帝居所,可见井水溢流所灭、所灌、所流经的地方确
实都是阳刚物象的叠加。又成帝时关于歌谣有记载曰:"'邪径败良田,
谗口乱善人。桂树华不实,黄爵巢其颠。故为人所羡,今为人所怜。'

---

① 徐元诰:《国语集解》,473~474 页,北京,中华书局,2002。

桂,赤色,汉家象。华不实,无继嗣也。王莽自谓黄,象黄爵巢其颠也。"(《汉书·五行志》)桂树赤,应汉赤德,黄爵指黄雀,应王莽土德五色属黄,两则谣谶均指向王莽篡汉的史实。

"'燕燕尾涎涎,张公子,时相见。木门仓琅根,燕飞来,啄皇孙,皇孙死,燕啄矢。'其后帝为微行出游,常与富平侯张放俱称富平侯家人,过〔阳阿〕主作乐,见舞者赵飞燕而幸之,故曰'燕燕尾涎涎',美好貌也。张公子谓富平侯也。'木门仓琅根',谓宫门铜锾,言将尊贵也。后遂立为皇后。弟昭仪贼害后宫皇子,卒皆伏辜,所谓'燕飞来,啄皇孙,皇孙死,燕啄矢'者也。"(《汉书·五行志》)这则谣谶言说汉成帝出行,见赵飞燕而悦之,并最终立为皇后,却也因之至死都无后。

三则谣谶,一则出自元帝时期,两则出自成帝时期,王先谦《汉书补注》:"以上诗妖。"[1]诗妖即以诗为谶,童谣是诗,内容具有象征性指向,故称三则谣谶为诗妖。《后汉书·五行志》收录有多则童谣,有的也可视为谣谶:"谐不谐,在赤眉。得不得,在河北。"这首童谣生成于更始帝时期,虽然很难断定其出现的具体历史时间,但可以肯定其带有隐语的性质,具有预测倾向,这从该谣紧随的文字可以看出,"是时更始在长安,世祖为大司马平定河北。更始大臣并僭专权,故谣妖作也。后更始遂为赤眉所杀,是更始之不谐在赤眉也。世祖自河北兴"[2]。《后汉书》著者称其为谣妖,亦即谣谶。诗妖、谣妖、谣谶,称谓不同,实际所指却具有一致性。

观测天象预知祸福是早期神秘文化的一种重要形式,《史记·齐太公世家》记载:"三十二年,彗星见。景公坐柏寝,叹曰:'堂堂!谁有此乎?'群臣皆泣。"彗星,古人往往认为是灾星,这从该则记载后来收录于《太平御览·妖星》条目可资印证。这次彗星出现于东北,下应齐国疆土,故景公深以为忧,尽管这一忧虑,在晏子看来不足为惧,但可以从侧面看出古人对于天文星象的重视。童谶和天象相结合,是先

---

① (清)王先谦:《汉书补注》,1993 页,上海,上海古籍出版社,2008。

② (南朝宋)范晔撰,(唐)李贤等注:《后汉书》,3280~3281 页,北京,中华书局,1965。

秦谶言文献形成的源泉之一，《左传》僖公五年记载：

> 八月甲午，晋侯围上阳。问于卜偃曰："吾其济乎？"对曰："克之。"公曰："何时？"对曰："童谣云：'丙子之晨，龙尾伏辰；均服振振，取虢之旂。鹑之贲贲，天策焞焞，火中成军，虢公其奔。'其九月、十月之交乎！丙子旦，日在尾，月在策，鹑火中，必是时也。"冬十二月丙子，朔，晋灭虢。虢公丑奔京师。①

这则记载还见于《国语·晋语二》。虢是小国，晋侯借道于虞而伐虢，晋献公伐之时，问于卜偃曰："吾其济乎？"卜偃以童谣为对，童谣预测未来，内容依据天象而得，后正如童谣所言——晋师灭虢，虢公丑奔周，带有较强的谶验性质。童谣与政治灾祸相系，发挥了预测吉凶的功能。这则童谣谶的生成和南方对应的星宿相关，隐形的童子是沟通天人之间的桥梁。"火中"，杨伯峻先生注："即鹑火出现于南方。"《尔雅·释天》曰："柳宿亦名鹑火。"柳宿是和荧惑共同司职南方的星宿。《史记·天官书》曰："吴、楚之疆，候在荧惑，占于鸟衡。"张守节正义："鸟衡，柳星也。"关于荧惑和童谣，《通志》记载了这样一则材料，"张衡云：荧惑为执法之星，其精为风伯之师，惑童儿歌谣嬉戏。"相似的记载还见于《史记·天官书》和《文献通考》。荧惑星是司职人间的执法官，主死丧，其精可作为风伯之师，可以蛊惑儿童，教导歌谣，预测政治的灾异吉凶走向。荧惑星蛊惑儿童并与之嬉戏，在后世记载中甚为详细。《晋书·天文志》曰："凡五星盈缩失位，其精降于地为人……荧惑降为童儿，歌谣嬉戏……吉凶之应，随其象告。"荧惑星直接化为童子形象，混迹于世间儿童中，通过这种直接方式，教导儿童歌谣，预测吉凶祸福。为何荧惑星选择化身稚童，并下教稚童歌谣以达"天意"呢？要回答这个问题，可从二者的属性入手，荧惑，《淮南子·天文训》载："南方，火也，其帝炎帝，其佐朱明，执衡而治夏，其神为荧惑。"荧惑隶属于南方，其帝炎帝，时令夏天，都是阳的象征，因而荧惑星宿也代表阳刚之性，这从古人对于南方的认知中也可以看

① 杨伯峻：《春秋左传注》（修订本），310～311 页，北京，中华书局，1990。

出，先天八卦《乾》属于南，《乾》卦是纯阳之象，故南方的诸多物象都具有阳刚之性。同时，以地域空间来划定星宿的阴阳属性，《史记·天官书》有这样的记载："中国于四海内则在东南，为阳；阳则日、岁星、荧惑、填星；占于街南，毕主之。其西北则胡、貉、月氏诸衣旃裘引弓之民，为阴；阴则月、太白、辰星；占于街北，昴主之。"荧惑标示的是阳，这与它对应的下界分野相连，"吴、楚之疆，候在荧惑"，荧惑司职的地域主要是吴地和楚地，而此两地正是南方，据此，荧惑属阳和人们对它的方位认知是一致的。由此可见，荧惑属阳，童子也正属阳，二者在类属上具有一致性，荧惑选择化身儿童，教给稚童歌谣，能顺利地感化童子，秉持的是"同声相应，同气相求"的类比思维。

观察天象而生成预测性判断，在谶纬文本里，这样的语料甚夥，如"荧惑守南斗，宰相坐之，有兵罢。荧惑逆行，守南斗，山崩"；"荧惑居角阳，其国有喜，居阴，有忧"；"荧惑在毕，为主人客者有殃罚，女主亡"。荧惑星确系较为特殊的星宿，它的出现在谶纬文献系统里，往往都是各种灾异事象的先兆。

先秦时期可称为谶纬文献形成的孕育期和初创期，各种和谶纬相关的语料还很零散、没有形成系统，刘向曾经"集合上古以来历春秋六国至秦汉符瑞灾异之记，推迹行事，连传祸福，著其占验，比类相从"（《汉书·楚元王传》），这是对谶纬文献的一次初步整理。谶验观念的生成甚早，它的形式有占筮（占卜）、童谣、星占，此外还有相术、梦占、符瑞、带有巫术性质的图画等，语料表现形态既有此处着重关注的四言诗、童谣等诗体样态，也有大量的散体记述样态，后世谶纬文献对这些形式和表现形态多有赓续。先秦占筮等神秘文化盛行，从内容和形态上，都是秦汉谶纬文献形成的源泉，某种意义上讲，秦汉时期的大量谶纬文献是在此基础上的提升和发展。

二、社会大变革与谶纬文献的催生

从先秦时期零星的谶纬语料可以看出，谶纬的政治色彩浓厚，往往指向与国家或帝王相关的事象，罕及普通民众的生活，这一特征在秦汉社会大变革时期得到了更为鲜明的强化。秦汉时期谶纬文献大量出现，社会的大变革对其是有推手作用的。秦汉易代时期、两汉之际（王莽篡汉、光武中兴），谶纬披着神秘的外衣，裹挟着神秘力量，在一定程度上，充当了社会大变革期间政治斗争的武器，也是那段特定史实的载体。社会的大变革为谶纬文献的兴盛提供了较好的契机。

秦帝国大厦将倾时，《易纬通卦验》记载，"孔子表洛书摘亡辟曰：亡秦者，胡也。丘以推秦白精也，其先星感，河出图，挺白以胡谁亡。胡之名，行之名，行之萌，秦为赤驱，非命王，故帝表有七五命。七以永庆王，以火代黑，黑畏黄精之起，因威萌。"孔子在谶纬文本中神通广大，知晓过去和未来，假托孔子之口道出的"亡秦者胡也"一语，又见于《史记·秦始皇本纪》："三十二年，始皇之碣石，使燕人卢生求羡门、高誓。……始皇巡北边，从上郡入。燕人卢生使入海还，以鬼神事，因奏录图书，曰'亡秦者胡也'。始皇乃使将军蒙恬发兵三十万人北击胡，略取河南地。"羡门、高誓旧注古仙人，卢生充当的角色是方士，"亡秦者胡也"重见于谶纬和正史，该谶语生成后弄得人心惶惶。胡，秦始皇推测为居于秦北部地区的胡人，据此，秦始皇在政治上采取了调遣大量兵力进行军事行动的举措，并随之而修筑长城，作为抵御北胡入侵的屏障。秦始皇推测胡人亡秦合乎常理，但不正确，秦后来亡于其子胡亥之手。

"三十六年，荧惑守心。有坠星下东郡，至地为石，黔首或刻其石曰'始皇帝死而地分'。"此记载见于《史记·秦始皇本纪》，荧惑守心，坠星落为石，刻有谶言是天现异象。秦始皇作为开创大一统王朝的君主，孤傲的背后是对死亡的无比忌惮，面对这则典型的人造谶言，秦始皇采取了极端的行动，先是派遣御史询问，问询无果后，则将石旁的居民杀尽，并且烧毁石块。

"有人持璧遮使者曰：'为吾遗滈池君。'因言曰：'今年祖龙死。'使者问其故，因忽不见，置其璧去。使者奉璧具以闻。始皇默然良久，曰：'山鬼固不过知一岁事也。'退言曰：'祖龙者，人之先也。'使御府视璧，乃二十八年行渡江所沉璧也。"此记载见于《史记·秦始皇本纪》，借一位神秘人士（山鬼）之口抛出神秘言论，预言秦始皇将死于当年，后果如此谶。事例中山鬼说完话后，有一个置其璧的细节，司马贞《索隐》曰："江神以璧遗滈池之神，告始皇之将终也。且秦水德王，故其君将亡，水神先自相告也。"璧对于秦始皇而言，是有一定象征含义的，其受天命时亦有璧的故实生成，《河图考灵曜》曰："秦王政以白璧沉河，有黑头公从河出，谓政曰：祖龙来。授天宝，开，中有尺二玉牍。"在谶纬文本里，沉璧事象贯穿秦始皇人生的两个关键点，秦水德，受命终始均和水、璧关联，是一个自足的象征循环体。

受命以水、璧为背景，在谶纬文本里不是个案，《尚书中候握河纪》："尧即政十七年，仲月甲日，至于稷，沈璧于河。青云起，回风摇落，龙马衔甲，赤文绿色，自河而出，临坛而止，吐甲回遭。甲似龟，广九尺，有文言虞、夏、商、周、秦、汉之事。"尧火德，即政十七年沉璧于河，进而出现了龙马衔甲，赤文绿色等祥瑞图景。《尚书中候》："舜沉璧于河，荣光休至，黄龙负卷舒图，出入坛畔。"舜沉璧于河，出现了黄龙负卷舒图的奇异景象。商汤，《尚书中候》记载："天乙在亳，诸邻国襁负归德。东观于洛，习礼尧坛，降三分沉璧，退立，荣光不起，黄鱼双跃，出济于坛。黑乌以雄，随鱼亦止，化为黑玉。"商汤水德，同样有沉璧情节，和属水的秦于沉璧事象上的受命象征意义可以贯通。如果舍弃掉沉璧环节，受命治国与河水相连的文化源泉则可归之于河图洛书传说。《周易·系辞》有"河出图，洛出书，圣人则之"的记载，圣人指伏羲。河图洛书随之在谶纬里往往作为受命的象征物之一，象征着最高国家权力，所授对象自伏羲开始，有尧、舜、禹、商汤等，如《礼含文嘉》写道："伏羲德洽上下，天应之以鸟兽文章，地应之龟书，伏羲则而象之，乃作易卦。"谶纬文本关于此类与河图洛书相关的记载随着时间往后推移，情节也愈加丰富，是对先秦河图洛书传说的引申发挥。

秦始皇推终始五德之传，"刚毅戾深，事皆决于法，刻削毋仁恩和义，然后合五德之数。于是急法，久者不赦"，司马贞《索隐》"水主阴，阴刑杀，故急法刻削，以合五德之数"，秦以水德受命，主刑杀，秦始皇本人恰也"乐以刑杀为威"，"恶言死"而好求仙药，上述秦末谶言的生成是对此较好的折射。

刘邦以汉继秦，《尚书中候》曰："卯金刀帝出，复尧之常"。卯金刀称代汉帝，《春秋汉含孳》有明确标示："刘季握卯金刀，在轸北，字季，天下服。卯在东方，阳所立，仁且明。金在西方，阴所立，义成功。刀居右，字成章，刀击秦。枉矢东流，水神哭祖龙。""枉矢"指流星之类的天体。《史记·天官书》记载："枉矢，类大流星，蛇行而仓黑，望之如有毛羽然。"枉矢出现多和灾乱相伴，刘季指刘邦，《春秋汉含孳》采用拆字法，将"刘"字拆分为"卯""金""刀"三个构件，然后和方位、阴阳、仁义、秦朝相对应，完成刘邦代秦的意义组合。

汉室衰落时和秦一样，亦有谶纬语料的催生，《汉书·眭两夏侯京翼李传》记载："是时昌邑有枯社木卧复生，又上林苑中大柳树断枯卧地，亦自立生，有虫食树叶成文字，曰'公孙病已立'，孟推《春秋》之意，以为石柳皆阴类，下民之象，泰山者岱宗之岳，王者易姓告代之处。"相似的记载还见于《汉书·五行志》。眭孟，儒生，从嬴公受《春秋》，通晓经术。嬴公，王先谦《汉书补注》云："嬴公，东平人，受《公羊春秋》于董仲舒，故弘书称'先师董仲舒'。"[1]眭孟依《春秋》之义言说"公孙病已立"，认为木阴类，《说卦》称巽为木，柳树柔顺，确实可视作阴类物象，是下民之象，木叶被虫食后成字，对应的是公孙氏从民间受命为天子之兆。谶语生成时汉昭帝刘弗陵正年富力强，霍光秉政，认为眭孟的推测论断系属妖言，故诛杀了眭孟。公孙病已，指皇曾孙汉宣帝刘病已，汉昭帝驾崩之后，霍光等权臣废昌邑王，改迎生活于民间的刘病已为帝，正应了此则谶言的内容。

《汉书·哀帝纪》载：

> 待诏夏贺良等言赤精子之谶，汉家历运中衰，当再受命，宜改元易号。诏曰："汉兴二百载，历数开元。皇天降非材之佑，汉国再获受命之符，朕之不德，曷敢不通！夫基事之元命，必与天下自新，其大赦天下。以建平二年为太初（元将）元年。号曰陈圣刘太平皇帝。漏刻以百二十为度。"

汉高祖感赤龙而生，是赤精子，王先谦《汉书补注》引齐召南语曰：

---

① （清）王先谦：《汉书补注》，4869 页，上海，上海古籍出版社，2008。

"'谶'字始见于此。高祖以斩白蛇，旗帜上赤，然张苍谓汉本水德，公孙臣非之，至武帝时，犹谓以土德王，未有言火德者也。赤精子之说亦起于此。张平子谓谶起哀、平之间，信哉！"① 相似的记载还见于《汉书·眭两夏侯京翼李传》。基事之元命，指更受天之大命。对于夏贺良等再次奏请"更受命"时，哀帝予以了认可，更元易号，有了一个奇怪的称谓"陈圣刘太平皇帝"。"太平"是一种治世理想的表达，"陈圣刘太平皇帝"，李斐曰："言得神道圣者刘也。"如淳曰："陈，舜后。王莽，陈之后。谬语以明莽当篡立而不知。"哀帝的这次更受命称谓是否有寓含王莽的篡立之义，还需进一步稽考，但西汉末年衰败，导致政治大变革确实催发了各式各样谶纬的生成。王莽一步步篡权，利用的正是谶纬的力量，如称"是月，前辉光谢嚣奏武功长孟通浚井得白石，上圆下方，有丹书著石，文曰'告安汉公莽为皇帝'。符命之起，自此始矣"，丹书著石，很容易让人想起秦末陈涉、吴广丹书"陈胜王"的事迹，告安汉公莽为皇帝可谓是赤裸裸的政治宣言。又如梓潼人哀章揣摩到王莽的意图，故而特意制作出一面铜匮，一曰天帝行玺金匮图，一曰赤帝行玺某传予黄帝金策书，营造出一种君权神授的"假象"。王莽对此大加利用，在随后诏书中明确标示"皇天上帝隆显大佑，成命统序，符契图文，金匮策书，神明诏告，属予以天下兆民"。某种意义上讲，大量符命类谶纬的生成迎合了王莽篡汉的需求。

《汉书·王莽传》载：

> 秋，遣五威将王奇等十二人班《符命》四十二篇于天下。德祥五事，符命二十五，福应十二，凡四十二篇。其德祥言文、宣之世黄龙见于成纪、新都，高祖考王伯墓门梓柱生枝叶之属。符命言井石、金匮之属。……皇帝谦让，以摄居之，未当天意，故其秋七月，天重以三能文马。皇帝复谦让，未即位，故三以铁契，四以石龟，五以虞符，六以文圭，七以玄印，八以茂陵石书，九以玄龙石，十以神井，十一以大神石，十二以铜符帛图。申命之

---

① （清）王先谦：《汉书补注》，466页，上海，上海古籍出版社，2008。

瑞，浸以显著，至于十二，以昭告新皇帝。

王莽利用各种符命，先后涉及金匮、三台星、铁契、石龟、虞符、文圭、玄印、茂陵石书、玄龙石、神井、神石、铜符帛图等，以一种天命可畏而不能违的态势，并选取具有象征意义的丁卯日受命，丁，"火，汉氏之德也"。卯，"刘姓所以为字也。明汉刘火德尽，而传于新室也"。《汉书》的记载淋漓尽致地展示了王莽利用谶纬篡汉的各种举动。

《后汉书·光武纪》载：

> 行至鄗，光武先在长安时同舍生彊华自关中奉《赤伏符》，曰"刘秀发兵捕不道，四夷云集龙斗野，四七之际火为主"。群臣因复奏曰："受命之符，人应为大，万里合信，不议同情，周之白鱼，曷足比焉？今上无天子，海内淆乱，符瑞之应，昭然著闻，宜答天神，以塞群望。"光武于是命有司设坛场于鄗南千秋亭五成陌。①

这是光武中兴对谶纬语料催发的典型事例，此《赤伏符》又收录于《河图赤伏符》。班固《东都赋》对此也有著录："圣皇乃握乾符，阐坤珍，披皇图，稽帝文。"乾符，即《赤伏符》。"四七之际"，指"自高祖至光武初起，合二百二十八年，即四七之际也"②，火为主，是汉为火德当兴之称。光武中兴汉室，类似的谶纬语料有多则，如《春秋演孔图》："卯金刀，名为刘。中国东南出荆州，赤帝后次代周。"谶纬语料和正史可以相互发明。

从上揭特定时期典型谶纬语料来看，秦汉是社会大变革时期，谶纬往往和各种政治大事件紧密相连，帝王、方士、儒生、诸侯、官吏等和谶纬纠缠于一体，制造、传播谶纬，诸多谶纬文献也生成于此一时期。受此流风影响，习谶纬者不乏其人，《后汉书·张衡传》记载"初，光武善谶，及显宗、肃宗因祖述焉。自中兴之后，儒者争学图

---

① （南朝宋）范晔撰，（唐）李贤等注：《后汉书》，21～22 页，北京，中华书局，1965。
② （南朝宋）范晔撰，（唐）李贤等注：《后汉书》，22 页，北京，中华书局，1965。

纬"，谶纬于光武之后，随着统治者的倡导，迎来了繁盛期，如章帝"在位十三年，郡国所上符瑞，合于图书者数百千所"，其彰显的是政治对谶纬神秘文化的历史选择。

第二节　谶纬文献的形成与知识观念的衍生

谶纬文献的形成导源于先秦，繁盛于秦汉，完整的谶纬文献已经散佚，很难窥其全貌，今存者多为后世辑佚整理。谶纬内容充满神秘色彩，传世的谶纬文本条目零散，内容庞杂，有的地方甚至自相矛盾，割裂开来看不成体系，但如果从知识、文本、文献体系互动的立体角度考察，将谶纬各条目归纳起来看，则能揭示出不同知识观念间的联系，也能厘清谶纬基本的知识体系，并见出这一知识体系对相关知识观念吸纳与深化的表征。① 谶纬文本的生成和政治权力的攫取相捆绑，大量内容有着积极入世的取向。谶纬知识观念体系和神秘政治文化结合，寻求的是对最高权力的依附和制约。

一、天人相感的逻辑与具象

天人相感是上古文化的重要组成部分，《系辞传》称"天垂象，见吉凶，圣人象之"；《墨子》称"天子为善，天能尚之；天子为暴，天能罚之"。天人相感也是谶纬知识观念体系中重要的一环，众多谶纬语料以之为逻辑基础而生成。谶纬言天人相感，天人同构观念可视为前提。《孝经援神契》称："人头圆象天，足方法地，五藏象五行，四肢法四时，九窍法九分，目法日月，肝仁，肺义，肾志，心礼，胆断，脾信，膀胱决难，发法星辰，节法日岁，肠法铃。"人身之象，皆法之天地万物，这种天人同构的观点，董仲舒《春秋繁露·人副天数》有详尽的

---

① 注：谶纬知识观念体系是一个整体，天人相感是逻辑，阴阳五行是哲学基础，五德终始是对天人相感和阴阳五行学说于人类社会领域的理论践行，三者相辅相成而最显，除此之外，谶纬文本还包括系列其他的知识观念，如对道家"太素"等思想的吸纳，此暂不予讨论。

阐释：

> 是故人之身，首妢而员，象天容也；发，象星辰也；耳目戾戾，象日月也；鼻口呼吸，象风气也；胸中达知，象神明也……不可数者，副类。皆当同而副天，一也。

人首圆像天容，发多像星辰，耳弧目明像日月，鼻口呼吸像风气，胸中达知像神明等天人相副的论断被董氏阐发得淋漓尽致。

钟肇鹏先生指出，"谶纬的主导思想是董仲舒的天人感应神学目的论"[1]，某种意义上讲，是可信的。例如，谶纬文本《春秋元命苞》曰："立三台以为三公，北斗九星以为九卿，二十七大夫内宿部卫之列，八十一纪以为元士，凡百二十官焉，下应十二子。"这是谶纬依据天象说解朝廷官职的设置。又如，《乐叶图征》记载："天宫，紫微宫也。钩陈，后宫也。大当，正妃也，阁道，北斗辅。天理，贵人牢。文昌宫，天五官会府也。玄戈，招摇也。梗河，天矛也。织女。连营，贱人牢。"这是将天庭和人间宫廷同构，和董仲舒的观念一脉迁延。

天人相感属动态的感应，作为谶纬知识观念体系建构的基本逻辑，具象可分为祥瑞和灾异两端。董仲舒《春秋繁露·同类相动》曰："美事召美类，恶事召恶类，类之相应而起也。如马鸣则马应之，牛鸣则牛应之。帝王之将兴也，其美祥亦先见；其将亡也，妖孽亦先见。物故以类相召也。"谶纬对天人相感也有清晰的标示，《春秋演孔图》曰："灵符滋液，以类相感。"祥瑞的出现，往往昭示着某种美好的景象或意图寄托。

其一，彰德。《春秋演孔图》称"凤，鹑火之禽，阳之精，惟德能至神鸟也"，只有德方能招致神鸟来仪。其他条目如："伏羲德洽上下，天应之以鸟兽文章，地应之龟书"（《礼含文嘉》），"黄帝修兵革以德行，则黄龙至，凤皇来仪"（《礼含文嘉》），"尧德匪懈，醴泉出"（《礼含文嘉》），"王者德至深泉，则黄龙见，醴泉涌"（《孝经援神契》），"王者德洽于地，则朱草生，食之令人不老。王者德泽，旁流四表，则白雉见。

---

① 钟肇鹏：《谶纬论略》，121 页，沈阳，辽宁教育出版社，1991。

王者德化，旁流四表，则麒麟臻其囿。"(《春秋感精符》)，等等，从选取的镶嵌有"德"字的条目来看，谶纬文本中祥瑞的降临和伏羲德洽上下、黄帝修兵革以德行、尧德匪懈、王者德至深泉、王者德洽于地、王者德泽旁流四表、王者德化旁流四表等一一相应。众祥瑞和"德"搭配出现，对象往往指向的是圣王统治者，而非普通士人，"怀德者众归之"，彰显的是对王者之德的推崇。

其二，明孝。谶纬以为"元气混沌，孝在其中"，祥瑞因孝而降临，如"天子孝，天龙负图，地龟出书，妖孽消灭，景云出游"；"庶人孝，则木泽茂，浮珍舒，恪草秀，水出神鱼"；"天子孝，则庆云见"；"天子孝，则天龙降，地龟出"，天龙负图、地龟出书、景云出游、泽林茂、浮珍舒、恪草秀、水出神鱼等祥瑞皆因感人之孝而降临世间，条目以"天子孝"多见，与汉以孝治国契合。此外，五德终始说中也有孝的身影。《尚书纬》写道："火者阳也，乌有孝名。武王卒成大业，故乌瑞臻。"孝作为汉治国安邦的思想，和德相辅相成，《孝经》开篇曰："夫孝，德之本也，教之所由生也。"《孝经援神契》写道："天子孝曰就，就之为言成也。天子德被天下，泽及万物，始终成就，则其亲获安，故曰就也。"汉室以孝治国，宣扬德政，德、孝和祥瑞相伴随，通过祥瑞得到了强化。

其三，受命。承天受命是对王朝更迭、新时代开创者的神化。《春秋感精符》写道："帝王之兴，多从符瑞。周感赤雀，故尚赤。殷致白狼，故尚白。夏锡玄珪，故尚黑。"关于夏商周受命的祥瑞本事，《史记》有这样的记载："既渡，有火自上复于下，至于王屋，流为乌，其色赤，其声魄云"；"汤乃改正朔，易服色，上白，朝会以昼"；"帝锡禹玄圭，以告成功于天下"，相较而言，谶纬文本将赤雀、白狼、玄珪并提，明确了商周受命的具体祥瑞物象。《尚书帝命验》言"舜受命，蓂荚孳"，蓂荚是一种瑞草，张衡《东京赋》写道："盖蓂荚为难莳也，故旷世而不觌。"传说瑞草蓂荚难于移植，故旷世难得一见。《尚书中候》言"尧火德，故赤龙应焉"，尧火德，赤龙应，和周火德以赤雀应属于同类型祥瑞。

彰德、明孝是追求治世的举措，受命是开创治世的彰显，彰德、明孝、受命的分类畛域并不清晰，时有交叉的情形发生，三类之外，祥瑞的降临也客观存在，如《礼稽命征》称"王者得礼之宜，则宗庙生祥木"，祥瑞的降临，是人们对治世的美好期待，《尚书考灵曜》称"明王之治，凤皇下之"；《尚书中候》曰"帝尧即政七十载，甘露润泽，醴泉出山，荣光出河，休气四塞"；"黄帝时，麒麟在囿，鸾鸟来仪"。谶纬里祥瑞事象深化了祥瑞观念的具体表现，彰德、明孝、受命是汉代政治文化的突出标识，也是谶纬生成时着力表现的部分。

灾异，董仲舒《贤良对策》曰："国家将有失道之败，而天乃先出灾害以谴告之，不知自省，又出怪异以警惧之，尚不知变，而伤败乃至。"（《汉书·董仲舒传》）言说灾异在汉代非常流行，其中尤以齐学为盛。皮锡瑞《经学历史》写道："汉有一种天人之学，而齐学尤盛。伏《传》五行，《齐诗》五际，《公羊春秋》多言灾异，皆齐学也。《易》有象数占验，《礼》有明堂阴阳，不尽齐学，而其旨略同。"[1] 谶纬语料驳杂，学界往往认为和齐学渊源深厚。[2] 如果从灾异层面考量，这种论断是有道理的，国家黑暗，人主自恣，大臣专权，后妃干政，朋党擅政等，谶纬都有相应的条目揭示，如"夏桀无道，天雨血"；"大夫专权，兵陵地坼"；"大臣擅法，则雨雹"；"虹出，后妃阴胁主"；"女主盛，臣制命，则地动坼"；"九郡阿党，挤非正直，骄奢僭害，则江河溃决"。天象和人事的变动也有从自然变化逆推的情形，《春秋考异邮》称"鲸鱼死，彗星合"，宋均注："鲸鱼，阴物，生于水，今出而死，是时有兵相杀之祥也，故天应之以妖彗也"[3]。又《尚书考灵曜》云"黑帝亡，二日并照"，这种记载和汉代将灾异作为施政策略或工具的情形相符，是谶纬文献的主体之一。

观天象而察知人间世事，参星、轸星、奎星、昴星、荧惑星、岁星、太白星、镇星、辰星、彗星等备受关注。谶纬文本言灾异和天象相系，据不完全统计，以安居香山、中村璋八所辑《纬书集成》为对象

---

① （清）皮锡瑞：《皮锡瑞集》，1160页，长沙，岳麓书社，2012。

② 参见钟肇鹏：《谶纬与齐文化》，载《管子学刊》，1993(3)。

③ ［日］安居香山、中村璋八辑：《纬书集成》，791页，石家庄，河北人民出版社，1994。

考察，记载的岁星条目有 100 余次，荧惑条目有 330 余次，辰星条目有 110 余次，太白星条目有 120 余次，彗星条目有 180 余次，镇星条目有 120 余次，主要见于《春秋文曜钩》《春秋运斗枢》《春秋感精符》《春秋合诚图》《春秋图》《洛书》《河图圣洽符》，内容林林总总，可作为正史天文语料的补充。其中条目最多的是荧惑星。关于荧惑星，《史记·天官书》有这样的认定："礼失，罚出荧惑，荧惑失行是也。出则有兵，入则兵散。以其舍命国。荧惑为勃乱，残贼、疾、丧、饥、兵。"荧惑星司察妖孽，有执法官的外称，主礼、甲兵、死丧等。《汉书·天文志》有相类似的记载："荧惑出则有大兵，入则兵散。"两者都属于提纲挈领型的书写，相比之下，谶纬文本在具象上更为突出，如《春秋文曜钩》记载：

> 荧惑反明，主以悖更，残物之过亡，天下更纪，易其主。
> 荧惑留其宿阴，四旬，太子死；三旬，重臣谪。
> 荧惑守角，若反行留角二十日，相死。
> 荧惑犯房宿，将军为乱，王者恶之。
> 荧惑入尾三月，客兵聚。
> 荧惑犯箕，女主宫人有忧。
> 荧惑入南斗，先潦，后大旱。
> 荧惑守左角，天下疾病。
> 荧惑入轸中，兵大起。
> ⋯⋯⋯⋯⋯

从以上列举的条目来看，当荧惑星运行轨迹抵达某一特殊位置时，人世间就会发生系列相应的异象，易主、太子死、重臣谪、相死、将军为乱、女主宫人忧、旱涝、疾病、兵乱等不一而足。

存世的谶纬文献中，《易纬》保存最为完整，《易纬》关于灾异事象的性质界定，林忠军认为："与其说是在阐发《周易》象数，不如说是在建构比汉初董仲舒天人感应说更为庞大、更为精致的神学体系。"[1]考

---

① 林忠军：《象数易学发展史》第一卷，132 页，济南，齐鲁书社，1994。

究《易纬》文本，事实也确实如此，基于天人感应，充满神秘色彩。《易纬通卦验》记载："上及君位，不敬宗庙社稷，则震巽应变，飘风发屋折木，水浮梁，雷电杀人。……政令不行，白黑不别，愚智同位，则日月无光，精见五色。此离坎之应也，皆八卦变之效也，故曰八卦变象，皆在于己。"郑玄注："己，人君也。"①人君不敬宗庙社稷，政令不行，对应的自然界将会是飘风发屋折木，雷电杀人等，并出现日月无光的天象。

《易纬》的灾异学说和卦气混合于一体，《易纬通卦验》记载：

> 坎气逆乎阳，衡晦象昧，见斗旬斗鸡谁。谋者水宰之臣，冰妖效，七九摘亡，名合行之蒙孙，其谋争也，代者起东北，名有水。
>
> 离气乱祸蚩石，黄神盛类黑而圣。……代者起西北，以木为姓。
>
> 震气乱，石陨山亡，长人出。

坎气、离气、震气不效时所对应的灾异事象各有不同，坎气、离气乱，可断定代之者分别起自东北和西北。之所以发生这种灾异，郑玄依次作注曰："故黄精起鸟，名有水者腾火"，"木胜土也"，"震体互有艮，艮为山小石"。前两则卦气不效的灾异事象，郑氏结合五行相克学说予以注解，后一则，郑氏从卦象角度入手，《震》卦二三四爻互为《艮》，《说卦》称《艮》为山，为小石，故其灾异对应为"石陨山亡"。

《易纬通卦验》称：

> 春三月，一卦不至，则秋蚤霜；二卦不至，则雷不发蛰；三卦不至，则三公有忧，在八月。夏三月，一卦不至，则秋草木早死；二卦不至，则冬无冰，人民病；三卦不至，则臣内杀，三公有缞绖之服，崩以三月为期。秋三月，一卦不至，则中臣有用事者，春下霜；二卦不至，则霜著木，在二月；三卦不至，则臣专

---

① ［日］安居香山、中村璋八辑：《纬书集成》，218页，石家庄，河北人民出版社，1994。

政，草木春落，臣有免者则已。冬三月，一卦不至，则夏雨雪；
二卦不至，则水；三卦不至，则涌水出，人君之政所致之。故各
以其卦用事候之，甲日见者青，乙日见者青白，丙日见者赤，丁
日见者赤黑，戊日见者黄，己日见者青黄，庚日见者白，辛日见
者赤白，壬日见者黑，癸日见者黄黑。各以其气候之，其云不应，
以其事占吉凶，假令坎气不至，艮而见，坎乘艮，山上有水之象
也，其用事时，日甲八也，其卦事坎乘艮，其比类也。

卦气不至，则随之的灾异必然发生，卦气不效的程度越高，灾异的破
坏程度也越大。条目以春夏秋冬四时为序，十二卦对应十二月，当本
之孟喜的十二消息卦。卦气不至，指卦所对应的物候等没出现，预示
着阴阳二气窜乱，三卦不至，则和人事对应，秉持的是天人相感思维。

《易纬》灾异学说依托阴阳观念，深化了对《说卦》象数的运用，统
摄自然现象和人类社会，寻求天与人的统一。衍《易》著作《易林》成书
于西汉末年，略早于谶纬语料大量生成的哀、平之世，不少《易林》林
辞涉及对灾异的描写，可以和谶纬对读：如《家人》之《晋》"阴雾不清，
浊政乱民。孟秋季夏，水坏我居"；又《旅》之《姤》"高阜山陵，陂陁巅
崩。为国妖祥，元后以薨"，林辞对于灾异事象的涉猎范围是广泛的。
《易林》的编撰和象数密不可分，遵循的是"据象而系"原则。从理念上
考察，林辞灾异事象有的直接从阴阳观念角度予以揭示，有的从纯自
然灾异层面加以描述，有的和纳甲配合，涉及卦气，和《易纬》依托卦
气言灾异具有一致性，如林辞《姤》之《归妹》"将戌击亥，阳藏不起。君
子散乱，太山危殆"，戌对应的是九月《剥》卦，亥对应的是十月《坤》
卦，九月阳气将尽，至十月而阳气藏，故林辞首两句称"将戌击亥，阳
藏不起"。《易纬》《易林》言灾异，灾异的出现往往和君王、社会政治联
系在一起，逐渐演变出神秘化的倾向，将社会政治与灾异事象进行因
果律推求的做法暗含的是天人相感逻辑。

谶纬"迎合政治而生"，"国家将兴，必有祯祥；国家将亡，必有妖
孽"，天人相感逻辑下的灾异、祥瑞事象得到官方的重视，并多次进入
象征最高权威的诏书中，祥瑞、灾异因此而盛极一时。由此，当发生

灾异时，皇帝多下罪己诏。① 如《后汉书·明帝纪》有诏曰："日食之变，其灾尤大，《春秋》图谶所为至谴。永思厥咎，在予一人。群司勉修职事，极言无讳。"②

二、阴阳五行观念的转接与深化

阴阳观念出现的甚早，《老子》称"万物负阴而抱阳，冲气以为和"；《国语》称"气无滞阴，亦无散阳。阴阳序次，风雨时至"。先秦还有擅长此类学说的阴阳家，代表人物为邹衍（又作驺衍）。《史记·孟子荀卿列传》记载："驺衍睹有国者益淫侈……乃深观阴阳消息而作怪迂之变，《终始》《大圣》之篇十余万言。"某种意义上讲，阴阳观念可以说是一种公共知识，流布非常广，并且一直迁延至后代。《汉书·五行志》曰："董仲舒治《公羊春秋》，始推阴阳为儒者宗。"董仲舒《春秋繁露·阴阳义》对阴阳观念有详细的阐释：

> 天地之常，一阴一阳。阳者天之德也，阴者天之刑也。迹阴阳终岁之行，以观天之所亲而任。成天之功，犹谓之空，空者之实也。故清溧之于岁也，若酸咸之于味也，仅有而已矣。圣人之治，亦从而然。

阴阳是天地的根本，阳对应德，阴对应刑，这是将阴阳观念和刑德相系。从董氏的这段文字来看，他对于《管子·四时》篇是极为熟悉的。《管子·四时》篇有这样的文字："是故阴阳者，天地之大理也，四时者，阴阳之大经也。刑德者，四时之合也。刑德合于时则生福，诡则生祸。"又"德始于春，长于夏。刑始于秋，流于冬。刑德不失，四时如一。刑德离乡，时乃逆行，作事不成，必有大殃。"天地之大理即指天地之常，阳德阴刑，迹阴阳终岁之行，也是用四时推移与之相配。

阴阳观念是谶纬知识观念体系的枢纽。谶纬以阴阳观念解释宇宙

---

① 注：两汉因灾异而下的罪己诏，据李瑞丰统计，共计 58 条，西汉 28 条，东汉 30 条，详情可参见李瑞丰：《先秦两汉灾异文学研究》，博士学位论文，河北大学，2014。

② （南朝宋）范晔撰，（唐）李贤等注：《后汉书》，111 页，北京，中华书局，1965。

万物的变化，不仅包含自然物理，更包括人伦社会。《孝经援神契》言："情者魂之使，性者魄之使。情生于阴，以计念；性生于阳，以理契。"这是将人的性情与阴阳观念相系。《乐叶图征》言："稽天地之道，合人鬼之情，发于律吕，计于阴阳，挥之天下，注之音韵。"这是以阴阳观念入乐。

五行观念出现的时间也甚早，《尚书》《国语》《管子》《吕氏春秋》等都有载录，汉代董仲舒《春秋繁露》尤显，相关细目有《五行对》《五行之义》《五行顺逆》《五行变救》《五行五事》《五行相生》《五行相胜》等，谶纬文本中的五行观念是基于此的衍生。五行和阴阳观念结合在一起，先秦时期已经形成，汉代阴阳五行学说尤盛。今人顾颉刚指出，"汉代人的思想的骨干，是阴阳五行。无论在宗教上，在政治上，在学术上，没有不用这套方式的。"[1]阴阳五行观念在谶纬文本中，和《易纬》的联系至为紧密，《易纬》是对《易》的阐发，《易纬》里阴阳观念依托卦气学说，和阴阳五行扣合，讲究阴阳消息推移，呈现出鲜明的系统性和繁复性。《易纬乾凿度》曰："是故八卦以建，五气以立，五常以之行。象法乾坤，顺阴阳，以正君臣父子夫妇之义。"《易纬乾凿度》还有如下系统的论述：

> 其布散用事也，震生物于东方，位在二月。巽散之于东南，位在四月。离长之于南方，位在五月。坤养之于西南方，位在六月。兑收之于西方，位在八月。乾制之于西北方，位在十月。坎藏之于北方，位在十一月。艮终始之于东北方，位在十二月。八卦之气终，则四正四维之分明，生长收藏之道备；阴阳之体定，神明之德通，而万物各以其类成矣。皆易之所包也，至矣哉易之德也。

"阴阳之体"定建立在卦气的依次排布上，卦象分布用事，配以方位和时令，《震》卦对应东方，位在二月；《离》卦对应南方，位在五月；《兑》卦对应西方，位在八月；《坎》卦对应北方，位在十一月。这是《易

---

① 顾颉刚：《秦汉的方士与儒生》，1页，上海，上海古籍出版社，2005。

纬》的四正卦，和东南西北四方匹配。《巽》卦、《坤》卦、《乾》卦、《艮》卦分别对应四隅，位分别在四月、六月、十月、十二月，《易纬》称之为四维。四正四维观念确立了八卦在卦气说中的各自归依。关于八卦卦气学说，《易纬通卦验》也有记载：

> 乾，西北也，主立冬，人定，白气出直乾，此正气也。
>
> 坎，北方也，主冬至，夜半，黑气出直坎，此正气也。
>
> 艮，东北也，主立春，鸡鸣，黄气出直艮，此正气也。
>
> 震，东方也，主春分，日出，青气出直震，此正气也。
>
> 巽，东南也，主立夏，食时，青气出直巽，此正气也。
>
> 离，南方也，主夏至，日中，赤气出直离，此正气也。
>
> 坤，西南也，主立秋，晡时，黄气出直坤，此正气也。
>
> 兑，西方也，主秋分，日入，白气出直兑，此正气也。①

八卦卦气说在《易纬通卦验》和《易纬乾凿度》中大抵一致，以其差别言之，《易纬通卦验》明确提出《坎》《离》《震》《兑》主二至二分，《乾》主立冬、《艮》主立春、《巽》主立夏、《坤》主立秋，是更为细化的八卦卦气观念。白气、黑气、黄气、青气、赤气是五色配卦，五色受五行统辖，是对五行说的吸纳。《易纬通卦验》的卦序排列以《乾》为首，《兑》为收束，而《易纬乾凿度》以《震》为首，《艮》为收束。用历时的眼光审视，无论是《易纬乾凿度》还是《易纬通卦验》，《易纬》八卦配方位、时令均和《说卦》渊源深厚，《说卦》提及"帝出乎震"。帝，《周易集解》引崔憬曰："帝者，天之王气也。至春分则震王，而万物出生。"帝出乎震，指万物萌发于春。依《说卦》，《离》对应南方，万物皆相见也。《坎》，正北方卦。《乾》西北之卦，《兑》居于《乾》前，依此而推，《兑》当为正西方卦。时令上，《兑》属正秋，依据《说卦》罗列的卦序而推，《震》则正属春，《离》属夏，《坎》属冬。如此一来，《说卦》所揭示的八卦卦气和《易纬》文本可以建立起对应关联，二者是源与流的关系。《说卦》所作

---

① 此处引文的标点略有改动。《兑》卦条目中，"日"字后疑脱"人"字，据萧洪恩《易纬今注今译》补。见氏著《易纬今注今译》，327页，武汉，武汉大学出版社，2016。

的论断影响深远，《易纬》据此还衍生出九宫说，宋代河图理念的文化源头也可追溯至此。

《易纬》按照阴阳消息排布的卦气学说中，《坎》《离》《震》《兑》地位突出，《易纬乾凿度》以之为四正卦。这种正卦的观念，在具体的卦气值日法中也是如此，《易纬稽览图》有六日七分说，相关文字写道：

> 小过、蒙、益、渐、泰（寅），需、随、晋、解、大壮（卯）；豫、讼、蛊、革、夬（辰），旅、师、比、小畜、乾（巳），大有、家人、井、咸、姤（午），鼎、丰、涣、履、遁（未），恒、节、同人、损、否（申），巽、萃、大畜、贲、观（酉），归妹、无妄、明夷、困、剥（戌），艮、既济、噬嗑、大过、坤（亥），未既、蹇、颐、中孚、复（子），屯、谦、睽、升、临（丑）。坎（六）震（八）离（七）兑（九）。已上四卦者，四正卦，为四象。每岁十二月，每月五月（卦），卦六日七分，每期三百六十六日，每四分。

四正卦分别是《坎》《震》《离》《兑》，所值的是二至二分，《易纬是类谋》补遗对此有详细而明确的记载：“冬至，日在坎。春分，日在震。夏至，日在离。秋分，日在兑。四正之卦。卦有六爻，爻主一气，共主二十四气。余六十卦，卦主六日七分八十分日之七，岁有三百六十五日四分日之一。”六日七分值日法指的是《坎》《离》《震》《兑》四卦之外，余卦一卦值六日七分，四正卦作为特殊对象，主二十四节气，不参与常规的值日卦轮转。[①]《易纬稽览图》卷下还记载了六十卦值三百六十日，一爻值一日法，六十卦也不包含《坎》《离》《震》《兑》四正卦，具体值日和孟喜易学将六十卦分为十二辟卦、十二公卦、十二侯卦、十二卿卦、十二大夫卦五组相似，不同之处在于“（《易纬》）所说‘坎六震八离七兑九’，出于《月令》和《汉书·五行志》，与孟喜的‘坎七震九离八兑六’说不同”[②]，孟喜的“坎七震九离八兑六”说见于《新唐书》卷二十

---

① 具体的主二十四节气的说法，参见《易纬乾元序制记》，〔日〕安居香山、中村璋八辑：《纬书集成》，274～275 页，石家庄，河北人民出版社，1994。）

② 朱伯崑：《易学哲学史》，119 页，北京，北京大学出版社，1986。

七《历志三》，由此不难看出，尽管卦气值日法系统不完全相同，但都大同小异，四正卦都不参与常规轮转，而被置于明显而突出的地位，无一例外。

孟喜易学今已佚，仅散见于《新唐书·历志》等文献中，就现存语料考察，他的四正卦和十二消息卦还难见细化的记载。京房易学则细目繁多，自成体系，却也留有很多自相矛盾而难以统一的地方。① 《易纬》文本卦气说的形成有多种来源，与孟喜易学、京氏易学渊源深厚。将各《易纬》文本归纳起来看，推衍阴阳消息而生成的卦气说呈现出较强的系统化取向，是对孟喜易学、京氏易学的吸纳、提升和完善。

《易纬》依托阴阳消长建立的卦气系统，是对阴阳观念的深化，繁复的卦气系统的生成，目的在于以资世用，预言灾异，干预现实政治，这与天人相感、五德终始的现实指向是一致的。《易纬》以阴阳为依托的卦气系统不是封闭的，而是可以灵活地对卦象进行调遣，融合五行学说，构成又一个密织的小型体系，《易纬是类谋》曰：

> 一曰，震气不效，仓帝之世，周晚之名，曾之候在兑，鼠孳食人，菟群开，虎龙否出，彗守大辰，东方之度，天下亡。二曰，离气不效，赤帝世，属轶之名，曾之候在坎，女讹诬，虹霓数兴，石飞山崩，天拔刀，蛇马否出，天下甚危。……三曰，坤气不效，黄帝世，次迟之名，曾之候在艮，名水赤，大鱼出斗，拨纪，天下亡。四曰，兑气不效，白帝世，讨吾之名，曾之候在震，暸气错，昼昏地裂，大霆横作，天下亡。五曰，坎气不效，黑帝世，胡谁之名，曾之候在离，五角禽出，山崩日既为，天下亡。六曰，巽气不效，霸世之主，名筮喜，曾之效在乾，大水名川移，霸者亡。七曰，艮气不效，假驱之世，若憺柔之比，曾之以候在坤，长人出，星亡，陨石，怪辞之主亡。八曰，乾气不效，天下耀空，将元君，州每王，雌擅权，国失雄。

① 对于京氏易学卦气说的论述，参见朱伯崑：《易学哲学史》，134～137 页，北京，北京大学出版社，1986。

这是八卦顺应阴阳，分列八卦卦气对应灾异的情形，"八卦气不效则灾异气臻"，震气对应苍帝，震气不效，属于苍帝之世，《说卦》称《震》为龙，故有虎龙出，《震》为东，故称属东方之度。《离》南，对应赤帝，当离气不效时，出现的灾异事象是虹霓数兴，石飞上崩等。虹霓作为灾异的前兆，《易纬中孚传》写道："霓之比无德，以色亲。"《说卦》称《离》为日，为中女，故《易纬》言灾异以虹霓当之。《兑》西，对应白帝。《坎》北，对应黑帝。坤气不效，黄帝世，《说卦》称《坤》为土，故对应黄帝世。东南西北四方对应了《震》《离》《兑》《坎》，遵循的是后天八卦序列，《离》南《坎》北《震》东《兑》西，在此排序中，《坤》本当位于西南，《易纬是类谋》文本是强行将《坤》纳入方位中，和中央之帝黄帝匹配，这也导致《巽》《艮》《乾》丧失了对应方位的逻辑。段末罗列《巽》《艮》《乾》，既保留八卦体系，同时也将《震》《离》《兑》《坎》《坤》和五帝对应的小体系纳入其中，这一系统虽显朴拙，却也不失是一种新变。

《易纬》文本将阴阳观念发挥到极高的程度，假借五帝和卦象配合，暗含了对五行学说的吸纳，如果说《易纬》对五行学说的吸纳还显得很隐晦的话，那么，谶纬文本里其他的物象系统和五行学说的缝合则显得较为明晰，《礼稽命征》曰：

> 古者以五灵配五方：龙木也，凤火也，麟土也，白虎金也，神龟水也。其五行之序，则木爇生火，火炟生土，土甘生金，金澡生水，水液生木。五者修其母则致其子，水官修龙至，木官修凤至，火官修麟至，土官修白虎至，金官修神龟至。

五行与想象的五灵对应，龙木、凤火、麟土、白虎金、神龟水是依据五行相生说而进行的排序，五灵匹配五方，母子是相生双方的对称。《春秋元命苞》写道："木者阳精，生于阴，故水者木之母也。木之为言触也，气动跃也。"故水生木，曰水官修则龙至，木爇生火，曰木官修则凤至，火炟生土，曰火官修则麟至，土甘生金，曰金官修则神龟至。

五行和五藏等相应，《乐动声仪》记载："五脏，肝仁、肺义、心礼、肾智、脾信也。肝所以仁者何？肝，木之精也，仁者好生，东方者，阳也，万物始生，故肝象木，色青而有枝叶。……脾者土之精也，土尚任养万物，为之象，生物无所私，信之至也，故脾象土，色黄也。"五脏肝、肺、心、肾、脾和五常仁、义、礼、智、信相配，对应五方东、西、南、北、中，五色青、白、赤、黑、黄，进而和五行金、木、水、火、土形成一一对应的关系，依循阴阳消长，排布井然有序。这样的排布系统和《黄帝内经》等文献的记载有相似之处，如《水热穴论》篇指出"春者木始治"，"夏者火始治"，"秋者金始治"，"冬者水始治"。《金匮真言论》篇曰"东方青色，入通于肝"，"南方赤色，入通于心"，"中央黄色，入通于脾"，"西方白色，入通于肺"，"北方黑色，入通于肾"，谶纬文献的知识观念体系当是吸纳各种学说杂糅而成。

《孝经援神契》记载：

> 木气生风，火气生蝗，土气生虫，金气生霜，水气生雹。失政于木，则风来应；失政于火，则蝗来应；失政于土，则虫来应；失政于金，则霜来应；失政于水，则雹来应。作伤致风，侵至致蝗，贪残致虫，刻毒致霜，暴虐致雹，此皆并随类而致也。

这是将自然之物和五行建立起关系，木气生风等条目，背后是木气对应春东方，故而木气生风，火气对应夏南方，故而生蝗，土气对应长夏，方位居中，故生虫，金气对应秋西方，故而生霜，水气对应冬北方，故而生雹，随之失政于火，则蝗来应等，秉持的是天人相感逻辑。如此一来，依据五行学说也就形成了包罗众多的物象系统。有学者指出："谶纬中的五行论述显然已经超越了先秦时期所存在的那种侧重于五行间彼此相生、相胜的关系勾勒，而是试图将宇宙间的万事万物纳入统一的阴阳五行体系中加以阐述。"①谶纬文本以阴阳五行建构的系统，如同汉代象数易学以阴阳八卦统辖万物一样，有序而庞杂，亦可用于吉凶祸福的预测，如《春秋纬》记载："王者休，王所胜者死，相所胜者囚。假令春之三月，木王。水生木，水休。木胜土，土死。木王，火相。王所生者相，相所胜者囚。火胜金，春三月金囚。"休、囚、王、

---

① 罗建新：《谶纬与两汉政治及文学之关系研究》，69～70页，上海，上海古籍出版社，2015。

相、死是占卜用语，西汉末年京房易学是这方面的典型代表。休，指无事状态，囚指衰落状态，王即旺，指旺盛的状态，相指次旺状态，死指无生气状态。

阴阳五行学说作为谶纬知识体系的重要支撑，一是将自然万物、人类社会纳入这个系统，对其进行理论化，二是将构建的体系运用于占验，预测吉凶祸福，努力发挥其以资世用的功能。谶纬知识观念体系对流布广泛的阴阳五行学说予以了转接和深化，形成的文本既有对汉代易学以及其他相关学说的吸纳，同时对其也有所提升、突破和发展。

三、五德终始与帝王谱系的神性表达

五德终始说是谶纬文本知识观念体系里的一环，谶纬依据五德终始对从伏羲以来的帝王谱系作了有意识的塑造和神性表达，迎合现实所需，为汉承尧统，得火德，提供了理论依据。五行配五德，邹衍以为"黄帝为土德，夏为木德，商为金德，周为火德"，以黄帝土德为首，提出了五德终始说，用来附会王朝兴废和更替。吕不韦对邹衍的五德终始观念有详细的说解，《吕氏春秋·应同》曰："凡帝王者之将兴也，天必先见祥乎下民。黄帝之时，天先见大螾大蝼，黄帝曰'土气胜'，土气胜，故其色尚黄，其事则土。……文王曰'火气胜'，火气胜，故其色尚赤，其事则火。代火者必将水，天且先见水气胜，水气胜，故其色尚黑，其事则水。"①吕不韦以黄帝土气胜为五德终始的开端，经禹土德、汤金德，以周火气胜为收束，对邹衍的学说作了阐释和提升。秦始皇正是运用五德相胜说的理论，认定秦为水德，推终始五德之传，以周火德，水胜火而秦代周。至于汉的五德属性，从现有文献来看，认定的过程则略有曲折，存在着不同的观点，如《汉书·郊祀志》记载：

> 至于孝文，始以夏郊，而张仓据水德，公孙臣、贾谊更以为土德，卒不能明。孝武之世，文章为盛，太初改制，而兒宽、司

---

① （战国）吕不韦著，陈奇猷校释：《吕氏春秋新校释》，682~683页，上海，上海古籍出版社，2002。

> 马迁等犹从臣、谊之言，服色数度，遂顺黄德。彼以五德之传从所不胜，秦在水德，故谓汉据土而克之。刘向父子以为帝出于《震》，故包羲氏始受木德，其后以母传子，终而复始，自神农、黄帝下历唐虞三代而汉得火焉。故高祖始起，神母夜号，著赤帝之符，旗章遂赤，自得天统矣。昔共工氏以水德间于木火，与秦同运，非其次序，故皆不永。

张仓以为水德①，贾谊、公孙臣据五胜说，秦水德，土胜水，认为汉土德，兒宽、司马迁等人认同此说，太初改制，也实施了这一土德说的相应举措。西汉末年刘向、刘歆父子认定帝出于《震》，对应的是伏羲氏受木德，相较邹衍，上溯至了伏羲，推演汉朝的属性是火德②。"向父子虽有此议，时不施行，至光武建武二年，乃用火德，色尚赤耳。"③ 五德终始说是对五行学说的知识衍化。④ 刘向提出的五德终始说以五行相生为基础，据此为王莽篡汉张本。刘邦建立的汉朝火德，火生土，故而王莽宣称是舜之后裔，土德，顺承刘姓王朝而立。这种五行相生视域下的朝代更迭带有非革命性质，对此，安居香山认为，五行相生说，是一种让位于有德者的观念，是和平革命，也称为禅让。

刘向父子从伏羲氏木德往下按照"母传子"更替，推导出汉上承周，木生火，故汉为火德的结论。班固个人也认同这一观点，《汉书·高帝纪》赞曰："汉承尧运，德祚已盛，断蛇著符，旗帜上赤，协于火德，自然之应，得天统矣。"《汉书·叙传》曰："皇矣汉祖，纂尧之绪。……神母告符，朱旗乃举……应天顺民，五星同晷。"汉火德的这种观念也

---

① 注：张仓以为高祖十月始至霸上，同秦以十月为岁首，故承秦水德，见《史记·张丞相列传》。

② 注：刘向、刘歆推衍汉为火德说，帝王世系是：伏羲木德—炎帝神农火德—黄帝土德—少昊金德—颛顼水德—帝喾木德—帝尧火德—帝舜土德—禹金德—汤水德—周木德—汉火德—（新莽土德），谶纬文本亦与之关联密切，参见曾德雄：《谶纬中的帝王世系及受命》，载《文史哲》，2006(1)。

③ （清）王先谦：《汉书补注》，1778 页，上海，上海古籍出版社，2008。

④ 汉代还流行三统说，《春秋繁露·三代改制质文》有详细记载，认为历史是按照白—赤—黑的规律循环的，谶纬中也有三统论的记载，详情可参见曾德雄：《公羊学及谶纬中的三统论》，载《浙江学刊》，2009(2)。

被世人所接受甚至加以利用，《后汉书·孝顺孝冲孝质帝纪》："历阳贼华孟自称'黑帝'，攻杀九江太守杨岑，滕抚率诸将击孟等，大破斩之。"①黑帝，当属水，水灭火，华孟以黑帝叛汉，依据的正是五行相胜学说。

五德终始说在谶纬中借助远古帝王谱系的建构而得以定型，在这个谱系里，汉承唐尧火德的合理性也更加强化。刘师培论谶纬的价值有五善：补史、考地、测天、考文、征礼。②尽管这种补史多少带有几分神秘和虚妄，却也充实了人们对于远古史的想象。谶纬五德终始理论下帝王谱系的建构可与《汉书·律历志·世经》相互发明。③

帝，谶纬称"帝者，谛也，象上可承五精之神。五精之神，实在太微，在辰为巳"，五帝对应五精之神，是上天五精之神在人世间的人格化身。谶纬对五帝的记载，显得秩序井然，《诗含神雾》曰："其中黄帝座，神名含枢纽"；"其东苍帝座，神名曰灵威仰，其精为青龙之类"；"其南赤帝座，神名曰赤熛怒，其精为朱鸟之类"；"其西白帝座，曰白招矩，其精为白虎之类"；"其北黑帝座，神名曰协光纪，其精为玄武之类"。黄帝居中，苍帝、赤帝、白帝、黑帝依次居于东、南、西、北。依据方位对五帝进行编排，五帝上应五精，五精之神在太微，太微会根据需要决定相应的某一帝"降精"于人世间，如《春秋文曜钩》称"世道之强而亡者，黑帝降之；弱而存者，赤帝降之；安而危者，白帝降之；灭而兴者，青帝降之"，降临人间的帝王具备其天上相应帝王的属性，赤帝降精，则为火德，黄帝降精，则为土德，白帝降精，则为金德，苍帝降精，则为木德，黑帝降精，则为水德。"是故危者能安，兴者能亡，皆五帝降精而使之反复其世道焉"，安危兴废，五帝降精终而复始运转。

"天子皆五帝精"，五帝根据需要而降临御世，受天命所制，如何降临则充满神奇，谶纬文献中帝王，皆无父而感天降生，被视为玄圣

_____

① （南朝宋）范晔撰，（唐）李贤等注：《后汉书》，279 页，北京，中华书局，1965。
② 《刘师培全集》第三册，175～176 页，北京，中共中央党校出版社，1997。
③ 参见曾德雄：《谶纬中的帝王世系及受命》，载《文史哲》，2006(1)。

的孔子也具有感生情形，将零散的谶纬文本条目以类归并，择取其要，如下：

> 伏羲：大迹出雷泽，华胥履之，生伏羲。
>
> 神农：女登游于华阳，有神龙首，感女登于常阳山，而生神农。
>
> 黄帝：黄轩母曰地祇之子，名附宝。之郊野，大霓绕北斗，枢星耀，感附宝，生轩辕。
>
> 少昊：大星如虹，下流华渚，女节气感，而生白帝朱宣。
>
> 颛顼：瑶光之星如霓，贯月正白，感女枢幽房之宫，生黑帝颛顼。
>
> 后稷：姜源游閟宫，其地扶桑，履大人迹而生男。
>
> 尧：尧火精，故庆都感赤龙而生。
>
> 舜：握登见大虹，意感，生舜于姚墟。
>
> 禹：禹，白帝精，以星感修纪，山行见流星，意感栗然，生姒戎文禹。
>
> 契：有燕衔卵坠之，契母得，故含之，误吞之，即生契。
>
> 汤：扶都见白气贯月，感生黑帝汤。
>
> 文王：大任梦长人感己，生文王。
>
> 孔子：叔梁纥与徵在祷尼丘山，感黑龙之精，以生仲尼。

通过上面选取的条目可以看出，上至伏羲、神农、黄帝，下至无位之王孔子等，在谶纬中都有感生的记载。雷泽大迹、神龙首、大霓绕北斗、大星如虹、瑶光之星、赤龙、大虹、白气贯月、黑龙之精等，所感的对象多是天上之物或者神灵的精气，天人相感而妊，生而不凡。谶纬对于帝王感生传说的记录，以木火土金水五德为脉络，呈现出鲜明的系统性，对此，安居香山有详细列表，部分内容转述成文字如下：

> 木德：伏羲（大人迹、大迹），帝喾（大迹），后稷（大人迹、大迹），文王（大人、长人）；火德：神农（龙），尧（赤龙），汉高祖（赤龙、赤鸟）；土德：黄帝（大霓），舜（大虹）；金德：少昊（大

星），禹（流星、薏苡）；水德：颛顼（瑶光之星），契（玄鸟卵），汤（白气），孔子（黑帝、黑龙）①

除后稷和契的感生事迹在《诗经》中有记载外，其余的感生事迹罕见于其他传世的先秦典籍。木德的伏羲、后稷、文王感应的是大人迹或长人；火德的神农、尧、汉高祖感应的是龙或者赤龙；土德的黄帝、舜感应的是天上的虹霓；金德少昊、禹感应的是天上的星辰；水德略有差异，颛顼感应的是瑶光之星，汤是白气，契是玄鸟卵，孔子是黑龙，总体上，谶纬文本中感应物的选取不是随意的，而是有意识地人为编排。五德属性相同，则感应物也具有相似性，属于同类事物，仅少数例外。谶纬文本里感应物的构拟有的亦夹杂着鲜明的文化机理，后稷，《诗经·生民》曰："履帝武敏歆，攸介攸止。载震载夙，载生载育，时维后稷。"姜嫄履脚拇指印，感而生后稷，这种拇指印是大型的，对此，《史记·周本纪》记载："姜原出野，见巨人迹，心忻然说，欲践之，践之而身动如孕者。"谶纬文本将伏羲、后稷、文王归为木德，依据刘向所言，伏羲匹配东方震为木，感迹而生，郑玄注："震为足，故苍帝之兴，多以迹感，后稷之生则然。"②在远古神话传说的世界里，东方也确实存在着大人迹或者长人的可能，《山海经》有"大人之国"条目三，一处见于《山海经·大荒东经》："有波谷山者，有大人之国。有大人之市，名曰大人之堂。有一大人踆其上，张其两耳。"一处见于《海外东经》："大人国，在其北，为人大，坐而削船。"一处见于《大荒北经》："有人名曰大人。有大人之国，釐姓，黍食。"李炳海先生考证认为三处的大人之国依次处于东南部、东北部、东方偏北。③ 可见，大人国在先民的想象中，基本活动在东方，这与谶纬文本里将属木德的伏羲、后稷、文王都描写成感大人迹或长人是契合的。

帝王生而异常，感生和受命夹杂在一起往往有非比寻常的符应出

① 参见［日］安居香山：《纬书与中国神秘思想》，田人隆译，96 页，石家庄，河北人民出版社，1991。

② （清）赵在翰辑：《七纬》，425 页，北京，中华书局，2012。

③ 李炳海：《〈海经〉〈荒经〉东方奇形怪状之人考辨》，载《齐鲁学刊》，2012(2)。

现，"天之所大奉使之王者，必有非人力所能致而自至者，此受命之符也。……故天瑞应诚而至"（《汉书·董仲舒传》）。受命的瑞应有多种，其中河图洛书是典型代表，谶纬文本中伏羲氏、黄帝、帝尧、舜、禹、汤等均有相关记载，如《尚书帝命验》称"河龙图出，洛龟书威，赤文象字，以授轩辕"，又《春秋合诚图》"尧坐中舟，与太尉舜临观，凤凰负图授尧"。河图洛书作为受命象征物，多发生于王朝将兴之时，此时有的已具有天子身份，仅再辅以受河图洛书仪式，难以和感生说相连。如果取宽泛的受命论来看，结合五德终始说，有的在圣王降生环节就有受命意识，《春秋握诚图》曰"刘媪梦赤鸟如龙，戏己，生执嘉"，"执嘉妻含始游雒池，赤珠出，刻曰：玉英吞此为王客。以其年生刘季，为汉皇"，刘媪感赤鸟生刘邦父，含始吞赤珠生刘邦，赤珠的刻字即兆示了刘邦乃汉皇。这和纬书中同属火德的神龙系感龙首而生，尧系感赤龙而生相似。

光武帝刘秀，《后汉书·光武帝纪》论曰："皇考南顿君初为济阳令，以建平元年十二月甲子夜生光武于县舍，有赤光照室中。钦异焉，使卜者王长占之。长辟左右曰：'此兆吉不可言。'是岁县界有嘉禾生，一茎九穗，因名光武曰秀。……后望气者苏伯阿为王莽使至南阳，遥望见春陵郭，唶曰：'气佳哉！郁郁葱葱然。'及始起兵还春陵，远望舍南，火光赫然属天，有顷不见。初，道士西门君惠、李守等亦云刘秀当为天子。其王者受命，信有符乎？不然，何以能乘时龙而御天哉！"[1]光武帝出生，赤光照室，赤光和刘邦赤精子以及"赤伏符"的色彩一致。卜者王长占得的结果是吉不可言，其后又有望气者论其生长之地，郁郁葱葱，气极佳等，系列异象叠加可视作刘秀中兴汉室而称帝的符征。

远古帝王明君的塑造，除了感生、受命的神奇之外，还拥有非凡的外貌，不同于普通的常人。将散见的条目归纳起来，如下：

伏羲：伏羲大目，山准日角，衡而连珠；龙身牛首，渠肩达

---

[1]　（南朝宋）范晔撰，（唐）李贤等注：《后汉书》，86页，北京，中华书局，1965。

掖；伏羲龙状。

　　神农：人面龙颜，好耕，是谓神农；神农长八尺有七寸，弘身而牛头，龙颜而大唇，怀成钤，戴玉理。

　　黄帝：身逾九尺，附函挺朵，修髯花瘤，河目龙颡，日角龙颜；黄帝龙颜，得天庭阳，上法中宿，取象文昌。载天履阴，秉数制刚。

　　少昊：秀外龙庭，月悬通鸥。

　　颛顼：颛顼戴干，是谓崇仁；渠头并干，通眉带午；颛顼并幹，上法月参，集威成纪，以理阴阳。

　　帝喾：帝喾骈齿，上法月参，康度成纪，取理阴阳。

　　尧：鸟庭，荷胜，八眉；尧眉八采，是谓通明，历象日月，璇玑玉衡。

　　舜：龙颜重瞳，大口，手握褒；舜重瞳子，是谓慈原，上应摄提，下应三元；舜目四童，谓之重明。

　　禹：身长九尺有只，虎鼻河目，骈齿鸟喙，耳三漏，戴成钤，怀玉斗，玉体履己；禹耳三漏，是谓大通。

　　汤：汤臂三肘，是谓柳翼；汤臂四肘，是谓神刚。象月推移，以绥四方。

　　文王：文王四乳，是谓含良，盖法洒旗，布恩舒惠；文王四乳，是谓至仁，天下所归，百姓所亲。

　　武王：武王骈齿，是谓刚强，取象参房，诛害以从天心。

通过以上择取的条目可以看出，各帝王、明君多具有奇异的相貌，山河日月、龙虎牛鸟、文昌玉斗等都是奇异相貌的构件，身体的器官和常人相比，要么是数量的增多，如尧八眉（八彩），舜重瞳，汤臂三肘（四肘），文王四乳；要么是器官比常人发达，如伏羲大目，舜大口，武王骈齿，禹耳三漏等。谶纬里的圣王，总体上奇异的相貌主要集中于上半身，尤其头部特征突出。圣王器官多于常人或者异于常人，暗含拥有超乎常人的能力，相貌选取的构件也具有特别的寓意。例如，武王骈齿条目，宋均注："房为明堂，主布政之宫。参为大辰，主斩杀。兼此二者，故重齿为表。"①武王开创了周朝，伐纣有杀伐之举，故相貌构拟为重齿，取双重咬合食物之象。文王四乳条目，宋均注："酒者乳也，乳天下之谓。能乳天下，布恩之谓也。"②酒指乳。又《春秋说题辞》："酒者，乳也。王者法酒旗以有政，施天乳以哺人。"盖文王仁爱，谓有四乳，能乳天下，并取象酒旗，有布恩之义。

时代越往上溯，圣王相貌也被塑造得越神奇。谶纬中圣王形貌构拟是否蕴含有五德终始的身影呢？回答是肯定的。颛顼条目"颛顼并干，上法月参，集威成纪，以理阴阳"。旧注："并，犹重也。水精主月参，伐主斩刈成功。兼此月职，重助费以为表。"③颛顼，谶纬五德终始说中对应水德，故称水精。《春秋元命苞》称"太阴水精为月"，水精主月，故颛顼的相貌上法月参。属水德的圣王相貌构拟法月象，又见于商汤的相貌条目："汤臂四肘，是谓神刚。象月推移，以绥四方。"宋均注"四肘，是谓之神肘。"四肘或写作三肘、二肘，一臂多肘，当形同车轮，可以自由旋转，像月推移轮转，这和颛顼水精上法月参可以相互印证。帝尧的相貌条目写道："鸟庭，荷胜。"旧注："尧，火精人也。鸟庭，庭有鸟骨表，取象朱鸟与太微庭也。"④由此不难看出，尽管圣王相貌的五德终始标识并不明晰，但部分构件无疑带有五德终始的取向，是远古圣王"感生"传说的延伸。

谶纬文本中的帝王、明君，以传世文献文本中的记载为依托，带有鲜明的构拟倾向。如黄帝，《史记·五帝本纪》称："黄帝者，少典之子，姓公孙，名曰轩辕。生而神灵，弱而能言，幼而徇齐，长而敦敏，成而聪明。"生而神灵，弱而能言等文字简笔勾勒了黄帝的神奇。《史记·天官书》记载"轩辕，黄龙体"，谶纬文本中黄帝河目龙颡，日角龙颜与之相近，当是在此基础上的想象发挥。

谶纬文本赋予帝王以奇异的相貌，将谶纬文献和史书对读，可以

---

① （清）赵在翰辑：《七纬》，421页，北京，中华书局，2012。
② （清）赵在翰辑：《七纬》，420页，北京，中华书局，2012。
③ ［日］安居香山、中村璋八辑：《纬书集成》，591页，石家庄，河北人民出版社，1994。
④ （清）赵在翰辑：《七纬》，695页，北京，中华书局，2012。

看出其背后蕴藏着一种对统治者神化的倾向。《河图稽命征》曰："帝刘季，日角，戴北斗，胸龟背龙，身长七尺八寸，明圣而宽仁，好任主。"刘季，即刘邦。《汉书·高帝纪》记载："高祖为人，隆准而龙颜，美须髯，左股有七十二黑子。……醉卧，武负、王媪见其上常有怪。"高祖的相貌隆准、龙颜，"常有怪"，《史记·高祖本纪》作"见其上常有龙，怪之"，这是高祖生而与龙有紧密联系的描述。日角见于伏羲、黄帝；龙颜见于神农、黄帝、舜；身长七尺八寸是神农八尺七寸的尺寸调换，总体上刘邦的相貌以龙（赤帝）为主构，并有着跟其他帝王部分相似的构形。

东汉皇帝刘秀，《后汉书·光武帝纪》记载："世祖光武皇帝讳秀，字文叔，南阳蔡阳人，高祖九世之孙也……身长七尺三寸，美须眉，大口，隆准，日角。"[1]刘秀的相貌须眉、隆准和汉高祖一致，日角和伏羲、黄帝、汉高祖的相貌一致，大口和舜的相貌一致，简笔勾勒的光武帝和诸多帝王的形貌相似，具有异于常人的形体。

总体来看，谶纬文本中的五德终始说和帝王谱系结合，建立在天人相感、阴阳五行基础上，用来阐释朝代的更迭兴替，带有较强的现实目的性。在五德终始说的视域里，秦始皇和王莽的事迹少见，显然为有意识地摒弃，这也许是官校谶纬文本后呈现在我们面前的结果，如《后汉书·儒林列传》称"帝以敏博通经记，令校图谶，使蠲去崔发所为王莽著录次比"，"（薛汉）受诏校定图谶"。五德终始说体系里不见汉为土德说的身影，或出于现实政治的目的和需求，所生成的谶纬文本，在五德终始说的泽灌下，同属性的帝王具有相似的感生之物，外貌构件也具有某些承袭性，进入谱系的帝王往往被描写成天生神奇、禀赋神异。承受天命，朝代兴亡系之于神而非人，权力神授，带有鲜明的神秘色彩。谶纬通过强化自身五德终始说系统的体系性和神秘色彩，进而凸显了汉为赤德说的合法理据。

---

① （南朝宋）范晔撰，（唐）李贤等注：《后汉书》，1 页，北京，中华书局，1965。

第三节　谶纬对政治文化的助推与反谶批评

谶纬参预政事，"董仲舒之后，眭孟、刘向、京房、翼奉、谷永、李寻等，大抵都是沿着牵合经、谶的路数展开他们的政治思想活动"①。纬书比附经义，托名于孔子，带有向主流文化靠拢的倾向。谶纬有的内容可视为经学的附属品，发挥着以资世用的价值，与秦汉政治文化具有互动性。谶纬又是非理性的，神秘而虚妄，遭到不少有识之士的反对。

一、谶纬在政治文化中的话语权力

谶纬的繁兴和阴阳灾异学说盛行关联紧密，梁启超曰："仲舒自以此术治《春秋》，京房、焦赣之徒以此术治《易》，夏侯胜、李寻之徒以此术治《书》，奉翼、眭孟之徒以此术治《诗》，王史氏之徒以此术治《礼》，于是庄严纯洁之六经，被邹衍余毒所蹂躏，无复完肤矣。"②此术指阴阳灾异术，京房、夏侯胜、李寻、奉翼、眭孟等，是西汉政治神秘文化的主力军，他们也拥有一定的话语权力。如京房，《汉书·眭两夏侯京翼李传》记载："永光、建昭间，西羌反，日蚀，又久青亡光，阴雾不精。房数上疏，先言其将然，近数月，远一岁，所言屡中，天子说之。数召见问。"京房依据自然气候的反常，察物之异以和人事对应，推衍人事和气候反常之间的神秘关联，所言屡中，因此，得到了皇帝认可，后被委以重任。习京氏易言灾异者，不少兼习谶纬，像博士郭凤"好图谶，善说灾异，吉凶占应。先自知死期，豫令弟子市棺殓具，至其日而终"③。樊英"习《京氏易》，兼明《五经》。又善风角、星

---

① 张峰屹：《两汉经学与文学思想》，317 页，北京，生活·读书·新知三联书店，2014。

② 梁启超：《阴阳五行说之来历》，见《古史辨》第五册，360 页，上海，上海古籍出版社，1982。

③ （南朝宋）范晔撰，（唐）李贤等注：《后汉书》，2715 页，北京，中华书局，1965。

算，《河》《洛》七纬，推步灾异"①。

经学在汉代发挥着指导、解释现实的作用，谶纬是经学的衍生品，对于汉代政治文化同样具有一定的影响力。翦伯赞云："刘秀把谶纬作为一种重要的统治工具，甚至发诏班命，施政用人，也要引用谶纬，谶纬实际上超过了经书的地位。"②光武帝宣布"图谶天下"，谶纬随之一跃成为上层文化意识。"自中兴之后，儒者争学图纬"，明帝和章帝时期，谶纬在政治文化中的话语权力达到鼎盛。

《后汉书·张曹郑列传》载：

> 显宗即位，充上言："汉再受命，仍有封禅之事，而礼乐崩阙，不可为后嗣法。五帝不相沿乐，三王不相袭礼，大汉〔当〕自制礼，以示百世。"帝问："制礼乐云何？"充对曰："《河图括地象》曰：'有汉世礼乐文雅出。'《尚书琁玑钤》曰：'有帝汉出，德洽作乐，名予。'"帝善之，下诏曰："今且改太乐官曰太予乐，歌诗曲操，以俟君子。"拜充侍中。作章句辩难，于是遂有庆氏学。③

此记载又见于《东观汉记》，显宗即汉明帝，充指曹充。汉明帝时社会繁荣昌盛，曹充上言建议制定礼乐。在和明帝的问答中，曹充以纬书《河图括地象》《尚书璇玑钤》为据，指出纬书有"汉世礼乐文雅"，"德洽作乐，名予"的记载，对此，明帝持认可态度，并下诏改太乐官曰太予乐。这是谶纬语料在礼乐制度上的应用。

又《后汉书·张曹郑列传》载：

> 征拜博士。会肃宗欲制定礼乐，元和二年下诏曰："《河图》称'赤九会昌，十世以光，十一以兴'。《尚书璇玑钤》曰：'述尧理世，平制礼乐，放唐之文。'予末小子，托于数终，曷以缵兴，崇弘祖宗，仁济元元？《帝命验》曰：'顺尧考德，题期立象。'且三五步骤，优劣殊轨，况予顽陋，无以克堪，虽欲从之，末由也已。

---

① （南朝宋）范晔撰，（唐）李贤等注：《后汉书》，2721页，北京，中华书局，1965。
② 翦伯赞：《中国史纲要》，144页，北京，北京大学出版社，2006。
③ （南朝宋）范晔撰，（唐）李贤等注：《后汉书》，1201页，北京，中华书局，1965。

　　　　每见图书，中心恧焉。"①

此为肃宗即汉章帝欲制定礼乐所下的诏书，行文脉络基本上系对谶纬语料的编排而得，《河图》是国家权力的象征，"《河图》称'赤九会昌'"，指汉光武帝中兴汉室，十世对应汉明帝，十一世对应的正是肃宗朝，十一世兴故而欲制定礼乐。《尚书璇玑钤》《尚书帝命验》都出自《尚书纬》，"述尧理世"等句，谓汉按命数远承唐尧，仿唐的文治，理宜制礼作乐。《帝命验》中"顺尧考德，题期永立"两句，宋均注曰："尧巡狩于河洛，得龟龙之图书。舜受禅后，习尧礼得之，演以为考河命，题五德之期，立将起之象。"②指当像舜一样，顺尧德而立将起之象。诏书末让章帝每见而心生惭愧的图书即谶纬文本。诏是在最高政府机构里生成的文书，一则诏书频繁引谶，不难看出，章帝对于谶纬是持认可态度的。

　　《后汉书·章帝纪》曰："于是下太常，将、大夫、博士、议郎、郎官及诸生、诸儒会白虎观，讲议'五经'同异，使五官中郎将魏应承制问，侍中淳于恭奏，帝亲称制临决，如孝宣甘露石渠故事，作《白虎议奏》。"③皇帝亲自参与，讲议五经异同。《白虎通》采纳谶纬之言，这是对谶纬于政治功能层面的认可。

　　《白虎通》援纬证经，阐释诸多事象，明引而直接标示出纬书篇目者众多，大多出自《礼含文嘉》《孝经援神契》《尚书中候》《孝经钩命决》《春秋元命包》《乐稽耀嘉》《尚书刑德放》《春秋谶》《论语谶》《春秋潜潭巴》《乐动声仪》《易纬乾凿度》《春秋感精符》《礼稽命征》等。从内容上看，引纬的内容很少涉及《易纬》《河图》《洛书》，而主要集中在《春秋纬》《礼纬》，内容涉及爵制、乡射、封树、人伦纲常、岁再祭、谏净、灾异谴告等。对此，学者指出："(《白虎通》)涉及谶纬也多引其本于礼

　　① (南朝宋)范晔撰，(唐)李贤等注：《后汉书》，1202页，北京，中华书局，1965。
　　② [日]安居香山、中村璋八辑：《纬书集成》，368页，石家庄，河北人民出版社，1994。
　　③ (南朝宋)范晔撰，(唐)李贤等注：《后汉书》，138页，北京，中华书局，1965。

制、义理释经义的相关部分。"①这一结论是可信的，《白虎通》引谶纬
礼制确实是较为突出的部分。例如，条目"《含文嘉》曰：'天子射熊，
诸侯射麋，大夫射虎豹，士射鹿豕。'天子所以射熊何？示服猛，远巧
佞也。熊为兽猛。巧者，非但当服猛也。示当服天下巧佞之臣也"②，
这段文字位于《白虎通·乡射》"射侯"片段的段首，随之逐句说解，以
谶纬语料领起全篇是对谶纬的推重。又如关于"天子"的称谓，《白虎
通》写道：

> 天子者，爵称也。爵所以称天子何？王者父天母地，为天之
> 子也。故《援神契》曰："天覆地载，谓之天子，上法斗极。"《钩命
> 决》曰："天子，爵称也。"③

《白虎通》接连引用谶纬，用来解释爵称天子的缘由，天子是爵称，谶
纬确有多处明示。《易纬乾凿度》记载，"孔子曰：易，有君人五号也：
帝者，天称也。王者，美行也。天子者，爵号也。大君者，与上行异
也。大人者，圣明德备也。"又《易纬》曰："天子者继天治物，改政一
统，各得其宜，父天母地，以养生人，至尊之号也。大君者，君人之
盛也。"天子是天之子，能奉天，也能治下，谶纬文献多次明示君王的
爵号称谓是天子，侧重和天地人沟通，故在两汉帝王祭祀活动中，往
往使用"天子"这一称谓。对此，张树国引《汉官旧仪》指出，"'皇帝六
玺'，其中'事天地鬼神'专用'天子信玺'，即在祭祀天地鬼神时采用
之。"④天子奉天治下，祭祀的对象主要是天神、地祇、人神，天子称
谓的意义指向能和祭祀建立起某种内在的联系。

谶纬服务于现实政治，《孝经援神契》曰："孔子制作《春秋》《孝
经》，使七十二弟子向北辰星而磬折……天乃虹郁起，白雾摩地，赤虹
自上下化为黄玉，长三尺，上有刻文。孔子跪受而读之曰：'宝文出，

---

① 秦际明：《白虎通义与谶纬关系新证》，载《孔子研究》，2016(6)。

② (清)陈立：《白虎通疏证》，243~244 页，北京，中华书局，1994。

③ (清)陈立：《白虎通疏证》，1~2 页，北京，中华书局，1994。

④ 张树国：《谶纬神话与东汉国家祭祀体系的构建》，《广州大学学报(社会科学版)》，
2009(4)。

刘季握，卯金刀，在轸北，字禾子，天下服。'"①对此，许结认为，这是将孔子订《春秋》、《孝经》本事转换成为刘姓天下寻求神旨的政治工具。②谶纬文献的存世，确实有助于了解谶纬在相关政治活动中的话语权力。下面试以封禅为例。

封禅，是告祭天地的典礼。《孝经钩命诀》曰："封于泰山，考绩燔燎。禅于梁父，刻石纪号。"这是纬书对于封禅的记载。我们来看《史记·孝武本纪》的记载：

> 四月，还至奉高。上念诸儒及方士言封禅人人殊，不经，难施行。天子至梁父，礼祠地主。乙卯，令侍中儒者皮弁荐绅，射牛行事。封泰山下东方，如郊祠泰一之礼。封广丈二尺，高九尺，其下则有玉牒书，书祕。礼毕，天子独与侍中奉车子侯上泰山，亦有封。其事皆禁。明日，下阴道。丙辰，禅泰山下阯东北肃然山，如祭后土礼。天子皆亲拜见，衣上黄而尽用乐焉。江淮间一茅三脊为神藉。五色土益杂封。纵远方奇兽蜚禽及白雉诸物，颇以加祠。兕旄牛犀象之属弗用。皆至泰山然后土。封禅祠，其夜若有光，昼有白云起封中。

封禅泰山，汉武帝选取了封于泰山以告天，禅于梁父以祭地的安排，这与谶纬语料一致。选择的仪式是衣黄衣，整个过程用乐，"以江淮间一茅三脊为神藉。五色土益杂封。纵远方奇兽蜚禽及白雉诸物，颇以加祠"。"一茅三脊"，孟康注："灵茅也。"以产于江淮间的这种灵茅用于封禅，《孝经钩命诀》有这样的记载，"管子又云：封禅者，须北里禾、鄗上黍、江淮之间三脊茅，以为藉，乃得封禅。"纬书提及的语料见于《管子·轻重丁》篇，茅在封禅中主要用来滤酒。白雉，《孝经援神契》称："周成王时，越裳献白雉，去京师三万里。王者祭祀不相逾，宴食衣服有节，则至。"此条目下，《纬书集成》又列曰，"一云：白雉，

① "《春秋》"据《宋书·符瑞志》补。该段引文参见（清）赵在翰辑：《七纬》，706～707页，北京，中华书局，2012。
② 参见许结：《汉代文学思想史》，248页，北京，人民文学出版社，2010。

岱宗之精",面对言封禅人人殊的情形,汉武帝实施的是"以江淮间一茅三脊为神藉","纵远方奇兽蜚禽及白雉诸物"等封禅仪式,这和谶纬等文献的记载是相合的。

光武帝封禅,今存《河图会昌符》有这样的文字:"帝刘之九,会命岱宗";"赤汉德兴,九世会昌,巡岱皆当";"汉大兴之,道在九世之王。封于泰山,刻石著纪,禅于梁父,退省考五";"九叶封禅"。针对光武帝封禅的史实,《后汉书·光武帝纪》记载:"丁卯,东巡狩。二月己卯,幸鲁,进幸太山。北海王兴、齐王石朝于东岳。辛卯,柴望岱宗,登封太山;甲午,禅于梁父。"①《后汉书》写光武帝封禅很简略,相似的详细记载还见于《后汉书·祭祀志》:"三十二年正月,上斋,夜读《河图会昌符》,曰'赤刘之九,会命岱宗。不慎克用,何益于承。诚善用之,奸伪不萌。'感此文,乃诏松等复案索《河》《洛》谶文言九世封禅事者。松等列奏,乃许焉。"②这一记载明晰了光武帝此次封禅泰山和谶纬的密切关联,夜读《河图会昌符》,进而依谶纬言说封禅之礼,九世之王,即指高祖九世孙光武帝刘秀。登封太山,禅于梁父,太山是告天,梁父是告地。

谶纬从先秦的孕育,到秦汉、两汉之际的催生,经光武帝图谶天下再到章帝的白虎观议,逐渐进入政治文化的核心层面。得益于统治者的倡导,东汉形成了一股强劲的谶纬流风,如受诏校定图谶的博士薛汉,《后汉书·儒林列传》记载:"薛汉字公子,淮阳人也。世习《韩诗》,父子以章句著名。汉少传父业,尤善说灾异谶纬,教授常数百人。"③当谶纬和统治者、利禄捆绑在一起的时候,它在政治文化中的话语权力是引人注目的。

二、谶纬的神秘虚妄与反谶之风

谶纬在政治文化中具有较强的鼓动性和革新性,有的言论具有进

---

① （南朝宋）范晔撰,（唐）李贤等注:《后汉书》,82 页,北京,中华书局,1965。

② （南朝宋）范晔撰,（唐）李贤等注:《后汉书》,3163 页,北京,中华书局,1965。

③ （南朝宋）范晔撰,（唐）李贤等注:《后汉书》,2573 页,北京,中华书局,1965。

步意义,如《尚书中候考河命》称,"舜乃权持衡而笑曰:明哉,夫天下非一人之天下也,亦乃见于钟石笙管乎。"谶纬同时又充满神秘色彩,如《易纬乾凿度》记载,"孔子曰:以爻正月,为享国数,存六期者天子。欲求水旱之厄,以位入轨年数,除轨算尽,则厄所遭也。甲乙为饥,丙丁为旱,戊己为中兴,庚辛为兵,壬癸为水。卧算为年,立算为日。必除先入轨年数,水旱兵饥得矣。如是乃救灾度厄矣,阳之法。"求水旱之厄出自一套完整的历算方法,饥、旱、中兴、兵、水分别配甲乙、丙丁、戊己、庚辛、壬癸十天干。"以位入轨年数"提及的"轨",指轨道定数。轨数的推算法,《易纬乾凿度》写道:"一轨享国之法。阳得位以九七。九七者,四九、四七者也。阴得位以六八。六八者,四六、四八也。阳失位,三十六。阴失位,二十四。"具体操作过程,《易纬稽览图》有相关案例可供参考,如推算文王受命当咸恒,轨皆七百二十,指周朝传承有定年,期经七百二十年而改朝换代。朝代的更替能提前获知,水旱兵饥等灾患信息的获取亦可依托神秘的数字规律而得,是对历史事件做了必然性的人为归纳。

谶纬的神秘和虚妄一体,不具有可控性,取宽泛的态度来看,谶纬,人人可造,一旦谶纬生成且广为流布后,则又变成人人可用,《后汉书·隗嚣公孙述列传》记载了这样一段文字:

> 述亦好为符命鬼神瑞应之事,妄引谶记。以为孔子作《春秋》,为赤制而断十二公,明汉至平帝十二代,历数尽也,一姓不得再受命。又引《录运法》曰:"废昌帝,立公孙。"《括地象》曰:"帝轩辕受命,公孙氏握。"《援神契》曰:"西太守,乙卯金。"谓西方太守而乙绝卯金也。五德之运,黄承赤而白继黄,金据西方为白德,而代王氏,得其正序。又自言手文有奇,及得龙兴之瑞。数移书中国,冀以感动众心。①

两汉之际割据巴蜀的公孙述称帝时,利用谶纬鼓动造势,一姓不得再受命,见《尚书帝命验》"自三皇以下,天命未去飨善,使一姓不得再

---

① (南朝宋)范晔撰,(唐)李贤等注:《后汉书》,538页,北京,中华书局,1965。

命"，乙绝卯金，李贤等注："乙，轧也。述言西方太守能轧绝卯金也。"①公孙述称帝于蜀地，自号"白"，对应西太守，卯金为卯金刀省，指刘。土黄生金白，"代王氏"指以白德替代王莽的"黄德"。公孙述数移书中原，感召鼓动民心，这引起了刘秀的忧惧，史载其特意与书进行了反驳。

谶纬神秘虚妄，突出的表现是对远古史的虚构，如《春秋命历序》记载"辰放六头四乳，在位二百五十年。离光次之，号曰皇谈，锐头日角，驾六凤凰，出地衡，在位五百六十岁"，又载"黄帝一曰帝轩辕，传十世，二千五百二十岁。次曰帝宣，曰少昊，一曰金天氏，则穷桑氏，传八世，五百岁。次曰颛顼，则高阳氏，传二十世，三百五十岁。次是帝喾，即高辛氏，传十世。四百岁"，这些远古王朝、圣王充满神奇，传世、在位的长短都以百年计，传世时间基本上采用的是递减法则，具有人为编撰性质。

如果说上揭远古史本就虚幻而难于求证的话，那么，谶纬对于人所熟稔的史实改造则能更好地印证这一神秘而虚妄的特征。《尚书中候》记载："秦穆公出狩，至于咸阳，日稷庚午，天震大雷。有火下，化为白雀，衔箓丹书，集于公车。公俯取其书，言缪公之霸也，讫胡亥秦家世事。"丹书，是一种瑞书，秦穆公出狩获丹书，知晓秦亡于胡亥，这是对历史的神化演义。

神奇的丹书祥瑞，在孔子身上同样有类似的场景设置，《春秋纬》"孔子坐元扈洛水之上，赤雀衔丹书随至"，孔子在谶纬文本中感黑帝而生被称作"玄圣"，故有此类语料的生成。谶纬文本有大量的"孔子曰"字样，托名孔子，是一种尊孔的表现，孔子的形象也在这种尊崇意识中，被赋予了脱离实际的演绎，某种意义上讲，"纬书把孔子完全神化了"②。《孝经援神契》称："孔子海口，言若含泽。"《孝经钩命决》曰："仲尼斗唇，舌里七重，吐教陈机受度。仲尼虎掌，是谓威射。仲尼龟背。夫子辅喉。夫子骈齿。仲尼海口，言善食海泽也。"《春秋演孔图》

① （南朝宋）范晔撰，（唐）李贤等注：《后汉书》，538页，北京，中华书局，1965。

② 侯外庐主编：《中国哲学简史》，148页，北京，中国青年出版社，1963。

有更为详尽的描写：

> 孔子长十尺，海口尼首，方面，月角日准，河目龙颡，斗唇
> 昌颜，均颐辅喉，骈齿龙形，龟脊虎掌，胼协修肱，参膺圩顶，
> 山脐林背，翼臂注头，阜脥堤眉，地定谷窍，雷声泽腹，修上趋
> 下，末偻后耳，面如蒙供，手垂过膝，耳垂珠庭，眉十二采，目
> 六十四理。立如凤峙，坐如龙蹲，手握天文，足履度字。望之如
> 朴，就之如升，视若营四海，躬履谦让。腰大十围，胸应矩，舌
> 理七重，钧文在掌。胸文曰：制作定世符运。

孔子的形象在谶纬中已变得很离奇，河目龙颡形同黄帝，骈齿形同武
王，眉十二彩近似帝尧。这和《史记·孔子世家》"生而首上圩顶，故因
名曰丘云"的简笔记载相去甚远。谶纬是如何塑造孔子的呢？沿着孔子
作为师者的身份去寻绎，就能找到问题的答案。首先是言说器官异常
的发达，"斗唇，舌理七重，吐教陈机受度""海口，言若含泽""辅
喉""骈齿"等；其次是整体形貌具有师者风韵，"立如凤峙，坐如龙
蹲""手握天文，足履度字，望之如朴，就之如升，视若营四海，躬
履谦让""胸应矩""钧文在掌"，等等。总体来看，谶纬里孔子的形
貌，无疑是一位天生神异的师者形象。孔子的这种形象塑造，在对其
弟子的形象塑造中也能看到类似的手法，二者可以相互印证。《论语摘
辅象》称"颜回山庭日角""子贡山庭，斗绕口""山庭之貌"，旧注：
"谓面有山庭，言山在中，鼻高有异相也。故子贡至孝，颜渊至仁
也。"①子贡善言，故称其斗星绕口。这类描写孔子弟子相貌特征的语
料，系依据各自的特点而赋予相应的造型。伴随儒术独尊，孔门弟子
在汉代赢得了空前的关注，谶纬对他们相貌的描写无疑夹杂了较多的
改造成分。

孔子预言赤汉代周，《孝经右契》记载，"孔子曰：天下已有主也，
为赤刘，陈项为辅，五星入井从岁星。儿发薪下麟视孔子，孔子趋而
往，茸其耳，吐书三卷。孔子精而读之。图广三寸，长八寸，每卷二

---

① （清）赵在翰：《七纬》，778 页，北京，中华书局，2012。

十四字，其言赤刘当起。"获麟的史实见于哀公十四年，采薪得麟属于不祥之兆的记载见于《公羊传》，今文经学《公羊传》对谶纬文本的形成影响甚大。① 在《公羊传》的记载中，获取麒麟之后发生了一系列事情，先是孔子最喜爱的弟子颜渊死去，紧接着是子路离世，两位得意的门生先后逝去，故孔子发出"吾道穷矣"的感叹。谶纬文本里孔子和麒麟的故事，与之相比已经有较大差异，孔子从采薪者捕获麟的事象，推言麟属木精，采薪为燃火，采薪获麟，有燃木而灭周之义，是采薪者以火德继周德之象，故称赤帝（刘季）将代周。将孔子和赤帝受命的传说结合在一起，不难看出，谶纬里孔子形象是有意虚构出来的，不仅形貌特异，而且能力也具有超凡性。

谶纬的神秘虚妄，在系列反谶人士的言论中能得到更好的彰显。被誉为造字圣人的仓颉，《春秋元命包》记载："仓帝史皇氏，名颉姓侯刚。龙颜侈哆，四目灵光。实有睿德，生而能书。及受河图绿字，于是穷天地之变化。仰观奎星圆曲之势，俯察龟文鸟羽山川，指掌而创文字，天为雨粟，鬼为夜哭，龙乃潜藏。"从"仓帝史皇氏""名颉"推测，此处指的应是仓颉。对此，王充《论衡·感虚》质疑道，"传书曰：'仓颉作书，天雨粟，鬼夜哭。'此言文章兴而乱渐见，故其妖变致天雨粟、鬼夜哭也。夫言天雨粟，鬼夜哭，实也。言其应仓颉作书，虚也。"② 王充对仓颉作书出现"天雨粟，鬼夜哭"等神奇的记载进行了反驳，指出强行建立起二者之间的感应关系，无疑是虚妄的。

批评谶纬史实的虚妄。张衡《驳图谶疏》曰："《尚书》尧使鲧理洪水，九载绩用不成，鲧则殛死，禹乃嗣兴。而《春秋谶》云'共工理水'。凡谶皆云黄帝伐蚩尤，而《诗谶》独以为'蚩尤败，然后尧受命'。《春秋元命苞》中有公输班与墨翟，事见战国，非春秋时也。"③ 张衡指出《春秋纬》云"共工理水"不合乎《尚书》尧使鲧理洪水的史实，公输班与墨翟故实当见于战国，与《春秋元命包》记载为春秋是相违背的。张衡最终

---

① 参见钟肇鹏：《谶纬论略》，116～146 页，沈阳，辽宁教育出版社，1991。
② 黄晖：《论衡校释》，291～292 页，北京，中华书局，2017。
③ （南朝宋）范晔撰，（唐）李贤等注：《后汉书》，1912 页，北京，中华书局，1965。

的态度是："譬犹画工，恶图犬马而好作鬼魅，诚以实事难形，而虚伪不穷也。宜收藏图谶，一禁绝之，则朱紫无所眩，典籍无瑕玷矣。"①他认为图谶实属虚伪，宜一禁绝之。

感生的虚妄。王充《论衡·感类》曰："秦始皇帝东封岱岳，雷雨暴至。刘媪息大泽，雷雨晦冥。始皇无道，自同前圣，治乱自谓太平，天怒可也。刘媪息大泽，梦与神遇，是生高祖，何怒于生圣人而为雷雨乎？尧时大风为害，尧激大风于青丘之野。舜入大麓，烈风雷雨。尧、舜世之隆主，何过于天，天为风雨也？"②刘媪息大泽，梦与神遇，感而生高祖的记载见《春秋握诚图》。帝尧、舜感生事迹见《春秋握诚图》《诗含神雾》。王充对于此类感生的种种事象予以批判，感生的逻辑是天有人的意志，能感知人间的治乱，对此，王充指出，按此逻辑，如果说秦始皇东封岱岳，降下雷雨还可以理解的话，那么刘媪息大泽，感而生刘邦，迎来大汉盛世王朝的建立，却同样出现雷雨晦冥的天气变化，则无疑是很不合乎逻辑的。进而推阐到尧降生时，大风为害，舜降生时，烈风雷雨，同样是不合理的。

谶纬神秘而荒诞，自东汉伊始就已出现了反对的声音，如光武帝议灵台所处一事。灵台，是天子观天人之际，阴阳之会，以候天地的重要礼制建筑，谶纬关于灵台的文字，见于《孝经援神契》《礼含文嘉》。光武帝拟通过谶纬来议定灵台事宜，问询桓谭，桓谭的回答出乎意料，"谶非经"，"不读谶"，对谶持的是一种鄙薄态度，这种态度在"议灵台"事件之前，就见于桓谭疏奏中：

> 今诸巧慧小才伎数之人，增益图书，矫称谶记，以欺惑贪邪，诖误人主，焉可不抑远之哉！臣谭伏闻陛下穷折方士黄白之术，甚为明矣；而乃欲听纳谶记，又何误也！其事虽有时合，譬犹卜数只偶之类。陛下宜垂明听，发圣意，屏群小之曲说，述《五经》之正义，略雷同之俗语，详通人之雅谋。③

---

① （南朝宋）范晔撰，（唐）李贤等注：《后汉书》，1912 页，北京，中华书局，1965。
② 黄晖：《论衡校释》，921～922 页，北京，中华书局，2017。
③ （南朝宋）范晔撰，（唐）李贤等注：《后汉书》，960 页，北京，中华书局，1965。

伎，指方技，数，指术数，图书即谶纬符命之类，谶纬言事虽有时合乎历史真实，但只是犹如卜数一样，偶尔言中而已。桓谭将群小曲说与《五经》正义对举，雷同俗语与通人雅谋相提，是对谶纬精到的论断，这种看法一定意义上是贴合实际的，桓谭在《新论》中也有相类似的反谶言论，可相互印证。①

谶纬神秘而虚妄，这种神秘虚妄可以蛊惑人心，但在解决具体现实问题时，则很容易遭遇困境。谶纬受到了统治者的支持，同时也因为神秘虚妄而受到了诸多有识之士的质疑，对此，刘勰《文心雕龙·正纬》有较好的总结："今经正纬奇，倍摘千里，其伪一矣。经显，圣训也；纬隐，神教也。圣训宜广，神教宜约，而今纬多于经，神理更繁，其伪二矣。有命自天，乃称符谶，而八十一篇，皆托于孔子，则是尧造绿图，昌制丹书，其伪三矣。商周以前，图箓频见，春秋之末，群经方备，先纬后经，体乖织综，其伪四矣。……桓谭疾其虚伪，尹敏戏其深瑕，张衡发其僻谬，荀悦明其诡诞，四贤博练，论之精矣。"②刘氏在文中列举的几位先贤是反谶的典型代表，通过反谶，能使人更清晰地认知谶纬的特征。谶纬文献的形成和秦汉神秘文化思潮密不可分，它的生成推动了历史的发展，但它的知识缺陷也清晰明了。在历史长河中，谶纬的繁盛仅昙花一现，至东汉达到顶峰，随之而式微。

---

① 关于桓谭反对谶纬的论述，可参见罗建新：《谶纬与两汉政治及文学之关系研究》，270～272 页，上海，上海古籍出版社，2015。

② （南朝梁）刘勰著，詹锳义证：《文心雕龙义证》，101～120 页，上海，上海古籍出版社，1989。

第八章　以图叙事传统与图像文献的创制

　　《世本·作篇》云"仓颉作书，史皇作图"①，仓颉和史皇分别是黄帝的二位臣子，这虽是传说，但可知用图画传达思想的观念起源甚早，且与文字文献同等重要。《吕氏春秋·先识览》云："凡国之亡也，有道者必先去，古今一也。……夏太史令终古，出其图法，执而泣之。夏桀迷惑，暴乱愈甚，太史令终古乃出奔如商。……殷内史向挚见纣之愈乱迷惑也，于是载其图法，出亡之周。"②这表明早期史官所执掌的书籍中即包括某种图画文献。现今所能看到的早期图画文献主要刻绘在山岩崖壁、陶器、青铜器、绢帛、画像砖石上，还有一些以书册形式流传。图画作为一种知识谱系和叙事方式，对早期中国知识观念与文献的生成都有着十分重要的影响。

第一节　图像文化兴起的历史背景

一、以图叙事的文化需求

　　图像叙事的文化传统由来已久，大约与人类相伴而生。人类未发明文字以前，交流的手段主要是语言和一些手势，以及一些简单的契刻、结绳等。在某些仪式场合下，如部族祭祀、祝祷典礼上，为了凝聚本族情感和传达某种共同信仰，会有一些图画辅助沟通，所以那是

---

① （汉）宋衷注，（清）秦嘉谟等辑：《世本八种》，36 页，上海，商务印书馆，1957.
② （战国）吕不韦著，陈奇猷校释：《吕氏春秋新校释》，955 页，上海，上海古籍出版社，2002。

一个"图"与"话"共生的时代。时光杳渺，亘古已远，先民的"话语"早已消失在历史的时间长河里，能侥幸遗留下来的图画仅存少数，目前考古发现的主要是刻在兽骨、陶器、玉器上的图画符号及岩画、地画等。例如，中国国家博物馆就藏有一件新石器时代前期仰韶文化时期的鹳鱼石斧图彩陶缸（图8-1），陶器上刻绘着鹳鸟、鱼和石斧，线条简洁舒展，画面轮廓分明。有学者认为此图记述的可能是白鹳氏族吞并鱼氏族的历史事件，显然，这里的图像发挥着同文字一样的记录与叙事功能。再如，甘肃秦安大地湾遗址发现的一幅绘有舞蹈祭祀场景的地画（图8-2），经 c-14 测定属于仰韶文化晚期。画面中的两人腿脚各自交胫呈舞蹈状，可能是祭祀仪式上的某种乐舞表演。脚下绘有不知是人还是野兽的骨架图像，也可能是被祭祀的对象或某种氏族图像图腾。

图8-1　鹳鱼石斧图彩陶缸　　　　图8-2　秦安大地湾遗址地画

　　此类的例子还有在江苏连云港发现的将军崖岩画（图8-3），它记录的是早期东夷部落的社会生活场景。通过刻绘其上的天象、动植物和人面等，我们可以了解古先民对土地、山川、天地等的崇敬心理。在这里，图画符号所发挥的作用主要是对人们所熟知的外部世界的某种描摹和叙述。也就是说，图像其实是一种对现实生活场景的模仿和再现，或者说是一种看得见的"语言"记录。另外，在宁夏贺兰山东麓曾发现过场面宏大的岩画群（图8-4）。画面记录了远古人类放牧、狩猎、祭祀、征战、乐舞等生产生活场景。通过这个多彩的岩石万花筒，可以窥见古代游牧人一幕幕富有生气的社会生活。

图 8-3　将军崖岩画(局部)

图 8-4　贺兰山岩画(局部)

以上所举四例都是原始部落社会人们对自然、生殖、图腾、祖先崇拜等信仰内涵的最直观呈现,虽然图画摹刻比较简单、粗糙,但都传达出古人真实的生活场景,是研究文化史、原始艺术史和宗教史的重要图像文献材料。

当人类步入文字时代,那些借助图画传递思想观念、情感和行为的图像资料仍有留存,同时也将当时人们口耳相传的"祭辞""歌语"等以文字形式记录下来,"图像"与"文字"并生的"图书"时代到来了。商周时期许多文字是附带图像的,如某些青铜器上不仅铸录了面目狰狞的动物神怪、人面纹饰,还有铭文铸录,属于名副其实的"图书"。有汉一代,隶书的流行和纸张的发明使得"图书"典籍的数量迅速增多,不但图绘的场合与范围更加广泛,如宫殿、墓室、乡校、官署、器物等,而且图像所发挥的功能也备受关注。汉代的图像大多配有文字"榜题",以辅助说明图画情节,如山东嘉祥县武梁祠刻录的伏羲图,旁边就有题记文字:"伏羲仓精,初造王业,画卦结绳,以理海内。"[①]魏晋以降,书面文献日盛,"图"大量佚失,导致后世文献出现了仅存"书"而不见"图"的尴尬处境,也给我们理解商周秦汉以来的"图书"形态带来了一定的困难。尽管如此,但当我们回看商周历史文献时,我们应该本着有图的历史状况去思考,这样对于我们理解当初的文献形态及文化流传方式都有重要的帮助。

---

① (清)冯云鹏、冯云鹓辑:《金石索》,1263 页,北京,书目文献出版社,1996。

二、图与书：上古历史文化传存之方式

就商周秦汉时代的文献形态而言，我们所说的"图书"应实际包含"图像"与"文字"两部分，如果仅有文字没有图像，则只称"书"不称"图书"，与今天所谓狭义层面的"图书"概念仍有区别。

商周秦汉时的文献流传下来的并不少，但符合上文所谓"图书"范畴的却并不多。以诸子文献为例，它记录的主要是先圣哲言，以记言、议论为主，基本是不配"图"的。但是与宗教祭祀、神话传说、历史政治相关的文献里，图画或图像出现的概率则高很多。也就是说，先秦两汉的"图书"，主要与先民的宇宙观、宗族历史等有关。江林昌曾将它们划分为"宇宙生成""山川神怪""民族史诗""狩猎宴乐""农事战争"五大类。① 这一分类基本涵盖了这一时期"图书"的内容，但若结合先秦两汉"图书"的实际情况，就会发现其内容主要还是集中在"宇宙形成""山川神怪""历史政治"这三类上。

再从"图书"的传存形态来看，先秦两汉的"图书"往往是既有"图"也有"书"的，"图"可能产生较早，之后又将文字写录上去，如长沙子弹库楚帛图书和长沙马王堆汉墓出土的太一将行图书。这些都是图文并茂的例子，属于真正意义上的"图书"文献。但仍有某些"图"并没有与文字相配，而是依旧保存着原始的"图话"形态，如长沙陈家大山楚墓出土的"人物龙凤帛画"、长沙子弹库楚墓所出的"人物御龙帛画"等，均没有相应的文字说明，图像的意涵需要通过纹饰、图案及其他文字信息辅助才能明白。另外，还有一部分是以"书（文字）"为主，在文中配有插图性质的"图"。需要说明的是，这些所谓的"图"，其作用只是辅助说明"书（文字）"内容的，所以绘制得相对简单、粗略，如马王堆帛书《胎产书》所附《人字图》《养生方》所附《牝户图》《天文气象杂占》所附《彗星图》等。② 此类图书文献多属数术方技类。

---

① 江林昌：《中国上古文明考论》，413 页，上海，上海教育出版社，2005。
② 李零：《中国方术正考》，150～151 页，北京，中华书局，2006。

据前所述，由于先秦时期宗教神祇、氏族历史观念比较浓厚，所以不少"图书"内容皆是对宗教信仰、宗族历史、政治生活等的直接记录或描述，传世文献和出土资料都已经证实了这一点，尤其是 20 世纪许多重大考古发现以来，已经找到了些许可与先秦两汉"书"文献相印证的"图"，这就为我们复原先秦两汉的"图书"形态提供了可能。下面将从"宇宙形成""山川神怪""历史政治"三类"图书"入手，尽可能全面地梳理图像之于先秦两汉文化的重要性和历史价值。

第二节 以图叙事与图画功能的多维互动

中国历史文化，既诉诸文字书写，也形诸图像描摹。图画既是文化的物质载体，也是文化传存的基本方式。对于先秦两汉文学与文化研究而言，图像具有启发性，这不仅是因为图像和其他艺术形式一样，是先民宗教、历史、政治等多种实践活动的结果，更重要的是通过图像我们可以直观地看到古人对历史文化的记忆与感受。在先秦两汉文化典籍中，图画作为一种重要的叙事手段，不仅发挥着传播知识、观念的作用，而且还具有特殊的文化功能。

一、记事摹象与宇宙起源类图画

宇宙形成类"图书"在先秦时比较常见，涉及长沙子弹库楚帛图书、湖北荆门"太一避兵图书"以及只有"书"没有"图"的郭店楚简《太一生水》《老子》甲篇等。"图"与"书"所论及的主题有以下几个方面。

第一，有关宇宙生成前状态的论述。对宇宙形成的探索是世界各民族共通的文化心理，中国先民同样具有诸如此类的表述。在中国古代的传世典籍中，较完整地记录宇宙生成的是盘古开天辟地的故事，但其至三国时才出现，而且有学者怀疑其并非中国本土所有，而是源于古印度,这就为研究中国古代宇宙观及创世思想带来了麻烦。① 但长沙子弹库楚帛图书(图 8-5)的发现,从根本上扭转了这一被动局面。长沙子弹库楚帛图书南北长 38.7 厘米,东西长 47 厘米,总体上呈长方形,这种东西长、南北短的形制可能出自先民对宇宙图式的模仿。因为《山海经·中山经》说:"天地之东西二万八千里,南北二万六千里"②,也是东西长,南北短。"书"的记载与"图"保持一致,这应该不是巧合。"图"部分由四维十二月神像及四隅青、赤、白、黑四棵神木构成,每三神对应一个季节和方位,旁为题记文字。"书"部分的主体是位于图画中心的甲(《宇宙》)、乙(《天象》)、丙(《月忌》)三篇文字。③

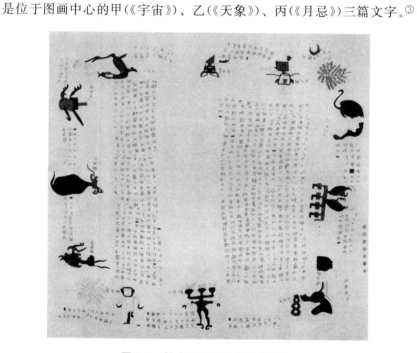

图 8-5　长沙子弹库楚帛图书摹本

① 参见何新:《诸神的起源——中国远古太阳神崇拜》,242、246 页,北京,光明日报出版社,1996;《艺术现象的符号—文化学阐释》,287~300 页,北京,人民文学出版社,1987。

② 袁珂校注:《山海经校注》,179 页,上海,上海古籍出版社,1980。

③ 参见李零:《长沙子弹库战国楚帛书研究》,50~80 页,北京,中华书局,1985。

　　乙篇说黄熊包戏为宇宙开辟前的原初大神，并说当时的景象是："梦梦墨墨，亡章弼弼，☒妥水☒风雨。"①对于首八字，前人多有解释。《广雅》郭璞注引唐人语认为"梦梦"乃昏暗混乱之状②，其实不然，私以为"梦梦墨墨"应为"芒芒昧昧"。《诗·小雅·正月》云"民今方殆，视天梦梦"，郑玄注说《齐诗》"梦"作"芒"；陆机《叹逝赋》"咨余今之方殆，何视天之芒芒"即引此诗，李善注曰："芒芒，犹梦梦也"③。同类型的例子还有《诗·商颂·玄鸟》"宅殷土芒芒"，《诗·商颂·长发》"洪水芒芒"，以及《左传》襄公四年"芒芒禹迹，画为九州"等，这里都以"梦梦"作广大旷远之意为训。"墨"，杜预《集解》读如"昧"，左思《吴都赋》有"相与聊浪乎昧莫之堈"，刘渊林注曰："昧莫，广大貌"④。"章"为"形"之义，则"亡章"就是无形之象。"弼弼"，何琳仪释作"眠眠"，并结合《广韵》说："眠眠，不可测量也。"⑤至此可知，以上八字中，前四字是说宇宙开辟前纯厚广大之貌，后四字是说创世之初阴阳未分、宇宙蒙昧昏暗之象。当然，楚帛"书"对宇宙开辟前广大鸿蒙状态的描述并非孤例，还可得到其他文献的佐证：

　　　　有物混成，先天地生。寂漠！独立不改，周行不殆，可以为天下母。⑥

　　　　有状混成，先天地生，寂寥独立不改，可以为天下母。⑦

　　　　恒无之初，迵同大（太）虚。虚同为一，恒一而止。湿湿梦梦，未有明晦。⑧

①　李零：《长沙子弹库战国楚帛书研究》，64 页，北京，中华书局，1985。

②　(晋)郭璞注，(宋)邢昺疏：《尔雅注疏》，见李学勤主编：《十三经注疏》，98 页，北京，北京大学出版社，1999。

③　(南朝梁)萧统编，(唐)李善注：《文选》，231 页，北京，中华书局，1977。

④　(南朝梁)萧统编，(唐)李善注：《文选》，90 页，北京，中华书局，1977。

⑤　何琳仪：《长沙帛书通释》，载《江汉考古》，1986(2)。

⑥　朱谦之：《老子校释》，100～101 页，北京，中华书局，2000。

⑦　李零：《郭店楚简校读记》(增订本)，4 页，北京，中国人民大学出版社，2007。

⑧　陈鼓应注译：《黄帝四经今注今译——马王堆汉墓出土帛书》，399 页，北京，商务印书馆，2007。

马王堆帛书中"湿湿梦梦，未有明晦"，意即子弹库楚帛图书中"梦梦墨墨，亡章弼弼"八字，都是说宇宙渺茫蒙昧之象。传世本《老子》和郭店《老子》甲篇记载一致，说明《老子》在荆楚地区流传的大致情况，其中"有物混成"或"有状混成"实与前文意思一样，只是表述方式不同而已。

第二，有关宇宙起源创世神的描述，以及日月星辰的运行化成天地、阴阳、四时等。中国古代对宇宙起源与创世神的认识有许多基本概念，如"易""道""太一"等，它们都具有化生天地、阴阳、万物的神奇功能，但这些哲学术语的本源其实是用来形容天体运行及变化之象的，考古发现已经证明了这一点。古人对宇宙的认识，首先是从观察日月星辰的方位、昼夜变化开始的。在甲骨卜辞里，"易"字写作"𤕝"或"𢖩"，像旭日从海面初露之形。与之相配套的"图"曾在河北磁县下潘汪出土的仰韶时期的陶钵上发现，钵面上绘制的正是两个呈倒置状的旭日初升图像(图8-6)。旭日下的灰暗三角地带可能表示黑夜，斜纹代表海平面，图画所描述的正是先民对太阳作为区分昼夜、化生阴阳的本原认识。[1] 故而《周易·系辞》才有"易与天地准"，"易化道阴阳"等的说法。

图8-6 《旭日半出倒置图》

与之相仿的例子还见于山东泰安大汶口墓地 M26 出土的一把象牙梳板面(图8-7)，梳柄被镂刻成 S 形太阳循环八卦图模样，逢振镐认为是太阳的象形。[2] "☰"可能是《乾》卦，象征天；"☷"可能是《坤》卦，

---

[1] 参见孙进、江林昌：《"有物混成"与中国古代宇宙本体论》，载《寻根》，2006(2)。
[2] 逢振镐：《论原始八卦的起源》，载《北方文物》，1991(1)。

象征地。内侧有两个上下相对的"丁""⊥"符号，
表示上、下，则整幅图联系起来就是说太阳上、
下的方位变化引起了昼夜推移、阴阳交替等自
然现象。

　　而"道"的出现，最初也与太阳有关。金文
散氏盘作👤，从"首"从"行"从"足"，意谓循环
往复地走。其中"首"字从目从发，暗示行动指
令的发出者，代表了人的整个头部。在原始神
话思维中，太阳的升降意味着光线明暗的交替
变化，眼睛的明闭也有与此相似的功能，眼睛
"目"和太阳"日"异体同构，所以"日""目"可互
换。以"众"字为例，师旗鼎作👤，从目从三人；
旨鼎作👤，从日从三人。又《山海经·大荒北

图 8-7　《太阳
循环八卦图》

经》说烛龙："直目正乘，其瞑乃晦，其视乃明。"①同书《大荒东经》又
说夔龙："其光如日月。"而陆德明《经典释文》则直接解释为："目光如
日月。"由此来看，"道"字最初是指太阳往复运行之状，后来才引申为
具有哲学术语的"道"。如传世本《老子》云："道生一，一生二，二生
三，三生万物。"②

　　至于"太一"，它与"易""道"等一样，也有化生万物的本领，如以
下几例：

　　　　夫礼必本于太一，分而为天地，转而为阴阳，变而为四时。③
　　　　太一出两仪，两仪出阴阳。阴阳变化，一上一下，合而
成章。④

---

　　①　袁珂校注：《山海经校注》，438 页，上海，上海古籍出版社，1980。
　　②　陈鼓应：《老子今注今译》，233 页，北京，商务印书馆，2003。
　　③　(汉)郑玄注，(唐)孔颖达疏：《礼记正义》，见李学勤主编：《十三经注疏》，706 页，
北京，北京大学出版社，1999。
　　④　(战国)吕不韦著，陈奇猷校释：《吕氏春秋新校释》，258 页，上海，上海古籍出版
社，2002。

秉太一者，牢笼天地，弹压山川，含吐阴阳，伸曳四时。①

这是作为哲学意涵上的"太一"。但追本溯源，它原是指天上之帝星，居于中天至尊之位。《九歌·东皇太一》其下注云："太一，星名，天之尊神。祠在楚东，以配东帝，故云东皇。"②到了汉代，作为帝星的"太一"被奉为至高天神，《史记·封禅书》云："天神贵者太一，太一佐曰五帝。古者天子以春秋祭太一东南郊。"③汉武帝时图画太一于甘泉宫，一变商周宗族祭祀为朝廷天神祭祀，彻底提升了太一在诸神中的地位，自此形成了以"太一"作为至上神祇的国家宗教奉祀体系。

以上"易""道""太一"等术语作为宇宙形成论在哲学上的反映，在宇宙本体论上具有一致性，但其本质实是对天体运行周而复始之状的图像描述。既然宇宙生成论可以被抽象化，并以哲学术语和概念的形式表达出来，那么它当然也可以被神格化或图腾化，以具体图像或图画的方式呈现，这就是我们下文即将要说的"兵辟太岁"戈和"太一将行图"。

"兵辟太岁"戈（图 8-8）出土于湖北荆门市东桥大坎。戈面上既有图像又有文字，属于上文限定的"图书"范畴。此戈宽直援，前锋尖锐，直内，中部有一穿，阑侧两穿。援两面各铸一神人，头上插羽，双耳珥蛇，睆缠两蛇，一手操龙，一手操霓，足下踏日月，胯下一龙。内两面饰兽纹，穿孔两旁各有一个铭文，每面两个，全器共四字，字体风格为典型的战国文字。戈中神人被学者定为太阳神，这是因为其脚踏日、月，或者说是御日、月。《山海经》中就有诸多持日、月的神灵，如《大荒南经》说羲和生十日，郭注云："羲和盖天地始生，主日月者也。"④又《大荒西经》云："大荒之中，有山名日月山，天枢也。……有

图 8-8 "兵辟太岁"戈

① 何宁撰：《淮南子集释》，582 页，北京，中华书局，1998。
② （宋）洪兴祖撰：《楚辞补注》，57 页，北京，中华书局，1983。
③ （汉）司马迁：《史记》，1386 页，北京，中华书局，1982。
④ 袁珂校注：《山海经校注》，381 页，上海，上海古籍出版社，1980。

神，人面无臂，两足反属于头山，名曰嘘。……下地是生噎，处于西极，以行日月星辰之行次。"袁珂注曰："此噎即上文嘘，亦即《海内经》之噎鸣。"①在这里，羲和、噎等都是太阳神神格所化。至于这件戈上太阳神的名字，俞伟超、李家浩释为"兵避太岁"，李学勤、李零进一步考证"太岁"即"太一"，此处的"太一"也是太阳神的人格化身。② 再结合史籍看，《史记·封禅书》载元鼎五年武帝"为伐南越，告祷太一。以牡荆画幡日月、北斗、登龙，以象太一三星，为太一锋，命曰'灵旗'"③。由于是画"日月、北斗"以象"太一三星"，显然太一最初是指日、月、星辰等众天体，但又被神格化了。"登龙"，亦即铜戈上太一神手执龙蛇、脚踏一龙的形象。这是目前关于太一神之"图"与"书"最能相互配合的一个证据，属于青铜器上的"图书"。

　　巧合的是，这种太一神像图又见于长沙马王堆汉墓出土的《太一将行图》（图 8-9）。画面中间为头戴鹿角的大神"太一"，是整幅图的主神；

图 8-9　《太一将行图》

　　① 袁珂校注：《山海经校注》，402～404 页，上海，上海古籍出版社，1980。
　　② 参见俞伟超、李家浩：《论"兵辟太岁"戈》，见文化部文物局古文献研究室编：《出土文献研究》，138～145 页，北京，文物出版社，1985；李零：《湖北荆门"兵辟大岁"戈》，载《文物天地》，1992(3)；李学勤：《古越阁所藏青铜兵器选粹》，载《文物》，1993(4)。
　　③ (汉)司马迁：《史记》，1395 页，北京，中华书局，1982。

头部左、右两侧分别为雷公和雨师；足部两侧各有两个手持兵器的武弟子，左起第一人持戟，第二人御甲，第三人握剑，第四人执戈。胯下有三条龙呈"品"字形排开，中为青首黄身龙，左为"持炉"黄龙，右为"奉熨"青龙，这三条龙可与上文《史记》"三龙"及"兵避太岁"三条龙之"图"相佐证。整个画面有一总题记，每个神旁又有各自的分题记，属于"图书"之"书"部分。总题记以"太一祝曰"结尾，分题记现已残泐不清，但仍可看到"太一将行""神从之"字样。"太一将行"指中间的大神"太一"，"神从之"表示跟在后面的雷公、雨师。这一层大致属于自然神祇，象征着宇宙开创之象。而四个武弟子手拿不同兵器，可能代表了不同的四时观念。因为在古人的宇宙世界观里，不同季节有各自相对应的兵器，此乃阴阳观念在兵事上的投射。如《管子·幼官》篇以矛、戟、剑、盾指代春、夏、秋、冬四季，《六韬》以矛、戟、弓弩、刀楯配春、夏、秋、冬四时，《淮南子·时则训》则以矛、戟、剑、戈、铄配春、夏、季夏、秋、冬五季，兵器与时令的搭配顺序大致相近。

　　明乎此，则"太一将行图书"亦与阴阳五行观念有关。李零分析说："这里的四个'武弟子'，右边的两人可能是代表东/春（刀?）和西/秋（剑），左边的两人可能是代表北/冬（甲，可以避弓矢）和南/夏（戟）。"[1]如此来看，"太一将行图书"中的"太一"与四个武弟子的组合正表示太阳循环运转而有四方四时，也就是所谓"太一生四象"宇宙观的反映，这与前文《礼记·礼运》"太一，分而为天地，转而为阴阳，变而为四时"，以及《淮南子·本经训》"太一者，牢笼天地，弹压山川，含吐阴阳，伸曳四时"的记载一致。

　　而在长沙子弹库楚帛"图书"《四时》篇中，太一神被宇宙开辟前的黄熊包戏替代，接着是"炎帝"和"共攻（工）"，江林昌认为"三个主神体现了时代的推进过程，实际上又是同一太阳神在不同时间段里的三个具体人格化"[2]。也就是说，尽管太阳神在不同时间段循环往复运转，但它化成天地、阴阳、四时的功能却是一致的：

　　① 李零：《马王堆汉墓"神祇图"应属辟兵图》，载《考古》，1991(10)。
　　② 江林昌：《中国上古文明考论》，417 页，上海，上海教育出版社，2005。

　　包戏：晷天步□，乃上下朕断……以涉（陟）山陵，泷汩渊漫，未有日月。四神相隔，乃步以为岁，是惟四时。

　　炎帝：炎帝乃命祝融，以四神降，奠三天……帝夋，乃为日月之行。

　　共攻（工）：□步十日，四时□□，□神则闰四……乃□日月，以转相□思，有宵有朝，有昼有夕。[1]

第一段介绍包戏疏通山陵和推步四时。"晷"当"规"讲，《释名·释天》云："晷，规也，如规画也。"[2]《周髀算经》又云："环矩以为圆，合矩以为方。方属地，圆属天，天圆地方。"[3]在汉代石刻画像中，包戏（或言"伏羲""庖牺"等）被刻绘成手持太阳之状。此段的意思是说包戏步丈山陵，以规图画天地山川，推步为四时，四时对应着四神。第二段是日月与川陵关系的论述。在古代神话思维里，古人以为日月自山川、湖海而出，其实是说日月从山峰、海面升起。但是由于九州不平整、山川倾倒，影响了日月四时的正常运行，这其实说出了古人对天地宇宙结构的直观感受。第三段述及共工与先民"十日"历法的关系。这里不同于《淮南子·天文训》将共工描写为反面人物，而是强调共工为人类历法作出的卓越贡献。以上三段是子弹库楚帛图书《四时》篇对太阳神幻化为不同时段神灵，进而化生天地山川、四时的记述，与"太一将行图书"中"太一"生天地、阴阳四时的记载大同小异，此可谓"图"与"书"相合的另一重证据，这是丝帛上的"图书"。

　　第三，对有关宇宙形成后特征的描述。郭店楚简《太一生水》有关于宇宙形成后天地形貌特征的记述，其言："天地名字并立，故讹其方，不思相于西北，其下高以强。地不足于东南，其上□以□者，有余于下。不足于下者，有余于上。"[4]我国地形的总体特点是西北高，东南低，江河自西向东流，也就是简文"天不足以西北"，"地不足以东

① 李零：《长沙子弹库战国楚帛书研究》，64、69、72页，北京，中华书局，1985。
② （清）王先谦撰集：《释名疏证补》，3页，上海，上海古籍出版社，1984。
③ 程贞一、闻人军译注：《周髀算经译注》，8页，上海，上海古籍出版社，2012。
④ 李零：《郭店楚简校读记》（增订本），42页，北京，中国人民大学出版社，2007。

南"的概括。其实这种地貌特征在上文子弹库楚帛图书中已经提及，《四时》篇说包戏时"山陵不疏"，炎帝时又"山陵备侧"，后来经祝融等人的努力重新恢复了天地秩序，祝融最后回答说："非九天则大侧，则毋敢蔑天灵"，其实是说"九州备侧"实乃自然之状，宇宙整体上是平稳的，所以这并不妨碍日、月、四时的实际运行。楚帛"图书"对山陵的记载，反映了先民对天下特征的认识。

以上对天下宇宙的观察和女娲补天的神话故事也有些相似，据《淮南子·览冥训》说："往古之时，四极废，九州裂，天不兼覆，地不周载，火爁炎而不灭，水浩洋而不息，猛兽食颛民，鸷鸟攫老弱。于是女娲炼五色石以补苍天，断鳌足以立四极，杀黑龙以济冀州，积芦灰以止淫水。苍天补，四极正，淫水涸，冀州平，狡虫死，颛民生。"[①]材料中说天地崩裂，天下九州被洪水淹没的记述与楚帛图书的记载可相印证。《淮南子》源出楚地，其观念与楚帛图书相近，似无异议。

图 8-10 《人物御龙帛画》

以上从三个层面分别比较了各种"图书"关于宇宙形成的描述，总体上呈现出了相似性。而在后代传世"书"文献中，同样可以看到古人对宇宙形成的认识，此可谓以"书"证"图"者，它们主要是楚地文献。例如，1973 年长沙子弹库曾出土一幅《人物御龙帛画》(图 8-10)，其画面的情节和内容就与《九歌》有颇多相合之处。此图中央为一有胡须的男子，侧身直立，身着长袍，腰挎长剑，这种形象可与《九歌》"青云衣兮白

---

① 何宁：《淮南子集释》，479～480 页，北京，中华书局，1998。

霓裳，举长矢兮射天狼"相对应；车顶上有向后拂动的三根丝带，表明舟车正在前行，可谓"驾龙辀兮乘雷，载云旗兮委蛇"；神人车驾为前有龙头、后有凤尾装饰的舟车，下为象征着地下冥府或黑夜的鲤鱼，与龙飞凤舞的白昼相对，整幅画描写的正是东君"暾将出兮东方，照吾槛兮扶桑。扶余马兮安驱，夜皎皎兮合节"的昼夜潜行、循环往复之状。

事实上，神人御龙、驾凤飞翔是出土文献中常见的思想主题。人物御龙帛画中神人驾龙凤车以遨游天地，"兵辟太岁"戈上神人手持龙蛇，太一将行图中"太一"脚踏三龙将行，画面情节或相近，或一致，这都说明当时楚地确实流传着以此内容、情节为据的图画文本。在与之相应的"书"里，对神巫御龙飞行之状的情节描写也屡见不鲜，例如：

> 驾八龙之婉婉兮，载云旗之委蛇。(《离骚》)
> 龙驾兮帝服，聊翱游兮周章。(《云中君》)
> 驾飞龙兮北征，邅吾道兮洞庭。(《湘君》)
> 乘龙兮辚辚，高驰兮冲天。(《大司命》)
> 乘水车兮荷盖，驾两龙兮骖螭。(《河伯》)

"书"中对御龙飞翔情节的多次描摹，说明与此相关的情节描述在当时是颇为流行的。又如对神灵将行之象的描述：

> 灵氛既告余以吉占兮，历吉日乎吾将行。(《离骚》)
> 君不行兮夷犹，蹇谁留兮中洲。(《湘君》)
> 撰余辔兮高驰翔，杳冥冥兮以东行。(《东君》)
> 子交手兮东行，送美人兮南浦。(《河伯》)

材料或言神灵"将行"，或言将"东行"，马王堆太一将行图之太一神分题记亦言"太一将行"，图画上的"太一"也作"将行"状，在总题记中，作"即左右□，经行毋顾"。"经行"乃楚国方言俗语，《楚辞》中多见，如《离骚》"路修远以多艰兮，腾众车使径待"，《远游》"左雨师使径侍兮，右雷公以为卫"。由此来看，"将行""经待""径待""经侍"等均是对神灵出行时的某种仪式画面的呈现，"图"与"书"的记载再次达到一致。

行文至此，可知楚地文献中的诸神情节大多可与出土的"图"相印证，也就是说，楚系文献具有广泛的图画作为文本基础。这些用"书"的形式表述的"图"，正是与楚国先祖公卿祠堂所绘壁画相近的公共"图书"知识。这些"图书"也是荆楚地区人们当时常见的一般知识、观念与文化资源，战国秦汉的帛画集体扎堆发现于南楚故地，仅从地域分布上就可说明楚国"图书"资源之于楚国文学与文化的关系。

二、"铸鼎象物"与物怪图画的宗教功能

鼎在商周时期主要用于礼乐祭祀，一般形制巨大，制作工艺繁复，常被当作王室宗庙之重器，并继而成为古代王权与政治权力的象征。相传鼎之最古且最尊者为"九鼎"。《左传·宣公三年》记述了王孙满对"九鼎"的来源及功能问题的相关解释：

> 昔夏之方有德也，远方图物，贡金九牧，铸鼎象物，百物而为之备，使民知神、奸。故民入川泽、山林，不逢不若。螭魅罔两，莫能逢之。用能协于上下，以承天休。①

夏代可能并不具备如此先进的冶炼和铸造技术，但这一则材料也透露出，古人铸鼎的目的之一是"铸鼎象物，百物而为之备"。所谓"物"，王国维解释为"杂色牛"②，是一种神怪之物。《周礼·春官·神仕》言："致地示物魅。"魅古同魅，郑注曰："百物之神曰魅。"③《左传·庄公三十二年》云："以其物享焉。其至之日，亦其物也。"④这里的"物"，可归入物怪之属。古代鬼神杂糅，难以区分，皆可以"物怪"称之，钱锺书在《管锥编》中就认为"物"与"鬼"通。《史记·封禅书》多处言"物"，如"依物怪，欲以致诸侯"，"（李少君）能使物，却老。言上曰：'祠灶则致物'"，"黄帝以上封禅，皆致怪物与神通"，等等。这里的"物"均

---

① 杨伯峻：《春秋左传注》（修订本），669～672页，北京，中华书局，1990。
② 王国维：《观堂集林》，287页，北京，中华书局，1984。
③ （汉）郑玄注，（唐）贾公彦疏：《周礼注疏》，李学勤主编：《十三经注疏》，740页，北京，北京大学出版社，1999。
④ 杨伯峻：《春秋左传注》（修订本），252页，北京，中华书局，1990。

可以"物怪""神怪"来解释。那么，上文王孙满所谓"百物"，以及百姓要躲避的"螭魅罔两"之属，两者应该是指同一类物怪，"铸鼎象物"的实际作用也就是在青铜鼎上铸刻这些"百物""神、奸"的图形，好让人们"莫能逢之"。

此外，铸录在一些青铜祭器上的神怪纹饰，同样发挥着跟"铸鼎象物"相近的文化功能。比如"饕餮"，俗称兽面纹。饕餮是传闻中的上古怪兽。《吕氏春秋·先识览》云："周鼎著饕餮，有首无身，食人未咽，害及其身，以言报更也。"①《山海经》说它羊身人面，目在腋下，宽头大嘴，虎齿人爪。可见，饕餮是一种令人惧怖的物怪。除了饕餮，还有其他动物纹饰，诸如肥遗、夔等。《山海经·北山经》载："有蛇一首两身，名曰肥遗，见则其国大旱。"②又《大荒东经》云："其上有兽，状如牛，苍身而无角，一足，出入水则必风雨，其光如日月，其声如雷，其名曰夔。黄帝得之，以其皮为鼓，橛以雷兽之骨，声闻五百里，以威天下。"③从现存出土青铜器及文献典籍记载来看，商周时期的物怪不下百种，宋人王黼《重修宣和博古图》说周鼎纹饰有"足象形，上为鼻，下为尾，高而且长"者，也有"三面各为夔龙"者，还有牛鼎、羊鼎等。今人朱凤瀚将青铜器纹饰分为八大类44种。段勇又细分为牛角类兽面纹、羊角类兽面纹、夔龙纹、神鸟纹、变异纹等多种类型。类型学的概念是今人的发明，但以古人的具体形象思维理解，今天所谓几大类，商周时代可谓几百种、上千种之多，那么前文所谓铸录在"九鼎"上的"百物"则完全是有可能的。

古人认为"铸鼎象物"的目的是"以承天休"，"著形以自戒"。上文提到的见肥遗、夔等物怪则某事会发生，就初具这种文化禁忌意涵。宋黄伯思《周方鼎说》云："鼎腹之四周皆饰以乳，其数比他器为多，盖亦推己以致养之义。……鼎之唇缘，其文镂也，合则为饕餮，以著贪

① （战国）吕不韦著，陈奇猷校释：《吕氏春秋新校释》，956页，上海，上海古籍出版社，2002。

② 袁珂校注：《山海经校注》，78页，上海，上海古籍出版社，1980。

③ 袁珂校注：《山海经校注》，361页，上海，上海古籍出版社，1980。

暴之戒；散则为应龙，以见居上泽物之功。"①宋人对古鼎的搜集及鼎文化功能的阐释多有创始之功，今人在解说青铜纹饰时也大体沿用此路径。张光直就认为刻绘在青铜器上的物怪纹饰是"各地特殊的通天动物，都供王朝的服役"，而"虎食人"的图形则"可能便是那做法通天的巫师，他与他所熟用的动物在一起，动物张开大口，嘘气成风，帮助巫师上宾于天"②。这里，动物神怪是被当作巫师通天的助手看待的。但是，张氏之论并不能解释所有的物怪图形，前文所举的恶兽肥遗就不能自圆其说。赵世超则利用西方"交感巫术"的原理解释道："各种害人恶物的图像被铸到鼎上后，螭魅魍魉便全在夏王的掌握中，人民也就可以放心地出入于川泽、山林了。"③虽然中西文化差异巨大，但这一说法对于我们理解原文的确很有启发性。邦国收集上来的"百物"被以图画的方式铸录在九鼎上，最终目的是"使民知神、奸"。根据语言巫术的说法，通晓和认识某种物怪之名，在祀典仪式上能够直呼其名，这就意味着熟识它们的习性，进而能够找到相应对策以避凶就吉。

上古时期，原始先民无不对存在于自己周遭的物怪时常保持一颗敬畏之心，并由此生发出种种巫术思维。这些思维需要通过具体、形象化的知识谱系表达出来，他们迫不及待地需要对周围神、奸的方位、性质、与之相关的祭祀之法等做出了解，并将此种恐惧、神秘意识转化为生活禁忌，进而在生活中趋利避害，以资"不逢不若，螭魅罔两，莫能逢之"，而识别害人恶物形貌、知晓其名姓就是一种最常规的操作手段。但需要注意的是，被铸录在九鼎上、汇集了各类物怪知识的图画谱牒通常是掌控在巫师阶层手里的，普通百姓并不能通过"九鼎"以辨识"百物"而"知神、奸"。《国语·楚语下》说古代巫觋阶层能知"四时之生、牺牲之物……坛场之所、上下之神祇"④，换句话说，巫祝人员必须知晓各方、四时之鬼神，以及它们的名姓、方位及与之相关的祭

① （宋）黄伯思：《东观余论》，44 页，北京，中华书局，1991。
② 张光直：《中国青铜时代》，467、322 页，北京，生活·读书·新知三联书店，1999。
③ 赵世超：《铸鼎象物说》，载《社会科学战线》，2004(4)。
④ 徐元诰：《国语集解》，513～514 页，北京，中华书局，2002。

祀之法等知识。这样他们才可以通过祭祀等沟通天人鬼神，处理好了人与百物神奸的关系，其实也就协调好了天人秩序，这样最终才能"协于上下，以承天休"。因此，刻绘了"百物"的九鼎其实就是巫师的神圣文献。巫师阶层借此以指导农事生产和日常生活，并进行祭祀，以此完成自己的职责。"九鼎"也因保存了各种物怪图画知识而具有了某种神圣之意味，自然掌握了"九鼎"的人也就有了某种神圣的特权。

我们知道，"九鼎"象征天子王权，至为尊贵，一般巫觋人员是不能窥探的，那么是否还有类似"铸鼎象物"的图画文献呢？在历史文献典籍的记载中，虽不能全方位地呈现这种情况，但毕竟也为我们留下了蛛丝马迹。据《国语·楚语下》载："又有左史倚相，能道训典以叙百物，以朝夕献善败于寡君，使寡君无忘先王之业，又能上下说于鬼神，顺道其欲恶，使神无有怨痛于楚国。"① 倚相为南楚史官，古时巫史并称，则史官从事巫事亦在情理之中。倚相能道一种"叙百物"的"训典"，似可说明这种文献跟前文所述九鼎上所载"百物"图画相似，都是一种记录物怪鬼神及献祭方法的职业文献。而且据史实显示，倚相的职事也远不止这些。《左传·昭公十二年》还说他"是良史也，子善视之！是能读《三坟》《五典》《八索》《九丘》"②。此四种文献今已不存，我们不知其为何物，但《八索》似有来源。"索"在古代是一种年终祭祀。《礼记·郊特牲》云："天子大蜡八，伊耆氏始为蜡。蜡也者，索也。岁十二月，合祭万物，而索飨之也。"③ "索""蜡"古音相近，所以有学者指出"大蜡八"就是"八索"④。年终蜡祭就是祭祀人们生活中常见的自然物怪神灵，现存《伊耆氏蜡辞》还有"土反其宅，水归其壑，昆虫勿作，草木归其泽"的祭辞，目的是希望山林草木之兽各得其所，不要出来作祟伤人。而这种索祭一般由虞人掌管。《荀子·王制》载："修火宪，养山林

① 徐元诰：《国语集解》，526页，北京，中华书局，2002。
② 杨伯峻：《春秋左传注》（修订本），1340页，北京，中华书局，1990。
③ （汉）郑玄注、（唐）孔颖达疏：《礼记正义》，李学勤主编：《十三经注疏》，934页，北京，北京大学出版社，1999。
④ 参见詹鄞鑫：《神灵与祭祀——中国传统宗教综论》，297页，南京，江苏古籍出版社，1992。

薮泽草木鱼鳖百索，以时禁发，使国家足用而财物不屈，虞师之事也。"①那么，倚相所谓"八索"、虞人所养"百索"，也就是对山川草木鸟兽之神灵物怪进行祭祀。

史官对山川物怪鬼神有管理、防备之责，这与他们的巫史之职密切相关。虞人或巫史掌管着鸟兽物怪，当然他们可能也有绘制成册的动物图画文献传世，以满足其职业需要，如《八索》之属，通过对物怪神灵的合理侍奉、祭祀，也就掌握了时令禁忌，进而指导人们生产实践，丰富国家府库资用。虞人掌管鸟兽草木之职及祭祀之法，而相传《山海经》的作者益就是一位虞人。《尚书·舜典》说："帝曰：'畴若予上下草木鸟兽？'佥曰：'益哉！'帝曰：'俞，咨！益，汝作朕虞。'"②依据前文，虞人为掌"上下草木鸟兽"之神，益为虞职，当然益也就是专门负责祭祀自然神灵的巫师。益担任着祭祀自然神灵的权责，当然也就需要一种类似于动物图画性质的文献以察百物，因此大禹时"远方图物"，铸造了九鼎，就与益的职掌关系莫大。这种巫祝图画属性我们可从两方面来看：一是《山海经》记载了大量的"百物"和神灵物怪，其中对物怪的描述基本都是"其状如……"的形式，例如：

> 有兽焉，其名曰马腹，其状如人面虎身，其音如婴儿，是食人。（《中次二经》）
> 其中多飞鱼，其状如豚而赤文，服之不畏雷，可以御兵。（《中次三经》）
> 有兽焉，其状如貉而人目，其名曰䴢。（《中次四经》）

以上几例有个显著特点，即主要是就物怪的外形而言的，一般都是人面兽身，而且具有神奇的功能。二是据前文所述，郭璞在注《山海经》时经常提到一种"畏兽画"，例如：

> 有兽焉，其状如禺而长臂，善投，其名曰嚣。郭注：亦在畏

---

① （清）王先谦：《荀子集解》，168 页，北京，中华书局，1988。
② （汉）孔安国传，（唐）孔颖达疏：《尚书正义》，李学勤主编：《十三经注疏》，77 页，北京，北京大学出版社，1999。

兽画中，似猕猴投掷也。①

　　有兽焉……其名曰驳，是食虎豹，可以御兵。郭注：驳亦在
畏兽画中……养之辟兵刃也。②

　　有兽焉……名曰孟槐，可以御凶。郭注：辟凶邪气也。亦在
畏兽画中也。③

　　有神衔蛇操蛇……名曰强良。郭注：亦在畏兽画中。④

"畏兽画"是记录物怪神像的图画资料。郭璞在给《山海经》作注时，曾
明言参考了当时社会上流传的某种"畏兽画"，也就是说"畏兽画"上的
物怪是《山海经》"百物"的部分来源。这种畏兽画的显著文化特征是避
凶邪、辟兵刃、防妖厉等，与九鼎所铸巫图的文化功能相似。郭璞还
将《山海经》所依之图远溯至"夏鼎"。如《北次二经》云："有兽焉，其状
如羊身人面，其目在腋下，虎齿人爪，其音如婴儿，名曰狍鸮，是食
人。"郭注曰："为物贪婪，食人未尽，还害其身，像在夏鼎，《左传》所
谓饕餮是也。"⑤于此可见，"畏兽画"是那时专门记录物怪神灵知识的
图画手册。饶宗颐引宋人姚宽《西溪丛语》说："大荒北经有神兽衔蛇，
其状虎首人身，四蹄长肘，名曰强良，亦在《畏兽画》中，此书今亡
矣。"饶氏以书名号称引"畏兽画"，就表明他对"畏兽画"的存在是持肯
定意见的，所以他进一步解释说："如姚言，古实有《畏兽画》之书，
《山海经》所谓怪兽者，多在其中。"⑥

　　当然，这种对物怪的描绘也常见于战国时期出土的棺椁、漆器、
丝帛上。马昌仪曾对长沙战国楚墓出土的人物御龙图、战国楚帛书及
相关图画的分析指出，凤鸟、夔龙、肥遗、人面三神兽、五采鸟、马
身人面神、并封、窫窳、駮吾及巫师形象等，都是某种"畏兽画"⑦，

---

①　袁珂校注：《山海经校注》，26～27页，上海，上海古籍出版社，1980。
②　袁珂校注：《山海经校注》，63页，上海，上海古籍出版社，1980。
③　袁珂校注：《山海经校注》，69～70页，上海，上海古籍出版社，1980。
④　袁珂校注：《山海经校注》，426～427页，上海，上海古籍出版社，1980。
⑤　袁珂校注：《山海经校注》，82页，上海，上海古籍出版社，1980。
⑥　饶宗颐：《澄心论萃》，264～266页，上海，上海文艺出版社，1996。
⑦　马昌仪：《从战国图画中寻找失落了的山海经古图》，载《民族艺术》，2003(4)。

这与《山海经》的记述也非常相近。不可否认，现今出土的文献中描述的物怪图像与《山海经》的记述有许多相似之处，这都让我们觉得郭注中提到的"在畏兽画中"等字样，应该不是虚妄之言，而是根据当时盛行的某种畏兽画对《山海经》物怪做的新的补充工作。

另外，畏兽之类的物怪图画还经常刻录于庙壁之上。王逸《楚辞章句》明言屈原遭放逐后，"见楚有先王之庙及公卿祠堂，图画天地山川神灵，琦玮僪佹，及古贤圣怪物行事"①。其中，"天地山川神灵"当指"怪物"之类，"古圣贤"则可能是神话或历史人物。显然，楚先王壁画与巫师的百物知识有关。同样，建于汉代、受楚风影响甚大的鲁灵光殿，其壁画所绘物态是"图画天地，品类群生，杂物奇怪，山神海灵"②，"杂物奇怪"之属虽非巫师专门所为，但所具备的"百物"属性则毋庸置疑。据此我们可以推算，先秦时代的图画文献无论在数量还是形式上，都远比我们今天目之所及的更为丰富。

以上通过对"铸鼎象物""八索""畏兽画"及相关出土图画文献资料的例举，表明商周时期确实存在着一类数量庞大的图画文献，由于这些涉及物怪知识的图册文献主要发挥的作用是认知各地神怪，适时引导人们规避凶险，指导日常生产和生活实践，所以自然而然地就与巫觋这个特殊阶层联系到了一起。图画文献作为巫觋阶层的职业文献，既承担着传播知识与文化的义务，同时又协调着沟通天人鬼神的职责，正是基于这种神秘特殊的仪式效用，作为知识手册性质的图画文献也就具备了某种神秘特权，日渐成为巫觋阶层裁决王事以及攫取话语权力的有效手段。

三、舆图、政治与王权

在早期中国的图画文献中，古舆图或地图可谓另一意义上的图画，它不仅是人们日常生活中地理知识、观念的集中反映，同时还是军事谋略与政治文化的延伸。李孝聪认为，"作为文化思维的产物：文字记

---

① （宋）洪兴祖：《楚辞补注》，85页，北京，中华书局，1983。

② （南朝梁）萧统编，（唐）李善注：《文选》，171页，北京，中华书局，1977。

述的书、图形与符号描绘的地图，都反映着作者创作年代的领域感，也就是说，对它们的研究与使用，不能只留意以时间角度为重的史料价值而忽视写作人的空间感。"①以符号和图形绘成的古地图，是人们对生活空间的深度理解和认识。早期地图的制作也遵循着这一原则，它以简单符号标明了山川河流、地理形胜及道路要冲等，如甘肃天水放马滩出土的战国木板地图，是目前所见最早的实物地图，从图上可以清晰地看见地名、河流、山脉走向等。②

虽然最早的实物地图出现于战国，但地图的历史可上溯至商周时期。《周礼》就集中记录了两种给周天子提供地理咨询的官职：第一种是土训，负责解说地图；第二种是诵训，负责阐述方志。《周礼·大司徒》叙述大司徒之职是"掌建邦之土地之图与其人民之数，以佐王安扰邦国。以天下土地之图，周知九州之地域广轮之数，辨其山林、川泽、丘陵、坟衍、原隰之名物"③。大司徒掌管的天下地图和阐述各地物产的方志所涉及的地理与历史状况是天子巡狩的重要参考，地图、方志遂成为早期人们认识自然便捷的材料来源。

春秋战国时期战乱频发，地图及地理知识的获得对国家政治文化的走向至关重要，战国纵横家在游说诸侯王时，就经常利用地图和图籍，从天下山川、城池关隘、赋税人口上说明形势利害，进而打动君王，如《战国策·秦策》载张仪对秦惠王的游说之辞云："亲魏善楚，下兵三川，塞轘辕、缑氏之口，当屯留之道。魏绝南阳，楚临南郑，秦攻新城、宜阳，以临二周之郊。诛周王之罪，侵楚、魏之地。周自知不救，九鼎宝器必出。据九鼎，按图籍，挟天子以令天下，天下莫敢

---

① 李孝聪：《传统文化与地域空间》，载《读书》，1997(5)。

② 考古学家据墓室出土的"墓主记"判断，放马滩一号墓为战国秦人墓，其地图的制作年代，约在秦昭襄王八年(前299)之前。参见何双全：《大水放马滩秦墓出土地图初探》，载《文物》，1989(2)；曹婉如：《有关天水放马滩秦墓出土地图的几个问题》，载《文物》，1989(12)；朱玲玲：《放马滩战国秦图与先秦时期的地图学》，载《郑州大学学报(哲学社会科学版)》，1992(1)。

③ (汉)郑玄注、(唐)贾公彦疏：《周礼注疏》，241页，北京，北京大学出版社，1999。

不听。此王业也。"①又《战国策·齐策》载张仪游说秦武王云："齐王甚憎仪，仪之所在，必举兵而伐之。……齐、梁之兵连于城下，不能相去。王以其间伐韩，入三川，出兵函谷而无伐以临周，祭器必出。挟天子，按图籍，此王业也。"②"九鼎""图籍"等是天子王业的象征，获得了图籍，也就获得了地图上相应的户口人数、物产、赋税等，进而获得了争霸天下的资本，所以战国策士对图籍资料尤为重视。《荀子·荣辱》说："循法则、度量、刑辟、图籍，不知其义，谨守其数，慎不敢损益也。"杨倞注曰："图，谓模写土地之形；籍，谓书其户口之数也。"③图籍资料受到政府重视，一方面为国家行政管理提供了方便，另一方面又保证了各种典章制度得以上下贯通和执行。

地图、图籍在国家政治与战略上至关重要，国家疆域地图代表着国土，那么献出地图，就等同于献地，预示着别国对本国领土的攻占与瓜分。《韩非子·五蠹》云："今人臣之言衡者，皆曰：'不事大则遇敌受祸矣。'事大未必有实，则举图而委，效玺而请兵矣。献图则地削，效玺则名卑；地削则国削，名卑则政乱矣。事大为衡未见其利也，而亡地乱政矣。"④"举图而委"意谓交出本国地图，割地赔款，表示臣服或归附之意。所以在《战国策》所记荆轲刺秦王故事中，燕国受到秦国军事威胁，荆轲不得不带着燕国将军的头颅及象征督亢地区的地图参见秦王，希冀以献图之名刺杀秦王，于是在地图中藏匿了一把匕首，结果在图穷时被秦王发现，最终荆轲被杀，同时也招致了燕的灭国之灾。从这个事件来看，地图对一个国家来说，无疑就是国家政权的象征。

而在军事行动中，掌握某一区域的地理图形，无疑等于把秘密告诉了对方，所以国家历来对地图的绘制十分重视。《孙子兵法》云："夫

① （汉）刘向集录，范祥雍笺证，范邦瑾协校：《战国策笺证》，202 页，上海，上海古籍出版社，2006。

② （汉）刘向集录，范祥雍笺证，范邦瑾协校：《战国策笺证》，556 页，上海，上海古籍出版社，2006。

③ （清）王先谦：《荀子集解》，59 页，北京，中华书局，1988。

④ （清）王先慎：《韩非子集解》，452～453 页，北京，中华书局，2003。

地形者，兵之助也，料敌制胜，计险厄、远近、上将之道也。知此而用战者必胜，不知此而用战者必败。"①孙武虽未提到地图，但已认识到地理知识及因地制宜对军事战略的重要意义。真正对地图应用在军事上的论述，以《管子》最为明了。《管子·七法》云："故兵也者，审于地图，谋十官，日量蓄积，齐勇士，遍知天下，审御机数，兵主之事也。"②地图作为军事文化重要的符号化标记，对行军转移、战事变化及利用地理优势克敌制胜尤为重要，所以《管子·地图》接着说："凡主兵者，必先审知地图。辕辕之险，滥车之水，名山、通谷、经川、陵陆、丘阜之所在，茛草、林木、蒲苇之所茂，道里之远近，城郭之大小，名邑、废邑、困殖之地，必尽知之。地形之出入相错者，尽藏之。然后可以行军袭邑，举错之先后，不失地利，此地图之常也。"③地理图籍详细标记了山川、河流、城池、关隘等战略要地，作为军事首领必须熟知，以便知己知彼，百战不殆。

由于地图载录了地理方国的各种物产、资源，对行军部署和战争安排十分重要，所以战前有必要对地图进行绘制和研究。《史记·淮南王传》说淮南王刘安兵变时，"日夜与伍被、左吴等案舆地图，部署兵所从入。"④西汉时，为抗击匈奴，汉武帝曾派人深入荒原大漠绘制西域地图。天汉二年（前99），李陵配合贰师将军李广利出击匈奴，"将其步卒五千人出居延，北行三十日，至浚稽山止营，举图所过山川地形，使麾下骑陈步乐还以闻"⑤，就是将所经之地俱绘之以地图的例子。

此外，在战国两汉辞赋的创作和书写中，古舆图、方志等图籍资料经常作为一种知识资源而存在。左思《三都赋序》说："余既思摹《二京》而赋《三都》。其山川城邑，则稽之地图；其鸟兽草木，则验之方志。"⑥这虽是西晋的例子，但足以说明古地图曾经作为辞赋家的资料

① （春秋）孙武撰，（三国）曹操等注，杨丙安校理：《十一家注孙子校理》，282 页，北京，中华书局，1999。
② 黎翔凤：《管子校注》，120 页，北京，中华书局，2004。
③ 黎翔凤：《管子校注》，529～530 页，北京，中华书局，2004。
④ （汉）司马迁：《史记》，3085 页，北京，中华书局，1982。
⑤ （汉）班固：《汉书》，2451 页，北京，中华书局，1962。
⑥ （梁）萧统编，（唐）李善等注：《六臣注文选》，91～92 页，北京，中华书局，1987。

来源。明人谢榛《四溟诗话》说汉人作赋之前要参考大量地图、方志书籍，大体以"《离骚》为主，《山海经》《舆地志》《尔雅》诸书为辅"①。这表明作为图画知识手册性质的《山海经》及古舆图对辞赋家写作的重要性。汉代《鲁灵光殿赋》的写作，就与某种古图资料有关，《文选》卷一一《鲁灵光殿赋》张铣注引范晔《后汉书·王逸传》云："王延寿父逸欲作此赋，命文考往图其状，文考因韵之以简其父。"②在汉代京都赋的撰作中，赋家对空间方位叙事的重视前所未有，这只能让我们觉得它是依据某种地图方位而写的，余定国就认为《二京赋》"具有双重的地图学意义。首先是使用量度和测绘，常与地图学密切相关。作为一种政治隐喻，在描写汉高祖如何建都长安时，量度和测绘暗示了汉初的政治制度"。"除了可能是有关应用地图的描述，张衡赋中的一些用词暗示它可能是根据地图撰写的。有些部分，可以说张衡等于是制作了一幅'口头描述的地图'。他的赋读起来是有方向的，他的描述向左右移动，又向南北移动"。③ 这都启示我们，讲究空间方位的古舆图与汉大赋之间的关联，或者说，汉大赋在叙述方式上模仿了古地图。

由此观之，不论是如战国纵横策士利用地图、图籍所载的地理知识以及相关人口、风俗、名物、制度等游说君王，纵论天下大势，还是利用地图在军事战略上对他国先发制人，或者是汉代京都赋所具有的空间方位叙事，都表明古代地图等舆图资料作为一种重要的图画文献，在古代政治文化中扮演着至关重要的角色。

第三节　神圣与世俗：文字与图像中的西王母

西王母是神话学、民俗学乃至人类学史上一个备受关注的人物，曾长期占据着古代中国人的生活和思想世界。目前学界对西王母及其

① （明）谢榛著，宛平校点：《四溟诗话》，62页，北京，人民文学出版社，1961。
② （梁）萧统编，（唐）李善等注：《六臣注文选》，215页，北京，中华书局，1987。
③ ［美］余定国：《中国地图学史》，姜道章译，149页，北京，北京大学出版社，2006。

相关问题已进行了比较充分的研究，但考察西王母在战国秦汉时期的相关史料就会发现，似乎还存在这样两个隐性问题：一是相较于各地区西王母图像的类型化、特征化研究，对文字记述的西王母与图像摹刻的西王母形象少有比较分析；二是学者们将目光过多地集中在西王母神话源头及演变问题的探讨上，对图、文载录差异背后的原因探讨反而相对缺乏。① 鉴于此，本节拟利用传世文献与出土图像资料中西王母形象的差异性，分析差异叙事背后的一般思想观念和政治话语权力。

一、神格化：文字文献中的西王母

战国两汉时期是西王母信仰的鼎盛期，对西王母形象、功能、所居之地的记载屡见于各类史籍文献。战国至汉初的文献主要以《山海经》《庄子》为代表，大致从三个方面进行了记录：一是交代了西王母至高无上的自然神祇之位，其是与伏羲、黄帝、颛顼等并肩而立的天神。如《庄子·大宗师》云："豨韦氏得之，以挈天地；伏戏氏得之，以袭气母……黄帝得之，以登云天；颛顼得之，以处玄宫；禺强得之，立乎北极；西王母得之，坐乎少广，莫知其始，莫知其终。"② 还有一处似乎值得注意，就是西王母还具有"莫知其始，莫知其终"的长生特征。这一特征可能与她所居之地——西方不死之国有某种关联，《山海经》曾多处言及西王母掌不死之药。二是介绍了西王母半人半兽的形貌及所居之地。《西山经》云："又西三百五十里，曰玉山，是西王母所居也。西王母其状如人，豹尾虎齿而善啸，蓬发戴胜，是司天之厉及五残。"③ 又《海内北经》载："西王母梯几而戴胜杖，其南有三青鸟，为西

---

① 学术界对西王母信仰源头的探寻，主要可归纳为二：一是本土说，认为西王母信仰源自本土宗教神话。饶宗颐等学者从性别视角将西王母出现的时间上限推至红山文化时期，并将其发展划分为四期：红山女神系统—殷商东母、西母和壬母系统—战国东皇、西皇和西王母系统—秦汉西王母、东皇公系统。二是西来说，这是当前学者比较热衷的说法，其来源是《山海经·大荒西经》的记载，突出了西王母与西方昆仑山的关系。（参见饶宗颐：《中国宗教思想史新页》，109 页，北京，北京大学出版社，2000）

② （清）王先谦：《庄子集解》，60 页，北京，中华书局，1987。

③ 袁珂校注：《山海经校注》，50 页，上海，上海古籍出版社，1980。

王母取食。在昆仑虚北。"①这时的西王母具有半人半兽的典型特征，构成西王母信仰的主要因素——昆仑山、戴胜鸟、三青鸟等也已基本具备，它们也是此后汉代西王母图像中经常被图画的祥瑞之物。

还有一则材料相对特殊，即《管子·轻重己》说西王母乃齐地之神，与《山海经》所述西方神相对。不过此条材料在战国文献中尚属孤例，可能是由齐鲁方士后来添加上去的，目前还没有其他出土文献能够证明其合理性。三是描述了西王母与西方地名的某些联系，《大荒西经》说："西有王母之山、壑山、海山。……有三青鸟，赤首黑目，一名大鵹，一名少鵹，一名曰青鸟。"②关于西王母之地，《尔雅》卷九《释地》云："觚竹、北户、西王母、日下，谓之四荒。"晋郭璞注曰："觚竹在北，北户在南，西王母在西，日下在东，皆四方昏荒之国，次四极者。"③这里西王母作为地名，应该指的是王母所居之地，它位于荒渺的中国西方之极。综合而言，以上三个方面所述西王母更多地反映的是原始状态下自然神的某些面貌特征，无论是豹尾、虎齿、善啸，还是其状如人，都与早期神灵半人半兽的神格较为接近，神话人物背后仍保留着浓厚的图腾崇拜和部族神的印记。

有汉一代，西王母的长生特征跳出了原先《山海经》的描述而被无限放大，人们感兴趣的不再是她的容貌和所居之地，而是其所掌的不死之药。《淮南子·览冥训》说："譬若羿请不死之药于西王母，姮娥窃以奔月，怅然有丧，无以续之。何则？不知不死之药所由生也。"④这就把姮娥的吞药升仙故事与西王母不死传说联系了起来。太史公司马迁在《史记》的撰述中也是格外关心西王母神话传说的探寻，对她的容貌和所居之地的兴趣显得并不是那么浓厚。⑤ 到了汉赋大家司马相如那里，他甚至发出"必长生若此而不死兮，虽济万事不足以喜"的千古

---

① 袁珂校注：《山海经校注》，306 页，上海，上海古籍出版社，1980。
② 袁珂校注：《山海经校注》，397～399 页，上海，上海古籍出版社，1980。
③ （晋）郭璞注：《尔雅》，42 页，杭州，浙江古籍出版社，2011。
④ 何宁撰：《淮南子集释》，501～502 页，北京，中华书局，1998。
⑤ 司马迁在史记中对西王母的记述见于卷四三《赵世家》、卷一一七《司马相如列传》和卷一二三《大宛列传》。

慨叹！也就是说，西王母的长生信仰在汉初经皇室贵族、文人学士的多次书写和撰录，已逐渐褪去了她作为自然神的原始气息，对个体寿命延续的无限渴望和对求仙活动的矢志热情已远远超过了对原始自然神的崇拜，西王母信仰也由此进入了人们的现实生活。

此外，还有一则材料不能忽视——《穆天子传》对西王母活动的记述。《穆天子传》是与《竹书纪年》一道在西晋汲郡战国魏王墓冢出土的古书。《晋书·束晢传》云："《穆天子传》五篇，言周穆王游行四海，见帝台、西王母。"①根据《国语·周语》所记穆王西征犬戎事，以及《左传·昭公十二年》"昔穆王欲肆其心，周行天下，将皆必有车辙马迹焉"②的记载，可知周穆王西征确有其事，但也全非信史，曹道衡就曾指出第三章"天子宾于西王母"及"天子觞西王母于瑶池之上。西王母为天子谣曰：'白云在天，山陵自出。道里悠远，山川间之。将子无死，尚能复来。'天子答之曰：'予归东土，和治诸夏。万民平均，吾顾见汝。比及三年，将复而野'"等可能出自后人增益。③ 也就是说，《穆天子传》大部分虽是战国史事，但具体的故事可能经过了汉代人的补充与想象，尤其是西王母与人间穆王往来交会的一些情节，恐怕是西汉人眼中的西王母"标准像"，显示了公众对西王母形象的一般理解。因为这时的西王母是一位和蔼可亲的人间女神，与汉代人眼中的西王母情节较为接近，而与《山海经》所记半人半兽的西王母形象则相去较远。

这位充满着"人情味"的西王母在汉代文字文献中被描述成一位频频与中原帝王会面的外来使者形象，经常围绕天神帝舜展开，现举几例说明。例如，贾谊《新书·修正语》上篇云："尧曰：'身涉流沙，地封独山，西见王母，驯及大夏、渠叟。'"④又《尚书大传》云："舜之时，西王母来献白玉琯。"⑤《大戴礼记·少间》记载稍详："昔虞舜以天德嗣尧，布功散德制礼，朔方幽都来服，南抚交趾，出入日月，莫不率俾，

①　（唐）房玄龄等撰：《晋书》，1433 页，北京，中华书局，1974。
②　杨伯峻：《春秋左传注》（修订本），1341 页，北京，中华书局，1990。
③　参见曹道衡、刘跃进：《先秦两汉文学史料学》，184 页，北京，中华书局，2005。
④　（汉）陆贾撰，阎振益、钟夏校注：《新书校注》，360 页，北京，中华书局，2000。
⑤　（宋）李昉等编：《太平广记》，1530 页，北京，中华书局，1961。

西王母来献其白瑜。"①无论是陆贾的《新书》还是此后的儒家经说，他们所记人间帝王频频拜会西王母，从西王母那里获得了治理天下的方法，这种观念和情节似乎由来已久。而到了汉代，西王母往见中原帝王的情节占了重头，后来传为班固所题的《汉武帝内传》所述王母降临人间与武帝临会之事也大略本之于此，可能是现实政治里大一统中央王权强化的因素所致，而且只要中国一经安定西王母就来会见的情节，取代了西王母带来天下太平的理念，这种认识似把西王母及其所携之物白瑜等当作了祥瑞应物的象征。② 在援经入谶的汉代纬书那里，西王母就经常被当作符命、祥瑞的象征符来解读。例如，《洛书灵准听》云："舜受终，凤皇仪，黄龙感，朱草生，蓂荚孳，西王母授益地图。"③这从一个侧面说明西王母已经被谶纬学家塑造成了天帝的实际授命使者形象，她的一经出现其实就表明了王权拥有者的合理性及合法性。

通过以上诸例文字文献的分析，我们可以得出这样的结论：第一，汉代的西王母信仰逐渐取代了先秦自然神西王母，无论是从其多次会面人间帝王的情景，还是强调其长生的仙界机能，西王母所具有的神仙意味不断增强，成为帝王、诸侯贵族、文人学士等各自崇拜的对象，甚至在某些场景中还有不断被仙化的倾向；第二，在西汉中叶前后，西王母的活动几乎都与帝王求仙、国家祀典等上层文化活动相关联，基本看不到西王母与下层普通民众信仰发生关系的记载。也就是说，此时的西王母信仰更多地显示出上层贵族阶层的信仰属性，这可从他们所热衷的追求长生、献祭、求仙等一系列活动中看出。因为在汉武帝时期，正是国家祭祀和神仙、方士崇拜狂热之时代，汉武帝不仅巡狩并封禅泰山、立畤祠，还多处候望黄帝等，显示了秦汉时代朝廷上

---

① （清）王聘珍：《大戴礼记解诂》，216 页，北京，中华书局，1983。

② 参见[日]小南一郎：《中国的神话传说与古小说》，孙昌武译，32～33 页，北京，中华书局，2006。

③ [日]安居香山、中村璋八辑：《纬书集成》，1256 页，石家庄，河北人民出版社，1994。

层的求仙创举以及不断对神格人物加以塑造、仙化的过程。① 对于此，有学者曾一针见血地指出："两汉时由于方士、文人竞言长生，由是服食求仙，风靡一时，西王母遂成为贵族地主朝夕崇拜的偶像。"②西王母信仰的上层属性确实与帝王的求仙活动密不可分，所以才有了像司马相如《大人赋》里那样的伤叹。

二、世俗性：画像艺术中的西王母

就在汉庭中上层贵族和文人学士还沉浸在西王母信仰的浪漫崇拜之中时，西王母信仰在西汉末期却悄然发生了变化：西王母信仰在继续朝着求仙问药长生机能发展的同时，又分化出民间信仰的新特质，这主要可从两个方面加以解读。

一是东汉时期西王母在文字文献中被书写和载录的次数十分有限，无论数量还是涉及范围都远不及西汉。这一现象表明主流文化对西王母的态度是疏远的，保留西王母史遗、细节的信息和材料主要源自民间。除班固《汉书》几处记述外（详见本节第三部分），西王母及其事迹主要见于旧传班固所题的《易林》③。据巫鸿统计，《易林》一共提及西王母处 24 例，这还包括了一些重复和含糊不清的片段，如西王母、皇母、王母等。根据西王母所具有的文化功能的不同，可将其材料归为如下四类。④

第一类主要涉及西王母的外貌，例如：

> 三人辇车，东入旁家。王母贪饕，盗我资财；亡失犁牛。（《无妄》卦）

---

① 参见田天：《秦汉国家祭祀史稿》，163～164 页，北京，生活·读书·新知三联书店，2015。

② 王建中：《汉代画像石通论》，433 页，北京，紫禁城出版社，2001。

③ 关于《易林》的成书，存在着巨大的争议，但从书中所涉及的历史史实、自然灾变等看，作时限定在西汉晚期至东汉初期较为妥当。参见王子今：《秦汉社会意识研究》，259～260 页，北京，商务印书馆，2012。

④ 参见李淞：《论汉代艺术中的西王母图像》，32～33 页，长沙，湖南教育出版社，2000。

三人辇车，乘入虎家。王母念饕，盗我犁牛。(《剥》卦)

第二类主要关乎长寿，例如：

弱水之西，有西王母。生不知老，与天相保。(《讼》卦)

弱水之西，有西王母。生不知老，与天相保。兴者危殆，利居善喜。(《临》卦)

弱水之右，有西王母。生不知老，与天相保，不利行旅。(《既济》卦)

第三类主要包括避祸、护佑与摆脱危难的内容，例如：

穿鼻系株，为虎所拘。王母祝福，祸不成灾，突然自来。(《谦》卦)

穿鼻系株，为虎所拘。王母祝词，祸不成灾，遂然脱来。(《明夷》卦)

穿鼻系株，为虎所拘。王母祝祷，祸不成灾，突然脱来。(《萃》卦)

戴尧扶禹，松乔彭祖。西遇王母，道路夷易，无敢难者。(《离》卦)

戴尧扶禹，松乔彭祖。西过王母，道路夷易，无敢难者。(《损》卦)

患解忧除，王母相干。与喜俱来，使我安居。(《蒙》卦)

引髯牵须，虽惧无忧。王母善祷，祸不成灾。(《讼》卦)

第四类是赐子、赐福的内容，例如：

稷为尧使，西见王母，拜请百福，赐我喜子。(《坤》卦)

稷为尧使，西见王母，拜请百福，赐我喜子，长乐富有。(《明夷》卦)

王母多福，天禄优伏。居之宠光，君子有福。(《剥》卦)

王母多福，天禄所伏。君之宠光，君子有昌。(《无妄》卦)

中田膏黍，以享王母。受福千亿，所求大得。(《小畜》卦)

    西逢王母，慈我九子。相对欢喜，王孙万户，家蒙福祉。
（《鼎》卦）

  以上四类文献记述中，第一类所传达的观念相对古老、陈旧，沿袭的基本是战国秦汉之际人们心目中西王母半人半兽的原始印象；第二类表现的是那个温柔慈善、高贵的妇人形象，在西汉文献里经常会看到；第三类、第四类出现与重复的次数较多，是之前西王母所不具备的新角色，反映了民间阶层对西王母避凶就吉、赐善纳福方面的精神需求。因为对一般民众而言，祛除灾祸、摆脱困境远比长生问药更为现实，因此才出现了那么多向西王母求子、祈福的韵语，而且这些韵语也随着西王母仙化的过程延续到了东晋葛洪那里。例如，在《抱朴子》占卜韵语里，西王母就时常和尧、舜、彭祖、王子乔、赤松子等仙人并列。

  二是相较于西汉文字文献把西王母塑造成一位位居西方昆仑神山的西方主神形象，东汉时的西王母不仅被载录的次数寥寥，而且图像刻绘出来的西王母形象与文字记述的西王母之间存在着明显的差异。[1]在汉代画像石墓葬体系之中，西王母呈现的不再是西汉那样唯一的主神形象，而是一个偶像式的女神。虽然各地区的西王母图像在构图风格上千差万别，但基本都有青鸟、三足乌、玉兔、蟾蜍、九尾狐等众仙物围绕在西王母周围。例如，四川省成都市新都区新繁镇清白乡出土的"东汉西王母画像砖"。画面正中部瓶形龛内西王母笼袖坐于龙虎座上，周围分别有直立而舞的蟾蜍以及九尾狐与持灵芝的玉兔、持戟的"大行伯"、三足乌及拜谒的人像等（图8-11）。又如，山东画像石，它主要是以西王母为中心构筑的，嘉祥县洪山画像石就

图 8-11　东汉西王母画像砖

  ① 汪小洋：《汉墓绘画中两个图像系统的讨论——主流社会天界图像与民间社会仙界图像的比较》，见赵宪章、顾华明主编：《文学与图像》第二卷，128页，南京，江苏教育出版社，2013。

是典型的例子。图中西王母位于图像几何中心，凭几而坐，众仙物呈环绕状，有三位手持剑齿状仙草的羽人面向西王母，右侧捣药的三只玉兔与它们呈对偶状，另有九尾狐、三足乌、蟾蜍等（图8-12）。再如，山东滕州大郭村画像石（图8-13）和山东微山两城镇画像石（图8-14）。前者是两位侍者一位持规，一位握矩，尾部相交，跟这一时期伏羲、女娲对偶图像一样，传达着阴阳结合的象征意义，但西王母凌驾于二者之上。后者也有类似的结构，但画面中央的西王母头上没有象征天地秩序的玉胜，表明她已不再是天地之间唯一的主神了，而是戴鸟，肩膀左右布满藤蔓状云气，图像旁刻有"西王母"字样的文字榜题。

图 8-12　嘉祥县洪山画像石

图 8-13　山东滕州大郭村画像石（拓片）

图 8-14　山东微山两城镇画像石

　　以上画像石中的西王母被刻画成一尊尊严肃端坐、直视画外的观者形象，所有的构图要素都围着她，而且她的意义需要与外界观者或崇拜者发生勾连才会产生，因此她是一位全能偶像式的神格人物。而在汉壁画墓中，这种现象则不太多见。汉壁画墓中的西王母不但构图简单，而且西王母本身并不是图像主宰者，仅仅作为一个仙化元素或叙事情节出现。

　　另外，还有一个现象是西汉末以后的西王母多出现在墓葬等级和规格较低的画像石墓里。根据汉画像资料显示，汉壁画墓主要流行于上层，而画像石墓多受普通民众喜爱。杨爱国对纪年汉画像石研究后指出："画像石墓墓主人身份最高的是诸侯王，但已发掘的汉代诸侯王墓中仅东汉陈倾王刘崇一例而已。……画像石墓不是汉代诸侯王墓室装饰的主体，永城柿园壁画崖墓中将其作为厕所的踏脚石可能也是一个证明。"①而在目前所发现的比较高规格的贵族壁画墓里，西王母图像非常少见，即便出现也是作为整体图像的一个配件或侧面像而已，这似乎说明西王母图像及信仰在一般民众阶层中更受欢迎，而在精英阶层则相对不受待见。

　　要之，在综合比较了文字文本与图像资料中的西王母形象后，我们认为西王母在两汉演进和变化的规律是有迹可循的。首先，文字记录的西王母形象多集中于西汉，其信仰活动也多与上层社会的祭祀典礼、外交往来有关，因此其信仰较多地显示了上层社会属性，而西汉末以后的西王母信仰则多半是民间性质的，这可从文字记载的文献及墓葬系统里窥得。其次，西汉末以后的西王母信仰在图像世界体系里也出现了明显的二元分化现象，即西王母图像更多出现于民间阶层偏爱的画像石墓里，中、上阶层的壁画墓反倒对西王母信仰不太热衷。这种文字与图像之间、图像与图像之间对看似相近的西王母形象及其信仰却有着迥异的记述，这是单从文字文本载录中看不到的文化现象。

三、"行西王母诏筹"：图文差异背后的话语权力

　　综合以上分析，那么到底是什么原因导致这种文字与图像之间、图像与图像之间西王母形象及其信仰的巨大差异呢？通过认真比较图像、文字对西王母形象的不同塑造及结合当时的政治文化背景，一个被忽视的问题逐渐浮出水面，即西王母除了在汉代有世人倾慕的长生

---

① 杨爱国：《幽明两界：纪年汉代画像石研究》，176 页，西安，陕西人民美术出版社，2006。

机能外，她还深深地刺痛了汉代朝廷的"神经"，这与西汉哀帝时爆发的一次流民事件——"行西王母诏筹"密切相关。这次事件直接造成了西王母及其信仰在图文、图图、阶层之间的记述差异和不平衡传播。这次事件在《汉书》中至少被载录了八次①，以《五行志》的记述最为详备：

> 哀帝建平四年正月，民惊走，执稿或棷一枚，传相付与，曰行诏筹。道中相过逢多至千数，或被发徒践，或夜折关，或逾墙入，或乘车骑奔驰，以置驿传行，经历郡国二十六，至京师。其夏，京师郡国民聚会里巷仟佰，设张博具，歌舞祠西王母。又传书曰："母告百姓，佩此书者不死。不信我言，视门枢下，当有白发。"至秋止。②

据《哀帝纪》记载，此事始于关东地区，最后波及京师；从春天一直持续到秋天，可谓声势浩大。尤其是"执稿或棷一枚"，"设张博具，歌舞祠西王母"，"佩此书者不死"等种种情节，俨然与后世有组织的宗教活动没什么区别。③ 在这次事件中，民众传递西王母筹，表现出流民对西王母解决现实问题的渴望，显然与上层社会注重长生机能的西王母有别，而是超越了地域共同体的限制，表现出与国家政权相对抗的性质。

尽管班固对西王母诏筹事件的态度略带批评口吻，但也确实让我们看到了此次事件与西汉末以来长期累积的弊政、自然灾害的关联。在西王母诏筹事件的前一年，也就是建平三年（前4），哀帝因故册免丞相孔光时云："朕既不明，灾异重仍，日月无光，山崩河决，五星失

---

① 分别见于：《汉书》卷一一《哀帝纪》、卷二六《天文志》、卷二七下《五行志》、卷四五《息夫躬传》、卷七二《鲍宣传》、卷八五《杜邺传》、卷八六《王嘉传》、卷九八《元后传》。

② （汉）班固：《汉书》，1476 页，北京，中华书局，1962。

③ 巫鸿和鲁惟一根据博具、诏筹、祭祠、升火、佩书等指出它与有组织的宗教信仰之间的某些关联；鲁惟一甚至推测说此事件之所以会在正月发生，与之后流行的正月初七的神话有关。（参见巫鸿：《武梁祠：中国古代图像艺术的思想性》柳扬、岑河译，128 页，北京，生活·读书·新知三联书店，2015；Michael Loewe, *Ways to Paradise：The Chinese Quest Immortality*, London, George Allen and Unwin, 1979，p. 100）

行……阴阳错谬，岁比不登，天下空虚，百姓饥馑，父子分散，流离道路，以十万数。而百官群职旷废，奸轨放纵，盗贼并起，或攻官寺，杀长吏。"(《汉书·匡张孔马传》)又绥和二年(前7)，成帝赐翟方进册曰："惟君登位，于今十年，灾害并臻，民被饥饿，加以疾疫溺死，关门牡开，失国守备，盗贼党辈。"(《汉书·翟方进传》)同年哀帝又诏曰："间者日月亡光，五星失行，郡国比比地动。乃者河南、颍川郡水出，流杀人民，坏败庐舍。"(《汉书·哀帝纪》)诸如此类的自然灾害在西汉哀、平之际不知凡几，又恰逢成帝暴崩、两位太后(傅太后、丁太后)的临朝听政以及当时屡次出现的日食、彗星、陨石等天文异象，使得郡国上下谣言四起、人心惶惶。① 在这样的社会大情势下，民众不再将希望寄托于朝廷，而是乞求于西王母及其神力来解决现实问题，期冀得到她的拯救与护佑。

　　明白这一点，就会理解上文所述汉代民众把西王母作为救世的工具，目的其实是对抗朝廷统治。这种上下矛盾使得朝廷对西王母信仰持反对意见。而且利用西王母信仰解决现实危机、革新制度进而实现政治意愿的行为在此后不久就发生过。西汉末王莽就曾看到这种宗教信仰势力的可利用之处，所以他将流民势力与自己的篡汉意图紧密相连，当有人献铜璧提出"太皇太后当为新室文母太皇太后"瑞应时，他借机下诏书曰："予视群公，咸曰：'休哉！其文字非刻非画，厥性自然'。予伏念皇天命予为子，更命太皇太后为'新室文母太皇太后'，协于新故交代之际，信于汉氏。哀帝之代，世传行诏筹，为西王母共具之祥，当为历代母，昭然著明。予祗畏天命，敢不钦承！谨以令月吉日，亲率群公诸侯卿士，奉上皇太后玺绂，以当顺天心，光于四海焉。"(《汉书·元后传》)于私而言，王莽利用民间西王母信仰实现权力转移，昭示了其篡汉的政治野心，但从整个宗教学史来看，利用宗教信仰攻击传统政治势力，取代旧的政治统治之事于史频频显见，这也

---

　　① 参见马怡：《西汉末年"行西王母诏筹"事件考——兼论早期的西王母形象及其演变》，见中国社会科学院历史研究所文化史研究室编：《形象史学研究》，33~34 页，北京，人民出版社，2016。

表明汉末西王母信仰在朝代更替、政治变革中扮演着十分重要的角色，它已经完全演化成为一股能够让朝廷政权忌惮和畏惧的强大政治势力了。

在这样的政治情势下，中、上阶层的壁画墓主人自然难以将西王母图像纳入自己的信仰、知识世界体系当中，因此才产生了西王母信仰在汉壁画墓中不受待见的情况。与此相反，汉代的另一对对偶神——伏羲、女娲并没有被卷进政治漩涡，而且他们所象征的生殖崇拜和对偶思维更能表达汉代一般宗族家庭伦理观念。西王母信仰逐渐退出了汉代中、上阶层的信仰体系，而在强烈坚信西王母能拯救时弊的汉代民间阶层中却悄然生根发芽，并日益发展壮大，西王母也逐渐演变成了普通世人的"救世"之神，其信仰也显示出前所未有的民间化面貌。

福柯曾论述道："相反，我们应该承认，权力制造知识（而且，不仅仅是因为知识为权力服务，权力才鼓励知识，也不仅仅是因为知识有用，权力才使用知识）；权力和知识是直接相互连带的；不相应地建构一种知识领域就不可能有权力关系，不同时预设和建构权力关系就不会有任何知识。"[①]权力和知识之间是一对复杂的双向互动关系，同样，权力与观念之间也是双向的，西王母信仰在图文之间的不同载录及演变既说明了其是如何被政治权力一步步建构的，同时也反映了其对政治权力实现的重要意义。

约略不久，于东汉后期形成对偶组合的东王公，由于受到西王母诏筹事件的牵连，同样在上层社会不受青睐，而在民间地区广受推崇。一个很明显的例子是，东王公在东汉后半期至三国的青铜镜铭里多有发现，而在由文人士子撰写的文献史料中几乎看不到。大约形成于东汉时代的《吴越春秋》，作为"尊天之术"的卷九写到"立东郊以祭阳，名曰东皇公。立西郊以祭阴，名曰西王母"[②]，这里的"东皇公"是目前所

---

① ［法］米歇尔·福柯：《规训与惩罚：监狱的诞生》（修订本），刘北成、杨远婴译，29页，北京，生活·读书·新知三联书店，2012。

② （汉）赵晔：《吴越春秋》，119页，济南，齐鲁书社，1999。

见与东王公名字相近最早的唯一一例。在东汉镜铭和买地券等与日常俗事有关的遗物中，西王母、东王公反而经常出现。例如，蔡氏镜铭："蔡氏作竟自有意，良时日，家大富，七子九孙各有喜，官至三公中尚侍。上有东王公、西王母，与天相保兮。"①又如，中平六年镜铭："中平六年正月丙午日，吾作明竟。幽涷三羊，自有己，除去不羊。东王公，西王母，仙人，玉女，大神，道长。官买竟位至三公，古人买竟百倍回。家大吉，天日月。"②何志国统计分析认为从"东汉元兴元年（105年）到东晋太和（328—329年）铜镜纪年铭文共计46例，其中东汉中晚期铭文26例，涉及'东王父、西王母'铭文5例，占总数的19.2%；三国至晋铭文20例，涉及'东王父、西王母'铭文只有1例，仅占总数的5%。两相比较，东汉中晚期'东王父、西王母'内容铭文数量是三国至晋的四倍。"③西王母镜铭居多，表明西王母在民间有着广泛的信众，这也是东汉中后期西王母信仰趋向民间化的一个显著特征。

西王母、东王公经常出现于带有保佑子孙吉祥富贵、仕途宦达的镜铭吉语中，这就表明以西王母和东王公为主的知识、信仰并未被选择进入以士大夫兴趣为基准的文字文献里，而是游走于普通民众的世俗生活和思想观念里，这种图、文不同的载录差异颇能反映西王母信仰在汉代社会中的流传情况以及从神圣到不断世俗化的演进过程。美国学者詹姆斯（Jane M. James）曾用图像志的方法考察过两者的差异。他指出："我们看到汉代艺术中的西王母同那些文献对她的描述并不完全一致。……我们猜测汉代艺术家根据相同的民间信仰的主体创作出他们的形象，这些信仰同样给各种文献的作者以灵感，大量有关西王母的文献，像《淮南子》《汉书》《易林》都将西王母视为一位有特定属性和力量的神，就像她出现在汉代艺术中一样。我们认为西王母这位女

---

① 罗振玉：《罗振玉学术论著集六：汉两京以来镜铭集录（外十四种）》，21页，上海，上海古籍出版社，2013。

② 罗振玉：《罗振玉学术论著集六：汉两京以来镜铭集录（外十四种）》，24页，上海，上海古籍出版社，2013。

③ 何志国：《钵生莲花镜考》，载《民族艺术》，2011(2)。

神的信仰流行于广大缺乏知识的普通人中间。现存的文献告诉我们她是怎样被构思的，现存的图像显示给我们她是怎样被理解的。"①在读书、识字还不普及的时代，书籍的编纂与流通主要掌握在经士文人手中，统治者对西王母的态度决定了读书人是否会在书籍中大加载录和阐述；而在代表世俗生活的民众那里西王母却饱受欢迎，即便是在死后的墓葬中也绘有其图像，所以截然不同的文化态度决定了文字文献与图像文献中西王母命运的巨大差别。通过以上分析，西王母及其信仰在文字与图像中的不均衡记述也表明，某种叙事文本的选择与演变并不完全由文本自身所决定，一般思想观念和政治文化同样对图文叙事传统有深度影响。因此，相对于集中从西王母形象及源头上的探讨分析，从观念史、话语权力角度对西王母神话文本做出的研究似乎更具说服力。

第四节　图像文献的形成及图文关系的确立

图像文化是人们在社会生活中留下的原始历史记录，具有丰富的文化内涵。这不仅是因为在文化创设之初，中国文字本身就是一种象形文字，记事摹象，书画同源；更因为图像在历史、政治、思想等方面具有广泛而持久的影响力。就早期中国文献的形成而言，图像助益良多，这主要表现于讲究空间性的图像作为一种思维方式，对原典文献的撰作动机、载录方式、谋篇布局均有重要作用。《天问》和《山海经》就是两部以图画知识为基础的文字文献，离开图画我们就很难考察这两种文献的功能和文化意义。

一、著图训政与《天问》文献
东汉王逸在《楚辞章句》中云：

①　[美]简·詹姆斯：《汉代西王母的图像志研究》，贺西林译，载《美术研究》，1997(2)。

> 屈原放逐,忧心愁悴。彷徨山泽,经历陵陆。嗟号昊旻,仰
> 天叹息。见楚有先王之庙及公卿祠堂,图画天地山川神灵,琦玮
> 僪佹,及古贤圣怪物行事。周流罢倦,休息其下,仰见图画,因
> 书其壁,何而问之,以泄愤懑,舒泻愁思。①

王逸提出此说后,历代赞成者甚众。如清代陈本礼云:"此屈子题图之
作,非渺茫问天词也。"②学者孙作云也指出:"在舟行路过春秋末年楚
故都、楚昭王所迁的都都时,屈原参拜了楚先王庙,见壁画有感而作
《天问》,这就是伟大的哲理诗《天问》的写作背景。"③当然,持反对意
见者亦有之,如林云铭就说,《天问》看来只是一气到底,序次甚明,
未尝重复,亦未尝倒置,无疑可阙,亦无谬可辟,世岂有题壁之文能
妥确不易若此者乎。④学者郭沫若亦指出:"这篇相传是屈原被放逐之
后,看到神庙的壁画,而题在壁上的,这完全是揣测之辞。任何伟大
的神庙,我不相信会有这么多的壁画,而且画出了天地开辟以前的无
形无象。据我的了解,应该是屈原把自己对于自然和历史的批判,采
取了问难的方式提出。"⑤综合反对者的意见,主要可归纳为三:一是
《天问》结构次序谨严,题画诗不可能如此脉络清晰;二是《天问》篇幅
庞大,若是题画之作,那么何来如此庞大的壁画;三是只有郢都宗庙
才有壁画,屈原遭放逐时何以窥得。

首先,我们认为在祖先庙壁图画天地山川及至古圣贤王之事,这
是古已有之的历史文化传统。刘师培曾在《原画》中说:

> 观古代神祠,首崇画壁。《周礼·春官》云:"凡以神仕者,掌
> 三辰之法,以犹鬼神祈之居。""犹"训为"图"。而下句复言"辨其名
> 物",则神祠所绘必有名物可言。⑥

---

① (宋)洪兴祖:《楚辞补注》,85页,北京,中华书局,1983。
② 游国恩主编:《天问纂义》,6页,北京,中华书局,1982。
③ 孙作云:《天问研究》,9页,开封,河南大学出版社,2008。
④ 参见游国恩主编:《天问纂义》,4页,北京,中华书局,1982。
⑤ 郭沫若:《屈原赋今译》,109页,北京,人民文学出版社,1981。
⑥ 刘师培:《刘申叔遗书》,1267页,南京,江苏古籍出版社,1997。

接着，他又在《古今画学变迁论》中说：

> 古人象物以作图，后者按图以列说。图画二字为互训之词。……盖古代神祠，首崇画壁。……神祠所绘，必有名物可言，与师心写意者不同。《楚辞》《九歌》《天问》诸篇，言多诙诡，盖楚俗多迷，屈赋多事神之曲，篇中所述，其形态事实，或本于神祠所图绘。①

刘氏已注意到古代宗族神祠常有山川名物图于庙壁，图画与神祠之间存在着某种联系。而其墙壁上所图画的内容，我们也可由文献大略推知。《尚书·咸有一德》云："七世之庙，可以观德。"②清人武忆据《吕氏春秋》引《商书》"五世之庙，可以观怪"，认为"观德"为"观怪"的讹写，"观怪"其实就是在祠堂内绘制各种物怪神灵壁画，章太炎《訄书·订文》亦持此论。③

历史文献和出土实物显示，楚国上到宗庙祠堂、宫阙楼宇，下至墓室棺椁、钟鼎彝器，均有人物、神怪等图绘其上。楚国绘画艺术瑰奇伟丽，远在诸国之上。④图画内容既有天顶的日月星辰，也有山川木泽，还有神话、历史人物，所以是集天、地、人于一体的图画合集。另外，与楚国相匹敌的西方秦国，图绘艺术也蔚然可观。考古学家曾在秦都咸阳一号宫殿遗址发掘出440余块壁画残骸，"五彩缤纷，鲜艳夺目，规整而又多样化，风格雄健，具有相当高的造诣，显示了秦文化的艺术的特色"⑤。三号遗址也发现了诸多关于车马、仪仗、建筑、人物的图形壁画，形制主要是"卷轴式"的。⑥学术界认为"这是至关重

---

① 刘师培：《刘申叔遗书》，1638～1639页，南京，江苏古籍出版社，1997。
② （汉）孔安国传，（唐）孔颖达疏：《尚书正义》，李学勤主编：《十三经注疏》，218页，北京，北京大学出版社，1999。
③ 参见章炳麟著，胡伟希选注：《訄书》，124～125页，沈阳，辽宁人民出版社，1994。
④ 关于楚国庙堂壁画问题的研究，萧兵曾专门做过详细讨论，兹不赘述（参见萧兵：《楚辞的文化破译：一个微宏观内渗的研究》，武汉，湖北人民出版社，1991）。
⑤ 刘庆柱、陈国英：《秦都咸阳第一号宫殿建筑遗址简报》，载《文物》，1976(11)。
⑥ 刘庆柱：《秦都咸阳第三号宫殿建筑遗址壁画考释》，载《人文杂志》，1980(6)。

要的一大收获，它首次证实了《孔子家语》《天问》《韩非子·外储说》中有关战国时期宫殿、庙堂图绘壁画的记述"①。还有如西周天子庙堂，恐怕亦图画了先贤历史人物图画，《淮南子·主术训》和《孔子家语》卷三"观周"条都记载了孔子曾观周之明堂，明堂之上图绘的正是历史上著名的贤愚两类君王，既有尧舜之容，也有桀纣之象。此外，据周厉王时善夫山鼎、宣王时无专鼎铭文显示，金文中常见"大室"的记载，它正是藏有周先王图像的"图室"②，也就是说先秦宗祖神庙不仅会图画历史人物，而且还会专设图室来保存这些图画。

战国至秦汉间，图画艺术朝着"现实化""世俗化"方向发展，这是因为随着社会宗教习俗的更替，神祠宗庙壁画也出现了一些变化。杨宽认为："战国时代绘画的发展，还和当时宗教风俗的变化有关。当时由于文化的进步，对鬼神可以降附人身的宗教信仰逐渐淡薄，废除了用活人为'尸'来祭祀的礼仪，改用画像来祭祀。"③用画像来祭祀，也就是在宗庙墙壁图绘祖先神像或悬挂"神影"来进行祭祷，目前出土的诸多战国时代的人物帛画正好可以与这种文化习俗相佐证。若是再结合汉代王延寿的《鲁灵光殿赋》的记述来看，宫殿苑囿图绘历史传说帝王和人物故事当属常制，及至汉代陵寝墓室，也都是这种规制，图绘的内容远至三皇五帝，近到墓主自身，其间又穿插孝子、贞女、烈妇、义士等，真可谓群生百态，莫不图颂。所以唐人张彦远在《历代名画记》中说："留乎形容，式昭盛德之事，具其成败，以传既往之踪。记传所以叙其事，不能载其容，赋颂有以咏其美，不能备其象，图画之制所以兼之也。"④

既然古代的宗庙祠堂常图绘人物故事图画，那么这些壁画又有何用呢？在这里我们依然要从与古代宗庙祠堂有关的内容谈起。东汉许慎在《说文》中说："祠，多文辞也"，是将祠堂典礼与某种祭祀文辞联

---

① 陈国英：《秦都咸阳考古工作三十年》，载《考古与文物》，1988(5-6)。
② 转引自伏俊琏：《俗赋研究》，136页，北京，中华书局，2008。
③ 杨宽：《战国史》，624页，上海，上海人民出版社，1955。
④ （唐）张彦远著，俞剑华注释：《历代名画记》，4页，上海，上海人民美术出版社，1964。

系起来。我们知道，古代负责宗庙祭祀的人主要是巫祝，《说文》云：
"巫，祝也"，"祝，祭主赞词者"①。巫祝的一项重要职责是管理宗庙，
负责祭祀祖先神灵。巫祝面对先祖遗像，在宗庙仪典上常会叙述部族
兴废往来，颂扬祖先彪炳功烈，讲述历史故事当然也应是题中之意。
在此文化传统上，从巫祝分化出来的史官依图讲史，也就自然形成了，
故刘师培说："韵语之文，虽匪一体，综其大要，恒由祀礼而生"②，
此言甚明。

从历史文献的载录来看，史官面对图像壁画依图讲史的例子有很
多。据司马迁《史记》记录，伊尹刚刚拜见商汤时曾谈及"素王及九主之
事"。裴骃《集解》引刘向《别录》云："九主者，有法君、专君、授君、
劳君、等君、寄君、破君、国君、三岁社君，凡九品，图画其形。"③
将九主图画其形，是战国以来借图像以箴诫的文化传统，长沙马王堆
三号墓出土的九主帛画可以佐证，只不过三岁社君作灭社之主，破君
作破邦之主，等君作半君。伊尹借素王和九主群像故事对商汤进行游
说解说，其实是依图讲史以劝诫，因为图和史的作用都在于鉴戒，"观
图"就是"鉴史"。

如果将这一种文化现象扩展至整个中国文化典籍生成的早期，就
会发现很多文献的形成皆与著图训政的传统有关。据李山研究发现：
"诗篇（《大雅·大明》）是对历史的追忆，然而有些句子，如'倪天之
妹'，'造舟为梁'及'时维鹰扬'，不像是世隔多少代以后追忆的句
法。……最近在阅读有关金文材料时，无意间找到了消除疑问的证据。
厉王时铜器《善夫山鼎铭》曰：'佳卅又七年正月初吉庚戌，王在周，各
（至）图室。'宣王时器《无重鼎铭》曰：'佳九月既望甲戌，王各于周庙，
述图室。'（'图室'，当即'大室'，因其内有先公图像，故又称'图室'）
原来，《大明》篇中的描绘，是对祖庙中先祖先妣事迹的图画的讲述与
赞美！诗人对周家开国历史的讲述，原来是借着对祖庙图像的观阅完

---

① （汉）许慎撰，（清）段玉裁注：《说文解字注》，5～6 页，上海，上海古籍出版社，
1988。

② 刘师培：《刘师培中古文学论集》，217 页，北京，中国社会科学出版社，1997。

③ （汉）司马迁：《史记》，94 页，北京，中华书局，1959。

成的！如此，'倪天之妹'及'造舟为梁'的'太过具体'，乃是诗篇在颂赞画中的图景；'时维鹰扬'的'太过笼统'，乃是诗人在感叹图像中太公雄武精神。"①需要补充的是，金文宜侯夨簋铭、师瘨簋盖铭、曶鼎铭、颂鼎铭等，它们也都有关于"大室"（图室）与图画的相关记载。②通过《诗经》部分篇目对祖先故事的赞颂与金文对图室的载录来看，诗歌谣谚的来源也不单是"采诗""献诗"的结果，也有一部分是由巫祝或史官著图训政而成。这种礼俗现象表明先秦时图画与文字之间具有某种共生或图文混杂的迹象，巫史人员或依图而讲史，或据图而颂诗赋，在记录这些文辞时也会将图绘于文字旁，所以形成了早期文献图文并举的著述形态。

其次，否定者所谓三条论述均不成立。一是怀疑者称《天问》谨严的序次与壁画的对应关系，我们认为两者不可混为一谈。《天问》据壁画而作，是说屈原有感于壁画之内容，触发了作者创作的情思。《天问》本身并不是据实对壁画原图的一一对应"翻译"和"复述"，而是艺术创作的产物。贯穿整篇《天问》脉络的是其创作思路，而不是壁画本身。二是楚国庙壁是否存在数量庞大的壁画？依上文所言，近年来考古发现的楚地帛画、棺椁上的宗教画像，以及楚庙壁的图绘遗存等，甚至诸多楚帛画在故楚之地的相继发现，都可证明楚国宗庙壁画大量存在的事实以及楚国崇尚图绘的文艺风潮。至于最为重要的第三条，屈原遭放逐时离开郢都，或已不可能看到庙壁，其实这也是不合实际的。楚国都城一直都处在变动不居的状态，图画楚先王壁画的宗庙当不只郢都一处。孙作云、赵逵夫二先生就认为汉水以北有楚文王所居之鄢都，也有昭工时期的鄀都，它们都曾作为楚都而著名。孙作云考证认为《天问》写作的地点是春秋末年楚昭王十二年所迁的鄀都，即今湖北

---

① 李山：《诗经的文化精神》，186 页，北京，东方出版社，1997。

② 根据马承源主编《商周青铜器铭文选》，宜侯夨簋铭："隹四月辰才丁未，王省武（珷）王成王伐商图，征（延）省东或（国）图……"。师瘨簋盖铭："隹二月初吉戊寅，王才周师司马宫，各（格）大室……"曶鼎铭："隹王元年六月既望乙亥，王才周穆王大室……"颂鼎铭："隹三年五月既死霸甲戌，王才周康卲（昭）宫。旦，王各（格）大室，即立（位）……"

省中部宣城市东南九十里汉水西岸的故都都。① 另据清华简《楚居》所载，楚昭王时"自秦溪之上徙居媺郢，媺郢徙居鄂郢，鄂郢徙袭为郢。阖庐入郢，焉复徙居秦溪之上，秦溪之上复徙袭媺郢"。② 武王阖闾在未攻入郢都之前，楚国已迁都三次，后两次分别定于鄂郢和媺郢。吴国攻入鄂郢后，昭王经云梦泽向北逃窜，这些地方均在汉水以北。因此，屈原向北放逐时路过楚国故都看到图画于庙壁上的楚先王宗祠壁画完全是有可能的。

综合以上两个方面，我们认为屈原据楚先王庙壁而作《天问》完全是符合其历史文化传统的，而且图绘壁画的首要功能在于著画以训政，巫祝人员常在祖先庙祭仪式上以宗族图像训诫现实中的君王。屈原在遭流放途中，看到留存在楚先王庙壁的历史壁画，又想到自己的生平抱负与不公正遭遇，因此呵而问之，所以《天问》才处处流露出对天地上下、古今历史、楚国现实等的诘问！

二、依图制文：《山海经》的生成机制

先秦时期流传着大量的神灵物怪图像，其数量和形式也远比我们熟知的更为丰富。它们应该与"铸鼎象物"有着相似的宗教文化功能，属于巫师的职业文献。其中最具代表性的就是《山海经》，是一种以动物神怪为基础的图画文献。

首先，从《山海经》的内容来看，《汉书·艺文志》将其归入数术略刑法家，其功能与《宫宅地形》《相人》《相六畜》等风水之书无二，其实是过分夸大了《山海经》的巫术祭祀内容，后世多不信此。《隋书·艺文志》又将其纳入史部地理类，这是因为隋继六朝山水审美意识觉醒之后，《山海经》也附带了地理山水的色彩。等到小说繁盛的明清以后，《四库全书总目提要》以为《山海经》乃"述山水，多参以神怪……核实定名，实则小说之最古者尔"③，故又将其划入小说之列。到了 20 世纪，

---

① 参见孙作云：《天问研究》，12 页，开封，河南大学出版社，2008。
② 参见李学勤主编：《清华大学藏战国竹简（一）》，181 页，上海，上海中西书局，2010。
③ （清）永瑢等撰：《四库全书总目》，1205 页，北京，中华书局，1965。

鲁迅《中国小说史略》将其定为"古之巫书"，这一说法影响了很长时间，包括袁珂在内的许多学者都觉得禹才是此书的创始者，《山海经》"大约就是古代巫师招魂之时所述的内容大概"①，巫书说的看法也传遍学界。

这种巫书说其实渊源有自，古书中就曾记载益作《山海经》的说法。刘歆《上山海经表》云：

> 禹乘四载，随山刊木，定高山大川，益与伯翳主驱禽兽，命山川，类草木，别水土，四岳佐之，以周四方。逮人迹之所希至，及舟舆之所罕到，内别五方之山，外分八方之海，纪其珍宝奇物异方之所生，水土草木禽兽昆虫麟凤之所止，祯祥之所隐，及四海之外，绝域之国，殊类之人。禹别九州，任土作贡，而益等类物善恶，著《山海经》。②

后来王充撰《论衡》时依旧沿用此说，其云：

> 禹、益并治洪水，禹主治水，益主记异物，海外山表，无远不至，以所闻见，作《山海经》。③

根据以上两则材料可知，大约在汉代人眼里，《山海经》成书于大禹治水以后，而且主要是由益完成的。前文已经说过，益曾为史官，相传其为虞人。《尚书·尧典》云："帝曰：'畴若予上下草木鸟兽？'佥曰：'益哉！'帝曰：'俞，咨益，汝作朕虞。'"④虞乃一种掌百物索祭的官职，《荀子·王制》云："修火宪，养山林薮泽草木鱼鳖百索，以时禁发，使国家足用而财物不屈，虞师之事也。"⑤在这里，虞师就是虞人。上文刘歆说"益等类物善恶"指益擅长区分"物"之善恶，其实是说益是

---

① 袁珂：《袁珂神话论集》，15～18页，成都，四川大学出版社，1996。
② （清）严可均辑：《全汉文》，410页，北京，商务印书馆，1999。
③ 黄晖：《论衡校释》，597页，北京，中华书局，1990。
④ （汉）孔安国传，（唐）孔颖达疏：《尚书正义》，李学勤主编：《十三经注疏》，77页，北京，北京大学出版社，1999。
⑤ （清）王先谦：《荀子集解》，168页，北京，中华书局，1988。

负责祭祀各地之神灵物怪的大巫师。益既然有掌管四方神灵百物之职，当然就需要一种类似于"远方图物"性质的图画文献。因此，古人将《山海经》的作者归为益，其实也暗示了《山海经》作为巫术图画文献的性质。

而《山海经》中的神怪之物，也经常与宗教祭祀、巫术占卜活动等联系在一起，它们往往有"见之""服之"则某事会发生的神奇效果。据巫鸿研究，在《山海经》的五十二条预兆性质的记录中，有四十七条与异常自然事象有关，一些鸟兽鱼鳖的出现时常与旱灾、洪水、瘟疫等相关联。① 此外，《山海经》对物怪的记述，可能与汉代流行的一种叫瑞图的图册有关，最典型的例子是武梁祠"征兆石三"上的两条记录：

> （1）有鸟如鹤，□□□喙，名□□，其鸣自（叫），□有动矣。
> （2）有□□□身长尾□□□□名曰法□□行则衔其尾，（见）则民凶矣。

这两条铭文意思是说当某物出现时就会有凶事发生，有恶兆预言性质，其文字来源更像是《山海经》的某个片段。如第（1）句似乎来源于《西山经》"有鸟焉，其状如鹤，一足，赤文青质而白喙，名曰毕方，其鸣自叫也，见则其邑有讹火"这一段文字；第（2）句与《北山经》"有兽焉，其状如豹而长尾，人首而牛耳，一目，名曰诸犍，善吒，行则衔其尾，居则蟠其尾"的记载十分相像。由于两者在文字及叙事模式上的相似性，巫鸿认为《山海经》可能是汉代流行的灾异图的某种文字索引或来源。其实这种记述方式，正好也暗示了《山海经》作为巫术图画文献属性的功能。

其次，从叙事学角度来看，在《山海经》全部文字当中，基本上看不到对时间深度的表述，对物怪的形状、外貌等的叙事强烈挤压了时间线索。如《中山经》对"胐胐"的记述是："有兽焉，其状如狸，而白尾

---

① 参见［美］巫鸿：《武梁祠：中国古代画像艺术的思想性》，柳扬、岑河译，100 页，北京，生活·读书·新知三联书店，2015。

有鬲，名曰朏朏，养之可以已忧"①，《南山经》对"十山之神"的记述是："其神状皆鸟身而龙首，其祠之礼：毛用一璋玉瘗，糈用稌米，一璧，稻米、白菅为席。"②除了状貌外，前人还指出《山海经》叙事对动作、形态、方位的重视，如朱熹《记山海经》说：

> 记诸异物飞走之类，多云东向或云东首，皆为一定而不易之形，疑本依图画而为之，非实记载此处有此物也。③

明代胡应麟亦云：

> 经载叔均方耕，欢兜方捕鱼，长臂人两手各操一鱼，竖亥右手把算，羿执弓矢，凿齿执盾，此类皆与纪事之词大异。……意古先有斯图，撰者因而纪之，故其文义应尔。④

事实上，《山海经》中这样的例子不胜枚举，譬如，《海外西经》中记载"西方蓐收，左耳有蛇，乘两龙"⑤；又如，《海外北经》中记载"欧丝之野在大踵东，一女子跪据树欧丝"⑥；等等。书中大量使用名词和辅助词，最能表现事物情节的动词反而相对阙如。缺少动词意味着缺乏叙事，因此在《山海经》的叙事模式里，经常会出现"某处有某山，某山有何特产与神怪，其形状与功能若何"的固定套式。也就是说，在《山海经》的叙事中，对某种神怪做介绍时，多叙述其形状、外貌、来历、方位等，这些因素是被优先考虑的，相反对神怪的动作行为不甚看重。

那么，为何《山海经》会产生如此令人诧异的叙事方式呢？这只能用《山海经》是某种图画的图注文字来加以说明。《隋书·经籍志》曾记载郭璞作《山海经赞》，而且参照了当时流传的某种"畏兽画"，后人据

---

① 袁珂校注：《山海经校注》，120 页，上海，上海古籍出版社，1980。
② 袁珂校注：《山海经校注》，8 页，上海，上海古籍出版社，1980。
③ (宋)朱熹：《晦庵先生朱文公文集》，见《朱子全书》第 24 册，3427 页，上海，上海古籍出版社，合肥，安徽教育出版社，2002。
④ (明)胡应麟：《少室山房笔丛》，315 页，上海，上海古籍书店，2001。
⑤ 袁珂校注：《山海经校注》，227 页，上海，上海古籍出版社，1980。
⑥ 袁珂校注：《山海经校注》，242 页，上海，上海古籍出版社，1980。

此认为《山海经》原本附有图画，而经文就是图画说明，这也就是为什么《山海经》经文对物怪的记述多言"东向""西向"的根本原因。更为重要的是，这种依图制文的文献生成机制可以从经文自身的记述窥得。譬如，《海外经》中经常出现"自西南陬至东南陬者"，"自西南陬至西北陬者"，"自东南陬至西北陬者"，"自东南陬至东北陬者"，这样的叙事形式只能说明《山海经》的作者其实是照着一幅图画以一定空间方位顺次进行描述的，而且这幅图是四四方方的画面。

今天我们所见到的《山海经》虽没有图画（有插画的则为后人所绘），但从《山海经》与图画的种种关联来看，都表明经文部分曾是解释说明图画内容的。这种依图制文的文献形成机制可以拿前文所述长沙子弹库楚帛书十二月神来做对比。子弹库楚帛书是一幅方形的图画，其功能和价值与《山海经》古图有相似之处，均是以图画四方表示四时，并传达出日常生活禁忌，这一点在两者的表现上至为重要。

第一，帛书图画和《山海经》古图一样，图上有掌管四季的四时之神，从图画东边第一位月神开始，按照顺时针顺序至北方最后一位月神结束，分别是秉、叙、玄、荃，每个方位的最后一位神灵既是当月主神，又是分管该季的季节神，一身兼两任，这可从它们的命名得知。季春三月是"秉司春"，季夏六月为"叙司夏"，季秋九月谓"玄司秋"，季冬十二月为"荃司冬"。每月主神第一字为神名，第三字为职务。两相比较，帛书中掌管春、夏、秋、冬四季的季节神正好对应着《山海经》的四时之神春神句芒、夏神祝融、秋神蓐收和冬神禺强，同时它们也是四方神，杨宽先生考证四时之神的命名和形象后，认为帛书四时神就是《山海经》所记四方神。[①]

第二，楚帛书四隅绘有四棵大树，这也与《山海经》中所谓扶桑、三株树极为相近，它们的功能基本相同。在帛书宇宙观中，四角上的四棵树乃象征着天之四极，属于名副其实的通天树，帛书称为"青木、赤木、黄木、白木、墨木"，分居四方的其实只有青、赤、白、黑四木，由于帛画中央要书写文字，基本没有空间可以图绘其他内容，故

---

① 杨宽：《楚帛书的四季神像及其创世神话》，载《文学遗产》，1997(4)。

黄木省去不图。在帛书《四时》篇中，四木代表着撑起苍天的四根神树，它们具有恢复宇宙秩序的神性功能。而在《山海经》里，东方有扶桑木，又称"榑木"或"扶木"，十日所出。南方有三株树，北方有邓林、寻木等，这些都暗示了作为通天树的四木既有巫师上下登天的天梯属性，还与古人观象授时的表木原型相配。

第三，两者还有相近的巫史文化背景，可以帛书中的帝夋为例。帛书说"日月夋生"，又言"帝夋乃为日月之行"。"帝夋"，《大荒经》作"帝俊"，其实应该是帝俊妻"羲和生十日"与"常羲生十有二月"的缩略版。帝俊在《山海经》中属于至上神，而帛书中称"帝"者唯有帝夋，他是超越伏羲、女娲、祝融、炎帝等的大神。从帝俊与日月的关系我们可得知，他是专门从事日月纪时活动的巫史人员。

在历史上，《山海经》长期被当作巫书，且与图画关系甚密，不仅因它善于记述各地奇异物怪神灵，而且经文的形成与巫师的职业及所执掌的某种职业图画文献有关。袁珂说："《山海经》尤其是以图画为主的《海经》部分所记的各种神怪异人，大约就是古代巫师招魂之时所述的内容大概。其初或者只是一些图画，图画的解说全靠巫师在作法事时根据祖师传授、自己也临时编凑一些的歌词。歌词自然难免半杂土语方言，而且烦琐，记录为难。……于是有那好事的文人根据巫师歌词的大意将这些图画作了简单的解说。"[1]巫师依图讲唱通常会在乐舞表演仪式上进行。袁珂进一步讲："我小时在四川看见端公（巫师）打保符，法堂的周围总要重重叠叠悬挂很多奇形怪状的鬼神的图画，端公手拿师刀令牌，站在堂中，一壁舞蹈，一壁便把这些图画的内容唱了出来，给我很深的印象。此书（《山海经》）既是和古代巫术有相当的关系，可能最初也是由巫师祈禳时悬挂的天地鬼神图像再加以文字解释的。"[2]如果将这种文化现象与其他少数民族文化作对比，就会发现以图说唱艺术并非《山海经》所专有，而是有着广泛的民间文化基础，在

---

[1]　袁珂：《袁珂神话论集》，15 页，成都，四川大学出版社，1996。

[2]　袁珂：《〈山海经〉写作的时地及篇目考》，见朱东润主编：《中华文史论丛》第七辑，158 页，上海，上海古籍出版社，1978。

畲族的祭祀仪式上，巫师通常会悬挂一种类似于"天地鬼神"的图像，即"神影"，"他们把槃瓠写上族谱，将槃瓠传说编成《高皇歌》（又名《槃瓠王歌》），歌词长达四百多行。还按传说的内容绘出连环画式的彩色画卷，称为'祖图'。祖图的形式很多，内容有繁有简，都是描绘槃瓠杀敌的故事，只是槃瓠所灭者略有不同，有的说是番王，有的说是犬戎，有的则说是吴将军。"①在民间祭祀典礼上，挂出先祖神灵图像，巫史人员负责照图讲唱演说，内容繁简有别，于是也就形成了不同的故事版本，但情节基本大同小异。在后来的民间艺术中，依图讲唱的传统不断得到继承和发展，如变文和宝卷，唐代吉师老《看蜀女转〈昭君变〉》一诗就有"画卷开时塞外云"，明确记录了蜀女在吟唱时同时将手中画卷展开的情景。②　直到清人掌故遗闻汇编中，也还流行着"按图讲述"的文化习俗，徐珂在《清稗类钞·丧祭类》中说："祭坛之前，以白布图画像，形似卷轴，长及数丈，上绘盘瓠衔犬戎将军首级处，或高辛氏以女妻盘瓠处。犬头即盘瓠之儷，乃其鼻祖，故彼等以此为羞。祭时高歌，且恣饮啖焉"③，这也足以说明《山海经》是依据古山海图讲述的述图文字了。

其实，《山海经》依图制文的形成机制，我们还可拿其他文献来作为参考。高亨曾怀疑《周易》有图文并存的情况，他说："余疑《周易》先有图像，后有文辞，若《山海经》《天问》之比。以《乾卦》言，初九云'潜龙勿用'，初本绘一龙伏水中，后乃题其图曰'潜龙'，断其占曰'勿用'。九二云'见龙在田，利见大人'，初本绘一龙在田间，后乃题其图曰'见龙在田'，断其占曰'利见大人'。……总之，凡取象之辞皆似原有图。即记事之辞抑或原有图，《山海经》《天问》，其图有若干故事，是其例。"④也就是说《易》原本可能是配图的，文辞据图而生。这种假

---

① 蒋炳钊：《畲族的槃瓠崇拜及其宗教习俗》，见宋恩常编：《中国少数民族宗教初编》，409～410 页，昆明，云南人民出版社，1985。
② 周绍良：《唐代变文及其它》，见《敦煌文学作品选》，8 页，北京，中华书局，1987。
③ 徐珂：《清稗类钞》，3567～3568 页，北京，中华书局，1986。
④ 高亨：《周易古经今注》，51～52 页，北京，中华书局，1984。

设虽没有直接证据可以表明，但从文辞所使用的讲解形式看，还是有间接线索可以佐证的。因为这一段文字普、道、咎、造、久、首等，之部幽部通叶，具有韵文讲诵形式。另外，《象辞》都是韵语，《象辞》多有韵语。而当今学者也认为解释《周易》的《易传》七篇，是孔子授徒时的教材。古代经师授徒一般口诵韵语，有讲有说，从这个角度来讲，《山海经》据图而说、依图制文也完全符合常理。

此外，前文已经述及的屈原其他文献也具备依历史故事图画制文的特点。今《大招》《招魂》等招魂辞所描述的奇异的物怪，如巨象般的红蚂蚁，扭成九曲的土伯，三只眼睛的虎头怪等，多处都见于《山海经》。战国楚墓长沙子弹库出土的楚帛画、人物御龙帛画，尤其是马王堆、金雀山出土的"引魂幡"神画，都让我们不得不想到《招魂》中所刻画的物怪形象，可能就是源自楚地民俗招魂时使用的一些物怪图画。再以屈原根据民间祭祀天地山川诸神的乐歌改制而成的《九歌》为例，饶宗颐云："古代巫术必须借重于图画，《九歌》里的太一及鬼神，西汉时即被作为绘画的题材，用来致祭。""'太一'本来是有图的，在祭祀时悬挂出来的。"[1]他还将长沙马王堆汉墓帛书《太一将行图》与《远游》《九歌》相比较，认为"《远游》和《九歌》之类都是因图而制文"[2]。

要之，先秦时期的图画及图籍资料大量存在，作为一种知识谱系与文化流传的方式，它发挥着重要的功能与文化价值。而从早期文献的形成方面我们也可以看到，它孕育了《山海经》等文字文献的诞生，并对其文献生成方式、载录模式等均产生了长远的影响，今天倘若离开这个文化传统，我们就很难考索《山海经》背后的文化密钥了。

三、图文互仿：早期中国文献的一个基本问题

在以上所举的例子当中，由于原典文献受到了图画故事讲述的影响，所以在文献载录上会呈现出图文共生或图文相配的文献形态。《韩非子·守道》中有这样一段话："托天下于尧之法，则贞士不失分，奸

---

① 饶宗颐：《〈九歌〉与图画》，见《澄心论萃》，282 页，上海，上海文艺出版社，1996。

② 饶宗颐：《图诗与辞赋：马王堆新出〈大一出行图〉研究》，载《新美术》，1977(2)。

人不徼幸；寄千金于羿之矢，则伯夷不得亡，而盗跖不敢取。尧明于不失奸，故天下无邪；羿巧于不失发，故千金不亡。邪人不寿而盗跖止，如此，故图不载宰予，不举六卿；书不著子胥，不明夫差。"王先慎《韩非子集解》云："此宰予谓齐简公臣，与田成争权而死者。……'六卿'，晋臣。言无争夺亡灭之祸，故图书不得而载著。"①这是说以"图""书"互文的方式分录宰予、六卿、子胥、夫差人物历史掌故，可证那时已经存在图画与文字共生的文献形式了。到了战国时期，同样有图诗并录的专门性著作，如《晋书·束皙传》所载："太康二年，汲郡人不准盗发魏襄王墓，或言安釐王冢，得竹书数十车。……《图诗》一篇，画赞之属也。"②孙德谦《汉书艺文志举例》曾专设"书有图者须注出例"，指出《汉书·艺文志》所录者多有图文互配的情况。

与此相反的是，在早期官方史著中却并没有出现图文相配的例子，因此常受到史学家的质疑。清代章学诚就曾断言说在司马迁撰写《史记》时，图像由于难采于史书，故其作用大为衰落。③ 我们认为这种观点是片面的，图像之所以没在史著中出现，是因其竹简记史的器物特质制约的结果，并不能说明图像是被主动舍弃的。官方史著是以文字的形式将人们所知的故事、传说等书面化的结果，由于其书写材料的限制，故图像在史著书目中不方便呈现。但在民间，图像却发挥着进一步的叙事功能。一些家喻户晓的神话传说、人物故事以口耳相传的方式继续在民间发酵、流传，这些图画也时常以"看图讲故事"的方式口耳相传，其"看图讲诵"的脚本就是我们今天所看到的被写定的文字文献。

也就是说，在早期中国的文献形成过程中，存在着一个相互共生与模仿的环节，既有依图制文的情况，也有依照史传故事制图的做法，两者之间有一个双向互文阐释的系统。具体表现在如下两个方面。

一是文字对图像的转述或注解，我们仍以《山海经》与古山海图为

---

① （清）王先慎：《韩非子集解》，203 页，北京，中华书局，1998。
② （唐）房玄龄等：《晋书》，1432～1433 页，北京，中华书局，1974。
③ （清）章学诚著，叶瑛校注：《文史通义校注》，634 页，北京，中华书局，1985。

例。众所周知，《山海经》最初是有图的，虽然对于图的性质学者们还众说不一，但《山海经》是对山海图的文字注解这一观点在学界已经基本达成了共识，原因即在于《山海经》在叙事上表现出了浓厚的空间方位色彩，这表明它是根据某种方形图画进行叙述的。与此同时，在文字对图画转述的过程中，依图制文也逐渐成了当时文献生成的重要方式之一。除了《山海经》为古山海图的转述文字外，现代研究已经证明，其他文献的生成亦与文字对图像的转述密不可分，比如《天问》是依据楚先王宗族神庙图画的"呵壁"之作，《诗经》中的《大明》《皇矣》《绵》等是对先祖神庙图画中的历史人物功绩的称颂之辞，还有流行于秦汉民间社会的一种俗赋的形成，亦与按图讲诵的传播方式有关。这些事例都表明，文字对图画的转述是一种相当普遍的文化现象，广泛地存在于先秦两汉的文献生成和流传过程中。

当然，文字对图像转述的一个重要前提是当时有大量的图文相结合的"图书"存在，这就使得文字转述图像成为可能。譬如，郭璞在为《山海经》作注时，除了参照古山海图以外，还参阅了其他图画资料——畏兽画，这畏兽画想必就是当时相当流行的类似于古山海图、专记神灵物怪的图画手册。如《西山经》"嚣兽"条下注曰："亦在畏兽画中"，又《大荒北经》"强良"条下云："亦在畏兽画中"……诸如此类的注例比比皆是。虽然这些"图书"今已不存，但通过文字的记载我们有理由相信当时肯定流传着为数不少的物怪知识图画手册，而且这些图画手册在载录上表现出了近乎一致的内容与情节，这都说明它们之间有着相近的知识背景和话语资源，而这些图画手册就是当时人们生活中的一般知识、思想与观念的外化表现。这样的推测也得到了出土文献长沙子弹库楚帛书的佐证。楚帛书由"图画"和"文字"两部分构成，之所以称"书"不称"图"，主要是因为文字占了绝大部分，四周虽绘有十二位奇形怪状的月神图像，但它却有题记文字以示说明，可以看作对图画的转述或注解。这些形态各异、半人半兽的月神形象与《山海经》所记物怪如出一辙，也与《天问》等的记述一致，这说明当时对物怪的记述有一批专门的图画文献，现今所存的许多文献的形成在当时应该有广泛的图画作为基础。

二是图像对文字文献所记录的神话传说、历史人物、山川神怪等知识和内容的模仿或转译。夏商周秦汉时，既是一个新知识、新观念不断被创造的时代，也是一个对以往历史和当下社会进行重新认识与解释的时代，社会中的各种神话故事、历史人物、宴享乐舞、巡狩弋猎、祥瑞名物等均被以形象化的图像描绘出来，尤其在秦汉画像世界里，上至宇宙星辰，下至山川名物，均被一一图录，图画成了人们日常生活中喜闻乐见的知识体系和观念来源，正如历史学家翦伯赞所说的那样："除了古人的遗物以外，再没有一种史料比绘画雕刻更能反映出历史上的社会之具体的形象。同时，在中国历史上，也再没有一个时代比汉代更好在石板上刻出当时现实生活的形式和流行的故事来。"[1]以东汉著名的武梁祠画像石为例，传说中的三皇五帝，历史上的圣贤帝王，社会中的孝子、列女、义士等均以图画的形式被描绘出来，甚至连生前生活场景、仙物祥瑞、作者自身也被加以图录，这不仅反映出作者对以往历史的总结和重新规划，也通过有选择地刻绘人物或故事图像而寄寓了某种隐含的话语或思想境界，观图者通过对从前历史事件和知识的观看，就仿佛漫步于真实的历史当中，重新"经历"了历史。因此，秦汉社会的图像知识体系，不仅是时人外在物质、文化与观念的集中展示，也是内在思维方式和意识形态的间接印证。正如南朝颜延之所说的那样："图载之意有三：一曰图理，卦象是也；二曰图识，字学是也；三曰图形，绘画是也。"[2]先秦时图像对语言文字的实际描述或模仿，其实就包含了图、文、理三个层次，因此图像所具有的功能也不单只是装饰那么简单，而是蕴含着丰富的思想与文化。

通过以上的论述，我们知道，图文互仿是早期文献生成与流传过程中一个显著的特征，这种现象产生的原因是图像和文学在形成初期都有着共通的知识与文化背景。例如，巫术背景、宗族认同、历史追

认等，大凡被图像与文字反复绘饰或摹写的主题，多为人类内在精神和生存哲学的"原型"或"典范"，无论是宇宙形成，还是神话故事、历史传说，本身就蕴含着丰厚的历史文化积淀，是萦绕在中华民族心间难以忘怀的精神所在。

参考书目

［日］安居香山、中村璋八辑：《纬书集成》，石家庄，河北人民出版社，1994。

安作璋、熊铁基：《秦汉官制史稿》，济南，齐鲁书社，2007。

［美］班大为：《中国上古史实揭秘：天文考古学研究》，徐凤先译，上海，上海古籍出版社，2008。

白寿彝、高敏、安作璋主编：《中国通史》第四卷，上海，上海人民出版社，1995。

（汉）班固撰，颜师古注：《汉书》，北京，中华书局，1962。

（清）陈立：《白虎通疏证》，北京，中华书局，1994。

曹道衡、刘跃进：《先秦两汉文学史料学》，北京，中华书局，2005。

曹胜高：《汉赋与汉代制度——以都城、校猎、礼仪为中心》，北京，北京大学出版社，2006。

陈奇猷：《吕氏春秋新校释》，上海，上海古籍出版社，2002。

（晋）陈寿撰，（宋）裴松之注：《三国志》，北京，中华书局，1959。

陈寿祺辑：《尚书大传》，上海，商务印书馆，1937。

陈桐生：《中国史官文化与〈史记〉》，汕头，汕头大学出版社，1993。

（清）程廷祚：《青溪集》，合肥，黄山书社，2004。

邓红：《董仲舒思想研究》，台北，文津出版社，2008。

（清）段玉裁：《说文解字注》，上海，上海古籍出版社，1988。

（南朝宋）范晔撰，（唐）李贤等注：《后汉书》，北京，中华书局，1965。

方向东：《贾谊〈新书〉集解》，南京，河海大学出版社，1994。

冯良方：《汉赋与经学》，北京，中国社会科学出版社，2004。

（清）冯云鹏、冯云鹓辑：《金石索》，北京，书目文献出版社，1996。

伏俊琏：《俗赋研究》，北京，中华书局，2008。

傅荣珂：《睡虎地秦简刑律研究》，台北，商鼎文化出版社，1992。

高敏：《秦汉魏晋南北朝史论考》，北京，中国社会科学出版社，2004。

葛兆光：《中国思想史》第一卷，上海，复旦大学出版社，1998。

葛志毅、张惟明：《先秦两汉的制度与文化》，哈尔滨，黑龙江教育出版社，1998。

顾颉刚：《秦汉的方士与儒生》，上海，上海古籍出版社，2005。

[美]桂思卓：《从编年史到经典——董仲舒的春秋阐释学》，朱腾译，北京，中国政法大学出版社，2010。

（清）郭庆藩：《庄子集释》，北京，中华书局，2012。

郭沫若：《屈原赋今译》，北京，人民文学出版社，1953。

何建章：《战国策注释》，北京，中华书局，1990。

洪兴祖：《楚辞补注》，北京，中华书局，1983。

黄晖：《论衡校释》，北京，中华书局，2017。

姜广辉主编：《中国经学思想史》第二卷，北京，中国社会科学出版社，2003。

江林昌：《中国上古文明考论》，上海，上海教育出版社，2005。

蒋礼鸿：《商君书锥指》，北京，中华书局，1986。

（清）焦循：《孟子正义》，北京，中华书局，1987。

荆门市博物馆：《郭店楚墓竹简》，北京，文物出版社，1998。

梁启雄：《荀子简释》，北京，中华书局，1983。

[美]李惠仪：《〈左传〉的书写与解读》，文韬、许明德译，南京，江苏人民出版社，2016。

李家骧：《吕氏春秋通论》，长沙，岳麓书社，1995。

李零：《郭店楚简校读记》（增订本），北京，中国人民大学出版社，2007。

李零：《长沙子弹库战国楚帛书研究》，北京，中华书局，1985。

李零：《中国方术正考》，北京，中华书局，2007。

李淞：《论汉代艺术中的西王母图像》，长沙，湖南教育出版社，2000。

李长之：《司马迁之人格与风格》，天津，天津人民出版社，2007。

李山：《先秦文化史讲义》，北京，中华书局，2008。

（清）梁玉绳：《史记志疑》，北京，中华书局，1981。

林剑鸣：《吕不韦与〈吕氏春秋〉》，西安，陕西人民出版社，2010。

林忠军：《象数易学发展史》第一卷，济南，齐鲁书社，1994。

刘起釪：《尚书学史》，北京，中华书局，1989。

刘师培：《刘师培史学论著选集》，上海，上海古籍出版社，2006。

刘师培：《刘师培中古文学论集》，北京，中国社会科学出版社，1997。

刘信芳、梁柱编著：《云梦龙岗秦简》，北京，科学出版社，1997。

吴树平：《东观汉记校注》，北京，中华书局，2008。

柳诒徵：《中国文化史》，上海，上海古籍出版社，2001。

楼宇烈：《老子道德经注校释》，北京，中华书局，2008。

罗建新：《谶纬与两汉政治及文学之关系研究》，上海，上海古籍出版社，2015。

吕思勉：《秦汉史》，上海，上海古籍出版社，2005。

马积高：《赋史》，上海，上海古籍出版社，1987。

马积高：《历代辞赋研究史料概述》，北京，中华书局，2001。

马士远：《周秦〈尚书〉学研究》，北京，中华书局，2008。

牟钟鉴：《〈吕氏春秋〉与〈淮南子〉思想研究》，济南，齐鲁书社，1987。

（宋）欧阳修：《欧阳修全集》，北京，中华书局，2001。

庞慧：《〈吕氏春秋〉对社会秩序的理解与构建》，北京，中国社会科学出版社，2009。

彭裕商、吴毅强：《郭店楚简老子集释》，成都，巴蜀书社，2011。

（清）皮锡瑞：《经学历史》，北京，中华书局，2004。

［韩］朴宰雨：《〈史记〉〈汉书〉比较研究》，北京，中国文学出版社，1994。

钱穆：《秦汉史》，北京，生活·读书·新知三联书店，2005。

屈守元笺疏：《韩诗外传笺疏》，成都，巴蜀书社，1996。

曲利丽：《两汉之际文化精神的演变》，北京，中华书局，2017。

饶宗颐：《澄心论萃》，上海，上海文艺出版社，1996。

阮元校刻：《十三经注疏》，北京，中华书局，1980。

上海博物馆商周青铜器铭文选编写组：《商周青铜器铭文选》第三卷，北京，文物出版社，1988。

睡虎地秦墓竹简整理小组编：《睡虎地秦墓竹简》，北京，文物出版社，1990。

（晋）司马彪撰，（梁）刘昭注补：《后汉书志》，北京，中华书局，1965。

（汉）司马迁：《史记》，北京，中华书局，1982。

（清）苏舆：《春秋繁露义证》，北京，中华书局，1992。

（清）孙星衍等辑：《汉官六种》，北京，中华书局，1990。

（清）孙星衍：《尚书今古文注疏》，北京，中华书局，2004。

孙作云：《天问研究》，开封，河南大学出版社，2008。

（清）孙诒让：《墨子间诂》，北京，中华书局，2001。

孙占宇：《天水放马滩秦简集释》，兰州，甘肃文化出版社，2013。

唐雄山：《贾谊礼治思想研究》，广州，中山大学出版社，2005。

王葆玹：《今古文经学新论》，北京，中国社会科学出版社，1997。

（清）王夫之：《读通鉴论》，北京，中华书局，1975。

王国维：《观堂集林》，北京，中华书局，1959。

王建中：《汉代画像石通论》，北京，紫禁城出版社，2001。

王利器：《新语校注》，北京，中华书局，1986。

王利器：《盐铁论校注》，北京，中华书局，1992。

王先谦：《汉书补注》，上海，上海古籍出版社，2008。

王先谦：《庄子集解》，北京，中华书局，1987。

王先谦：《荀子集解》，北京，中华书局，1988。

（清）王先慎：《韩非子集解》，北京，中华书局，1998。

王兴国：《贾谊评传》，南京，南京大学出版社，1992。

王玉哲：《中华远古史》，上海，上海人民出版社，2019。

汪荣宝：《法言义疏》，北京，中华书局，1987。

文化部文物局、故宫博物院编：《全国出土文物珍品选　1976—1984》，北京，文物出版社，1987。

〔古希腊〕希罗多德：《历史》，王以铸译，北京，商务印书馆，1959。

向宗鲁：《说苑校证》，北京，中华书局，1987。

（南朝梁）萧统编，（唐）李善注：《文选》，上海，上海古籍出版社，1986。

信立祥：《汉代画像石综合研究》，北京，文物出版社，2000。

刑义田：《画为心声：画像石、画像砖与壁画》，北京，中华书局，2011。

许维遹：《韩诗外传集释》，北京，中华书局，1980。

徐复观：《两汉思想史》第二卷，上海，华东师范大学出版社，2001。

许富宏：《慎子集校集注》，北京，中华书局，2013。

徐元诰：《国语集解》，北京，中华书局，2002。

许结：《汉代文学思想史》，北京，人民文学出版社，2010。

严可均辑：《全上古三代秦汉三国六朝文》，北京，中华书局，1958。

阎振益、钟夏：《新书校注》，北京，中华书局，2000。

〔德〕扬·阿斯曼：《文化记忆：早期高级文化中的文字、回忆和政治身份》，金寿福、黄晓晨译，北京，北京大学出版社，2015。

杨伯峻：《春秋左传注》（修订本），北京，中华书局，1990。

杨宽：《杨宽古史论文选集》，上海，上海人民出版社，2003。

杨振红：《出土简牍与秦汉社会》，桂林，广西师范大学出版社，2009。

叶长青：《校雠通义》，上海，华东师范大学出版社，2012。

（清）永瑢等：《钦定四库全书总目》，北京，中华书局，1997。

［以］尤锐：《展望永恒帝国——战国时代的中国政治思想》，孙英刚译，上海，上海古籍出版社，2013。

于淑娟：《韩诗外传研究——汉代经学与文学关系透视》，上海，上海古籍出版社，2011。

余嘉锡：《四库提要辨证》，北京，中华书局，1980。

于迎春：《秦汉士史》，北京，北京大学出版社，2000。

袁津琥：《艺概注稿》，北京，中华书局，2009。

袁珂编著：《中国神话传说词典》，上海，上海辞书出版社，1985。

袁珂校注：《山海经校注》，上海，上海古籍出版社，1980。

袁长江：《先秦两汉诗经研究论稿》，北京，学苑出版社，1999。

臧知非：《秦汉赋役与社会控制》，西安，三秦出版社，2012。

詹鄞鑫：《神灵与祭祀——中国传统宗教综论》，南京，江苏古籍出版社，1992。

张大可、丁德科主编：《史记论著集成》第六卷，北京，商务印书馆，2015。

张峰屹：《两汉经学与文学思想》，北京，生活·读书·新知三联书店，2014。

张家山二四七号汉墓竹简整理小组编著：《张家山汉墓竹简》〔二四七号墓〕，北京，文物出版社，2006。

张舜徽：《周秦道论发微》，北京，中华书局，1982。

张涛：《经学与汉代社会》，石家庄，河北人民出版社，2001。

张亚初、刘雨：《西周金文官制研究》，北京，中华书局，1986。

（唐）张彦远著，俞剑华注释：《历代名画记》，上海，上海人民美术出版社，1964。

章炳麟著，胡伟希选注：《訄书》，沈阳，辽宁人民出版社，1994。

（清）赵在翰辑：《七纬》，北京，中华书局，2012。

郑振铎：《插图本中国文学史》，北京，人民文学出版社，1957。

钟肇鹏：《谶纬论略》，沈阳，辽宁教育出版社，1991。

中国社会科学院考古研究所编：《殷周金文集成》，北京，中华书局，2007。

周桂钿：《董学探微》，北京，北京师范大学出版社，1989。

朱伯崑：《易学哲学史》，北京，北京大学出版社，1986。

朱红林：《张家山汉简〈二年律令〉集释》，北京，社会科学文献出版社，2005。

朱谦之：《老子校释》，北京，中华书局，1984。

图书在版编目(CIP)数据

早期中国知识观念与文献的生成·秦汉卷/曲利丽等著. —北京: 北京师范大学出版社, 2024.10
ISBN 978-7-303-29634-7

Ⅰ.①早…　Ⅱ.①曲…　Ⅲ.①文献学－研究－中国－秦汉时代　Ⅳ.①G256

中国国家版本馆 CIP 数据核字(2023)第 239689 号

早期中国知识观念与文献的生成·秦汉卷

ZAOQIZHONGGUO ZHISHIGUANNIAN YU WENXIAN DE SHENGCHENG QINHANJUAN

曲利丽　过常宝　田胜利　张朋兵　著

策划编辑: 禹明超　　责任编辑: 王　亮
美术编辑: 王齐云　　装帧设计: 王齐云
责任校对: 陈　民　　责任印制: 赵　龙

出版发行:	北京师范大学出版社	开本:	730mm × 980mm　1/16	版次:	2024 年 10 月第 1 版
印刷:	北京盛通印刷股份有限公司	印张:	25.5	印次:	2024 年 10 月第 1 次印刷
经销:	全国新华书店	字数:	500 千字	定价:	126.00 元

北京师范大学出版社

http://www.bnup.com
北京市西城区新街口外大街 12-3 号
邮政编码: 100088
营销中心电话: 010-58805385
主题出版与重大项目策划部: 010-58805385

版权所有·侵权必究

反盗版、侵权举报电话: 010-57654750
北京读者服务部电话: 010-58808104
外埠邮购电话: 010-57654738
本书如有印装质量问题, 请与印制管理部联系调换。
印制管理部电话: 010-58808284